唐诗三百首

无障碍阅读典藏版

（清）蘅塘退士◎编

王景略◎解

中国华侨出版社

图书在版编目 (CIP) 数据

唐诗三百首：无障碍阅读典藏版 /（清）蘅塘退士编；王景略解 . — 北京：中国华侨出版社 , 2016.11

ISBN 978-7-5113-6485-2

Ⅰ . ①唐… Ⅱ . ①蘅… ②王… Ⅲ . ①唐诗—诗集Ⅳ . ① I222.742

中国版本图书馆 CIP 数据核字 (2016) 第 278584 号

唐诗三百首：无障碍阅读典藏版

编 者：	（清）蘅塘退士
注 解：	王景略
出版人：	方 鸣
责任编辑：	岚 兮
封面设计：	彼 岸
文字编辑：	聂尊阳
美术编辑：	牛 坤
经 销：	新华书店
开 本：	787mm×1092mm 1/16 印张：34 字数：666 千字
印 刷：	三河市万龙印装有限公司
版 次：	2016 年 11 月第 1 版 2020 年 12 月第 5 次印刷
书 号：	ISBN 978-7-5113-6485-2
定 价：	75.00 元

中国华侨出版社 北京市朝阳区西坝河东里 77 号楼底商 5 号 邮编：100028

法律顾问：陈鹰律师事务所

发 行 部：（010）88893001 传 真：（010）62707370

网 址：www.oveaschin.com E-mail：oveaschin@sina.com

如果发现印装质量问题，影响阅读，请与印刷厂联系调换。

孙洙，字临西，一字芩西，号蘅塘，晚号退士，世称蘅塘退士，江苏无锡人。早年入京师国子监学习，乾隆九年（1744年）中举，乾隆十一年（1746年）出任江苏上元县学教谕。乾隆十六年（1751年）中进士，以后历任顺天府大城县知县、直隶卢龙县知县、山东邹平县知县、江宁府学教授等职。在任知县期间，孙洙深入民间访问疾苦，视百姓如家人父子，每当卸任之时，百姓攀辕哭泣，为他送行。直至告老还乡，仍两袖清风。

孙洙鉴于当时通行诗歌选本《千家诗》"工拙莫辨"，因此决定编辑一部唐诗选集取而代之。在继室徐兰英的协助下，于乾隆二十九年（1764年）编成《唐诗三百首》，以"蘅塘退士"署名。

唐朝承接隋朝，历经将近三百年，无论文治武功，还是社会经济、文化等各个方面，都可以说是中国数千年封建社会的巅峰，曾出现过"贞观之治""开元盛世"的封建社会最鼎盛时期，也曾有"安史之乱""泾原兵变"等民不聊生的悲惨境况。单从文学而言，中国是诗的国度，唐朝是中国诗歌的巅峰，是中国诗歌发展的黄金时代，云蒸霞蔚，名家辈出。诗歌是当时文学的最高代表，成为中国传统文学坚实的重要组成部分，也是中华文明亮丽的风景线。唐诗与宋词、元曲并称，题材宽泛，众体兼备，格调高雅，是中国诗歌发展史上的奇迹，对中国文学的影响极为深远。历朝历代的文人都视唐诗为圭臬，奉唐人为典范。

早在唐代，流传的唐诗选本就已有了不少品种，宋、元、明、清各代也出现了各种不同类型和版本的唐诗选本，众多选本中，以孙洙的《唐诗三百首》流传最广、影响最大，风行海内，老幼皆宜，雅俗共赏。

唐诗数量极多，清代康熙年间编订的《全唐诗》，收录诗四万八千九百多首，而此书中仍有不少遗漏。自然，如此巨量的诗句，常人难以全读。此后，沈德潜以《全唐诗》为蓝本，编选《唐诗别裁》，收录诗一千九百二十八首，普通人也难以全读。孙琴安《唐诗选本六百种提要·自序》指出，"唐诗选本经大量散佚，至今尚存三百余种。当中最流行而家传户晓的，要算《唐诗三百首》。"

孙洙以《唐诗别裁》为蓝本，编选《唐诗三百首》，收录诗三百一十首，成为流传最广、影响最大的唐诗普及读本。《唐诗三百首》共选入唐代诗人七十七位，总计三百一十首诗，包括五言古诗、乐府、七言古诗、七言律诗、五言绝句、七言绝句等。在诗人的选择上，初唐、盛唐、中唐和晚唐都有入选，展现了唐诗各个时期的精髓之作。

《唐诗三百首》以务实的编法、简易适中的篇幅、通俗大众的观点、入选的精美诗歌打动着读者，成为成功的启蒙教材、了解中国文化的模范读本。

本书在对孙洙的选本加以注释、语译、赏析之外，还对许多作品进行了"扩展阅读"，或是从格律入手，或是从义理解说，使读者既能深入理解，又能拓展阅读，使读者学诗时没有偏颇之憾。

卷一　五言古诗

张九龄　感遇二首 ·· 3

李　白　下终南山过斛斯山人宿置酒 ················· 6

　　　　月下独酌 ·· 8

　　　　春　思 ··· 10

杜　甫　望　岳 ·· 11

　　　　赠卫八处士 ······································· 13

　　　　佳　人 ·· 14

　　　　梦李白二首 ······································· 16

王　维　送綦毋潜落第还乡 ···························· 19

　　　　送　别 ·· 20

　　　　青　溪 ·· 21

　　　　渭川田家 ··· 22

　　　　西施咏 ·· 23

孟浩然　秋登万山寄张五 ······························ 26

　　　　夏夕南亭怀辛大 ································· 27

　　　　宿业师山房待丁大不至 ······················ 28

王昌龄　同从弟南斋玩月忆山阴崔少府 ············· 30

丘　为　寻西山隐者不遇 ······························ 32

綦毋潜　春泛若耶溪 ……………………………………………… 34

常　建　宿王昌龄隐居 ……………………………………………… 36

岑　参　与高适、薛据登慈恩寺浮图 ……………………………… 38

元　结　贼退示官吏 ………………………………………………… 41

韦应物　郡斋雨中与诸文士燕集 …………………………………… 43

　　　　初发扬子寄元大校书 …………………………………… 45

　　　　寄全椒山中道士 …………………………………………… 46

　　　　长安遇冯著 ………………………………………………… 47

　　　　夕次盱眙县 ………………………………………………… 48

　　　　东　郊 ……………………………………………………… 49

　　　　送杨氏女 …………………………………………………… 50

柳宗元　晨诣超师院读禅经 ……………………………………… 52

　　　　溪　居 ……………………………………………………… 54

乐府

王昌龄　塞上曲 …………………………………………………… 55

　　　　塞下曲 ……………………………………………………… 56

李　白　关山月 …………………………………………………… 58

　　　　子夜吴歌 …………………………………………………… 59

　　　　长干行 ……………………………………………………… 60

孟　郊　烈女操 …………………………………………………… 63

　　　　游子吟 ……………………………………………………… 64

卷二　七言古诗

陈子昂　登幽州台歌 ……………………………………………… 67

李　颀　古　意 …………………………………………………… 69

　　　　送陈章甫 …………………………………………………… 70

　　　　琴　歌 ……………………………………………………… 71

　　　　听董大弹胡笳声兼寄语弄房给事 ………………………… 73

　　　　听安万善吹觱篥歌 ………………………………………… 75

孟浩然　夜归鹿门歌 ……………………………………………… 77

李　白　庐山谣寄卢侍御虚舟 …………………………………… 78

　　　　梦游天姥吟留别 …………………………………………… 80

　　　　金陵酒肆留别 ……………………………………………… 83

宣州谢朓楼饯别校书叔云 84

把酒问月 85

岑 参 走马川行奉送封大夫出师西征 87

轮台歌奉送封大夫出师西征 88

白雪歌送武判官归京 90

杜 甫 韦讽录事宅观曹将军画马图 92

丹青引赠曹霸将军 94

寄韩谏议注 97

古柏行 99

观公孙大娘弟子舞剑器行并序 101

醉时歌 104

元 结 石鱼湖上醉歌并序 106

韩 愈 山 石 108

八月十五夜赠张功曹 110

谒衡岳庙遂宿岳寺题门楼 113

石鼓歌 115

柳宗元 渔 翁 119

白居易 长恨歌 121

琵琶行 126

李商隐 韩 碑 131

卷三 七言乐府

高 适 燕歌行 137

李 颀 古从军行 141

王 维 洛阳女儿行 143

老将行 145

桃源行 147

李 白 蜀道难 150

长相思二首 153

行路难 155

将进酒 157

杜 甫 兵车行 160

丽人行 163

哀江头 ……………………………………………… 165

哀王孙 ……………………………………………… 166

卷四 五言律诗

李隆基 经鲁祭孔子而叹之 ………………………… 171

张九龄 望月怀远 …………………………………… 174

王 勃 杜少府之任蜀州 …………………………… 176

骆宾王 在狱咏蝉 …………………………………… 178

杜审言 和晋陵陆丞早春游望 ……………………… 181

沈佺期 杂 诗 ……………………………………… 183

宋之问 题大庾岭北驿 ……………………………… 185

王 湾 次北固山下 ………………………………… 187

常 建 题破山寺后禅院 …………………………… 189

岑 参 寄左省杜拾遗 ……………………………… 191

李 白 赠孟浩然 …………………………………… 193

渡荆门送别 ………………………………… 194

送友人 ……………………………………… 196

听蜀僧濬弹琴 ……………………………… 198

夜泊牛渚怀古 ……………………………… 198

杜 甫 月 夜 ……………………………………… 201

春 望 ……………………………………… 203

春宿左省 …………………………………… 204

至德二载，甫自京金光门出问道归凤翔，乾元初从左拾遗移华州掾，与亲故别，
因出此门，有悲往事 ……………………… 206

月夜忆舍弟 ………………………………… 208

天末怀李白 ………………………………… 209

奉济驿重送严公四韵 ……………………… 210

别房太尉墓 ………………………………… 211

旅夜抒怀 …………………………………… 213

登岳阳楼 …………………………………… 214

王 维 辋川闲居赠裴秀才迪 …………………… 216

山居秋暝 …………………………………… 217

归嵩山作 …………………………………… 218

终南山 …………………………………………………………………… 220

酬张少府 ………………………………………………………………… 222

过香积寺 ………………………………………………………………… 223

送梓州李使君 …………………………………………………………… 224

汉江临眺 ………………………………………………………………… 225

终南别业 ………………………………………………………………… 226

孟浩然　临洞庭湖赠张丞相 …………………………………………… 228

与诸子登岘山 …………………………………………………………… 229

宴梅道士山房 …………………………………………………………… 231

岁暮归南山 ……………………………………………………………… 232

过故人庄 ………………………………………………………………… 233

秦中寄远上人 …………………………………………………………… 235

宿桐庐江寄广陵旧游 …………………………………………………… 236

留别王维 ………………………………………………………………… 237

早寒有怀 ………………………………………………………………… 239

刘长卿　秋日登吴公台上寺远眺 ……………………………………… 241

送李中丞归汉阳别业 …………………………………………………… 242

饯别王十一南游 ………………………………………………………… 244

寻南溪常道士 …………………………………………………………… 245

新年作 …………………………………………………………………… 246

钱　起　送僧归日本 …………………………………………………… 248

谷口书斋寄杨补阙 ……………………………………………………… 249

韦应物　淮上喜会梁州故人 …………………………………………… 251

赋得暮雨送李胄 ………………………………………………………… 252

韩　翃　酬程近秋夜即事见赠 ………………………………………… 254

刘脊虚　阙题 …………………………………………………………… 256

戴叔伦　江乡故人偶集客舍 …………………………………………… 258

卢　纶　送李端 ………………………………………………………… 260

李　益　喜见外弟又言别 ……………………………………………… 262

司空曙　云阳馆与韩绅宿别 …………………………………………… 264

喜外弟卢纶见宿 ………………………………………………………… 265

贼平后送人北归 ………………………………………………………… 267

刘禹锡　蜀先主庙 ……………………………………………………… 269

张　籍　没蕃故人 ………………………………………… 271
白居易　赋得古原草送别 ………………………………… 273
杜　牧　旅　宿 …………………………………………… 275
许　浑　秋日赴阙题潼关驿楼 …………………………… 277
　　　　早　秋 …………………………………………… 278
李商隐　蝉 ………………………………………………… 280
　　　　风　雨 …………………………………………… 282
　　　　落　花 …………………………………………… 284
　　　　凉　思 …………………………………………… 285
　　　　北青萝 …………………………………………… 286
温庭筠　送人东归 ………………………………………… 288
马　戴　灞上秋居 ………………………………………… 290
　　　　楚江怀古 ………………………………………… 291
张　乔　书边事 …………………………………………… 293
崔　涂　除夜有怀 ………………………………………… 295
　　　　孤　雁 …………………………………………… 297
杜荀鹤　春宫怨 …………………………………………… 299
韦　庄　章台夜思 ………………………………………… 301
僧皎然　寻陆鸿渐不遇 …………………………………… 303

卷五　七言律诗

崔　颢　黄鹤楼 …………………………………………… 307
　　　　行经华阴 ………………………………………… 309
祖　咏　望蓟门 …………………………………………… 311
崔　曙　九日登望仙台呈刘明府 ………………………… 313
李　颀　送魏万之京 ……………………………………… 315
李　白　登金陵凤凰台 …………………………………… 317
高　适　送李少府贬峡中王少府贬长沙 ………………… 319
岑　参　和贾至舍人早朝大明宫之作 …………………… 321
王　维　和贾至舍人早朝大明宫之作 …………………… 323
　　　　奉和圣制从蓬莱向兴庆阁道中留春雨中春望之作应制 … 325
　　　　酬郭给事 ………………………………………… 326
　　　　积雨辋川庄作 …………………………………… 327

杜 甫 蜀 相 ………………………………………………… 330

客 至 ………………………………………………… 332

野 望 ………………………………………………… 333

闻官军收河南河北 ………………………………… 334

登 高 ………………………………………………… 336

登 楼 ………………………………………………… 338

宿 府 ………………………………………………… 339

阁 夜 ………………………………………………… 341

咏怀古迹五首 ……………………………………… 342

刘长卿 江州重别薛六柳八二员外 ………………… 351

长沙过贾谊宅 ……………………………………… 352

自夏口至鹦鹉洲夕望岳阳寄源中丞 ……………… 354

钱 起 赠阙下裴舍人 ……………………………… 356

韦应物 寄李儋元锡 ……………………………… 358

韩 翃 同题仙游观 ………………………………… 360

皇甫冉 春 思 ……………………………………… 362

卢 纶 晚次鄂州 …………………………………… 364

柳宗元 登柳州城楼寄漳汀封连四州刺史 ………… 366

刘禹锡 西塞山怀古 ……………………………… 368

元 稹 遣悲怀三首 ………………………………… 370

白居易 自河南经乱,关内阻饥,兄弟离散,各在一处。因望月有感,聊书所怀,寄上浮
梁大兄、于潜七兄、乌江十五兄,兼示符离及下邽弟妹 ……………………… 375

李商隐 锦 瑟 ……………………………………… 377

无 题 ……………………………………………… 379

隋 宫 ……………………………………………… 380

无题二首 …………………………………………… 382

筹笔驿 ……………………………………………… 384

无 题 ……………………………………………… 386

春 雨 ……………………………………………… 387

无题二首 …………………………………………… 388

温庭筠 利州南渡 ………………………………… 391

苏武庙 ……………………………………………… 392

薛 逢 宫 词 ……………………………………… 395

秦韬玉 贫 女 ……………………………………………… 397

乐府

沈佺期 独不见 ……………………………………………… 399

卷六 五言绝句

王 维 鹿 柴 ……………………………………………… 403

竹里馆 ……………………………………………… 404

送 别 ……………………………………………… 405

相 思 ……………………………………………… 405

杂 诗 ……………………………………………… 406

裴 迪 送崔九 ……………………………………………… 408

祖 咏 望终南山余雪 …………………………………… 410

孟浩然 宿建德江 …………………………………………… 411

春 晓 ……………………………………………… 412

李 白 夜 思 ……………………………………………… 413

怨 情 ……………………………………………… 414

杜 甫 八阵图 ……………………………………………… 415

王之涣 登鹳雀楼 …………………………………………… 417

刘长卿 送灵澈 ……………………………………………… 419

弹 琴 ……………………………………………… 419

送上人 ……………………………………………… 420

韦应物 秋夜寄丘员外 ……………………………………… 422

李 端 听 筝 ……………………………………………… 423

王 建 新嫁娘 ……………………………………………… 424

权德舆 玉台体 ……………………………………………… 426

柳宗元 江 雪 ……………………………………………… 427

元 稹 行 宫 ……………………………………………… 428

白居易 问刘十九 …………………………………………… 429

张 祜 何满子 ……………………………………………… 430

李商隐 登乐游原 …………………………………………… 432

贾 岛 寻隐者不遇 …………………………………………… 434

李 频 渡汉江 ……………………………………………… 435

金昌绪 春 怨 ……………………………………………… 437

西鄙人 哥舒歌 ··· 439

乐府

崔 颢 长干行二首 ··· 440

李 白 玉阶怨 ··· 442

卢 纶 塞下曲四首 ··· 443

李 益 江南曲 ··· 446

卷七 七言绝句

贺知章 回乡偶书 ··· 449

张 旭 桃花溪 ··· 451

王 维 九月九日忆山东兄弟 ································· 452

王昌龄 芙蓉楼送辛渐 ·· 454

　　　 闺 怨 ··· 455

　　　 春宫怨 ··· 456

王 翰 凉州词 ··· 458

李 白 送孟浩然之广陵 ·· 460

　　　 下江陵 ··· 461

岑 参 逢入京使 ··· 462

杜 甫 江南逢李龟年 ·· 463

韦应物 滁州西涧 ··· 465

张 继 枫桥夜泊 ··· 467

韩 翃 寒 食 ··· 469

刘方平 月 夜 ··· 471

　　　 春 怨 ··· 472

柳中庸 征人怨 ··· 473

顾 况 宫 词 ··· 474

李 益 夜上受降城闻笛 ·· 476

刘禹锡 乌衣巷 ··· 477

　　　 春 词 ··· 478

白居易 宫 词 ··· 480

张 祜 赠内人 ··· 481

　　　 集灵台二首 ··· 482

　　　 题金陵渡 ··· 483

朱庆余　宫中词⋯⋯⋯⋯⋯⋯⋯⋯⋯⋯⋯⋯⋯⋯　485

　　　　近试上张水部⋯⋯⋯⋯⋯⋯⋯⋯⋯⋯　486

杜　牧　将赴吴兴登乐游原⋯⋯⋯⋯⋯⋯⋯　488

　　　　赤　壁⋯⋯⋯⋯⋯⋯⋯⋯⋯⋯⋯⋯⋯⋯　489

　　　　泊秦淮⋯⋯⋯⋯⋯⋯⋯⋯⋯⋯⋯⋯⋯⋯　490

　　　　寄扬州韩绰判官⋯⋯⋯⋯⋯⋯⋯⋯⋯　491

　　　　遣　怀⋯⋯⋯⋯⋯⋯⋯⋯⋯⋯⋯⋯⋯⋯　492

　　　　秋　夕⋯⋯⋯⋯⋯⋯⋯⋯⋯⋯⋯⋯⋯⋯　493

　　　　赠　别二首⋯⋯⋯⋯⋯⋯⋯⋯⋯⋯⋯⋯　494

　　　　金谷园⋯⋯⋯⋯⋯⋯⋯⋯⋯⋯⋯⋯⋯⋯　496

李商隐　夜雨寄北⋯⋯⋯⋯⋯⋯⋯⋯⋯⋯⋯⋯　498

　　　　寄令狐郎中⋯⋯⋯⋯⋯⋯⋯⋯⋯⋯⋯　499

　　　　为　有⋯⋯⋯⋯⋯⋯⋯⋯⋯⋯⋯⋯⋯⋯　500

　　　　隋　宫⋯⋯⋯⋯⋯⋯⋯⋯⋯⋯⋯⋯⋯⋯　501

　　　　瑶　池⋯⋯⋯⋯⋯⋯⋯⋯⋯⋯⋯⋯⋯⋯　502

　　　　嫦　娥⋯⋯⋯⋯⋯⋯⋯⋯⋯⋯⋯⋯⋯⋯　503

　　　　贾　生⋯⋯⋯⋯⋯⋯⋯⋯⋯⋯⋯⋯⋯⋯　504

温庭筠　瑶瑟怨⋯⋯⋯⋯⋯⋯⋯⋯⋯⋯⋯⋯⋯　506

郑　畋　马嵬坡⋯⋯⋯⋯⋯⋯⋯⋯⋯⋯⋯⋯⋯　507

韩　偓　已　凉⋯⋯⋯⋯⋯⋯⋯⋯⋯⋯⋯⋯⋯　509

韦　庄　金陵图⋯⋯⋯⋯⋯⋯⋯⋯⋯⋯⋯⋯⋯　511

陈　陶　陇西行⋯⋯⋯⋯⋯⋯⋯⋯⋯⋯⋯⋯⋯　512

张　泌　寄　人⋯⋯⋯⋯⋯⋯⋯⋯⋯⋯⋯⋯⋯　514

无名氏　杂　诗⋯⋯⋯⋯⋯⋯⋯⋯⋯⋯⋯⋯⋯　516

乐府

王　维　渭城曲⋯⋯⋯⋯⋯⋯⋯⋯⋯⋯⋯⋯⋯　517

　　　　秋夜曲⋯⋯⋯⋯⋯⋯⋯⋯⋯⋯⋯⋯⋯⋯　518

王昌龄　长信怨⋯⋯⋯⋯⋯⋯⋯⋯⋯⋯⋯⋯⋯　520

　　　　出　塞⋯⋯⋯⋯⋯⋯⋯⋯⋯⋯⋯⋯⋯⋯　521

李　白　清平调三首⋯⋯⋯⋯⋯⋯⋯⋯⋯⋯⋯　522

王之涣　出　塞⋯⋯⋯⋯⋯⋯⋯⋯⋯⋯⋯⋯⋯　525

杜秋娘　金缕衣⋯⋯⋯⋯⋯⋯⋯⋯⋯⋯⋯⋯⋯　527

·卷一　五言古诗·

张九龄

【作者介绍】

张九龄（678 年～740 年），字子寿，韶州曲江（今广东省韶关市）人，唐代文学家、诗人、名相。他曾在唐玄宗开元年间官至中书侍郎同中书门下平章事，担任宰相。任相期间，不避利害，敢于谏诤，为中国封建盛世"开元之治"的出现作出了积极贡献，后因李林甫进的谗言而被罢相，黜为荆州长史。张九龄举止优雅、风度不凡，在他去世后，唐玄宗对宰相推荐之士，总要问："风度得如九龄否？"所作有《曲江集》。张九龄的五言古诗以素练质朴的语言，寄托深远的人生慨望，对扫除唐初所沿习的六朝绮靡诗风贡献尤大，被誉为"岭南第一人"。

感遇①二首

⊙ 其一

兰叶春葳蕤②，桂华③秋皎洁。

欣欣此生意，自尔为佳节。

谁知林栖者④，闻风坐⑤相悦。

草木有本心，何求美人折。

【注释】

①张九龄以《感遇》为题，作有五言古诗十二首，本书所选的为第一首和第七首。　②葳蕤（wēi ruí）：指草木茂盛且枝叶下垂貌，《楚辞·七谏·初放》有"上葳蕤而防露兮"句。　③桂华：即桂花，古代花、华二字往往相通。　④林栖者：居住在深林中的人，指隐士。　⑤坐：介词，因为、由于、为着。

【语译】

兰叶在春季茂盛纷披，桂花在秋天皎洁璀璨，它们欣欣向荣的生命力啊，共同形成了美好的季节。有谁知道那些栖息在密林中的隐士，听闻此事而与兰、桂互相钦佩呢？因为他们知道草木有自己的愿望，何必贪求美人来攀折？

【赏析】

所谓"感遇"，就是感怀自己的遭际、抒发自己的理想，唐诗中以此为题者很多，比如陈子昂有《感遇》诗三十八首、李白有《感遇》诗四首、柳宗元有《感遇》诗二首，等等。

张九龄的十二首《感遇》均为五言古诗，细细品味其中意趣，主要以抒发理想、自诩清高为主，而感伤遭际的内容约略隐含其中，却并非主流。

本诗是他的第一首《感遇》诗，以传统的"香草美人"之手法，把自己比拟为春兰和秋桂，在大自然中自由生长、欣欣向荣，既茂盛而又皎洁，只求保持"本心"，而并不求他人的理解，更不求他人的荐举。孔子曾说"自反而缩，虽千万人吾往矣"，不求别人理解，只育个人品德，这是很好理解的，但对于不求他人荐举——也即诗中"何求美人折"句——所表现的则非儒家意趣，而是道家的隐者之志。诗中也很明确地出现了隐士形象——"林栖者"，说隐士和兰、桂"相悦"，也就是说隐士和兰、桂的志趣、品德是相同的，更进一层来说，也与诗人情投意合。诗人既以兰、桂自况，也自命为隐士，不求他人赏识、荐举，因此这里的"美人"是比喻君王或权贵。

张九龄弱冠即中进士，为秘书省校书郎、右拾遗，他曾上书唐玄宗，主张重视地方官人选，纠正重内轻外风气，并且选官应重贤能，不循资历。此后他的宦途并不一帆风顺，曾被外放，也一度因理念与主政者不和而辞官归乡，年过四十才再次回到都城长安，受到宰相张说的赏识，张说罢相后再受牵连而被外放，为相后再遭李林甫谗言而罢——这首诗正是作于他罢相后，因宦途不如意而自剖心曲，自诩高洁，言不必"美人折"。古代士大夫往往外儒而内道，达则出仕，兼济天下，退则深隐林泉，这是非常普遍的思潮，非独张九龄为然。

张九龄的《感遇》诗中，这种隐士风味非常浓厚，也并非独此一篇。

⊙ 其七

江南①有丹橘，经冬犹绿林。
岂伊②地气暖，自有岁寒心③。
可以荐嘉客④，奈何阻重深⑤。
运命唯所遇，循环不可寻。
徒言树桃李，此木岂无阴。

【注释】

①江南：指长江以南地区。今谓之江南，古谓之江东，古代的江南包括今天江苏、浙江、湖南、江西和湖北的江南部分，范围非常广大。 ②伊：指代词，这里指"那个地方"。 ③岁寒心：语出《论语·子罕》："岁寒然后知松柏之后凋也。"李元操《园中咏橘》也有"自有凌冬质，能守岁寒心"句。 ④荐嘉客：荐意为奉献，这里的"嘉客"指君王，因江南丹橘向为贡品，故有此说。 ⑤重深：指重山深水。

【语译】

江南的红橘啊，即便在寒冷的冬天依旧苍翠碧绿，这难道是因为那里地气温暖的缘故吗？不，是橘树自有凌冬傲雪的高洁品性。想要把红橘奉献给君王，却无奈山高水长，阻隔了道路。万物的际遇都是命中注定的啊，天道循环之理难以洞彻。不要再徒然地说什么种桃种李吧，难道橘树就没有浓荫了吗？

【赏析】

　　此诗咏物，并以述志，仍是"香草美人"的手法。王逸在《楚辞章句》中曾说："善鸟香草，以配忠贞；恶禽臭物，以比谗佞……"咏橘自况，始于屈原所作《橘颂》，其开篇即说："后皇嘉树，橘徕服兮。受命不迁，生南国兮。"张九龄这首诗很明显受到了屈原作品的影响。

　　张九龄罢相后，被贬为荆州长史，人在楚地，见"丹橘"这一楚地繁茂的植物，并思屈原《橘颂》，乃作是诗。江南地暖，所以橘树经冬不凋，但诗人却推翻此寻常之理，说橘是因为"自有岁寒心"才终年葱郁的。"可以荐嘉客"，他以"丹橘"自况，是说自己仍有报效君王之心，但奈何"阻重深"，山高水长，又兼奸恶小人蒙蔽，估计是再没有重返朝廷的机会了。此诗与"兰叶春葳蕤"不同，字里行间并无彻底灰心丧气，因而求为隐士之意，但颓唐的情绪仍然是很浓厚的，遂将个人遭际归之于命运，并说天道"循环不可寻"，自己无法了解天道，无法把握命运。

　　唐人爱桃李，咏桃咏李之诗不胜枚举，故而此诗结尾即以桃李来对比橘树，说橘树亦有浓荫，岂独桃李为然。很明显，这里张九龄是用桃李来比喻朝中官僚，说君王只信任李林甫等朝官，而不识他这种被远窜楚地之人亦有报国之心、定国之才。与第一篇《感遇》的结句"草木有本心，何求美人折"相同，都是自抒怀抱，总结全诗之言。唐朝中前期的五言古风仍延续着六朝风格，结构布局比较简单，基本上想到哪儿写到哪儿，但结句总要总括全盘，才不显得松散。张九龄十二篇《感遇》大抵如此，观其结句，即可见其所抒之情之志了。

【扩展阅读】

感遇之四

唐·张九龄

　　孤鸿海上来，池潢不敢顾。侧见双翠鸟，巢在三珠树。矫矫珍木巅，得无金丸惧。美服患人指，高明逼神恶。今我游冥冥，弋者何所慕。

　　这首诗与"兰叶春葳蕤"一样，也寄存着浓厚的隐逸思想。"美服患人指，高明逼神恶"，很有庄子况味，而"今我游冥冥"就是指遁世隐居，从而"弋者何所慕"，自然不受俗世的攻击。

> **唐诗常识**
>
> 　　唐诗可以粗分为古诗和格律诗两大类。格律诗主要分五言绝句、七言绝句、五言律诗、七言律诗、五言排律、七言排律六种，对于格式、平仄、韵脚、对仗都有比较严格的规定。但并不是说古诗对此就毫无规则，可以恣意妄为了，而只是规定不那么严格，并且一定程度上允许变通而已。如张九龄的十二首《感遇》就是标准的五言古诗，有四句的也有五句的，各首诗长短各不相同，可见古诗对全诗字数并无严格要求。

李 白

【作者介绍】

李白（701年～762年），字太白，号青莲居士，一说出生于剑南道之绵州（今四川绵阳江油市青莲乡），一说生于西域碎叶城（今吉尔吉斯斯坦托克马克），五岁时随父迁居绵州，他是中国古代最伟大的诗人之一，也是唐朝最富盛名的浪漫主义大诗人，人称"诗仙"。

李白二十五岁时只身出蜀，漫游各地，曾多次写诗干谒权贵，但未得回应。直至天宝元年（742年），他才因道士吴筠的推荐，被唐玄宗召至长安，供奉翰林，其文章风采名动天下，也深受唐玄宗的喜爱。但玄宗只是待其为文学弄臣，这使志向高远的李白深感痛苦，再加上权贵的谗言，他在京仅三年即弃官而去，继续漫游生涯。安史之乱爆发后，李白投入永王李璘幕府，想要为国效力，但李璘旋因与唐肃宗争位而败死，李白受到牵连，被流放夜郎（在今天贵州境内），途中遇赦，投奔族叔、当涂县令李阳冰，不久去世。

李白为人洒脱不羁，傲视权贵，他的诗歌也鲜明地反映了个性，带有强烈的主观色彩，形式多变、种类浩繁，想象奇特、气概豪迈、情绪激昂，开创了唐诗一大高峰。从艺术成就来说，他的乐府、歌行及绝句成就最高。其歌行完全打破传统诗歌创作的一切固有模式，空无依傍，笔法多端，达到了任意随性而变幻莫测、摇曳多姿的神奇境界。其绝句自然明快，飘逸潇洒，能以简洁明快的语言以表达无尽情思。贺之章初见即赞其为"谪仙人"，杜甫写诗称其"笔落惊风雨，诗成泣鬼神"，唐诗的高峰向来"李、杜（甫）、白（居易）"并称，李白占其魁首。

下终南山过①斛斯山人②宿置酒

暮从碧山下，山月随人归。
却顾③所来径，苍苍横翠微④。
相携及田家，童稚开荆扉⑤。
绿竹入幽径，青萝⑥拂行衣。
欢言得所憩，美酒聊共挥⑦。
长歌吟松风，曲尽河⑧星稀。
我醉君复乐，陶然⑨共忘机⑩。

【注释】

①过：拜访。　②斛斯山人：斛斯为姓，山人即山间之人，指隐士，杜甫有《过斛斯校书庄二首》，

或说即同一人，名斛斯融。 ③却顾：回头观看。 ④翠微：山色青翠，也可指代山，《尔雅·释山》说：
"（山）未及上，翠微。"杨慎注："凡山，远望则翠，近之则翠渐微，故曰翠微也。" ⑤荆扉：即柴扉，
用竹木制成的篱笆门。 ⑥青萝：即女萝，又名松萝、兔丝，为地衣类植物。 ⑦挥：原指倒去残酒，
这里是饮酒之意。 ⑧河：这里指银河。 ⑨陶然：酒醉后闲适欢乐貌。陶渊明《时运》有"挥兹一觞，
陶然自乐"句。 ⑩忘机：语出《列子·黄帝》，说海上有人喜爱鸥鸟，每日乘舟与鸥鸟共娱，后其父
嘱其趁机捕获鸥鸟，鸥鸟见其存有"机心"，再不肯飞下。"忘机"即抛弃机心，是说把记挂得失荣辱的
机智巧诈之心全都忘记了。王勃《江曲孤兔赋》有"尔乃忘机绝虑，怀声弄影"句。

【语译】

　　黄昏时我从青翠的终南山下来，山间有明月陪伴我的回程。转头再看来时的道路，只
见昏暗的绿色铺满了山峦。与好友携手回到乡舍，小童儿前来打开柴扉。碧绿的修竹啊直
通幽深小径，青色的丝萝啊攀扯着行人的衣襟。终于可以暂时休息一下了，我们高兴地交
谈，还取出美酒来痛饮一番。仰天而歌，伴着松间风声阵阵，一曲歌罢，又见天上银河，
星辰黯淡，天色将明。我们都已经醉了啊，也都无比地欢乐，如此赏心乐事之中，谁还会
想起那些凡尘里的荣辱巧诈呢？

【赏析】

　　五言古诗以魏晋南北朝为其高峰，到唐代，形式、句法都已经很纯熟了。唐代前中期的
诗人作五言，大多追慕前朝，文辞颇为古雅，但李白所作则吸收了当时口语，要显得晓畅通
俗得多，观此诗即可见其一斑。

　　终南山又名中南山或南山，在唐都长安南面五十里，唐代士人很多借隐居为名在此待
价而沽，故有"终南捷径"一说，这捷径，指的就是做官的捷径。杜甫曾作《闻斛斯六官未
归》和《过故斛斯校书庄二首》，与此诗所指"斛斯山人"，或指同一人，则此人后来出仕，
做了"校书"，或许其早前隐居终南山，也是欲攀此捷径吧。李白此诗作于天宝三载（744
年）春季，当时其已出仕长安，但投闲置散，只是做玄宗的文学弄臣而已，他有志难伸，而
又向往祖国大好山河，向往自由自在的生活，这些情感都在诗中有所反映。

　　开篇即写登山而归，拜访斛斯山人，携手引入其家。"山月随人归"句，既是写景，同
时也说明自己孤身一人，所伴唯有山间明月而已。在此种孤清的氛围下，得遇友人，自然是
非常兴奋的，因而"欢言得所憩，美酒聊共挥"。前四句写山，写月，中四句写"田家"，有
"绿竹"、"幽径"、"青萝"，这正反映了诗人对壮丽山河的依恋和对田园隐士生活的向往。末
四句再写"松风"，写"河星"，正见宇宙寥廓、自然优美，相较之下，那些朝堂上的龌龊
事，宦途中的坎坷，全都不足道也，故谓"陶然共忘机"。这里的"忘机"，要从更广义的角
度来理解，诗人所欲忘的并不仅仅是荣辱、机巧，而是整个红尘俗世，是凡人在红尘中辗转
挣扎的苦痛和悲哀。但言称"忘机"，却正因其难忘，唯与友人痛饮，于酒醉陶然之际，才
勉强可以暂时放下而已。其放下便见喜，但内中所隐含的难以放下，却更见悲哀。

　　李白志向高远，但因为个人性格、能力和社会环境的牵绊，其志却总难伸，他的狂歌纵
酒，往往是为了抒发内心的悲哀和块垒。其诗大多色调明快，但唯有从此明快中能体味到内
在的黯然，才能真懂李白诗。

【扩展阅读】

闻斛斯六官未归

唐·杜甫

故人南郡去，去索作碑钱。本卖文为活，翻令室倒悬。荆扉深蔓草，土锉冷疏烟。老罢休无赖，归来省醉眠。

杜甫这首五律也写一位姓斛斯之人，此为僻姓，而李白、杜甫几乎同时，故疑此"斛斯六官"和"斛斯山人"实为一人也。

月下独酌

花间一壶酒，独酌无相亲①。
举杯邀明月，对影成三人。
月既不解饮，影徒随我身。
暂伴月将②影，行乐须及春③。
我歌月徘徊，我舞影零乱。
醒时同交欢，醉后各分散。
永结无情④游，相期⑤邈云汉⑥。

【注释】

①相亲：亲近之人。 ②将：与、和，作平声。 ③及春：及即趁着，及春是指趁着春光大好之际。 ④无情：这里是"忘情"之意。 ⑤相期：相互期约。 ⑥云汉：原指银河，后借指为高空。张九龄《奉和圣制途经华山》有"万乘华山下，千岩云汉中"句。

【语译】

我在花间，独自一人饮一壶酒，没有旁人可以亲近共饮，只好举杯邀请明月，再加上自己的影子，凑成三人。然而明月并不懂得饮酒，影子也徒然地跟随着我的身体行动。无奈之下只好陪伴着明月和影子，因为必须趁着这大好春光及时行乐啊。于是我歌唱之际，明月似在天上倾听、徘徊，我舞蹈之际，影子也随着舞蹈而凌乱。清醒的时候，我们一起把酒言欢，喝醉以后，也便各自分散。且忘记自身、明月和影子之间的区别吧，我们永远结成同游之伴，共约在那缥缈的天上重逢共欢。

【赏析】

李白常云"忘机"，其实并不能忘，也云"忘情"，却也难以如愿。此诗即说忘情，希望能够遗忘自己和自然之间的区隔，从而也遗忘自己的种种孤寂、痛苦，虽字里行间自能见其忘不得，但仍以"相期邈云汉"作结，将这份期盼、奢望一直延续到最后。

以《月下独酌》为名的五言古诗，李白共作了四首，此为其一。第三首中有"三月咸阳城"句，或以为皆在长安作，其实这四首诗虽然同题，却未必都作于同一时期。但李白之入长安，不合于歌舞升平、奢靡腐化的朝廷，由此而自感孤寂无依，乃作此诗，倒也是说得通的。

本诗开篇即写孤寂，乃至"独酌无相亲"，只好一个人喝闷酒。李白好饮，曾自称"酒中仙"，但孤清正在心头，孤酒自然难饮，于是他放纵奇特的想象，要把明月和影子全都邀请来，"成三人"，一桌共欢。

这是醉话，却也是李白诗中惯常可见的毫无羁绊的浪漫风采。此诗可作两样读，或者都落于实处，则只见一孤清人做妄语而已，或者随着诗句放纵思绪，将一切落于虚处，则可见一神仙般人物与自然的契合。"月既不解饮"又如何？"影徒随我身"又如何？但求及时行乐，自然人即月，人即影，月和影也都变得有思想、有活力起来。所以明月能因诗人之歌而徘徊，影子也随诗人之舞而零乱，这并非诗人醉时的想象，而是他将自己的主观意识投射到了外物上，"同交欢"即与自然并合为一，"各分散"则又回归现实世界。

"无情"即"忘情"，忘记自己为人，而月亦忘其为月，影亦忘其为影，从此人、月、影契合为一，可永远同游。同游在何处呢？自在那"邈云汉"之上，如登仙界，从此忘却种种人间烦恼、苦闷。

读李白诗，见其豪纵是第一层，见其豪纵下的苦闷是第二层，而从此苦闷再回归于无拘无束的豪纵，又是第三层。第一层是表象，第二层是真实，第三层则是诗人内心的渴望和憧憬。此诗之眼，便在"行乐须及春"句，此春既可理解为真实的春光、春色，也可以理解为美好的青春，不能辜负此青春岁月，须及时行乐才得人生之真谛。李白诗中多有及时行乐语，但这并不是简单的逃避或享乐，而是对人生的大热爱，对现实的大期望，诗人认为任何时候，不管禁受了怎样的磨折，不管沉淀了怎样的苦痛，也必须以乐观的态度来对待人生。李白好酒，正是为了在酒醉中追寻这种似真似幻，虽百折而不改其乐的感悟。也正因此，他才会有"诗仙"之号。杜甫号"诗圣"，这"圣"字是说他的地位，说他的作品格调，而李白并不号"诗王"，人独以"仙"名之，这个"仙"字说的是他的风格，他的追求，他的飘逸无踪。

【扩展阅读】

月下独酌 其二

唐·李白

天若不爱酒，酒星不在天。地若不爱酒，地应无酒泉。天地既爱酒，爱酒不愧天。已闻清比圣，复道浊如贤。贤圣既已饮，何必求神仙。三杯通大道，一斗合自然。但得酒中趣，勿为醒者传。

诗有写事、摹景，也有纯粹的说理，各自皆可达成抒情的目的。比如"花间一杯酒"基本上就属于写事（独饮之事），而这首"天若不爱酒"则以说理为主，以抒发诗人不合流俗，借酒嘲世之情。

春 思

燕草如碧丝，秦①桑低绿枝。
当君怀归②日，是妾断肠时。
春风不相识，何事入罗帏③?

【注释】

①燕（yān）、秦：皆为古国名，燕地即今天河北北部及京、津等地，秦地即关中地区。 ②怀归：即想家，思归。 ③罗帏：丝织的帐幔，这里是代指女子的闺房。

【语译】

燕地的青草如同碧绿丝绒，秦地的桑树低垂着绿色枝杈。当你想到家的时候，也正是我愁肠欲断之时啊。我并不认识春风，它为何要进入我的闺房来呢?

【赏析】

这是一首"代言体"诗。所谓"代言体"，即不以诗人本身为诗的主角，而以他人、他物作为主角，并用第一人称来创作。"代言体"诗种类很多，其中最大一类就是代闺中女子言之，这大抵因为士人之所思所想，自有士人自身来写，平民之所思所想，可在对话中获得，而闺中女子之所思所想，诗人只好自代而言之了。此诗即代作闺中人语，此女所思，当为远戍的丈夫。

开篇"燕"是丈夫所戍之地，唐代燕地再往北、往东，有契丹等外民族杂处，亦可算是边疆，故以"燕"代指边境，以身在燕地代指远戍。上句即"燕"，下句对"秦"，秦指关中地区，也即以都城长安为中心的唐朝的腹心地区，此女身在秦地，其意即身在中原、后方。燕、秦二名来自春秋战国，燕在极东北，秦在极西，以此相对，也可见夫妇所隔之遥远。

燕地则言"草如碧丝"，是春草尚幼，以见春来之迟；秦地则言"桑低绿枝"，是桑树绿叶已极繁茂，竟使枝杈低垂，以见春来之早。这里又以春来的早晚，更深一层说明相隔之远，以及两地风物之大相径庭，如在异国。可是所隔虽远，其心却一，丈夫思家之日，正妻子因思念而断肠之时。首两句将位置遥遥宕开，中两句再将情感并合为一，互为比对，又互为照应。结句则怨春风，然则因何而怨呢? 正因夫妇两地分隔，妻子正自断肠，又如何能体味到春风带来的春天的美好和可贵呢? 故云"春风不相识"，以见四季时序之按时而移，更不知人世之哀愁，衬托得此哀愁更为深刻、浓郁。

杜　甫

【作者介绍】

杜甫（712 年～770 年），字子美，自号少陵野老，祖籍襄阳，生于巩县（今河南省巩义市），是唐代最伟大的现实主义诗人。他曾担任过左拾遗，因直言进谏，触怒权贵，而被贬为华州参军，后辞官归隐于成都，建草堂而居。剑南节度使严武荐其为属官，杜甫全家因而移居四川奉节，两年后他离开奉节，辗转流离于江陵、衡阳一带，唐代宗大历五年（770 年），病逝于湘江的一艘小船中。

杜甫半生漂泊，又经安史之乱，惯见民间疾苦，其忧国忧民的情怀毕见于作品之中。青年时代他亦怀抱大志，与李白等人交游，诗风较为明快、恣意，中年后则变为沉郁顿挫，以古体、律诗见长，风格多样，多涉及社会动荡、政治黑暗和人民疾苦，记录了唐代由盛转衰的历史巨变，因此被誉为"诗史"。尤其在律诗上，他表现出了显著的创造性，积累了关于声律、对仗、炼字炼句等完整的艺术经验，使这一体裁达到完全成熟的阶段。后人也因而赞其为"诗圣"，诗而能成圣者，唯杜甫一人而已。唐诗人元稹评价说："至于子美，盖所谓上薄风（《诗经》里的国风）、骚（屈原的《离骚》），下该沈（沈佺期）、宋（宋之问），言夺苏（苏味道）、李（李峤），气吞曹（曹操）、刘（刘备），掩颜（颜延之）、谢（谢灵运）之孤高，杂徐（徐陵）、庾（庾信）之流丽，尽得古今之体势，而兼人人之所独专矣。"

望　岳

岱宗①夫②如何？齐鲁青未了③。
造化④钟神秀⑤，阴阳⑥割昏晓。
荡胸生曾云⑦，决眦⑧入归鸟。
会当⑨凌绝顶，一览众山小。

【注释】

①岱宗：即岱岳，泰山的别称。　②夫：语气助词。　③了：尽。　④造化：创造化育，指自然界。《庄子·大宗师》有"今以一天地为大铲，以造化为大冶"句。　⑤钟神秀：钟即荟集，神秀指秀美而有灵气。　⑥阴阳：山北为阴，山南为阳。　⑦曾云：一作"层云"，这里"曾"通"层"。　⑧决眦：眼眶裂开，这里是指睁开眼睛观望。　⑨会当：终要，会含有必将之意。

【语译】

泰山是什么样子呢？就在那齐鲁之地，延绵不绝，苍翠葱郁，无穷无尽。天地造化萃集于此，使它如此秀美而又富有灵气。山北为阴，昏暗晦暝，山南为阳，明朗清亮，如同分割开的两个世界一般。山间的层云，使我心胸激荡，暮归的飞鸟，如同投入我大睁的双目之中似的。我一定要登上泰山之颠啊，纵目四望，群山都变得如此矮小。

【赏析】

杜甫先后作过三首《望岳》诗，这是第一首，所望者为东岳泰山。第二首亦为五言古诗，所望为南岳衡山，第三首为七言律诗，所望为西岳华山。此诗创作于唐玄宗开元二十八年（740年），据说是杜甫赴兖州省亲，途中壮游齐鲁山水时所作。这时候他还不到三十岁，正当青年，后两首《望岳》则据说分别创作于中年和老年时代，故而所表现出来的心态都截然不同。

由此诗可见，杜甫青年时代遨游山水，与李白等人交游，再加之少年心性，他的诗歌创作，风格偏向简洁明快，亦包含有无限的豪情，充满着对美好未来的憧憬。他这一时期的作品，虽已逐渐形成自己独特的行文风格，但就内涵而言，则受李白影响甚深。

首句开门见山，"夫如何"三字虽然简单，却似隐含傲气，堂堂泰山如何，要待我来评价、分说。继而说齐鲁之地延绵不绝的青翠，即为泰山之形貌了，其为造化"神秀"所荟萃，山之阴阳，分割"昏晓"，一言即将山南山北、阳处阴处，俱现笔端，形成一幅峥嵘奇绝的宏伟画图。眼前之景述罢，再将自身代入，层云如从胸中生出，归鸟似入"决眦"，是将自然与自身同化，见我即山，而山即我。有此一层含义在，后面"一览众山小"之意便呼之欲出了。

《孟子·尽心》中说："孔子登泰山而小天下。"此诗结末两句即由此化出。或谓诗人于此尽显傲气，自比岱岳，傲视群峰，这种理解是不准确的。正如《孟子》所云，此处"小天下"是见天下为小，而非天下自小，孔子登上泰山，使得眼界开阔，才能"小天下"。诗人在此也是同义，故云"会当凌绝顶"，只有登上高处，才能"一览众山小"，人必须不断地向上攀登，开阔了眼界，才能察知世间真相。照应前面两句，他确实在以岱岳自况，但并非傲视群伦，妄作豪纵之语，而是在勉励自己在学术上、心性上，都要继续努力去追索。正如王之涣在《登鹳雀楼》中所写："欲穷千里目，更上一层楼。"

唐诗常识　唐朝以前的诗人作诗押韵，多按当时语言，因为语音的流变，今天读起来，很多显得并不入韵，比如杜甫《望岳》其三押尊、孙、盆、门和源字。后来宋人依据唐诗押韵的规则，作成《平水韵》等韵谱，作诗皆按谱押韵，距离当时的口语就已经有一定距离了，逮元代中原音大量掺入胡音，距离就更远。所以诗韵不同于词韵，虽然词韵亦以诗韵为本，只是简单地将部分韵部合并，允许通押而已。诗韵更不同于曲韵，曲韵变化更大，与诗韵、词韵大相径庭。

【扩展阅读】

望岳_{其三}

唐·杜甫

　　西岳崚嶒竦处尊，诸峰罗立如儿孙。安得仙人九节杖，拄到玉女洗头盆。车箱入谷无归路，箭栝通天有一门。稍待西风凉冷后，高寻白帝问真源。

　　泰山雍容，华山险峻，所以杜甫这首描写华山的《望岳》中便有"车箱入谷无归路，箭栝通天有一门"之句，其风味与"岱宗夫如何"截然不同。

赠卫八处士①

人生不相见，动如参与商②。
今夕复何夕，共此灯烛光。
少壮能几时，鬓发各已苍。
访旧半为鬼，惊呼热中肠。
焉知二十载，重上君子堂？
昔别君未婚，儿女忽成行。
怡然敬父执③，问我来何方。
问答乃未已，儿女罗酒浆。
夜雨剪春韭，新炊间黄粱④。
主称会面难，一举累十觞⑤。
十觞亦不醉，感子故意⑥长。
明日隔山岳，世事两茫茫。

【注释】

　　①卫八处士：不详，姓卫，行八，故称"卫八"。唐人最重排行，往往对别人只称堂兄弟间的大排行而不称名。处士是指隐居不仕的士人。　②参（shēn）与商：指参星和商星，二者在夜空中此出彼没，彼出此没，以喻彼此对立、不和睦，或亲友隔绝，不能相见。陆机《为顾彦赠妇》有"形影参商乖，音息旷不达"句。　③父执：指父亲的朋友，语出《礼记·曲礼上》，有"见父之执"句，孔颖达疏："谓执友与父同志者也。"　④间（jiàn）黄粱：黄粱是粟米名，即黄小米，古代中原地区常以黄粱为主食。间指间杂。　⑤觞（shāng）：古代饮酒器名。　⑥故意：即旧意、故人之情。

唐诗常识

　　诗语不同常语，因为节奏、押韵、对仗等格式的需要，经常会运用一些违反常规语法的省略、倒装等修辞，倘不对应上下句是很难索解，甚至造成歧意的。比如此诗中"新炊间黄粱"一句，就是"间黄粱新炊"的倒装，联系上句"夜雨剪春韭"，则前言菜，此言饭，是指菜蔬之间，杂以新煮得的黄粱米饭。

【语译】

　　人生聚少离多，时常难以相见，就如同天空中运转的参星和商星一般。今晚究竟是何等良辰啊，我们竟能再次相聚于烛光之下。青春年华、少壮时代，又能够有多长呢？如今各自都已鬓发苍苍了。寻访旧日友朋，半数都已去世，你我得以重逢，不禁热情澎湃。

　　谁能想到分别二十年后，再能登上你家的厅堂呢？想当初别离之际，你还没有结婚，仿佛突然之间，儿女都已成行。他们态度端庄地向父亲的朋友行礼，询问我从何处而来，相互间问答还未完毕，你已经让他们去张罗酒宴了。他们冒着夜雨剪来春天的韭菜，精心烹制，还配上新煮得的黄粱米饭。主人说难得会面，因此连连劝酒，一口气痛饮了整整十杯。连饮十杯也不觉醉啊，只因我感念你的故人之情实在太深厚了。明朝我们又将分别啊，从此相隔重重山峦，又使人倍感世事的渺茫难测。

【赏析】

　　此诗非止叙故人重逢、惊喜之情，内中蕴含有浓厚的乱世之叹。诗作于唐肃宗乾元二年（759年）春季，杜甫回洛阳访亲后返回任所华州，于此际途经蒲州，得遇少年时好友卫八，于是有感而发。全诗平易流畅，不故作曲折语，乃是杜甫五言古诗中的一流佳作。

　　此年杜甫四十八岁，将届老年，倒推二十年（虚数，当为二十多年），正自青春年少时曾与卫八相会，所以说"昔别君未婚"。一眨眼二十多年过去了，诗人因而感叹"少壮能几时，鬓发各已苍"，而昔日尚未成婚的卫八，如今"儿女忽成行"。古人虽寿数较短，但诗人此时尚不到五十岁，同龄的亲朋故旧却已大多不在了，这并非常理，"访旧半为鬼"之句，从表面上来看，是难以索解的。但我们要考虑到此时正当安史之乱，离乱之际，旧友纷纷辞世，也便不可怪了，这便是诗中隐含的对乱世的悲叹。全诗从始至终，都蕴含着这种乱世之叹，开篇先说"人生不相见，动如参与商"，继而到"访旧半为鬼"，再到"主称会面难"，结句则云"明日隔山岳，世事两茫茫"，诗人对自己和友人，乃至国家的前途，都充满了深深的忧虑，只觉昏暗难明，渺茫难测，乃有是语。

佳　人

绝代有佳人，幽居在空谷。
自云良家①子，零落依草木。

关中昔丧乱②，兄弟遭杀戮。

官高何足论，不得收骨肉。

世情恶衰歇③，万事随转烛④。

夫婿轻薄儿，新人已如玉。

合昏⑤尚知时，鸳鸯不独宿。

但见新人笑，那闻旧人哭？

在山泉水清，出山泉水浊。

侍婢卖珠回，牵萝补茅屋。

摘花不插发，采柏动盈掬⑥。

天寒翠袖薄，日暮倚修竹。

【注释】

①良家：指高贵人家，古人以奴仆及娼优隶卒为贱民，相对的平民和官宦人家，就属良家。 ②丧乱：别本作"丧败"，这里是指安史之乱。 ③恶（wù）衰歇：指厌恶衰败之家。 ④转烛：烛火随风转动，以喻世态反复无常。 ⑤和昏：即合欢树，又名绒花树、夜合花——因其复叶昼开夜合故名夜合。 ⑥掬（jū）：指两手相合捧物。

【语译】

　　有一位绝代佳人啊，独自隐居在空旷的山谷里。她说自己本是好人家的女孩儿，如今却身世飘零，被迫居住在山林之间。这都因为当年关中地区遭逢战乱，她的兄弟全都遇害了，就算官位再高又有什么用呢？最终连遗骸都无人收敛。世态炎凉，衰败的家族总会遭人厌弃啊，就如同风中烛焰一般变幻无常。她的丈夫本是轻薄之人，因此而遗弃了她，另娶一位如玉般美女为妻。合欢树叶还知道应时而卷舒，鸳鸯鸟也不会独自歇宿，但世人只见新人的欢笑，谁又能听到旧人的啼哭？那旧人仿如泉水，在山间是如此清澈，离开山后就变得浑浊了啊。

　　侍女才卖掉珍珠回返，又扯下丝萝来修补茅屋。这美人无心梳妆，摘下花朵来却不插在鬓边，她甘于清贫，采集的柏枝用两手都无法抱拢。天气寒冷，她的绿色衣衫仍如此单薄，夕阳西下，她依然倚靠着修长的竹子，若有所待。

【赏析】

　　当初李延年向汉武帝吹嘘自己的妹妹如何美貌，作歌云："北方有佳人，绝世而独立，一顾倾人城，再顾倾人国。宁不知倾城与倾国？佳人难再得！"唐人避李世民讳，遂改"绝世"为"绝代"，而杜甫此诗，就写的是一位"绝代佳人"。

　　此诗内涵相当丰富，细品之可得三重含义。其一，是感慨丧乱。这位绝代佳人本"良家子"，而且兄弟都做高官，本应无忧无虑地在城市中生活，却因安史乱起，"兄弟遭杀戮"，使得家族衰败，进而轻薄的丈夫也抛弃了她，致使她无家可归，只能隐居山林。这位佳人隐居后的生活是非常清贫的，"侍婢卖珠回，牵萝补茅屋"，她自己也"天寒翠袖薄"，似连冬衣都置办不起。战乱使一位宦门贵妇沦落至此，那么小民百姓所罹之苦将更胜千倍百倍了。

　　诗中第二重含义，是说人情冷暖，世态炎凉。佳人为何被逐？并非因为年老色衰，也不是夫妻情感破裂，而仅仅因为"世情恶衰歇"。她做官的兄弟都死于战乱了，娘家已无靠山，所以才被丈夫遗弃。由此可见，她的丈夫当初接受这段婚姻，非关感情，甚至也不是看中了她的美貌，而只是看中她的家世，想要攀附她娘家的权势而已。进而可知，"新人美如玉"，身后也定有新贵撑腰，才能新人换旧人。所以说"万事随转烛"，世情就象风中烛焰一般难以预测。

　　诗中第三重含义则是传统的"香草美人"之喻，杜甫是以美人自况，虽然遭逢离乱，虽然遭到抛弃，却依然凤心不改，仍然怀有为国为民的拳拳之心。所以美人"幽居在空谷"，一方面甘于清贫，一方面若有所待，希望丈夫仍能回心转意。"采柏动盈掬"，是说自己的节操如柏树一般凌霜傲雪，经冬不凋，"日暮倚修竹"，则见其渴盼再能为国效力之心。诗人以一生动的弃妇形象，暗喻虽百折而不回的落魄士人心态，一如《离骚》的结句："屈心而抑志兮，忍尤而攘诟，伏清白以死直兮，固前圣之所厚！"

梦李白二首

⊙其一

死别已吞声，生别常恻恻[1]。

江南瘴疠[2]地，逐客[3]无消息。

故人入我梦，明我长相忆。

恐非平生魂[4]，路远不可测。

魂来枫叶青，魂返关塞黑。

君今在罗网，何以有羽翼？

落月满屋梁，犹疑照颜色。

水深波浪阔，无使蛟龙得。

唐诗常识　　中古音分平、上、去、入四大类声调，后三类又可统称为"仄声"，所谓押韵，就是指压同一韵部和同一声调的字眼。随着语音的流转，到宋词中，上、去已可通押，平声与上、去声偶尔可通押，元代入声逐渐消失，散入平、上、去三类。简单来说，如今普通话中一、二声即略同古平声，三声略同古上声，四声略同古去声，入声则只在部分方言中有所保留。杜甫此诗即压入声，而如今"谷"变三声，"木"变四声，"哭"变一声，"浊"变二声，再没有入声痕迹了。

【注释】

①恻恻（cè）：指悲痛。　②瘴疠（zhàng lì）：指因染受瘴气（热带丛林中动植物腐烂后所生成的毒气）而生的疾病。亦泛指恶性疟疾等病。　③逐客：遭到放逐之人，这里指李白受李璘牵连而在浔阳下狱，不久被流放夜郎。　④平生魂：这里的平生是平时意，指生魂。

【语译】

死别能令人无声地悲泣，而生别更使我长久地哀伤。想江南那瘴气弥漫、瘟疫横行的地方啊，你一遭放逐便再无消息。如今老友明白我拳拳的思念之心，所以才进入我梦境来的吧。只怕这并非你的生魂，路途遥远，生死难测。当你的离魂到来之际，枫叶犹然碧绿，尚未染霜而红，当你离魂返回之时，重重关隘是如此漆黑。想你身在罗网之中，又怎能生出翅膀飞来呢？醒来之时，月光照满了屋梁，我还以为它仍然映照着你的容颜。江水如此之深，波浪如此辽阔，你可千万小心，别被水中蛟龙给吞噬了啊！

【赏析】

李白、杜甫相差十一岁，但自天宝三载（744 年）在洛阳偶遇后，便一见如故，引为知交，但可惜翌年便即分手，从此永诀。虽然长久不见，但杜甫始终怀念李白，乾元二年（759 年），杜甫身在秦州（在今甘肃省秦安县西北），听闻李白被远放夜郎（其时李白已遇赦而回），又有传说他已于途中落水而死，为此而忧思辗转，据说一连三夜都梦见李白，于是作了这两首诗。

第一首《梦李白》主要描述梦境和抒发自己的思念之情，开篇就说"死别已吞声，生别常恻恻"，意为：倘若真切地得到你的死讯，或许悲痛还会逐渐消退，但如今你生死不明，却使我每日牵肠挂肚，哀伤总也难以消弭。夜郎在唐代为边荒之地，因为中原人士不服当地水土，所以遭放逐者十不一回，杜甫因此才会怀疑李白已死或将死。他认为是李白死后，魂魄来入其梦，可是又不愿相信传言的死讯，因此矛盾心理而哀伤更浓。"君今在罗网"，是将李白以喻飞鸟，将其下狱遭逐，落入法网，比作飞鸟落入罗网，所以说"何以有羽翼"，你怎能插上翅膀飞到我这里来？千山万水之间，两位伟大诗人的心仍然紧紧贴在一起，而由此中也可看出，杜甫对于李白已死的怀疑，其实是相当深的，他并非不信，只是不愿去相信而已。

前叙梦境，"落月满屋梁"则是醒后，月光中似仍得见梦中李白的容颜，所以说"犹疑照颜色"。在此半梦半醒，神思仍然恍惚之际，才有"水深波浪阔，无使蛟龙得"的奇特想象。《续齐谐记》中说："见一人自称三闾大夫（屈原）曰：'吾尝见祭甚盛，然为蛟龙所苦。'"杜甫在此引用此典，正影射李白落水而死的传言，从中体现出他对李白的深切关念。

⊙ 其二

浮云终日行，游子久不至。
三夜频梦君，情亲见君意。
告归常局促①，苦道来不易。
江湖多风波，舟楫恐失坠。

出门搔白首，若负平生志。

冠盖②满京华③，斯人独憔悴。

孰云网恢恢，将老身反累。

千秋万岁名，寂寞身后事。

【注释】

　　①局促：原意为空间的狭小，这里借指时间的紧促、急迫。　②冠盖：官员的冠服和车乘，这里是指代官宦。　③京华：京城的美称，因京城是文物、人才荟萃之地，故名。

【语译】

　　浮云终日不停地飘浮，出外远行的人啊，已经很久了还不见回来。我一连三个晚上都梦见你啊，足见你对我的深情厚意。当梦中的你离去的时候，总是如此地匆促，反复说明来一趟是多么不容易。江湖之上，风波频发，我真害怕你乘舟之时不慎落水啊。你出门之际搔一搔满头白发，似在慨叹平生志向难以达成。在这京城之地，到处都是达官显贵，而只有你一人不容于流俗，独自憔悴。谁说天网恢恢，公平无欺，为什么你到来老反而获罪呢？你一定会赢得千秋万代的盛名啊，但恐怕只是寂寞的生后之事了。

【赏析】

　　《梦李白》其一只是对友人的深切怀念而已，这第二首则附著了更深刻的思想。开篇先以远游以喻李白之被远逐，再写"三夜频梦君，情亲见君意"，这是和第一首基本相通的内容。"江湖多风波，舟楫恐失坠"，又是对李白落水而亡的传言的怀疑，与"水深波浪阔，无使蛟龙得"含义相同。然而紧接着从"出门搔白首，若负平生志"开始，则转而描写李白的志向和风骨。

　　"冠盖满京华，斯人独憔悴"是千古警句，短短十字，即将一位不合流俗，不与腐朽官僚同流合污的士人形象烘托于纸笔之间。"天网恢恢，疏而不漏"之句，语出《老子》，本意是指作恶者必遭惩罚，用在这里，加以"孰云"二字，却作了无奈、愤懑的反问：为什么那些"冠盖"之人作恶多端，无益于国，却仍然显赫，似李白这般高洁之士反倒会罹入罗网之中呢？天意真的公平吗？然后结句先作一扬，说"千秋万岁名"，李白你一定能够赢得千古盛名的啊；继而又作一抑，说"寂寞身后事"，只是盛名都在身后，你在生之时恐怕会历经种种坎坷，难逃此等罗网吧。待等死后，寂寞无知，后世盛名种种，又有什么意义呢？这是对不公世道的鞭笞，是对李白遭遇的同情，使得全诗从怀人、思友更上一个层次，充满了悲天悯人的志士的情怀。

唐诗常识

　　格律诗例押平声韵，偶有押仄声韵的，属于变格特例，古诗则既可押平声，也可押仄声。杜甫两首《梦李白》就都是押的仄声韵，其一所押为"平水韵"入声十三职，其二押去声四置。今天读来，"忆"、"翼"已变第四声，似可与"意"、"易"通押，但在当时，前两字和后两字的韵母发音是绝然不同的。所谓入声韵，就是韵母多加一个塞辅音韵尾——今天普通话中仍保留有 n、ng 两个辅音韵尾和 i、u 两个元音韵尾，但塞辅音韵尾则没有了。

王　维

【作者介绍】

　　王维（701 年～761 年），字摩诘，祖籍太原，父辈迁居蒲州（今山西省永济县），是唐代最著名的诗人之一。他于开元九年（721 年）中进士，旋任大乐丞，因故谪为济州司仓参军，后归长安。安史乱之前，王维累官至给事中，他一方面对当时官场感到厌倦和担忧，另一方面却又恋栈怀禄，不能决然离去，于是随俗浮沉，长期过着半官半隐的生活。

　　王维诗画俱佳，也通音律。他在诗歌上的成就很高，无论边塞诗还是山水诗，各类主题皆有佳作，苏轼赞为"味摩诘之诗，诗中有画，观摩诘之画，画中有诗"。王维中后期诗作多描摹田园景物，再加上诗中浓厚的隐逸思想，上继陶渊明、谢灵运，下开一代风气，与孟浩然并称"王孟"。此外，他本人笃信佛教，诗中也多有反映，后人称其为"诗佛"。

送綦毋潜①落第还乡

圣代无隐者，英灵尽来归。

遂令东山客②，不得顾采薇③。

既至金门④远，孰云吾道非⑤。

江淮度寒食，京洛缝春衣。

置酒临长道，同心与我违。

行当⑥浮桂棹⑦，未几拂荆扉。

远树带行客，孤村当落晖。

吾谋适不用，勿谓知音稀。

【注释】

　　①綦毋（qí wú）潜：字孝通，唐代诗人，为王维之友。綦毋是双姓。　②东山客：指隐士，东晋谢安曾隐居东山，乃有是典。　③采薇：传说孤竹君之子伯夷、叔齐耻食周粟，隐居在首阳山中，采薇而食。薇是一年生或二年生草本植物，结荚果，中有种子五六粒，可食，嫩茎和叶可做蔬菜，通称"巢菜"、"大巢菜"或"野豌豆"。　④金门：即金马门。《史记》载："金马门者，宦署门也，门傍有铜马，故谓之金马门。"这里指代朝廷。　⑤孰云吾道非：语出《孔子家语·在厄》："楚昭王聘孔子，孔子往，陈蔡发兵围孔

子，孔子曰：'匪兕匪虎，率彼旷野，吾道非乎，吾何为至此乎？'" ⑥行当：将要。 ⑦桂棹：用桂树做的船桨，这里是指代船只。《离骚》中有"桂棹兮兰桨"句。

【语译】

　　圣明时代是没有隐士的，因为天下英才都将汇聚朝廷。就连如同隐居东山的谢安一般的你啊，也不能再悠闲采薇而食，而要来考试应举了。谁想虽然参试，却终落第，就此远离了朝堂，不禁自问说难道是我等的主张错误了吗？想你远道而来，曾在江淮之间度过寒食佳节，又在东都洛阳缝制春衣。如今我在长安道上摆下酒宴为你饯行，慨叹志同道合的友人就要分别了啊。你将乘坐桂木为桨的舟船，不久又能推开家中的柴门。树木绵延到远方，映衬着远行的你，西沉的红日洒满了孤峻的城池。我等的主张只是暂时得不到认同啊，你千万不要认为知音稀少。

【赏析】

　　此诗开篇便见不凡，说"圣代无隐者，英灵尽来归"，表面上是颂圣，但随即将綦毋潜比作谢安和伯夷、叔齐，这般人物却偏偏落第，从而"金门远"，还怀疑是否"吾道非"，前后对比，则讽刺之意鲜明。同时这也是对友人的慰藉：不是你才学不够啊，而是当道诸君皆盲者也。

　　"江淮度寒食"两句，或说是指友人归去之路。但綦毋潜家在江西，倘若归去，也该先经洛阳，再赴江淮，而不当反而言之，况且后面还有"行当浮桂棹"四句言归去，未免重复。所以这两句应该是回想綦毋潜离开故乡，北上应试之途，从"度寒食"再到"缝春衣"，可见整整一年过去了，但这离乡的一年却并未得到应有回报，被迫要再黯然返回。

　　此诗在慰藉友人的同时，还抒发了自己的情感和志向。"同心与我违"，王维认为綦毋潜和自己是志同道合者，那么綦毋潜落第而归，也可反衬出诗人本身在朝中并不得意。"吾谋适不用"与前"孰云吾道非"的主语不同，"吾道非"是綦毋潜的口吻，"适不用"则是王维本人的口吻，可见这"吾谋"是指王维和綦毋潜共同的谋，共同的主张、理念，然而却不得用。诗人一方面安慰友人，吾谋只是"适不用"而已，将来还有机会，同时以"勿谓知音稀"为结，再次说明自己和对方的志趣、主张相同。表面上此诗是为友人的遭际而慨叹，其实诗人也是在自伤自叹。

送　别

下马饮①君酒，问君何所之？
君言不得意，归卧南山陲②。
但去莫复问，白云无尽时。

【注释】

　　①饮：这里作使动用法，指"请饮"，可读作第四声。 ②陲（chuí）：指边疆、边界，引申为边缘。

【语译】

下得马来，请你饮酒，问你要到哪里去呢？你回答说："因为不如意啊，所以要回到南山去隐居高卧。去吧，去吧，你就别多问了，且看那白云飘飘，永无止尽。"

【赏析】

此诗抒发了因为宦途坎坷而灰心失望，从而想要回乡隐居的情思。诗作问答体，但谁问谁答，正不必细究，或许其实并没有这番问答，而只是虚拟问答以述志而已。

诗中的"南山"当指终南山，指代隐士居所，所以"归卧南山陲"也并非简单地离朝回乡，实有隐逸之志。"但去莫复问"两句，或谓是问者所言，恐怕不确，倘此言出于问者，便不当作"莫复问"，而当作"我不问"或"莫复留"了。此亦为答者所言。"白云无尽时"是指山林之趣，用白云的悠游对比宦途的拘束，用白云的无尽对比人生的有限，重重哲理却不明言，却指物而比，颇有禅的意味。所以王维被称为"诗佛"，并非妄语。

【扩展阅读】

送 别

唐·王维

山中相送罢，日暮掩柴扉。春草明年绿，王孙归不归。

王维曾作过多首送别诗，《送綦毋潜落第还乡》别本即名为《送别》，上面这首《送别》也有名为《山中送别》的。这是一首五言绝句，言简意赅，抒发了对友人浓厚的眷恋相思之情。

青 溪①

言②入黄花川③，每逐青溪水。

随山将万转，趣④途无百里。

声喧乱石中，色静深松里。

漾漾泛菱荇⑤，澄澄映葭苇⑥。

我心素已闲，清川澹如此。

请留盘石⑦上，垂钓将已矣⑧。

【注释】

①青溪：沮水支流，在今天的陕西省勉县东面，《水经注》上说此水"其深不测，泉甚灵

洁"。 ②言：发语词，无实义。 ③黄花川：在今天陕西省凤县东北，似与青溪相通。 ④趣：通"趋"，指快步前行。 ⑤菱荇（xìng）：指菱角和荇菜，都是水生植物。 ⑥葭苇：即芦苇，又名蒹葭。 ⑦盘石：通"磐石"，指大石头。 ⑧将已矣：就此罢了，这里指以此终老。

【语译】

我每次进入黄花川，都要追逐着青溪水前行。随着山势转过千道万道弯，其实才急行了不到百里而已。乱石当中，水声喧闹，深密的松林里却景色幽静，只见菱角和荇菜随波荡漾，芦苇倒映在水中。我的心境向来悠闲，而清澈的溪水又是如此恬淡，还是就留在这溪边磐石之上，就此垂钓终老吧。

【赏析】

这是一首隐逸之诗，应当作于张九龄罢相以后，因为由此开始，王维在政治上趋向退缩无为，少年时的宏图壮志日益消磨，诗中的归隐之意也逐渐浓厚。诗明写游溪，其实暗有所指，"随山将万转，趣途无百里"，是说自己在宦途中历经种种坎坷，但却并没有什么成就和进步，于是才萌生退隐之心。"声喧乱石中"，仍接上以言俗尘之烦扰，但随即"色静深松里"，周边的环境，更主要是诗人的内心，却逐渐变得平和起来。以此平和之心，驱策其双眼，再看景致，便只有恬静和澄澈，菱、荇随波荡漾，芦苇倒映水中……

七言写景，往往显得秾丽，五言则相对要清雅得多，此诗中间几句，深切地反映出诗人确为写景妙手，果然"诗中有画"。再后写"我心素以闲"，这其实是自欺欺人，观诗的前半段，便不见闲，闲在其后，是逐渐产生的情绪。就此诗人发出喟叹：人生如此无奈，坎坷如此重重，还不如就此归隐算了。传说姜尚曾垂钓渭滨，后汉也有严光垂钓而隐，不肯出仕，故向来以垂钓来指代隐者。"将已矣"三字，回味悠长，然而事实上王维始终在宦途中辗转，他并没有真的去隐居，所有通达、谦退，也只反映在诗中，只是诗人万般无奈之下美好的理想而已。

渭川[①]田家

斜阳[②]照墟落[③]，穷巷[④]牛羊归。
野老念牧童，倚杖候荆扉。
雉雊[⑤]麦苗秀，蚕眠桑叶稀。
田夫荷[⑥]锄至，相见语依依。
即此羡闲逸，怅然吟式微[⑦]。

【注释】

①渭川：即渭河。 ②斜阳：别本作"斜光"。 ③墟落：即村落。 ④穷巷：别本作"深巷"，穷在这里也是深的意思。 ⑤雉雊（gòu）：雉鸡鸣叫，语出《礼记·月令》，有"雁北乡，鹊始巢，雉雊鸡乳"句，郑玄注："雊，雉鸣也。" ⑥荷：肩负，去声，今可读为第四声。 ⑦式微：指《诗·邶

《风》有《式微》诗曰："式微式微，胡不归。"式微即临近黄昏意。

【语译】

斜阳映照着村庄，牛羊归入深邃的街巷。村中老人想念着牧童，于是倚着拐杖在柴门边等候。野鸡鸣叫，麦苗苗壮成长，蚕正作茧，桑叶已很稀疏。农夫扛着扁担回来，相互亲切地交谈着。我因此而羡慕农家闲逸的生活啊，怅然吟咏着《式微》之诗。

【赏析】

此诗笔触简洁，写农家田园之乐纯用白描手法。乡间黄昏时分，先写斜阳落，再说牛羊归，老人等待牧童归来，农夫已经收工回家，间杂以麦苗生长、蚕已化蛹结茧，可知时令乃是夏季。诗中所表现出来的氛围是闲适、平和的，这从牛羊自归（牧童还未回来），农夫"相见语依依"便可看出。然而诗人写景，并非纯粹歌咏农家之乐，而是寄托自己的烦闷心情，暗起隐居之思，诗眼便在结句——"即此羡闲逸，怅然吟式微"。《诗·邶风·式微》咏道："式微式微，胡不归。"天近黄昏，为什么不回来呢？诗人怅然而吟，其意是说自己已近暮年，为什么还贪恋着俗世的繁华，不肯回归自然，归乡而隐呢？

当然，农人辛勤劳作，生活未必有诗人所描写的那般愉快、闲适，所以诗中所写的只是农村的表象而已，内中究竟如何，并非诗人所愿见、愿闻、愿知，其悠闲的氛围，纯是诗人想象，为的正是引出结句。在王维看来，农家之乐，更准确点说是隐士之乐，要超过仕宦无数倍，所以衷心艳羡。就此而产生了这首清雅的诗篇，同时也类似一幅淡墨山水画。

西施咏

艳色天下重，西施宁久微①。
朝为越溪女，暮作吴宫妃。
贱日岂殊众②，贵来方悟稀。
邀人傅脂粉，不自著罗衣。
君宠益娇态，君怜③无是非④。
当时浣纱伴，莫得同车归。
持谢⑤邻家子，效颦⑥安可希⑦？

【注释】

①宁久微：宁是否定，微指卑贱，意为：哪儿会长久卑贱呢？　②殊众：与众不同。　③怜：指爱。　④无是非：指因怜爱而不计较是非，觉各方面均很可爱。　⑤持谢：奉告。　⑥效颦：语出《庄子》，说："西施病心而颦（皱眉），其里之丑人见而美之，归亦捧心而效其颦，富人见之，闭门而不出，

贫人见之，挈妻子而去之，彼知美矉而不知矉之所以美。"后来演化成"东施效颦"的成语。　⑦安可希：怎能得到他人的赏识呢？

【语译】

　　西施的美色天下人都仰慕，她又怎会长久卑贱呢？白天还是越地溪水畔的浣纱女，晚上就进入吴宫变成了吴王的妃子。卑贱之时，她与众人又有什么不同呢？然而一旦富贵，大家才明白她的美艳是多么稀罕啊。她招人前来帮忙涂脂抹粉，自己都不用亲自穿衣服。吴王越是宠爱她，她的仪态越是惹人怜惜，吴王因此而觉得她所有方面莫不可爱。当时一起浣纱的女伴，没有人能够与她同车回乡。奉劝那邻居的女孩啊，光是模仿西施皱眉头，又怎可能得到他人的赏识呢？

【赏析】

　　这是一首咏史诗，借史事以抒发自己某种情怀。历来都解此诗意为讽喻，嘲讽那些倖进小人，一朝得势便骄奢淫逸，"邀人傅脂粉，不自著罗衣"，还蛊惑君王，使得"君怜无是非"。然而将西施比倖进小人，实在难以自圆其说，开篇就说"艳色天下重，西施宁久微"——哪有遭人痛恨的倖进小人是天赋奇才，并且命中注定不会屈居下僚的呢？结句再用"东施效颦"的典故，说这些人的天赋是学不来的，遭际是无法复制的，分明对以西施类比的那些人抱有欣赏甚至是羡慕的态度，又何来讽喻一说？

　　其实诗的本意，不过自比西施，为自己一时的不遇开脱、自解而已。王维认为自己才能超卓，便如同西施盛富美色一般，锥处囊中，终能脱颖而出，是不会长久沉沦下僚的，一旦得志，自能一飞冲天。不遇之时，似乎并不"殊众"，富贵以后，人们才会真正了解我的才能。"邀人傅脂粉，不自著罗衣"只是状其贵盛而已，"无是非"是说到时候看来处处皆是才能，而并不含有是非不辨的隐意。而既然自己的才能和西施的美色一般都是天赋的，自然他人无法仿效，东施效颦终究无益。

　　此诗或作于王维青少年时代，尚有万丈雄心，想要一朝贵盛，翱翔天际，好好地做一番事业，诗中充满了自矜之意。从来诗歌不可浅读，亦不可深读，强要赋予某首诗更深厚的用意，结果只能捉襟见肘，难以自圆其说。

【扩展阅读】

西　施

唐·苏拯

　　吴王从骄佚，天产西施出。岂徒伐一人，所希救群物。良由上天意，恶盈戒奢侈。不独破吴国，不独生越水。在周名褒姒，在纣名妲己。变化本多涂，生杀亦如此。君王政不修，立地生西子。

　　古人经常把亡国归咎于君王惑于美色，从而把污水往无辜的女人身上泼，但西施是例外，因为传说她本就是越国的间谍。所以《全唐诗》以西施为题的作品有十五首，基本上西施都属于正面形象，只有此诗例外，将西施与褒姒、妲己并列，但主要还是讽谏君王，并没有过多责怪西施。

唐诗常识

　　格律诗一般偶数句押平声韵，奇数句则除首句可能入韵外，都以仄声结尾，就此形成抑扬顿挫的音乐美感。古诗对于各句尾字的平仄虽无严格要求，但诗人也往往为了形成铿锵节奏而无意识地作出特别安排。即以此诗而论，偶数句押上声韵，都是仄声尾，不必说了，奇数句则以川（平）、转（仄）、中（平）、荇（仄）、闲（平）、上（仄）等字为结，自然平仄相间，使得阅读时起伏错落，别有韵味。

孟浩然

【作者介绍】

孟浩然（689年～740年），本名不详，浩然为其字，襄州襄阳人，故世称"孟襄阳"，是唐代著名诗人。他的前半生主要居家侍亲读书，以诗自娱，四十岁游京师，应进士不第。据说唐玄宗咏其诗，见"不才明主弃"语，乃谓："卿自不求仕，朕未尝弃卿，奈何诬我？"因而放归。其后孟浩然漫游吴越，穷极山水，更隐居鹿门山，著诗二百余首。他的诗大多为五言短篇，描写山水田园和隐逸、行旅等内容，虽不如王诗境界广阔，但在艺术上也有独特造诣：不事雕饰，清淡简朴，感受亲切真实，生活气息浓厚，富有超妙自得之趣。他是唐诗中山水田园派的领军人物，后人遂将其与王维并称为"王孟"。

秋登万山①寄张五②

北山白云里，隐者自怡悦。相望试登高，心随雁飞灭③。愁因薄暮起，兴是清秋发。时见归村人，沙行渡头歇。天边树若荠④，江畔洲⑤如月。何当载酒来，共醉重阳节。

【注释】

①万山：即汉皋山，在襄阳境内。别本作"兰山"，误。 ②张五：别本作"张文僮"或"张子容"，所指应为一人，即张諲，诗人好友，官至刑部员外郎，工诗擅画。 ③心随雁飞灭：别本作"心飞逐鸟灭"。 ④荠：荠菜，指树木因遥远而显渺小。 ⑤洲：水中小岛，别本作"舟"。

【语译】

身为隐士，我感到自在快乐，北山深藏在白云之中，为了眺望你，我试着登高。在山之巅，我心随大雁飞去，直至隐没于天边。因为暮霭渐生，略觉惆怅，又因为清秋美景，不禁兴致大发。从山上望去，不时能够看到返回村落的乡人，经过沙滩，在渡口歇息。天边的树木如同荠菜一般，江畔的小洲又似明月。你什么时候才能带着酒而来，咱们共醉一场，以度过那重阳佳节呢？

【赏析】

九月初九重阳节，古人本有登高的习俗，因而重阳登高以怀亲友，也便成为诗中常见的主题。不过这首诗应该并不是重阳当日写的，诗中说"试登高"，可见是在重阳节前。孟浩然曾与张諲一起隐居于襄阳南面的岘山，相对于岘山，故称万山为北山。他在重阳节前登山思念张諲，同时亦抒发自身的隐者之趣。

全诗分为三个部分，首四句写景并思人，"愁因薄暮起"，正因思人而愁，再转"兴是清秋发"，即开始写眺望所见，以及抒发隐者之趣。乡人归村，所行之沙"平"，并在渡口歇息，无疑所表现出来的氛围是很闲适、舒缓的，也即开篇所写的"怡悦"。登高而望，只见树小若荠、洲小如月，所体现的乃是隐士笑看红尘，觉方寸至大，天地渺小之意。第三部分作结，再拉回思人来，询问张諲是否能够携酒而来，与自己共度重阳佳节。"共醉"一语，既见两人之志同道合，又见隐士之超脱于现实之外。

孟浩然写田园山村景物，与王维略似，都以淡笔描出，不渲染情语，而有图画风味。

【扩展阅读】

答诏问山中何所有

南朝·陶弘景

山中何所有？岭上多白云。只可自怡悦，不堪持赠君。

此诗为南朝陶弘景所作，所表现的亦为隐者之趣，简单明快，风格独特。陶弘景的这四句诗启发了孟浩然，"北山白云里，隐者自怡悦"正是从此诗中化出。

夏夕①南亭怀辛大②

山光忽西落，池月渐东上。
散发③乘夕凉，开轩④卧闲敞。
荷风送香气，竹露滴清响。
欲取鸣琴弹，恨无知音赏。
感此怀故人，终宵⑤劳梦想⑥。

【注释】

①夏夕：别本作"夏日"。 ②辛大：别本作"辛子"，所指或为辛谔，孟浩然友人。 ③散发：披散头发。古人结发梳髻，散发是表现放浪不羁。《史记·屈原列传》即有"屈原至于江滨，被（披）发行吟泽畔"句。 ④轩：指有窗的长廊或小屋。 ⑤终宵：别本作"中宵"。 ⑥梦想：梦中思念。

【语译】

不经意间，山中的夕阳已然西落，池塘上月色逐渐东升。我披散着头发，沐浴着黄昏的清凉，打开轩窗，在宽敞、闲适中躺卧。微风送来荷花的香气，竹上清露滴下，发出清脆的声响。想要取出琴来弹奏，只恨没有知音欣赏啊，为此而感怀、思念故人，整晚整晚都因在梦中想念而疲倦。

【赏析】

　　此诗也是怀人而兼述隐者的闲趣。隐士躲避人世，独乐于山水之间，所以要表现隐者之趣，对于景色的描写是不可欠缺的。孟浩然是写景的圣手，笔下清新典雅、简朴平实，咏其诗而如目见其景。

　　这是一个夏夜，先写夕阳西落，明月初升，间以山、池，可见是在静谧乡间，而非喧嚣都市。诗人狂放不羁，散发而卧，鼻端传来荷花的清香，耳中听闻露水的滴响——荷、竹并为君子，正是诗人自况。当此良宵美景，于是乃有抚琴之愿，但可惜故人不在身旁，弹琴又与谁听呢？"恨无知音赏"即从身周景物转向思人，结句"终宵劳梦想"，更见思念之深。

　　"荷风送香气，竹露滴清响"写景入微，前人推为难得的佳句。此亦古诗之对仗，只论词性而不拘平仄——"山光忽西落，池月渐东上"亦然如此。

【扩展阅读】

西山寻辛谔

唐·孟浩然

　　漾舟寻水便，因访故人居。落日清川里，谁言独羡鱼。石潭窥洞彻，沙岸历纡徐。竹屿见垂钓，茅斋闻读书。款言忘景夕，清兴属凉初。回也一瓢饮，贤哉常晏如。

　　孟浩然有友辛大，他写过《送辛大之鄂渚不及》、《都下送辛大之鄂》、《张七及辛大见寻南亭醉作》等诗，上面这首诗中所提及的辛谔，或许便是辛大。此诗所述亦隐者之趣，结句以颜回为比，突出隐士内心的恬淡和纯洁。

宿业师山房①待丁大②不至

夕阳度西岭，群壑倏③已暝。

松月生夜凉，风泉满清听。

樵人归欲尽，烟鸟④栖初定。

之子⑤期宿来，孤琴候萝径。

【注释】

　　①业师山房：业师是指名为业的和尚，师为对僧侣的尊称，山房是山中房舍，这里指寺庙。业师

别本作"来公"。 ②待丁大：等待丁大，待字别本作"期"。丁大即丁凤，孟浩然之友。 ③倏：倏忽，指瞬间、很快。 ④烟鸟：暮色烟霭中的飞鸟。 ⑤之子：此人。

【语译】

夕阳落日才刚度过西面山岭，重重山谷很快就昏暗了下来。松间明月带来夜晚的凉意，风中泉水传出悦耳的声音。樵夫陆续归家，就要从山中走光了，烟霭中的鸟雀才刚降落栖息。此人曾相约晚间来到啊，所以我一个人带着瑶琴，在生满青萝的小路上苦苦等待。

【赏析】

孟浩然的五言诗有前代朴拙风格，却无诘屈生涩之病，描写景物更清新脱俗，确实是隐者趣味。比如这首诗，前六句都摹景，从夕阳西下写起，到明月生凉，而多加一"松"字，泉水淙淙，多加一"风"字，则周边景物在短短十字中毕现。再写樵人将尽、烟鸟初栖，则暮霭下静谧清冷的氛围亦悄然生成于笔端。

当此清寒之际，更盼知音，所以景物的描写，氛围的设定全都紧扣着主题，乃是期人不至，暗生惆怅。结句出一"孤"字，再突出这一重点，而"琴"之出现，期盼知音之意则更是明显。琴为君子之乐器，再以青"萝"修饰"径"字，也是香草美人之喻，则一众人皆醉我独醒的士人形象便也在景物背后隐隐呈现出来了。

这首诗最突出的特点是，写景而非孤景，一句中或有松有月，或有风有泉，都造成自然完美的组合，而这些组合两两相对，又自然成联。孟浩然五言古诗中喜欢用对，写景时也喜欢用对，其对仗之自然、巧妙，都是值得反复吟咏的。

唐诗常识

古代也有多音字，同时还有一些字同义亦多音，比如"风泉满清听"的"听"字，既可以作平声，也可以作去声，不同声调下含义并无区别。此诗所押韵部为"去声二十五径"，所以听在这里与暝、定、径相押，是要读作去声的。今天吟咏，可以把它当作第四声。

王昌龄

【作者介绍】

王昌龄（约690年~约756年），字少伯，山西太原人，唐代著名边塞诗人。他早年贫贱，年近不惑始中进士，初任秘书省校书郎，又中博学宏词，授汜水尉，因事贬谪岭南等地。开元末返回长安，改授江宁丞，安史之乱起后，为刺史闾丘晓所杀。

王昌龄与李白、高适、王维、王之涣、岑参等诗人均有交往，诗作以七绝见长，能以极短的文字概括极丰富的社会内容，尤以登第前赴西北边塞所作的边塞诗气势雄浑，格调高昂，最受推崇。后人誉之为"诗家夫子王江宁"，今存诗一百七十余首。

同从弟①南斋玩月忆山阴崔少府②

高卧③南斋时，开帷月初吐。
清辉澹④水木，演漾⑤在窗户。
荏苒⑥几盈虚⑦，澄澄变今古。
美人清江⑧畔，是夜越吟苦。
千里共如何，微风吹兰杜⑨。

【注释】

①从弟：堂弟。　②山阴崔少府：山阴即今天的浙江省绍兴市，崔少府指崔国辅，当时担任山阴县尉，少府是县尉之雅称。　③高卧：高枕而卧，指清闲安适。　④澹：指水波纤缓。　⑤演漾：即荡漾。　⑥荏苒：别本作"苒苒"。　⑦盈虚：月圆为盈，月缺为虚，引申为盛衰成败。　⑧清江：当指曹娥江，在今天的浙江省绍兴市东面。　⑨兰杜：兰草和杜若，都是香草。

【语译】

我高卧在南面书斋的时候，打开帘幕，只见明月初升，那清丽光辉映照下的树木和水面啊，都显得如此素淡，在窗外轻轻地荡漾着。想这月亮随着时光流转，有多少次圆了又缺啊，正如今古变迁，沧海桑田。想那曹娥江畔的美人，今晚应当在苦苦地吟唱着越地的歌曲吧？我们千里相隔，共有的只有这明月啊，在明月之下感受着微风轻松，吹拂着兰芷杜若……

【赏析】

　　宋代大词人苏轼脍炙人口的《水调歌头》"明月几时有"，其实和王昌龄的这首诗所描绘的意境、所阐发的思想是非常接近的。当然，人隔千里，相共明月，这也不是王昌龄的新创，其源头可能在南朝谢庄的《月赋》，有"美人迈兮音尘绝，隔千里兮共明月"之句。人们抬头看月圆月缺，怀想远方之人，想到共在此明月之下，共浴此月之清辉，这种情绪本不出奇，但落于诗人笔端，却又别见情趣。

　　开篇两句写时，续两句写景，写景很粗略，与王维、孟浩然等人不能并论，因为王昌龄此诗的重点并不在身周种种景物，而只在明月一种而已。他从明月想到千古变迁，时光逝水，再想到远方的故人。"美人清江畔"，应该就是指时任山阴县尉的崔国辅，将友人比作美人，结句又有"兰杜"之语，正香草美人之喻也，这是称赞朋友的品格高尚。虽然品格高尚，却身居僻远（唐代江南地区大多才刚开发），宦途并不顺利，故有"越吟苦"之语。但是诗人说你我千里共此明月，微风吹拂兰杜，是安慰友人，天涯虽远，知音永在，不必过于自悲自叹啊。

丘 为

【作者介绍】

丘为（694年～约789年），嘉兴人，唐代诗人。他屡试不第，乃归山苦读，天宝元年（742年）进士及第，累官至太子右庶子。丘为很长寿，活了九十多岁，善诗，与王维、刘长卿等友善，时相唱和。其作大抵为五言，格调清幽淡逸，多写田园风物，《全唐诗》收录其作十三首。

寻西山隐者不遇

绝顶一茅茨①，直上三十里。

扣关无僮仆，窥室惟案几。

若非巾柴车②，应是钓秋水。

差池③不相见，黾勉④空仰止⑤。

草色新雨中，松声晚窗里。

及兹⑥契幽绝，自足荡心耳。

虽无宾主意，颇得清净理。

兴尽方下山，何必待之子。

【注释】

①茅茨：茅草盖顶的屋子，指陋室。　②巾柴车：巾车是指有篷之车，柴车是指破旧之车，陶潜《归去来辞》有"或命巾车，或棹孤舟"句。　③差池：原意指参差不齐，这里指因此来彼往而错过。　④黾（mǐn）勉：努力。　⑤仰止：原意为仰望，后引申为仰慕，语出《诗·小雅·车舝》，有"高山仰止，景行行止"句。　⑥及兹：来此。

【语译】

高山绝顶上有一座茅草小屋，我为了寻访隐者而攀登三十里来此。然而敲门却不见僮仆回应，窥看却见空荡荡的只有几案。那隐者倘非驾着简陋的马车出行，定然是去往秋天的水畔垂钓了。前后错过，不得相见，我一片殷切仰望之心全都落空。此时新雨滋润得草色青青，晚窗下传来松林的风声，此来正赶上这般清幽到极处的景观，也就足够涤荡我的心胸和耳目了吧。就算宾主不能相见尽欢，也获得了不少清净的禅理。兴致已尽后便下山去吧，何必再等待隐者归来呢？

【赏析】

此诗写寻隐不遇，兴尽而返事。《世说新语》中记载："王子猷居山阴，夜大雪……忽忆戴安道。时戴在剡，即便夜乘小船就之，经宿方至，造门不前而返。人问其故，王曰：'吾本乘兴而行，兴尽而返，何必见戴！'"然而丘为分明没有王子猷那么豁达，一开始他还是颇为遗憾的，所以说"黾勉空仰止"——我这一趟算是白辛苦了。但随即他感受到山间"幽绝"的氛围，也即感受到了隐士生活之趣，从而"颇得清净理"，心情才终于平和下来，感觉这一趟并没有白跑，从而"兴尽方下山，何必待之子"。

所以这首诗就总体而言，是抒发诗人对隐士生活的向往。隐士虽居"茅茨"，却身在"绝顶"，大有俯瞰苍生之意。他或者乘车出游，或者垂钓溪边，显得是那么自由自在，无拘无束。而且身周有"草色新雨中，松声晚照里"的"幽绝"景致，契合自然，实足令人歆羡。诗人来访，虽然没有见到隐士，最终也得到了他所想要得到的隐士之趣，所以才高高兴兴地下山去了。

"草色新雨中，松声晚照里"一联极朴而又极佳，浑然天成，难怪丘为能与王维等同游，他们的风格乃至意趣，确实是比较相近的。

綦毋潜

【作者介绍】

綦毋潜（691年～756年），字孝通（一说季通），虔州（今江西省南康市）人，唐代诗人。他十五岁即游学长安，与当时诗坛名家多有交往，渐有诗名。开元十四年（726年）进士及第，历任宜寿尉、左拾遗等职，入集贤院待制，后因兵乱而弃官归隐。他是唐代江西最有名的诗人，前人赞为"盛唐时，江右诗人惟潜最著"、"清回拔俗处，故是摩诘（王维）一路人"。

春泛若耶溪①

幽意无断绝，此去随所偶②。
晚风吹行舟，花路入溪口。
际夜③转西壑，隔山望南斗。
潭烟飞溶溶，林月低向后。
生事且弥漫④，愿为持竿叟。

【注释】

①若耶溪：在今天浙江省绍兴市若耶山下，唐时多隐者居。　②偶：相遇。　③际夜：入夜，际在这里作"正当"解。　④弥漫：本指水势浩大，引申为渺茫，不可捉摸。

【语译】

这清幽的兴致绵绵不绝啊，我顺水而去，随遇而安。晚风吹动小舟前行，沿着一路鲜花来到若耶溪口。到了晚间，已经转入西方山谷，隔着山峦仰望天空的南斗星。潭中的水雾迷离飞舞，林中月色在身后逐渐低沉。人生在世是如此地渺茫，难以捉摸啊，我希望能够成为持竿垂钓的隐士啊。

【赏析】

全诗在写"幽意"，但这"幽意"究竟是什么呢？它不可能是纯指清幽的情境，因为开篇即有"幽意"，但真正清幽之景，要待"入溪口"以后才逐渐展现开来。所以"幽意"当指诗人的内心渴盼，他期盼着、探寻着那种能够使心灵纯静无垢的自然环境和氛围，于是他进入若耶溪去寻找，并且最终得到了灵魂的升华。

这也是一种隐者之趣，趣在山水自然之间，而脱离了俗世的纷扰。诗以"幽意无断绝"为始，峭然拔起高峰，然后又兼"此去随所偶"，似有意，似无意，似乎是在提醒读者，只有放弃执着，循自然而觅，才能找到内心的清幽。这内心的清幽正在夜晚的溪间，且行且望且感，有群星垂天、潭烟溶溶、林月低下。于是诗人真切地感受到了此地与外间（俗世）的不同，再没有渺茫不可测的人世，而纯粹只有自然之趣。

此诗开篇极佳，中写景物亦可圈可点，唯不如王、孟等一流高手而已，但结句略显平直，"愿为持竿叟"写得过白，收束不够有力，也不能余味隽永。

唐诗常识

　　格律诗对平仄的要求很严，虽然具体情况具体分析，可以通过"拗救"等手段部分放宽，但全句平声或仄声是绝对不能容忍的。古诗则不同，全平句或全仄句经常出现，比如此诗中的"潭烟飞溶溶"，就是五平声。所以古诗的声调总体而言要比格律诗来得生涩，也显古拙。

常　建

【作者介绍】

常建（708年~约765年），字号不详，籍贯不详（一说邢台人或说长安人），唐代诗人。他于唐玄宗开元十五年（727年）中进士，与王昌龄同榜，至唐代宗大历年间才授盱眙尉，仕途很不如意，于是放浪形骸，来往山水名胜，长期过着漫游生活。后移家鄂渚（即今天湖北省武汉市武昌区），招王昌龄、张偾共同隐居。大历中，曾任盱眙尉。他的诗作以田园山水为主要题材，风格接近王、孟，善于运用凝练简洁的笔触，表达出清寂幽邃的意境。

宿王昌龄隐居

清溪深不测，隐处惟孤云。
松际露微月，清光①犹为君。
茅亭宿花影，药院滋苔纹。
余亦谢时②去，西山鸾鹤群③。

【注释】

①清光：这里是指清亮的月光。　②谢时：辞别俗世之累，这里的谢是谢绝之意。　③群：指为群、相伴。

【语译】

清澈的溪水啊深不可测，隐士的居所只有一片浮云。松树梢上露出一点明月，这清亮的光芒似为你而倾洒。茅草为顶的亭中鲜花如眠，种药的院落苔痕滋生。我也想辞别了这凡尘而去啊，愿与西山的鸾鸟、仙鹤为伴。

【赏析】

常建老年后曾招王昌龄等来鄂渚共隐，但此诗当作于此前，所谓"王昌龄"隐居，不是在鄂渚，而是在今天安徽省含山县境内的石门山上，王昌龄青壮年时代曾隐居于此。但王昌龄当时的隐居并非真隐，而只是为了闭门读书，以求仕进而已，所以常建写下此诗，以"余亦谢时去"为结，期盼王昌龄可以重拾初衷。

全诗不仅写隐者居所，也隐约透露出当时王昌龄并不居此，此"隐居"只是旧居而已，并且顺笔称颂了王昌龄等隐士的高贵品质。"隐处惟孤云"，正是以白云以比隐者，是那样纯洁而又孤独，卓然飘荡于长天之上。继写明月如同为王昌龄而洒下光芒——"清光犹为君"，称颂之意便更明显了。"茅亭宿花影，药院滋苔纹"一联极工整，炼字亦精。结句"西山鸾鹤群"，鸾鸟、仙鹤本是传说中仙家的坐骑，故此被看作是禽类中通灵而纯洁的象征，诗人欲以鸾鹤为伴，也正是说隐者的高洁，隐者的超凡，如同天上的神仙一般，深切表现出他对隐士生活的向往。

殷璠所编《河岳英灵集》中评价此诗，说"其旨远，其兴僻，佳句辄来，唯论意表"，确实不是谬赞。

【扩展阅读】

鄂渚招王昌龄、张偾

唐·常建

刈芦旷野中，沙土飞黄云。天晦无精光，茫茫悲远君。楚山隔湘水，湖畔落日曛。春雁又北飞，音书固难闻。谪居未为叹，谗枉何由分。午日逐蛟龙，宜为吊冤文。翻覆古共然，名宦安足云。贫士任枯槁，捕鱼清江渍。有时荷锄犁，旷野自耕耘。不然春山隐，溪涧花氤氲。山鹿自有场，贤达亦顾群。二贤归去来，世上徒纷纷。

常建作此诗以招王昌龄和张偾来共同隐居，诗中写得很清楚，隐居的原因是"谪居未为叹，谗枉何由分"，因为对坎坷宦途的失望，才召唤"二贤归去来"，以躲避"世上徒纷纷"。可见士人而转为隐者，大多出于现实的不如意，隐居对他们来说，不过是一种逃避罢了。

岑 参

【作者介绍】

岑参（cén shēn）（约715年~770年），字号不详，原籍南阳，迁居江陵，是唐代最著名的边塞诗人之一。他于天宝三载（744年）登进士第，授右内率府兵曹参军，后充安西四镇节度使高仙芝幕府掌书记。天宝十载（751年）归长安，与杜甫、高适等游，十三载（754年）又充安西北庭节度使封常清判官，再次出塞。安史乱起，岑参东归勤王，杜甫等推荐他任右补阙，由于"频上封章，指述权佞"而改任起居舍人，不满一月即贬为虢州长史。后又任太子中允，虞部、库部郎中，嘉州刺史等职，罢官后客死成都舍。

岑参早期诗歌多为写景、抒怀及赠答之作，山水诗风格清丽俊逸，且语奇体峻，意境颇新。后经六年边塞生活，使他的作品境界空前开阔，雄奇瑰丽的浪漫色彩成为边塞诗作基调。他既热情歌颂了唐军的勇武和战功，也委婉揭示了战争的残酷和悲惨，大大开拓了边塞诗的创作题材和艺术境界。晚年诗歌则感时伤乱，渐趋消沉，入蜀后，山水诗中更添奇壮特色，但也逐渐产生了隐逸思想。

与高适①、薛据②登慈恩寺浮图③

塔势如涌出，孤高耸天宫。

登临出世界，磴道④盘虚空。

突兀压神州，峥嵘如鬼工。

四角碍白日，七层摩苍穹。

下窥指高鸟，俯听闻惊风。

连山若波涛，奔走似朝东。

青槐夹驰道⑤，宫观何玲珑。

秋色从西来，苍然满关中。

五陵北原⑥上，万古青蒙蒙。

净理了可悟，胜因⑦夙所宗⑧。

誓将挂冠去，觉道资无穷。

【注释】

①高适：字达夫、仲武，唐代著名的边塞诗人，与岑参并称为"高岑"。 ②薛据：唐代著名诗

人。　③慈恩寺浮图：慈恩寺在长安城内，是高宗李治做太子时为其母长孙皇后所建。"浮图"又写作"浮屠"，是佛陀的另一种音译，后专用来指称佛塔。慈恩寺塔乃玄奘法师所建，共七层，高三百尺，今名大雁塔。　④蹬（dèng）道：上塔的阶梯。　⑤驰道：为古代国家修建的通衢大道。　⑥五陵北原：五陵指汉代五位皇帝的陵墓，即高祖长陵、惠帝安陵、景帝阳陵、武帝茂陵和昭帝平陵，因为都在长安北面，故云"北原"。　⑦胜因：佛教语，谓胜妙的善因。　⑧宗：这里是信仰、皈依的意思。

【语译】

　　此塔的形势，就如同从地底涌出一般，孤立高峻，直插天宫。登上高塔，仿佛离开了这个纷繁的世界，层层阶梯，仿佛盘绕于虚空之中。它如此突出、雄壮，如同镇压着整个中国，仪态峥嵘，像是鬼斧神工刻就。四个塔角遮蔽了白日的光芒，七层高塔如同触摸着苍穹。从塔上下瞰，可以指点高飞的禽鸟，侧耳倾听，能够听到迅猛的风声。远处重重山峦仿佛波涛一般，又像是集合在一起奔向东方去朝觐。青青的槐树从两面夹着大道，道旁的宫殿显得是那么小巧玲珑。秋天的景致从西而来啊，很快整个关中地区都变得苍茫一片。在那五陵所在的北面高坡上，千秋万古也一直这般树木耸天，青色朦胧。

　　在这里便可以悟到清净的佛理，那胜妙的善根本是我向来所信仰的。我发誓要挂冠去归隐啊，因为觉悟了大道，从此以后受用无穷。

【赏析】

　　此诗作于天宝十一载（752 年），岑参当时正在长安，与高适、杜甫、储光羲、薛据等同登大雁塔，各自赋诗以志，都留存后世，唯薛诗已佚。但此诗只题与高适、薛据同游，可见同游登塔非止一次，起码是有两回的，因此杜甫等人的作品均题"诸公"而不一一列名。登大雁塔诗，向来以杜诗为第一，而以此岑诗列名第二，但杜诗胜在立意，单论艺术水平则未必在岑诗之上，这大概是孙洙独选岑诗的缘由吧。

　　岑诗想象奇特，气概恢弘，旁人所不及也。开篇即以"涌出"二字突出塔势，卓然傲立，似有其神，而非一件无情之物，继而想象塔高直插天宫，登塔即似出离世界，游于天外。然后再写登高所见，飞鸟在下，惊风袭来，"连山若波涛，奔走似朝东"，竟能赋予静态的山峦以如此激烈的动感，旁人恐怕不但难以想及，更不敢用。

　　群山之后，再写驰道，写道旁宫观，景物历历，层次分明。再从宫观联想到"五陵北原"，转折得非常自然而不露痕迹。"五陵北原"之下，才是诗人咏此本意，但见古来帝王都化黄土，如今连陵墓上都绿树成阴，正如古语所云"墓木拱矣"。帝王尚且如此，更何况平常人呢？再如何奋斗，再如何努力，到了不过一抔黄土罢了，俗尘烦扰，究竟有什么意义呢？

　　诗人就此而生出世之心。出世有两端，一是道家，二是释家，虽然在绝大多数士人心中，这两者并无明显区别，岑参既登大雁塔有感，所咏出世之心自然偏向释家，乃有"净理了可悟，胜因凤所宗"之句。一方面是俗世纷扰，却似毫无意义，一方面登上佛塔，恍若超越于世界之上，从而产生这种想法，真是再正常不过了。唯此处用"净理"、"胜因"等释家语，虽然不显突兀，却似有些矫揉，结句"觉道资无穷"亦有此病，反不如"誓将挂冠去"来得平白了当，与前面的雄浑风格浑然一体。就因为这结末几句，格调不说陡降，也并不见高，所以此诗要落于杜诗之后了。

【扩展阅读】

同诸公登慈恩寺塔

唐·杜甫

高标跨苍天，烈风无时休。自非旷士怀，登兹翻百忧。方知象教力，足可追冥搜。仰穿龙蛇窟，始出枝撑幽。七星在北户，河汉声西流。羲和鞭白日，少昊行清秋。秦山忽破碎，泾渭不可求。俯视但一气，焉能辨皇州。回首叫虞舜，苍梧云正愁。惜哉瑶池饮，日晏昆仑丘。黄鹄去不息，哀鸣何所投。君看随阳雁，各有稻粱谋。

杜甫此诗，其峻拔处只略逊岑诗半筹而已，但格调之高，堪称魁首。诗中绝无隐逸之意，只有盼望河清海晏的一片拳拳之心，结句"君看随阳雁，各有稻粱谋"，讽刺世人私心用事，更觉余音袅袅。杜甫为诗中之圣，观此诗而果有圣贤之心胸。

元　结

【作者介绍】

元结（719年~772年），字次山，号漫叟、聱叟，河南鲁山人，唐代文学家、诗人。他于天宝十二载（753年）进士及第，安史之乱起，曾率族人避难猗玗洞（在今湖北省大冶市境内），因号猗玗子。乾元二年（759年），他出任山南东道节度使史翙幕参谋，招募义兵，抗击史思明叛军，保全十五城。后任道州刺史，调容州，加封容州都督充本管经略守捉使，颇有政声。

元结的诗作注重反映政治现实和人民疾苦，主张诗歌为政治教化服务，要"极帝王理乱之道，系古人规讽之流"，深受杜甫推崇。并且其作品善于继承和学习民歌的优良传统，对其后的新乐府运动有所启示。元结的散文亦多涉及时政，风格古朴，不同流俗，后人有赞其为韩柳古文运动的先驱。

贼退示官吏

癸卯岁①，西原贼②入道州，焚烧杀掠，几尽而去。

明年，贼又攻永破邵③，不犯此州边鄙④而退。岂力能制敌欤？盖蒙其伤怜而已。诸使⑤何为忍苦征敛，故作诗一篇以示官吏。

昔岁逢太平，山林二十年。泉源在庭户，洞壑当门前。井税⑥有常期，日晏⑦犹得眠。忽然遭世变，数岁亲戎旃⑧。今来典斯郡⑨，山夷又纷然。城小贼不屠，人贫伤可怜。是以陷邻境，此州独见全。使臣将王命，岂不如贼焉？今彼征敛者，迫之如火煎。谁能绝人命，以作时世贤！思欲委符节⑩，引竿自刺船⑪。将家就鱼麦，归老江湖边。

【注释】

①癸卯岁：指唐代宗广德元年（763年），当时元结被授道州（治所在今天的湖南省道县）刺史，但还尚未就任。　②西原贼：指被称为西原蛮的少数民族，大致居于今天广西壮族自治区扶南县一带。　③攻永破邵：764年，少数民族先后攻破永州（治所在今天的湖南省永州市）和邵州（治所在今天的湖南省邵阳市）。　④边鄙：边境地区，这句是说少数民族在攻破附近的永、邵以后，没有再乘胜进攻道州。　⑤诸使：指各地收取赋税的官员。　⑥井税：指按户收取的各种赋税，在这里井是

指一家、一户。唐朝钱起《观村人牧山田》有"贫民乏井税，塍土皆垦凿"句。　⑦日晏：指天晚、晚间。　⑧戎旃：军旅生活，戎是军事，旃通"毡"，指帐篷。　⑨典斯郡：典指典守，典斯郡即管理此州（道州）之意。　⑩委符节：委是放弃，符节本意为使者的凭证，这里代指官员的凭信，委符节就是辞官之意。　⑪刺船：撑船。

【语译】

广德元年，西原的贼人攻入道州，烧杀掳掠，几乎扫光全城后才离开。

第二年，贼人又攻入了永州和邵州，却没有乘势再次攻击道州就退去了。难道真的是道州的军力可以制敌吗？不过是蒙受贼人的哀伤怜悯而已。收取赋税的官吏为何还要如此残忍地苦苦搜刮呢？因此我写一首诗给官吏们看看。

往年因为天下太平，所以我隐居山林二十年，庭院门旁便有泉水源头，大门紧对着山谷、洞穴。那时候收税有一定的日期，百姓们劳作到晚还可安眠。

可是突然之间世道大变，动乱陡起，我被迫度过了数年的军旅生涯。如今再来管理此州，却又赶上山地的贼人纷纷作乱。因为城池太小，所以贼人不来屠戮，更因为百姓贫困，竟连盗贼都觉得他们可怜。故此虽然攻陷了临近州郡，我这个州却单独得以保全。想到那些带着君王旨意下来收税的官吏，他们难道还不如盗贼吗？如今那些横征暴敛的家伙们，逼迫百姓，如同把百姓放在火上煎烤一般。谁能够断绝了百姓的性命，倒博得当代能吏的声名呢？我想要抛弃官位爵禄啊，自己提起竹竿来撑船离去，从此带着家眷，捕鱼种麦自食其力，回归江湖去隐居终老吧。

【赏析】

全诗用意，只在四字——"官不如贼"。盗贼抢掠州郡，去年已经侵犯过道州了，所以今年虽破永、邵，却从道州境外杀过，不再前来。连这些所谓的"盗贼"都明白道州百姓已经无余财可掠了，官吏们还要照常收税，"迫之如火煎"，所以说"将王命"的"使臣"们，"岂不如贼焉？"

道州因为去年遭逢兵燹，百姓贫困，所以元结到任后一方面安抚少数民族，一方面上《奏免科率状》，请求暂且免除赋税，在这种背景下，他更写诗讽喻属下的官吏。诗的开篇先写"昔年"之事，以与今日作对比，当初不但太平无事，而且"井税有常期"，所以他才能归隐山林二十年，过"泉源在庭户，洞壑当门前"的悠闲日子。随后因为动乱陡起，他被迫出山从军，以期敉平祸乱。以此看来，如今不但动乱，而且赋税是无"常期"的，也即苛捐杂税层出不穷，给百姓带来了深重的灾难。在这种情况下，就连盗贼都知道不能涸泽而渔，身为理民的朝廷、官吏却似乎并不明白这个道理，反而加重对百姓的剥削、劫掠，这使诗人异常地愤懑。所以他说"谁能绝人命，以作时世贤"，为了博得能吏之名，难道就能够不管百姓死活吗？从而不愿再与这般苛官酷吏为伍，想要挂冠归隐。全诗深刻地表现出元结对百姓的爱护、怜惜，以及对腐朽朝政、贪婪官吏的切齿痛恨。

此诗开篇、结尾都写隐逸，士人隐逸大抵有两种原因，一是因为个人宦途坎坷、遭际不幸，二是因为对时局或朝廷的失望，无疑元结属于后者，所以此诗较大多数隐逸诗格调更高，内涵更深。诗的间架结构也很精巧，首尾呼应、今昔对比，用语浅近平实，不故作曲折，以言载意，以意载道，是一首不可多得的佳作。

韦应物

【作者介绍】

韦应物（737年～792年），字号不详，长安人，唐代著名诗人。他十五岁起即以三卫郎为玄宗近侍，出入宫闱，扈从游幸。安史之乱起，玄宗奔蜀，他流落失职，始立志读书，少食寡欲，常"焚香扫地而坐"。后任洛阳丞、京兆府功曹参军、鄂县令、比部员外郎、滁州刺史、江州刺史、左司郎中、苏州刺史等职，故世称韦江州、韦左司或韦苏州。

韦应物是山水田园诗派诗人，后人每以"王孟韦柳（宗元）"并称，山水诗景致优美，感受深细，清新自然而饶有生意。他各体俱长，七言歌行音调流美，五律一气流转，五绝、七绝则清雅秀朗，而以五言古诗成就最高，风格冲淡闲远，语言简洁朴素，乃有"五言长城"之誉。

郡斋①雨中与诸文士燕集②

兵卫森画戟③，燕寝凝清香。海上风雨至，逍遥池阁凉。烦疴④近消散，嘉宾复满堂。自惭居处崇⑤，未睹斯民康⑥。理会⑦是非遣⑧，性达形迹忘。鲜肥属时禁⑨，蔬果幸见尝。俯饮一杯酒，仰聆金玉章⑩。神欢体自轻，意欲凌风翔。吴中盛文史，群彦⑪今汪洋。方知大藩⑫地，岂曰财赋强。

【注释】

①郡斋：指州郡衙门的休息室，也即诗中提到的"燕寝"。此诗为唐德宗贞元年间（785年～805年）韦应物任苏州刺史时所作，故此郡斋当为苏州郡衙的休息室。　②燕集：燕通宴，指文士聚会宴饮。　③画戟：戟为古代长柄兵器，到唐朝时已退化为仪仗用具，戟杆施以彩绘，即被称为画戟。　④烦疴（kē）：烦躁和疾病，疴为病症。　⑤居处崇：地位显贵。当时韦应物为一郡之长，故有此言。　⑥斯民康：人民康乐，斯民指百姓，《孟子·万章上》有"予将以斯道觉斯民也"句。　⑦理会：通达事物的道理，会是通之意。　⑧遣：排除。　⑨时禁：古遇灾荒，往往由政府下令禁止屠宰，禁食酒肉。　⑩金玉章：文采华美、声韵和谐的好文章，这里是指客人们的诗篇。　⑪彦：指有文才的杰士，《尔雅》说："美士为彦。"　⑫大藩：藩本指藩王封地，这里是指州郡，大藩即大州。

【语译】

卫兵们手执画戟，森然而列，休息室内凝聚着清雅的香气。此时正当风雨从东海吹来，池塘边的楼阁凉爽舒适，使人倍感逍遥。我的烦恼和疾病最近已然消散了，又赶上嘉宾满座，一起宴饮。惭愧啊，虽然身居此一州最高职位，却还没能看到百姓安乐康宁，但我既已通达了人生的道理，自然排遣掉凡俗是非，只要性情通达，自然忘却形迹。荤腥属于时下禁止之物，反倒使我们有幸品尝到新鲜的蔬菜和瓜果。我低头饮下一杯美酒，又抬头聆听华美的诗篇。因为精神愉悦，自然身体轻健，似乎想要御风而飞去一般。

吴中之地，文史学问本来就很昌盛，今天群贤毕至，仿佛汪洋大海一般。我这才知道苏州为何能够成为大州，不仅仅是财赋充足的缘故啊！

【赏析】

诗本应情而发，无情的应制、应酬之作，本来不应忝居诗的行列。当然，这并不是说应制、应酬时人皆无情，所作皆为无情、无聊之作，比如韦应物这首诗，表面看来只是州中宴饮时的应酬，但细细读来，却能感受到诗人感慨之深，故此能列入上品。

先从表面上看，此诗分为三个部分：第一部分从首句直到"未睹斯民康"，点明宴饮的地点、时间，周边环境、景物，以及群贤毕至的盛况，再说自己身居高位，却还未能治理好当地百姓，这是表明写诗人的身份——一州刺史。第二部分先抒情，写自己心情愉悦，再描写宴会菜肴，以及宴会中的活动——"仰聆金玉章"，也即写文作诗以遣兴。第三部分是慨叹吴中文史之盛，其实也是恭维宴会宾朋——"群彦今汪洋"。几乎所有诗句都围绕宴会而写，似乎并没有什么更深刻的含义。

更进一层分析，第一部分包含两方面内容，一是"兵卫森画戟"，以见宴会之庄重（因为是官宴），再说"海上风雨至，逍遥池阁凉"，以见环境之舒适、气氛之融洽。将庄重和融洽融为一体，既引出其后对自身愉悦情感的描写，也显见大家手笔。第二部分以"未睹斯民康"为转折，既表明了作者的身份，也见他关心百姓，并非只沉湎于饮宴之中。"理会是非遣，性达形迹忘"两句略显突兀，但可对应前面"烦疴近消散"，说明自己愉悦的心情并非仅因飨宴而来，而是有更深层的考虑。"鲜肥属时禁，蔬果幸见尝"，表面上只是写宴会食品，实际直承上句，待"理会"才能"是非遣"，只"性达"才能"行迹忘"，只有抛弃那些甘美鲜肥，才能体味到蔬果之真味，从而觉"幸"。

那么诗人究竟想要表达什么深义呢？他抛弃了什么，才能体味到何等的快乐呢？最后一部分给出答案，虽然才刚赴任，地方尚未来得及治理，但发现"吴中盛文史"，非独"财赋强"而已，诗人是在为此而高兴。宴饮僚属，但见"群彦今汪洋"，增添了诗人治理好地方的信心，他想要以文教为重点，以尽其作为一郡最高首长的职责。全诗既清丽自然，又雍容华贵，将对百姓疾苦的关注和对地方文教事业的赞颂熔为一炉，并非普通应酬，而确实是有感而发的佳作。

【扩展阅读】

郡斋旬假命宴呈座客示郡寮

唐·白居易

公门日两衙，公假月三旬。衙用决簿领，旬以会亲宾。公多及私少，劳逸常不均。况为剧郡长，安得闲宴频。下车已二月，开筵始今晨。初黔军厨突，一拂郡榻尘。既备献酬礼，亦具水陆珍。萍醅箸溪醑，水鲙松江鳞。侑食乐悬动，佐欢妓席陈。风流吴中客，佳丽江南人。歌节点随袂，舞香遗在茵。清奏凝未阕，酡颜气已春。众宾莫遽起，群寮且逡巡。无轻一日醉，用犒九日勤。微彼九日勤，何以治吾民？微此一日醉，何以乐吾身？

白居易这首诗主要是写劳逸结合，一方面勤劳以治民，再偶尔宴饮以乐身。此诗亦在苏州刺史任上所作，而且白居易曾在《吴中诗石记》中指出，乃是受了韦应物《郡斋雨中与诸文士燕集》一诗的启发，并说其诗"最为警策"，可见白居易是真正读懂了韦诗，并且深有同感的。

初发扬子①寄元大校书②

凄凄去亲爱，泛泛③入烟雾。
归棹洛阳人，残钟广陵④树。
今朝此为别，何处还相遇？
世事波上舟，沿洄⑤安得住！

【注释】

①扬子：扬子津，在今天江苏省江都县南，是当地一个重要渡口。　②元大校（jiào）书：姓元行大的某人，名字不详，时任校书郎一职。　③泛泛：上浮，借指船只。　④广陵：即今天的江苏省扬州市。　⑤沿洄：沿即顺水而下，洄是逆流而上。

【语译】

悲伤地告别亲爱的友人，因为我将要从此地乘船返回洛阳。我所乘的小舟深入烟雾之中，耳畔传来钟声余响，眼底只有广陵烟树。今天我们在这里分别，不知道还能在何处重逢啊？世事就正如同水波上的舟船啊，或顺流而下，或逆流而上，哪有停歇的时候呢？

【赏析】

此诗写别离之情，结构紧凑，用语顺畅，是不可多得的佳作。首句与第三句皆写事，别离亲友，返回洛阳，二、四句则写身周景物，小船深入烟波雾霭之中，耳畔尚有残钟，眼底还有余树。"残钟广陵树"一句，只罗列两物，但配合上下文则意境甚深——小舟渐行渐远，是以城头钟响越来越弱，故谓"残钟"，而广陵的烟树尚依稀可见。就此作者距离友人越来越远，内心惆怅越来越深的况味，便毕现于笔端。

五、六句写依依不舍之情，今日一别，不知道何时何处才能相逢。结末两句则将情绪更浓一层，思虑也更深一层，由亲友间的分别更联想到人生际遇——世事便如这小舟一般漂泊不定，无一时停歇啊。至此而忧思更深，所感怀者也不再是一时一地一事，而拔至更高角度，虽然不免略显颓唐，依时依景，却也自然无滓。

寄全椒①山中道士

今朝郡斋冷，忽念山中客。
涧底束荆薪②，归来煮白石③。
欲持一瓢酒，远慰风雨夕。
落叶满空山，何处寻行迹？

【注释】

①全椒：今天的安徽省全椒县，唐代属滁州，此诗即韦应物任滁州刺史时所作。　②荆薪：杂柴。　③煮白石：典出晋葛洪《神仙传》，载："白石先生者，中黄丈人弟子也，尝煮白石为粮，因就白石山居，时人故号曰'白石先生'。"

【语译】

今天郡衙的休息室中非常清冷，使我突然想起了那位山中道人，想他在涧边捆扎柴草，返家后又烧煮白石。我想要带着一瓢酒浆，在这风雨之夜远道而去慰问他。可是落叶洒满了空寂的山峦，又该去哪里寻找他的踪迹呢？

【赏析】

表面上很简单的一首怀人诗，历代对它评价却都很高，说是"化工笔"。宋代文豪苏轼对此曾有仿作，《许彦周诗话》记载说："韦苏州诗：'落叶满空山，何处寻行迹？'东坡用其韵曰：'寄语庵中人，飞空本无迹。'此非才不逮，盖绝唱不当和也。"施补华在《岘佣说诗》中也指出："东坡刻意学之而终不似。盖东坡用力，韦公不用力；东坡尚意，韦公不尚意，微妙之诣也。"

为什么评价会这么高呢？除了字面上的清新流畅，意境上的曲折委婉，结句的余音袅袅、韵味悠长外，就其内涵上也应更深一层去读。此诗表面上是想念山中道士，其实是在恋慕道士自由自在的生活，暗含归隐之心。起首说"郡斋冷"，此冷既是诗人身体感受上的寒冷，也应看作内心的清冷，看作他对仕宦生活的疲惫乃至厌倦，所以才会想起山中道士。士人归隐，或说"躬耕"，道士修炼，或说"樵采"，其实大多只是口头说说而已，并不真正事于生产，但韦应物所思的全椒道士显然不是这一类人。诗人仰慕他的品德、歆羡他的生活，又恐"风雨夕"中他会寒冷，故欲携酒"远慰"。然而终究未能成行，只是想想罢了，因为"落叶满空山，何处寻行迹"，也隐约透露出诗人欲归隐而终不得的惆怅心情。

> **唐诗常识**
>
> 格律诗是古诗发展的产物，不是凭空产生的，也不可与古诗全然割裂，所以在两者之间，就存在着一类中间类型，也即虽为古诗，但运用了一定格律诗的形式。比如韦应物此诗，五言八句，中二联用对，这是五律的特色，但押仄声韵，句中也并不严格遵照格律诗的平仄，所以仍应归入古诗一类。

长安遇冯著①

客从东方来，衣上灞陵②雨。

问客何为来，采山因买斧。

冥冥花正开，飏飏燕新乳③。

昨别今已春，鬓丝生几缕。

【注释】

①冯著：作者友人，字号不详，因排行十七也被称为冯十七。　②灞陵：即灞上，在今天的陕西省西安市东面，因为汉文帝葬在这里，故改名为灞陵。　③燕新乳：小燕初生。

【语译】

你从东方而来，身上还带着灞陵的雨滴。我问你为什么来啊，你说想要入山樵采，所以前来买斧。花儿默默地开放，小燕翩翩地飞翔，从我们去年分别，到如今又是一年春来到啊，你的鬓边又生出了几丝白发呢？

【赏析】

据考证，冯著曾以著作郎身份摄洛阳尉，其后又任缑氏尉，此诗应该正写于这一阶段，所以开篇便说"客从东方来"，因洛阳、缑氏都在长安之西故也。"衣上灞陵雨"一句极精妙，一方面，自洛阳或缑氏入京，必经灞陵，而衣襟带雨，则见其风尘仆仆，宦旅疲累之貌。后言"采山"，即指樵采，以喻隐居。诗人设问："君何为而西来？"对方回答说："我是为了上山隐居，故来长安买斧以辟荆棘的呀。"买斧自不必远来长安，这只是戏谑之语，以见冯著已倦于宦途，颇有隐居出世之想。

第五句突然宕开，不写冯著却写春景，花儿默默开放，小燕翩翩而飞，为的是引出下面"昨别今已春"句。诗人说你我上次相遇，还是去年的春季，如今又是一春，景物依旧，而人事已改，你的鬓边，料已多生几丝华发了吧。"鬓丝生几缕"，不言白而其白意自见。这几句乃是诗人对冯著的安慰，表示你的心情我完全理解，人世纷扰，时光荏苒，不隐何为？诗的表面是写冯著，其实曲折地反映了诗人拥有和冯著相同的疲累和期盼，真正想要去隐居的，其实是诗人自己而已。全诗用语浅显生动，而内涵深隽。

【扩展阅读】

送冯著受李广州署为录事

唐·韦应物

郁郁杨柳枝，萧萧征马悲。送君灞陵岸，纠郡南海湄。名在翰墨场，群公正追随。如何从此去，千里万里期。大海吞东南，横岭隔地维。建邦临日域，温燠御四时。百国共臻奏，珍奇献京师。富豪虞兴戎，绳墨不易持。州伯荷天宠，还当翊丹墀。子为门下生，终始岂见遗。所愿酌贪泉，心不为磷缁。上将玩国士，下以报渴饥。

冯著入广州刺史李勉幕府，是在他任著作郎之前，当时无论冯著还是韦应物，应该都还并未倦于仕宦，渴盼隐居，所以此诗中正平和，一派踌躇满志。观其结句"上将玩国士，下以报渴饥"便可得见，那时候，两人还都是想要在宦途上做出一番事业来的。

夕次^①盱眙县^②

落帆逗^③淮镇，停舫临孤驿。
浩浩风起波，冥冥日沉夕。
人归山郭暗，雁下芦洲白。
独夜^④忆秦关^⑤，听钟未眠客。

【注释】

①次：临时驻扎或住宿。 ②盱眙（xū yí）县：在今江苏省境内，韦应物曾出任滁州刺史，此诗当为途径盱眙时作。 ③逗：逗留，泊宿。 ④独夜：夜晚独处。 ⑤秦关：秦地的关隘，代指关中地区，这里是指长安。

【语译】

落下船帆，泊宿在淮水南岸的小镇，停下画舫，靠向那孤零零的驿站。浩浩天风，卷起层层波浪，昏暗的黄昏，红日渐渐西沉。人们行走在山麓、城边的暗影里，纷纷返家，大雁也飞落到生满白茫茫芦苇的小洲上。我此夜独处，思念着遥远的长安啊，我便是那倾听晚钟鸣响却无法入眠的远游之客。

【赏析】

韦应物是京兆万年县人，可以算是长安人，所以此诗为写思乡。更进一层来说，唐代以京官为重，以外任为轻，故其外放滁州，却思长安中枢，乃有此诗。

初两句写船泊盱眙，"孤驿"二字，既是写实景，也是抒发自己孤寂的心情。实际景物根据观者情感投射不同，往往会产生不同的联想，加以不同的修饰，所以诗词中对于景物描写的形容词非常重要，往往含义甚深。三、四句再写景，有风波陡起，有落日西沉，这同样反映了诗人内心的彷徨和清冷。再见人皆归去，大雁栖息，而自己却离乡远去，孤独之感越发浓厚，就此引出尾联，因思念长安而长夜难眠，静听晚钟。

全诗节奏流畅，起兴自然，描摹景物更见精致，最后以"客"字为结，真真余音绕梁。

东　郊

吏舍跼①终年，出郊旷清曙②。

杨柳散和风，青山澹吾虑。

依丛适自憩，缘涧还复去。

微雨霭芳原，春鸠鸣何处。

乐幽心屡止，遵事迹犹遽③。

终罢斯结庐，慕陶④直可庶⑤。

【注释】

①跼（jú）：拘束。　②清曙：清晨，曙即天明意。　③遽（jù）：仓促。　④慕陶：仰慕陶潜。陶潜字渊明，是东晋大诗人，作品多述隐逸生活，韦应物受其影响很深。　⑤庶：庶几的缩写，差不多的意思。

【语译】

被官署的公务拘束了一整年，我终于得以出外游玩，清晨的郊外倍觉空旷。杨柳散发着和煦的清风，青山也使我的思虑澄澈。依靠着树丛自在休憩，沿着溪涧徘徊来去。看到小雨使盛开鲜花的原野雾霭重重，春天的斑鸠也不知道在哪里鸣叫。因为喜爱这种幽静的氛围，在这里，我的内心多次趋向平静，然而因为被公事牵绊，使我的脚步如此慌忙匆促。真想摆脱俗务来此结庐隐居啊，那么追慕陶潜的夙愿就可以达成了。

【赏析】

此诗亦写隐逸之志，开篇就说自己公务缠身，劳烦困乏，以与其后郊游所见自然之景作鲜明对比。中六句均写景，并间以自己的情绪、感悟——青山能够涤荡人心、澄净思虑，涧水使诗人留恋不舍，来而又去。继而写“乐幽心屡止”，内心的烦躁，似乎被这里所见的种种景物所驱尽了，整个身心都沉浸到这种清幽中去，然而突然笔锋一转，再归结到开篇的“吏舍跼终年”意，说“遵事迹犹遽”，虽然“乐幽”，但身上的担子还未能放下，只好来去匆匆，真是太令人遗憾了呀。

全诗至此为一循环，由公事起，中写自然之景，再到公事终，表达了作者倦于宦途而又不能去的矛盾心理。结尾再翻一层，提出自己的渴盼，总有一天我要弃官而归，结庐隐居的，

> **唐诗常识**
>
> 韦应物此诗结构也颇类律诗，五言八句，中间两联对仗。所谓对仗，最基本要素是词性相对，如形容词“浩浩”对“冥冥”、“暗”对“白”，名词“风”对“日”、“波”对“夕”、“人”对“雁”、“山郭”对“芦洲”，动词“起”对“波”、“归”对“下”，不论平仄的话，可谓所对甚工。

倘非如此，岂不辜负了如此大好景物？韦应物非常仰慕陶渊明，想要和陶渊明一样，不为五斗米折腰而隐遁山林之间，去体味自然之趣。放弃政务，归隐山林，这是消极的，但作为一位诗人而非官员来说，贴近自然，感受内心，反倒是积极的举动。只可惜诗人终究只能在精神上"慕陶"，"直可庶"只是美好的期盼而已。

送杨氏女^①

永日方戚戚^②，出行复悠悠。

女子今有行，大江溯轻舟。

尔辈苦无恃^③，抚念益慈柔。

幼为长所育，两别泣不休。

对此结中肠，义往难复留。

自小阙内训^④，事姑^⑤贻我忧。

赖兹托令门^⑥，任恤^⑦庶无尤^⑧。

贫俭诚所尚，资从^⑨岂待周。

孝恭遵妇道，容止^⑩顺其猷^⑪。

别离在今晨，见尔当何秋^⑫。

居闲^⑬始自遣，临感忽难收^⑭。

归来视幼女，零泪缘缨^⑮流。

【注释】

①杨氏女：应为"韦氏女"，因嫁与大理评事杨凌，古时女子出嫁则随夫姓，故称"杨氏女"。韦应物有二女，此为长女。　②戚戚：悲伤貌。　③无恃：没有母亲，古称父母为怙、恃，故丧父为失怙，丧母为失恃。　④阙内训：欠缺闺中关于妇德的教育，阙本有豁口意，后引申为欠缺。　⑤姑：这里是指婆婆，古称公婆为舅姑。　⑥令门：令有佳美意，令门就是好人家。　⑦任恤：信任体恤。　⑧无尤：没有过错，尤是过失意。　⑨资从：指嫁妆。　⑩容止：态度和举止。　⑪猷：规矩、法则。　⑫何秋：一年一秋，故可以秋代年，何秋即何年意。　⑬居闲：平常、平素。　⑭收：指收泪。　⑮缨：古时男子戴冠，冠带结于颔下，下垂部分即为缨。

【语译】

一整天都悲伤难禁，临出门前更觉长路悠远。我的女儿如今正要出嫁远行啊，乘坐小船溯江而上。想起你们因为丧母而缺乏照应，我抚育你们就更是慈爱、温柔。小女儿是被大女儿养大的，两人分别之际哭个不休。面对此景，我愁肠百结，然而女大当嫁，终究是无法挽留的啊。

女儿从小就缺乏妇德教育，将来是否能侍奉好婆婆，实在让我担心啊。好在托付的是个好人家，应该能够受到信任和体恤，也大概不会有什么过失。我向来崇尚安贫、俭朴，所以嫁妆也不必要搞得太周全。只希望女儿谨遵妇道，孝顺恭敬，仪态、举止，都要符合夫家的规矩。今晨就要别离啊，不知道哪年哪月才能再见到你。我从很久以前就开始安慰自己，但临到分别时突然泪流难忍。送走长女，归来又见到小女儿，那眼泪更是沿着帽缨不住地往下流啊……

【赏析】

父母别离子女，总是万般悲恸，而韦应物嫁女之悲，或许又倍于常人。一则当时闺中女子例不出外，估计自降生以后就一直待在父亲身边；二则韦应物丧妻已久，他既当爹又当妈将二女拉扯长大，其宝爱程度恐为双亲家庭所不及；三则长女非常早熟、懂事，既能相助养育幼女，可见颇为家庭操劳，如今一去，家似残破。所以这首诗情真意切，状父亲之爱女已臻极致。

开篇先写清事端——长女将要远嫁，乘船而去，父亲倍感哀伤。结句再写悲伤，诗人本已有了心理准备，但临到分别仍然难免落泪，再归见幼女，想到小女儿也终有出嫁的一天，则此悲更深一层，乃至"零泪缘缨流"。其实将首四句与尾四句相衔接，结构严谨，即是一首好诗，但诗人在中间又添加了长长一段，忽而忆女失恃，忽而见二女相向而泣，忽而又忧女"阙内训"，继而自我安慰"赖兹托令门"，于是告诫女儿要"孝恭遵妇道，容止顺其猷"，最后感叹就此一别，不知道何时才能再见。内容如此繁杂，结构也显混乱，絮絮叨叨，言之不休，表面看来似嫌冗余，其实父悲而别女的形状跃然纸上。此时情味，不繁杂、不混乱则不真，只有如此这般看似纯粹真实境况、语言之直述，才见真实性情，而唯其真，开篇、结句所描写的悲伤况味才有其稳固基础，非寻常庸手所为，端的是大家手笔。

柳宗元

【作者介绍】

柳宗元（773 年~819 年），字子厚，河东（今山西省永济市）人，唐代著名文学家、思想家、诗人，古文运动领袖。他是贞元九年（793 年）的进士，贞元十五年（799 年）又举博学鸿词科，授校书郎，调蓝田尉，迁监察御史里行。唐顺宗即位后，用王叔文执政，锐意革新，史称永贞革新，柳宗元积极参与，曾任礼部员外郎。革新失败后，他被贬永州司马，元和十年（815 年）春返回京师，不久再次被贬，为柳州刺史，即卒于任所。

柳宗元是倡导古文运动的"唐宋八大家"之一，故与其中另一位唐人韩愈并称"韩柳"。在诗歌方面，他与刘禹锡并称"刘柳"，与王维、孟浩然、韦应物并称"王孟韦柳"。苏轼评价其诗说："所贵乎枯谈者，谓其外枯而中膏，似淡而实美，渊明、子厚之流是也。"把他和陶渊明并论。现存柳诗大多为贬官至永州后的作品，题材广泛，体裁多样，叙事诗文笔质朴，描写生动，寓言诗形象鲜明，寓意深刻，抒情诗则善于用清新峻爽的文笔，委婉深曲地抒写心情。

晨诣超师院读禅经

汲井漱寒齿，清心拂尘服。
闲持贝叶书①，步出东斋读。
真源②了无取，妄迹③世所逐。
遗言冀可冥④，缮性⑤何由熟。
道人⑥庭宇静，苔色连深竹。
日出雾露余，青松如膏沐⑦。
澹然离言说，悟悦心自足。

【注释】

①贝叶书：贝叶即贝多罗树的树叶，古印度佛教徒在贝叶上写经，故将自印度传入的佛教经典称为贝叶书。　②真源：本源，本性，南朝梁刘潜《和昭明太子钟山解讲》有"廻舆下重阁，降道访真

源"句。 ③妄迹：荒诞的事迹，这里是指佛经所记载的种种神通传说。 ④冥：本为暗意，这里指暗合。 ⑤缮性：语出《庄子》，有"缮性于俗"句，意即修身养性。 ⑥道人：修道之人，这里是指僧侣，也即诗题所说的"超师"。 ⑦膏沐：古代妇女润发所用的油脂。《诗·卫风·伯兮》有"自伯之东，首如飞蓬，岂无膏沐，谁适为容"句，朱熹注为："膏，所以泽发者；沐，涤首去垢也。"这里用作动词。

【语译】

汲取冰冷的井水来漱口，拂去衣服上的灰尘以清净身心，我悠闲地端着佛经，步出东斋去阅读。我发现俗世之人总是不肯索求佛理的本源，反而去追求那些虚妄的神迹。倘若那些表面文字也合乎大道的话，那么修身养性又有什么意义呢？超师的寺院是这般静雅啊，苔藓与修竹几乎连成一色。红日升起，朝雾和晨露逐渐消散，青松就如同沐浴梳妆过一般。如此恬静澹然，只有脱离了言语表达之时，才能感悟到此间乐趣，于是我的内心也就得到了满足。

【赏析】

禅宗在中晚唐以后成为汉传佛教的主流，究其根由，就是因为它比较符合中国士大夫的情趣，抛弃传统佛教中那些荒诞不经的传说和迷信，而专注对宇宙之道和人生哲理的感悟。柳宗元这首诗，究其根底，所说的就是禅理。

此诗作于柳宗元被贬永州以后，政治上的失意，使他开始转向超脱俗世的哲学、宗教理论，以此来排遣忧烦，也以此来逃避纷扰的现实。开篇两句，类似于"斋戒沐浴"，先洗涤自己的躯体，诚心正意，再来读经，希望由外而内地涤荡整个身心。接着点明自己是在阅读佛经——一个"闲"字，既表现自己悠闲的心态，也暗含被投闲置散，无所事事的内心苦闷。中间几句是他对佛经的理解和感悟，他认为不应当追逐那些"妄迹"，也即一些佛经记载中的种种荒诞不经的迷信传说，终究那不过是用来说明"真源"的寓言而已。可是世人大多只认"妄迹"而不取"真源"，这两句也表现出诗人"众人皆醉我独醒"的得意和孤独。继而他解释道，倘若神通真的存在，从中便可窥见大道，那人还要修身养性做什么呢？

从"道人庭宇静"开始，诗人突兀将笔锋荡开，转写身周景物，有苍苔，有修竹，红日方升，雾露皆消，而青松如此苍翠，仿佛才刚洗沐修饰一般。禅宗的很多思想，其实更接近于为士大夫们天然接纳的传统的道家，也即从自然中、从细微处去感悟人生道理，所谓"不立文字，直指人心"是也。诗人也是这般用意，说如此恬静的氛围，只要用心去感受，自能有

唐诗常识

对仗分工对、邻对和宽对，这主要是就词性而论的。同一门类相对，比如同为天文名词，同为地理名词，同为用具，就是工对；某些门类比较接近，如以天对地，是以天文名词对地理名词，这叫邻对。不管那一套，只管名词对名词、动词对动词，形容词对形容词，等等，这就是宽对。格律诗对于对仗要求比较严谨，古诗则要宽松得多，比如此诗中"闲依农圃邻"的"邻"是动词，原本是对不上做名词用的"客"字的，倘是格律诗，便算瑕疵，古诗就无所谓了。

所领悟，又何必孜孜探求于语言文字呢？所以说"澹然离言说"，真正的道是在语言文字之外的，是不受语言文字所拘束、所限制的，只有抛弃那些外在表相，才能真正得悟，从而"心自足"，也即禅宗所说的"见性成佛"。

溪 居

久为簪组束^①，幸此南夷^②谪。

闲依农圃邻，偶似山林客。

晓耕翻露草，夜榜^③响溪石。

来往不逢人，长歌楚天碧。

【注释】

　　①簪组束：簪是绾发或插住纱帽的饰品，组为系印的丝带，两者并称则为古代官吏的服饰，此处借指官职。束是约束、束缚意。　　②南夷：南方的蛮夷之地，这里指永州，也即后文所说"楚天"。　　③榜：进船，别本作"傍"。

【语译】

　　我长久以来都被朝廷官职牵绊，幸亏此次被贬谪来南方的蛮荒之地，让我可以悠闲地与农家园圃为邻，偶然看上去竟像是山林隐士。白天耕地，翻起带着露水的青草，晚间进船，撞响溪边的石头。来来去去的都遇不见人啊，一曲长歌，楚地的天空是如此澄碧。

【赏析】

　　永州治所零陵郊外有冉溪，又名染溪，柳宗元被贬永州后，甚爱此溪，即迁居到溪边，并改溪名为"愚溪"以自嘲，这首《溪居》，即指居于愚溪之畔。起首两句诗同样是自嘲：明明是因罪被贬，并非心甘情愿地离开朝廷中枢，离开长安，却偏说"久为簪组束"，仿佛是因为仕宦疲倦而有意于此；贬官本是不幸事，也偏要说"幸"。那么究竟"幸"在何处呢？总要给个解释，于是下文便说居于山林之间，是多么悠闲自由啊，然而字里行间所透露出来的本意，却是无尽的愤懑和孤独。

　　"闲依农圃邻"之"闲"，表面上是闲暇，其实是过着被监视的生活，烦闷而无聊；"偶似山林客"，"偶似"二字便知他不是真正的山林隐士，只是被迫闲居而已。晓来躬耕，或者出游，晚间便乘船回返，似乎很自得自在，但说"来往不逢人"——既依农圃，安得无人？其实是说身处荒僻之地，往来的友朋甚稀，以此来表达内心的孤寂无依罢了。结句"长歌楚天碧"，或因欢娱而歌，或因愤懑而歌，对照前文，自不必冗述了。

　　此诗表面上写隐逸生活，其实纯写内心惆怅，究其本意，与隐士生活根本毫无关联。

乐府

王昌龄

塞上曲①

蝉鸣空桑林②，八月萧关③道。
出塞复入塞④，处处黄芦草⑤。
从来幽并⑥客，皆共尘沙老⑦。
莫学游侠儿⑧，矜夸⑨紫骝⑩好。

【注释】

①塞上曲：别本作《塞下曲》。《塞下曲》和《塞上曲》都出自汉乐府，属《横吹曲辞》，多描写边塞战争。北宋郭茂倩《乐府诗集》说："横吹曲，其始亦谓之鼓吹，马上奏之，盖军中之乐也。"　②空桑林：别本作"桑林间"。　③萧关：关隘名，在长安以西，今天的宁夏回族自治区固原县东南方。　④复入塞：别本作"入塞寒"。　⑤黄芦草：即芦苇。　⑥幽并：幽州和并州，古幽州大致等同于今天河北省北部以北地区，直到辽宁省和内蒙古自治区东部，古并州大致等同于今天的山西省及内蒙古自治区中东部，两地皆为汉族与游牧民族杂处，民风剽悍之地。　⑦皆共尘沙老：尘沙一作"黄沙"，别本此句也作"共向沙场老"。　⑧游侠儿：指好交游、重然诺、轻生死，敢以武犯禁的年轻人。　⑨矜夸：自夸。　⑩紫骝：紫红色的骏马之名。

【语译】

这八月间的萧关古道上，只有蝉在空旷的桑林间鸣响啊。出塞而又入塞啊，到处都密生着黄色的芦苇。自古以来的幽州、并州男儿啊，都和那战场风沙一起老去。不要仿效那些游侠少年吧，他们只会夸耀自己的坐骑如何良好。

【赏析】

《全唐诗》录此诗为王昌龄四首《塞下曲》的第一首。无论"塞上"、"塞下"，都是借用古乐府名，述军旅之事，或解此诗为非战，意在讽谏唐玄宗勿穷兵黩武，恐怕不确。

前四句述八月秋景，用以起兴。为什么定时为八月呢？原来秋高气爽，马儿正肥，从来游牧民族南下骚扰大都选在这一季节，也就是说，盛唐时的北疆之战，大抵正在八、九月间。

而且按照古人将四季以附五行来说，秋季属金，乃主刀兵。这个时候桑林将凋，寒蝉正鸣，芦苇凄黄，烘托出一片萧条景象。接着诗人说北地的男儿大多与黄沙共老，言下之意是这些人大多老于或死于疆场，几乎一辈子都在作战。写到这里，笔锋突然一转，说不要学那些游侠少年，只会夸耀自己的坐骑如何良好。当时的所谓"游侠儿"，大抵是些豪强子弟，家中富裕，故而乐于交游、轻财仗义，乃有"矜夸紫骝好"语。但是这些"游侠儿"虽轻生死，却往往意气用事，以武犯禁，并非真能为国效力，驰骋疆场者。所以此诗并非反对战争，也无反对穷兵黩武意，只是崇公战，反私斗而已。诗人将"幽并客"与"游侠儿"作对比，意为真正男儿就当效力疆场，而不应该只在内地驰骋纵横，甚至横行不法。王昌龄之鲜明爱憎，就此毕见。

塞下曲

饮马渡秋水，水寒风似刀。
平沙日未没，黯黯见临洮①。
昔日②长城战，咸③言意气高。
黄尘足④今古，白骨乱蓬蒿。

【注释】

①临洮：古城名，在今天甘肃省岷县境内，因临近洮水而得名，乃是中原王朝西北方的战略要地。唐军曾与吐蕃战于此地，获得大胜。　②昔日：别本作"当日"。　③咸：都。　④足：这里是充满之意，别本即作"满"。

【语译】

饮过战马，渡过洮水，水是如此寒冷啊，北风如同刀割皮肤一般。一望无际的沙漠啊，红日尚未西沉，黯淡的天色中隐约可见临洮古城。想起当初在长城边的鏖战啊，都说士卒的意气是如此高昂，可是古往今来此地都被黄沙遮满，蒿草丛中白骨纷乱，无人收埋……

【赏析】

这是一首凭吊古战场的诗。开篇先写渡过洮水，以扣下面所说的"临洮"古城，再说"水寒风似刀"，以见自然环境的恶劣，暗喻在此发生的战事是何等惨烈。继而"平沙日未

唐诗常识　乐府本为汉代政府机构，负责搜集和整理民间乐曲、歌谣，后来成为一种诗歌形式的名称。唐诗中的乐府，早就已经脱离了歌谣的范畴，只能吟而不能唱了，因为并没有严格的规则，所以从大类来说，有别于格律诗而归属于古诗。乐府和其它古诗的区别，在于吸收或保留了大量民谣风味。

没"，描摹西北高原上平旷而凄冷的景象，构造悲凉氛围。第五句始写战事，所谓"昔日长城战"，或指唐玄宗开元二年（714 年），吐蕃侵犯临洮，薛讷和王晙率兵抵御，先后在武阶、长子取胜，据说吐蕃军大败，死者枕藉，洮水竟为之不流。当然，诗歌所言，往往未必皆有实指，看后面"今古"一语，或许只是泛指古往今来西北边境上的次次战争而已。

昔日之战，士卒奋勇，意气高昂，然而这与前四句所烘托的悲凉气氛并不相合。为什么呢？原来这两句只是过渡而已，诗人真正的用意还在结句——古往今来，这里始终黄沙密布，而蒿草丛中，却积下了累累白骨。昔日意气，如今安在？昔日胜负，与今何益？唐玄宗时代，东有契丹，西有吐蕃，北有突厥、回鹘，南有南诏，烽烟四起，而玄宗不能利用盛唐强大的经济和政治优势加以遏制，或者只知一味防堵，或者穷兵黩武，主动发起准备并不充分的战争，胜仗虽多，大败却也不少，一方面削弱了朝廷的财力和威信，另一方面也导致了藩镇的崛起，乃至发生安史之乱。王昌龄作此诗，来表达自己非战的态度，反对玄宗的穷兵黩武——所谓"兵者凶器也，圣人不得以而用之"，就算百战百胜，都可能对国力造成影响，更何况五胜五败呢？对照日后的历史发展，无疑王昌龄的头脑是很清醒的，主张是很有预见性的，这同时也提升了此诗的格调和价值。

【扩展阅读】

塞下曲

唐·王昌龄

奉诏甘泉宫，总征天下兵。朝廷备礼出，郡国豫郊迎。纷纷几万人，去者无全生。臣愿节宫厩，分以赐边城。

《全唐诗》载王昌龄四首《塞下曲》，"蝉鸣空桑林"是其一，"饮马渡秋水"是其二，上面这首"奉诏甘泉宫"是其三。四首诗都相关对外战争，但重点是不同的，如前所述，其一是崇公战而斥私斗，其二是非战，而这第三首，是希望朝廷打有准备之仗，把宫苑之马都分赐边城，为的是避免"纷纷几万人，去者无全生"的悲剧出现。

李 白

关山月①

明月出天山②，苍茫云海间。
长风几万里，吹度玉门关③。
汉下白登④道，胡窥青海湾⑤。
由来征战地，不见有人还。
戍客⑥望边邑，思归多苦颜。
高楼当此夜，叹息未应闲。

【注释】

①关山月：其名出自古乐府的《鼓角横吹曲》，其辞多抒写征戍离别之苦。 ②天山：可能是指今日之天山山脉，也可能仅指甘肃祁连山。 ③玉门关：关隘名，在今天的甘肃省敦煌市西面，是汉代通往西域的重要通道。 ④白登：指白登山，在今天山西省大同市东北方，汉初刘邦攻韩王信并伐匈奴，被匈奴冒顿单于围困在白登山上，七日夜乃得脱，史称白登之围。 ⑤青海湾：即青海湖，唐军和吐蕃曾多次在青海湖附近交战。 ⑥戍客：即戍卒，守备边境的士兵。

【语译】

明月从天山上升起，飘浮在苍茫的云海之间，长风吹拂了几万里啊，直到度过玉门关。当年汉军曾经西下白登山道，而如今胡马也窥探着青海湖湾。自古以来征战沙场啊，就不见有人得以回还。边疆的守兵远望边城，期盼还乡，容颜愁苦。而他们的家眷今夜也正在高楼上眺望，那长久的叹息似乎永远不会断绝。

【赏析】

李白所以被赞誉为"谪仙人"，很大程度上因为他的诗篇如汪洋纵横，气概万千，他曾仗剑游历天下，故非枯守书斋的腐儒可比。此诗亦如此，开篇四句便出语不凡，天山高峻、云海苍茫、明月初升、长风漫卷，描摹出一幅塞外风急天高、寥廓苍茫的战场景象。接着笔锋一转，追忆史事，提到汉匈在白登山的大战，也提到胡马对西北边境的袭扰。从这几句来看，说此诗"非战"是不妥当的，当初刘邦率军北上，其缘由是韩王信勾结匈奴侵扰边塞，而后句更加一"窥"字，可见因此而引发的战争乃是防御性战争，而非主动出击，谴责这一类战争是毫无道理的。李白的意思很明确，胡马无时无刻不觊觎着中原沃土，寻机南下，这一类防御性战争是非打不可的。

然而随即诗人笔锋突然一转，改写战争的残酷——"由来征战地，不见有人还"。这当然是夸张的手法，不要说打胜仗了，就算吃了败仗，也不至于无人生还。不管仗是不是应该打，对于参战的士卒来说，那都是危险万分的经历啊。更何况"戍客望边邑，思归多苦颜"，长久戍守边疆的士兵们，他们期盼还乡，其内心的愁苦之深，是应当寄予深刻同情的。再写"高楼当此夜"，这高楼当是指军人们在家乡的眷属，登高而望，期盼离人归来。当此月夜——与开篇"明月出天山"遥相呼应——戍卒思乡，而他们的亲人也在思念着他们，人隔两地，共此明月，相思之苦一般无二，以此作结，余音绕梁，更使人悲怆莫名。

此诗当分两层来解，一层是战争无可避免，戍边不得不为，更进一层则是戍边之苦，分离之悲。有第一层意，才见第二层意之无可奈何，更添其悲，感染力也更为浓烈。古人多咏戍边、征战之苦，但并不能将其等同于"非战"思想。

子夜吴歌①

长安一片月，万户捣衣②声。
秋风吹不尽，总是玉关③情。
何日平胡虏，良人④罢远征。

【注释】

①子夜吴歌：《唐书·乐志》载："子夜歌声，晋曲也，晋有女子名子夜造此声，声过哀苦。"此因曲调产于吴地，故加"吴歌"二字。后人作此，又名《子夜四时歌》，多分四季而作，李白也不能外，此诗共有四首，此为其三，咏秋季。　②捣衣：有两意，一是指当时平民衣服多为麻制，质硬，须用木杵捶软后才便于裁剪穿着，二是指洗衣时以杵捶之来涤清污物。这里是前一意，指捣衣以换季。　③玉关：即玉门关。　④良人：古时夫妻互称为良人，后多用于妻子称丈夫。《诗·秦风·小戎》有"厌厌良人，秩秩德音"句。

【语译】

一片月光笼罩在长安城上，千家万户都传来捣衣的声音。秋风吹啊终究也吹不尽的，乃是思念戍守玉门关的亲人之情。要等到哪年哪月才能消灭那些敌人啊，使得我的丈夫结束远征生活而回家来呢？

【赏析】

捣衣这种意象的来源，是古代平民衣物多为自制，逮换季之时，为给远人制作征衣，妇女们往往聚在一起捣衣，故而用捣寒衣作为思征人的意象，非自李白始。李白此诗的高明之处，一是将捣衣的地点放在"长安"，二是加以"万户"的修饰，就连都城长安都有千家万户捣衣以思征人，则可见戍卒数量之多，亦可见战事之频仍。唐玄宗开元和天宝初年，虽号盛世，但对外战斗的频密度和规模之大，都已经影响到了千家万户的平民，诗人对这种黩武之反感，就通过这两句诗隐晦地表现了出来。

所以说是隐晦地表现，因为诗人只是反对穷兵黩武而已，并非无原则地"非战"，所以对于战争结束的前景，也是写"何日平胡虏"，而非"何日息战事"。在开篇两句描写出月光下几乎笼罩整个长安城的捣衣声以后，诗人即将"秋风"联系上"玉关情"，点出征戍之苦、之思。结句是这些捣衣妇人希望战胜后"良人罢远征"，却用疑问句来表达，加以"何日"一词，则更显得这种期盼虚无缥缈，丈夫归来遥遥无期，悲伤之情溢于言表。诗虽简洁，而韵味无穷。

【扩展阅读】

子夜吴歌其四

唐·李白

明朝驿使发，一夜絮征袍。素手抽针冷，那堪把剪刀。裁缝寄远道，几日到临洮？

李白《子夜吴歌》共四首，分叙四季，后人有冠以各季之名的，比如"长安一片月"即"秋歌"，上面这首是"冬歌"。秋、冬二歌都写思征人，以抒征戍别离之苦。

长干行①

妾发初覆额②，折花门前剧③。

郎骑竹马④来，绕床弄青梅。

同居长干里，两小无嫌猜。

十四为君妇，羞颜未尝开。

低头向暗壁，千唤不一回。

十五始展眉，愿同尘与灰。

常存抱柱信⑤，岂上望夫台。

十六君远行，瞿塘滟滪堆⑥。

五月不可触，猿声天上哀。

门前迟⑦行迹，一一生绿苔。

苔深不能扫，落叶秋风早。

八月蝴蝶黄⑧，双飞西园草。

感此伤妾心，坐⑨愁红颜老。

早晚下三巴⑩，预将书报家。

相迎不道⑪远，直至长风沙⑫。

【注释】

①长干行：本名《长干曲》，属《杂曲歌词》，现存有晋代无名氏的一首，描写男女情爱。长干是古金陵（今江苏省南京市）的里巷名；"行"为诗体名，《文体明辨》说："步骤驰骋，疏而不滞者曰行。"　②覆额：头发掩住前额，类似于今天的刘海。　③剧：游戏、玩耍。　④骑竹马：跨竹竿以作马骑，是男孩的游戏。　⑤抱柱信：典出《庄子·盗跖》，载："尾生与女子期于梁下，女子不来，水至不去，抱梁柱而死。"　⑥瞿塘滟滪（yàn yù）堆：指瞿塘峡口江心的礁石，《唐语林·补遗》中说："大抵峡路峻急，故曰：'朝离白帝，暮宿江陵。'四月、五月尤险，故曰：'滟滪大如马，瞿塘不可下；滟滪大如牛，瞿塘不可留；滟滪大如襆，瞿塘不可触。'"　⑦迟：等待，别本作"旧"。　⑧蝴蝶黄：旧说是秋天时黄蝶最多，当系附会。别本作"蝴蝶来"。　⑨坐：因而。　⑩三巴：指古代的巴郡、巴东、巴西，即今天的重庆市和四川省东北部地区。　⑪不道：不管，不顾。　⑫长风沙：地名，在今天安徽省安庆市东的江边上。据陆游《入蜀记》说，自金陵（南京）至长风沙有七百里，地极湍险。

【语译】

妾身幼年时候，头发才刚遮覆前额，摘朵花儿在门前玩耍，郎君你骑着竹马前来啊，我们绕床追逐，抛掷青梅游戏。我们都居住在长干里，两个儿童的内心没有丝毫猜疑和嫌憎。十四岁的时候，我做了你的新娘，因为羞涩，还不敢露出欢喜的神情，只是在墙角的暗处低垂着头，你就算喊上一万句，我最多也就一次敢于回头答应。到了十五岁才终于展开双眉，露出笑容，想要和你同生共死，一起化灰。你如同抱柱的尾生一般守信，我又怎会想到竟有一天要登台望夫呢？

十六岁的时候，你出门远行，经过那危险的瞿塘峡滟滪堆。五月间的滟滪堆不可碰触啊，高处猿声哀啼，仿佛来自天上。门前为了等待你留下的脚印，都陆续生满了青苔，青苔是那么浓厚，难以清扫，更何况落叶纷纷，今秋来得格外的早啊。八月间黄色的蝴蝶飞来，双双围绕着西园的花草。看到这种情景，我不禁倍感哀伤，竟然愁得红颜老去。郎君你什么时候才能离开三巴，返回家乡啊？一定先请送信回来，我不管路途多远都一直要去迎接你啊，直至七百里外的长风沙。

【赏析】

李白有两首《长干行》，可以算是姊妹篇，或者上下集。此诗为上集，写丈夫远行，女子在家守望，希望丈夫归家前可以先送信来，她将前往"长风沙"去迎候；下集则写丈夫多次远行，妻子长守空闺，最后哀叹"那作商人妇，愁水复愁风"。由下集可见，此上集所写丈夫乃生于商贾之家，而此思妇即"商人妇"也。

丈夫远行而妻子相思的诗篇，古来便多，李白此诗的特色，一是用乐府体裁，作叙事白描手法，行笔细腻而圆润，深情蕴于其中，二是结构紧凑，层层推进，直至最后点明主题。但更重要的，还在于他别出心裁地从夫妇二人少年时代开始写起。开篇几句，乃成千古绝唱，并因此而产生了"青梅竹马"、"两小无猜"两个成语。可以说，诗的后半部分只是普通杰作罢了，但前六句却可超迈一时，流芳万古。

诗人在写完这一对夫妇于儿童时代便两小无猜，相亲相爱之后，转至"十四为君妇"，终于结成伉俪。但一方面当时年龄尚小（古人有早婚习俗），另一方面对角色的转换还不习惯，所以妻子才会"羞颜未尝开"，至于"低头向暗壁，千唤不一回"，则更将少妇的忐忑和羞涩描摹入微。"十五始展眉"，终于完成了从少年之友到成年之妻的角色转换，于是发誓"愿同尘与灰"，将女子对丈夫的深情合盘托出，而唯其情深，则分离更不可忍，为下文做了完美的铺垫。

"常存抱柱信"是说丈夫，如尾生一般守信，尾生是约会女子而死，故此守信也指对爱情的忠诚。"岂上望夫台"是说妻子，自认为夫妇情笃，丈夫不会远离自己而去，自己不至于登台望夫——各地多有望夫台的传说和遗迹，此非特指。先作此一扬，随即便抑，说"十六君远行"，因生计所迫，夫妇二人终究还是分开了。那么，丈夫到哪里去了呢？观其上下文，故乡是在金陵，丈夫则前往三巴，妻子为此而担忧惶恐，害怕以"瞿塘滟滪堆"为代表的旅途的种种危险，可能会伤害到丈夫。当然，她更盼望丈夫可以早早归来，所以常去门前等候，但足迹已为青苔所掩，落叶更覆上青苔，以见分离时日之久。前言"五月不可触"，后说"八月蝴蝶黄"，只是泛言之而已，非特指相别三月，但正如《诗·王风·采葛》中所说，"一日不见，如三月兮……一日不见，如三秋兮……一日不见，如三岁兮"，是以"三"字以状其久。

蝴蝶飞来，特言"双飞"，睹物以思人，这使得妻子内心的离愁更为浓厚，故而"伤妾心"、"红颜老"。最后，妻子希望丈夫归家前能先送信回来，她好前去迎接，并竟说"相迎不道远，直至长风沙"。金陵到长风沙有七百里地，当然不可能真的跑那么远去迎接，这只是夸张的手法，以抒内心渴盼之深。两人的情爱，妻子的相思期盼，都刻画得极为深刻、细腻，但我们也不得不承认，较之首四句，后半部分内容便要低一个层次了。所以《唐宋诗醇》中独赞首四句，说："儿女子情事，直从胸臆间流出，萦迂回折，一往情深。"

孟　郊

【作者介绍】

　　孟郊（751 年～ 814 年），字东野，湖州武康（今浙江省德清县）人，唐代著名诗人。他早年生活贫困，因无所遇合而屡试不第，逮年过四旬才中进士，曾经任江南溧阳尉，在任时常以作诗为乐，作不出诗则不出门，故有"诗囚"之称。后辞官归家，元和初，经河南尹郑余庆奏为河南水陆转运从事，试协律郎，遂定居洛阳，郑余庆镇守兴元，又奏他为参谋、试大理评事，惜于途中病殁。

　　孟郊的诗作或长于白描，不用词藻典故，语言明白淡素而又力避平庸浅易，或精思苦炼，雕刻奇险，其中某些作品过于艰涩枯槁，缺乏自然之趣。他和贾岛齐名，皆以苦吟著称，唐人张为称他的诗"清奇僻苦主"，而宋人苏轼则称"郊寒岛瘦"，后世将孟、贾二人并称为苦吟诗人的代表。

烈女操①

　　　　梧桐②相待老，鸳鸯会双死。

　　　　贞妇贵殉夫，舍生亦如此。

　　　　波澜誓不起，妾心古井水。

【注释】

　　①烈女操：古乐府属《琴曲》歌词，操本操琴之意，后引申为琴曲。　　②梧桐：传说梧桐树分雌雄，梧为雄树，桐为雌树，以与下句"鸳鸯"相对。

【语译】

　　梧桐树会一起衰老，鸳鸯鸟也会一起死去。贞节的妇人啊，最难得的就是殉夫而死，舍弃生命就如同梧桐和鸳鸯。妾身的内心啊，发誓要像古井水一般波澜不兴。

【赏析】

　　此诗前两句可谓妄语，梧桐不会同时衰老，鸳鸯更不会同生共死，这只是古人并不靠谱的传说而已。当然，诗歌不是论文，以此传说为喻，并无损于诗歌的价值、格调，反而更增添一份浪漫情怀。诗写贞妇，认为以殉夫为贵，这是基于男女不平等的社会现实所产生的思潮（因为从无鼓励男子殉妻语），本不足取，但考虑到唐代贞妇烈女的观念还并未深入人心，更未成为社会道德主流，诗人作此语，或许别有怀抱。倘将贞妇以比烈士，因自己的理想，所热爱的国家而殉难，则思想性要高得多了。

诗眼在结句，以古井类比内心之波澜不兴，无外物可动摇，这比喻是非常恰当也非常新颖的，就此产生了"心如止水"的成语。刘禹锡《竹枝词》有"长恨人心不如水，等闲平地起波澜"句，正与此意相反。

游子吟

慈母手中线，游子身上衣。
临行密密缝，意恐迟迟归。
谁言寸草心，报得三春晖①？

【注释】

　①三春晖：指春天的阳光。春季分为孟春、仲春、季春三个阶段，故言三春。

【语译】

慈母手中的针线，化作了游子身上的衣服。儿子临行前，母亲细密地缝补着衣服，只怕孩子回来得太晚。有谁说小草的内心，能够报答得了春日暖阳的恩情呢？

【赏析】

此诗言简而意赅，朴素自然，将慈母之爱、游子之思，描摹得细腻入微。母爱是这个世界上最伟大的爱，正如阳光是生命最大的源泉一般。孟郊曾在诗下自注："迎母溧上作。"也即这是他在溧阳尉任上，将母亲从老家迎到任所的时候有感而发，所作的诗。担任溧阳尉的时候，孟郊已经五十多岁了，则其母之年老自不待言。经过数十年的风雨，孟郊对母爱的理解，想必是非常深刻的吧，而此诗浅易中自见深情，尤其结句以小草自喻，而将母爱比作和煦的春日阳光，确实是再贴切不过的了，更加"谁言"，则深恩难报之意便跃然笔端。

此诗还有一大特色，便是善用叠词，如"密密"、"迟迟"，这是民歌中惯用的手法，所以将此诗归于乐府，正是因为其质朴的用语大有民歌韵味。

·卷二　七言古诗·

陈子昂

【作者介绍】

　　陈子昂（约661年～702年），字伯玉，梓州射洪（今四川省射洪县）人，唐代文学家。他是唐高宗开耀二年（682年）进士，武则天光宅年间因上书而受到重用，授麟台正字，后迁右拾遗。陈子昂曾随武攸宜讨伐契丹，辞官后受人陷害，最终冤死狱中。

　　陈子昂在政治上针贬时弊，提出过一些改革的建议，在文学方面则针对初唐的浮艳诗风，力主恢复汉、魏风骨，反对齐、梁以来的形式主义。他的诗歌对盛唐诗风影响很大，杜甫、白居易、韩愈等人都曾给予很高的评价。

登幽州台①歌

前不见古人，后不见来者。
念天地之悠悠，独怆然②而涕下！

【注释】

　　①幽州台：又名蓟北楼、蓟丘、燕台。相传战国时代燕昭王筑此台以招纳贤士。　　②怆（chuàng）然：感伤貌。

【语译】

　　身前不见古时的贤者，身后不见未来的杰士，我感念天地是如此阔大悠远，不禁独自一人，黯然地落下了热泪。

【赏析】

　　根据《陈氏别传》记载，此诗作于武周万岁通天元年（696年），陈子昂跟随武攸宜征讨契丹："子昂体弱多疾，感激忠义，常欲奋身以答国士。自以官在近侍，又参预军谋，不可见危而惜身苟容。他日又进谏，言甚切至，建安（武攸宜）谢绝之，乃署以军曹。子昂知不合，因箝默下列，但兼掌书记而已。因登蓟北楼，感昔乐生、燕昭之事，赋诗数首。乃泫然流涕而歌曰：'前不见古人，后不见来者。念天地之悠悠，独怆然而涕下！'时人莫不知也。"

　　文中"乐生"指的是军事家乐毅。当初燕昭王思欲伐齐报仇，于是筑台招贤，"乐毅自魏往，邹衍自齐往，剧辛自赵往，士争趋燕"，最后乐毅领兵南下，几乎灭亡了齐国。其间虽然多次有人在燕昭王面前进乐毅的谗言，而昭王始终对乐毅信之不疑。陈子昂向武攸宜献计而不得用，正好登台怀古，从燕昭王和乐毅的往事联想到自己，不禁悲从中来，乃有此诗。

此诗浅近而沉郁，不作任何描写而直抒胸臆，手法是非常独特的，在遣词造句和整体布局上，也显得矫矫不群。"念天地之悠悠"一句俯仰千古，可见诗人所怀想的并不仅仅是能够识贤、用贤的明君，而更包括古往今来的各类有才之士。天地如此广大，历史如此悠长，自己身处其中，显得是那么渺小，古人不可得见，后人难以相逢，我要到何处去找那用武之地呢？因此而感怀，乃至泣下，是何等的自然，又是何等的忧伤！

唐诗常识

唐诗中，五言句大多作二二一或二一二句式，六言句大多作二二二句式，七言句大多作二二二一或二二一二句式，偶有另类，并不常见。而《登幽州台歌》则独作一二二句式和一二一二句式，全篇节奏都别出心裁，显得非常新颖。诗以五、七言为主，所以古诗分类也往往归之于五言或七言，此诗虽为五、六言，却有七言风味，故此归于七言。

李　颀

【作者介绍】

李颀（690年～751年），字号不详，颍阳（今河南省登封市西）人，唐代诗人。他是开元二十三年（735年）的进士，曾任新乡县尉，后辞官归隐于颍阳之东川。李颀擅长七言歌行，诗以边塞题材为主，风格豪放，慷慨悲凉，与王维、高适、王昌龄等人皆有唱和。

古　意

男儿事长征①，少小幽燕客。

赌胜马蹄下，由来轻七尺②。

杀人莫敢前，须如猬毛磔③。

黄云白雪陇底飞④，未得报恩不得归。

辽东小妇年十五，惯弹琵琶解⑤歌舞。

今为羌笛⑥出塞声，使我三军泪如雨。

【注释】

①事长征：事是从事，长征即远征，意为从军远征。　②七尺：指身躯，人身长约当古尺七尺，故称。南朝沈约《齐太尉王俭碑铭》有"倾方寸以奉国，忘七尺以事君"句。　③猬毛磔（zhé）：像刺猬毛一般张开来。　④黄云白雪陇底飞：别本作"黄云陇底白云飞"。　⑤解：懂得。　⑥羌笛：传说横笛为羌族所创制，故名。

【语译】

男儿从军去远征，从小就是幽燕的北方豪杰。他和伙伴赛马驰骋，以赌胜负，向来就视死如归。他杀向敌阵，无人敢于靠近，须发如针，像刺猬毛一般奓了起来。陇上满地都是白雪，天空黄沙卷着浮云，但是男儿尚未报答君恩，所以不能回还。辽东的少妇才十五岁啊，惯弹琵琶，也懂歌舞，她如今用羌笛演奏这一曲出塞之歌，使我三军都泪下如雨。

【赏析】

此诗亦写征戍之苦，但前半段先描摹一位"幽燕客"的形象，他是如此英勇，因为从小生在北方而惯习弓马，他轻生忘死，在战场上所向无前，他又如此忠肝义胆，因为尚未报答君恩而不愿返乡。写到这里，突然凌空掷笔，转写"辽东小妇"。或谓前半段即此"辽东小妇"所为"羌笛出塞声"，但既已吹笛，如何再能吟唱，从而用歌声塑造这般雄伟男子的形象来呢？这是说不通的。

关键在于，这位"辽东小妇"究竟是何身份。若是歌舞乐伎，一般不会以"妇"字指代。"小妇"即"少妇"，疑或即此"幽燕客"之妻，辽东古属幽州，两人籍贯也合。应当是妻子来到前方探望丈夫，为丈夫弹琵琶、歌舞并演奏羌笛，因为曲中舞中寄托了太多的相思之苦，征戍之悲，故此使得丈夫以及他的同袍们全都伤心落泪。如此一解，则全诗贯通，前后段不再有隔离之感了。

前写男儿奋勇杀敌，后写女子相思之苦，并结之以"使我三军泪如雨"，可见这种征戍之苦并非"幽燕客"夫妇所独有，而是将兵们及其家眷的普遍的现象。由点而及面，由一家起而至三军收，笔法相当老练。

送陈章甫①

四月南风大麦黄，枣花未落桐叶长。
青山朝别暮还见，嘶马出门思旧乡。
陈侯②立身何坦荡，虬须③虎眉仍大颡④。
腹中贮书⑤一万卷，不肯低头在草莽⑥。
东门酤酒⑦饮⑧我曹⑨，心轻万事如鸿毛。
醉卧不知白日暮，有时空望孤云高。
长河浪头连天黑，津口⑩停舟渡不得。
郑国⑪游人未及家，洛阳行子空叹息。
闻道故林⑫相识多，罢官昨日今如何？

【注释】

①陈章甫：李颀友人，字号不详，江陵人，能诗。 ②陈侯：指陈章甫，侯为士大夫之间的尊称。 ③虬须：虬为无角龙，虬须指胡须似龙般卷曲。 ④大颡（sǎng）：宽额头，颡指额头。 ⑤贮书：别本作"著书"，误。 ⑥草莽：指民间，与朝廷相对，《孟子·万章下》说："孟子曰：'在国曰市井之臣，在野曰草莽之臣，皆谓庶人。'" ⑦酤（gū）酒：买酒。 ⑧饮：使饮酒，如饮马之饮般读为第四声。 ⑨我曹：我等，我辈。 ⑩津口：渡口，别本作"津吏"。 ⑪郑国：春秋时代的郑国在今天河南省中东部，都城新郑，或为陈章甫居家所在。 ⑫故林：故乡、故园。

【语译】

四月南风吹起，小麦已金黄，枣花还未落，梧桐叶片长。朝朝暮暮只能见到异乡的青山，故而骑着嘶鸣的马儿出门，便思念起了故乡。陈君啊你立身端正，心怀坦荡，你的胡须卷曲、眉直如虎，额头宽广。你腹中珍藏有一万卷诗书啊，不肯低下高贵的头颅，在民间埋没了学识。

你在洛阳东门买酒款待我们，因为内心纯洁，所以凡俗的纷扰都如同鸿毛一般，轻飘飘的不值一论。你酒醉而卧，不知道身边是白天还是黑夜，有时候仰天望着空中，只见孤寂的浮云高高飘扬。黄河的大浪啊，一直延伸到昏黑的天际，渡口虽然停着船，但却难以横渡。这位郑地的游子还没有回到家乡啊，我这洛阳的行人空自叹息。听说你在故乡有很多熟人，不知道罢官归乡以后，他们又会如何看待你呢？

【赏析】

陈章甫宦途不如意，因而辞官归乡，诗人前去相送，写诗以赠。这一类题材在唐诗中很常见，内容也皆大同小异，不外乎描述一番季节风景，夸赞几句将别之人，并且鼓励他继续努力——比如王维的《送綦毋潜落第还乡》结句"吾谋适不用，勿谓知音稀"。这一类作品要想写好，除了在结构、文字上下功夫外，还有一个很重要的因素，那就是"有我"。赠别不能仅仅言及对方，否则就是纯粹的应酬敷衍了，字里行间要透露出自己的真实所思、所想、所感，把自己与对方相比较，这一部分内容既不可欠缺，也不可太露。

李颀此诗便深得其妙。诗的开篇写时令，正当四月夏季，南风吹来，小麦正黄，枣花才结，梧桐叶繁，然后便将眼界阔开，由近景转向远景的青山，这青山"朝别暮还见"，根本摆脱不了，使人苦闷。为何想要摆脱青山呢？因为这是异地之山，而非故乡之景啊，就此引出"嘶马出门思旧乡"，层层铺叙，结构非常精巧。

就此而写到送别之人，叙其品德，襟怀坦荡，叙其相貌，端庄豪放。"虬须虎眉仍大颡"既是描摹陈章甫相貌，对应上句，也是烘托其品德——如此相貌，料不是奸宄僻狭之人吧。再写陈章甫"腹中贮书一万卷"，表其学识，"不肯低头在草莽"，壮其雄心。可是这般既有才能，又有雄心之人，却偏偏不得重用，而被迫辞官归乡，真是太使人感到遗憾了呀。因而下面便写设宴饯别，间以"心轻万事如鸿毛"、"醉卧不知白日暮"等语，既是表现陈章甫的豁达，也是诗人对他的安慰、规劝。而"有时空望孤云高"，正合"孤高"二字。

"长河浪头"两句，言去路风急浪涌，所指既为真实的返乡之途，也是暗指宦海风波和陈章甫不测的前途。诗人称对方为"郑国游人"，然后以"洛阳行子"相对，这"洛阳行子"是谁呢？无疑乃是作者自指。值此便"有我"了，诗人慨叹，汝尚未归，而我空叹，你我的经历差相仿佛，现在你已经将要从这险恶的宦海中脱身而去了，未知我的将来又能如何？结句再以"罢官昨日今如何"设问，既是说陈章甫，也是在自我喟叹，世人不识我等高洁品质、宏伟志向，惯以冠带目之，如今若除冠带，他们又会如何看待呢？真有"举世皆浊我独清，众人皆醉我独醒"之悲。

琴　歌

主人有酒欢今夕，请奏鸣琴广陵客^①。

月照城头乌半飞，霜凄万木风入衣。

铜炉华烛②烛增辉，初弹渌水③后楚妃④。

一声已动物皆静，四座无言星欲稀。

清淮⑤奉使千余里，敢告云山从此始。

【注释】

①广陵客：按琴曲有《广陵散》，又名《广陵止息》，嵇康以善弹此曲著称，据说嵇康临刑前曾说："《广陵散》于今绝矣！"故此，广陵客当借指善于弹琴之人。　②华烛：即花烛，古时花、华同义，故后世常通用之。　③渌（lù）水：古曲名，东汉马融《长笛赋》有"中取度于《白雪》《渌水》"句，这里是指琴曲。　④楚妃：指琴曲《楚妃叹》，三国嵇康《琴赋》有"《王昭》《楚妃》《千里别鹤》，犹有一切，承问篷乏，亦有可观者焉"句。　⑤清淮：指淮水。

【语译】

主人家备下了美酒，今晚且痛饮尽欢吧，于是请求如同嵇康一般的弹琴名家来演奏几曲。此时明月映照在城头，有一半乌鸦惊飞而起，夜霜寒冷了树木，冷风直透入衣襟，铜炉中香烟袅袅，使得文彩的蜡烛更添光辉。琴师先弹《渌水》，又奏《楚妃叹》，才刚开始演奏啊，四周的声音立刻安静了下来，座上宾客全都无言无声，静静聆听，直至星辰稀疏，黎明将至。我此次奉命前往千里外的淮水流域啊，恭敬地通知各位，旅程就从这乐曲开始吧。

【赏析】

此诗写听琴，但并没有具体描摹琴声究竟如何，而只是细状听琴的过程和氛围。首先说明是在宴会上请善琴之人弹奏，此时正当夜晚，"月照城头乌半飞，霜凄万木风入衣"是外景，"铜炉华烛烛增辉"是内景。既而说琴师弹奏了《渌水》和《楚妃叹》两曲，众人静静聆听，而不知星辰将稀、黎明将至也，从一个侧面说明了琴声的优美。结句时常引发误解，或谓"云山"是指归隐，所以"敢告云山从此始"乃是指诗人闻此优雅琴曲，就此起了归隐之心，准备去隐居了。然而对照前一句"清淮奉使千余里"，既是奉使出行，哪里是想跑就能跑的呢？

"清淮奉使千余里"一句透露出很多细节。首先，知此为饯别之宴，为的是送别诗人南使"清淮"；其次，既送其奉使，又云"千余里"，可知饯别之处当在西京长安或东都洛阳；第三，"渌水"即清清之水，"楚妃"是咏楚地之女，对照"清淮"，可知琴师所奏《渌水》、《楚妃叹》非全无因，正时为送诗人南下也。因而"云山"无隐居意，是指旅程，两曲奏罢，天色将明，于是诗人恭敬地向大家告别，说我便以这琴音以助行色，就此启程上路了吧。全诗的重点句在"一声已动物皆静，四座无言星欲稀"，侧面以状琴色之美，之吸引听众，确是生花妙笔，别无深意，只是官员出差前地送别，正不必往归隐上附会。

听董大①弹胡笳②声兼寄语弄房给事③

蔡女④昔造胡笳声，一弹一十有八拍。

胡人落泪沾边草，汉使断肠对归客。

古戍⑤苍苍烽火寒，大荒⑥阴沉飞雪白。

先拂商弦⑦后角羽，四郊秋叶惊摵摵⑧。

董夫子，通神明，深松⑨窃听来妖精。

言迟更速皆应手，将往复旋⑩如有情。

空山百鸟散还合，万里浮云阴且晴。

嘶酸⑪雏雁失群夜，断绝胡儿恋母声。

川为净其波，鸟亦罢其鸣。

乌珠⑫部落家乡远，逻娑⑬沙尘哀怨生。

幽音变调忽飘洒，长风吹林雨堕瓦。

迸泉飒飒飞木末⑭，野鹿呦呦⑮走堂下。

长安城边东掖垣⑯，凤凰池⑰对青琐门⑱。

高才脱略⑲名与利，日夕望君抱琴至。

【注释】

①董大：即董庭兰，开元、天宝时的抚琴名家。②胡笳：北方民族的吹管乐器，其声凄越，故名胡笳。③房给事：即房琯，字次律，曾任给事中，曾为唐肃宗所信用。④蔡女：指蔡琰，通称蔡文姬，汉末文学家、音乐家蔡邕之女，曾流落南匈奴，后为曹操赎回，相传她在回汉地之时，作《胡笳十八拍》以抒发自己与在匈奴的丈夫、儿女分离，以及将归汉地的既悲且喜心情。别本作"汉女"。⑤古戍：指古代的戍楼（边防堡垒）。⑥大荒：指荒远的地方、边远地区。西晋左思《吴都赋》有"出乎大荒之中，行乎东极之外"句。⑦商弦：古人分音阶为五，即宫、商、角（jué）、徵（zhǐ）、羽。古琴七弦，分配五音和少宫、少商。⑧摵摵（sè）：落叶声。⑨深松：别本作"深山"。⑩旋：返回。⑪嘶酸：意同酸嘶，苦楚地鸣叫。⑫乌珠：别本作"乌孙"，都是古代北方部族名。⑬逻娑：唐代吐蕃都城，即今天的西藏自治区拉萨市。⑭木末：即树梢。⑮呦呦（yōu）：鹿的叫声。《诗·小雅·鹿鸣》有"呦呦鹿鸣，食野之苹"句。⑯东掖垣：指唐代的门下省。门下、中书二省分列皇宫东西两侧，门下在东，故称东掖垣。宫殿正门两侧小门为掖，垣是指墙。⑰凤凰池：指中书省。《通典·职官典》载："中书省地在枢近，多承宠任，是以人固其位，谓之凤凰池也。"⑱青琐门：汉代的皇宫门，因为上面刻有连环文，涂以青色，故名。⑲脱略：指放纵不受约束。

【语译】

想当年蔡文姬把胡笳的悲声带入琴曲，创制了《胡笳十八拍》。听到这曲子，胡人的泪滴沾湿了边地的衰草啊，汉使面对即将归来的文姬，也不禁肝肠寸断。古老的边堡一片苍茫，寒气中烽火燃起，边荒阴沉沉的，大雪纷飞，映白了原野。那琴曲要先拨商弦，再转到角弦和羽弦啊，四周郊外的树叶如被秋风掠过，不禁簌簌落下。

董先生的技艺高深莫测，几可通神，他一弹弦，竟引得深密松林中的精灵都来偷听。不管是快拨还是慢弹，全都得心应手，将要放声，却又回还，如含深情。那琴音如同空旷的山野间百鸟分散，却又聚合，如同万里的浮云才待成阴，却又放晴。如同雏雁失群，在夜间苦楚地悲鸣，更如同即将失去亲人的胡人孩子依恋母亲的哭声。如此的哀伤，使得长河也波息浪静，使得鸟儿也停止了鸣叫。乌珠部落距离家乡是如此遥远，逻娑城的沙尘生出多少哀怨。那幽怨的曲子突然变调，音色弥漫开来，如同大风吹过密林，如同急雨打落屋瓦，如同泉水喷涌而出，直冲树梢，如同野鹿呦呦地鸣叫着走过堂下。

长安城的东面是门下省啊，中书省又正对着皇宫门，有位高人不受名缰利索的拘束，无论白天夜晚都希望您抱着瑶琴前来访问。

【赏析】

据说李颀是用这首诗向当时掌权的房琯推荐董庭兰，其后董庭兰即成为房琯门客。诗题殊不可解，而据施蛰存先生考证，当作《听董大弹胡笳，声兼语弄，寄房给事》，语指琵琶声，弄是琵琶曲式，是说董庭兰弹《胡笳十八拍》，其声兼有胡笳和琵琶的特色，李颀写诗赞颂，并将此诗寄与房琯。

音乐是很难用文字来描述的，而李颀独能为此，铺排得非常生动细腻。最大的特点是，他将乐曲的内容和弹曲的技法完美融为一炉，在读者面前所展开的是一幅由音乐所构成的奇特画卷。开篇先写曲调内容，说当初蔡文姬作此歌，胡人闻而落泪，来迎接她的汉使也听之断肠，感染力非常强烈。接着说边境和塞上风光，"古戍苍苍烽火寒，大荒阴沉飞雪白"，然后笔锋突然一转，归为琴曲技法，就此引出董庭兰来。

诗人说董庭兰的技法高超，就连山林精怪也受到吸引，要来偷听。忽而急抹，忽而缓弹，高高低低，来来去去，深情无限。然后诗人用了一系列的比喻来描摹琴声，说这琴声似孤雁悲鸣，似胡儿哭声，似别乡千里的哀愁，似异域凄美的风光。"乌珠"也好，"乌孙"也罢，都和蔡文姬所失陷的南匈奴毫无关系，逻娑古城则更在十万八千里外，只是用来指代胡地异域而已，诗中常有此类指代，不可作实地解。

前面说琴声幽怨，接着突然变调，变得急促激烈起来，如风吹林，如雨落瓦，如泉激涌，然后再次和缓起来，却似"野鹿呦呦"。鹿鸣之比喻是非常重要的，因为此语来自于《诗·小雅·鹿鸣》，有"呦呦鹿鸣，食野之苹，我有嘉宾，鼓瑟吹笙"等语，是待客之诗，就此而引出结句。结句"长安城边"几句是写政府中枢，当时房琯做给事中，属门下省，位列中枢，乃有此语，其后"高才"即指房琯，自不待言。"脱略名与利"是恭维房琯，并言房琯希望董庭兰携琴而至，闻其妙奏，就起到了推荐之意。

【扩展阅读】

胡笳十八拍（节选）

东汉·蔡琰

不谓残生兮却得旋归，抚抱胡儿兮泣下沾衣。汉使迎我兮四牡骓骓，胡儿号兮谁得知？

与我生死兮逢此时，愁为子兮日无光辉，焉得羽翼兮将汝归。一步一远兮足难移，魂消影绝兮恩爱遗。十有三拍兮弦急调悲，肝肠搅刺兮人莫我知。

身归国兮儿莫之随，心悬悬兮长如饥。四时万物兮有盛衰，唯我愁苦兮不暂移。山高地阔兮见汝无期，更深夜阑兮梦汝来斯。梦中执手兮一喜一悲，觉后痛吾心兮无休歇时。十有四拍兮涕泪交垂，河水东流兮心自思。

这是《胡笳十八拍》的第十三和十四拍两段，述其别子之悲。蔡文姬在南匈奴育有二子，她本人虽然南归，但儿子从父，算匈奴人，不被放回，就此天涯永隔。李颀诗中"断绝胡儿恋母声"即言此。

听安万善①吹觱篥②歌

南山截竹为觱篥，此乐本自龟兹③出。
流传汉地曲转奇，凉州胡人为我吹。
傍邻闻者多叹息，远客思乡皆泪垂。
世人解听不解赏，长飙④风中自来往。
枯桑老柏寒飕飗⑤，九雏鸣凤乱啾啾。
龙吟虎啸一时发，万籁百泉相与秋。
忽然更作渔阳掺⑥，黄云萧条白日暗。
变调如闻杨柳春，上林⑦繁花照眼新。
岁夜⑧高堂列明烛，美酒一杯声一曲。

【注释】

①安万善：观诗意当为凉州（唐代的凉州包括今天甘肃省武威、金昌、民勤等市县）胡人。　②觱篥（bì lì）：古代簧管乐器名，从西域传到中原，以竹为管，管口插有芦制哨子，有九孔，又称"笳管"、"头管"。　③龟（qiū）兹：西域古国名，唐代安西四镇之一，又写作丘慈、邱兹、丘兹。　④飙（biāo）：暴风。　⑤飕飗（sōu liú）：象声词，指风雨声。　⑥渔阳掺（càn）：古代鼓曲名，也写作"渔阳参挝"，后讹为"渔阳三挝"。　⑦上林：即上林苑，汉代离宫群，《汉书·旧仪》载："苑中养百兽，天子春秋射猎苑中，取兽无数。其中离宫七十所，容千骑万乘。"　⑧岁夜：指除夕之夜。

【语译】

从终南山上砍下竹子来，做成觱篥。觱篥之曲本来出自龟兹国，流传到了汉地以后，曲调越来越奇妙，我请凉州的胡人安万善为我吹奏。身边的人听到后大多叹息，离家在外的人们因曲调而思乡，也都落下泪来。然而世人大多只喜欢听觱篥，却不懂得欣赏这如同狂风中自在盘旋的曲调。我仿佛听到寒风凄雨吹动了枯萎的桑树和苍老的柏树，那声响仿佛是很多雏凤在杂乱地鸣叫着。一会儿又似龙吟虎啸同时迸发，天地之间所有声响都相杂，一起造就了秋天。忽然又变成《渔阳掺》一般的曲调，使得浮云昏黄、白日无光。乐曲再一变调，使我好像听到了春天的脚步，看到上林苑中繁花耀眼。除夕之夜啊，在厅堂上摆开了明亮的烛火，我们饮着美酒，听这觱篥之曲。

【赏析】

　　李颀善于用文字描摹音乐之美，此诗亦其名作，但与《琴歌》、《听董大弹胡笳兼寄语弄房给事》两首却又不尽相同。诗的起与结都很平缓甚至平淡，将重点放在中部对音乐的描写上——起首说明乐器来源和吹奏者身份，结句写吹奏时间、地点，是在除夕之夜的宴会上。中部乐声响起，先写"傍邻闻者多叹息，远客思乡皆泪垂"，表现音乐具有强大的感染力，但是随即笔锋一转，说"世人解听不解赏"，人们大多不了解觱篥真正的美妙之处啊。觱篥的音色，向来以凄厉著称，所以才会引人叹息、落泪，但是诗人却说，你们都理解错了，觱篥的音域很宽广，所能表现的内容很丰富，并非仅仅凄壮悲凉而已。

　　接着下面就用种种比喻来描摹觱篥的音色、曲调。忽而凄寒如风雨中"枯桑老柏"，忽而细碎如雏凤乱鸣（九非实指，以状其多），忽而雄壮如龙吟虎啸，忽而又似万籁齐响，有秋天的悲凉，忽而激烈如同鼓声，忽而昏沉沉似云遮日暗，忽而又似春天般繁花照眼。值得注意的是，诗人用不同的韵脚来表现不同的曲调之幻象，先是舒缓的下平声十一尤，中杂入声"发"来突然高亢，然后转为沉郁的去声廿八勘，最后是清新的上平声十一真。用诗歌的声调来描摹音乐的曲调，配合默契，使人真如耳闻。

　　音乐是耳可闻眼不可见的，虚幻而难以捉摸的，所以用场景来比拟描摹音乐，最忌落在实处，也必须是半虚半实的。李颀深得此中三昧，所比的风雨、凤鸣、龙吟虎啸、万籁百泉，等等，都是现实中不常见却可闭目想见的场景和似有所闻的音响。故而觱篥之曲在他笔下，显得是如此变化多端，引人入胜。

唐诗常识　　《平水韵》按照字的声调，分为平、上、去、入四大部分，其中平声因为字数较多，所以分为两卷，也即上平声和下平声。比如此诗中的飔、啾、秋三字，就属于下平声第十一部"尤"，真、新两字，就属于上平声十一部"真"。上平共十五部，下平也是十五部，上声廿九部，去声三十部，入声十七部。

孟浩然

夜归鹿门①歌

山寺钟鸣昼已昏，渔梁②渡头争渡喧。
人随沙岸向江村，余亦乘舟归鹿门。
鹿门月照开烟树，忽到庞公③栖隐处。
岩扉松径长寂寥，惟有幽人自来去。

【注释】

　　①鹿门：指鹿门山，在今天湖北省襄阳市境内，孟浩然曾长期在此隐居。　②渔梁：沔水上的沙洲名，在鹿门山附近。　③庞公：指庞德公，汉末隐士，据说曾躬耕于岘山之南，后携妻子入鹿门采药不返。

【语译】

　　山间寺院已经响起了晚钟，白昼转向黄昏，看那渔梁渡口，人们喧喧嚷嚷地挤上晚归的渡船。他们沿着细沙的岸边航向江畔村落，我也乘船返回鹿门山啊。鹿门山上，月光驱散了树间的烟霭，突然之间，我就来到了当年庞德公的隐居之处。无论是岩间的大门，还是松边的道路，长久以来都是如此寂寥啊，只有我这种隐士独自来来去去。

【赏析】

　　此诗写归隐之趣，最大的特点在于对比。开篇写"山寺钟鸣"，自然产生清幽之意，但随即对比俗世，说"渔梁渡头争渡喧"，特著一个"喧"字，则种种人世纷扰、喧腾，使人厌烦处，便毕见于笔端。三、四句继续对比，本来俗人归而诗人亦归，即便并非一船，也近乎同路，却偏要用十四个字分开来写，因为前者所向的乃是红尘的归宿，诗人却航向鹿门山隐逸之所，同途而殊归。接着"月照开烟树"，气氛复归清幽，仿佛将诗人心中最后一点尘世的阴霾也扫荡一空似的。山间隐居生活颇为寂寥，但诗人不说自己寂寥，而说景物寂寥，最后结句"惟有幽人自来去"，这幽人既是指庞德公，也是诗人自况，是隐士这个群体的写照，他们自由来去，无拘无束，唯此才能忍受这种寂寥，更能体味寂寥中的真意。

　　不过最后还要顺带说明一下，孟浩然四十多岁时因无法得官才隐居鹿门山，但他真正的住家却在襄阳城南郊外，岘山附近、汉江西岸，名曰"南园"或称"涧南园"，鹿门山在汉江东岸，他一方面仰慕庞德公，一方面喜爱此地清幽，于是修建了一处别业，并非长居，只是偶尔跑去住住罢了。士大夫之所谓隐居，大抵如是。

李 白

庐山谣①寄卢侍御虚舟②

我本楚狂人②，凤歌笑孔丘。手持绿玉杖，朝别黄鹤楼④。五岳寻仙不辞远，一生好入名山游。庐山秀出南斗傍，屏风九叠⑤云锦张，影落明湖青黛⑥光。金阙⑦前开二峰⑧长，银河倒挂三石梁⑨。香炉瀑布⑩遥相望，回崖沓嶂⑪凌苍苍。翠影红霞映朝日，鸟飞不到吴天⑫长。登高壮观天地间，大江茫茫去不还。黄云万里动风色，白波九道⑬流雪山。好为庐山谣，兴因庐山发。闲窥石镜⑭清我心，谢公⑮行处苍苔没。早服还丹⑯无世情，琴心三叠⑰道初成。遥见仙人彩云里，手把芙蓉朝玉京⑱。先期汗漫九垓上，愿接卢敖游太清⑲。

【注释】

①谣：不合乐的歌，是一种诗体。 ②卢侍御虚舟：卢虚舟，字幼真，范阳人，唐肃宗时曾任殿中侍御史。 ③楚狂人：指春秋时楚国的隐士接舆，《论语·微子》记载："孔子适楚，楚狂接舆游其门曰：'凤兮凤兮，何德之衰？往者不可谏，来者犹可追。已而，已而，今之从政者殆而。'" ④黄鹤楼：江南名楼，故址在今天武汉市武昌区的黄鹤矶上。 ⑤屏风九叠：指庐山五老峰东的九叠云屏，亦名屏风叠，因山九叠如屏风而得名。 ⑥青黛（dài）：青黑色。 ⑦金阙：阙为皇宫门外的左右望楼，金阙即黄金门楼，这里借指庐山的石门。东晋高僧慧远的《庐山记》说："西南有石门似双阙，壁立千余仞，而瀑布流焉。" ⑧二峰：指庐山香炉峰和双剑峰。 ⑨三石梁：南北朝郦道元《水经注》引《寻阳记》载："庐山上有三石梁，长数十丈，广不盈尺，杳然无底。"具体位置不详，一说在五老峰西，一说在简寂观侧，一说在开先寺旁，一说在紫霄峰上。 ⑩香炉瀑布：庐山上有瀑布，在香炉峰侧。 ⑪回崖沓（tà）嶂：指曲折的山崖和重叠的山峰。 ⑫吴天：吴地的天空，庐山三国时在吴国境内，故名。 ⑬白波九道：指九道泛着雪白波浪的河流。古人谓长江在浔阳（九江）附近分为九派，故称"九道"。 ⑭石镜：庐山山峰名，因峰上有圆石，平滑如镜，可见人影，故名。 ⑮谢公：指南朝诗人谢灵运，他曾游庐山，作《登庐山绝顶望诸峤》等诗。 ⑯还丹：道家炼丹，先将丹烧成水银，积久又还为丹，故称"还丹"。 ⑰琴心三叠：道家修炼术语，指达到一种心神宁静的境界。 ⑱玉京：道教称元始天尊所居之处为玉京。 ⑲先期汗漫九垓（gāi）上，愿接卢敖游太清：卢敖是燕国方士，秦始皇曾召为博士，使其往求神仙，卢敖逃亡不返。《淮南子·道应训》载："卢敖游乎北海，经乎太阴，入乎玄阙，至于蒙谷之上，见一士焉，深目而玄鬓，泪注而鸢肩，丰上而杀下，轩轩然方迎风而舞……卢敖与之语……若士者龙然而笑曰：'……吾与汗漫期于九垓之外，吾不可以久驻。'若士举臂而

躯身，遂入云中。卢敖仰而视之，弗见。"九垓指九天之上，太清即太空，《楚辞·九叹·远游》有"譬若王侨之乘云兮，载赤霄而凌太清"句。

【语译】

我本是楚狂接舆一般的人物，敢于高唱"凤兮，凤兮"来嘲笑孔丘。我手持绿玉装饰的竹杖，早晨辞别了黄鹤楼。我这一生最喜欢游览名山胜景了，甚至不辞遥远，走遍五岳去寻访仙人。

却见庐山秀丽地耸立在南斗分野之侧，那九叠云屏仿佛是张开了彩云的锦绣，身影倒映在清澈的湖水中，发散出青黑色的光芒。石门如同黄金宫阙一般敞开，香炉、双剑两峰直插云霄，瀑布如同银河倒挂一般垂下三道石梁。香炉峰的瀑布和它遥遥相对，山崖曲折、山峰重叠，凌驾在苍天之上。翠绿的山峰映着朝阳，散出万道红霞，直接吴地的长天，就连飞鸟也难以抵达。登高而望，这天地间的景色真是太壮观了呀，山下大江苍茫，向东流去，不再西还，万里黄云使风势更改，九派白波仿佛雪山在流淌。

我喜欢为庐山而吟唱，兴致因庐山而激昂。闲来窥看石镜以清净我的内心，得知谢灵运曾来此处，如今遗迹已被青苔所埋没。我早就已经服食还丹，对世情毫无留恋了，今见此景，琴心三叠，大道已初步修成。我远远地望见仙人出现在彩云之中，手拈着芙蓉花向玉京朝拜。我已经和汗漫约好在九霄天外相见，也愿意接引卢敖去遨游太空。

【赏析】

这首诗作于李白晚年，他被放逐夜郎，遇赦东返，再次游览庐山。青壮年时代，他曾游历过庐山，当时卢虚舟也曾同行，所以想起往事，他就写了这首诗寄给卢虚舟。

前人评此诗，多说李白因为在政治上受到重大打击而被迫向现实低头，求仙学道之心大盛，恐怕不确。李白自小便受道教影响很深，也接受过道箓，在几乎任何阶段的诗篇中都蕴含着浓郁的神仙思想，非独老年为然。此诗纵横恣狂，气概雄壮，毫无哀伤颓唐之气，若说已决定放弃黑暗的现实，全身心以求仙道，恐怕是失之毫厘，谬以千里了。

即便隐居遁世，或者求仙访道，也有消极和积极之分。所谓消极，便是对现实的一切都失望透顶了，只要能够加以摆脱，修行的孤寂、枯燥、种种皆可忍受，心如止水，波澜不兴。但很明显，李白即便到了老年也未曾堕入这般消极境地，就在写下此诗的第二年，他便毅然决然去参加李光弼东征叛军的队伍。李白的慕道、求道，其实是一种积极的人生态度，是为了追求超迈于现实之上的更自由、更无拘束的全新天地。因而他的诗篇中经常出现传说中的仙人形象，他仰慕那些仙人不受俗世羁绊，可以任意上天入地，饱览天上地下的美景，掌握宇宙万象的真谛。

所以诗的开篇便与寻常隐遁之作不同，自比"楚狂"接舆。接舆并非普通的隐士，他"佯狂不仕"，故此人称"楚狂"，他表面上歌唱"凤兮凤兮，何德之衰？往者不可谏，来者犹可追"，似乎在恶意地嘲笑孔丘，其实是善意地提醒孔丘，人世混浊，你的理想是很难达成的啊。换而言之，接舆对待孔丘，并没有我醒尔醉的优越感，反而在某种程度上很敬重孔丘的执着。李白以此为开篇，正说明他和那些遭受挫折便求隐逸、自欺欺人之辈不同。

接着，李白说自己到处游览名山大川，访求仙人，其中最让他惊艳的却在五岳之外，是那美丽的庐山。古代占星家为了用天象变化来占卜人间的吉凶祸福，将天上星空区域与地上的国州互相对应，乃有"分野"一说，其中南斗分野正在浔阳一带，庐山位于其中，故言"秀出南斗傍"。由此发端，诗人开始了对山胜景的备悉描写，用语雄奇，笔力苍劲，奇峰怪石不仅如图画般展现在读者面前，更使人感觉似乎天地之间别无它物，所柱唯有此峰，所垂唯有此瀑，所回环汹涌唯有山下滚滚长江而已。同样描写景物，有人写来素淡，有人写来秾丽，有人写来秀雅，但论起并兼飞逸、雄浑、昂扬、博大风味的，无人可及李白！

奇岩飞瀑、黄云白波写完，诗人突然将笔锋一收，原本飞扬恣意的格调陡然一变，转为清幽，始出修道之意。他特意点出"谢公宿处青苔没"，似有追慕先贤以隐遁之心，但是一收以后，却又突然扬起，自称自己已得大道，竟能得见仙人身影。"九垓"、"太清"等词一出，将视野几乎是无限制地放大，从庐山直至天地，从天地再到宇宙，飘逸绝伦，显出无比浑厚的底蕴。有人写诗能出隐士味，有人写诗能出道士味，但若论诗中能出神仙况味者，舍李白而再无第二人也！其眼界之开阔，思想之纵放，更无他人可比。

李白诗中好引神仙故事，结句即引用卢敖遇仙的典故，他自比为得道仙人，说要接引卢虚舟同登仙界（即将卢敖以拟卢虚舟），简单地认为是想与卢虚舟一起去隐居，恐怕太小看李白了。细品诗中意味，李白的精神还是激昂的，头颅还是昂起的，他似乎是在表示，自己永远也不会向现实低头，他永远都飘逸在俗世之上，是无事可以挫折，无人可以压抑的"谪仙人"。

梦游天姥①吟留别

海客②谈瀛洲③，烟涛微茫信④难求。越人⑤语天姥，云霞明灭或可睹。天姥连天向天横，势拔五岳掩赤城⑥。天台⑦四万八千丈，对此欲倒东南倾。我欲因之梦吴越⑧，一夜飞度镜湖⑨月。湖月照我影，送我至剡溪⑩。谢公宿处今尚在，渌水荡漾清猿啼⑪。脚著谢公屐⑫，身登青云梯⑬。半壁见海日，空中闻天鸡⑭。千岩万转路不定，迷花倚石忽已暝。熊咆龙吟殷⑮岩泉，栗深林兮⑯惊层巅。云青青兮欲雨，水澹澹兮生烟。列缺⑰霹雳，丘峦崩摧。洞天⑱石扉，訇然⑲中开。青冥⑳浩荡不见底，日月照耀金银台㉑。霓为衣兮风为马，云之君㉒兮纷纷而来下。虎鼓瑟㉓兮鸾回车，仙之人兮列如麻。忽魂悸以魄动，恍惊起而长嗟㉔。惟觉时之枕席，失向来之烟霞。世间行乐亦如此，古来万事东流水。别君去兮何时还？且放白鹿青崖间，须行即骑访名山。安能摧眉折腰事权贵，使我不得开心颜！

【注释】

①天姥（mǔ）：指天姥山，在今天浙江省绍兴市新昌县东五十里，东接天台山。　②海客：指航海之人。　③瀛（yíng）洲：传说中东海上的仙山，西汉司马迁《史记·封禅书》载："自威、宣、燕昭使人入海求蓬莱、方丈、瀛洲三神山者，其传在渤海中，去人不远……"④信：诚，确实。⑤越人：指绍兴当地人，绍兴本名会稽，是春秋战国时越国的都城。　⑥赤城：即赤城山，在今天浙江省

天台县北，为天台山的南门，因土色赤红而得名。　⑦天台：山名，在今天浙江省天台县北。南宋王应麟《十道山川考》载："天台山在台州天台县北十里，高万八千丈，周旋八百里，其山八重，四面如一。"　⑧吴越：春秋时的吴国、越国，大致等同于今天的苏、浙两省，不过此处为偏义复词，仅仅指越地。　⑨镜湖：一名鉴湖，在今天浙江省绍兴市南，因水平如镜而得名。　⑩剡（shàn）溪：水名，在今天浙江省嵊州市南，为曹娥江的上游。　⑪清猿啼：是"猿啼清"的倒装。　⑫谢公屐：一种木屐，因谢灵运常穿而得名，《宋书·谢灵运传》载："（谢灵运）常著木屐，上山则去前齿，下山则去其后齿。"　⑬青云梯：指直插云霄的山路，源自谢灵运《登石门最高顶》，有"惜无同怀客，共登青云梯"句。　⑭天鸡：传说中的异禽，南朝《述异记》载："东南有桃都山，上有大树……上有天鸡，日初出，照此木，天鸡则鸣，天下鸡皆随之鸣。"　⑮殷（yǐn）：原意为雷声，这里用作动词，指震动。　⑯兮：文言语助词，相当于今天的"啊"、"呀"，楚辞中最为常见，或本为楚地方言。　⑰列缺：即闪电。列通"裂"，缺指云的缝隙，闪电从云中决裂而出，故得此名。　⑱洞天：道教语，指神道居住的名山胜地。　⑲訇（hōng）然：形容巨大的声响。　⑳青冥：青天。　㉑金银台：指神仙居处，金银筑成的宫殿。郭璞《游仙诗》有"神仙排云出，但见金银台"句。　㉒云之君：指云中神仙，楚人称云神为"云中君"，以此指代。　㉓鼓瑟：弹瑟，瑟为传统弦乐器，似琴，古有五十弦，后改为二十五弦或十六弦。　㉔嗟（jiē）：叹息。

【语译】

　　航海的人谈到瀛洲仙岛啊，都说烟波缥缈，确实难以访求。越地的人说起天姥山啊，却说云霞闪烁，忽明忽灭，或许还能目睹。天姥山直插而上，连接云天，其势要凌驾五岳，并且压倒赤城山。天台山据传有四万八千丈高，可是面对天姥山，却显得如此矮小，仿佛要倾倒在天姥东南方似的。

　　我想要依据这一传说而梦见越地，一夜之间就飞渡了月下的镜湖。湖中明月照出我的身影，送我来到剡溪，当年谢灵运的宿处如今还在啊，只见绿波荡漾，又听得猿声清厉。我脚踩谢公的木屐，登上那直入青云的山路。在如壁的半山中看到大海，看到红日，空中还能听到天鸡的啼鸣。千重山岩、万般曲折，难以认清道路啊，我在花丛中迷失，倚靠着石壁休憩，不知不觉间天色已暗。

　　突然间，野熊在咆哮，神龙在长吟，震响了岩石和泉水，密林都在颤抖，群峰也都惊惧。云色昏黑，仿佛将要降雨，水面上升起了淡淡的烟雾。天空中响起惊雷，划过闪电，劈开高丘，摧毁山岗，巨大的响声之中，石头大门打开，露出那洞天福地。青天啊，如此浩荡不见端底，日月啊，照耀着黄金宫阙，只见那些以彩虹为衣，以风做马的云中的仙人，纷纷从天上下来了呀。猛虎为他们弹瑟，鸾凤为他们拉车，仙人密密麻麻地排列在那里。

　　我只觉得魂魄惊悸而摇动，突然惊愕起身，长长地叹息。这时候才发现身下是睡觉时的枕席，身边不再有刚才的烟雾、云霞。世间的行乐也和这个梦一样啊，自古以来，万事万物都如同东流之水。我此次与你相别，也不知道何时才能回来，还是暂且把白鹿纵放在青翠的山岩间吧，想要走了就骑上它，遍访各地的名山。我怎能低下眉头，弯折腰肢，去奉承那些权贵，从而使自己不能敞开笑颜呢？

【赏析】

　　唐殷璠《河岳英灵集》收录此诗，题名为《梦游天姥山别东鲁诸公》，别本还有直接名为《别东鲁诸公》的，据此，此诗题中"留别"二字也便得解了。天宝初，李白受召入京，却不得重用，只被看作是唐玄宗的文学弄臣，为此而深受打击，再加上高力士等权贵的陷害，被赐金放还。李白不欲回乡，只求仗剑而行，游览祖国的大好河山，他先到洛阳，在那里遇见了杜甫，继而相约前往梁、宋（即今天河南省商丘市一带）。随即李白告别杜甫，东赴齐州（在今山东省济南市一带），得紫极宫清道士高天师如贵授以道箓，算是正式成为了道士。这一年的秋天，他再次和杜甫在东鲁会面，相谈甚欢，然后打算南下吴、越，就写了这首诗相赠包括杜甫在内的东鲁的友人。

李白很可能并没有真到过天姥山，诗中所写，都只是他的想象而已。他的想象极为雄奇：天姥山其实只是一座小山罢了，但在李白笔下却"势拔五岳掩赤城"，天台山号称一万八千丈高，本来就是夸张（一丈三米，即便古尺较今为短，也不可能有山峰超过万丈），李白更是大笔一挥，改成"四万八千丈"，并且说即便如此，也还比不上天姥山高峻。

事实上，诗中的天姥山只是李白幻想出来的仙山而已。他开篇就写海外仙山难以访求，人间天姥或可得到，因此而根据"越人语天姥"的种种夸张传言，就从梦中前往游览。梦中的李白，仿佛真是个仙人似的，竟能从东鲁之地"一夜飞渡镜湖月"，并且经过"剡溪"，看过了"谢公宿处"，然后爬上云雾纵横的天姥山。对于梦中天姥山的景致，李白是写得很含混、粗略的，只是用"半壁见海日，空中闻天鸡"来突出其高，用"千岩万转"、"迷花倚石"突出山势险峻、山路曲折。但他真实的目的并非写山，于是突然笔锋一转，"忽已暝"，天色暗了下来，随即熊咆龙吟、天地震动，霹雳闪电、"丘峦崩摧"，天姥山不安地悸动起来。究竟发生了什么事情呢？原来"洞天石扉，訇然中开"，神仙福地就展露在他的面前。

道教与别的宗教不同，主修当世而少说来生，而且虽然也有天宫、"金银台"之类的传说，但神仙居所却大多还在世间，只不过是在海外，或者在深山人迹罕至之处。所谓"十大洞天、三十六小洞天"，都是人间仙境，大多依附于天下名山。所以李白想写神仙世界，就先以传说很多的人间天姥山为引，他梦游天姥，终于得见"云之君兮纷纷而来下"，这些仙人"霓为衣兮风为马"、"虎鼓瑟兮鸾回车"，仿佛是从天上下来接引自己似的。

可是正当场面最宏大时，情感最激越处，诗人却突然将笔锋一收，说"惊起而长嗟"，自己从梦中清醒过来了，"向来之烟霞"全都消失不见。他为此而不禁感叹："世间行乐皆如此，古来万事东流水。"人间的快乐就如同这个美梦一般，倏忽而灭，又似江水东流，去而不返，没有什么可挂恋的啊。诗的前半部分写访仙、遇仙，表达了诗人想要摆脱坎坷黑暗的现实世界，追求自由自在的神仙境界，但到此一收，表明他也很清楚神仙之说虚无缥缈，是很难企及的。世间不愿留而不得不留，神仙不得见而亟欲一见，就在这种矛盾心理中，他提出"且放白鹿青岩间，须行即骑访名山"，意思是我随时做好准备，一有机会还是要去追求自己的梦想，追求自由恣意的神仙生活。

为什么那么希望访仙，求仙呢？直到诗的结末，诗人才终于揭开谜底。陶渊明曾任彭泽县令，到任仅八十一天，就因为不肯向督邮行礼，说"我岂能为五斗米折腰向乡里小儿"，于是去职，从此隐居山林。李白用此典故，发出鲜明而高亢的呐喊："安能摧眉折腰事权贵，使我不得开心颜！"他追求的是内心的自由，是抱负的施展，他又怎肯为了功名利禄而向权贵低头，去迎合那黑暗的现实呢？止此一句，便足以震撼千古，士大夫的独立人格、自由精神，就此而冲出纸面，如诗中的天姥山一般直插云霄。在当时的社会环境下，以当时的人们的眼界，要想追求光明和自由却不得其途径，被迫寻求且依附于仙道，不是很正常的事情吗？求仙访道，是李白诗的重要特色，正不应简单地加以贬低或排斥。

金陵酒肆留别

风吹柳花①满店香，吴姬压酒②劝③客尝。
金陵子弟来相送，欲行不行各尽觞④。
请君试问东流水，别意与之谁短长？

【注释】

①柳花：即柳絮。　②压酒：指压糟取酒。古时新酒酿熟，临饮时方压糟取用。　③劝：别本作"唤"。　④觞（shāng）：古代饮酒器。

【语译】

轻风吹拂柳絮，店中满是芬芳，吴地的酒家女榨出酒浆来请客人品尝。金陵的年轻人前来送我啊，我想要上路却又舍不得离开，只是和他们一杯又一杯地痛饮。请你试着问一下那东流的江水，我们离别的情意和长江究竟哪个更长啊？

【赏析】

此诗为李白漫游之中，在离开金陵时，写给年轻友人的诗作，诗的内容并不复杂，不外乎春光明媚、饯别欢宴、依依不舍、情深意长而已。但在李白笔下，这简单的内容，短短的六句诗，却写得顺畅而生动，兼有民歌风味。

起首便不同寻常，"风吹柳花满店香"，柳絮本无香，后人因此解释本句，有解为酒香的，但这样就不是高度精炼的诗的语言了。这里的"风吹柳花"只是指的季节特征，而店中之香当是指春天的气息，春的美好也包括了柳絮，所以春的气息中也包含了柳絮的气味，诗人热爱美好的春天，故觉柳絮亦香。第二句不言"斟酒"、"筛酒"，而独言"压酒"，是指酒新也。当时没有蒸馏酒，而只有酿造酒，酒不贵陈而贵新，因此用"压"字以言酒新酒好。"劝客尝"有别本或作"唤客尝"，不妥，如果客在店外，乃起而唤之，客在店内，自然是劝酒，这正说明乃是饯别之宴，非临时路过。一首好诗，每一字都有其解，也都不可附会强解，每一字都运用恰当，很难以它字易之。

"欲行不行各尽觞"是诗中之眼，以见依依不舍之情。结句则更言此情如长江般绵长，却又不直言之，而要以问句托出，一方面尽出民歌风味，同时也给读者留下悠长的回味余地。

宣州谢朓楼①饯别校书叔云②

弃我去者，昨日之日不可留；

乱我心者，今日之日多烦忧。

长风万里送秋雁，对此可以酣③高楼。

蓬莱文章建安骨④，中间小谢⑤又清发⑥。

俱怀逸兴壮思飞，欲上青天揽明月。

抽刀断水水更流，举杯销愁愁更愁。

人生在世不称意⑦，明朝散发弄扁舟。

【注释】

①宣州谢朓（tiǎo）楼：宣州即今天的安徽省宣城县，谢朓楼为南朝诗人谢朓任职宣州时所建，亦称谢公楼或北楼。　②校书叔云：指李白的族叔李云，曾担任秘书省校书郎，故得此称。此诗《文苑英华》题为《陪侍御叔华登楼歌》，则所同登者为担任侍御的族叔李华，何者为确，不明。　③酣：这里是畅饮之意。　④蓬莱文章建安骨：蓬莱是指汉政府藏书的东观。《后汉书》中有"是时学者称东观为老氏藏室，道家蓬莱山"语，李贤注："言东观经籍多也。蓬莱，海中神山，为仙府，幽经秘籍并皆在也。"建安骨是建安风骨的简称，指汉末建安年间以"三曹"（曹操、曹丕、曹植）、"七子"（孔融、陈琳、王粲、徐幹、阮瑀、应场、刘桢）为代表的遒劲诗文之风。　⑤小谢：即谢朓，后人称谢灵运为"大谢"，与之齐名的谢朓则为"小谢"。　⑥清发：清新秀发。　⑦称意：适意，如意。

【语译】

离我远去的昨日的光阴已不可挽留，乱我内心的今日的光阴却多么令人烦恼啊。万里长风吹走送着秋天的大雁，面对此情此景，不禁使人在高楼上畅饮求醉。想那东观的文章如此精深，建安的风骨如此遒劲，再加上谢朓诗文的清新俊秀，他们都怀有超逸的兴致和雄壮的思绪，几乎想要冲上青天去摘下明月来了。然而抽刀断水，水却继续流淌，举杯消愁，愁绪却更加浓厚。人生在世往往无法称心如意啊，我明天还是披散头发，乘着一叶小舟去隐居算了吧。

【赏析】

李白的诗之超逸绝伦，能从古辞、民歌甚至散文中吸收营养，而不拘泥于传统格式，从这首作品中便可得到清晰的印证。开篇可作四、七、四、七形式的四句解，本来便已经是很活泼的句式了，但细读其意，也可以直作十一、十一双句解，则更超迈前人，别出机杼。两句相对，以昨日与今日相对，但其意则一以贯之，"多烦忧者"，绝非仅仅今日，正因为日日烦忧，重重无奈，才觉昨日之不可留，如弃我而去，思而至此，则今日之心便更觉紊乱。

诗题虽为饯别，但正不必开篇即言饯别（更何况还有《陪侍御叔华登楼歌》的异名）。此诗开篇托出自身之忧，此忧不仅仅从分离、送别而来，下文便可为证。继而言"长风万里送秋雁"，隐含分别之意，但也可以不作分别解，"对此可以酣高楼"，面对此景，欲待畅饮高楼，就字面上来看，是因为景致的旷阔使人心醉，其实是内心的隐忧使人想要借酒浇愁。

"蓬莱文章"几句，或谓是诗人以东观文章和建安风骨恭维李云，兼以谢朓自况，则"俱怀逸兴"两句的主语应该是"我们"，私以为不妥。此诗开篇即写忧，结尾亦写忧，中却杂以对自己和李云诗文的自傲，一气读下，颇有分断之感。这都是太拘泥于"饯别"二字所致。题虽饯别，所写正不必紧扣分别和相送，而可以只写自己在分手时的内心所感。那么李白当时内心何感呢？无疑正在"烦忧"二字，倘若过分拘泥于饯别，则此烦忧便只能从分离而来，理解的深度是不够的。

私以为，中间几句只是在写万古文章，前有东观藏书和建安风骨，后有南朝小谢——李白颇为仰慕谢朓，作诗地点又在谢朓楼，则以谢朓一人和东观文章、建安风骨并列，也是可以理解的。"俱怀逸兴"两句的主语应当是"他们"，指万古以来的诗文作者，逸兴云飞，似欲冲天而去，其中或有自况、自傲之意，但并不明显。"文章千古事，得失寸心知"，诗人此意不外如是。

"抽刀断水"两句为千古名句，说愁绪隽永，难以割断，其原因便是"人生在世不如意"，此不如意当不仅指分别，而更大范围地包括了自己的坎坷遭际，壮志难酬。此诗作于天宝末年，李白欲仕而不得，政治理想难以实现，只得仗剑优游，则内心的苦闷可想而知，为此他不禁发出了"明朝散发弄扁舟"——干脆去隐居算了的喟叹。倘若只有开篇和结句，则只是一首普通的因仕途坎坷而退缩求隐的作品，但中间杂以对万古文章的赞颂，则可见李白并非真正地向黑暗现实低头，并非真正的颓唐无奈，诗中真意就此全盘托出：对比可以流传千古的诗文，现实的坎坷遭际又有什么可烦忧的呢？又有什么可留恋的呢？

唐诗常识

李白这首诗，属于"歌行体"。"歌行体"本出乐府，因为乐府诗中以"歌"、"行"为名的颇多，故此得名。这种诗歌类型的特色是：韵脚和节奏非常自由；以七言为主，也可间以五言、杂言，诗句和诗篇的长短也都比较自由。比如李白此诗，有七言、有五言，有偶句、有奇句，常换韵，还有奇偶句全都押韵的情况出现，非常适合表现豪放不羁的风味。

把酒问月

青天有月来几时？我今停杯一问之。
人攀明月不可得，月行却与人相随。
皎如飞镜临丹阙①，绿烟灭尽清辉发②。
但见宵从海上来③，宁知晓向云间没④？
白兔捣药秋复春⑤，嫦娥孤栖与谁邻⑥？
今人不见古时月，今月曾经照古人。

古人今人若流水，共看明月皆如此。

唯愿当歌对酒时⑦，月光长照金樽里⑧。

【注释】

①丹阙：朱红色的宫门。 ②绿烟：指遮蔽月光的浓重的云雾。 ③但见：只看到。 ④宁知：怎知。没：隐没。 ⑤白兔捣药：古代神话传说。西晋傅玄《拟天问》："月中何有，白兔捣药。" ⑥嫦娥：传说中后羿的妻子，她偷吃了后羿的仙药，成为仙人，奔入月中。见《淮南子·览冥训》。 ⑦当歌对酒时：在唱歌饮酒的时候。曹操《短歌行》："对酒当歌，人生几何？" ⑧金樽：精美的酒具。

【译文】

青天上有月亮，它是什么时候来的？我现今停下酒杯来一一相问。人要攀上月亮是不可能实现的，月亮行走却和人如影相随。皎洁有如飞镜般照临朱红色的宫阙，在浓厚的云烟散尽后发出清辉。但见月亮夜晚从海上升上来，又是否拂晓时向云间隐没？白兔在月中年复一年的捣药，嫦娥在月宫里孤独一人居住，与谁为邻？现今的人不能见到古时的月，而现今的月却曾经照射过古时的人。古人今人有若流水般逝去，共同看过同一轮明月都是如此。唯有希望对着美酒高歌时，月光能够长久地照在盛酒的杯中。

【赏析】

这是一首咏月诗，诗集诗情与哲理于一体。

一二句以倒装句式统摄全篇，以疑问句表达了对宇宙本源的困惑，极有气势。

月夜下，诗人把盏独酌，仰望着浩瀚的天空，不禁浮想联翩，由宇宙及人生，一连串的追问，一连串的喟叹，将我们带入一个哲意漾漾又诗意融融的奇妙世界里。在经过一番海阔天空的驰骋与遐想之后，诗人又回归自我，回到生活，带出人生苦短、行乐须及时的人生感悟。

诗人意绪多端，从酒到月，从月到酒；从空间感受到时间感受；由宇宙而人生，随兴而至，挥墨自如。既塑造了一个神秘、美好的月亮形象，又将一个孤独脱尘的诗人形象凸显了出来。

岑 参

走马川行奉送封大夫①出师西征

君不见走马川②，雪海边，平沙莽莽黄入天。轮台③九月风夜吼，一川碎石大如斗，随风满地石乱走。匈奴④草黄马正肥，金山⑤西见烟尘飞，汉家大将西出师。将军金甲夜不脱，半夜军行戈相拨⑥，风头如刀面如割。马毛带雪汗气蒸，五花连钱⑦旋作冰，幕中草檄⑧砚水凝。虏骑闻之应胆慑，料知短兵不敢接，车师⑨西门伫献捷。

【注释】

①封大夫：指封常清，唐朝名将，得高仙芝推荐为将，曾担任安西副大都护、北庭都护等职，协助高仙芝镇定西域，后临危受命，率军平定安禄山的叛乱，因一时战败即遭谴遭被处死。因封常清曾摄御史大夫职，故题中称为"封大夫"。　②走马川：西域地名，具体位置不详，别本其下有"行"字，疑因诗题而衍，删去。　③轮台：即今天新疆维吾尔自治区米泉县，唐代属北庭都护府管辖。　④匈奴：匈奴又名曰胡，此时虽已灭亡，但后人常以其族来指代北方、西北方的游牧民族。后面的"汉家"也是指代"唐家"。　⑤金山：即阿尔泰山。　⑥戈相拨：武器互相碰撞，戈是古代长柄兵器，唐代已废弃不用，此处指代武器，非实指。　⑦五花连钱：五花和连钱都是指马身上的花纹。　⑧草檄：草拟檄文，檄文是古代用于征召、晓谕的政府公告或声讨、揭发罪行的文书。　⑨车师：古国名，唐代其国已灭，其地属北庭都护府所辖，此处也是以车师指代西域某地。

【语译】

你不见那走马川，就在大海一般广阔的雪原旁边，平旷的沙原如此苍茫，沙尘染得天空都昏黄一片。九月的轮台狂风怒吼，川中的碎石大得像斗，随着狂风满地乱滚。这季节啊，游牧民族的草场才刚变黄，马儿正肥，于是从金山向西望去，便可见战火燃起，因而大唐的将军就要向西出兵了。将军的黄金甲胄，就连晚上也不肯脱卸，半夜行军，士卒的武器互相碰撞，狂风如同小刀一般，吹在脸上疼得像刀在割。战马的体毛盖上了飞雪，又被汗气一蒸，于是五花也好，连钱也罢，各种花纹转眼便结成了冰凌。在帐中草拟檄文，砚台里的墨汁都冻结了。胡人的骑兵听闻天兵到来，想必会觉胆寒吧，想来他们不敢短兵相接前来迎战。我在这古老车师国遗迹的西门伫立，等待着您凯旋献捷的时候。

【赏析】

　　岑参是盛唐最著名的边塞诗人，这首诗是他的代表作。盛唐重拓边，势力范围最西处超迈葱岭，直抵咸海，再加之文武分途并不明显，故而士大夫中憧憬"上马杀贼，下马草檄"的大有人在。岑参无疑是其中之一，他曾两度随军出塞，远游西域，题中所指为"封大夫"的封常清，也本为高仙芝记室出身。所以唐诗中的边塞风光非常浓郁，前有汉晋，后有宋明，皆难以相比，而岑参亲历其事，亲处其境，他笔下真实而生动的边塞风光，也非他人所可企及。

　　全诗奉送并预祝封常清得胜归来——有谓此诗所指，为封常清西征播仙，或谓征播仙在五六月间，与冬季，与诗中所言"九月"不合，但诗中字句自不应拘泥胶着，岑参并不按照寻常套路赞颂军伍如何严整，将军如何善战，却反极尽笔墨描写自然环境的恶劣和西征之苦。开篇"君不见"三字为唐诗中常用发语，并无实意，只是提醒读者关注，然后写走马川畔白雪霭霭，一如大海，黄沙苍茫，似卷入天，这是虚写。再写实景，风卷碎石，满地乱滚，以见风之烈而石之巨大，道路之难行。接下去写秋高马肥正用兵之时也，胡人侵扰边地一般选在此时，因此汉将才出师西征，说明这是一场带有抵御和反击性质的正义战争。

　　"将军金甲"两句，是说连夜进军，则更见艰苦卓绝，"风头如刀面如割"，再呼应前面所说狂风猛烈。写完风，复写寒，马汗沾雪，瞬间成冰，砚中墨汁亦都凝结，观察入微，抓住细节，则寒意毕现。以上几句皆出自作者的亲身经历，未曾在军伍之中生活过，或者未曾踏足塞外者，仅凭空想象是根本写不出如此细腻的词句来的。岑参高明处，正见于此。

　　写毕环境的恶劣，夜行的艰辛，诗人笔锋一顿，不言交战，而以"虏骑闻之应胆慑，料知短兵不敢接"来直言胜利。即由敌人之望风而逃，更进一步地承上以赞颂将士们历经艰险是如何可贵，在唐军面前，大雪也好、狂风也罢，种种艰难坎坷全都不值一提，则虽不明言，唐军之强盛、无敌便自然跃动于笔端。最后以"伫献捷"收束，完成对封常清旗开得胜的预祝。

　　这首诗除了对塞外风光的描写足够细腻生动，对唐军的强盛渲染含而不露外，在节奏、音韵上也颇具特色。古诗大多为上下两句起承，此诗全篇都三句一断，前人称之为"峄山碑铭体"。《峄山碑》是秦人所立，其铭文三句一断，如"皇帝立国，维初在昔，嗣世称王"，如"乃今皇帝，一家天下，兵不复起"，但与此诗给读者造成的节奏上的观感是截然不同的。四言偶句觉促，三句一断却觉舒缓，七言偶句则舒缓，三句一断反觉急促参差，所以施补华在《岘佣说诗》中评价说造成了一种"兵法所谓'其节短、其势险'"的艺术效果。

　　再从声韵而言，此诗句句入韵，一断一转，也同样加强了急促效果，平仄韵之间有意的相互转换，则更增添了参差的效果。用这种形式来描写塞外风光、险恶环境，可谓是相得益彰，更见岑参功力之深。

轮台歌奉送封大夫出师西征

　　　　轮台城头夜吹角①，轮台城北旄头落②。

羽书③昨夜过渠黎④，单于⑤已在金山西。
戍楼西望烟尘黑，汉军屯在轮台北。
上将拥旄西出征，平明吹笛大军行。
四边伐鼓⑥雪海涌，三军大呼阴山⑦动。
虏塞兵气连云屯，战场白骨缠草根。
剑河⑧风急云片阔，沙口⑨石冻马蹄脱。
亚相⑩勤王甘苦辛，誓将报主静边尘。
古来青史谁不见，今见功名胜古人。

【注释】

①角：即画角，军中吹奏以报时的乐器。　②旄（máo）头落：旄的本意是指用牦牛尾装饰的军旗，这里旄头指昴星。《史记·天官书》载："昴星旄头，胡星也。"意为昴星象征胡人，旄头落即象征胡兵战败。　③羽书：加急文书，因上插羽毛而得名。　④渠黎：西域古国名，在轮台东南方，这里非实指。　⑤单（chán）于：匈奴君主的称号，这里借指当时的游牧民族首领。　⑥伐鼓：即击鼓。　⑦阴山：山名，在今天内蒙古自治区境内，曾为汉军与匈奴的重要争夺点，以此指代胡地山川。　⑧剑河：河名，根据《新唐书·回鹘传》记载："青山之东有水曰剑河。"据考证在北庭以北甚远，当亦非实指。　⑨沙口：对照上句，或亦应为地名，具体位置不详。　⑩亚相：副宰相。秦和汉代初，御史大夫为丞相之副，故称亚相，这里是指挂着御史大夫头衔的封常清。

【语译】

轮台城头，晚间响起了画角之声，轮台城北，昴星已经缓缓落下。紧急军情昨夜已经传过了渠黎，报说单于已到金山之西。从堡楼上向西望去，敌军掀起了昏暗的尘烟，而汉军正屯扎在轮台北面。上将张起大旗向西面出征，天刚亮的时候就吹起笛声，催促大军行进。四面鼓声擂响，雪原如大海般翻涌，三军齐声高呼，震得阴山都晃动。敌军的要塞上兵戈之气直冲云霄，凝结不散，战场上白骨累累，缠绕着草根。剑河上狂风卷起，浓云密布，沙口旁冰冷的石路冻脱了蹄铁。

封大夫啊，您为勤劳王事而甘尝辛苦，发誓要报答君王的恩德，消弭边境的烟尘。古来有多少名垂青史的英雄受人们仰慕啊，如今将要见到您的功绩超迈古人。

【赏析】

读盛唐边塞诗，有两点需要注意。一是两汉和唐朝前中期都是中原王朝压过了北方游牧行国，汉伐匈奴、唐灭突厥，同样控制西域，威慑草原，所以诗人们往往将两者类比，以汉喻唐，以匈奴喻突厥、回鹘等北方行国，不可当作咏史来看。二是不仅仅在地名上也存在着类似的类比或借指，而且西域地名大多不为中原士大夫所熟知，因此也常常出现以古籍中出现过的地名来指代现实地域的情况出现，两地或许相隔十万八千里，但在中原士大夫看来，反正都是指的那片"蛮荒之地"，也并不值得深究，对此，后人不必考证过细，更不应按照实际地点来强解。

接下来再说岑参这首诗，诗的背景与《走马川行奉送封大夫出师西征》相同，或许均指讨播仙一役，当时岑参被封常清奏调为安西北庭节度判官，成为封常清的幕僚，则封常清率军西出，他留守北庭相送赠诗，也便顺理成章。前一首诗写连夜行军，后一首诗则写平旦出兵，前一首诗重点落在对塞外恶劣环境的描写上，是侧面描写，此诗却增添了不少正面描写的词句。

开篇写"夜吹角"，即指连夜集合，天明西征，"旄头落"是诗人对胡军必败，唐军必胜的祝愿。接下去四句与前诗中"匈奴草黄马正肥，金山西见烟尘飞"相同，都是指唐军是被迫动兵，进行的是平叛之战，并非发动侵略。其后直言"平明吹笛大军行"，接着鼓声雷动，三军高呼，以状军容之盛，不仅雪海为之而涌，就连阴山也为之而动。如此强军，又何虏而不克呢？"战场白骨"云云，正是预想敌军将会伏尸满地，必败无疑。再两句描写前程险恶的环境，狂风漫卷，浓云滚滚，天气寒冷得"马蹄脱"——后一句尤佳，没有切身经历的人，是根本想不到会发生蹄铁冻落这种情况的。最后四句歌颂封常清，祝愿他旗开得胜，青史标名，虽非佳构，但考虑到作诗的背景、环境、赠诗的目的，以此为结却也正常。

此诗虽然纯为七言，又采用传统的两句一断形式，但与前一首诗相同，也是一断一换韵，并且平仄韵相间，自然产生出急促而参差的节奏效果，使人读来血脉贲张，塞外凛冽之气与内心热血交相冲突，感染力非常强烈。

白雪歌送武判官①归京

北风卷地白草②折，胡天③八月即飞雪。

忽如一夜春风来，千树万树梨花开。

散入珠帘湿罗幕，狐裘不暖锦衾薄。

将军角弓④不得控，都护⑤铁衣冷难著。

瀚海⑥阑干⑦百丈冰，愁云惨淡万里凝。

中军⑧置酒饮归客，胡琴⑨琵琶与羌笛。

纷纷暮雪下辕门⑩，风掣⑪红旗冻不翻。

轮台东门送君去，去时雪满天山路。

山回路转不见君，雪上空留马行处。

【注释】

①武判官：武姓的节度判官，名字不详，应为岑参在封常清军中的同僚。 ②白草：西北地区所产一种牧草，秋日干枯色白，牛羊嗜食。 ③胡天：胡指北方或西北方游牧民族，胡天即指游牧民族散居处（塞外）的天空。 ④角弓：两端装以兽角的强弓，属高级品。 ⑤都护：官职名，两汉和唐朝中期以前都曾在西域设置多个都护府，以都护镇守其地。 ⑥瀚海：指沙漠。 ⑦阑干：有两义，一是"栏杆"的异写，一是指栏杆状纵横交错，此处为后一义。 ⑧中军：古时军分上、中、下或左、中、右，

以中军为主帅居处，这里是指帅帐。　⑨胡琴：胡人的拉弦、弹拨两用乐器，据说出自奚族，也名奚琴。北宋欧阳修《试院闻胡琴作》有"胡琴本出胡人乐，奚奴弹之双泪落"句。　⑩辕门：军营营门。古时军队扎营，以车环围，出入处以两车车辕相向竖立，状如门，故称"辕门"。　⑪掣（chè）：牵拉。

【语译】

北风翻卷着地面，白草纷纷被吹折，谁能想到塞外在八月间便天降飞雪了呢？就像是一夜之间，春风来到，千万株树木都盛开了梨花似的。白雪侵入珍珠帘幕，沾湿丝绸帐幔，就算裹着狐裘都无法感到温暖，更觉锦绣的被褥实在太单薄了。将军冻得都拉不动他镶角的强弓，都护的铁甲因为寒冷而难以穿着。沙漠上纵横着上百丈的坚冰，浓云如同愁绪一般遮蔽了万里天空。我们在中军帐内摆下酒宴，为即将回京的人饯行，有胡琴、琵琶和羌笛来伴奏。送行到辕门边的时候，只见大雪纷飞，狂风牵扯着红旗，但红旗却冻硬了竟不翻转。

我们在轮台东门送你归去啊，你离去的时候，大雪遮满了天山之路，山路曲折，很快就看不见你的身影了，只在雪地上留下一行骑马通过的足迹。

【赏析】

这篇作品作为一首送行诗，无疑是成功的，但更成功之处，却在于岑参对塞外风光尤其是雪景的描写，"忽如一夜春风来，千树万树梨花开"，恐怕是诗歌史上描写雪景最著名的诗句之一。白色的梨花与雪片的类比，并非从岑参开始，南朝萧子显就写过"洛阳梨花落如雪"的诗句，但这是以梨花比雪，岑参却是以雪比梨花。我们不能忽视其中的感情色彩，换了一个身在中原的诗人，恐怕无法面对塞外酷寒的环境而产生出丝毫欣赏之感来，从而不会从落雪联想到梨花，更加"忽如一夜春风来"的铺垫。只有胸怀远大抱负，希望驰骋塞外疆场，为国效力的岑参，才会突然产生这般奇想。

此后诗人继续写雪，但却放弃了"春风"、"梨花"的欣赏语气，转而深入描摹雪天的寒冷。他用"散入珠帘湿罗幕"来说明寒冷无可躲避，用"狐裘不暖锦衾薄"来说明寒冷无可抵御，继而以"将军"、"都护"一联点明军旅生活。在如此寒冷的环境中，士兵们依旧苦守着祖国的西陲，虽未明言，但对军旅生涯的热爱、对戍边将士的颂扬之意，已力透纸背。

随即诗人利用"愁云惨淡"一句来烘托出淡淡的哀伤氛围，转向送别主题。他们在中军帐内设宴为武判官饯行，胡琴出自奚族，琵琶出自西域，羌笛出自羌族，这些都是来自于胡地的乐器，以胡乐佐酒饯行，加深了对军旅生涯（尤其是在西域的军旅生涯）的描绘。结尾送行之句同样精彩——"山回路转不见君，雪上空留马行处"，武判官已经转过山坳，难以望见了，但诗人依旧恋恋不舍地望着他离去的方向，眼中已无友人，但在雪地上留下了坐骑的足印仍历历在目。这一结句余味隽永，别离之哀、怀恋之情，就在这远远地凝望中显露无遗。

最后再说说韵脚，与《走马川行》、《轮台歌》相同，作品大部分诗句也是句句押韵的，并且一断一转，平仄韵互换，以达到急促而参差的节奏效果。只有两处不同，一是从"散入珠帘湿罗幕"到"都护铁衣冷难著"共四句，一是结尾四句，也就是说，在朗诵时，这两处的节奏相对趋缓，以给读者留下更绵长的思绪。由此可见，岑参对诗歌节奏感的把握是非常老练的。

杜 甫

韦讽录事①宅观曹将军②画马图

　　国初③已④来画鞍马⑤，神妙独数江都王⑥。将军得名三十载，人间又见真乘黄⑦。曾貌⑧先帝⑨照夜白⑩，龙池⑪十日飞霹雳。内府殷红玛瑙盘，婕妤⑫传诏才人⑬索。盘赐将军拜舞⑭归，轻纨细绮相追飞。贵戚权门得笔迹，始觉屏障生光辉。昔日太宗拳毛騧⑮，近时郭家狮子花⑯。今之新图有二马，复令识者久叹嗟。此皆骑战一敌万，缟素⑰漠漠开风沙。其余七匹亦殊绝，迥若寒空动烟雪。霜蹄蹴踏长楸间⑱，马官厮养⑲森成列。可怜九马争神骏，顾视清高气深稳。借问苦心爱者谁，后有韦讽前支遁⑳。忆昔巡幸新丰宫㉑，翠华㉒拂天来向东。腾骧㉓磊落三万匹，皆与此图筋骨同。自从献宝朝河宗㉔，无复射蛟江水中㉕。君不见金粟堆㉖前松柏里，龙媒㉗去尽鸟呼风。

【注释】

　　①韦讽录事：姓韦名讽，当时担任阆州录事之职。　②曹将军：指曹霸，曹操后裔，是盛唐时的著名画家，官至左武卫将军，时人赞其"文如（曹）植，武如（曹）操，字画抵（曹）丕风流"。　③国初：国家初建，这里是指唐初。　④已：通"以"。　⑤鞍马：国画术语，指马类绘画，与"山水"、"人物"、"翎毛"等同列。　⑥江都王：指李绪，唐太宗之侄，封江都王，善画鞍马。　⑦乘黄：传说中的神马名，《管子·小匡》有"地出乘黄"句，尹知章注："乘黄，神马也。"　⑧貌：这里用作动词，指描绘、写真。　⑨先帝：指唐玄宗李隆基。　⑩照夜白：唐玄宗的御马名，《明皇杂录》说："上所乘马，有玉花骢、照夜白。"　⑪龙池：地名，在唐宫南内，《雍录》载："明王（明皇，指唐玄宗）为诸王时，故宅在京城东南角隆庆坊，宅有井，井溢成池，中宗时数有云龙之祥。后引龙首堰水注池，池面益广，即龙池也。开元二年七月，以宅为宫，是为兴庆宫……"　⑫婕妤：后宫嫔妃的品级，在妃、嫔之下。　⑬才人：后宫嫔妃的品级，在婕妤之下。　⑭拜舞：臣子对天子的一种敬仪，且跪拜且手舞足蹈。　⑮太宗拳毛騧（guā）：騧本意为黑嘴的黄马。李世民曾将他乘骑过的六匹战马刻碑纪念，名字分别为拳毛騧、什伐赤、白蹄乌、特勒骠、青骓和飒露紫。　⑯郭家狮子花：郭指郭子仪，狮子花别名九花虬，本为唐代宗李豫的坐骑，后赐郭子仪。　⑰缟（gǎo）素：白色的丝织品，这里是指画布。　⑱长楸（qiū）间：指道路，古时往往在大道旁种植楸木。　⑲厮养：原意为佣人、杂役，这里是指养马之人。　⑳支遁：

字道林,世称支公,也称林公,别称支硎,东晋高僧、佛学家、文学家,好畜马。《世说新语·言语》载:"支道林常养数匹马。或言:'道人畜马不韵。'支曰:'贫道重其神骏耳。'" ㉑新丰宫:即华清宫,唐代离宫,传唐玄宗常携杨贵妃往游。 ㉒翠华:天子的旌旗,以翠羽为饰,故名。 ㉓腾骧(xiāng):也写作骧腾,是指马匹奔驰、跳跃。 ㉔献宝朝河宗:传周穆王西巡,在燕然山会河宗伯天,赐璧以祭河神,诗用此典,委婉地指代唐玄宗驾崩。唐肃宗上元二年(761年)四月,楚州刺史崔侁向玄宗献宝,翌日,玄宗即崩,故以献宝事指代。 ㉕射蛟江水中:《汉书·武帝纪》载:"武帝元封五年冬行南巡狩,自浔阳浮江,亲射蛟江水中,获之。" ㉖金粟堆:指金粟山,在今天陕西省蒲城县东北方二十五里,唐玄宗陵墓葬在此,名为泰陵。 ㉗龙媒:指骏马,《汉书·礼乐志》有"天马徕兮龙之媒"句。颜师古注引应劭曰:"言天马者乃神龙之类,今天马已来,此龙必至之效也。"

【语译】

　　自从国朝肇建以来,绘画鞍马最为神妙的,曾经只有江都王李绪一人啊,直到曹将军出现,得享大名三十年,人间才终于又能见到惟妙惟肖的神驹图画。将军曾描绘先帝所骑的照夜白,恰似龙池中连续十日霹雳震鸣,真龙出世。先帝取出内府中颜色殷红的玛瑙盘啊,派婕妤传诏,派才人亲至,向将军索要。于是将军接受赐盘,拜舞而归,还额外得到了很多轻薄、细腻的丝织品作奖赏。皇亲国戚、权贵官僚只有得到将军的真迹,才觉得自家的屏风、障幔熠熠生辉。

　　过去有太宗皇帝的拳毛騧,最近有赏赐郭家的狮子花,将军新近所画的这幅图中有这两匹骏马,使认识的人不禁久久叹息。这都是骑之作战,可以以一敌万的良驹啊,洁白的画布上仿佛扬起阵阵战场风沙。画上还有七匹马也都非同凡响,精神、俊逸得仿佛寒冷的空中有烟雾、雪花在飘飞。踏霜的马蹄在楸林间的道路上踩踏,马官和马夫都森然地排列成行。这可爱的九匹马啊,争相展现自己的神骏,顾盼之际格调清高,气度从容而稳健。

　　请问苦心爱马的都有谁呢?现在有韦讽,从前有支遁啊。回想当年先帝的翠羽旌旗直拂天宇,东来驾临华清宫之时,所乘骑、跟从的骏马足有三万匹,都和这幅图画上的九马精神、骨骼一样非凡啊。可自从先帝驾崩以后,不再有在江水中射猎蛟龙的宏伟事迹了。你看不到吗?在那金粟山上的松柏丛中,先帝陵前,骏马都已离去,只剩下鸟儿呼吸着孤寂的清风。

【赏析】

　　杜甫被后人赞誉为"诗圣",是因为他深怀济世安民之心,此外他还有另外一个雅称,是"诗史",因为他善写历史发展、时代变迁,从他的诗作中经常能够体味到一种沧海桑田的抚今追昔感。此诗也不能外。

　　这首诗大概作于唐代宗广德二年(764年),当时杜甫才从阆州返回成都,韦讽时任阆州录事,而其宅第在成都,杜甫在韦宅中见到曹霸所绘一幅《九马图》,深有所感,乃作是诗。诗的开篇缓缓而起,从容不迫,从同样善画鞍马的李绪引出曹霸,"国初"一句,看似平铺直叙,要待细读后文才知别有怀抱,暗线从发端便已伏下。诗人观画,而先不言画,先说画师,继而再言画师成名之绘照夜白事,全诗近乎过半,方才转入主题,写眼前的《九马图》,若不识其真意,确实略显赘冗,但当识其真意,才知道处处草蛇灰线,皆有所用。

用意何在呢？原来诗人见此图上神骏，不禁回想起盛唐时的辉煌景象，如今安史之乱虽已平定，但山河破碎，盛世难以复见，细细想来，令人唏嘘。有唐一代的高峰，在玄宗开元和天宝初年，此后便月盈则亏、盛极而衰，难以复振了。所以杜甫开篇即写"国初"，写江都王李绪，为的是说明从唐朝肇建到玄宗鼎盛时，大唐始终蒸蒸日上、步步向前，可惜今不如昔，往事都如流水，东逝不返了。所以全诗无论写曹霸的精妙技法，还是写图上骏马的"顾视清高气深稳"，抑或兼及已经驾崩的唐玄宗，其本意都是对美好过往的缅怀，从而引发对现实的哀伤嗟叹。

正因为如此，写曹霸技法才从"曾貌先帝照夜白"写起，用"龙池十日飞霹雳"引出唐玄宗——他原本不过宗室藩王之中的一人而已，一朝奋起，平定韦后之乱，辅佐睿宗复位，才得以身居东宫，继而如龙飞天，得登天子之位。继而将笔触转向眼前之画，九骏在上，他却只细写其二，一是"太宗拳毛騧"，一是"郭家狮子花"。唐太宗从马上得天下，他刻碑以资纪念的"昭陵六骏"，都是曾经骑以上阵的名驹，拳毛騧也在其中。郭子仪是唐代名将，是平定安史之乱的第一功臣，因为从吐蕃军手中收复长安，肃宗赐以所乘狮子花，骏马落于名将之手，可谓得其所用。所以诗人单举此二例，说"此皆骑战一敌万"，表面上是歌颂战马，其实是缅怀唐朝从前武功之盛。叹罢二马，再说"其余七匹亦殊绝"，也全都非同凡响，而"马官厮养森成列"，以人衬马，更见昔日辉煌。"借问苦心"两句，是顺笔赞扬韦讽，将其与著名的支遁并列，与主题并无紧密联系，但这也是唐人诗作中常见的手法。

此后，笔锋再又一转，直接缅怀开元、天宝盛世，说当初唐玄宗出游，如画图上九骏一般的良驹足有三万匹之多，言下之意，如今再思名马，却只能于画上见之了。自从玄宗驾崩以后，"无复射蛟江水中"，似汉武帝时代那般宏伟气魄的帝国辉煌，从此不可复见。最后慨叹，如今玄宗墓前，群马散去，鸟呼悲风，使人潸然泪下。其实唐玄宗既是开创盛世的英主，也是将大唐拖入战乱，导向衰败的昏君，安史之乱也爆发于玄宗仍然在世之际，盛极而衰，非从玄宗驾崩为始，在诗人笔下的玄宗，只是开天盛世那一个时代的代表而已，诗人所缅怀的是时代，而非先君，这一点对于身处局中的诗人来说，未必能够区分得那么清楚，但后人读诗、解诗，便需要严格界定了。

丹青引赠曹霸将军

将军魏武①之子孙，于今为庶为清门。英雄割据虽已矣，文采风流今尚存。学书初学卫夫人②，但恨无过王右军③。丹青不知老将至，富贵于我如浮云。开元之中常引见，承恩数④上南薰殿⑤。凌烟功臣⑥少颜色，将军下笔开生面。良相头上进贤冠⑦，猛将腰间大羽箭。褒公鄂公⑧毛发动，英姿飒爽来酣战。先帝御马玉花骢，画工如山貌不同。是日牵来赤墀⑨下，迥立阊阖⑩生长风。诏谓将军拂绢素，意匠⑪惨淡经营中。斯须⑫九重真龙出，一洗万古凡马空。玉花却在御榻上，榻上庭前屹相向。至尊含笑催赐金，圉人太仆⑬皆惆怅。弟子韩幹⑭早入室，亦能画马穷殊相。幹惟画肉不画骨，忍使骅骝⑮气凋丧。将军画善盖有神，必逢佳士亦写真。即今漂泊干戈际，屡貌寻常行路人。途穷反遭俗眼白⑯，世上未有如公贫。但看古来盛名下，终日坎壈⑰缠其身。

【注释】

①魏武：指曹操，其子曹丕称帝后，追尊他为魏太祖武皇帝，俗称魏武帝。　②卫夫人：即卫铄，字茂猗，李矩之妻，是晋代有名的书法家，相传王羲之曾向她学习过书法。　③王右军：即王羲之，字逸少，曾担任过右军将军，故俗称王右军，他是东晋最伟大的书法家，世称"书圣"。　④数（shuò）：屡次，经常。　⑤南薰殿：长安南内兴庆宫的内殿。　⑥凌烟功臣：凌烟阁为唐宫内三清殿旁一小楼，贞观十七年（643年），唐太宗为怀念随同起兵的开国功臣们，命阎立本绘制了二十四位功臣的图像，褚遂良题记，挂在阁中。　⑦进贤冠：也叫梁冠，古代一种重要冠式，原为儒者所戴，唐代成为官员朝见皇帝时戴用的一种冠帽。　⑧褒公鄂公：褒公指褒国公段志元，鄂公指鄂国公尉迟敬德，都是李世民麾下猛将。　⑨赤墀（chí）：皇宫中的台阶，因以赤色丹漆涂饰，故名。　⑩阊阖（chāng hé）：传说中天宫的南门，后指皇宫的正门。王维《和贾舍人早朝大明宫之作》有"九天阊阖开宫殿，万国衣冠拜冕旒"句。　⑪意匠：指诗文、绘画等的构思布局，西晋陆机《文赋》有"辞程才以效伎，意司契而为匠"句。　⑫斯须：一会儿、少顷。　⑬圉（yǔ）人太仆：都是掌管御用马匹的官员。《周礼·夏官》载："圉人，掌养马刍牧之事。"《汉书·百官公卿表》载："太仆，秦官，掌舆马。"唐代亦有太仆寺。　⑭韩幹：唐代著名画家，善画鞍马，初师曹霸，后自成一家。　⑮骅骝（huá liú）：传说中周穆王八骏之一，色赤，后用来指称好马。　⑯俗眼白：遭到世人轻视。白眼之典源自《晋书·阮籍传》，载："（阮）籍又能为青白眼，见礼俗之士，以白眼对之。"　⑰坎壈（lǎn）：困顿，不如意。《楚辞·九辨》有"坎壈兮贫士失职而志不平"句。

【语译】

　　曹将军是魏武帝曹操的后裔，但到了今天已经成为普通寒门了。英雄割据的史事虽然已成陈迹，但文采风流却一直遗传到如今。将军最早学习卫夫人书法，只可惜还不能超过王羲之。他热爱绘画，不知老之将至，世俗的富贵对于他来说，也如同天边浮云一般。开元年间，他经常受到天子召见，承受恩泽，多次前往南薰殿见驾。因为凌烟阁上的功臣画像已经褪色，所以请将军大笔一挥，使功臣们得以回复原有面貌。良相头上的进贤冠、猛

唐诗常识

　　唐人写诗，所依据的是《切韵》、《唐韵》等书，与后世总结归纳而成的《平水韵》不尽相同，此外，部分韵部因为读音近似，诗中也允许通押。比如杜甫此诗的最后一部分，宫、东、同、中押上平声一东，而中杂一宗字，则押上平声二冬。一般情况下，这种通押都出现在韵律要求并不严格的位置，比如此处宗字，出现在奇数句尾，可押韵，也可不押韵。

将腰间的大羽箭，全都历历如新，褒国公、鄂国公这些猛将须发如在飘拂，仿佛英姿飒爽地正在酣战。

先帝有一匹御马名叫玉花骢，画工很多，可是描绘起来竟然全都不同。那一天把玉花骢牵到宫殿台阶之下，精神抖擞地站立在宫门之前，先帝下诏命将军拂拭素绢，写真画像，于是将军费尽心思仔细布局、详细描绘，转眼画成，仿佛九天上真龙就此出现，把古往今来的凡马全都压倒。玉花骢就像是重现在御榻上的画卷之中，于是御榻和庭前，两马遥遥相对。天子露出微笑，催促下人赏赐将军金帛，使得那些养马的官员全都怅然若失。将军有个弟子名叫韩幹，很早就已经登堂入室了，他也善于描绘马匹的各种形象。可是韩幹画马喜欢画肥壮肌肉，却忽视骨骼的精奇，白白使得好马丧失精神和气概。

将军的绘画能够描出神韵来，所以遇见风采俊朗之士，也必定要为之造像。然而在如今这刀兵四起的时代，将军只能四处漂泊啊，只能多次给寻常路人绘像，以此维生。处境艰难，更遭俗人白眼轻视，世上几乎没有人比将军更贫困了啊。但请看自古以来那些享有盛名的人物，谁不是终年累月坎坷遭际缠身呢？

【赏析】

这首诗和《韦讽录事宅观曹将军画马图》出于同一时期、同一背景，而其用意也非常相近——缅怀盛世，作今昔对比，感慨今不如昔。从诗的整体结构、遣词造句，以及韵味深意来说，比前一首更为杰出，从而也更为著名。前者写画，此诗却是写人，在其中运用了多重对比，对主题的烘托显得更加成功。

首先第一重对比，是曹氏的今昔。曹霸乃曹操后裔，据说是高贵乡公曹髦的子孙，祖为割据雄，孙为庶寒门，正是今不如昔。这一重今昔之别与开天盛唐无关，可以说是一个小小的引子。接着诗人赞美曹霸，先说他书法乃学卫夫人，"但恨无过王右军"，其实是夸张说其仅次于"书圣"而已。先言书法，再言曹霸最擅长的绘画，却不言师承、来历，换一种手法，说他热衷此道，竟不知老之将至，也并不在乎于富贵权势。然后回忆开天年间，曹霸多次被召，深受宠信，遥遥的和他凄凉晚景相对比。

第三重对比，是言及曹霸重修凌烟阁功臣像事，以太宗时代良相如云、猛降若雨以比开元时期渐趋文弱，开始由盛转衰——昔日功臣像"少颜色"，必须"将军下笔"才能"开生面"。成语"别开生面"即由此而来，可见诗人笔力是如何苍劲，遣词是如何生动了。第四重对比，言及绘玉花骢事，画工皆不能状其真貌，唯曹霸能"意匠惨淡经营中"，最终画出马来如龙升空，"一洗万古凡马空"，乃至与真马竟"榻上庭前屹相向"，真伪难辨了。以凡匠之无能对比曹霸之技艺超群——曹霸善画鞍马，前仅言绘人修像，此即确言鞍马。

第四重对比，是将曹霸与其弟子、同样为鞍马名家的韩幹对比，韩幹喜画肥壮的西域马，杜甫认为是"画肉不画骨"，其马皆似厩中物，失去了神骏的灵气。也就是说，他认为曹霸之画马能得其神，正象征着开天时代的奋发向上的精神，而韩幹画马仅得皮毛，象征着当今世道的衰败、颓废，表面似尚光鲜，其实内囊已空。笔锋因此而转，托出曹霸如今的落拓飘零来，昔日"逢佳士"才为写真，如今却"屡貌寻常行路人"，绘画不再是爱好和追求，而变成维生的手段了。即便如此，他还因为贫穷而屡遭俗人白眼，不禁使诗人夸张地慨叹道:"世上未有如公贫。"一代名家,落到这般境地,不也是最鲜明的今昔对比吗?

最终,诗人安慰曹霸,说"但看古来盛名下,终日坎壈缠其身",自古以来,能成大器者无不历经坎坷啊。然而诗人的本意仍在对比,倘若盛世不衰的话,想必曹霸这种必得盛名之人,也未必会如今日一般"坎壈缠其身"吧。沈得潜在《唐诗别裁集》中评价此诗,说:"画人画马,宾主相形,纵横跌宕,此得之于心,应之于手,有化工而无人力,观止矣!"方东树在《昭昧詹言》也称赞说:"此诗处处皆有开合,通身用衬,一大法门。此与上《曹将军画马图》,有起有讫,波澜明画,轨度可寻,而其妙处在神来气来,纸上起棱。凡诗文之妙者,无不起棱,有汁浆,有兴象,不然,非神品也。"

寄韩谏议注①

今我不乐思岳阳,身欲奋飞病在床。
美人娟娟隔秋水,濯②足洞庭望八荒。
鸿飞冥冥③日月白,青枫叶赤天雨霜。
玉京群帝集北斗,或骑麒麟翳④凤凰。
芙蓉旌旗烟雾落,影动倒景摇潇湘。
星宫之君醉琼浆⑤,羽人⑥稀少不在旁。
似闻昨者赤松子⑦,恐是汉代韩张良⑧。
昔随刘氏定长安,帷幄⑨未改神惨伤。
国家成败吾岂敢⑩,色难腥腐餐枫香⑪。
周南留滞⑫古所惜,南极老人⑬应寿昌。
美人胡为隔秋水,焉得置之贡玉堂⑭。

【注释】

①韩谏议注:指韩注,生平、字号均不详,可能居住在岳阳,谏议指谏议大夫。 ②濯(zhuó):洗。 ③鸿飞冥冥:典出西汉扬雄《法言·问明》,有"鸿飞冥冥,弋人何篡"句,意为大雁飞向远空,猎人怎能捕取,实指贤人避祸。 ④翳(yì):遮蔽。 ⑤琼浆:玉液,指美酒。 ⑥羽人:穿着羽衣的人,指仙人。 ⑦赤松子:上古传说中的仙人,《列仙传》载:"赤松子者,神农时雨师也,服水玉以教神农,能入火自烧。往往至昆仑山上,常止西王母石室中,随风雨上下……" ⑧韩张良:张良字子房,为汉代开国功臣,因为他本是韩国公族,故称韩张良。《史记·留侯世家》载张良"愿弃人间事,从赤松子游耳"。 ⑨帷幄:指军帐,《史记·太史公自序》有"运筹帷幄之中,制胜于无形"句。 ⑩国家成败吾岂敢:化用诸葛亮《出师表》中"臣鞠躬尽瘁,死而后已,至于成败利钝,非臣之明所能逆睹也"句意。 ⑪餐枫香:指归隐,因为道家习以枫香就丹药而服。《尔雅》注:

"枫似白杨，叶圆而岐，有脂而香，今之枫香是也。" ⑫周南留滞：周南即洛阳，《史记·太史公自序》载："是岁，天子始建汉家之封，而太史公（指司马谈）留滞周南，不得与从事。" ⑬南极老人：传说中的仙人，即后来所谓的寿星，据说见此星则天下太平。 ⑭玉堂：汉代宫殿，在未央宫内，这里是指朝廷。

【语译】

今天我不快乐，因而想念起了远在岳阳的你来，身体想要腾飞而起，前往岳阳，奈何却病倒在床上。你便似那窈窕的美人，与我相隔秋天的江水，你在洞庭湖中洗涤双足，眼望着四野八荒。如同鸿雁飞向远空啊，日月是如此的清白，青色的枫叶已经变红了呀，天上开始降霜。

群仙汇聚在北斗星畔，朝拜玉京，有的骑着麒麟，有的骑着凤凰。描绘着芙蓉花的旌旗在烟雾中飘扬，群仙的倒影在潇水和湘水中荡漾。星宫中的君王痛饮琼浆玉液而醉倒，身披羽衣的侍从稀少啊，并不在他身旁。恍惚听闻过去的赤松子，他所带走的是汉代的韩人张良。张良当初跟随刘邦平定天下，定都长安，决胜千里的军帐仍在，功臣却已不见，怎不令人神色凄惨、哀伤？他不敢妄议国家的未来，只是厌恶那腥臊腐臭的现实，宁可退隐去服食枫香。

想当初太史公司马谈滞留洛阳，不能参与封禅，为此而千古惋惜，和你的遭遇不是很相似吗？为了国家继续太平下去，仿佛美人的你为什么要远远相隔秋天的江水呢？要怎样才能让你继续为朝廷出力呢？

【赏析】

唐朝自玄宗天宝年间由盛转衰，安史之乱是社会矛盾的一场总爆发，并非偶然现象，因而动乱虽被平定，国家政治、经济却持续地滑坡，肃宗、代宗皆中平之主，也根本无力扭转颓象。杜甫此诗就写于这一背景下，他借着对好友韩注的思念和祝愿，委婉地表达出对现实的不满，以及对国家前途的忧虑。

此诗有两大特色，一是继承楚辞以来的香草美人之喻，诗的第三句即将韩注比为美人，以其"濯足洞庭望八荒"的形象，赞颂他品格高尚，志向高远，结尾倒数第二句再用此喻，遥相呼应。二是中段突然跳脱，铺排游仙之语，以此来暗喻朝廷的昏暗，群小聚集，正人去职。"玉京群帝集北斗"，北斗所在为传说中的天之正中、天之极，古人观星，觉北斗自旋，而群星皆围绕北斗而转，所以常将北斗比拟为人间天子。后句"星宫之君"当即指北斗星君，暗喻时君（唐代宗），这位君王只知醉饮，身旁都是些"或骑麒麟翳凤凰"的倖进小人，作为贤臣代表的"羽人"不仅稀少，而且还"不在旁"。那么"羽人"哪里去了呢？诗人说正如当年跟随赤松子而去的张良一般，是因为"色难腥腐"，所以才"餐枫香"，隐居去了呀。此亦暗指韩注，说他有张良一般的才能和功绩，能够运筹帷幄，决胜千里，他不是觉得国家没有前途才去隐居的，而只是看不惯那些小人嘴脸，才最终飘然而去。

诗人在赞颂了韩注的才能和气节之后，笔锋却突然一转，反而规劝起韩注来。他用当年司马谈"周南留滞"，作为史官没能赶上国家重典的封禅大礼，从而引发后人的惋惜为例，提醒韩注，你既然有此才能，当此危局，又怎能撒手不理呢？将来会不会因此而后悔呢？"南极老人应寿昌"，旧谓指国运未衰，所以希望韩注可以再次出山，但观其上下文，以及杜甫对现实的鞭笞，恐怕含义正好相反。杜甫认为，国运已衰，但作为忧国的志士，却希望它"应寿昌"，为此我们必须付出自己的努力，而不应如美人般远离朝廷，远涉江湖。所以前面才会化用诸葛亮《出师表》中所言，大有知其不可为而强为之的决心和正气。全诗严缜细密，似乎写得隐晦曲折，其实直坦胸怀，而且格调清新激昂，铿锵有力，读来使人热血如涌。

我们更深一层地去考虑问题，写此诗时，杜甫也已弃官而退，飘零江湘，而且"病在床"，他鼓励韩注为了理想去继续奋斗，再次出山为朝廷贡献心力的同时，也是以此在激励自己奋发向上吧。

古柏行

孔明庙①前有老柏，柯②如青铜根如石。
霜皮③溜雨四十围，黛色参天二千尺。
君臣④已与时际会，树木犹为人爱惜。
云来气接巫峡长，月出寒通雪山白。
忆昨路绕锦亭⑤东，先主武侯同閟⑥宫。
崔嵬⑦枝干郊原古，窈窕丹青户牖⑧空。
落落盘踞虽得地，冥冥孤高多烈风。
扶持自是神明力，正直原因造化工。
大厦如倾要梁栋，万牛回首丘山重。
不露文章世已惊，未辞剪伐谁能送？
苦心⑨岂免容蝼蚁，香叶终经宿鸾凤。
志士幽人莫怨嗟：古来材大难为用。

【注释】

①孔明庙：指夔州的诸葛亮庙，诸葛亮字孔明。 ②柯（kē）：草木的枝茎。 ③霜皮：别本作"苍皮"。 ④君臣：指刘备和诸葛亮，也即后文的"先主武侯"。 ⑤锦亭：成都有锦江，杜甫曾在其上建亭，即名为锦亭。 ⑥閟（bì）：紧闭。 ⑦崔嵬（cuī wéi）：高大貌。 ⑧户牖（hù yǒu）：户为门，牖为窗，合指门窗，此处借指屋内。 ⑨苦心：指柏树心苦。

【语译】

夔州诸葛亮庙前有一株古老的柏树，枝干似青铜般苍劲，根脉如巨石般坚硬。仿佛挂霜的白皮润滑得雨水都难留住，有四十围粗，青黑色的浓阴密布，直耸入天，有两千尺高。刘备、诸葛亮应缘际会，君臣相遇，成就宏伟事业，就连他们庙前的树木也因此而被后人爱惜。古柏之气连接着巫山而来的漫长云雾，古柏之寒连通着雪山升起的皎洁明月。

想起我曾经从锦亭东面绕路而来，看到先主刘备和武侯诸葛亮被合祭在同一座庙宇当中。庙前古柏的枝干崔嵬，郊外原野深有古意，庙内深幽的彩绘啊，却空荡荡的无人观赏。古柏虽傲然得到了庙前的土地，但孤高地直入苍天，却难免招惹狂风。它至今安然无恙是靠神明在庇护，它如此正直是大自然所造成的。如果大厦将倾需要栋梁之材，这株一万头牛都拉不动的如山般重的古柏正能建功。不必显露纹彩，自然举世皆惊，它不推拒砍伐，但谁又真正重视呢？柏心虽苦，也难免蝼蚁的侵蚀，柏叶芬芳，终究会吸引鸾鸟前来寄宿。志士和隐者都不要叹息啊，自古以来，巨大的良材就难以得到重用。

【赏析】

此诗约作于大历元年（766 年），杜甫游历夔州诸葛亮庙，见庙前古柏葱郁挺立，遂有感而发。首句开门见山，随即描写老柏形貌，"霜皮溜雨"一联极佳，虽夸张而有章法，不过不失。随即从古柏联想到诸葛亮，因为受到刘备重用，才能开创事业、流芳千古，正因如此，后人爱鸟及屋，才会爱惜这株老柏。诗人忽而写柏，故而写庙，忽而联想到庙中祭祀的"先主、武侯"，将这三点完美地联成整体，因为他的慨叹和联想，也便由此三者间的关联而来。

"云来气接"一联，亦不逊色于"霜皮溜雨"联，则古柏郁郁葱葱，参天而立，皮白若霜，干直如柱的形貌便如妙笔绘于纸上，几可目见，杜甫遣词造句之功力实在非凡，而又自然得不见一丝斧凿痕迹。继而说自己从成都而来，那里刘备、诸葛亮君臣合祀，正见"与时际会"，而此处更见古柏森森、祠堂空旷，一派沉重、抑郁的历史感便扑面而来。经此联系后，复将笔触仍归于老柏，说老柏得神明扶持，得造化孕育，正直高大，可谓难得的栋梁之才，而老柏自己也并不惮于遭到砍伐，若能得其所用，即便抛弃生命又有何憾呢？这既是在说老柏，也是暗指诸葛亮。杜甫非常仰慕诸葛亮，他在川中隐居期间，曾经写下过大量歌咏赞颂诸葛亮的诗篇，在杜甫看来，这老柏正是诸葛亮"鞠躬尽瘁，死而后已"精神的化身。诸葛亮曾隐居隆中，"不求闻达于诸侯"，正如参天老柏之"不露文章"，但一旦刘备来访，君臣际遇，诸葛亮立刻"未辞剪伐"，成为了大厦的栋梁。

可是老柏终究还是和诸葛亮不同，诸葛亮有人重用，老柏却"谁能送"，虽然"香叶终经宿鸾凤"，如今却只"苦心岂免容蝼蚁"。诗人为此不禁发出慨叹："古来材大难为用。"表面上，他是在为老柏而喟叹，是为了似老柏一般具有大才而又无诸葛亮一般际遇的"志士幽人"而喟叹，其实他是在为自己的遭际而慨然叹息。杜甫深怀忧国忧民之心，具有"致君尧舜上，再使风俗淳"的宏伟志向，但却一生沉沦下僚，难得重用，正如眼前这株老柏一般，空有栋梁之才，却始终无人能用。"古来材大难为用"，这一结句透露出的是无奈的苦笑和深深的叹息，杜甫借老柏而抒发壮志难酬的苦闷，最终点明"冥冥孤高多烈风"的主题。

唐诗常识

　　新乐府诗有很多形式，比如《走马川行》的"行"、《轮台歌》的"歌"，就都是诗体名称。《文体明辨》中说："汉魏之世，歌咏杂兴，故本其命篇之义曰'篇'，因其立辞之意曰'辞'，体如行书曰'行'，述事本末曰'引'，悲如蛩螀曰'吟'，委曲尽情曰'曲'，放情长言曰'歌'，言通俚俗曰'谣'，感而发言曰'叹'，愤而不怒曰'怨'。"当然，此亦粗率而言，具体运用上没有那么严格。

观公孙大娘①弟子舞剑器②行并序

　　大历二年③十月十九日，夔府别驾元持④宅，见临颍李十二娘舞剑器，壮其蔚跂⑤。问其所师，曰："余公孙大娘弟子也。"开元五载⑥，余尚童稚，记于郾城观公孙氏舞剑器浑脱⑦，浏漓⑧顿挫，独出冠时，自高头⑨宜春、梨园二伎坊内人⑩洎⑪外供奉⑫，晓是舞者，圣文神武皇帝⑬初，公孙一人而已。玉貌锦衣，况余白首；今兹弟子，亦匪⑭盛颜。既辨其由来，知波澜莫二⑮。抚事慷慨，聊为《剑器行》。昔者吴人张旭⑯，善草书书帖，数常于邺县见公孙大娘舞西河剑器⑰，自此草书长进，豪荡感激⑱，即公孙可知矣。

　　昔有佳人公孙氏，一舞剑器动四方。观者如山色沮丧，天地为之久低昂。爗⑲如羿射九日落，矫如群帝骖⑳龙翔。来如雷霆收㉑震怒，罢如江海凝清光。绛唇珠袖两寂寞，晚有弟子传芬芳。临颍美人在白帝㉒，妙舞此曲神扬扬。与余问答既有以㉓，感时抚事增惋伤。先帝侍女八千人，公孙剑器初第一。五十年间似反掌，风尘澒洞㉔昏王室。梨园子弟散如烟，女乐㉕余姿映寒日。金粟堆南木已拱㉖，瞿塘石城草萧瑟。玳筵㉗急管曲复终，乐极哀来月东出。老夫不知其所往，足茧荒山转愁疾。

【注释】

　　①公孙大娘：公孙氏，是玄宗开元年间有名的女舞蹈家，能舞《邻里曲》、《裴将军满堂势》、《西河剑器浑脱》等，冠绝一时。　②剑器：舞蹈名，清朝胡鸣玉《订讹杂录·剑器浑脱》考证说：

"《文献通考·舞部》谓剑器，古武舞之曲名，其舞用女妓，雄装空手而舞。案此，今人意以剑器为刀剑之器，非是。" ③大历二年：即767年，大历为唐代宗李豫在位时的年号。 ④夔府别驾元持：夔州属下都督府别驾，名元持，字号、生平不详。 ⑤蔚跂(qì)：雄浑多姿之意。 ⑥开元五载：即717年，载即年，唐玄宗天宝三年改年为载，直至肃宗至德年间，理论上开元年间仍应称年。 ⑦剑器浑脱：当为剑器、浑脱二舞合一，浑脱也是一种雄壮的武舞。 ⑧浏漓：形容舞姿的活泼。 ⑨高头：即前头，指常在皇帝面前歌舞之人。 ⑩宜春、梨园二伎坊内人：开元二年（714年），唐玄宗在蓬莱宫旁设置教坊演习乐舞，亲自教授法曲，因所在本为梨园，被称为梨园子弟，其中有宫女数百人居宜春院，称为内人，也即前头人。 ⑪洎(jì)：到。 ⑫外供奉：指不居于宫内，随时奉诏入宫表演的男女伎人。 ⑬圣文神武皇帝：唐玄宗的尊号。 ⑭匪：不是，同"非"。 ⑮莫二：毫无两样。 ⑯张旭：字伯高，苏州人，唐代著名书法家，擅长草书，后世尊为"草圣"。 ⑰西河剑器：剑器舞的一种。 ⑱豪荡感激：豪放飞扬并饱含激情。 ⑲爥(huò)：闪烁貌。 ⑳骖(cān)：乘坐、驾驭。 ㉑收：别本作"扶"(chì)，鞭策之意，似与诗意更合。 ㉒白帝：白帝城，即夔州。 ㉓有以：指有来历，有根由。 ㉔澒(hòng)洞：广大无边貌。 ㉕女乐(yuè)：指女性歌舞艺人。 ㉖木已拱：树木已可两手合抱。《左传》有"中寿，尔墓之木拱矣"句，指人死去已经很长一段时间了。 ㉗玳(dài)筵：豪华的宴席。

【语译】

　　唐代宗大历二年十月十九日，我在夔州都督府别驾元持的府邸观看了临颍李十二娘跳《剑器》舞，觉得她的舞技雄浑多姿，十分壮观，就问她的老师是谁，她回答说："我是公孙大娘的弟子。"在唐玄宗开元五年的时候，我还年幼，记得曾在郾城观看过公孙大娘跳《剑器》和《浑脱》舞，舞姿灵动飘逸而又节奏明朗，超群出众，冠绝一时，从皇宫中常为皇帝表演的宜春、梨园弟子到宫外供奉的舞者，懂得此舞的，在唐玄宗初年，只有公孙大娘一人而已。当时她容貌秀美，衣着华丽，如今我已是白首老翁；而现在她的弟子，也已经不是年轻妙龄了。既然得知了李十二娘舞技的由来，明白了她们师徒的舞技一脉相承，我抚今追昔，心中感慨万千，姑且写下这首《剑器行》。过去有吴州人张旭，擅长写草书字帖，经常在郾县观看公孙大娘跳《西河剑器》舞，因此草书大有长进，豪放飞扬，恣肆不羁，由此可知公孙大娘的舞技风格了。

　　过去有一位美女公孙氏，她跳起剑器舞来，名动四方。观看的人如山如海，个个惊恐变色，就连天地也应和她的节拍起起伏伏。舞到激烈之处，仿佛后羿引弓射下了九个太阳，舞到矫捷之时，又似仙人骑着飞龙在翱翔。动作放开时，仿佛震怒的雷霆在鞭笞，动作收束时，仿佛江海凝聚起清淡的光芒。如今公孙氏已然亡故，她的红唇、彩袖难以再见，好在晚年留下个弟子，遗传下这种绝技。这位临颍的李十二娘在白帝城再跳此舞，真是神采飞扬。与她对谈，她回答我种种问题都有根据，让我不禁抚今追昔，更添哀伤。

　　先帝身边曾有八千名随侍的歌伎、舞女，其中公孙氏的舞蹈要数第一。五十年时光飞逝，如同翻转手掌一般迅捷，如今王室衰落，如同风尘覆盖了整个大地。梨园子弟如同烟雾般飘散，到今天才看到残余的舞女的英姿，在寒冷的日光下闪耀。金粟堆南泰陵上的树木都已经能够合抱了，瞿塘峡旁白帝城边的枯草萧瑟毫无生气。盛宴上急促的管乐已经停歇，快乐过后望着明月东升我倍感哀伤。老夫不知道该到哪里去啊，在荒山中走得脚上都长老茧了，愁烦也越来越觉浓厚。

【赏析】

首先大致解释一下序言。杜甫曾于安史之乱前的717年在郾城看到过公孙大娘跳剑器舞，那时候他还是个小孩子而已，一转眼五十年过去了，767年，又在夔州元持宅内看到李十二娘跳剑器舞。此时杜甫已经"白首"，而李十二娘"亦匪盛颜"，年岁不小了。杜甫想到当初张旭就是从公孙大娘的剑器舞中得到灵感，草书大为长进，侧面说明了剑器舞的飞扬灵动和公孙大娘的技艺超卓。可是如今公孙大娘已然不在了，虽然李十二娘也能跳剑器舞，但五十年转瞬而过，时移事易，恍惚若有隔世之感。为此他抚今追昔，就写下了这首《剑器行》。

全诗的重点只在"五十年间似反掌，风尘澒动昏王室"两句，昔日之繁盛，如今的衰颓，就从公孙大娘、李十二娘师徒的技艺、遭遇而摹出。《随园诗话》中说"文似看山不喜平"，但是杜甫几首最著名的七言歌行，包括《画马图》、《丹青引》、《古柏行》，也包括这首《剑器行》，开篇都四平八稳，并不出奇。因为既然全诗都如峭壁向天，曲折不断，所以起句先造一坦途，立而观之，才可见阴阳两面，昏晓全貌。这是杜甫七言诗一大特色，正如具体用词造句，"爥如羿射九日落，矫如群帝骖龙翔，来如雷霆收震怒，罢如江海凝清光"等处，矫如天龙，飞逸超拔，不在李白之下，但始终以沉郁的主题羁绊之，如巨索相牵，俱在云之下，而不似李白在高云之上，飘荡无踪。李白是"诗仙"，他的目光永远在天际，而杜甫的双脚永远踩着大地，"诗圣"、"诗史"之谓，真是当仁不让。

前段描写公孙大娘舞姿之超逸绝伦，然后突然以"绛唇珠袖两寂寞"为索将飘飞的思绪收拢回来，一笔带过李十二娘的舞姿，便开始"感时抚事增惋伤"了。"先帝侍女八千人"再作一放，然后"梨园弟子散如烟"又收拢回来，所谓文不喜平，这一放一收之间，便见构思精巧，笔力超卓。五十年转瞬即过，但大势却已截然不同，玄宗已逝，盛世已终，如今只余"瞿塘石城草萧瑟"。诗人先见妙舞是一喜，待问答过后却又哀伤，故谓"乐极哀来"，这既是他观舞之时真实的情感描写，也是指唐朝盛极而衰，开、天之际的平安喜乐已成东逝之水。于是结句再塑造出一位忧心国事、苦苦寻觅、上下求索却依然"不知其所往"，前途迷茫的士人（也即杜甫本人）形象。

这首诗既有"浏漓顿挫"的气势节奏，又有"豪荡感激"的感人力量，是杜甫歌行中的杰作。《杜诗详注》引《杜臆》评价说："此诗见剑器而伤往事，所谓抚事慷慨也。故咏李氏，却思公孙；咏公孙，却思先帝；全是为开元天宝五十年治乱兴衰而发。不然，一舞女耳，何足摇其笔端哉！"前半段说得非常精到，后句"一舞女耳"却隐约透出一股士大夫自以为高人一等的酸腐气，倘若杜甫真有类似想法，看不起那些"舞女"，他笔下所写剑器舞也不会如此昂扬奋飞、光彩照人了。

醉时歌

诸公衮衮登台省^①，广文先生官独冷^②。甲第纷纷厌粱肉^③，广文先生饭不足。先生有道出羲皇^④，先生有才过屈宋^⑤。德尊一代常坎坷，名垂万古知何用！杜陵野客人更嗤^⑥，被褐短窄鬓如丝^⑦。日籴太仓五升米^⑧，时赴郑老同襟期^⑨。得钱即相觅^⑩，沽酒不复疑^⑪。忘形到尔汝^⑫，痛饮真吾师。清夜沉沉动春酌，灯前细雨檐花落^⑬。但觉高歌有鬼神^⑭，焉知饿死填沟壑^⑮？相如逸才亲涤器^⑯，子云识字终投阁^⑰。先生早赋《归去来》^⑱，石田茅屋荒苍苔。儒术于我何有哉？孔丘盗跖俱尘埃^⑲！不须闻此意惨怆，生前相遇且衔杯！

【注释】

① 衮衮：众多。台省：台是御史台，省是中书省、尚书省和门下省。都是当时中央枢要机构。② 广文先生：指郑虔。因郑虔是广文馆博士。冷：清冷，冷落。③ 甲第：汉代达官贵人住宅有甲乙次第，所以说"甲第"。厌：饱足。④ 出：超出。羲皇：指伏羲氏，传说中我国古代理想化的圣君。⑤ 屈宋：屈原和宋玉。⑥ 杜陵野客：杜甫自称。杜甫祖籍长安杜陵，他在长安时又曾在杜陵东南的少陵附近住过，所以自称"杜陵野客"，又称"少陵野老"。嗤：讥笑。⑦ 褐：粗布衣，古时穷人穿的衣服。⑧ 日籴：天天买粮，所以没有隔夜之粮。太仓：京师所设皇家粮仓。当时因长期下雨，米价很贵，于是发放太仓米十万石减价济贫，杜甫也以此为生。⑨ 时赴：经常去。郑老：郑虔比杜甫大近二十岁，所以称他"郑老"。同襟期：意思是彼此的襟怀和性情相同。⑩ 相觅：互相寻找。⑪ 不复疑：得钱就买酒，不考虑其他生活问题。⑫ 忘形到尔汝：酒酣而兴奋得不分大小，称名道姓，毫无客套。⑬ 檐花：檐前落下的雨水在灯光映射下闪烁如花。⑭ 有鬼神：似有鬼神相助，即"诗成若有神"、"诗应有神助"的意思。⑮ 填沟壑：指死于贫困，弃尸沟壑。⑯ 相如：司马相如，西汉著名辞赋家。逸才：出众的才能。亲涤器：司马相如和妻子卓文君在成都开了一间小酒店，卓文君当炉，司马相如亲自洗涤食器。⑰ 子云：扬雄的字。投阁：王莽时，扬雄校书天禄阁，因别人牵连得罪，使者来收捕时，扬雄仓皇跳楼自杀，幸而没有摔死。⑱ 归去来：东晋陶渊明辞彭泽令归家时，曾赋《归去来辞》。⑲ 孔丘：孔子。盗跖：春秋时人，姓柳下，名跖，以盗为生，因而被称为"盗跖"。这句是诗人聊作自慰的解嘲之语，说无论是圣贤还是不肖之徒，最后都难免化为尘埃。

【译文】

精明的先生们都进了中央枢要机构，只有广文先生官居清冷。那些高门大户纷纷吃腻了粱肉，广文先生却连饭都吃不饱。先生的道德超出上古羲皇，先生的才能超过屈原和宋玉。德尊一代却遭遇坎坷，名声万古流传又有何用呢？我这杜陵野老更是遭人嗤笑，穿得粗布衣又短又窄，两鬓斑白如丝。天天去太仓排队买上五升米，经常跑到襟怀、性情相同的郑老先生这里。得到几个钱就立即来相互寻觅，买酒一点都不迟疑。酒酣忘形时称名道姓不分大小，痛快畅饮的海量真可做我的老师。清冷的春夜深沉，我们一块儿把酒斟，檐前落下的细雨在灯光映射下闪烁如花。只觉高歌快意，似有鬼神来相助，哪曾想过有朝一日会饿死去填沟壑呢？司马相如才华横溢却得亲自洗涤酒具，扬雄识尽古书奇字，终究从天禄阁跳下去。先生还是早点赋《归去来》吧，免得石田茅屋荒芜长满苍苔。儒术对我们来说有什么用呢？孔丘和盗跖最后还不是一样都化为尘埃了。听到此言不必凄楚悲伤，生前能相遇知己，暂且举杯共醉吧！

【赏析】

这是一首抒写悲愤的诗歌，写得悲慨豪放。

根据诗人的自注，这首诗是写给好友郑虔的。郑虔是当时有名的学者，他的诗、书、画被唐玄宗评为"三绝"。天宝元年（742），他被人密告"私修国史"，贬到远地长达十年之久。回长安后，任广文馆博士。性格旷放绝俗，又喜欢喝酒。杜甫很敬爱他。尽管两人年龄相差很多（杜甫初遇郑虔，年三十九岁，郑虔估计已近六十），但过从很密。郑虔遭遇贬斥，杜甫的命运也在沉沦，更有知己之感。诗人通过此诗，表达了其对朋友的一片深情厚谊，更表达了历经坎坷的诗人其内心的苦闷与愤慨。

全诗可分为四段，前两段各八句，后两段各六句。从开头到"名垂万古知何用"是第一段。第一段前四句用"诸公"的显达和奢靡来与郑虔的卑下穷窘对比。后四句主要是为郑虔鸣不平。从"广文先生"到"杜陵野客"，转而写诗人和郑虔的忘年之交。

第三段六句写才士薄命：司马相如曾亲自卖酒，洗涤食器；扬雄因刘棻获罪而被株连，被迫跳楼自杀。看上去是以此宽慰友人，实则满含愤激之情，为全诗的高潮部分。

末段六句说既然仕路坎坷、怀才不遇，那么儒术也没有用了，孔丘和盗跖也可以等量齐观了，愤激中暗含无奈。末联以"痛饮"作结，故作旷达之语。

这首诗写得悲壮而豪放，蕴藉而深沉，是杜诗的一贯风格。

元　结

石鱼湖①上醉歌并序

　　漫叟②以公田米酿酒，因休暇则载酒于湖上，时取一醉。欢醉中，据湖岸引臂向鱼取酒，使舫载之，遍饮坐者。意疑倚巴丘③酌于君山④之上，诸子⑤环洞庭而坐，酒舫泛泛然触波涛而往来者，乃作歌以咏之。

　　石鱼湖，似洞庭，夏水欲满君山青。山为樽，水为沼，酒徒历历坐洲岛。长风连日作大浪，不能废⑥人运酒舫。我持长瓢坐巴丘，酌饮四座以散愁。

【注释】

　　①石鱼湖：在今天湖南省道县东面，当时元结任道州刺史，常往优游，因湖上有巨石状若游鱼，故此定名为石鱼湖，命人镌刻于湖上。　②漫叟：元结自号。　③巴丘：山名，在今天湖南省岳阳市洞庭湖边。　④君山：古称洞庭山、湘山、有缘山，是洞庭湖中的一个小岛，与岳阳楼遥遥相对。　⑤诸子：子是对成年男子的敬称，这里诸子是指同游的友人们。　⑥废：停止。

【语译】

　　我用公田里产的米酿酒，借着休假的闲暇，载酒到石鱼湖上，暂且博取一醉。在欢快的酣饮之中，靠着湖岸，伸胳膊向石鱼要酒，叫小船载着，使在座的人都痛饮一番。我觉得自己仿佛倚着巴陵山，伸手从君山上酌酒，同游的人都环绕洞庭湖而坐，酒舫慢悠悠地触动波涛，往来斟酒，于是我写下这首醉诗，歌咏此事。

　　石鱼湖，像洞庭，夏天水涨将满，中有君山青青。我把山当作酒杯，把湖当作池塘，好酒之人好几个，清清楚楚坐小岛。即使连日刮风起大浪，也不能阻止我们的运酒船。我拿着长长的酒瓢坐在巴丘上，为身边的朋友们舀酒喝啊，以散发内心的忧愁。

【赏析】

　　石鱼湖是片小湖，元结却将其比拟为八百里洞庭，湖中石鱼不过一块礁石而已，却被比拟为洞庭湖中的君山，元结倚湖而饮，却自得地幻想是倚靠巴丘，朋友们环绕着小湖，又似乎"环洞庭而坐"。表面上看，这是一种夸张，表现元结对石鱼湖的喜爱，细思之却有苦中作乐之意。元结有天下之忧，思如鸿鹄直上高天，则见洞庭也不过一小塘而已，但实际情况，他只做道州刺史，真正能够面对的，也确实是一片小小的水塘。于是他只好自我宽慰，自我幻想，仿佛八百里洞庭就在眼前，仿佛自己可以掌握权力，可以施展抱负的空间要更广更大一般。

这从结句便可看出，前面都是优游之意，结句却说"以散愁"，若心中无愁，又何以散之？或谓这是元结因对现实不满而起隐居之意，但这和见石鱼而思洞庭却并不关联。由此观之，"长风连日作大浪，不能废人运酒舫"，也无不辞辛劳偏要寻欢作乐之意，是诗人表述他不肯对苦闷现实低头的决心，同时也同样隐露苦中作乐之无奈。

【扩展阅读】

石鱼湖上作有序

唐·元结

漫泉南上，有独石在水中，状如游鱼。鱼凹处，修之可以贮酒。水涯四匝，多欹石相连，石上堪人坐，水能浮小舫载酒，又能绕石鱼洄流，乃命湖曰石鱼湖。镌铭于湖上，显示来者，又作诗以歌之。

吾爱石鱼湖，石鱼在湖里。鱼背有酒樽，绕鱼是湖水。儿童作小舫，载酒胜一杯。座中令酒舫，空去复满来。湖岸多欹石，石下流寒泉。醉中一盥漱，快意无比焉。金玉吾不须，轩冕吾不爱。且欲坐湖畔，石鱼长相对。

元结甚爱石鱼湖，因游此湖而作了好几首诗，这也是其中之一，并且在序中将石鱼湖的形貌、名字的由来交待得非常清楚。《醉歌》以三、七句式，展现出民歌特色，而这首五言诗同样尽显汉魏乐府风骨。

韩 愈

【作者介绍】

韩愈（768年～824年），字退之，因自谓郡望昌黎，世称韩昌黎，唐代著名文学家、思想家，也是古文运动的倡导者，与柳宗元并称"韩柳"，有"文章巨公"和"百代文宗"之誉。

韩愈早孤，由其嫂郑氏抚育长大，贞元八年（792年）中进士，因三试博学鸿词不入选，便先后赴汴州董晋、徐州张建封两节度使幕府任职，后至京师，官四门博士。再任监察御史，因上书论天旱人饥状，请减免徭役赋税，指斥朝政，被贬为阳山令。唐顺宗即位后进行政治改革，他持反对立场，宪宗即位，获赦北还，为国子博士，改河南令，迁职方员外郎，历官至太子右庶子。因先后与宦官、权要相对抗，仕宦始终不得志。后来韩愈随裴度征讨淮西吴元济叛乱，任行军司马，乱平，升任刑部侍郎。元和十四年（819年），因上疏谏迎佛骨，被贬为潮州刺史。回朝后历任国子祭酒、兵部侍郎、吏部侍郎、京兆尹等职，直至去世。

韩愈作文，认为"道"是目的和内容，"文"是手段和形式，强调文以载道，文道合一，以道为主，并提倡学习先秦两汉古文，主张学古要在继承的基础上创新，坚持"词必己出"、"陈言务去"。苏轼称他"文起八代之衰"，杜牧把韩文与杜（甫）诗并列，称为"杜诗韩笔"。韩愈更与柳宗元等并列"唐宋古文八大家"。韩愈的诗力求新奇，重气势，有独创之功，他还以文为诗，把新的古文语言、章法、技巧引入诗坛，增强了诗的表达功能，扩大了诗的领域，纠正了大历（766年～780年）以来的平庸诗风。

山 石

山石荦确①行径微，黄昏到寺蝙蝠飞。升堂坐阶新雨足，芭蕉叶大栀子②肥。僧言古壁佛画好，以火来照所见稀。铺床拂席置羹饭③，疏粝④亦足饱我饥。夜深静卧百虫绝，清月出岭光入扉。天明独去无道路，出入高下穷烟霏。山红涧碧纷烂漫，时见松枥⑤皆十围。当流赤足踏涧石，水声激激风生衣⑥。人生如此自可乐，岂必局束⑦为人靰⑧？嗟哉吾党二三子⑨，安得至老不更归⑩。

【注释】

①荦（luò）确：险峻不平貌。 ②栀（zhī）子：常绿灌水，夏季开白花，香气浓郁。 ③羹（gēng）饭：羹的本义为菜汤，这里指菜，羹饭即饭菜之意。 ④疏粝（lì）：糙米饭，这里是指简陋的

饭食。别本作"粗粝"。　⑤枥（lì）：通栎，落叶乔木，花黄褐色，果实叫橡子。　⑥风生衣：别本作"风吹衣"。　⑦局束：局促拘束，不自由。　⑧靮（jī）：缰绳在马口者为靮，这里用如动词，指羁绊、牵制。　⑨吾党二三子：志趣相投者为党，这是指和自己知心的几位好友。　⑩不更归："更不归"的倒装，这里的归是指辞官回乡。

【语译】

　　山石险峻，道路狭窄，我循路而上，黄昏时分才到寺中，身边有蝙蝠在盘旋。登上大堂，坐在台阶上，因为刚刚下足了雨，所以芭蕉叶涨大、栀子花也肥硕。僧人说墙壁上有古老的佛画，画得实在很好，我举着烛火去照看，所见倒确实很稀有。僧人帮忙整理好床铺、擦干净枕席，还置办了饭菜，虽然只是些蔬菜和糙米，也足够饱我饥肠了。

　　当夜我静静地躺卧着，直至四周虫鸣都已停息，清亮的明月从山岭中升起，光芒透入了门窗。天亮以后，我独自归去，因为烟雾弥漫而忽高忽低地找不到路径。山花红艳、涧水碧绿，景致是如此烂漫啊，时不时能够见到的松树、橡树，都有十人怀抱那么粗。我光着脚踩进流水，踏着涧底的卵石，水声激越，凉风似从衣内生出。人生如此，便可自见欢乐，又何必局促拘束，被他人所牵绊呢？可叹啊，与我志同道合的那几位先生，为什么一直等到老去也不肯抽身呢？

【赏析】

　　韩愈善以散文入诗，开拓了诗歌崭新的局面，此诗便是例证。全诗前半段都是记游，末四句才抒情并托出主题，就记游部分来说，结构简单、条理清晰，娓娓道来，除七言到底并且押韵外，与普通游记文似乎并无两样。从登山、入寺、看画、暮食、就寝，直到翌晨出寺入谷、涉涧，似乎无所不言，并无重点，但实际上句句都有用意、字字精雕细琢，似散文而实为诗，是诗而又得散文趣味，现在的所谓"散文诗"，都未必有他将此两种文体相结合、糅杂，手法运用得更为纯熟。

　　开篇先以"山石荦确行径微"一句总写山势，"黄昏到寺蝙蝠飞"，则可见山之深，而寺之远，直待黄昏方才抵达，而夜行的蝙蝠纷飞，一则更突出"黄昏"二字，同时也为静景抹上一丝动态。韩愈素不佞佛，所以不写参拜佛寺，"升堂"后反又"坐阶"，只关注寺内自然之景，新雨过后"芭蕉叶大栀子肥"。寺僧偏来凑趣，说"古壁佛画好"，故而"以火来照所见稀"。点起烛火照画，更见黄昏已至，天色将暗，前后呼应，毫无破绽。

　　游记一般不会言及饭食，此诗却别出心裁，偏说寺僧来"置羹饭"，继而再言"疏粝亦足饱我饥"。看似无意义的一笔，其实承上启下，透露出很多信息来。首先，可见山之深而寺之贫，所供奉的有限，唯"疏粝"而已；其次，可见诗人游山竟日，黄昏入寺，已极饥饿了，侧面反映出山景之美，使人流连不舍；其三，粗食足饱，可见诗人志在山林之趣，而并不贪恋俗世的荣华，直接导向结句的抒情。用最短小、简明的语句，来表现最深邃、复杂的主题，这是诗歌的特色和优势，倘若真是散文，恐怕并非此区区十四字即能烘托出如此深意来吧。

　　时光流转，饭后即夜，诗人静卧直至夜深，四外"百虫绝"，一片静谧，在此氛围中独有"清月出岭光入扉"，以此来说明诗人内心的澄静，并且有灵光洞彻。其实全诗用意、主题，至此即可托出，但诗人仍嫌不足，转而再写翌晨。开篇即言游山，却并不明说山景，而放诸翌日，手法也极高明，这是将所历所见，重新排序，逐步描出，使情感积淀逐渐浓厚，然后主题之托出，也便自然水到渠成。翌日出寺再入深山，但见晨雾霏霏，山谷忽高忽下，竟然迷失道路，但身周山花烂漫，涧水淙淙，又有巨树参天，这种种无污染、无渣滓的自然之趣，使诗人乐而忘归，故而"当流赤足踏涧石"，甚至觉得"风生衣"，凉风似非外来，而是衣内生出。换言之，这般清凉舒适，并非外来景物所生，而是外来景物落于诗人心中，心中有感，故自心而生出。

　　言及至此，则情感自然生发，诗人不禁慨叹道：如此美景，如此舒适，都来自于身心的自由啊，为人又何必为俗世所累，使我不得开心颜呢？我那些志同道合的同伴啊，他们仍然在红尘中辗转，仍然受绊于坎坷的宦途，又何必"至老不更归"呢？还是赶紧辞官隐居，去体味自然之趣为好吧。

　　关于此诗背景，向来众说纷纭，一说时间是在唐德宗贞元十七年（801年）农历七月二十二日，所游的是洛阳北面的惠林寺，同游者有李景兴、侯喜、尉迟汾，然而诗中并无言及同游之事，翌晨出寺更云"独去"，这种判断恐怕不确。私以为当为韩愈宦途不顺之时，被贬离京，独自游山，念及京中友人而作。汪佑南评此诗，说："通体写景处句多浓丽，即事写怀，以淡语出之。浓淡相间，纯任自然，似不经意，而实极经意之作也。"其实诗中写景，亦颇清雅，虽非素淡，也谈不上浓丽，全篇的特色只在"纯任自然，似不经意，而实极经意"上。

【扩展阅读】

王晋卿所藏著色山

北宋·苏轼

荦确何人似退之？意行无路欲从谁。宿云解驳晨光漏，独见山红涧碧时。

　　苏轼见王晋卿所藏山水画，为题二诗，此即其二。诗中词句、用意，都从韩愈《山石》中化出，由此也可见苏轼对这首韩诗的喜爱，对此诗评价之高。

八月十五夜赠张功曹[①]

　　纤云四卷天无河，清风吹空月舒波。沙平水息声影绝，一杯相属[②]君当歌。君歌声酸辞且苦，不能听终泪如雨。洞庭连天九疑[③]高，蛟龙出没猩鼯[④]号。十生九死到官所，幽居默默如藏逃[⑤]。下床畏蛇食畏药[⑥]，海气湿蛰[⑦]熏腥臊。昨者州前槌大鼓⑧，嗣皇继圣登夔皋⑨。赦书一日行万里，罪从大辟⑩皆除死。迁者追回流者还，涤瑕荡垢清朝班。州家⑪申名使家⑫抑，坎轲⑬只得移荆蛮⑭。判司⑮卑官不堪说，未免捶楚⑯尘埃间。同时辈流⑰多上道，天路⑱幽险难追攀。君歌且休听我歌；我歌今与君殊科⑲。一年明月今宵多，人生由命非由他，有酒不饮奈明⑳何？

【注释】

①张功曹：即张署。唐德宗贞元十九年（803年），时韩愈与张署皆任监察御史，因天旱向德宗进言，极论宫市之弊，结果韩愈被贬为阳山（今广东省阳山县）县令，张署被贬为临武（今湖南省临武县）县令。贞元二十一年（805年）正月，顺宗即位，二月甲子日大赦天下，八月宪宗又即位，再大赦天下。这两次大赦均由于湖南观察使杨凭的从中作梗，二人未能调回京城，而只改官江陵。　②属（zhǔ）：劝酒。　③九疑：山名，又名苍梧山，在今天湖南省宁远县境内。　④猩鼯（wú）：猩猩和鼯鼠。鼯鼠是一种哺乳动物，形似松鼠，能从树上飞降下来，住在树洞中，昼伏夜出。　⑤藏逃：指到处躲藏的逃犯。　⑥药：这里是指蛊毒，传说南方蛮夷能将多种毒虫放在一起饲养，使之互噬，最后剩下的毒虫便叫作蛊，可用以杀人。　⑦湿蛰（zhé）：虫豸藏于土中名为蛰，这里是指蛊虫所放出的潮湿毒气。　⑧槌大鼓：指擂鼓聚集官民，宣布大赦令。　⑨登夔皋：登是进用之意，夔和皋（指皋陶）都是传说中虞舜的臣子，代指贤臣。　⑩大辟：斩首之刑。　⑪州家：州郡的刺史。　⑫使家：观察使，这里是指湖南观察使杨凭。　⑬坎轲：即坎坷。　⑭荆蛮：指江陵，江陵于春秋时属于楚国，楚又名荆，当时中原政权蔑称其国为荆蛮。　⑮判司：唐代对诸曹参军的统称。当时因杨凭作梗，最终韩愈改官为江陵府法曹参军，张署改官为江陵府功曹参军。　⑯捶楚：捶和楚都是古代刑具，并称用如动词，指鞭打。　⑰同时辈流：指曾和韩愈、张署相同遭际，先后遭到流放之人。　⑱天路：登天之路，这里是指进身于朝廷的途径。　⑲殊科：不同类。　⑳明：明月的简称，或即为"月"字之讹误。

【语译】

纤细的云彩向四方舒卷，银河逐渐隐没，清风吹向空中，月亮展开波浪般的光芒。沙滩平细，水声静息，各种声与影都已消失，我举杯相劝，请你高歌一曲。你的歌声是如此酸楚啊，歌词也正愁苦，我还没能听完，就自然泪如雨下。

你唱道："洞庭湖直连长天，九疑山如此高峻，到处都有蛟龙出没，有猩猩和鼯鼠在嘶叫。历经千辛万苦，死中求生，才来到这任所啊，默默地幽居着，如同躲避追捕的犯人一般。下地畏惧被蛇咬啊，饮食害怕被下蛊，海风和蛰虫都带来湿热的腥臊臭气。昨天州衙前擂起大鼓，宣告说新皇登基，进用贤才，所以颁发下的赦书一日能行千里远，从斩刑以上，所有生罪、死罪尽皆免除。被贬官的官复原职，被流放的返回家乡，要涤除玉上瑕疵，要扫荡一切污垢，要排斥奸佞，清明政治。可谁想到刺史奏上我等的姓名，却遭到观察使阻碍，遭此厄运，我们只能改官到江陵去。在江陵担任卑微的参军且不必说了，还可能遭迫害、鞭笞，伏倒在尘埃之中。当时一起被贬的同僚大多已经上路返京了吧，这条道路是如此幽暗、艰险啊，真是难以攀登。"

你的歌声且停歇，听我来唱一曲吧，我如今要唱的和你完全不同啊。我要唱："一年之中，只有今天的月光最好，反正人生的际遇不因别故，只由命运注定，既然有酒，为什么不肯痛饮呢？怎能辜负了这明亮的月光啊！"

【赏析】

韩愈、张署被贬出外官，遇上大赦，本来应该返回朝中的，却被杨凭所阻，只是改官荆州而已，内心自然愤懑不平，而又兼具沮丧失望。唐代以中央官职为重，地方官职为轻，况且二人原任监察御史，《新唐书·百官志》记载："监察御史十五人，正八品下，掌分察百僚，巡按州县，狱讼、军戎、祭祀、营作、太府出纳皆莅焉，知朝堂左右厢及百司纲目。"品秩虽不高，权力却颇重，他们能够直接上奏德宗论宫室之弊，请减免关中税、役，由此即可见其一斑。后来两人被贬为县令，一在广东、一在湖南，在当时都属晚开发的"蛮荒之地"，再改官荆州，虽然相对接近都城，也不再"下床畏蛇食畏药，海气湿蛰熏腥臊"，但仅为法曹参军和功曹参军而已，正如诗中所说"判司卑官不堪说，未免捶楚尘埃间"，总体而言，境况可能还要低过偏远地区的县令。由此观知，两人的心情当极不佳，这在诗中也有很直白的反映。

但是韩愈却并未直接倾诉自己内心的苦闷和烦恼，而是借张署之口说出。所谓"君歌声酸辞正苦"，未必张署真有作歌或作诗，可能是正当八月十五月圆之夜，一双失意人对坐愁饮，互发牢骚，因而韩愈写诗相赠，将张署言中之意以诗歌的形式表述出来。张署官湖南，韩愈官广东，地更偏远，则张署之言，也正是韩愈内心所想要倾诉的。

开篇两句极空灵澄澈，气魄也大，显见宗师手笔。然后即在万籁俱寂的夜深"声影绝"之时，引出所谓张署之歌。"洞庭连天九疑高"是点出湖南之地，"蛟龙出没猩鼯号"指蛮荒僻远，野兽成群，"十生九死"指路途艰险而遥远，"如藏逃"指被贬时心境的凄惨，"下床畏蛇"两句更极言为官僻壤的艰辛。好不容易"州前捶大鼓"，朝廷发下大赦令来，于是两人都幻想新帝会"登夔皋"，会"涤瑕荡垢清朝班"——当然，这只是美好的愿望而已，现实的残酷很快将打碎这个大梦，而在梦醒后再作此语，却分明隐含着浓厚的讽刺，可见朝班未清，污垢仍重。此为一扬，随即便收抑，因为"使家"的阻挠，两人改官江陵，以"荆蛮"二字指代江陵，是指此亦蛮荒之地也，比湖南、广东好也好得有限，而不仅改官仍在蛮荒之地，而且"判司卑官不堪说"，则更见凄楚无望。继而再与"同时辈流"相比，他们都遇赦回朝了，为何我们的"天路"会如此"幽险"，竟"难追攀"呢？至此牢骚发完，怨恨吐毕，韩愈所虚构的张署之歌也就唱罢了。

诗的结尾，又将此前种种愤懑重新一翻，韩愈说他的想法和张署不同，他只觉得不能浪费这大好月明之夜，反正"人生由命非由他"。表面上看来，此结局充满了及时行乐的颓唐气息，是诗人在无可奈何下的自我麻醉，故将一切坎坷都归之于命运，但倘若真是如此，前面正不必用如此大的篇幅来写所谓张署之歌了。这一结尾，其实是诗人苦之极处反言乐，怒之极处反以笑面对之，是愤懑到了极点的表现，所谓"人生由命"云云，都可以看作是反话，是对时局最激烈的控诉。而且全诗以明月为始，再以明月而终，遥相呼应，章法天然浑成，也足见韩愈的大家手笔。

最后再说说此诗的平仄和用韵。无论诗歌还是文章，最早都从民间而来，重内容和轻形式，后来文人产生，逐渐地更重形式而往往内容空洞无物，韩愈所主张的古文运动，就是要革除这一流弊，对此，他在诗上也有其独到创新。格律诗严谨的句式、平仄和韵脚，是在唐代完善的，唐代种种古诗也受其影响，为了追求声调的谐美，偶尔也会采用律句（与格律诗的平仄运用相同），如前所述，在韵脚的采用上，也会形成某些独特的规则，比如平仄韵交替互换。但是韩愈的诗，包括这首《八月十五夜赠张功曹》，也包括上一首《山石》，却似乎故意剔除律句，换韵也毫无规律，特意要形成一种重拙而古朴的风格。这种特色倘若走向极端，也会产生诘屈聱牙的弊病，但以韩愈的古诗来说，还并无这种现象存在，不过不失——韩文也是如此，古文运动八大家的文章，大抵如此。

谒衡岳庙①遂宿岳寺题门楼

五岳祭秩②皆三公③，四方环镇嵩当中。火维④地荒足妖怪，天假⑤神柄专其雄。喷云泄雾藏半腹，虽有绝顶谁能穷？我来正逢秋雨节，阴气晦昧⑥无清风。潜心默祷若有应，岂非正直能感通！须臾静扫众峰出，仰见突兀撑青空。紫盖⑦连延接天柱，石廪腾掷⑧堆祝融。森然魄动下马拜，松柏一径趋灵宫。粉墙丹柱动光彩，鬼物图画填青红。升阶伛偻⑨荐脯酒，欲以菲薄明其衷。庙令⑩老人识神意，睢盱⑪侦伺能鞠躬。手持杯珓⑫导我掷，云此最吉余难同。窜逐蛮荒幸不死，衣食才足甘长终⑬。侯王将相望久绝，神纵欲福难为功。夜投佛寺上高阁，星月掩映云曈昽⑭。猿鸣钟动不知曙，杲杲⑮寒日生于东。

【注释】

①谒衡岳庙：衡岳即南岳衡山，衡岳庙在今天湖南衡山县西三十里处，谒即拜见。　②祭秩：指朝廷祭祀山川神灵的等级。　③三公：周有太师、太傅、太保为三公，秦、西汉以左右丞相、御史大夫为三公，东汉以大司马、大司徒、大司空为三公，都居人臣禄位之极，后世即以三公来指代朝廷最高官职。　④火维：古人以五行应五方，南方属火，维是指边隅之地，所以说衡山所在之地为火维。　⑤假：授予，给予。　⑥晦昧：阴暗无光。　⑦紫盖：衡山有五大高峰，即紫盖峰、天柱峰、石廪峰、祝融峰、芙蓉峰，此与下句共举其四峰。　⑧腾掷：形容山势起伏不平。　⑨伛偻（yǔ lǚ）：驼背，这里是指屈身以示恭敬。　⑩庙令：官职名，唐代五岳诸庙各设庙令一人，掌祭神及祠庙事务。　⑪睢盱（suī xū）：指抬起头来，睁大眼睛看。东汉张衡《西京赋》有"迥卒清候，武士赫怒，缇衣韎韐，睢盱拔扈"句。　⑫杯珓（jiào）：古时的一种卜具，用两块蚌壳或形似蚌壳的竹木片做成，抛掷于地，观其俯仰向背以占吉凶。　⑬甘长终：甘愿就此度过余生。　⑭曈昽（tóng lóng）：也写作曈昽，泛指光线微弱、不明貌，略近似于朦胧。　⑮杲杲（gǎo）：形容日光明亮。

【语译】

五岳的祭祀等级都等同于三公，东西南北四岳环形坐镇，而嵩岳在正当中。想那南

113

方之地偏远荒僻，布满妖怪，所以上天授予衡岳权柄来镇压。山的半腰喷泄出云雾，就算有高峻绝顶，谁又能够攀登呢？我来此山正是秋雨绵绵的季节，阴气浓郁而昏暗，没有清风吹拂。于是专心一意地默默祈祷，衡岳似乎有所回应，难道不是我的虔诚感动了神灵的缘故吗？顷刻间云雾静静消散，群峰就此显露出来，仰头观看，高峻的山峰好像直撑青空似的。连绵的紫盖峰接着天柱峰，起伏的石廪峰拥出祝融峰。

于是我不禁神魂摇动，急忙下马叩拜，沿着松柏之路前往衡岳庙。庙中粉墙红柱，光彩飞动，墙上绘神画鬼，色彩斑斓。登上阶梯，恭敬地屈身献上肉干和美酒，想用这菲薄的祭品来表明自己的衷心。庙令老人明白神灵之意，瞪着双眼观察我的动作，指点我鞠躬进退。他手持杯珓，引导我抛掷占卜，说这里最为灵验，别处难以相比。

我被贬逐到这蛮荒之地，幸得不死，衣食才刚充足，甘愿就此而终老。早就已经断绝了成为王侯将相的愿望啊，神灵就算想要赐福也难以建功了。当夜我投宿在佛寺之中，登上高楼，只见星月掩映，浮云朦胧。猿猴鸣叫，晨钟敲响，不知不觉就破晓了，只见一轮明亮而寒冷的白日在东方升起。

【赏析】

此诗与前一首《八月十五夜赠张功曹》背景基本相同，都作于永贞元年（805 年），韩愈于阳山县令任上遇赦，改官江陵法曹参军，他在赴任江陵途中，路经衡山，作下此诗。既然背景相同，那么诗中所含愤懑之气，作不平之鸣，也都很便于理解了。

全诗可以析分为五个部分。第一部分是起首四句，由大处着眼，从容不迫地点出衡山，此四句气魄雄浑，所谓"足妖怪"、"假权柄"云云，更引出后文谒衡岳庙事——正因为朝中魑魅魍魉纵横，正人君子不用，韩愈本人也被贬谪，又遭陷害，内心愤慨，故而欲将此一腔忠悃述之于神灵，乃有登山之事。第二部分从"喷云泄雾藏半腹"开始，直到"松柏一径趋灵宫"，描摹山景，并述登山事。"喷云"两句就逻辑而言应在"阴气晦昧"之后，乃"我来正逢秋雨节"时所见，放置在前，紧接首四句便不觉突兀，转折自然。其实衡山上云气缭绕、阴霾密布，这既是眼前实景，也是暗喻乌烟瘴气的时局。韩愈"潜心默祷"，而衡岳感其"正直"，须臾之间便云开雾散，诸峰显露，是诗人自诩问心而无愧，此诚唯天可表。然而神灵能够明其忠诚，开启云雾，朝廷却反不明，抛其蛮荒，这也是故作鲜明的对比。

第三部分是参拜衡岳祠，从"粉墙丹柱动光彩"，直到"云此最吉余难同"。韩愈进庙以后，"升阶伛偻荐脯酒"，但他并不是为了得到神灵的庇佑、赐福，而是为了"明其衷"，申明自己的一片衷心，自己本无愧于国家社稷，不应当受到如此不公平的待遇。

第四部分是抒情喟叹，韩愈说自己"幸不死"，"甘长终"，已经放弃了对高官厚禄的期望，"神纵欲福难为功"。一方面，这是表示自己申明衷心，并非为了高官厚禄，而只是希望为国效力，别无私欲，另一方面，也是以退为进，用看似极失望、极颓唐，只求衣食能足的诗句来曲折地重申自己满腔愤懑之情。最后一部分为结尾四句，夜宿登阁，只见"星月掩映云瞳昽"，前途渺茫，难以释怀，故而终夜不眠，直至"杲杲寒日生于冬"。太阳本应暖热而反谓之"寒"，其实这寒并非日所生，而是诗人内心凄寒的投射。由此亦可见韩愈并非"甘长终"，他内心的忧思仍然绵绵不绝。

石鼓^①歌

张生^②手持石鼓文，劝我试作石鼓歌。少陵^③无人谪仙^④死，才薄将奈石鼓
何。周纲^⑤陵迟^⑥四海沸，宣王^⑦愤起挥天戈。大开明堂受朝贺，诸侯剑佩鸣相磨。
蒐^⑧于岐阳骋雄俊，万里禽兽皆遮罗^⑨。镌功勒成^⑩告万世，凿石作鼓隳嵯峨^⑪。
从臣才艺咸第一，拣选撰刻留山阿。雨淋日炙野火燎，鬼物守护烦㧑呵^⑫。公
从何处得纸本，毫发尽备无差讹。辞严义密读难晓，字体不类隶与蝌^⑬。年深
岂免有缺画，快剑斫断生蛟鼍^⑭。鸾翔凤翥^⑮众仙下，珊瑚碧树交枝柯。金绳
铁索锁纽壮，古鼎跃水龙腾梭。陋儒编诗不收入，二雅^⑯褊迫^⑰无委蛇^⑱。孔子
西行不到秦，掎摭^⑲星宿遗羲娥^⑳。嗟余好古生苦晚，对此涕泪双滂沱。忆昔初
蒙博士^㉑征，其年始改称元和。故人从军在右辅^㉒，为我量度^㉓掘臼科^㉔。濯冠
沐浴告祭酒^㉕，如此至宝存岂多。毡包席裹可立致，十鼓只载数骆驼。荐诸太
庙比郜鼎^㉖，光价岂止百倍过。圣恩若许留太学，诸生讲解得切磋。观经鸿都^㉗
尚填咽，坐见举国来奔波。剜苔剔藓露节角，安置妥帖平不颇^㉘。大厦深檐与盖
覆，经历久远期无佗^㉙。中朝大官老于事，讵^㉚肯感激徒媕婀^㉛。牧童敲火牛砺角，
谁复著手为摩挲。日销月铄就埋没，六年西顾空吟哦。羲之俗书趁姿媚，数纸
尚可博白鹅^㉜。继周八代^㉝争战罢，无人收拾理则那^㉞。方今太平日无事，
柄任儒术崇丘轲^㉟。安能以此尚论列^㊱，愿借辩口如悬河。石鼓之歌止于此，呜呼吾
意其蹉跎。

【注释】

①石鼓：指刻有籀文的鼓形石，石鼓文为四言诗，为我国最古老的石刻文字。北宋欧阳修《集古
录》中记载："石鼓文在岐阳（今陕西省岐山县），初不见称于世，至唐人始盛称之。而韦应物以为周文
王之鼓，至宣王刻诗尔，韩退之直以为宣王之鼓……其文可见者四百六十五，磨灭不可识者过半。然
其可疑者四，退之好古不妄者，予姑取以为信耳。至于字画，亦非史籀不能作也。"但据近人考证，当
为秦昭王时代的刻石。　②张生：指张彻，韩愈弟子、侄孙女婿。　③少陵：指杜甫，他曾自称"少
陵野老"。　④谪仙：指李白。李白在《对酒忆贺监》序中说："太子宾客贺公（贺知章），于长安紫极
宫一见余，呼余为'谪仙人'，因解金龟，换酒为乐……"⑤周纲：周朝的纲纪、法度。　⑥陵迟：也
写作凌迟，在这里是衰败、败坏之意。　⑦宣王：即周宣王。公元前841年，国人暴动，推翻周厉王的
统治，建立共和行政，前828年，厉王死于彘，太子静继位，就是周宣王。宣王在位时西周国势略有起
色，他也曾多次对猃狁、西戎、淮夷等外族用兵，但胜少败多。　⑧蒐（sōu）：春猎。　⑨遮罗：遮
是拦截之意，罗是包围之意，指野兽都被围住。　⑩镌（juān）功勒成：镌、勒都是刻画意，功、成
同义，指在石上刻下功勋以资纪念。　⑪隳（huī）嵯峨：隳即毁败，嵯峨本指山势险峻突兀，这里
指代高山，隳嵯峨即破坏山岭。　⑫㧑（huī）呵："㧑"同"挥"，呵是吆喝，两字合用，在这里有
呵护之意。　⑬蝌：指蝌蚪文，为书体的一种，因头粗尾细形似蝌蚪而得名，此书体先秦时偶可得
见，蝌蚪之名则是汉代以后才出现的。　⑭鼍（tuó）：即鼍龙，爬行动物，吻短，体长二米多，

背部、尾部均有鳞甲，穴居江河岸边，皮可以蒙鼓，今称"扬子鳄"。　⑮ 翥（zhù）：指禽鸟高飞。《楚辞·远游》有"鸾鸟轩翥而翔飞"句。　⑯ 二雅：指《诗经》中的《大雅》和《小雅》。　⑰ 褊（biǎn）迫：褊意为狭小、狭隘，迫意为局促，两字合用指心胸偏狭、目光短浅。　⑱ 委蛇：委蛇有多义，这里是指雍容自得貌，《诗·召南·羔羊》有"退食自公，委蛇委蛇"句，郑玄注为："委蛇，委曲自得之貌。"　⑲ 掎摭：采拾。　⑳ 羲娥：指羲和与嫦娥，是传说中的日神、月神，代指日月。　㉑ 博士：官名，唐代有太学博士和国子监博士，负责管理和教学。韩愈是元和元年（806年）在江陵法曹参军任上被征入朝担任国子监博士的。　㉒ 右辅：指汉代的右扶风郡，唐代为凤翔府，所言故人不详，当在凤翔府任职。　㉓ 量度（duó）：本意为测量、计算，这里指计划。　㉔ 臼科：坑坎，这里指安放石鼓之处。　㉕ 祭酒：官名，唐代国子监有祭酒一人，掌邦国儒学训导。　㉖ 郜（gào）鼎：春秋时郜国所铸的宗庙祭器，以为国宝，后被宋国取去，宋又将此鼎赂鲁桓公，桓公献于太庙，亦称"郜大鼎"。　㉗ 观经鸿都：观经是指汉灵帝熹平四年（175年），蔡邕奏请正定六经文字，并刻石碑，立于太学门外，即熹平石经，从此，每天前来观看和摹写的人很多，十分拥挤，阻塞街道。鸿都是指汉灵帝光和元年（178年），置鸿都门学士，鸿都门为藏书的处所。　㉘ 颇：偏。　㉙ 佗（tuō）：通"他"。　㉚ 讵（jù）：岂、怎。　㉛ 媕娿（àn ē）：敷衍推诿无主见。　㉜ 数纸尚可博白鹅：《晋书·王羲之传》记载，羲之好鹅，尝以字换鹅。　㉝ 继周八代：指周朝到唐朝之间的八个朝代，说法不一，可能包括秦、汉、魏、晋、宋、齐、梁、陈、元魏、隋。　㉞ 理则那：哪有此理。　㉟ 丘轲：指孔丘和孟轲，都是儒家宗师。　㊱ 论列：议论，建议。

【语译】

张彻手持着石鼓文的拓片，劝我尝试着作一首《石鼓歌》。可惜杜甫、李白都已经不在了呀，我的文采如此微薄，又该怎样应对这石鼓文呢？

想起当初周朝纲纪紊乱，导致四海沸腾，直到周宣王愤怒而起，挥舞长戈讨伐蛮夷。宣王大开朝堂，接受朝贺，诸侯们多得宝剑的佩饰都相互碰撞、鸣响。宣王跨着骏马在岐阳驰骋、春猎，万里内的禽兽啊，全都遭到包围。于是打算将功绩铭刻下来，向万世宣告，首先毁坏山岭，把石头凿成石鼓，然后臣子们的才艺全都可数第一，挑选好文好字镌刻，留在山上。虽经日晒雨淋、野火焚烧，幸亏有鬼神守卫呵护，才得以保全。

不知道你是从哪里得到的石鼓文纸本，竟然拓得毫发不差，没有错讹。文辞严谨、义理细密，可惜难以读懂，字体既不像隶书，也不像蝌蚪文。年深日久，也难免会有缺笔漏画，那缺漏处却似快剑斩断了活的蛟龙、鼍龙。文字又像骑着鸾凤飞翔的众仙人降临凡间，像珊瑚树、碧玉树枝杈交错。好像那挣脱了系结的金绳、上锁的铁索，古鼎跃入水中，蛟龙腾空而起。古时鄙陋的儒生编纂《诗经》啊，竟然褊狭无知，目光短浅，不将其收录进《大雅》、《小雅》当中去。孔子西行却没有进入秦国，所以也如同采集了满天星辰，却偏偏遗漏掉日月一般，遗漏了石鼓文。可叹我虽然喜爱古物，却实在生得太晚啦，面对此情，不禁双眼垂泣，涕泪滂沱。

想起当初才得蒙朝廷征我做博士的时候，那一年刚改为元和年号。有位故人在凤翔府担任军职，相助我计划着掘出石鼓来。我拭净冠帽、虔诚沐浴，将此事禀报给祭酒，说这般宝物世间留存的难道还很多吗？用毛毡或者草席一卷就能运到京城来了，十面石鼓也不过耗费几匹骆驼载运而已。应当将石鼓像郜鼎那样奉献给太庙，但它的光彩超过郜鼎又岂止一百倍呢？倘蒙圣上恩准，把石鼓留在太学里的话，就可以向学生们讲解，让他们互相切磋。东汉时太学门外观经的人尚且塞满了街道，肯定全国士人都会奔波而来观赏石鼓的。到时候剔除石鼓上的苔藓，露出清晰笔画，将其平稳地安置妥帖，以大厦深深的屋檐来覆盖，就算经历很长时间也不会有任何意外。然而朝廷里的重臣却老于世故，不求有功，丝毫不为我的激情所影响而只是敷衍推诿。于是石鼓就任由牧童敲打取火，任由耕牛在上面磨角，有谁再轻轻地拂拭来爱护它呢？石鼓埋没在那里，枉受岁月消蚀，六年过去了，我只能向西而望，空自喟叹。

王羲之那世俗的书法因为姿态妩媚，花费几张还能换来白鹅，可是石鼓自从周朝灭亡直到今天，历经战乱却始终无人收拾，世间焉有此理啊！如今是太平时节，也无大事，朝廷独尊儒术崇拜孔丘、孟轲。谁能够把此事交与朝堂商议呢？我希望能够借来口若悬河的辩舌利口啊。石鼓之歌也就吟到这里罢了，可叹啊，我的心愿竟会如此蹉跎。

【赏析】

观诗中"其年始改称元和"和"六年西顾空吟哦"两句意，此诗约写于唐宪宗元和六年（811年）。开篇四句点明缘起，张彻拿着石鼓文的拓片，请韩愈写诗为记，韩愈谦逊说"才薄将奈石鼓何"，然后下面就是正式的《石鼓歌》。石鼓约在唐初被发现，但并未受到多大重视，现存唐诗中，此前只有杜甫在《李潮八分小篆歌》中带过一笔，然后韦应物也写过一首《石鼓歌》，正是在韦诗中，初判此为"周宣大猎兮岐之阳"时所制，而文字"乃是宣王之臣史籀作"，韩愈基本沿用了这一说法。虽然"辞严义密读难晓"，但韩愈认为这是难得的古物，对历史、文字、书法和儒学的研究都能起到很大作用，所以在元和元年（806年）向国子监祭酒提出将石鼓运回京城，妥善保护并加深研究的建议，可惜此事层层上报，最后却不了了之。韩愈整整等待了六年，内心遗憾、愤懑，因此才作了这首诗。

诗的主体是叙事，间以抒情，其实就内容和章法来看，很像一篇叙事文而非普通诗歌。就表面而言，此诗不过是为古物得不到保护而喟叹，其实皮里阳秋，别有深意。倒未必是诗人故意借题发挥，但这件事情的前后始末，对社会现实也存在着曲折的反映，韩愈敏锐地抓住了这一点，并将其完美地融入诗中。

首先，第一重深意，是韩愈沿用韦应物的判断，将石鼓制造的年代定为周宣王时期，从而加深他对石鼓之喜爱。西周鼎盛于成、康两代，昭、穆承其遗绪，然后就开始走下坡路，到周厉王时代酿成了国人暴动，厉王之后宣王登基，国势略有所回升，然后幽王误国，遂使国灭。周宣王在位时"不籍千亩"，多次出兵征讨蛮夷却胜少败多，实在说不上有多么辉煌，但韩愈在诗中却对其大加赞颂——"宣王愤起挥天戈"、"诸侯剑佩鸣相磨"，颂其为中兴之英主。其实这是和社会现实紧密难分的，唐宪宗自即位以后，励精图治，重用贤良，改革弊政，取得了削藩的重大成果，他在位十五年，被后世誉为"元和中兴"，也即诗中所写"方今太平日无事"。站在更高的历史角度来看，唐宪宗之比周宣王，其实国势都并无太大起色，只是延后了败亡的时间而已，但身在局中，韩愈难免要对宪宗寄予更深的期望，所以他之美化周宣王，其实也是在歌颂唐宪宗。正因如此，韩愈才接受了石鼓产生于周宣王时代的说法，并且才会如此喜爱石鼓。

第二重深意，韩愈反对六朝以来靡丽而空洞的文风，反对重形式超过内容，提倡学古文，习古道，这也是和他重视古物、热爱石鼓分不开的。诗中把石鼓文抬到绝高的位置，慨叹"陋儒编诗不收入，二雅褊迫无委蛇"、"孔子西行不到秦，掎摭星宿遗羲娥"，认为就文而言，石鼓文足以列入大小雅，并且《诗经》中其他篇章与其相比，就如同群星之比日月一般。南宋洪迈在《容斋随笔》中说："文士为文，有矜夸过实，虽韩文公不能免。如《石鼓歌》……是谓三百篇皆如星宿，独此诗如日月也。今世所传石鼓之词尚在，岂能出《吉日》、《车攻》之右？安知非经圣人所删乎？"这是把诗歌当论文来看了，诗歌允许夸张，更允许以夸张的手法借物咏事，韩愈不过是用崇石鼓来崇古，再用崇古来推动古文运动而已。他对石鼓文书法的哄抬就更明显，竟然说"羲之俗书趁姿媚"，仿佛对比石鼓文书法，就连"书圣"王羲之都要甘拜下风，王羲之的字不仅"俗"而且媚俗。其实韩愈之意是说今不如古，王羲之的字写得再好，都是今字（楷书），而非"不类隶与蝌"（应该算大篆）的石鼓文。倘若真以为韩愈因爱好而双眼蒙蔽，认为那些"读难晓"的文字强过诗三百，那些"有缺画"的书体强过"书圣"所写，那真是不理解诗歌为何物，夸张又为何意了。

第三重深意，是痛斥"中朝大老"的因循苟且，"老于事"就字面来看，是指经验丰富、做事严谨，但结合上下文便可明白，这不过是对多一事不如少一事、不求有功但求无过心态和行为处事的嘲讽罢了。唐朝自安史之乱以来，内有宦官弄权，外有藩镇割据，国势每况愈下，宪宗稍一振作，就定四川、平淮西，虽然未能根本上解决问题，却也对桀骜不驯地藩镇造成了沉重打击。可见韩愈认为，只要肯任事肯做事，国家定有起色，所以元和之前国势不振，元和之后恢复速度也不够快的病根，就在那些"中朝大老"身上。虽然这样理解整个社会局势，未免有些简单、天真，但对于胸怀大志却沉沦下僚，在广东、湖北做了多年小官，好不容易回朝却只做国子博士，无法进入中枢，无法施展抱负的韩愈来说，有这种认识和牢骚，也是非常正常和自然的事情。

所以诗人其实是把石鼓的命运和自己的命运相结合了起来，结句"呜呼吾意其蹉跎"就是明证，他最痛恨的不是石鼓不受重视，而是自己要求保护石鼓的建议不受重视。石鼓是难得的古物，韩愈认为可比"郜鼎"，但却"牧童敲火牛砺角"、"日销月铄就埋没"，他自己的遭际难道不是与此很相似吗？

全诗一韵到底，铿锵激越，朗吟上口，尤其描写石鼓文风采的一些比喻句，比如"快剑斫断生蛟鼍"、"鸾翔凤翥众仙下，珊瑚碧树交枝柯"、"金绳铁索锁纽壮，古鼎跃水龙腾梭"，等等，想象力丰富，语言生动骏逸，更见笔力不凡。然而吟咏古物，故求古意，也偶尔怪险生僻，乃至诘屈聱牙，比如"遮罗"、"摨呵"、"委蛇"、"臼科"、"填咽"、"节角"、"嫽嫈"等词汇的运用，就在一定程度上破坏了全诗的流畅性，甚至有凑韵之嫌，可谓是此诗的白璧微瑕。

柳宗元

渔 翁

渔翁夜傍西岩①宿，晓汲清湘燃楚竹。
烟销日出不见人，欸乃②一声山水绿。
回看天际下中流，岩上无心云相逐。

【注释】

①西岩：指永州西山。 ②欸（ǎi）乃：象声词，一说指桨声，一说是舟子摇船时应橹的长呼之声，唐时湘中棹歌即有《欸乃曲》。

【语译】

渔翁在夜间依傍着西山而宿，清早起来汲取湘江之水、点燃楚地之竹来晨炊。等到炊烟消散，红日初升，岸边便已不见了他的身影，只听得一声"欸乃"，小舟已深入碧绿的山水之间。再回头看那天边的景色，船下中流，西山上的云彩无心地互相追逐。

【赏析】

此诗当为柳宗元贬谪永州后作，描写了渔翁一天的生活，晨起先炊，然后划舟离岸，晚间再傍西山而宿。但是诗却从晚间写起，直至晨起舟行，故意前后不接，留下大段空白，才可见"岩上无心云相逐"的清雅自然之妙。而且更精妙的是，从始至终，渔翁本人的形象都并没有出现，晚间歇宿，漆黑一片，自然难见，晨起但见"燃楚竹"的炊烟，又不实指，待"烟销日出"时，舟已行远，故"不见人"。可见诗人虽然所写渔翁，而其意正不在渔翁，在乎山水之间耳。

诗篇不长，但可圈可点处甚多，首先"清湘"、"楚竹"，并不仅仅指明地点而已，更重要的是可使读者联想到屈原，那潺潺湘流，如屈原之情，青青楚竹，又似屈原之志。诗人写此，是在政治上遭遇坎坷后想望山水之趣，追求"无心"之境，同时也顺便表明自己高洁的品质，不与俗流同污。其次是山水本绿，却在诗中把"绿"字当动词用，仿佛是那"欸乃"一声唤绿了山水，则静中见动，静中闻声，将人与自然完美地契合起来。再说结句，"无心"本是道家所言物我两忘的境界，陶潜《归去来兮辞》中即有"云无心而出岫"句，指自然之道，不为尧存，不为桀亡，比俗世的纷争更要隽永而珍贵。

　　苏轼在《书柳子厚〈渔翁〉诗》中说："诗以奇趣为宗，反常合道为趣。熟味此诗有奇趣。然其尾两句，虽不必亦可。"南宋严羽《沧浪诗话》也从此说，云："东坡删去后二句，使子厚复生，亦必心服。"然而同为南宋末年的刘辰翁却认为："此诗气泽不类晚唐下，正在后两句。"无疑刘辰翁所言至当，前四句所写纯然是景，其中趣味过隐，若不着后两句点明主旨，则正是晚唐气象，欠缺了盛唐的直率。而从山水更放大视野，直至高天浮云，自然之味也更浓厚。后两句正是文眼所在，岂可删去？

白居易

【作者介绍】

　　白居易（772年～846年），字乐天，晚年号香山居士，原籍太原，生于河南，后迁居下邽（在今天的陕西省渭南市东北），是唐代伟大的现实主义诗人、文学家。他是唐德宗贞元十六年（800年）进士，授秘书省校书郎，补盩至（今陕西省周至县）尉，后任翰林学士、左拾遗等职。唐宪宗元和十年（815年），因宰相武元衡被刺，他直言极谏，要求严缉凶手，结果被贬江州（今江西省九江市）司马，又移忠州刺史。回朝后由中书舍人出任杭州、苏州等地刺史，官至刑部尚书。

　　白居易是杜甫以后最伟大的现实主义诗人，也是新乐府运动的倡导者，主张"文章合为时而著，歌诗合为事而作"，与元稹合称为"元白"。他创作了很多感叹时世、反映人民疾苦的诗篇，对后世影响甚深。而且他的诗篇吸收民歌营养，语言通俗易懂，被称为"老妪能解"，故而在当时流传广泛，上自宫廷，下至民间，处处皆是，其作品和声名还远播西域和朝鲜半岛、日本列岛，影响甚至超过李白、杜甫。白居易晚年与"诗豪"刘禹锡友善，被并称为"刘白"。

长恨歌

　　汉皇①重色思倾国，御宇②多年求不得。杨家有女初长成，养在深闺人未识。天生丽质难自弃，一朝选在君王侧。回眸一笑百媚生，六宫③粉黛无颜色。春寒赐浴华清池④，温泉水滑洗凝脂。侍儿扶起娇无力，始是新承恩泽时。云鬓花颜金步摇⑤，芙蓉帐暖度春宵。春宵苦短日高起，从此君王不早朝。承欢侍宴无闲暇，春从春游夜专夜。后宫佳丽三千人，三千宠爱在一身。金屋⑥妆成娇侍夜，玉楼宴罢醉和春。姊妹弟兄皆列土⑦，可怜光彩生门户。遂令天下父母心，不重生男重生女。骊宫⑧高处入青云，仙乐风飘处处闻。缓歌慢舞凝丝竹，尽日君王看不足。渔阳鞞鼓⑨动地来，惊破霓裳羽衣曲⑩。九重城阙⑪烟尘生，千乘万骑西南行⑫。翠华摇摇行复止，西出都门百余里。六军⑬不发无奈何，宛转蛾眉⑭马前死。花钿委地无人收，翠翘金雀玉搔头⑮。君王掩面救不得，回看血泪相和流。黄埃散漫风萧索，云栈萦纡⑯登剑阁。峨嵋山下少人行，旌旗无光日色薄。蜀江水碧蜀山青，圣主朝朝暮暮情。行宫见月伤心色，夜雨闻铃肠断声。天旋日转回龙驭^⑰，到此踌躇不能去。马嵬坡下泥土中，不见玉颜空死处。君臣相顾尽沾衣，东望都门信马归。归来池苑皆依旧，太液^⑱芙蓉未央^⑲柳。芙蓉如面柳如眉，对此如何不泪垂。春风桃李花开夜，秋雨梧桐叶落时。西宫南内^⑳多秋草，宫叶满阶红不扫。梨园弟子白发新，椒房阿监^㉑青娥^㉒老。夕殿萤飞思悄然，孤灯挑尽未成眠。迟迟钟鼓初长夜，耿耿^㉓星河欲曙天。鸳鸯瓦^㉔冷霜华重，翡翠衾^㉕寒谁与共。悠悠生死别经年，魂魄不曾来入梦。临邛道士鸿都客^㉖，能以精诚致魂魄。为感君王展转思，遂教方士殷勤觅。排空驭气奔如电，升天入地求之遍。上穷碧落^㉗下黄泉，两处茫茫皆不见。忽闻海上有仙山，山在虚无缥缈间。楼阁玲珑五云起，其中绰约多仙子。中有一人字太真^㉘，雪肤花貌参差^㉙是。金阙西厢叩玉扃^㉚，转教小玉报双成^㉛。闻道汉家天子使，九华^㉜帐里梦魂惊。揽衣推枕起裴回^㉝，珠箔银屏迤逦开。云鬓半偏新睡觉，花冠不整下堂来。风吹仙袂飘飖举，犹似霓裳羽衣舞。玉容寂寞泪阑干，梨花一枝春带雨。含情凝睇谢君王，一别音容两渺茫。昭阳殿^㉞里恩爱绝，蓬莱宫中日月长。回头下望人寰处，不见长安见尘雾。唯将旧物表深情，钿合^㉟金钗寄将去。钗留一股合一扇，钗擘黄金合分钿。但教心似金钿坚，天上人间会相见。临别殷勤重寄词，词中有誓两心知。七月七日长生殿^㊱，夜半无人私语时。在天愿作比翼鸟^㊲，在地愿为连理枝^㊳。天长地久有时尽，此恨绵绵无绝期。

【注释】

①汉皇：指汉武帝刘彻。此诗述唐玄宗、杨贵妃（即杨玉环）事，事涉宫廷秘辛，又多讽刺，故而不宜直言，借古咏今，借汉咏唐。　②御宇：驾御宇内，即统治天下，西汉贾谊《过秦论》即有"振长策而御宇内"句。　③六宫：周制，天子有六官，王后有六宫，后世乃借指后妃所居处为六宫。　④华清池：即华清池温泉，在今天陕西省临潼县南的骊山脚下。唐太宗贞观十八年（644年）始建汤泉宫，唐高宗咸亨二年（671年）改名温泉宫，唐玄宗天宝六载（747年）扩建后改名华清宫。　⑤步摇：古代女子所戴的一种头饰，用金银丝盘成花状，上缀垂珠之类，插于发髻，行走时摇曳生姿，因而得名。　⑥金屋：借用汉武帝金屋藏娇的典故。《汉武故事》记载："后长主（馆陶公主）还宫，胶东王（即后来的武帝刘彻）数岁，公主抱置膝上，问曰：'儿欲得妇否？'长主指左右长御百余人，皆云'不用'。指其女曰：'阿娇好否？'笑对曰：'好，若得阿娇作妇，当作金屋贮之。'长主大悦，乃苦要上（景帝），遂成婚焉。"　⑦姊妹弟兄皆列土：列土即裂土，指分封官职和领地。此句指杨玉环被册封为贵妃后，其家人也都沾光受宠，大姐封韩国夫人，三姐封虢国夫人，八姐封秦国夫人，堂兄杨铦官鸿胪卿，杨锜官侍御史，杨钊赐名国忠，官至宰相。　⑧骊宫：即华清宫，因在骊山脚下，故称。　⑨渔阳鞞（pí）鼓：指安史之乱。鞞鼓即鼙鼓，是古代骑兵所用的小鼓，借指战争，渔阳在今天北京市平谷县和天津市蓟县一带，当时属于平卢、范阳、河东三镇节度使安禄山的辖区。天宝十四载（755年）十一月，安禄山在范阳起兵，掀起安史之乱的序幕。　⑩霓裳羽衣曲：舞曲名，据说为开元年间西凉节度使杨敬述所献，经唐玄宗润色并制作歌辞后改用此名。　⑪九重城阙：古代宫门有九重，此处借指唐都长安。　⑫千乘万骑西南行：指天宝十五载（756年）六月，安

禄山叛军攻破潼关，逼近长安，唐玄宗携杨贵妃等出延秋门向西南方向逃亡，行至马嵬驿（在今天陕西省兴平县一带）时，随驾禁军发难，请诛杨氏兄妹，遂杀杨国忠，赐死杨玉环。后玄宗遁入蜀中，757年十二月才始返回长安。 ⑬六军：据说周制天子六军，诸侯三军，此处指代禁卫军。 ⑭蛾眉：蚕蛾触须细长而弯曲，起初用来比喻女子美丽的眉毛，后借指美女，南朝高爽《咏镜》即有"初上凤皇墀，此镜照蛾眉"句，这里是指杨贵妃。 ⑮翠翘金雀玉搔头：均指妇人头饰，翠翘是象翠鸟长尾一样的头饰，金雀指雀形金钗，玉搔头即玉簪。 ⑯萦纡：萦回盘绕。 ⑰回龙驭：皇帝的车驾归来，这里指玄宗返回长安。 ⑱太液：即太液池，汉宫中池塘名。 ⑲未央：即未央宫，西汉宫殿名。 ⑳西宫南内：皇宫之内称为大内，西宫即西内太极宫，南内为兴庆宫。玄宗返京后，初居南内，唐肃宗上元元年（760年），权宦李辅国假借肃宗名义，胁迫玄宗迁往西内，并流贬其亲信高力士、陈玄礼等人。别本作"西宫南苑"。 ㉑椒房阿监：指宫中女官。汉代后妃居住之所，因以花椒和泥抹墙，故称椒房，阿监是侍从女官之称。 ㉒青娥：青春美貌。 ㉓耿耿：微明的样子。 ㉔鸳鸯瓦：屋顶上俯仰相对，合在一起的瓦片。 ㉕翡翠衾：绣有翡翠鸟的锦被。 ㉖临邛道士鸿都客：意指有位从临邛来长安的道士。临邛即今天四川省邛崃县，鸿都是东汉都城洛阳的宫门名，借指长安。 ㉗碧落：道家称东方第一层天，碧霞满空，称为"碧落"，后泛指天上。初唐杨炯《和辅先入昊天观星瞻》有"碧落三乾外，黄图四海中"句。 ㉘字太真：杨玉环原为寿王李瑁妃，后被唐玄宗看中，开元二十八年（740年）十月，玄宗令杨玉环出家为女道士，为自己的母亲窦氏祈福，并赐道号"太真"，天宝四载（745年），册封杨太真为贵妃。 ㉙参差：仿佛，差不多。 ㉚扃（jiōng）：门环。 ㉛转教小玉报双成：白居易《霓裳羽衣舞歌》自注说："吴王夫差女小玉。"双成姓董，是传说中西王母的侍女。这里小玉、双成都是指的侍女，指宫殿深邃，侍女层层通报。 ㉜九华：九指数多，华通"花"，这里是繁花重重之意。 ㉝裴回：即徘徊。 ㉞昭阳殿：汉成帝宠妃赵飞燕的寝宫，此处借指杨贵妃住过的宫殿。 ㉟钿合：合通"盒"，指镶嵌金玉的首饰盒。 ㊱长生殿：在骊山华清宫内，建于天宝元年。 ㊲比翼鸟：传说中的异鸟，《山海经·海外南经》载："比翼鸟在其东，其为鸟青、赤，两鸟比翼。"《山海经·西山经》又载："崇吾之山……有鸟焉，其状如凫，而一翼一目，相得乃飞，名曰蛮蛮，见则天下大水。"两鸟各只一翼，须比翼才能飞行，故用来比喻夫妻和谐。 ㊳连理枝：指两棵树的枝干合生在一起，比喻夫妻恩爱。

【语译】

汉朝天子最重美色，思念那倾国的佳人，登基以后很多年都无法求到。杨家有个女孩儿才刚成年，养育在深闺之中，名声还未传开。但是她那天生的美丽终究不会沉埋，终于有一天被挑选到君王身边。她回眸一笑，便生出千般娇媚啊，后宫所有嫔妃与之相比都黯淡失色。春寒料峭，君王赐她在华清池沐浴，那温泉之水如此润滑，正好洗涤她凝脂一般的肌肤。当侍女扶她起身的时候，她娇弱无力，这还是才刚受到君王宠爱时候的情景。她乌发如云、容颜似花，头上插着金步摇，在温暖的芙蓉帐内度过春日良宵。可惜春日良宵实在太短暂了啊，只好等红日高升才起床，于是君王从此就不再上早朝了。杨妃承受君王的欢爱，陪宴侍席，几乎没有闲暇，她春天跟随君王去春游，每晚都陪伴的君王身边。后宫虽有三千佳丽啊，但君王对三千佳丽的宠爱却全都集于她一身。

她在藏娇的金屋中侍奉君王，在美玉楼台上欢宴，醉意如春。她的兄弟姐妹全都得到分封啊，整个家族都光彩照耀，使人艳羡。于是使得天下的父母之心，从此不再重视生男，而重视生女了。请看那华清宫最高处直入云霄，天上仙乐一般的歌舞飘荡着，处处可闻。她缓缓地歌唱，慢慢地舞蹈，丝竹之声悠悠飘荡，君王整天整天地都看不够她啊。可是突然之间，从渔阳传来的鼙鼓声震动天地，惊破了《霓裳羽衣曲》。都城之内、皇宫之中，骤然卷入战乱，君王只好带着随从骑马离京，向西南方向逃窜。

天子的旌旗摇摆着，走走停停，离开城门向西才刚百余里地，禁军不肯再前进了，实在没有办法啊，因为他们的请求，杨妃缠绵悱恻地死在君王的马前。她头上的各种花钿，包括翠羽钗、金雀钗、玉钗，落在地上都没有人收拾。昏黄的尘沙漫漫啊，冷风萧瑟，君王通过如在云中的曲折栈道，进入蜀中，来到剑阁。峨嵋山下是如此荒凉，少人行走啊，天子的旌旗在昏暗的日光下也毫无光彩。蜀中的水如此碧绿，蜀中的山如此苍翠，君王朝朝暮暮都在缅怀着杨妃。他在行宫看到月光便伤心难过，夜间听得雨中铃响便愁肠百断。

终于天翻地覆，贼军退去，君王重回都城，在经过马嵬坡的时候，他踟蹰着不忍离去。那马嵬坡下的泥土之中，杨妃遇难的地方啊，再见不到那美丽容颜。君臣互看，人人泪水沾衣，向东方望着都城的城门，只能茫然地信马而归。归来后看那些宫苑池塘，还和从前一样啊，那太液池中的芙蓉和未央宫前的柳树，芙蓉就像她的玉颜，柳叶就像她的秀眉，君王面对此情此景，又怎能不泪水涟涟呢？当桃李在春风中开花的时节，当梧桐在秋雨中落叶的时候，当西宫和南内都长满了秋草，当满地殷红的落叶无人打扫。昔日的梨园子弟已经生出白发，昔日的后宫女官已经容颜衰老。晚间的宫殿内秋萤飞过，引发君王多少难言的愁绪，他一遍遍挑亮孤凄的明灯，却始终未能入眠。从舒缓的更鼓声在傍晚时响起，直到银河黯淡，曙光将现，冰冷的鸳鸯瓦上凝结的寒霜越来越重，绣有翠鸟的锦被寒冷啊，有谁能够与之同盖呢？

杨妃死后，不知不觉好多年过去了，她的魂魄却始终不曾进入君王的梦中。幸亏有一位道士从临邛来到了都城，据说他能用虔诚的祈祷召来死者魂魄。道士感念君王辗转难眠的相思，君王就请道士仔细地前去寻访。道士驾驭着风云跃向空中，迅疾如同闪电，他升上高天，深入大地，处处都已寻遍。可是向上穷尽了天宇，向下穷尽了黄泉，这两处地方茫茫然地都不见杨妃魂魄的踪影。忽然，道士听说在海上有座仙山，那仙山位于虚无缥缈之地，玲珑的楼阁耸立在五色彩云之中，楼中有很多风姿绰约的仙子，其中一位小字叫作太真，如雪的肌肤、如花的容颜，与杨妃差相仿佛。

于是道士来到楼阁西厢，在黄金的门前，扣响了玉做的门环，从小玉到双成，侍女们一层层入内通报。听说是汉家天子派来的使者，高卧繁花锦帐中的美人从梦中惊醒，她披上衣服，推开枕席，起身徘徊，于是一道道珍珠帘幕和白银屏风就陆续被打开。美人如云的发髻还偏在一旁，明显是才刚睡醒，她都没有戴好花做的头冠就下得堂来。轻风吹起她仙衣的袖口，翩翩飞舞，就好像是跳起了《霓裳羽衣舞》。她美丽的容颜充满了寂寞，不禁热泪纵横，就像是一枝带着春雨的梨花。她含情脉脉地请道人向君王致意，自从分别以来，各自的音容渺茫难见。当初在昭阳殿中的恩爱已经终结了啊，如今她独自在这蓬莱仙宫中苦度漫长岁月。

她回转头来，向下凝望那凡俗人间，看不到长安城啊，却只见朦胧的灰尘和烟雾。只好用旧日的信物来表达深情吧，她想把一枚钿盒和一支金钗寄给君王。把金钗一分为两股，钿盒分开两扇啊，留下一股金钗和一扇钿盒。只要相爱的两人之心如同金钗和钿盒一般坚固，即便分属天上和人间，也总有相见的一天。临别之际，她又细致地再次托道人寄语君王，话中有些誓言只有相爱的两人才明白。那是曾经的七月七日，在长生殿中，在夜半无人之时，两人之间的私语：我们在天啊，就要做那比翼双飞之鸟，在地啊，就要做那连理而生之树。天长地久，即便天地也终有尽头吧，这般离别相思之恨却永无终结之期。

【赏析】

这是一首长篇叙事诗。长篇叙事诗的传统，可以上溯到《诗经》中的"颂"，以及楚辞中的部分篇章，再以后，民间产生过《孔雀东南飞》、《木兰词》等乐府诗，同类型的文人诗则基本上阙如，白居易此作可以说是首开先河，为诗歌又开辟出一重全新的天地来。

这首诗的主题是李杨爱情，或谓以讽喻为主，恐怕不确。诗中确实隐含着相当多的讽喻内容，比如开篇就说"汉皇重色"，后来又说"从此君王不早朝"、"姊妹弟兄皆列土"、"遂令天下父母心，不重生男重生女"，等等，但讽喻之句不仅比之全篇所占数量绝少，而且多在前半部分，自马嵬驿杨妃殒命后便不再出现，字里行间所寄托的唯有满腔同情而已。作为一首长篇诗作来说，其用意自然不可能单一、纯粹，偶有别想别感，本是很正常的事情，要以这不足十句色彩较为鲜明的讽喻就推导出讽喻为其主题，恐怕不妥。况且若要讽刺李杨之荒淫，可供攻击的弹药正多，比方说杨贵妃本为唐玄宗亲子寿王李瑁之妃，"聚麀"二字一出，种种感人的柔情蜜意便尽化烟云，但白居易却故为尊者讳，并不点明这一点，由此可见，讽喻并非其诗作主题。

唐朝之前最强盛的中原王朝是两汉，同样力压北虏、经略西域，所以唐人写本朝事，往往喻之或托之于汉，岑参的边塞诗便见此特色，这首《长恨歌》也不例外。诗以汉武帝和李夫人之事来喻李杨爱情，开篇就说"汉皇重色思倾国"，这是指李延年向汉武帝推荐自己的妹妹，作歌道："北方有佳人，绝世而独立，一顾倾人城，再顾倾人国，宁不知倾城与倾国，佳人难再得。"诗歌的前半部分大抵为对史事之再创作，后半部分从"临邛道士鸿都客"起则纯出乎想象，但这想象也并非无因。《汉书·外戚列传》载："上（武帝）思念李夫人不已，方士齐人少翁言能致其神。乃夜张灯烛，设帷帐，陈酒肉，而令上居他帐，遥望见好女如李夫人之貌，还幄坐而步。又不得就视，上愈益相思悲感，为作诗曰：'是邪，非邪？立而望之，偏何姗姗其来迟！'"（《史记》记为少翁招王夫人之魂）。诗人能以一段故旧的方士骗局而引发出如此丰富、浪漫的联想，实足令人叹赏。

长诗的第一部分描述杨贵妃得唐玄宗宠爱，"天生丽质难自弃"、"回眸一笑百媚生，六宫粉黛无颜色"、"后宫佳丽三千人，三千宠爱在一身"等句，对后世影响甚深。这一部分的中心思想就落在"从此君王不早朝"上，既状其情爱之浓，又逐步引出后面安史之乱事。

> **唐诗常识** 《长恨歌》属于"长庆体"诗，这一称呼始于宋人，所指的是叙事风情宛转、语言摇荡多姿、平仄转韵的七言长篇歌行。这一体例的名称来自于元稹编纂白居易诗文，定名为《白氏长庆集》，又编纂自己的文集，定名为《元氏长庆集》。此体例的代表性作品，除《长恨歌》外，还有白居易的《琵琶行》、元稹的《连昌宫词》等。

"缓歌慢舞凝丝竹"句为之过度，歌便云缓，舞便云慢，丝竹之声状乎凝滞，则在李杨二人甚至是旁观者看来，这般恩爱缱绻似乎永无止境一般。然而诗人的笔锋迅即一转，舒缓过后便是激烈，"渔阳鼙鼓动地来，惊破霓裳羽衣曲"一句即托出惊天动地之大变。随后言马嵬驿事，但状杨妃之死则促，状玄宗哀伤则虚，给后面描摹玄宗数年如一日的哀恸、相思留出空间。

玄宗蜀中之哀，则有"行宫见月伤心色，夜雨闻铃肠断声"句，马嵬重游之哀则有"到此踌躇不能去"、"君臣相顾尽沾衣"句，返回长安后的哀伤，又有"孤灯挑尽未成眠"、"翡翠衾寒谁与共"句，层层渲染，重重深入，最终因"魂魄不曾来入梦"引出"临邛道士鸿都客"。其间更有"梨园弟子白发新，椒房阿监青娥老"等语，表现出诗人对安史之乱前盛唐气象的追慕和对乱后衰败景象的痛心疾首。

诗的后半部分想象奇诡、笔调雅俊，状已成仙的杨妃之仪态、形貌极生动、真实，"梨花一枝春带雨"句可谓千古绝唱。结尾虚拟二人定情私语，云："在天愿作比翼鸟，在地愿为连理枝。"此时所状，正乃人间情爱，非关仙凡之隔，亦不关帝后恩泽，再以"天长地久有时尽，此恨绵绵无绝期"两句为结，言已至矣，情已深矣，自不必冗言慨叹，大可留给读者以无尽哀思去细细品味。古往今来，描写爱情的叙事诗作，当以此诗为最，别无拮抗。

琵琶行

元和十年①，予左迁②九江郡③司马。明年秋，送客湓浦口④，闻舟中夜弹琵琶者。听其音，铮铮⑤然有京都声。问其人，本长安倡女⑥，尝学琵琶于穆、曹二善才⑦。年长色衰，委身为贾人⑧妇。遂命酒，使快弹数曲。曲罢悯然⑨，自叙少小时欢乐事，今漂沦⑩憔悴，转徙于江湖间。予出官⑪二年，恬然自安，感斯人言，是夕始觉有迁谪意。因为长句，歌以赠之，凡六百一十六言，命⑫曰《琵琶行》。

浔阳江头夜送客，枫叶荻花秋瑟瑟⑬。主人下马客在船，举酒欲饮无管弦。醉不成欢惨将别，别时茫茫江浸月。忽闻水上琵琶声，主人忘归客不发。寻声暗问弹者谁，琵琶声停欲语迟。移船相近邀相见，添酒回灯⑭重开宴。千呼万唤始出来，犹抱琵琶半遮面。转轴拨弦⑮三两声，未成曲调先有情。弦弦掩抑⑯声声思，似诉平生不得志。低眉信手续续弹，说尽心中无限事。轻拢⑰慢捻⑱抹⑲复挑⑳，初为霓裳后六幺㉑。大弦嘈嘈㉒如急雨，小弦切切如私语。嘈嘈切切错杂弹，大珠小珠落玉盘。间关㉓莺语花底滑，幽咽泉流冰下难㉔。冰泉㉕冷涩弦凝绝㉖，凝绝不通声暂歇。别有幽愁暗恨生，此时无声胜有声。银瓶乍破水浆迸，铁骑突出刀枪鸣。曲终收拨㉗当心画㉘，四弦一声如裂帛。东舟西舫悄无言，唯见江心秋月白。沉吟放拨插弦中，整顿衣裳起敛容。自言本是京城女，家在虾蟆陵^㉙下住。十三学得琵琶成，名属教坊^㉚第一部。曲罢曾教善才伏^㉛，妆成每被秋娘^㉜妒。五陵年少^㉝争缠头^㉞，一曲红绡不知数。钿头银篦^㉟击节^㊱碎，血色罗裙翻酒污。今年欢笑复明年，秋月春风等闲度。弟走从军阿姨死，暮去朝来颜色故^㊲。门前冷落鞍马稀，老大嫁作商人妇。商人重利轻别离，前月浮梁^㊳买茶去。去来江口守空船，绕船月明江水寒。夜深忽梦少年事，梦啼妆泪红阑干。我闻琵琶已叹息，又闻此语重唧唧^㊴。同是天涯沦落人，相逢何必曾相识。我从去年辞帝京，谪居卧病浔阳城。浔阳地僻^㊵无音乐，终岁不闻丝竹声。住近湓江地低湿，黄芦苦竹绕宅生。其间旦暮闻何物，杜鹃啼血猿哀鸣。春江花朝秋月夜，往往取酒还独倾。岂无山歌与村笛，呕哑嘲哳^㊶难为听。今夜闻君琵琶语，如听仙乐耳暂明。莫辞更坐弹一曲，为君翻作琵琶行。感我此言良久立，却坐促弦^㊷弦转急。凄凄不似向前声，满座重闻皆掩泣。座中泣下谁最多，江州司马青衫^㊸湿。

【注释】

①元和十年：即公元815年。　②左迁：即贬官、降职，古代曾以右为尊而以左为卑，故降职称"左迁"。　③九江郡：隋代郡名，唐玄宗天宝元年改称浔阳郡，唐肃宗乾元元年又改称江州。　④湓（pén）浦口：湓水今名龙开河，源出江西省瑞昌县西清湓山，东流至九江市，注入长江处的渡口即称湓口或湓浦口。　⑤铮（zhēng）铮：形容金属、玉器等相撞击声。　⑥倡（chāng）女：《字林》云："倡，优乐也。"故倡女就是歌女、乐伎。　⑦善才：唐人对琵琶师或曲师的称呼，有"能手"之意。　⑧贾（gǔ）人：商人。　⑨悯（mǐn）然：悲伤愁苦状，别本作"悯默"。　⑩漂沦：漂泊沦落。　⑪出官：指从京官被贬为地方官。　⑫命：定名。　⑬瑟瑟：风吹草木的声音，别本作"索索"。　⑭回灯：将灯烛移回。　⑮转轴拨弦：转轴是指转动琵琶上缠绕丝弦的轴，以调音定调，拨弦是指试弹。　⑯掩抑：掩蔽，遏抑。　⑰拢：弹奏琵琶的指法之一，用左手手指按弦向内（琵琶中部）推动。　⑱捻：弹奏琵琶的指法之一，指揉弦。　⑲抹：弹奏琵琶的指法之一，即向左拨弦，也称为"弹"。　⑳挑：弹奏琵琶的指法之一，指反手回拨。　㉑六幺：唐代大曲名，又名《乐世》、《绿腰》、《录要》。　㉒嘈嘈：指声音沉重而绵长。　㉓间关：鸟鸣声。　㉔冰下难：别本作"水下滩"。　㉕冰泉：别本作"水泉"。　㉖凝绝：此句与下句之凝绝，别本都作"疑绝"。　㉗拨：拨子，弹奏弦乐时所用的工具。　㉘当心画：用拨子在琵琶的中部划过四弦，是一曲结束时经常用到的右手手法。　㉙虾蟆陵：本名"下马陵"，在长安城东南方曲江附近，是当时有名的游乐区。　㉚教坊：唐代官办管领音乐杂技、教练歌舞的机关。　㉛伏：通服，指佩服。　㉜秋娘：唐代歌妓常用名，遂用以指代歌妓。　㉝五陵年少：指长安城中的富贵子弟。　㉞缠头：指歌舞伎表演完毕后，观众赠给的锦帛之类财物。　㉟钿头银篦：镶嵌着花钿的银质篦形发饰，别本作"钿头云篦"。　㊱击节：打拍子。　㊲颜色故：容颜衰老。　㊳浮梁：古县名，唐代属饶州，在今天的江西省景德镇市内，盛产茶叶。　㊴唧唧：叹息声。　㊵地僻：别本作"小处"。　㊶呕（ōu）哑嘲哳（zhé）：形容声音繁乱、噪杂。　㊷促弦：把弦拧得更紧。　㊸青衫：唐朝八品、九品文官服青，白居易当时的官阶是将侍郎，从九品，所以穿青衫。

【语译】

唐宪宗元和十年，我被贬谪为九江郡司马。第二年秋天的一天，在浔浦口送别客人，夜间听见船里有人在弹奏琵琶。聆听那音色，弦板相击之间，流露出都城的流行声韵。询问她的来历，她说本来是都城长安的歌女，曾向穆、曹两位乐师学习弹奏琵琶的技艺。如今年长色衰，下嫁为商人之妻。我于是命人摆酒，让她畅快地弹奏几曲。她弹完了曲子，悲伤愁苦充斥而来，便自己倾吐了很多年少妙龄时光里的欢愉乐事，如今漂泊沦落，憔悴衰弱，辗转流浪于江湖之间。我已经被贬谪两年了，却过得怡然自安，听到了她的话语，那晚才开始感受到贬谪的凄凉。所以就写下这首长诗，赠送给她，总共六百一十六字，起名叫《琵琶行》。

那一夜我在浔阳江边送客归去，四外的枫叶和荻花在秋风中悲鸣、瑟缩。身为主人的我翻身下了坐骑，客人业已登船将行，我上船去饯别，我们举起酒杯来想要喝啊，却没有乐器伴奏。因此这场饯别宴气氛沉闷，分手时心境凄凉，只见那茫茫的江水中飘浮着月亮的倒影。忽然，我们听到江面上传来琵琶的演奏声，侧耳倾听，我忘记了离开，客人也忘记了启程。

寻找声音的来源，悄悄地询问是谁在弹奏，琵琶声停歇了，弹奏者想要说话却又迟疑起来。于是我们把船只靠拢过去，邀请对方相见，并且添上酒、移回灯来，准备重新开筵。千呼万唤之下，弹奏者方才出来，犹自抱着琵琶，遮挡住她的半张面孔。

她转轴校音，又试弹了两三声，还未成曲调，但那乐声中已经透露出内心的思想。丝弦上一声声的掩抑，一声声的情思，似乎在倾诉平生的坎坷和哀怨。她垂着眉毛，继续信手而弹，说尽了心中无限往事。轻轻地拢弦，慢慢地捻弦，先抹弦然后又挑弦，一开始弹奏的是《霓裳羽衣曲》，后来又弹奏《六幺》。粗弦的声音如同急雨般沉重而绵长，细弦的声音又如同切切私语。沉重绵长和细促急切错杂着弹奏，仿佛大小珍珠在玉盘中翻滚。忽而又似黄莺在叶底鸣叫，婉转流利，忽而又似泉水在冰下流淌，呜咽艰涩。冰下的泉水冷涩之时，丝弦也好像冻结一般，冻结不通，乐声就暂时地停歇。这时候别有幽愁暗恨生出，虽然无声，却胜似有声。然后突然间如同银瓶才破，瓶中酒水喷涌而出，又似铁骑杀来，刀枪碰撞着发出鸣响。乐曲弹罢，她收起拨子，在琵琶当心划过，当心四弦响起一声，仿佛绢帛被撕裂似的。

东西两侧的舟船全都悄然无言，只能看到江心的秋月澄白皎洁。弹奏者沉吟着把拨子放下，插在丝弦之中，然后整理衣服，严肃表情，站起身来。她自称本是京城的乐伎，就住在虾蟆陵下，十三岁就学会了弹奏琵琶，名列教坊的第一部。乐曲奏罢仿如天籁，老师傅们都佩服无地，梳妆以后容颜娇丽，歌妓们也全都忌妒。京城的公子们竞相赠她财物，弹奏一曲，便能得到无数匹红绡。镶嵌着金花和珠宝的银篦因为听歌打拍子而碎裂，大红如血的罗裙因为陪宴溅酒而被污染。今年的欢笑啊又延续到明年，年复一年，秋月和春风都随便地虚度了。

时光荏苒，兄弟从军离去，阿姨年迈而终，白昼和黑夜瞬息即过，她终于也容颜老去了。于是门前冷落，来往的人越来越少，年龄太大以后，她只好嫁给商人为妻。商人看重的是利益，并不在乎分别，前月就跑到浮梁去收购茶叶了。丈夫离去以后，她只好在江口守着空船，陪伴她的只有围绕着舟船的凄寒的明月和江水。夜深之际，她忽然梦见了年轻时候的往事，不仅从梦中哭醒，泪水冲刷着妆粉，脸上道道啼痕。

　　我听到琵琶声的时候便即叹息，再听她的所言所语，叹息声也便加重。我们都是沦落天涯的苦命人啊，既然相逢，又何必曾经相识呢？我从去年辞别都城，被贬谪到浔阳城来居住，来后却又卧病不起。浔阳地方偏远狭窄，没有音乐，我一整年都听不到丝竹之声。住处靠近湓江，地势低洼潮湿，绕着宅院生长的只有黄芦和苦竹。住在这里，白天黑夜能听得到些什么呢？只有杜鹃啼血和猿猴哀叫吧。在江畔观赏春天繁花烂漫的白昼，或者秋季明月当空的夜晚，却往往只能取酒来一人独饮。并不是没有山歌和牧笛啊，但都嘈杂繁乱得难以倾听。今晚听到了你的琵琶声，我如同听到仙乐一般，耳朵暂时感觉清爽。你不要推辞，继续坐下再弹一曲吧，让我为你作一首《琵琶行》诗。

　　听到我这些话后，她站立良久，终于转身坐下，把弦拧得更紧，曲调更加急促，乐声凄凉，又和此前的音色不同，满座之人再度听闻，全都暗中垂泪。那么座中谁的眼泪流得最多呢？却是我这个江州司马，泪水把青色官袍都打湿了啊！

【赏析】

　　私以为论起唐诗中描写音乐最超卓之作，当首推李贺的《李凭箜篌引》和这首《琵琶行》，李颀《琴歌》、《听董大弹胡笳》等则要略逊一筹。但李贺诗和白诗也不尽相同，不同之一，是李诗只言音乐，白诗之主题重点却恰恰不在音乐上，音乐只是贯穿全诗的线索而已。不同之二，李诗以文摹乐，极尽浪漫想象，胜在气势之无以伦比，但失之于虚，白诗正好相反，气势或有不足，却极其写实，笔笔都落到实处。

　　来看他描写音乐的段落，从"转轴拨弦"开始，曲调未成而情感已露，随后"弦弦掩抑"四句是虚写，"轻拢慢捻"状其指法，接着大弦如何，小弦如何，一段一阕，种种变化，便都实写。其间用了很多比喻，但大多是以声音比拟音乐，如"急雨"，如"私语"，如"大珠小珠落玉盘"，如"莺语滑"，如"泉流难"，如"银瓶乍破"，如"铁骑突出"。《李凭箜篌引》中，是以通感的手法，用画面来描摹音色，如"石破天惊"，如"老鱼跳波"，独一句涉及声音，也是"昆山玉碎凤凰叫，芙蓉泣露香兰笑"，所拟皆非人间所能听闻之声。白诗中以声比声，却句句落到实处，读者可以轻松想见。所以这样写，是因为李诗重的是气韵，而白诗重的是变化，音乐的变化照应其后人生际遇的变化，所以李诗如引吭高歌，所向辽远，白诗则似切切私语，倾吐衷肠。

　　最精妙的是，所写琵琶声乐由促而入缓，由响而入寂，渐弹渐轻，终于"声暂歇"，从而引出"此时无声胜有声"的千古佳句。暂歇以后，乐声又突然响亮，如"水浆迸"，如"刀枪鸣"，随即"当心画"，一声"裂帛"，便嘎然而终。起伏错落，配合着不同的韵脚，使读者耳畔恍然有乐声响起，随诗句而波动。如此般用写实手法来描摹整段声乐变化的，大概只有《老残游记》中白妞演唱一段差堪比拟了。

　　然而声乐终究只是贯穿全诗的线索而已，却并非主题。此诗作于唐宪宗元和十一年（816年）的秋季，前一年六月，宰相武元衡在京城当街遇刺，白居易上奏请求严惩凶手，结果反倒被贬为江州司马。武元衡遇刺的根由，是他力主压制和削弱藩镇所致，白居易之直谏，也是因应着同一理念，藩镇反扑的结果，就是武元衡死，而白居易贬。司马本为一州刺史之副，但中唐以后大多用来安置罪臣，平时也无庶务，等同于监视居住，况且江州又所在僻远，是所谓的"蛮荒之地"，白居易遭此迫害，自然内心愤懑、凄凉，序中所言"出官二年，恬然自安"，不过是自嘲罢了。当此悲凉之际，闻听此琵琶声乐，更重要的是听闻弹奏者自伤身世的诉说，他不禁联想到自己的遭际，乃有"同是天涯沦落人，相逢何必曾相识"的哀叹，也于是才有是诗。

全诗节奏和情感变化多端，多次起伏，章法严谨而生动。最初写"枫叶荻花秋瑟瑟"，先定下哀凄格调，继而写送别之哀，而别宴无乐，则更见无聊。突然琵琶声起，使人振奋，于是"移船相近邀相见"。"千呼万唤始出来，犹抱琵琶半遮面"既表现闻此曲之不易，也暗指弹奏者年老色衰，故不欲见人，与下文遥相呼应。接着着力描写琵琶曲，为了说明弹奏者技法之高超，"曾教善才伏"，对应自身遭际，是为了说明自己本有治国之才、报国之志，却无奈遭贬被放，闲散于此。

琵琶曲终，弹奏者自述身世，她曾经色艺双绝，受到"五陵年少"之追捧，于是奢侈放纵，"钿头银篦击节碎，血色罗裙翻酒污"，终至年老色衰后无人过问，只能"老大嫁作商人妇"。这一年白居易已经四十四岁了，眼看青春已逝，老之将至，人生中最美好最富精力的阶段即将终结，不但抱负未能施展，反而被贬出京。他未必"今年欢笑复明年"，却终于"秋月春风等闲度"。正因如此，才会"我闻琵琶已叹息，又闻此语重唧唧"。

于是诗人就很自然地从弹奏者的遭遇联想到自身，自己遭贬以后，"住近湓江地低湿"，生活艰苦，"往往取酒还独倾"，寂寞难耐。再归回声乐的线索，说所以寂寞无聊，是因为"浔阳地僻无音乐，终岁不闻丝竹声"——当然，这只是曲折委婉的诗歌语言而已，他内心的愤懑、伤痛，绝非从无乐可听而来。结尾再写弹奏者"感我此言良久立"，是又以彼心照我心，由诗人对弹奏者的同情，转回弹奏者对诗人的同情，将两人的思想感情融合为一，说你也是说我，说我也是说你，命运相同、息息相关，这才真所谓"同是天涯沦落人"。因而演奏者再奏一曲，使诗人的情绪得到最大释放，于是"江州司马青衫湿"。

【扩展阅读】

李凭箜篌引

唐·李贺

吴丝蜀桐张高秋，空山凝云颓不流。江娥啼竹素女愁，李凭中国弹箜篌。昆山玉碎凤凰叫，芙蓉泣露香兰笑。十二门前融冷光，二十三丝动紫皇。女娲炼石补天处，石破天惊逗秋雨。梦入神山教神姬，老鱼跳波瘦蛟舞。吴质不眠倚桂树，露脚斜飞湿寒兔。

将此诗对比《琵琶行》，两者差异便可尽显。此诗主题即为声乐，白诗主题却不在此；此诗所写皆为虚景，白诗所写却是实声。这就是浪漫主义和现实主义的差别。

李商隐

【作者介绍】

　　李商隐（813年～858年），字义山，号玉溪生、樊南子，晚唐著名诗人。祖籍怀州河内（今河南省沁阳市），生于河南荥阳（今郑州荥阳），十九岁时因文才而受到牛党成员、太平军节度使令狐楚的赏识，引为幕府巡官。二十五岁进士及第，旋即被李党成员、泾源节度使王茂元辟为书记，王茂元爱其才，招为婿，他因此遭到牛党的排斥。此后，李商隐便在牛李两党争斗的夹缝中求生存，辗转于各藩镇幕府充当幕僚，终身郁郁而不得志。

　　晚唐之际，诗风渐颓，是李商隐的出现将其推向了一个新的高峰，其诗构思新颖，想象奇特，形象鲜明，语言优美，风格秾丽，七绝、七律尤为所长。他的很多诗揭露了当时的政治黑暗和社会动乱，一些爱情诗与无题诗更是写得缠绵悱恻，脍炙人口，但部分诗篇也过于隐晦迷离，难于索解，至有"诗家总爱西昆好，独恨无人作郑笺"之说。他与杜牧齐名，合称"小李杜"，还和李贺、李白合称为"三李"，与温庭筠合称为"温李"。

韩　碑

　　元和天子①神武姿，彼何人哉轩与羲②。誓将上雪列圣耻，坐法宫③中朝四夷。淮西有贼五十载④，封狼⑤生貙⑥貙生罴⑦。不据山河据平地，长戈利矛日可麾⑧。帝得圣相相曰度⑨，贼斫不死⑩神扶持。腰悬相印作都统⑪，阴风惨澹天王旗。愬武古通⑫作牙爪，仪曹外郎⑬载笔随。行军司马⑭智且勇，十四万众犹虎貔⑮。入蔡缚贼⑯献太庙，功无与让恩不訾⑰。帝曰汝度功第一，汝从事愈宜为辞。愈拜稽首⑱蹈且舞，金石刻画臣能为。古者世称大手笔，此事不系于职司。当仁自古有不让，言讫屡颔天子颐⑲。公退斋戒坐小阁，濡染大笔何淋漓。点窜尧典舜典⑳字，涂改清庙生民㉑诗。文成破体㉒书在纸，清晨再拜铺丹墀㉓。表曰臣愈昧死上㉔，咏神圣功书之碑。碑高三丈字如斗，负以灵鳌蟠以螭。句奇语重喻者少，谗之天子言其私。长绳百尺拽碑倒，粗砂大石相磨治。公之斯文若元气，先时已入人肝脾。汤盘孔鼎㉕有述作，今无其器存其辞。呜呼圣王及圣相，相与烜赫流淳熙㉖。公之斯文不示后，曷与三五㉗相攀追。愿书万本诵万遍，口角流沫右手胝^㉘。传之七十有二代，以为封禅玉检^㉙明堂基。

【注释】

①元和天子：指唐宪宗李纯，元和是宪宗年号。　②轩与羲：轩即轩辕，传说中黄帝为轩辕氏，羲即伏羲，上古圣王。　③法宫：君王治事宫室的正殿。　④淮西有贼五十载：指盘踞蔡州的淮西藩镇势力。淮西从代宗大历十四年（779年）李希烈所据即开始叛乱反对中央，经陈仙奇、吴少诚、吴少阳、吴元济等，到宪宗元和十二年（817年）被平定，共三十九年，五十载是约数。　⑤封狼：即大狼。　⑥貙（chū）：古书上所载一种似狸而大的野兽，今人或说指金猫，或说指文豹。《史记·五帝本纪》有载："轩辕乃修德振兵，治五气，艺五种，抚万民，度四方，教熊黑貔貅貙虎，以与炎帝战于阪泉之野。"　⑦黑（pí）：古书所载猛兽，似熊，今人谓指棕熊。　⑧麾：通"挥"。　⑨度：指裴度，字中立，唐朝名相，曾辅佐宪宗平定淮西之乱。　⑩贼斫不死：指815年，淄青节度使李师道党同谋叛的吴元济，遣刺客入京，刺杀了宰相武元衡，刺伤时任御史中丞的裴度。　⑪都统：武官名，天宝末年，设置天下兵马元帅都统，总管诸道兵马。裴度讨伐淮西之际，实际担任都统的是韩弘，故这里的都统非实指其官，而是指裴度总领讨伐兵马。　⑫愬武古通：皆指当时名将，愬即李愬，时任唐邓随节度使，武指韩公武，淮西都统韩弘之子，古指李道古，时任鄂岳蕲安黄团练使，通指李文通，时任寿州团练使。　⑬仪曹外郎：即礼部员外郎，这里是指李宗闵，时任礼部员外郎兼御史，任军中书记，从裴度出征。　⑭行军司马：指韩愈，当时韩愈任彰义军司马，随同出征。　⑮虎貔（pí）：貔指貔貅，传说中的怪兽，《尚书·牧誓》有"尚桓桓，如虎如貔，如熊如黑，于商郊"句。虎貔并称皆指猛兽。　⑯入蔡缚贼：指817年十月十五日，李愬雪夜入袭蔡州，十七日生缚吴元济，槛送长安。　⑰不訾：通"不赀"，指不可估量。　⑱稽首：叩头。　⑲屡领天子颐：使皇帝多次点头称赞，领是下巴，颐指面颊，颔颐并用指点头。　⑳尧典、舜典：都是《尚书》中的篇名。　㉑清庙、生民：都是《诗经》中的篇名。　㉒破体：行书的变体，张怀瓘《书断》说："王献之变右军行书，号曰破体书。"　㉓丹墀（chí）：丹即红，墀为台阶上的空地，亦指台阶，丹墀即是宫殿前的赤色台阶或地面。　㉔昧死上：即冒死上奏，乃是上奏时的套话。　㉕汤盘孔鼎：汤盘指商汤沐浴盆，《大学》载："汤之盘铭曰：'苟日新，又日新，日日新。'"孔鼎指孔子先祖正考父之鼎，《左传·昭公七年》载："正考父鼎铭：'一命而偻，再命而伛，三命而俯，循墙而走，亦莫余敢侮。'"　㉖淳熙：鲜明的光泽。　㉗三五：指三皇五帝。　㉘胝（zhī）：因磨擦而生厚皮，俗称老茧。　㉙玉检：保存帝王封禅祭文的器具。

【语译】

元和天子具备英明神武的资质，他是何等人呢？料想应当是轩辕黄帝和太昊伏羲一类的圣王吧。他发誓要洗雪从前历代天子被藩镇欺压的耻辱，从此端坐大殿之中，使四方蛮夷都来朝拜。淮西镇已经被叛贼盘踞了将近五十年了，就如同大狼生下豹子，豹子又生狗熊，一代更比一代凶恶。这些猛兽并非仗恃着山河之险，只是据守着平原，然而挥舞着锋利的长戈、长矛，气焰直逼红日。

天子得到了圣人一般的贤相名叫裴度，就连叛贼所遣的刺客都只能砍伤他却杀不死他啊，料想定有神灵在保佑。裴度腰悬着相印，更担当大军统帅之职，天子的旌旗有肃杀的阴风在围绕。李愬、韩公武、李道古、李文通这些名将担任他的助手啊，礼部员外郎李宗闵带着毛笔跟随，充当书记。尤其是那司马韩愈，既勇敢而又多谋，总共十四万大军，就如同虎豹貔貅一般凶猛。

于是顺利攻入蔡州，俘获了叛贼吴元济，献俘太庙，这功劳大到无可推让，天子给的恩赏也多得无可估量。天子说："裴度你的功劳当数第一，你的从事韩愈适宜作文为记。"韩愈稽首跪拜，且舞且蹈，回答说："记录功勋，刻录在金石之上，臣确实具备相应的才能，虽然这是国家大事，本不属于我等的职责范围，但自古以来就有当仁不让的风气。"他的话说完，天子频频点头。

于是韩公退下后就先斋戒沐浴，然后坐在小阁楼里，手持大笔，蘸饱浓墨，酣畅淋漓地写了起来。他按照《尧典》、《舜典》的写法，运用《清庙》、《生民》的笔调，完成文章后用破体书法写在纸上，翌日清晨再拜见天子，把宏文铺在丹墀之下。表章说："臣韩愈貌死上奏，已完成歌颂神圣武功之文，可以刻于石碑。"这石碑高达三丈，字大如斗，用石质灵龟来背负，还刻着螭龙盘绕。然而句式奇雄，文辞深奥，真正明白其意的人实在太少啊，就有人在天子面前进谗言，说韩愈怀有私心。于是用百尺长绳把石碑拽倒，用粗砂磨平大石。

韩公的文章如同天地间的元气，在此之前便已深入人们的肝脾五脏了，就如同汤盘和孔鼎上所刻的文字，如今虽然其器不存，但文字长留人间。呜呼可怜啊，圣君和圣相，他们一起烜赫着留下万丈光明，但是韩公的文字若不能流传后世，他们又怎能追攀三皇五帝的声名呢？我希望能够将韩文抄下一万本来，诵读一万遍，直到嘴角流下唾沫，右手也因翻页而生老茧。雄文当传千秋万代啊，可以和装封禅文的玉检一般成为明堂的基础。

【赏析】

要读懂这首诗，先要搞明白诗的背景。

题名为《韩碑》，是指韩愈为剿灭淮西镇叛乱而撰写并刻制的《平淮西碑》。平淮西是在唐宪宗元和十二年（817 年），所以此诗开篇就说"元和天子神武姿"。安史之乱以后，藩镇割据，不但不肯服从中央调度，反而屡屡掀起叛乱，其中淮西镇的叛乱时断时续了整整三十九年，正如诗中所说"淮西有贼五十载"，五十是个虚数，以述时间之长。唐宪宗继位以后，重用武元衡、裴度等名臣，想要节制藩镇，敉平叛乱，为此武元衡竟遭刺杀，裴度也被刺伤。然而在裴度的规划下，终于还是集结各路大军杀向淮西镇，最终李愬雪夜入蔡州，俘虏吴元济，平定了叛乱。

韩愈本人是坚决支持削弱藩镇、强固中央的，裴度挂帅出征之时，奏请时任右庶子的韩愈兼领御史中丞，充彰义军司马，作为自己的左膀右臂。所以当官军凯旋，献俘太庙以后，宪宗考虑到韩愈对战争的过程非常了解，又是当时首屈一指的文学大家，就下诏让韩愈写下文章，刻碑记功，以垂范后世。

韩愈认为淮西镇的叛乱所以能够平定，主要功劳要归之于统帅裴度，所以在文章中突出了裴度的建策和协调之功，而李愬等将不过执行任务而已，其作用当属次要，正如此诗中所写"愬武古通作牙爪"。但是最终攻入蔡州、俘虏吴元济的李愬却自矜其功，对碑文表示不满，李愬的妻子是唐安公主的女儿，出入宫禁，也到处游说，指斥韩愈所写的碑文并不真实。宪宗受其所惑，最终派人推倒石碑，磨去碑文，命翰林学士段文昌重新撰文刻碑。

韩愈文极雄奇，段文昌绝不能比，加上淮西得以平定，更重要的是藩镇炽焰得以被暂且遏制，裴度功不可没，李愬虽为一代名将，但将、帅之分终究难以逾越，功劳的主次不可颠倒，所以当时便有很多人觉得朝廷对韩愈不公，对韩碑不公。李商隐也是为韩碑鸣冤的其中一人，加之素来仰慕韩愈，于是才写了这首诗。

诗中记述韩碑的来历，歌颂韩愈之文"点窜尧典舜典字，涂改清庙生民诗"，一则颂其文之雄状并森然而有古意，同时也是在隐晦的表示韩愈所言才合乎圣人之道，韩愈对裴度的推崇是正确的，所以说"公之斯文若元气"。最后再极言自己对韩文的推崇："愿书万本诵万遍，口角流沫右手胝。传之七十有二代，以为封禅玉检明堂基。"但我们同时也要注意到，诗歌的主题并非仅仅歌颂韩文，为韩碑鸣冤而已，李商隐还以很大篇幅来描写唐宪宗、裴度对淮西叛乱的镇压，开篇即言"元和天子神武姿，彼何人哉轩与羲"，继而又言"帝得圣相相曰度"，后篇称若得韩文颂扬、流传千古，则"圣王及圣相"可"与三五相攀追"，溢美之词，臻于顶点。因为宪宗和裴度并未能彻底解决藩镇问题，其后藩镇割据愈演愈烈，至李商隐所在的时代已断然难以遏制，所以李商隐才会用这首诗，用那些诗句来缅怀、追慕宪宗和裴度，从而慨叹当时。这才是李商隐写长诗吟咏韩碑、追慕韩文的真正用意。

长篇七言歌行盛行于盛唐、中唐，前有李白、杜甫等，后有李贺、白居易等，逮李商隐所处的晚唐，则佳篇寥寥。李商隐此诗有仿韩愈诗之意，但无论结构还是言辞都难臻上品——他虽为诗中一世之豪，长篇七言歌行终非所长。首先说结构，对于韩碑的来源叙述过详，而对韩碑被推倒的过程则稍显粗略，继之以歌颂之语，难免给人头重脚轻之感。再说言辞，虽无韩诗之僻险，但在句式结构上想要追步韩诗之古朴，但大概律句写得多了，强写古诗句，也难免韵味不足。《唐诗三百首》所收晚唐长篇七言歌行，只有李商隐这一首，大概只是为了完整地展现唐代各阶段的诗歌风采而已。

顺便再说说韩文和韩碑的结局。历代为韩碑鸣冤之人不少，到了宋代，苏轼也作诗赞颂韩文，说："淮西功业冠吾唐，吏部文章日月光。千载断碑人脍炙，不知世有段文昌。"宋人陈珦更干脆磨去段文，重刻了韩文。

· 卷三　七言乐府 ·

高 适

【作者介绍】

高适（700年~765年），字达夫、仲武，沧州（今河北省景县）人，是唐代著名的边塞诗人。他少年孤贫，爱交游，有游侠之风，二十岁西游长安，功名未就而返，后在蓟北体验了边塞生活。他曾漫游梁、宋，与李白、杜甫等人结下亲密友谊。天宝八载（749年），经睢阳太守张九皋推荐，五十岁的高适应举中第，授封丘尉，不久辞官，入陇右、河西节度使哥舒翰幕为掌书记。安史之乱后，他曾担任过淮南节度使、彭州刺史、蜀州刺史、剑南节度使等职，官至左散骑常侍，故世称"高常侍"。

高适与岑参并称"高岑"，为盛唐边塞诗人的魁首，他的作品笔力雄健，气势奔放，洋溢着盛唐所特有的奋发进取、蓬勃向上的时代精神。因为心理较为粗放，性格率直，故其诗多直抒胸臆，或夹叙夹议，较少用比兴手法。

燕歌行[①]

汉家烟尘在东北，汉将辞家破残贼。男儿本自重横行，天子非常赐颜色[②]。摐金[③]伐[④]鼓下榆关[⑤]，旌旆[⑥]逶迤[⑦]碣石[⑧]间。校尉[⑨]羽书飞瀚海，单于猎火照狼山[⑩]。山川萧条极边土，胡骑凭陵[⑪]杂风雨。战士军前半死生，美人帐下犹歌舞！大漠穷秋[⑫]塞草腓[⑬]，孤城落日斗兵稀。身当恩遇常[⑭]轻敌，力尽关山未解围。铁衣远戍辛勤久，玉箸[⑮]应啼别离后。少妇城南欲断肠，征人蓟北[⑯]空回首。边庭飘摇那可度，绝域苍茫更何有。杀气三时[⑰]作阵云，寒声一夜传刁斗[⑱]。相看白刃血纷纷，死节[⑲]从来岂顾勋？君不见沙场征战苦，至今犹忆李将军[⑳]！

【注释】

①燕歌行：乐府旧题，属于《相和歌》中的《平调曲》，有记载最早的《燕歌行》为魏文帝曹丕所作，共两首，写妇女秋思，或即由曹丕首创，故后人多以此调作闺怨诗。此诗前原有序道："开元二十六年，客有从御史大夫张公出塞而还者，作《燕歌行》以示适，感征戍之事，因而和焉。"开元二十六年即公元738年，所谓"张公"，是指幽州长史张守珪。 ②赐颜色：指给予厚赐和礼遇。 ③摐（chuāng）金：撞击钟、钲等打击乐器，摐是撞击，金指金属乐器。 ④伐：敲打。 ⑤榆关：又名渝关、临渝关，在河北省抚宁县中部地区，西距县城二十里，隋唐时期，榆关曾作为中原王朝防御高句丽入侵的重要军事基地，设关扎营，屯集大量兵马，明初将关隘移至今山海关，故山海关也有

榆关的别称。　⑥旌旆（pèi）：旌是竿头饰羽的旗，旆是末端状如燕尾的旗，两者合用泛指各类旗帜。　⑦逶迤（wēi yí）：也作逶蛇，指蜿蜒曲折貌。《淮南子·泰族训》有"河以逶蛇故能远，山以陵迟故能高"句。　⑧碣石：山名，在今天秦皇岛市山海关区内。　⑨校尉：武官名，次于将军。　⑩狼山：即狼居胥山，在今天内蒙古自治区克什克腾旗西北。一说狼山又名郎山，在今河北省易县境内。　⑪凭陵：仗势侵凌。　⑫穷秋：深秋。　⑬腓（féi）：本意为病，这里指草木枯萎。别本作"衰"。　⑭常：别本作"恒"。　⑮玉箸（zhù）：玉制的筷子，这里是用玉筷子来比喻眼泪。　⑯蓟（jì）北：唐代的蓟州即今天的天津市蓟县，这里是用蓟北来泛指北方边境。　⑰三时：指晨、午、晚三个时间阶段，即从早至夜，以状时间之长久。　⑱刁斗：军中用具，一般为铜制，容积一斗，白昼用来煮饭，夜间敲以报更。　⑲死节：为国捐躯，这里的节是指气节。　⑳李将军：指汉朝名将李广，据说他能外御强敌，内抚士卒，很得士卒的爱戴。

【语译】

汉朝的边患在东北地区，汉将辞别家人出征，去扫灭败残的贼寇。男儿本就以驰骋奋战、无人能挡为目标，而天子也给予了非常的礼遇和赏赐。于是敲钟擂鼓，领兵杀向榆关，无数旌旗在碣石山间蜿蜒纵横。

这时候校尉们求救的书信飞越沙漠，说匈奴单于会猎所升起的火光，已经照耀到郎山了。广袤边境上的山川是如此萧条，外族的骑兵如同狂风暴雨般发动了侵袭。战士们在前线伤亡惨重，而军帐中仍还有美女在歌舞升平！深秋的大漠啊，边塞上草木枯萎，落日映照的孤寂的城防，能战之兵日渐稀少。虽然身受朝廷恩遇，却经常性地不肯重视敌情，战士们在山川关隘拼死作战，却始终未能解围。他们身穿铁甲，已经在远方戍守很长一段时间了，自从别离以后，妻子的眼泪就如同玉筷一般落个不停。少妇们在南方苦苦相思，肝肠欲断，征夫们在北境空自回望故乡，却不能归来。边境上如此风雨飘摇，身处最边远的地方，苍茫混沌，一无所有，该如何度过啊。

杀气整日凝聚不散，如云成阵，刁斗整夜敲响，声音是如此的凄寒。战士们互相望着友伴的兵器上血迹斑斑，他们为国捐躯，并非是为了个人的功勋。你看不到吗？沙场征战是如此辛苦，人们至今还在思念着能够外御强侮、内抚士卒的"飞将军"李广啊！

【赏析】

《燕歌行》传统是用来调寄闺怨的，而征夫远戍，少妇泪垂，当然也属于闺怨一类，只是高适这首诗虽然涉及到了闺怨（"玉箸应啼别离后"、"少妇城南欲断肠"），却并非全诗主旨。所以说唐代的仿乐府、新乐府，大多是旧瓶装新酒，乐府旧题不过借用而已，高适此诗亦不能外。

这首诗的背景，是公元738年幽州长史张守珪所部出击东北的奚族，结果大败而归。张守珪是盛唐名将，曾在西北大胜突厥，镇守幽州以后，也曾多次击退契丹族的骚扰，但其晚年军纪废弛，将骄兵惰，致有此败。前人多谓高适此诗是讽刺张守珪，但傅璇宗先生在《唐代诗人丛考》中却反对这一说法，认为翌年（739年）张守珪被贬括州，召高适随式颜从，高适写了《宋中送族侄式颜》一诗，诗中盛赞张守珪，说他"当时有勋业，末路遭谗毁"，时隔仅一年，对同一人的看法不该如此大相径庭。就序中所见，高适作此诗确实是受了幽州之败的影响，但诗中所鞭笞的骄惰之将应是泛指，而非直指张守珪本人。

　　全诗分三个部分，第一部分从"汉家烟尘"直到"单于猎火"，描写外敌入侵，而大唐好男儿从军征伐，气概如虹。诗中所言"榆关"、"碣石"，很明确是说东北之事，而"狼山"或谓狼居胥山，或谓指郎山，私以为当指郎山为是，因为郎山在唐朝境内，与榆关、碣石相近，说"单于猎火照狼山"，正指北虏入侵，若谓指狼居胥山，那么说的就不是抵抗侵略的战争，而是开疆拓土之役了。当然，所谓榆关、碣石、郎山，也皆为泛指，但大致范围不应错讹，否则诗意便会受到影响。

　　"男儿本自重横行，天子非常赐颜色"两句，明末清初的唐汝询在《唐诗解》中说："言烟尘在东北，原非犯我内地，汉将所破特余寇耳。盖此辈本重横行，天子乃厚加礼貌，能不生边衅乎？"此解不确。"重横行"、"赐颜色"固有导致将骄之意，但契丹、奚在东北，不受羁縻，屡屡入塞侵扰，这也是事实，不见得"原非犯我内地"。倘若只是边将擅起边衅以邀功，后文便不当有"未解围"之说。宋朝以后的文人，多持非重祸则不当起刀兵，宁可忍让退避的想法，这种想法正确与否暂且不论，至少盛唐时人大抵是不会赞同的。所以回看此诗，此诗所写的断然是抵抗侵略的战争，而并非妄启边衅。

　　诗的第二部分从"山川萧条"直到"力尽关山"，重点就在"战士军前半死生，美人帐下犹歌舞"一句，指战士在前线奋勇御敌，将领们却在后方歌舞升平，因为"常轻敌"，所以导致前线"斗兵稀"、"未解围"。第三部分从"铁衣远戍"直到结尾，描写战士远征之辛苦，他们虽然抛生死于度外，一心杀敌报国，"死节从来岂顾勋"，但也希望有李广那种真能外御强侮且内抚士卒的将领出现，而非现在这些骄横、跋扈，视士卒生命如草芥的唐将。开篇即以汉代唐，说"汉家"、"汉将"，结尾再言怀念汉代名将李广，首尾呼应，结构谨严。

　　所以此诗主旨，是讽刺边将骄惰，不恤士卒，次一层则歌颂远戍男儿杀敌报国，不惜殒身。全诗气概恢弘，不仅如近人赵熙所评为高适"第一大篇"，而且也是盛唐边塞诗中的一流杰作。

　　六朝诗歌受赋的影响很深，于是多对仗，注重声韵，到唐代后就成熟为格律诗。高适这首《燕歌行》就多律句，多对仗，甚至像"校尉羽书飞瀚海，单于猎火照狼山"、"战士军前半死生，美人帐下犹歌舞"、"大漠穷秋塞草腓，孤城落日斗兵稀"、"身当恩遇常轻敌，力尽关山未解围"、"少妇城南欲断肠，征人蓟北空回首"、"杀气三时作阵云，寒声一夜传刁斗"，根本就是律对。这样的诗篇声调铿锵，和谐上口，便于诵读，与韩愈《石鼓歌》等诗形成鲜明对比。这是因为无规矩就要近规矩，有规矩就要破规矩，高适的诗是在声调不协中求其协，韩愈的诗则在群协中故求其不协，各擅胜长，各有风味。

【扩展阅读】

宋中送族侄式颜

唐·高适

　　大夫击东胡，胡尘不敢起。胡人山下哭，胡马海边死。部曲尽公侯，舆台亦朱紫。

当时有勋业，末路遭谗毁。转旆燕赵间，剖符括苍里。弟兄莫相见，亲族远枌梓。不改青云心，仍招布衣士。平生怀感激，本欲候知己。去矣难重陈，飘然自兹始。游梁且未遇，适越今何以。乡山西北愁，竹箭东南美。峥嵘缙云外，苍莽几千里。旅雁悲啾啾，朝昏孰云已。登临多瘴疠，动息在风水。虽有贤主人，终为客行子。我携一尊酒，满酌聊劝尔。劝尔惟一言，家声勿沦滓。

唐朝在东北方面的屡屡战败，大多非张守珪本人所为，而是其部将所为，但张不能辞典守之责，而且他在事后讳败言胜就更加可恶。然而历史是历史，文学是文学，从高适上面这首诗来看，他不仅未将主要责任推到张守珪身上，反而大加歌颂，所以反观《燕歌行》，并非讽张，可谓明矣。

李 颀

古从军行

白日登山望烽火，黄昏饮马傍交河①。
行人刁斗风沙暗，公主琵琶②幽怨多。
野云万里无城郭，雨雪纷纷连大漠。
胡雁哀鸣夜夜飞，胡儿眼泪双双落。
闻道玉门犹被遮③，应将性命逐轻车④。
年年战骨埋荒外，空见蒲桃⑤入汉家。

【注释】

①交河：在今天新疆维吾尔自治区吐鲁番市内。 ②公主琵琶：相传汉武帝曾以江都王刘建之女刘细君远嫁乌孙国王昆莫，恐其途中烦闷，故弹琵琶以娱之。 ③玉门犹被遮：指汉武帝命李广利攻大宛事。大宛有良马，武帝使李广利率师往贰师城取之，战而不利，李广利上书请罢兵归国，武帝大怒，发使至玉门关，曰："军有敢入，斩之！" ④轻车：汉代有轻车将军，这里是借指将领。 ⑤蒲桃：即葡萄，原产西域，汉武帝遣张骞等通西域后，从大宛国引入葡萄种。

【语译】

白天登上高山，眺望烽火，黄昏时候在交河边饮马。风沙昏暗啊，征人敲响了刁斗，乌孙公主的琵琶声中更有无尽幽怨。千万里之遥，只见野外空云，并无城郭，雨雪纷纷，直连着大漠。胡地的大雁每夜都哀鸣着飞过，胡人的眼泪双双滴落。因为听说回归的玉门关仍被阻断，只好抛弃性命，跟随着将军西行。年年都有战死的骸骨埋葬在荒郊野外啊，只换回葡萄被引入内地。

【赏析】

这首诗可以析分为两部分，前部分从开篇直到"胡儿眼泪双双落"，是对边境战争的泛写，这里有烽火燃起，有军人远戍，有和亲公主的幽怨，也有胡人的悲怆，诗人究竟站在何种立场上呢？他是要同情远戍汉兵之苦，还是怜悯遭受攻击的胡人呢？答案要到第二部分才揭晓，原来是借古讽今，用汉武帝穷兵黩武事来讽刺唐玄宗的开边不已。

从广义上来说，这是一首咏古诗，所以题目也说是"古"从军行，所咏者乃汉朝旧事，所刺者是眼前新事。汉武帝败匈奴、收西域，对于中原政权的稳固和东西方交流都是起到很大进步作用的，但同时也给百姓带来沉重的负担。尤其武帝后期遣李广利赴大宛取马事，虽然有着改良中原马种的客观作用，但就其本意来说，只是为了得一良马，以资炫耀而已，为此劳民伤财，历来为人所诟病。诗人就抓住了这一点，说边境冲突难以避免，或者付出远戍的辛苦，或者就要付出和亲的悲凉，但身在前线的将士们的劳苦和胡人的哀伤，是身在后方的帝王们根本看不到的。像汉武帝那样穷兵黩武，却只换来葡萄的引入，实在是得不偿失。

全诗文眼就在结末两句——"年年战骨埋荒外，空见蒲桃入汉家"，"年年"二字最见凄怆，"空见"二字则突出主题。诗歌晓畅如同流水，韵味含而不露，深而不涩，而且先后用"纷纷"、"夜夜"、"双双"、"年年"等叠字，不但强调了语意，而且叠字叠韵，在音节上也生色不少，确实是一首难得的佳作。

王　维

洛阳女儿行

　　洛阳女儿对门居，才可①容颜十五余。良人②玉勒乘骢马，侍女金盘脍鲤鱼。画阁朱楼尽相望，红桃绿柳垂檐向。罗帷送上七香车③，宝扇迎归九华帐。狂夫④富贵在青春，意气骄奢剧⑤季伦⑥。自怜碧玉⑦亲教舞，不惜珊瑚持与人。春窗曙灭九微火⑧，九微片片飞花琐⑨。戏罢曾无⑩理曲⑪时，妆成只是熏香坐。城中相识尽繁华，日夜经过赵李家⑫。谁怜越女⑬颜如玉，贫贱江头自浣纱。

【注释】

　　①才可：唐人口语，即恰好、正当。　②良人：指夫婿。　③七香车：以多种香木制成的豪华马车，曹操《与太尉杨彪书》中有"今赠足下锦裘二领……画轮四、望通幰七香车一乘……"语。　④狂夫：古代妇女对自己丈夫的谦称，李白《捣衣篇》有"玉手开缄长叹息，狂夫犹戍交河北"句。　⑤剧：超过。　⑥季伦：即西晋石崇，字季伦，家财巨万，为人骄奢狂妄。　⑦碧玉：传说西晋汝南王司马亮之妾名碧玉，孙绰为之作《碧玉歌》，后用以指代美女。　⑧九微火：灯烛之名，《汉武内传》载："七月七日，设座大殿上，燃九光九微之灯，以侍王母。"　⑨花琐：指雕花的连环形窗格。　⑩曾无：从无。　⑪理曲：温习琴曲。　⑫赵李家：指汉成帝的皇后赵飞燕、婕妤李平两家，用以泛指贵戚之家。阮籍《咏怀》有"西游咸阳时，赵李相经过"句。　⑬越女：指春秋时期越国的美女西施。

【语译】

　　洛阳女儿居住在对门，年龄正好十五岁。她丈夫骑着玉勒头的青骢马，家中侍女用金盘盛装着细切的鲤鱼。满眼都是画阁和红楼啊，红桃绿柳在屋檐间相对。出门时，她被送上垂着罗帏的七香车，归来时，用宝扇迎她回到九华帐中。

　　她自称丈夫富贵又少年，意气骄奢得要超过历史上著名的富豪石崇。因为喜爱家中舞女而亲自教舞，因为奢侈而把珊瑚树随便送给他人。在春天的窗棂下因曙光乍现才熄灭九微灯，九微灯花一片片飞上雕花的连环窗格。夫妇戏耍后再无心温习琴技，梳妆后只是静静面对着熏香的香炉。城中相识之人都是豪门啊，每天都要去拜访那些显贵。

　　有谁可怜那容颜如玉的西施女呢？她因为贫贱，只能在江上浣纱求生。

【赏析】

此诗题下原注"时年十六"，可见是王维十六岁时所作。古人按虚岁论，虚岁十六，实岁十五，十五岁就能写出这样佳构佳篇来，王摩诘不愧是诗中圣手。

此诗为香草美人之譬，主体写那"洛阳女儿"及其夫婿的骄奢生活，结末突然转折，只用两句来写贫贱的"越女"，形成鲜明对比。诗题大概是出自南朝梁武帝萧衍《河中之水歌》中"洛阳女儿名莫愁"句，周代以洛阳（洛邑）为"成周"，东汉、魏、西晋以之为都，唐代又以之为陪都，洛阳之繁华仅次于都城长安，所以诗中的"洛阳"未必是实指，而只是借指大都邑，所谓"洛阳女儿"就是指都邑中的贵族妇人。

这位贵族妇人年龄虽小，富贵却极。第三句开始写其夫婿，"玉勒乘骢马"是言坐骑与马具之精良，"金盘脍鲤鱼"是指食物和食器之精美，"画阁朱楼"两句写居住之豪奢，"罗帏送上"两句写行具和家中装饰之富丽。以上皆实指家中富贵，以下则描写贵族生活之骄纵和空虚——丈夫既富贵而又年少，"意气骄奢剧季伦"，既以石崇为比，则下两句也便知其所本了。

"碧玉"一词出自西晋汝南王司马亮侍妾之典，据说其妾名碧玉，出身寒门，故孙绰为之作《碧玉歌》，有"碧玉小家女"之句。可见碧玉所指当为小家之女，这里以碧玉喻美女，应非指"洛阳女儿"，而是家中妾侍、舞伎一类。石崇家中亦多蓄姬妾，故上言"剧季伦"，下即接"亲教舞"，与示夫婿之好色及无所事事。"不惜珊瑚持与人"也出自石崇典，《晋书》载，石崇尝与外戚王恺斗富——"（晋）武帝每助恺，尝以珊瑚树赐之，高二尺许，枝柯扶疏，世所罕比。恺以示崇，崇便以铁如意击之，应手而碎。恺既惋惜，又以为嫉己之宝，声色方厉。崇曰：'不足多恨，今还卿。'乃命左右悉取珊瑚树，有高三四尺者六七株，条干绝俗，光彩曜日，如恺比者甚众。"运用此典，则其夫婿豪奢之气便扑面而来，更不必冗言矣。

再后面几句，是描写"洛阳女儿"及其夫婿空虚的贵族生活。"春窗曙灭九微火"，可见整夜欢娱，破晓才眠；"戏罢曾无理曲时"，是只知享乐，别无所好，更无所学；"妆成只是熏香坐"，状其内心空虚，终日无所事事。再续"城中相识尽繁华"二句，一方面更浓抹其家之富贵，另方面诗人将所要针砭的对象从"洛阳女儿"一家扩展到整个显贵阶层。有趣的是，全诗但写"洛阳女儿"夫妇之骄奢生活，而对于"洛阳女儿"本人的容貌则无一字提及，结句言"越女"却偏要下"颜如玉"的修饰。可见贵族们如此骄奢淫逸，而又空虚无聊，但他们本身的素质未必能有多高，相比之下，"越女"虽然美貌，却因"贫贱"而只能"江头自浣纱"，对比更加鲜明。

说此诗是香草美人之譬，可见作者所感叹的并非贵族妇女豪奢而卑贱越女贫困，他是用贵族妇女来比喻无才能、无志向的贵族显宦，而以贫贱越女来比喻有才能却不得志的士人阶层。平心而论，这一主题并不见有多新颖，而出于十六岁少年之手，对社会矛盾的认知也显得有些空泛，但因为这是古来普遍的现象，文人志士常见的哀叹，所以虽无典型性却有普遍性，再加上文辞之华美、对比之简洁、音韵之铿锵，虽为少年手笔，已见王维雄才之始萌。

【扩展阅读】

碧玉歌_{其二}

西晋·孙绰

碧玉小家女，不敢攀贵德。感郎千金意，惭无倾城色。

所谓"碧玉"，非指美人颜色如玉也，本是人名，因此诗用此典，就要照顾到其背后"小家女"的特性，所以认为"自怜碧玉亲教舞"之碧玉是指"洛阳女儿"的，那就失之毫厘，谬以千里了。

老将行

少年十五二十时，步行夺得胡马骑。射杀山中白额虎，肯数①邺下黄须儿②。一身转战三千里，一剑曾当百万师。汉兵奋迅如霹雳，虏骑奔腾畏蒺藜③。卫青④不败由天幸，李广无功缘数奇⑤。自从弃置便衰朽，世事蹉跎成白首。昔时飞雀无全目⑥，今日垂杨生左肘⑦。路旁时卖故侯瓜⑧，门前学种先生柳⑨。苍茫古木连穷巷，寥落寒山对虚牖。誓令疏勒出飞泉⑩，不似颍川空使酒⑪。贺兰山下阵如云，羽檄交驰日夕闻。节使⑫三河⑬募年少，诏书五道出将军。试拂铁衣如雪色，聊持宝剑动星文⑭。愿得燕弓射大将，耻令越甲鸣吾君⑮。莫嫌旧日云中守⑯，犹堪一战取功勋。

【注释】

①肯数：岂肯让。　②邺下黄须儿：指曹彰，曹操第二子，胡须黄色，性刚猛，《三国志·魏书·任城王传》载曹彰征乌桓归，"太祖（曹操）喜，持彰须曰：'黄须儿竟大奇也！'"邺下指邺城，曹操封魏王后，建国邺城。　③蒺藜：本为一年生或多年生草本植物名，果瓣呈斧形，有尖刺，后人以铁制成蒺藜果形状，用作战场障碍物。　④卫青：字仲卿，西汉名将，汉武帝卫皇后之弟，多次率军征讨匈奴得胜，官至大司马大将军。　⑤数奇（jī）：数指命运，奇是单数，即不偶，古人以偶为吉，以奇为凶，故数奇是指运数太差。《史记·李将军列传》记载，卫青受汉武帝告诫，"以为李广老，数奇，毋令当单于"。　⑥飞雀无全目：语出南朝鲍照《拟古诗》，有"惊雀无全目"句，别本飞雀作"飞箭"。　⑦垂杨生左肘：典出《庄子·至乐》："支离叔与滑介叔观于冥柏之丘，昆仑之虚，黄帝之所休，俄而柳生其左肘，其意蹶蹶然恶之。"王先谦注："瘤作柳。"即原意为瘤生左肘，瘤柳通假，而古人称柳树为垂杨，故此处便写"垂杨生左肘"。　⑧故侯瓜：指召平卖瓜事。召平本秦东陵侯，秦亡后沦为平民，家贫，种瓜长安城东，瓜味甘美。　⑨先生柳：指陶渊明事，陶渊明曾作《五柳先生传》，云："先生不知何许人也，亦不详其姓字，宅旁五柳树，因以为号焉。"五柳先生实陶潜之自况。　⑩疏勒

出飞泉：疏勒为古代西域王国，《后汉书·耿恭传》记耿恭守疏勒御匈奴事——"匈奴遂于城下拥绝涧水。恭于城中穿井十五丈不得水，吏士渴乏，笮马粪汁而饮之。恭仰叹曰：'闻昔贰师将军拔佩刀刺山，飞泉涌出，今汉德神明，岂有穷哉。'乃整衣服向井再拜，为吏士祷。有顷，水泉奔出，众皆称万岁。" ⑪颍川空使酒：指西汉颍阴人灌夫失势后借酒发牢骚，导致被诛事，使酒即仗恃酒醉而逞意气。 ⑫节使：指朝廷使臣，古代使臣手持节杖作为凭信，故有使节、节使之称。 ⑬三河：指汉代的河东、河内、河南三郡，东汉都城为洛阳，三河之地就在都城周边，属于畿内。 ⑭星文：指宝剑上所嵌刻的七星纹样。南朝孔稚珪《白马篇》有"文犀六属甲，宝剑七星光"句。 ⑮越甲鸣吾君：典出《说苑·立节》，云越师入齐境，齐臣雍门子狄请死，齐君问其缘故，雍门子狄说越国的甲兵惊扰了齐王，这是对齐国的羞辱，因此请死。 ⑯旧日云中守：指魏尚，汉文帝时为云中郡的太守，因小过被贬为平民，后来冯唐为其求情，文帝恢复了他的职务，使其再镇云中，匈奴大恐。

【语译】

十五、二十岁正当少年之时，这位将军能够靠步行就夺得胡人的战马来骑，他能射死山中的白额猛虎，勇猛不让邺城的"黄须儿"曹彰。他一个人转战三千里地，他一柄剑曾挡住百万雄师。在他的率领下，汉军如同雷霆霹雳一般奋勇向前，奔腾的胡虏骑兵就像被铁蒺藜堵住了去路一般。

卫青一生从未战败，那是侥天之幸，而李广难以成功，都为运数太差。自从罢官弃置，将军的精力就逐渐衰朽，世事蹉跎，头发很快就雪白了。过去他百发百中，能够射中鸟雀的眼目，如今却肘下生瘤，再难开弓了。他就像秦代的东陵侯召平一样只能在路旁卖瓜，又像晋代的陶渊明一样，只能躬耕垄亩。苍茫古树，连接着深深的小巷，寒山寥落，正对着寂寞的窗户。将军想仿效耿恭镇守西域，拜井得泉，不愿学灌夫失意之后，只会醉酒耍性。

正好贺兰山下军阵如云，白天黑夜都能收到来自前线的快马急信，于是朝廷派下使节，在畿内地区招募青年从军，并且下诏兵发五路，各由大将统领。将军试着摩挲自己的铁甲，铁甲的寒光如雪，姑且端起宝剑，宝剑上七星光耀。如同越兵进入齐境而使雍门子狄感到羞耻一般，他希望能够举起燕地的强弓去射杀敌人大将。不要嫌弃魏尚那般旧日的云中太守啊，将军仍然可以上阵作战，去博取功勋！

【赏析】

读此诗则"老骥伏枥"、"烈士暮年"的悲哀和"志在千里"、"壮心不已"的雄气皆扑面而来，一扫初唐歌行的绮丽之风，文辞质朴而骨感，真所谓以气胜而非以文胜者也。这首诗一个很大特色就是用典，提起老将被弃置，一般都会想到廉颇和李广，故诗中多处用李广典，此外还提到曹彰、卫青、召平、陶潜、耿恭、灌夫、雍门子狄、魏尚等，可以说，将近一半诗句的含义都是借前人故典发出，因此细究其典，非常有助于对全诗的理解。但纵观前人解典，多有讹误，在此要加以解释。

首先，开篇先写老将少年时的英勇壮举，"步行夺得胡马骑"，或谓是指李广事。《史记·李将军列传》载，李广曾战败为匈奴所掳——"胡骑得广，广时伤病，置广两马间，络而盛卧广。行十余里，广佯死，睨其旁有一胡儿骑善马，广暂腾而上胡儿马，因推堕儿，取其弓，鞭马南驰数十里，复得其余军，因引而入塞。"因本诗后文多言李广，故有误以为此句也是所言李广，但李广乃军覆后侥幸得脱，真算不上是什么值得夸耀的英雄事迹。胡骑素健，而诗中所言老将能以步行夺其马，更见骁勇，只是直述，未必是用典，更非用李广典。

　　"射杀山中白额虎"确实是李广典，史载李广好猎，在担任右北平太守期间，多次入山射虎，而曹彰也有射虎事，故此直接"肯数邺下黄须儿"句。其后言"虏骑奔腾畏蒺藜"，或谓老将能布蒺藜阵，这是将虚作实了，读诗不当如此胶柱鼓瑟，此处"畏蒺藜"应是比喻虏骑不能破老将之防御，如遇蒺藜阵而已。

　　再说"卫青不败由天幸"，《汉书·霍去病传》云："去病所将常选，然亦敢深入，常与壮骑先其大军，亦有天幸运，未尝困绝也。"故有认为"天幸"是指霍去病，诗中误指卫青。其实诗人用意凸显在后一句"李广无功缘数奇"，因此才将功勋最重、得位最高，同时最终逼死李广的卫青提出作对比，故以"天幸"比"数奇"。"天幸"二字并非用典，与霍去病无关，更非王维用错。

　　"垂杨生左肘"，一说杨通"疡"，指疮、疥，但这两字相通并无所本，所以还是应该归之于《庄子》中典故，是垂杨即柳，柳通"瘤"为是。"故侯瓜"、"先生柳"，是指老将被弃置后生活贫困，故将其比作卖瓜的召平和躬耕的陶潜，若真以为老将沦落到贩瓜、种柳的地步，那也是对诗的误读、误解。

　　灌夫是西汉武帝时期的武将，他闲置之时饮酒放纵，后因卷入朝廷纷争而送命，用灌夫的典，是反衬老将并非趋炎附势的小人，更不是自暴自弃之徒。

　　统观全诗，诗歌的节奏把握得很好，高低起伏，如壮阔波澜。前八句总言老将之能，从"少年十五二十时"开始，知其非独个人武艺高强，而更能统军，从而使胡骑恐惧。高扬之后，突然压抑，由卫青和李广的对比，转入"弃置"、"蹉跎"，继而今昔对比，过去"飞雀无全目"，如今"垂杨生左肘"，是因遭贬而衰老病弱。继而再言生计艰难，几乎沦落到贩徒、农夫的地步，境遇凄凉，"苍茫古木连穷巷，寥落寒山对虚牖"。到此已悲之极矣，情感却又重新扬起，说老将仍有壮志在怀，而不像灌夫那样自暴自弃。其后写边庭报警，朝廷又将出师征伐，老将感觉机会又到，于是"试拂铁衣如雪色，聊持宝剑动星文"，为雪国耻，思再上阵，"愿得燕弓射大将"。结末总结，说不要看不起老将，他"犹堪一战取功勋"。几番回环曲折，而无一字偏离主题。

　　明末邢昉在《唐风定》中盛赞此诗，说："绝去雕组，独行风骨，初唐气运至此一变。"此言至当。

桃源行

　　渔舟逐水爱山春[①]，两岸桃花夹古津[②]。坐看红树不知远，行尽青溪不见[③]人。山口潜行始隈隩[④]，山开旷望旋平陆。遥看一处攒云树，近入千家散花竹。樵客初传汉姓名，居人未改秦衣服。居人共住武陵源[⑤]，还从物外[⑥]起田园。月明松下房栊[⑦]静，日出云中鸡犬喧。惊闻俗客争来集，竞引还家问都邑。平明闾巷扫花开，薄暮渔樵乘水入。初因避地去人间，及至[⑧]成仙遂不还。峡里谁知有人事，世中遥望空云山。不疑灵境难闻见，尘心未尽思乡县。出洞无论隔山水，辞家终拟长游衍⑨。自谓经过旧不迷，安知峰壑今来变。当时只记入山深，青溪几曲到云林⑩。春来遍是桃花水⑪，不辨仙源何处寻。

【注释】

①山春：别本作"山村"。　②古津：古渡头。　③不见：别本作"忽值"，意为忽然遇见，似与诗意不合。　④隈隩（wēi ào）：隈，山水弯曲之处，隩，古通奥，指深幽。　⑤武陵源：相传桃花源在今天湖南省桃源县西南，桃源县晋代属武陵郡，故称武陵源。　⑥物外：世外。　⑦房栊：栊即窗户，房栊即房屋意。　⑧及至：别本作"更问"。　⑨游衍：流连不去。　⑩云林：云中山林。　⑪桃花水：即谓桃花盛开时的江河之水，指春水。

【语译】

　　打渔的小船顺水而下，渔人贪爱那山中春色，只见两岸桃花盛开，包夹着古老的渡口。因为观赏缀满红花的桃树，不知不觉深入山中，驶遍整条清澈的溪水都没有见到一个人。从山口潜行而入，途径开始曲折、深幽，突然间山峦洞开，放眼一望，只见到大片的平原。远远望去，云和树林聚集在一处，走近才发现繁花、修竹之中竟然散布着数千户人家。

　　渔人才把汉以后的历史传播到此境，此境居民还未改换秦朝装束。他们都居住在这武陵郡的桃花源内，在世外建起了田地、家园。明月映照着松下的房屋，是如此恬静，日出后仿佛能在云中听到鸡鸣犬吠的声音。他们惊讶地听闻有俗世之人前来，因此竟相会聚到一起，纷纷请渔人到自己家中去，向他询问故乡的消息。天亮后街道上落花满地，居民起身扫花，黄昏后渔夫和樵夫顺水归来。最初是因为躲避战乱才离开俗世，等到成仙以后，他们再也不肯回还。山谷中谁还知道外界的事情呢？从俗世遥望，只当云山之间空旷无物。

　　那渔人并不怀疑如此仙境是难寻难见的，但只因俗世之心还未扫尽，实在怀念故乡。于是他离洞而去，但即便远隔重重山水也无法遗忘此境，最终辞别家人，想要长久来此盘桓。他自以为经过一次就不会再迷路，谁料想山峰谷壑竟然改变了面貌。当时只记得深入山中，沿着清澈的溪流几番曲折，就能到达到云雾缭绕、树木葱茏的仙境，可是春天到来以后，条条溪水中都飘落着桃花，实在难以找到仙境的源头，不知道该去哪里寻访啊！

【赏析】

　　此诗下原注："时年十九。"当是王维十九岁时候的作品。诗的主题、灵感，均从陶潜《桃花源记并诗》而来，陶潜此诗文流传千古，深受文人的喜爱，以其为题的著名诗篇，除王维这一首《桃源行》外，还包括刘禹锡、王安石的同名作品，以及韩愈的《桃源图》等。

　　陶潜诗文大意，为东晋太元年间，有位渔人缘溪而上，深入穷境，在桃花林中发现一个山洞，进入山洞不久后便豁然开朗，得见一方乐土，其居民皆秦时避难而来，"乃不知有汉，无论魏晋"，他们摆脱了动乱和课税，熹然乐居。后渔人返回禀告太守，太守再遣人去追寻，却已杳然不知踪迹，再也找不到了。诗文反映了陶潜对当时社会黑暗面的厌憎，但他找不到解决问题的办法，只好寄希望于这种世外桃源的传说了。

　　王维的诗大抵重叙此事，只是有两处加以修改，一在"初因避地去人间，及至成仙遂不还"，说桃花源中之人并非简单地隐居避世，而是已经达成了仙道，二是结末不提武陵太守事，只说那渔人后日重来寻访，却再不能得其门而入。后一处修改无关紧要，对于前一处修改，前人多持否定观点，认为画蛇添足了。韩愈《桃源图》开篇即说："神仙有无何渺茫，桃源之说诚荒唐。"苏轼《和桃花源诗序》中也说："世传桃源事多过其实，考渊明所记，只言先世避秦乱来此，则渔人所见，似是其子孙，非秦人不死者也。又云'杀鸡作食'，岂有仙而杀者乎？"但我们要考虑到唐人诗篇中多处有以桃花源中人为神仙者，孟浩然《武陵泛舟》即有"莫测幽源里，仙家信几深"句，刘禹锡《桃源行》中也有"俗人毛骨惊仙子，争来致词何至此"句，虽然王维诗篇在先，但这一修改也未必是其原创，很可能是受时论的影响。

只是这么一受影响，或者原创，诗的意境就难免要降低一个层次了。考王维十九岁时，正当唐玄宗开元年间，大唐的鼎盛臻于极致，与陶潜所处的东晋朝局面、环境均截然不同，所以陶潜诗文言避世，表现了对社会动乱和苛捐无已的憎厌，王维处于盛世，难为此语，反言神仙事，则全诗的主题就变成了避世求仙，不仅缺乏对现实的针砭，而且更显得虚无缥缈、消极颓废——未及冠的少年，又非遭逢乱世、末世，却为此语，这和王维自小佞佛是分不开的。故而就格调而言，此诗诚非上品。

但若单纯就艺术价值而言，此诗却可谓是佳作。历来评价王维"诗中有画，画中有诗"，此诗开篇即以"坐看红树不知远，行尽青溪不见人"一联，以青、红二色相映衬，仿佛描绘出一幅色彩鲜艳的春日桃溪图来。此后写景，亦多佳联，如"遥看一处攒云树，近入千家散花竹"、"月明松下房栊静，日出云中鸡犬喧"、"平明闾巷扫花开，薄暮渔樵乘水入"，如开画卷，引人遐思。陶潜原诗原文，固不重于写景，而若论引桃花源事而描摹其景者，王维此诗可谓千古第一。

【扩展阅读】

桃源图

唐·韩愈

神仙有无何渺茫，桃源之说诚荒唐。流水盘回山百转，生绡数幅垂中堂。武陵太守好事者，题封远寄南宫下。南宫先生忻得之，波涛入笔驱文辞。文工画妙各臻极，异境恍惚移于斯。架岩凿谷开宫室，接屋连墙千万日。嬴颠刘蹶了不闻，地坼天分非所恤。种桃处处惟开花，川原近远蒸红霞。初来犹自念乡邑，岁久此地还成家。渔舟之子来何所？物色相猜更问语。大蛇中断丧前王，群马南渡开新主。听终辞绝共凄然，自说经今六百年。当时万事皆眼见，不知几许犹流传。争持酒食来相馈，礼数不同樽俎异。月明伴宿玉堂空，骨冷魂清无梦寐。夜半金鸡啁唧鸣，火轮飞出客心惊。人间有累不可住，依然离别难为情。船开棹进一回顾，万里苍苍烟水暮。世俗宁知伪与真，至今传者武陵人。

与自小佞佛的王维不同，韩愈向来反对迷信（当然，他也并非真正的唯物主义者，其人也深受佛、道影响），所以此诗开篇就说"神仙有无何渺茫，桃源之说诚荒唐"，再加之身处中晚唐社会矛盾突出之时，故此诗言桃花源事，仅论其格调，比王维诗高了不知凡几。

李 白

蜀道难①

噫吁嚱②，危乎高哉，蜀道之难，难于上青天！蚕丛及鱼凫③，开国何茫然。尔来④四万八千岁，不与秦塞⑤通人烟。西当太白⑥有鸟道，可以横绝⑦峨眉颠。地崩山摧壮士死⑧，然后天梯石栈相钩连。上有六龙回日⑨之高标，下有冲波逆折之回川。黄鹤之飞尚不得过，猿猱⑩欲度愁攀援。青泥⑪何盘盘，百步九折萦岩峦。扪参历井⑫仰胁息⑬，以手抚膺⑭坐长叹。问君西游何时还，畏途巉岩⑮不可攀。但见悲鸟号古木，雄飞雌从绕林间。又闻子规⑯啼夜月，愁空山。蜀道之难难于上青天，使人听此凋朱颜。连峰去天不盈尺，枯松倒挂倚绝壁。飞湍⑰瀑流争喧豗⑱，砯⑲崖转石万壑雷。其险也如此，嗟尔远道之人胡为乎来哉。剑阁⑳峥嵘而崔嵬，一夫当关，万夫莫开。所守或匪亲㉑，化为狼与豺。朝避猛虎，夕避长蛇。磨牙吮血，杀人如麻。锦城㉒虽云乐，不如早还家。蜀道之难难于上青天，侧身西望长咨嗟㉓。

【注释】

①蜀道难：古乐府名，属于"相和歌·瑟调曲"。 ②噫吁嚱（yī xū xī）：惊叹声，蜀地方言，北宋宋庠《宋景文公笔记》载："蜀人见物惊异，辄曰'噫吁嚱'，李白作《蜀道难》，因用之。" ③蚕丛及鱼凫：从蚕丛到鱼凫。蚕丛、鱼凫皆传说中古蜀王之名，扬雄《蜀本王纪》载："蜀王之先，名蚕丛、柏灌、鱼凫、蒲泽、开明……从开明上至蚕丛，积三万四千岁。" ④尔来：从那时以来。 ⑤秦塞：指秦地（今陕西省中南部和甘肃省东部），秦地四周有山川险阻，古称"四塞之地"，故名秦塞。 ⑥太白：即太白山，又名太乙山，在今天陕西省眉县、太白县一带。 ⑦横绝：横越。 ⑧地崩山摧壮士死：典出《华阳国志·蜀志》，载："秦惠王知蜀王好色，许嫁五女于蜀。蜀遣五丁迎之。还到梓潼，见一大蛇入穴中，一人揽其尾掣之，不禁，至五人相助，大呼拽蛇，山崩时压杀五人及秦五女并将从，而山分为五岭。" ⑨六龙回日：《淮南子》注载："日乘车，驾以六龙，羲和御之。日至此面而薄于虞渊，羲和至此而回六螭。"螭即龙的一种。 ⑩猿猱（náo）：指蜀山中最善攀援的猴类。猱是猿猴的一种，又名"猱"或"猕猴"，《诗·小雅·角弓》有"毋教猱升木"句。 ⑪青泥：指青泥岭，在今天甘肃省徽县南、陕西省略阳县北。《元和郡县志》载："青泥岭，在县西北五十三里，接溪山东，即今通路也。悬崖万仞，

山多云雨，行者屡逢泥淖，故号青泥岭。"　⑫ 扪参历井：参、井是二星宿名，古人以天上星宿分配地上州国，称为"分野"，参星为蜀地分野，井星为秦地分野。扪是用手摸，历是经过，此为互文，即扪参、井，并历参、井。　⑬ 胁息：屏住呼吸。　⑭ 抚膺（yīng）：膺即胸口，抚膺指抚摩或捶拍胸口，以抒惋惜、哀叹、悲愤等情。潘岳《哀永逝文》有"闻鸣鸡兮戒期，咸惊号兮抚膺"句。　⑮ 巉（chán）岩：险恶陡峭的山壁。　⑯ 子规：杜鹃鸟的俗名，《蜀记》载："昔有人姓杜名宇，王蜀，号曰望帝。宇死，俗说杜宇化为子规。子规，鸟名也。蜀人闻子规鸣，皆曰望帝也。"　⑰ 飞湍（tuān）：飞奔而下的急流。　⑱ 喧豗（huī）：水流轰响声。　⑲ 砯（pīng）：水击岩石之声。　⑳ 剑阁：又名剑门关，在四川省剑阁县北，地势险要，张载《剑阁铭》称："一人荷戟，万夫趑趄。形胜之地，匪亲勿居。"　㉑ 匪亲："匪"通"非"，匪亲意为非可信赖之人。　㉒ 锦城：即锦官城，成都的别名。　㉓ 咨嗟：叹息。

【语译】

啊呀呀，真是太高峻了啊，蜀道之难行，更难于上青天！从蚕丛直到鱼凫，蜀国的开基是多么遥远的事情啊，但是从那以后整整四万八千年，都未能与四塞的秦地人烟相通。

西面的太白山上，据说有只有飞鸟才能逾越的道路，可以横渡峨嵋的巅峰。因为传说中五丁开山，地裂山崩，五丁被压死，然后才有通天的阶梯、石制的栈道，把蜀、秦两地相连通起来。这条蜀道啊，其上有能够使牵拉日车的六条螭龙都到此而返的高峰，其下有曲折奔流、汹涌澎湃的江水。就算黄鹤也难以飞渡啊，就算猿猴想要逾越，都发愁难以攀援。还有那曲折盘绕的青泥岭，走百步便有九重拐弯，围绕着高峻的山岩。蜀地可以摸到参星，到了秦地可以摸到井宿，仰天而望呼吸难，不禁长叹手抚胸。

试问您西游蜀地，要何时才能归来啊，那险峻的道路、陡峭的山壁，真是太难攀登了呀。一路上只能听到悲凄的鸟儿在古树上哀号，雄鸟在前，雌鸟在后，徘徊在林间。又听那杜鹃鸟朝着夜间明月声声啼鸣，惆怅那山间的空旷。蜀道之难行，更难于上青天啊，让人听到这些鸟叫不禁容颜顿改。

连绵的山峰，似乎距离高天仅不到一尺，绝壁上倒挂着枯萎的松树。飞流的瀑布喧嚣震响，冲击着山崖和岩石，仿佛千山万壑中都响起惊雷。蜀道是如此地危险，慨叹那些远到之人究竟为何要到这里来呢？那剑阁又如此峥嵘，古树森森，一夫当关，万夫莫开，守备之人倘若不可信赖，便会化作豺狼，白天似猛虎，晚间似长蛇，磨着牙齿吮着血，杀害百姓如乱麻。虽说锦官城是个好去处，但还是早些回家吧。蜀道之难行，更难于上青天啊，我侧过身去向西望，不禁发出长长的叹息声。

【赏析】

关于这首诗的背景，历来有多种说法，或云讽谏避乱入蜀的唐玄宗，或云规劝房琯、杜甫二人出蜀，或云讽刺章仇兼琼不听朝廷节制。但此诗最早见录于殷璠所编纂的《河岳英灵集》，该书成于公元753年，也即唐玄宗天宝十二载，当时安史之乱尚未爆发，房、杜也未入蜀，可见前两说不确。而章仇兼琼守蜀，虽然恣行不法，却也并无割据之意，第三说也值得商榷。能够确定的是，此诗当作于天宝十二载之前，诗中有"问君西游何时还"句，可知是送友人入蜀之作。蜀道难行，友人千里入蜀，李白深感担忧，故作此诗。

这是李白歌行诗的代表作，想象奇特、气概豪雄、节奏铿锵、逸兴云飞，极言蜀道之难，并隐含忧国之意。开篇即以蜀地俗语高呼"噫吁嚱"，直言"蜀道之难，难于上青天"，此后又多次重复喟叹，直至"侧身西望长咨嗟"为终。诗的第一部分竟然从古史传说写起，言蜀道艰难，故而闭塞，虽接秦塞，却"四万八千岁"不通人烟。其后再述五丁开山的传说，言即使有此艰难蜀道亦为天开，非人力所能造成。蜀道因何而艰难？诗人总言群岭高峻，竟然能够阻碍红日之移，并使黄鹤难过，猿猱难攀。既而再言道路之曲折，巉岩重重，使人"以手抚膺坐长叹"，即使林中鸟鸣之声，听到旅人耳中，都似乎充满了无限的哀伤和惆怅。

子规即杜鹃，又名杜宇，传说为蜀帝杜宇死后所化，其叫声凄厉，类似于"不如归去"。李白即以此典为转折，引出"问君西游何时还"的试问。于是在反复咏叹蜀道之高、之险之后，突然慨叹国事，说如此险要之处，"所守或匪亲"，定必为百姓之祸，既然如此，那么"锦城虽云乐"又有什么意义呢？还"不如早还家"算了。天宝初年，唐朝虽然盛极而衰，但祸患始萌、暴乱未兴，能够提前预见到乱动的苗头，为此而发出如此哀叹，可见李白对当时社会矛盾有着相当清醒的认知。

此诗一大特色在于夸张。李白是浪漫主义诗人的标杆，他的想象力极为雄奇，夸张修辞之从心所欲、不惮其极，是旁人所无法比拟的。古蜀之开国，其实也不过数千年，《蜀王本纪》云"三万四千岁"本来就已经很夸张，李白犹嫌不足，而言"四万八千岁"。民谣言蜀山之高，有"武功太白，去天三百"句，李白更言"不盈尺"。蜀道难行，便言"难于上青天"，蜀山高峻，便言"六龙回日"、"扪参历井"，飞瀑击石，便言"万壑雷"，再加上穿插以种种神话、传说（古蜀开国、五丁开山、六螭御日、杜宇啼血等），则李白笔下的蜀山、蜀道，直非人间之山、之路，而是他雄奇想象中虚构出来的神话境界。吟咏此诗，还可以参看《梦游天姥吟留别》一诗，李白笔下的山水风光，大抵如是。

然而李白本为蜀人，蜀道虽难，他出入来回也非止一次，比起《梦游天姥吟留别》来，他笔下的蜀山、蜀道，既有虚幻的一面，又有真实的一面。诗歌先写太白、峨嵋，再写青泥，继而是剑阁，直抵成都（锦城），正是由秦入蜀一路之所经。仿佛诗人的魂魄跟随着入蜀的友人，步步行来，步步规劝，使诗意连绵贯穿，虽然反复言其险峻难行，却毫无细碎之感，而浑然一体，章法严谨。

看似飞扬跋扈，其实隐含章法，这正是李白诗歌的又一大特色。而此诗另一大特色，则在于杂用长短句，丝毫不受传统诗歌形式的约束。古诗的发展有其阶段性，周则四言为主，魏晋五言为主，唐代则盛行七言。唐代歌行，大抵以五、七言为主，偶尔杂以更长或更短的句子，李白此诗本体为七言，但所杂别言却占有无人可以企及的比例。诗中有三言（噫吁嚱）、有四言（磨牙吮血）、有五言（蚕丛及鱼凫），甚至有九言（上有六龙回日之高标）、十一言（嗟尔远道之人胡为乎来哉），似乎全无顾忌，全无拘束，但通篇读来却又顺畅无比，其实长短句的运用全由情感激发所得，汹涌澎湃中怒涛所指，全是一个方向。

如此不羁地使用长短句的诗歌，在李白之前是否存在过呢？确实是存在过的，那就是《楚辞》。比起周文化的多样但有序来，楚文化更加飞扬恣意、气象万千，而比起周文化之重人事来，楚文化则充满了远古的神话色彩，这两大特色凝练于骚体之中，也直接影响了李白。李白的诗歌深受楚骚影响，不拘形式，充满想象，乐观而旷达，这首《蜀道难》则可谓是此种特色的极大成者。

长相思①二首

⊙ 其一

长相思，在长安。络纬②秋啼金井阑③，微霜凄凄簟④色寒。孤灯不明思欲绝，卷帷望月空长叹。美人如花隔云端。上有青冥之长天，下有渌水⑤之波澜。天长地远魂飞苦，梦魂不到关山难。长相思，摧心肝。

【注释】

①长相思：乐府旧题，属《杂曲歌辞》，常以"长相思"三字开头或结尾。　②络纬：昆虫名，又名莎鸡，俗称纺织娘。　③井阑：即井栏，阑通栏。　④簟（diàn）：竹席。　⑤渌水：渌意为清澈，渌水别本作"绿水"。

【语译】

身在长安城中长相思啊。秋天的纺织娘在精致的井栏边鸣叫，淡淡的霜色显得如此凄凉，竹席已颇寒冷。孤灯昏暗啊，使人相思欲绝，卷起帷幕啊，空自望着明月而长叹。那如花的美人啊，和我相隔万千浮云，上有深邃不可测的高天，下有波澜起伏的清水。天长地远，我的魂魄欲飞去寻觅，是如此辛苦，但梦魂却难以抵达遥远的关山。长相思啊，摧迫着我的心肝。

【赏析】

李白诗的特色主要在想象雄奇，内容、形式不受拘束方面，至于气概豪雄，那也是相应题材而存在的，当诗意需要的时候，他同样可以创作出一些细腻柔婉的作品来，这两首《长相思》就是最好的例证。当然，豪雄之气深入李白的骨髓，同样写相思之情，写魂梦飞扬，李白这第一首诗中也出现了"上有青冥之长天，下有渌水之波澜"这样的句子，换一位诗人，或许"天长地远"二字即可笼统地表达其意，但李白却将情景更阔大化，同时也突出了"魂飞苦"中所蕴含的浪漫色彩。

《长相思》，诗如其题，常用来描摹相思之苦，李白这两首诗也不能外。这第一首是写男子思慕女子之苦，开篇即点出相思地点，是在长安城内。李白家不在长安，他曾两度赴长安出仕，故所思者之女子相隔遥远，也许在他的故乡。开篇点题后，先描摹秋景之凄寒，以兴发内心情感。秋虫鸣唱、霜色已下、枕簟生寒、孤灯不明、望月长叹，此亦涂抹相思之情惯用的意象，李白于四句中杂用这些意象，因为词句的组织几乎无懈可击，意境的构造也臻于完美，故此毫无堆砌之感。

其后直言所思美人，其容貌以"如花"带过，而两人相隔的距离之遥远，乃以"隔云端"比喻。"上有青冥之长天，下有渌水之波澜"两句仿佛突然间将镜头拉伸，从长安邸中一灯如豆的寒夜扩展到广袤天地之间，乃有"天长地远"之谓，于是"魂飞苦"、"魂梦不到"的悲凄便自然生成，笔锋流转，圆润自如。开篇即言"长相思"，结尾再加呼应，全篇结构也非常严谨、完整。

此诗杂用三、七言，亦为长短句，而诗中意境委婉细腻，可以说是宋词的滥觞——宋词中本有《长相思》词牌，上下阕皆以两个三字句领起，无疑是深受李白此诗影响的结果。

更重要的特色是，此诗通俗晓畅，重于比兴，一咏三叹，吸收了浓郁的民歌特色，因此才能上承乐府，下启宋词，成为两大诗歌阶段的重要衔接点之一。

同样，作为一位颇想有所作为的诗人，此诗或许并非简单描写男女情爱、相思之苦，而隐含着"香草美人"之喻。李白居于长安，所思美人遥不可及，或许他是在用美人来比喻自己的理想、抱负——理想如此美好，但身在长安、拘于宦途，反而距离理想越来越远，虽然魂牵梦萦，却始终无法达到，则其内心惆怅，更显浓郁。当然，对于诗中隐意，也不宜探究过深，方能免堕于附会的渊薮。或云"在长安"非止相思之人身在长安，而是指相思的对象身在长安，此为李白被迫离京后表达对玄宗的思念，那就未免离题万里了。

王夫之曾赞此诗，说："题中偏不欲显，象外偏令有余，一以为风度，一以为淋漓，乌乎，观止矣。"

⊙ 其二

日色欲尽花含烟，月明如素愁不眠。赵瑟①初停凤凰柱②，蜀琴③欲奏鸳鸯弦④。此曲有意无人传，愿随春风寄燕然⑤。忆君迢迢隔青天。昔时横波⑥目，今作流泪泉。不信妾肠断，归来看取明镜前。

【注释】

①赵瑟（sè）：瑟为类似琴、筝的弦乐器，多为二十五弦，传说战国时代赵国人善于鼓瑟，故言赵瑟。　②凤凰柱：指琴柱雕为凤凰形状，或者绘有凤凰花纹。　③蜀琴：据说蜀地的桐木最宜作琴，故言蜀琴。　④鸳鸯弦：将长短不齐的琴弦比喻为双双对对的鸳鸯鸟。　⑤燕（yān）然：古代山名，即今天蒙古人民共和国境内的杭爱山，后用以指代边塞，唐李峤《饯薛大夫护边》有"仁见燕然上，抽毫颂武功"句。　⑥横波：比喻女子眼神流动，如水波横流。东汉傅毅《舞赋》有"眉连娟以增绕兮，目流睇而横波"句，李善注："横波，言目邪（斜）视，如水之横流也。"

【语译】

红日已落，余晖将尽，花朵笼罩在轻烟之中，明月已升，月光如同白练，使我惆怅难眠。弹完赵地的瑟啊，我的手指不禁停留在凤凰型的瑟柱上，而演奏蜀地的琴时，又忍不住想去拨响那似鸳鸯成对的琴弦。这一段曲调蕴含着无穷的情意，却无人可以倾诉，我希望它可以随着春风被寄送到燕然山去。怀念爱人啊，爱人却相隔着青天，迢迢路远。昔日如水横流的我的眼目啊，如今却变成了流泪不止的泉源。倘若不相信我的肝肠已断，就请归来吧，在明镜之前看看我憔悴的容颜。

【赏析】

李白两首《长相思》非写于同一时期，只是因题名相同，故《河岳英灵集》将其并列而已。前一首写男子思慕女子，后一首则写女子思恋男子，属怨妇诗，正因为并非写于同一时代，故前一首或有香草美人的隐喻，后一首则并无隐藏含义，正不必加以关联。

此诗写闺中少妇思念远行的丈夫，同样吸收了民歌特色，意象虽不新颖却极贴切，文辞虽不华彩却极通畅。其中"赵瑟初停凤凰柱，蜀琴欲奏鸳鸯弦"一联尤其匠心独运，古人将琴瑟并称，有喻夫妇和美之意，《诗经·周南·关雎》即有"窈窕淑女，琴瑟友之"句，则此诗为夫妇相思之意明矣。凤凰是总一大类，或云凤为雄鸟、凰为雌鸟，故言"凤凰柱"，有比翼双飞之意，其后"鸳鸯弦"用意也都相同。琴瑟、凤凰、鸳鸯，两句给出三个意象，总言夫妇别离，故见琴见瑟、抚凤凰柱、奏鸳鸯弦，惆怅自生，哀怨难平，所奏自为相思之曲。可惜这相思之曲无人倾听，乃作狂想，唯愿此曲随春风以寄燕然，使丈夫知其绵绵思念之情。

丈夫远离，相思难寄，于是诗的主人公，也即闺中独居的少妇不禁泪如涌泉，"昔时横波目，今作流泪泉"，文辞虽然典雅，民歌意味却也浓厚，于是乃以"不信妾肠断"为结。少妇希望丈夫"归来看取明镜前"，所看者何，虽未明言，而可想见，乃是泪如泉涌之态、相思憔悴之貌。此为痴语，非女子不能为此言，可见诗人对所描摹的主人公的心态把握是非常准确的。

【扩展阅读】

寄 远

唐·李白

美人在时花满堂，美人去后空余床。床中绣被卷不寝，至今三载犹闻香。香亦竟不灭，人亦竟不来。相思黄叶落，白露点青苔。

李白这首《寄远》诗，亦别名《长相思》，有人将其作为《长相思》的第三首，也有人将其作为"日色欲尽花含烟"的下篇。但此诗很明显是男子思念女子，故应独立成篇，不应归于第二首《长相思》。

行路难①

金尊②清酒斗十千③，玉盘珍馐直④万钱。停杯投箸⑤不能食，拔剑四顾心茫然。欲渡黄河冰塞川，将登太行雪满山⑥。闲来垂钓坐溪上，忽复乘舟梦日边。行路难，行路难，多歧路，今安在。长风破浪会⑦有时，直挂云帆济沧海。

【注释】

①行路难：旧乐府题名，属《杂曲歌辞》，多描写世路艰难和离别悲伤之意。 ②金尊：黄金所制的酒杯，尊通"樽"。 ③斗十千：指一斗酒价值十千（一万）钱。 ④直：通"值"。 ⑤箸（zhù）：筷子。 ⑥雪满山：别本作"雪暗天"。 ⑦会：应当。

【语译】

黄金杯中的清酒啊，一斗就价值万钱，白玉盘中的美味啊，其价值也是万钱。然而我却停下杯、抛下筷子，难以下咽啊，拔出宝剑望向四周，内心是如此地茫然。想要渡过黄河去，但冰凌堵塞了河道，想要登上太行山吧，大雪又堆满了山峰。无处可去啊，只能学吕望在溪边垂钓，忽然又似伊尹一般，梦见自己乘舟从红日旁经过。行路难啊行路难，到处都是歧途啊，都不知我自己如今身在何处。但请相信吧，总有一天我能够如宗悫所言般乘长风破万里浪，高挂着船帆渡过那苍茫大海。

【赏析】

所谓"行路难"，并非指真实意义上的道路难行，而是指世道艰难，自己的前程渺茫难测，或者志向难以伸展，以此为题的旧乐府大抵均言此意，李白三首《行路难》也不例外。

这是三首《行路难》的第一首，猜测写于天宝三载（744年），李白初仕不遇，被迫离开长安前后。本来此番应召进京，李白对自己的前程是充满了信心和憧憬的，以为既然接近了皇帝，必然能够施展抱负，为国效力，但是没有想到唐玄宗只以他为文学弄臣，并且逐渐地连弄臣都不可得，最终被赐金赶离。李白忧伤、悲愤之下，乃作是诗。

开篇"金尊清酒斗十千，玉盘珍馐直万钱"，或谓是指离京时友人所设的饯别宴，但也可以解作李白在京时的优裕生活，美酒、美食摆在面前，但政治理想却难以达成，所以他才"停杯投箸不能食"，继而"拔剑四顾"，是指剑虽出鞘，却无用武之地，所以才"心茫然"。"欲渡黄河冰塞川，将登太行雪满山"正应"行路难"之题，也有权贵遮道，如川中冰凌、如山间积雪，使自己抱负难伸之意。

"闲来垂钓坐溪上，忽复乘舟梦日边"两句很巧妙地用了传说典故。"垂钓"是指周初功臣吕望（又名姜尚），传说他曾在磻溪垂钓，得遇周文王，就此一飞冲天；"梦日"是指商朝开国功臣伊尹，传说他在受商汤简拔之前，曾经梦见自己乘船经过日边。这两句所隐含的意思是，我因为前路艰难而起隐居之意，但内心却还盼望着能有施展抱负的一天，于是身虽垂钓，梦却过日。

其后诗人再反复咏叹"行路难"，然后笔锋突然一转，雄心再度振奋。全诗从开篇"停杯投箸"开始，情绪是先跌落谷底，再逐渐攀升的，"欲渡"、"将登"一联便是谷底，但"垂钓"、"梦日"一联以前朝名臣自况，便已有所恢复，到了结句更豪情万千，将此前的颓态一扫而空。"长风破浪会有时"是用了南朝宗悫的典故——《宋书·宗悫传》载："宗悫字元干，南阳人也，叔父炳，高尚不仕。悫年少时，炳问其志，悫曰：'愿乘长风破万里浪。'"因此才有了"乘风破浪"的成语，指排除艰难，奋勇向前，以达成自己宏伟的志愿。李白以此为结，正说明他内心仍有热血澎湃，虽遭一时挫折，甚至一度慨叹"行路难"，但终究还是从哀伤、愤懑中挣扎了出来，志向仍然高远，雄心终究不泯。

所以说，此诗结句是全篇文眼所在，正因如此，历来也产生过一些异论，比如明朝朱谏在《李诗选注》中便说："世路难行如此，惟当乘长风，挂云帆以济沧海，将悠然而远去，永与世违，不蹈难行之路，庶无行路之忧耳。"认为结句有归隐之心，是化用《论语·公冶长》

中孔子所谓"道不行，乘桴浮于海"意。私以为此解未通，倘若李白真有此意，一则不当用宗悫那般豪情天纵的典故，使转折生硬，二来当用"泛沧海"而非"济沧海"。孔丘句中的"浮"字，或者"泛"字，都是指船行入水，随水而去，并没有明确的目标，那才是归隐之意，"济"是指横渡，"济沧海"是有着明确的目标，所以今人白话此诗，有将结句译作"达到理想彼岸"的，这应该才是李白的真意。

【扩展阅读】

行路难_{其三}

唐·李白

有耳莫洗颍川水，有口莫食首阳蕨。含光混世贵无名，何用孤高比云月。吾观自古贤达人，功成不退皆殒身。子胥既弃吴江上，屈原终投湘水滨。陆机才多岂自保，李斯税驾苦不早。华亭鹤唳讵可闻，上蔡苍鹰何足道。君不见吴中张翰称达士，秋风忽忆江东行。且乐生前一杯酒，何须身后千载名。

李白的三首《行路难》作于不同时期，而随着经历过的坎坷之增多，他的情绪也逐渐低沉，诗意也逐渐消极，到了这第三首的时候，所引典故大抵为功臣殒身，离世归隐之意非常浓厚，相比之下，第一首《行路难》的基调则迥然不同。

将进酒^①

君不见黄河之水天上来，奔流到海不复回。君不见高堂明镜悲白发，朝如青丝暮成雪。人生得意须尽欢，莫使金尊空对月。天生我材必有用，千金散尽还复来。烹羊宰牛且为乐，会须一饮三百杯。岑夫子^②，丹丘生^③，将进酒，杯莫停。与君歌一曲，请君为我侧耳听。钟鼓馔玉^④不足贵，但愿长醉不复醒^⑤。古来圣贤皆寂寞，惟有饮者留其名。陈王昔时宴平乐^⑥，斗酒十千恣欢谑^⑦。主人何为言少钱^⑧，径须^⑨沽取对君酌。五花马，千金裘，呼儿将出换美酒，与尔同销万古愁。

【注释】

①将（qiāng）进酒：乐府旧题，属"短箫铙歌"，将是愿、请之意，进酒是饮酒，将进酒意为劝君饮酒。　②岑夫子：指岑勋，南阳人，李白之友，夫子是对有学问的男子的尊称。　③丹丘生：指元丹丘，亦李白之友。　④钟鼓馔玉：钟鼓是指富贵人家饮宴时必奏乐发兴，馔是食物，馔玉指如美玉一般精美的食物。⑤不复醒：别本作"不用醒"或"不愿醒"。⑥陈王昔时宴平乐：陈王即曹魏的陈思王曹植，

其《名都篇》有"归来宴平乐，美酒斗十千"句，平乐是观名，在洛阳西门外，张衡《西京赋》有"大驾幸乎平乐，张甲乙而袭翠被"句。　⑦谑（xuè）：玩笑。　⑧言少钱：别本作"言钱少"。　⑨径须：干脆，只管，尽管。

【语译】

你看不见吗？那黄河之水从天上而来，一路奔流到海，不肯回头。你看不见吗？高堂上的明镜悲哀地映照着白发，早晨还是青丝，晚上便成飞雪。人生得意之时，便要恣意欢娱啊，不要让那黄金酒杯空对明月。要相信天生我材，必定有用，千金散尽，还会重得。宰杀、烹煮牛羊，姑且作乐吧，正该一喝就喝三百杯酒。

岑先生和元丹丘啊，奉劝你们继续饮酒，不要停杯。我为你们高歌一曲，请你们侧耳倾听我的歌声。佳肴如玉、钟鸣鼓响，又何足珍贵呢？只希望能够长久醉倒，不要醒来。自古以来的圣贤全都寂寞无人知啊，只有喜欢喝酒的人能够留下姓名。想当年曹植在平乐设宴，一斗酒要耗费万钱，他们恣意享乐、玩笑。主人为什么说钱少呢？尽管去买酒回来，我们对坐痛饮吧。那五花连钱的名马、价值千金的貂裘啊，呼唤僮儿全都取出来换成美酒，我和你们一起醉倒，以消除那万古的忧愁吧。

【赏析】

此诗或谓作于天宝四载（745年），李白在开封梁园与岑勋、元丹丘宴饮之时，或谓作于天宝十一载（752年），李白与岑勋在元丹丘的颍阳山居为客之际，但总之是在李白被迫离开京城长安之后，直到安史之乱爆发之前，在这一阶段所创作的作品。诗如其题——《将进酒》，乃是一首劝酒歌，并借劝酒抒发内心的志向，倾吐内心的愤懑。

李白好酒如狂，杜甫《饮中八仙歌》即写："李白斗酒诗百篇，长安市上酒家眠，天子呼来不上船，自称臣是酒中仙。"酒醉而生陶然之意，这陶然之意直接催生了李白的诗情、诗性，李白的诗篇往往离不开与杯中之物的关系，此诗最为鲜明。

诗的开篇即言"黄河之水天上来，奔流到海不复回"，这是说时光如同逝水，一去无踪。孔子曾在川上言："逝者如斯夫，不舍昼夜。"五代末李煜作词也有"问君能有几多愁，恰似一江春水向东流"句。可见以流水比拟时光流逝，青春不再，在文艺作品中也并不罕见，但无论孔丘所言，还是李煜笔下，这时光流逝都是平缓的，充盈着淡淡忧伤的，只有李白以"奔流"二字，写出了扑面而来的紧迫之意，以及澎湃汹涌的气势。观此首句，并不给读者以忧伤之感，反而产生满腔豪气，或欲砥柱中流，或待搏浪而下。真正能够体味到时不我待的忧伤的，在后两句——"高堂明镜悲白发，朝如青丝暮成雪"。或谓此"高堂"二字乃指双亲，则双亲老去，后当接孝亲之意，与诗歌本身所要表达的意味，以及其后的文辞皆不合，因此合该当作高屋殿堂之意。

淡淡的忧伤才显，李白笔锋突然又一转折，说"人生得意须尽欢"。时光如水逝去，青春疾速消逝，虽然可叹，却不必惆怅，正因如此，才要及时行乐。诗意到此，似乎有些消极意味，但是其后再一转折，说"天生我材必有用，千金散尽还复来"，可见李白并不欲虚度年华，他虽然在仕途上受到挫折，但雄心仍未磨灭，情绪仍显高昂，觉得只要有才，总会有用武之地的。在机会未来、抱负未伸之前，大丈夫又岂能徒然哀叹，如楚囚对泣呢？

还是痛痛快快地来饮宴吧！李白要求大排宴席，与岑、元二人豪饮一番，并且作歌言志。他说"钟鼓馔玉不足贵"，意思是富贵非其所愿，他要施展抱负，为国效力，其目的并非能够享受美食、宴有钟鼓，过那些富贵人家的生活。他只想痛快喝酒，因为"古来圣贤皆寂寞，惟有饮者留其名"——可见所求者也并非声名。这几句联系在一起，正是李白对自己志向的最好阐述，唯愿一展所长，报效国家，所求既非富贵，也非声名。在谈到"饮者留其名"的时候，李白举曹植为例。曹植是曹操第三子，任侠好酒，志向高远，但受其兄曹丕的压制，有才能却无法施展。李白是以曹植自况，一则言自己之志仿佛曹植，一言自己之才亦不逊于曹植，再言自己好酒如曹植，同时也隐含着自己宦途坎坷、壮志难伸亦如曹植之意。

其后再极言名马、貂裘换酒，正有"千金散尽"之意，与前文遥相呼应。李白曾在《上安州裴长史书》中写自己"曩者游维扬，不逾一年，散金三十余万"，可见轻财仗义，本就是他的习惯，"千金散尽"绝非故作豪言。至此情绪已达高峰，酒兴亦已纵横，但诗人笔法恣肆无伦，牵引着读者的情感，随即以"与尔同销万古愁"为结，能放能收，真如椽大笔也。他所谓的"万古愁"究竟指什么呢？想来必定是"高堂明镜悲白发"，以及"古来圣贤皆寂寞"和曹植壮志难酬之类了。

此诗豪纵中有深情，欢谑中生悲哀，且悲哀之隐，更以壮志为涂抹，层次多重，发人深省。就艺术特色而言，以七言为主，间以五言、三言，文辞朴实而不质拙，行文流畅却又收放自如，明快多变，豪气天成，可谓是李白七言歌行的扛鼎之作。

【扩展阅读】

饮中八仙歌

唐·杜甫

知章骑马似乘船，眼花落井水底眠。汝阳三斗始朝天，道逢曲车口流涎，恨不移封向酒泉。左相日兴费万钱，饮如长鲸吸百川，衔杯乐圣称避贤。宗之潇洒美少年，举觞白眼望青天，皎如玉树临风前。苏晋长斋绣佛前，醉中往往爱逃禅。李白斗酒诗百篇，长安市上酒家眠，天子呼来不上船，自称臣是酒中仙。张旭三杯草圣传，脱帽露顶王公前，挥毫落纸如云烟。焦遂五斗方卓然，高谈雄辩惊四筵。

杜甫此诗描写了贺知章、李琎、李适之、苏晋、李白等八位好酒的文人，情调幽默诙谐，色彩明丽，旋律轻快。其中描写李白的几句尤其脍炙人口，李白"酒中仙"之名就此不胫而走。

杜 甫

兵车行

车辚辚①，马萧萧②，行人弓箭各在腰。爷娘③妻子走相送，尘埃不见咸阳桥④。牵衣顿足拦道哭，哭声直上干⑤云霄。道旁过者问行人，行人但云点行⑥频。或从十五北防河⑦，便至四十西营田⑧。去时里正⑨与裹头⑩，归来头白还戍边。边庭流血成海水，武皇⑪开边意未已。君不闻汉家山东⑫二百州，千村万落生荆杞⑬。纵有健妇把锄犁，禾生陇亩无东西⑭。况复秦兵⑮耐苦战，被驱不异犬与鸡。长者虽有问，役夫敢伸恨？且如今年冬，未休关西⑯卒。县官急索租，租税从何出？信知生男恶，反是生女好。生女犹得嫁比邻，生男埋没随百草。君不见青海头⑰，古来白骨无人收。新鬼烦冤⑱旧鬼哭，天阴雨湿声啾啾⑲！

【注释】

①辚（lín）辚：车轮转动声，《诗经·秦风·车辚》有"有车辚辚"句。 ②萧萧：马的嘶鸣声，《诗经·小雅·车攻》有"萧萧马鸣"句。 ③爷娘：别本作"耶娘"，含义相同。 ④咸阳桥：指唐都长安附近的便桥，汉武帝所建，故址在今天陕西省咸阳市西南，唐代称咸阳桥，为长安通往西北的必经之路。 ⑤干：冲冒。 ⑥点行：点名征调军役。 ⑦北防河：唐玄宗开元后期，经常征召陇右、关中、朔方诸军集结河西一带防御吐蕃，称"防河"，因其地在长安以北，故言"北防河"。 ⑧西营田：古时实行屯田制，军队无战事即耕种，有战事即作战，名为营田，"西营田"是指唐军为防范吐蕃而在长安西北屯田。 ⑨里正：唐制，每百户设一里正，负责管理户口、检查民事、催促赋役等。 ⑩裹头：裹上头巾。唐时平民男子成年即裹头巾，与古时行冠礼同。 ⑪武皇：指汉武帝刘彻，这里是隐指唐玄宗。 ⑫山东：指崤山或华山以东地区，约等于今天的山西、河南、河北、山东、安徽、京、津等地。 ⑬荆杞（qǐ）：指荆棘与杞柳，都是野生灌木。 ⑭无东西：不分东西，意为行列不整齐。 ⑮秦兵：指关中地区（长安附近）的士兵。 ⑯关西：指函谷关以西的地方，亦即秦地。 ⑰青海头：指青海湖边，自唐高宗仪凤年间开始，唐和吐蕃经常在这一带交战，唐兵死亡很多。 ⑱烦冤：愁烦委屈之意。 ⑲啾啾：象声词，形容凄厉的哭叫声。

【语译】

车轮在滚动，战马在嘶鸣，行路之人各自腰间都携带着弓箭。父母妻儿追逐着送别，尘埃卷起，遮蔽了咸阳桥。他们牵着亲人的衣服，捶胸顿足地拦在道路上哭泣，哭声直冲云霄。我从道旁经过，问那行路的人到哪里去，行路的人回答说是因为频繁征调兵役的缘故。有的人十五岁便北上河西去防御吐蕃，四十多年后仍然在西北屯田。去的时候还未成年，里正提前给他裹上头巾，回来的时候头发都白了，但仍要继续戍守边疆。

想那边境上因战争而流血，流血都快汇聚成海洋了啊，但是皇帝开疆拓土之心却仍不肯罢休。你难道没有听说过吗？山东之地二百余州，千万座村落都人烟稀少，长满了荆棘和杞柳。就算有健壮的妇人可以把着锄头、耕犁劳作，田间的禾苗仍然稀稀落落的。再加上关中的士兵从来就耐于苦战，所以屡次被征发，就像狗和鸡一样被赶来赶去。

作为长者的我虽然提出问题，但那些服兵役的人们又哪敢倾吐内心愤恨呢？就像今年冬天，并没有停止征调关西的士卒，县官着急索取租税，可是无人耕种，租税又从何而来呢？人们这才相信生男不是好事啊，还不如生女儿为好，生下女儿还能嫁给邻居常伴身边，生下男孩却只能埋骨沙场，伴随百草长眠。你不见那青海湖边，自古以来就累累白骨，无人收埋。新鬼愁烦委屈，旧鬼哭泣不休，天色阴沉，雨密气湿，那鬼哭之声是如此地凄厉啊！

【赏析】

这是杜甫现实主义的名篇，关于它的背景，有两种说法。一在《杜少陵集详注》中，言："此为明皇用兵吐蕃而作，故托汉武以讽，其辞可哀也。先言人哭，后言鬼哭，中言内郡凋敝，民不聊生，此安史之乱所由起也。"二在《钱注杜诗》，言："天宝十载（751年），鲜于仲通讨南诏蛮，士卒死者六万，杨国忠掩其败状，反以捷闻，制大募两京及河南北兵，以击南诏。人闻云南瘴疠，士卒未战而死者十八九，莫肯应募。国忠遣御史分道捕人，连枷送军所，于是行者愁怨，父母妻子送之，所在哭声震野。此诗序南征之哭，设为役夫问答之词……是时国忠方贵盛，未敢斥言之，杂举河陇之事错互其词，若不为南诏而发者，此作者之深意也。"

因为诗中有"北防河"、"西营田"等句，所以当然前一说可信度较大。那么钱谦益所谓"是时国忠方贵盛，未敢斥言之，杂举河陇之事错互其词，若不为南诏而发"有没有道理呢？我觉得，没有道理，也有道理。所以说没有道理，因为杨国忠"大募两京及河南北兵，以击南诏"，明确是募兵，而诗中所言则是征兵，两种行为对底层人民的影响虽然同样恶劣，但内容是似同实异的，可见杜诗所由来，应当不是征南诏之役。所以说有道理，因为诗中写"武皇开边意未已"，所写的是共性而非简单的某一次征发，吐蕃之战、南诏之役，都可以成为诗人感叹的由来、作品的资料，因此不能完全排斥钱说。

唐初实行府兵制，属征兵性质，由军府所在地从"六品以下子孙及白丁无职役者"中挑选，每三年选拔一次，从21岁开始服役，60岁方可免役，服役期间免本身租调，兵农合一。后来因为均田制的崩坏，农民逐渐无力负担沉重的军役，加上边将苛酷，兵役时间逐渐延长、兵役强度逐渐增强，到唐玄宗时期府兵制就崩溃了，天宝八载（749年），朝廷正式停止府兵，以前只作为征兵制补充的募兵制就此成为主流。观诗中所写，当为征兵，所征皆为农人，乃有"点行频"和"纵有健妇把锄犁"等语。

诗歌所设置的场景，是诗人本身，也即诗中所谓的"道旁行人"和"长者"在咸阳桥附近遇见一群应征的农人，向其询问缘由，农人回复，从而极言征战之苦，进而鞭笞唐玄宗的穷兵黩武。旧谓从"行人但云点行频",直到"生男埋没随百草"为止,都是农人的哭诉,但观其语气,未必皆为第一人称直言。其实诗歌中对对话的描述从来都是很随意、很活泼的,正不必将此大段全都加上引号,这其中肯定也掺杂了很多诗人本身的感想和插话。杜甫有很多现实主义诗篇,比如《新安吏》《石壕吏》,就都是用这种叙述、感想和对话相夹杂的手法写成的。

开篇即写路中偶遇,只见"爷娘妻子走相送","牵衣顿足拦道哭",因此诗人停步相问,乃知是因为"点行频"。"或从十五北防河,便至四十西营田"一句,历来解为十五岁即始应征,四十岁仍在役中,恐怕不确。首先,按照府兵制的征兵法,一般三到六年一征,一役三年即轮换,虽然后期士兵服役期越来越长,但也应该到不了二十五年之久。其次,这两句是对应着其后"去时里正与裹头,归来头白还戍边"的,前句可解,十五尚未成丁,照理不该应征,但被迫应征,所以要在出行前临时让里正给裹头,但后句便难解了,即便古人寿命短,老得早,也不至于年仅四十便"头白"吧?私以为当解作十五岁开始应征,四十年后仍要应征,出而屯田。十五未成丁即服役,这是提前了服役的年限,五十五岁虽然仍在役中,但头发已白,按例应当在后方做些杂务了,却仍被迫要上前线去屯垦。从少年直到老年,兵役日益沉重、服役期越来越长,这才是导致"山东二百州,千村万落生荆杞","纵有健妇把锄犁,禾生陇亩无东西",生产生活全被破坏的主要原因。

诗刺时事,不敢直言,所以用汉武帝来隐指唐玄宗,用汉家来隐指唐朝。诗写关中征兵事,开篇即言"咸阳桥",后又有"秦兵耐苦战"、"未休关西卒"句,但是突然插入"山东二百州",一可见此非出于关西征人之口,而是诗人的插叙,二可见诗人由小及大,所言乃全国范围内兵役沉重、生产凋敝的现象,而不仅仅是说关中一地。

诗人自关中征兵言起,中插入关东语,然后再回归关中,说"况复秦兵耐苦战",把眼前所见、亲身所历和更大范围的全国状态完美地揉和为一,既层次分明,又线索明确。唐玄宗时代,府兵制逐渐崩溃,唐的军事实力逐渐衰弱,但对外战争却反而有增无减,包括对契丹、奚、突厥、吐蕃、南诏、大食的战争此起彼伏。唐与吐蕃争夺河西,就根由来看其实不算是侵略、开边的战争,而是不得不为的防御性战争,但因为外交上的失误和西北边将的骄横无谋,屡屡受挫而不知改弦更张,只知道征募兵役,用人命去填出防线,这正是杜诗中所谓的"边庭流血成海水"。因此而造成的恶果,不仅仅诗人目中所见役夫亲人们"牵衣顿足拦道哭",更加以各地生产遭到破坏,可是即便如此,"县官急索租",完全不管"租税从何出",形成恶性循环,对百姓造成了绝大的伤害。"信知生男恶,反是生女好","生女犹得嫁比邻,生男埋没随百草"四句最为沉痛,古人重男轻女,为了所谓的传宗接代,民间皆重生男,但倘若生男而不能保命,那还不如生女呢。兵役之沉重,给社会生活造成的恶劣影响,给百姓造成沉重灾难和心理阴影,都在这四句中表露无疑。

结尾以"君不见"领起,由实入虚,加入诗人的想象,他仿佛能够看到战场上的累累白骨,听到战场上的冤魂哭号,尤其旧鬼而又加新鬼,可见非止一战,战无已时,不见其始,亦难见其终,则沉痛之浓,刺世之深,袅袅余音不绝,不禁使人扼腕而泣下。

此诗章法严密,文辞明白如话,得乐府遗意而无旧乐府之鄙俗,确实是一时佳构。明代胡应麟评价得很准确:"六朝七言古诗,通章尚用平韵转声,七字成句,读未大畅。至于唐人,韵则平仄互换，句则三五错综，而又加以开因，传以神情，宏以风藻，七言之体，至是大备矣……少陵不效四言，不仿《离骚》，不用乐府旧题，是此老胸中壁立处。然风骚、乐府遗意，杜往往得之，太白以《百忧》等篇拟风雅，《鸣皋》等作拟《离骚》，俱相去悬远。乐府奇伟，高出六朝，古质不如两汉，较输杜一筹也……乐府则太白擅奇古今，少陵嗣迹风雅，《蜀道难》、《远别离》等篇，出鬼入神，倘恍莫测；《兵车行》、《新婚别》等作，述情陈事，恳例如见。"

丽人行

三月三日①天气新，长安水边多丽人。态浓意远淑且真②，肌理细腻骨肉匀。绣罗衣裳照暮春，蹙金③孔雀银麒麟。头上何所有？翠微匐叶④垂鬓唇。背后何所见？珠压腰衱⑤稳称身。就中云幕⑥椒房亲⑦，赐名大国虢与秦⑧。紫驼之峰出翠釜⑨，水精⑩之盘行⑪素鳞。犀箸厌饫⑫久未下，鸾刀缕切⑬空纷纶⑭。黄门⑮飞鞚⑯不动尘，御厨络绎送八珍⑰。箫鼓哀吟感鬼神，宾从杂遝⑱实要津⑲。后来鞍马何逡巡，当轩下马入锦茵。杨花雪落覆白苹，青鸟飞去衔红巾。炙手可热势绝伦，慎莫近前丞相⑳嗔㉑！

【注释】

①三月三日：指上巳日，唐代长安士女多于此日到城南曲江游玩踏青。 ②态浓意远淑且真：态浓指姿态浓艳，意远指神气高远，淑且真指淑美而不做作。 ③蹙金：一种刺绣方法，指用金线绣花而皱缩其线纹使紧密而匀贴，又名"拈金"。 ④匐（è）叶：古代妇女的一种首饰。 ⑤腰衱（jié）：裙带。 ⑥云幕：绣画有云纹的帐幕。 ⑦椒房亲：汉代皇后居室以花椒和泥涂壁，后世因称皇后为椒房，皇后家属为椒房亲。 ⑧虢与秦：指天宝七载（748年），唐玄宗赐封杨贵妃的大姐为韩国夫人、三姐为虢国夫人、八姐为秦国夫人。 ⑨翠釜：翠绿色的锅，釜是古代一种圜底无足的烹煮器。 ⑩水精：即水晶。 ⑪行：盛送。 ⑫厌饫（yù）："厌"通"餍"，与饫意均为饱食，厌饫是指因饱食而失去食欲。 ⑬鸾刀缕切：鸾刀是缀着响铃的刀，古代祭祀时用来割肉，缕切即细切。 ⑭纷纶：忙碌，忙乱。 ⑮黄门：东汉时黄门令、中黄门等内侍官皆以宦官充任，后世即以黄门指代宦官。 ⑯飞鞚（kòng）：鞚为马勒，引申为驾驭，飞鞚即策马奔驰。 ⑰八珍：《周礼·天官·膳夫》载："凡王之馈，食用六谷，饮用六清，羞用百二十品，珍用八物。"原指八种烹饪方式，后指代各种珍贵美食。 ⑱杂遝（tà）：纷多杂乱貌，遝通沓。 ⑲要津：原意为重要渡口，后指显要的职位。 ⑳丞相：指杨国忠，天宝十一载（752年）就任右丞相。 ㉑嗔（chēn）：《说文》载："嗔，恚也。"即发怒。

【语译】

三月初三是上巳节，天气晴朗宜人，长安城外的河水边出现很多美丽的妇人。她们姿态浓艳，意气高昂，淑美而不做作，肌肤细腻，骨肉均匀。她们所穿绣花的绫罗衣裙映照着暮春美景，衣裙上编织着金丝孔雀和银丝麒麟。她们头上戴着什么？只见翠羽的头饰垂在鬓边和唇边。她们背后的身影如何？只见珍珠缀在裙带上，稳妥合身。

美人之中，更有那在云纹帐幕中停歇着的、受皇帝封赐虢国大人、秦国夫人的杨氏贵戚。只见侍女从翠绿色烹锅中取出紫色驼峰，用水晶盘盛送白鳞的鲜鱼。贵人们都吃得厌烦了，举着犀角筷子不肯落下，仆人们空自手握鸾刀细细切肉，忙乱不休。宦官们虽然纵马来往，却尘烟不起，御厨们络绎不绝地送上美食佳肴。宴席间箫鼓声奏响，缠绵婉转能感动鬼神，宾客和下属纷纷献媚，因此得以占据要职。

后来的骑马之人多么从容，他来到轩前下马，走上织锦地毯。柳絮如雪般飘落啊，覆盖着白苹，青鸟飞去啊，口衔着红巾。这一族人全都炙手可热，势力无比强大，闲杂人等千万不要靠近啊，以免惹得丞相发怒。

【赏析】

这首诗表面上是写豪门贵族的奢侈生活，借三月三日上巳节时曲江畔所见而托出，其实别有所指，是讽刺杨氏外戚一族。查杨国忠于天宝十一载（752年）岁末升为右相，开始擅权，天宝十四载（755年）初安禄山在范阳造反，开启"安史之乱"的大幕，所以此诗应当写成于两者之间，也即753年或754年的春季。

开篇先写"长安水边多丽人"，展开画卷，然后在极力描写这些丽人的豪奢妆扮后才引入正题——"就中云幕椒房亲"，但其实从"态浓意远淑且真"直到"珠压腰衱稳称身"就已经有所特指了，而非泛指。也就是说，对于杨氏一族骄横之态的描摹，作者故意析分为两个部分，在点明正题前写一部分，点明正题后再写一部分，使整体结构更为活泼、完整。因为身为贵戚，装束华丽本是正常事，故将正常事先言，其后再言非正常事。"紫驼之峰出翠釜，水精之盘行素鳞"指杨氏食用之精美，本也寻常，但随即加以"犀箸厌饫久未下"，在常人看来已经是难以想象的奇珍，对于杨氏来说却司空见惯，甚至都吃得厌烦了。于是"黄门飞鞚不动尘，御厨络绎送八珍"，因为宦官入宫禀报，所以宫中特地派出了御厨，更见杨氏深得皇帝宠信，并且皇帝对他们的奢靡也起了推波助澜的效果。

"宾从杂遝实要津"一句格外精彩。从表面上看来，是指既然踏青曲江畔，则杨氏贵戚宾客、从人众多，乃至填满了重要渡口，但因为"要津"还有要职之意，则实际上指杨氏一门贵盛一时，官僚无不依附，所附者皆任要职，满朝一党，勾结为恶。

"杨花雪落覆白苹，青鸟飞去衔红巾"两句表面上是写春日景致，其实也别有隐喻。杨花句用北魏胡太后咏《杨白华》之典：胡太后欲私通美男杨华，杨华因而率部投梁，胡太后思念不已，乃借杨华的谐音作此诗。古时有化生一说，或云杨花（柳絮）落水，即化为苹，故杨花与苹本为一家，则杨花在此原有私通意，花、苹一家，更见是族内私通。青鸟句用西王母以青鸟为信使的传说故典，红巾为妇人所用，也有传情、私通之意。《新唐书》载："而虢国素与国忠乱，颇为人知，不耻也。每入谒，并驱道中，从监、侍姆百余骑，炬蜜如昼，靓妆盈里，不施帏障，时人谓为'雄狐'。"则杨氏兄妹私通淫乱之传言，在当时就已人尽皆知，杜甫隐晦托出，更见其对杨氏一门的厌憎。

此诗结尾甚促，点出"后来鞍马"之人为丞相杨国忠后便嘎然而止，用一"嗔"字以显其骄横之态。有人论此诗，或谓杜甫早便预见安史之乱局，恐怕是过于附会了，只是在当时士人眼中看来，外戚弄权本就是王朝衰落、动乱的重要根由，故此乱相虽未萌，杜甫便先作诗讽刺，以抒内心不平之气而已。全诗并无一字言及诗人内心情感，厌憎之意全由铺叙场景而出，由铺叙场景便见讽刺，既为讽刺，便见诗人爱憎。清人浦起龙在《读杜心解》中所言甚当，云："无一刺讥语，描摹处语语刺讥；无一慨叹声，点逗处声声慨叹！"

哀江头

少陵野老①吞声哭，春日潜行曲江曲。江头宫殿②锁千门，细柳新蒲为谁绿。忆昔霓旌下南苑③，苑中万物生颜色。昭阳殿里第一人，同辇随君侍君侧。辇前才人带弓箭，白马嚼啮黄金勒。翻身向天仰射云，一笑④正坠双飞翼。明眸皓齿今何在，血污游魂归不得。清渭东流⑤剑阁深，去住彼此无消息。人生有情泪沾臆⑥，江水江花岂终极。黄昏胡骑尘满城，欲往城南望城北⑦。

【注释】

①少陵野老：少陵为汉宣帝许皇后的陵墓，在长安杜陵附近，杜甫曾在少陵附近居住，故自号"少陵野老"。　②江头宫殿：明朝王嗣奭《杜臆》言："曲江，帝与妃游幸之所，故有宫殿。"③南苑：即芙蓉苑，唐玄宗行宫之一，因为在曲江南岸，故称南苑。　④一笑：别本作"一箭"。　⑤清渭东流：《杜少陵集详注》中，仇兆鳌注："马嵬驿，在京兆府兴平县，渭水自陇西而来，经过兴平。盖杨妃藁葬渭滨，上皇（玄宗）巡行剑阁……"　⑥泪沾臆：泪水沾湿胸部，臆即胸。　⑦望城北：别本"望"作"忘"，"城北"也有作"南北"的。

【语译】

少陵的乡野老人在无声地哭泣，因他于春天悄悄行走在曲江的转弯处。只见江边重重宫殿都紧锁着大门，也不知道那些细长的柳叶和新生的蒲草，究竟是为给谁欣赏才如此碧绿？

还记得当年天子的车驾来到南苑，苑中万物都因为沐浴了光辉而灿烂。后宫佳丽中，杨妃是当之无愧的第一人，她也与天子同辇而来，侍奉在天子身边。御辇前的宫女都身佩弓箭，骏美的白马戴着黄金的笼头。宫女转身向天，一箭射向浮云，云中飞鸟应声而双双落地。当初见此情景而露出微笑，展现明眸皓齿的杨妃如今何在啊？她那马嵬驿前沾满血污的游魂有家难归。清清的渭水向东流淌啊，远方的剑阁如此深邃，杨妃留下了，天子却远去了，两人间再也难通消息。

人生倘若有情，自然泪水沾湿胸前的衣衫，江水洋洋，江花烂漫，哪里才是愁怨的终点呢？当此黄昏时候，到处烟尘飞扬，胡骑纵横，我想要回到城南家中去，却不禁转身望向城北。

【赏析】

这是一首盛世挽歌。诗作于唐肃宗至德二年（757年）春季，杜甫游于长安东南方的曲江，此时长安尚在叛军手中未能收复，所以有"吞声哭"之语——诗人为唐而泣，故害怕遭到叛军的责难，哭而不敢出声。叛军虽然夺取了长安，安禄山父子却定都东都洛阳，只是把长安作为与官军拉锯的战场而已，故而曲江畔重重离宫，无人居住，全都闭锁，这也是诗中"江头宫殿锁千门"一句的背景。

杜甫的诗一言一句，都似信手拈来，毫无斧凿痕迹，但炼字之精却又无人可比。仅以开篇两句而论，"吞声"、"潜行"、"曲"这三词便运用得极为佳妙。春光宜人之际，本是游春踏青之时，但盛世已衰，兵燹不息，诗人竟不敢光明正大地游览曲江江畔的美景，而要"潜行"，即便潜行也不敢公然行进于通途之上，而要隐于江"曲"之处，则更为加深了"吞声"之意。昔日的曲江，游人如梭，宫殿辉煌，如今却千门闭锁，萧条无人，"细柳新蒲"年年碧绿，然而物是人非，如今还有几个人如诗人一般有游玩观赏的心情呢？良辰美景，究竟为谁而设呢？更何况诗人此番游春，心情也绝不愉悦，因为他是为了悼念已逝不可追的盛世往日而来的呀！

那么，往日盛世之际，曲江畔究竟是何等情况呢？此后即插入回忆，描绘了一幅唐玄宗、杨贵妃同游南苑的场景。诗人在其中也隐藏了一些微言，比如"同辇随君侍君侧"一句，《汉书·外戚传》载："（汉）成帝游于后庭，尝欲与（班）婕妤同辇载，婕妤辞曰：'观古图画，贤圣之君皆有名臣在侧，三代末主乃有嬖女，今欲同辇，得无近似之乎？'上善其言而止。"班婕妤称圣君当与贤臣同辇，而不当与妃妾同辇，如今唐玄宗与杨贵妃同辇，可见玄宗无君王之体，无圣主之质。

再者，"一笑正坠双飞翼"也有隐含用意。"翻身向天仰射云"的是"辇前才人"，是女子，竟能一箭双雕，这绝不是夸赞玄宗驾前宫女如何能干，而是指比翼之鸟双双殒命的结局，早就已有预兆，唐玄宗和杨贵妃最终"清渭东流剑阁深，去住彼此无消息"，上天早有垂示，偏偏当事人视而不见，丝毫也不知警醒。于是紧接"明眸皓齿今何在"，杨妃已殒，玄宗逃蜀，瞬间天翻地覆，而盛世再不可得见。

李、杨二人的爱情悲剧，中唐以后吟咏者甚多，最重要的当然就是白居易的《长恨歌》，从中可以看出，士人们固然难免讥刺玄宗之昏庸、杨妃之误国，但还到不了切齿痛恨的地步，甚至相反的哀伤、同情等情绪要更占上风。对于历代乱国之君，读书人大抵会趁机将污水往他身边的女人身上乱泼，认为若非妖妃误国，则君主不至如此之暗，国家不至如此之坏，比如夏桀有妹喜、殷纣有妲己、周幽王有褒姒、汉成帝有赵飞燕，等等，李杨的爱情则是例外。一则唐代社会比较开放，人们对爱情的理解和男女相恋的容忍要超过其其他时代，女子地位也相对较高，二则杨氏兄妹虽然误国，但杨妃长在深宫，倒真没有怎么干涉国事，而且李、杨都是当时罕见的艺术家，所以人们，至少读书人普遍还是对他们寄予同情的，从杜甫这首诗中即可看出。中唐以后的这种思潮是直接盛唐的，作为当时之人的杜甫虽以隐语略刺一二，却并没有表现出更多的愤懑、痛恨之意。

哀王孙[①]

长安城头头白乌，夜飞延秋门[②]上呼。又向人家啄大屋，屋底达官走避胡。

金鞭断折九马死，骨肉不待同驰驱。腰下宝玦③青珊瑚，可怜王孙泣路隅。问之不肯道姓名，但道困苦乞为奴。已经百日窜荆棘，身上无有完肌肤。高帝④子孙尽隆准⑤，龙种自与常人殊。豺狼在邑龙在野，王孙善保千金躯。不敢长语临交衢⑥，且为王孙立斯须⑦。昨夜东风⑧吹血腥，东来橐驼⑨满旧都。朔方⑩健儿好身手，昔何勇锐今何愚。窃闻天子已传位，圣德北服南单于。花门⑪劈面⑫请雪耻，慎勿出口他人狙⑬。哀哉王孙慎勿疏，五陵佳气无时无。

【注释】

①王孙：本意为天子之孙，比如周朝有王孙满，后泛指贵族子弟，这里是用其原意。　②延秋门：唐宫西门，从此门出有便桥可渡渭水，据说安史之乱爆发，叛军破潼关而近京师时，唐玄宗即从此门西逃。　③玦（jué）：半环形有缺口的佩玉。　④高帝：指汉高祖刘邦。　⑤隆准：高鼻梁，《史记·高祖本纪》载："高祖为人，隆准而龙颜……"⑥交衢（qú）：《说文》云："四达谓之衢。"交衢即指交通要道。　⑦斯须：少顷，一会儿。　⑧东风：别本作"春风"。　⑨橐（tuó）驼：即骆驼，这里是指代"胡骑"。　⑩朔方：唐代方镇名，开元时设置，治所是灵州（在今天宁夏回族自治区灵武市西南）。⑪花门：即回纥。　⑫劈（lí）面：劈意为割。很多北方古代民族都有在宣誓仪式上割面流血的习俗，以示诚意，这里是指回纥表示愿意出兵相助唐朝平定叛乱。　⑬狙（jū）：伺机袭击。

【语译】

　　长安城上白头的乌鸦啊，夜晚飞到延秋门上嘶鸣，又跑去人家敲啄华居大屋，屋中的达官显贵早已逃走以躲避胡骑。仓惶奔逃之中，金鞭都被抽断了，马匹纷纷累死，就连骨肉至亲都来不及等待，就此失散，不能一起奔驰。

　　有一位腰间佩戴着青色珊瑚宝佩的王孙啊，如此可怜，在路边哭泣。询问他的来历，他却不肯道出姓名，只是说困苦无依，请求做别人的奴仆。他已经一百天都在荒郊的荆棘中逃窜，身上都没有完整的肌肤了。汉高祖的子孙全都是高鼻梁，身为龙种自然与旁人相貌不同。然而如今豺狼占据了城邑，蛟龙反倒困顿在野外，还请王孙你要好好保重千金之躯啊。我不敢在大道旁长时间和你交谈，也只能为你而短暂地停留罢了。

　　昨晚东风吹来了血腥之味，从东方来的骆驼布满了旧日都城。朔方的战士本来很有本领，过去是何等英勇，如今又何等愚蠢。我私下听说天子已经传位，新皇德高望重，能够镇服北方的南匈奴单于。回纥人因此以刀割面，发誓要为天子雪耻，但是王孙你一定要谨慎言语，以防遭到奸人袭击。可悲可叹啊，王孙你千万谨慎，不要疏忽，想那五陵上飘荡的王气，任何时候都是不会消除的啊。

【赏析】

　　"王孙"本是对天子之孙、玄孙乃至直系后裔的尊称，周代天子之裔才称王孙，诸侯之裔则称公孙，自秦始皇始称皇帝后，王孙一词逐渐演化为对贵族男子的泛指。

　　天宝十四载（755年）十一月，安史之乱爆发，翌年（756年）六月，叛军夺占潼关，消息传来，杨国忠等怂恿玄宗连夜逃出长安，西窜蜀地，因为仓促成行，很多皇亲国戚都仍滞留长安，逮叛军入城后，即展开大肆搜捕。宗室中，霍国长公主、永王妃等百余人尽皆被捕遇害，甚至有被开膛剜心者，其状惨不忍睹。其时杜甫也带着家人逃难，七月，太子李亨在灵武（今天宁夏回族自治区的灵武市）继位，杜甫闻讯后即安顿妻小，然后只身前往投奔，不幸中途被叛军俘虏，被押至长安。他在长安待了约半年的时间，写下了《悲陈陶》、《悲青坂》、《春望》、《哀江头》等千古传诵的诗篇，这首《哀王孙》也是其中之一。

此诗当为杜甫于投奔灵武或已被捕返回长安途中路遇一宗室，因此感慨万千而作。开篇"头白乌"句，是指变乱陡生——唐丘悦《三国典略》载："侯景篡位，令饰朱雀门，其日有白头乌万计，集于门楼。童谣曰：'白头乌拂朱雀，还与吴。'"即以侯景之乱以喻安禄山之乱，将白头乌鸦视为报告凶信的不祥之鸟。于是白头乌鸣，延秋门开，玄宗奔蜀，叛军入城，皇室、国戚、群臣纷纷逃散以"走避胡"。

"金鞭断折"两句，旧谓是指唐玄宗李隆基，仓皇逃窜，都不能顾及骨肉至亲，其实承接上下文来看，也可以泛指宗室藩王。诗行到此，是铺叙背景，并回忆前事，其后即进入正题，诗人于"路隅"见一可怜王孙，虽然"腰下宝玦青珊瑚"，却同时"身上无有完肌肤"，无处可去，只得乞为人奴。王孙落魄，本已可怜，又逢此动乱之际，叛军纵横，若被发现身份必遭逮捕，则更为可悯。诗人因此与王孙攀谈起来，"高帝子孙尽隆准"是言其确为皇室苗裔，"豺狼在邑龙在野"，是言叛军如豺狼，已据长安，而被目为真龙天子的玄宗却已奔窜得不知去向了。皇帝尚且如此，更何况其落魄子孙呢？诗人有心相助，却又无能为力，为怕暴露王孙身份，甚至"不敢长语"，而只能"立斯须"。

从"昨夜东风"开始，是诗人对王孙所言。浦起龙在《读杜心解》中说得很详细："'东风'、'橐驼'，惕以贼形也；'健儿'、'何愚'，追慨失守也；'窃闻'四句，寄与不久反正消息而戒其勿泄，慰之也；'慎勿疏'，申戒之；'无时无'，申慰之，叮咛恻怛，似闻其声。"也就是说，"昨夜东风"两句，是向王孙传递消息，说胡骑已满长安，不可贸然前去送死。"朔方健儿"两句，则是相与慨叹潼关失守之事。

安史之乱起，官军节节败退，致失洛阳，于是玄宗便派哥舒翰率河陇、朔方军二十万固守潼关险隘。叛军前为潼关所阻，后路又被李光弼、郭子仪等唐将包抄，其势日窘，本已濒临崩溃，谁料玄宗受杨国忠之惑，强令哥舒翰出关击贼，这才导致潼关大败，长安大门就此敞开。所以诗人慨叹朔方军"昔何勇锐今何愚"。

继而诗人又传告王孙近日的形势，肃宗已在灵武继位，玄宗也已承认，同时即将借来回纥兵马，东进以击叛军，收复长安。唐人惯以汉喻唐，前文即有"高帝子孙尽隆准"句，以汉高祖的子孙以喻唐玄宗的子孙，后面即以"南单于"以喻回纥可汗。匈奴衰弱后，曾分为南北两部，南匈奴内迁，臣服于汉朝，此后历代南匈奴单于皆受汉朝册封，因此即以臣汉南匈奴以喻臣唐的回纥。诗人将此事告知已走投无路的王孙，一边反复叮咛不要泄露消息，以免暴露自己的身份，同时也安慰王孙，唐回联军即将杀来，叛乱料想很快就会被平定了。

诗末以"五陵佳气无时无"为结，继续以汉喻唐，表现了诗人对国家前途仍然抱有美好的希望。他认定叛乱不会长久，唐朝仍有复兴的一天，所以才说汉五陵上仍有云气氤氲，象征着王朝的气运未衰。全诗悲哀、惨淡的气氛因此结句而略有转折，如在黑夜中燃起一点火光，这既是诗人安慰王孙之语，同时也是他自我安慰之语。

·卷四　五言律诗·

李隆基

【作者介绍】

李隆基（685年～762年），即唐玄宗，李唐王朝盛期的皇帝。他是睿宗李旦第三子，始封楚王，后贬封临淄郡王。景龙四年（710年）六月，韦氏毒杀中宗，立温王李重茂为帝，李隆基即与太平公主合谋发动政变，除韦氏，拥睿宗复位，他就此成为太子，实际掌控政权，712年登基。他在位前期，任用姚崇、宋璟等名相，励精图治，使唐朝达到前所未有的繁盛局面，史称"开元之治"。在位后期，因宠爱杨贵妃而荒疏政事，又先后以李林甫、杨国忠等奸佞为相，就此使唐朝盛极而衰，最终引发"安史之乱"。天宝十五载（756年）六月，安禄山叛军逼近长安，李隆基弃都城而走，逃往蜀地，七月，太子李亨于灵武登基，尊其为太上皇。至德二年，唐军收复长安，李隆基得以归京，但随后即遭软禁，不久就去世了。

李隆基是中国历史上著名的文艺天子之一，善诗文，通音律。他虽然有一定的政治理想和才能，但过于好大喜功，又容易骄傲自满，并且贪图享受，虽处鼎盛时期，实际上唐初以来积累的种种社会矛盾已日益激化，比如均田制和府兵制就都已濒临崩溃，他不仅对此毫无认知，反而于在位中期穷兵黩武，终于在府兵制终结后很快就形成了藩镇割据甚至是叛乱的局面。去世后，他得享庙号"玄宗"、谥号"至道大圣大明孝皇帝"，故史称唐玄宗，后避清圣祖的名字玄烨之讳，也被称为唐明皇。

经鲁祭孔子而叹之

夫子何为者①？栖栖②一代中。
地犹鄹氏邑③，宅即鲁王宫④。
叹凤⑤嗟身否⑥，伤麟⑦怨道穷。
今看两楹奠⑧，当与梦时同。

【注释】

①何为者：即"何为乎"，为了什么呢？ ②栖栖：忙碌不安貌，《论语·宪问》有："丘何为是栖栖者欤"句。 ③鄹（zōu）氏邑：即鄹邑，春秋时鲁国地名，在今天山东省曲阜市东南方。孔子之父叔梁纥曾为鄹邑大夫，传孔子亦出生于此，后迁曲阜。 ④宅即鲁王宫：即是靠近、临近意，鲁王指汉代的鲁共王刘余。传鲁共王曾因扩大宫室而破坏孔子旧宅，后登堂闻丝竹之声，乃止。 ⑤叹凤：语出《论语·子罕》，载："子曰：'凤鸟不至，河不出图，吾已矣夫。'" ⑥否（pǐ）：坏，恶，不

顺遂。　⑦伤麟：语出《春秋·哀公十四年》，载："西狩获麟，孔子曰：'吾道穷矣。'"麟即麒麟，传说中的神兽。　⑧两楹奠：按照传说中的殷商礼制，人死后，灵柩停于厅堂两楹柱之间。《礼记·檀弓上》载孔子与子贡语，云："予畴昔之夜，坐奠于两楹之间……予殆将死也。"

【语译】

孔夫子究竟是为了什么，才在那个时代到处奔忙呢？鄹邑仍在，山水未改，孔子旧宅所靠近的，仍然是汉代的鲁共王宫。想当年孔子慨叹凤鸟不来，惆怅自身的不顺遂，他更哀伤的是麒麟被害，怨恨理想之难以达成。如今来看那两楹柱间的祭奠啊，应当和他梦中所见相同吧。

【赏析】

此诗作于开元十三年（725 年）十一月，当时李隆基封禅泰山，回途中转道曲阜，祭奠孔子，乃作是诗。全诗用语精练，结构严谨，尤其难能可贵的是充满了尊儒重师的士人气息，而非志得意满的帝王风味，或许也只有李隆基之类的文艺天子才能为此吧。

诗歌并未颂扬孔子的品性和道德文章，而是就其不遇的遭际来展开话题，开篇即云"何为者"、"栖栖一代"，孔子当年为了推行自己的理想，周游列国，甚至穷厄于陈蔡之间，几乎饿死，却仍不改其志。表面上仅言其不遇，其实是曲折地赞颂了孔子的坚持。

诗歌先设问，孔子是为了什么而奔波，又是为了什么而坚持呢？随即将笔锋荡将开去，似插闲言，说我如今所到之处，其旧宅面貌未改。这其实是为了说明后人对孔子的尊崇，对他这种坚持的崇敬，所以鄹邑之名至唐时仍未改换，而鲁共王登堂闻丝竹之声后也放弃了破坏孔宅的企图。这两句似远实近，似曲折而实直接，既将节奏放缓，又引读者无限联想，确是诗家大手笔。

颈联回答首联提出的问题，也即孔子因何而奔忙，因何而坚持，但又不直言，而取相关孔子的两段著名轶事来曲折言之。"叹凤"是指孔子慨叹，凤凰不至，河图不出，象征上古圣王统治的祥瑞如今不见于世，难道我的理想竟然无法达成吗？"获麟"是指孔子见圣兽麒麟为农夫打死，从而哀叹："吾道穷矣。"用此两事，一则呼应首联，仍是在说孔子的困顿和坚持，二则说明孔子所坚持的是"道"，也即儒家理想。正是因为坚持理想，但理想又难以达成，所以才被迫四处漂泊，周游列国。

尾联是言孔子之梦，他梦见自己坐在两楹之间受人祭奠，从而认为自己快要死去了。"两楹奠"是殷商的礼俗，孔子本为宋人，宋国是殷人后裔，故有此语。或以为这两句是夸耀孔子当初未能达成的理想，已毕见于当世，乃是李隆基自命圣明天子，认为他所统治的时代达成前无古人的繁盛高度，从而自我吹嘘之语。这样理解恐怕不确，因为孔子所崇的是周礼，而"两楹奠"是殷礼，无法因"两楹奠"而得见孔子理想的达成。私以为这两句是言孔子虽然身死，但理想未灭，他本人也受千秋祭祀，从而得出结论：孔子之道未穷，他的理想确实值得坚持。因此这两句并非帝王之语，仍是士人之语。清人沈德潜《唐诗别裁》中即评道："孔子之道从何处赞叹？故只就不遇立言，此即运意高处。"

古来帝王诗人不少，帝王诗更多，统而言之，帝王以帝王口吻作诗，往往鄙俗，帝王以士人口吻作诗，则有可能臻于上品。《唐诗三百首》中帝王诗只选了这一首，也正说明此诗非由帝王口吻作出，所以才能流芳千古。

【扩展阅读】

过老子庙

唐·李隆基

仙居怀圣德，灵庙肃神心。草合人踪断，尘浓鸟迹深。流沙丹灶没，关路紫烟沉。独伤千载后，空余松柏林。

《全唐诗》收录李隆基诗六十余首，大多四平八稳，却无甚可观处，比如上面这首《过老子庙》。李唐崇儒而重道，但两诗比较，祭孔诗情感浓厚，此祭老诗却空洞少物，《唐诗三百首》独选前者，并不是没有道理的。

唐诗常识

　　格律诗又称近体诗，以与古诗相对。按每句字数，可分为七言、五言两大类，按每首句数，可分为绝句、律诗、排律三大类。其中律诗即为八句，两两相对，可分为四联，从上到下，分别称为：首联、颔联、颈联和尾联。一般情况下，颔联和颈联要求对仗，比如此诗中"地犹鄹氏邑"对"宅即鲁王宫"，"叹凤嗟身否"对"伤麟怨道穷"，都比较工整。首联和尾联则不要求对仗。

张九龄

望月怀远

海上生明月，天涯共此时。
情人①怨遥夜，竟夕②起相思。
灭烛怜光满，披衣觉露滋③。
不堪盈手赠，还寝梦佳期。

【注释】

①情人：有情之人，诗人自指。　②竟夕：终宵、整夜。　③滋：湿润。

【语译】

　　一轮明月从海上升起，虽然天涯远隔，人们却共有这美好夜景。有情之人啊，怨恨长夜漫漫，整晚都无可遏制地相思难眠。熄灭烛火吧，让这可爱的月光充盈着天地，披衣而起吧，只觉夜露清冷滋润。可惜我不能用双手捧起月光来赠送给你，只得继续躺下，希望能在梦中得见重会的美好日子。

【赏析】

　　这首诗空灵深邃，诗人于明月之夜思念远方之人，乃至惆怅难眠，文辞简洁质朴，结构谨严，气韵流畅，是五律中一流的佳作。

　　明月升起，光辉遍地，这时候天地之间空寂无滓，使人心能够摆脱外物羁绊，深深地沉浸到某种情感氛围中去，所以借月夜而咏情的诗篇，古已有之。至于月夜相思，南朝谢庄《月赋》中便有"美人去兮音尘绝，隔千里兮共明月"句，无疑"海上生明月，天涯共此时"两句即从中化出。这两句清新脱俗，而又晓畅如口语，难怪会流传千古，吟咏不衰。

　　诗歌的语言是高度精炼的，而五言格律诗往往是精炼中的精炼，一字都不可改易，一字都不可缺失。就以此诗为例，首联短短十个字中，所蕴含的情意几可达至无穷。因为诗人只是给出一种情境而已，情境背后的意味可由读者因自身情感的共鸣而层层剖析，层层增叠。人隔天涯，但明月如一，我所见之月，与你所见之月，料来并无不同，则我所思之情，与你所思之情，应当也无差别，这是将遥远两地的两人用情感线索牵扯到了一起，则诗人此后所写相思，就并非一人独有之情感，而是两人共通的情感纽带。

因此颔联即点明相思主题，并言"情人"，有情之人才会对月生情，而有情之人对月惆怅，则见情思更浓。"遥夜"、"竟夕"二词相互承接，以见相思难眠，情深意切。颈联写诗人怜爱月光充盈，其实前句已将月光与相思完美地联系起来，则实际充盈天地，包裹住诗人与其相思之人的，正未必是月光，而是思念之情。寒露"滋"衣，以见月夜清冷，而自己站立之久，这是景语，更是情语，正以抒发内心惆怅之感，而惆怅如此表述出来，又哀而不伤，恰到好处。

尾联说月光"不堪盈手赠"，从相反的角度来考虑问题，正说明诗人有捧起月光相赠远人之意。西晋陆机《明月何皎皎》有"照之有余辉，揽之不盈手"句，指月光如水，似有形焉，似可手捧，陆诗纯景语，而此诗加以"不堪"二字，则情景交融，更见其意之深。诗言到此，情意浓满，已达极致，故以"梦佳期"加以收束，以见情与月虽有关联，却又两分，月既无法寄情，只能托之于梦。开篇将月与情相关联，结句却又分开，其结构、转折，真真妙不可言。是故《唐诗刊选脉会通评林》云："通篇全以骨力胜，即'灭烛'、'光满'四字，正是月之神。用一'怜'字，便含下结意，可思不可言。"

唐诗常识

此诗颔联"情人怨遥夜，竟夕起相思"，对仗并不工整，因为张九龄所处的时代格律诗刚刚成型不久，仍保有部分古诗遗意。这一联又称为"流水对"，一般对仗上下句地位平行，各自都可表述某种完整的含义，顺序可以调换，而流水对则上下句间联系更为紧密，分而言之，意思都不完整。类似流水对还有"欲穷千里目，更上一层楼"、"不堪玄鬓影，来对白头吟"、"唯将终夜长开眼，报答平生未展眉"之类。诗中有一流水对，往往会显得更为活泼、灵动。

王　勃

【作者介绍】

王勃（649 或 650 年～675 或 676 年），字子安，绛州龙门（今山西省河津市）人，初唐著名诗人。他出身望族，未成年即被世人目为神童，因此得到荐举，对策高第，授朝散郎，高宗乾封初（约 666 年）被沛王李贤征为王府侍读，后因作文激怒唐高宗而被逐，遂游历巴蜀。咸亨三年（672 年）补虢州参军，因擅杀官奴当诛，遇赦除名。上元二年（675 年）或三年（676 年），王勃南下探亲，渡海溺水，惊悸而死，年仅二十七岁。

王勃与杨炯、卢照邻、骆宾王并称为"初唐四杰"，能文擅诗，文学主张崇尚实用。当时文坛盛行以上官仪为代表的诗风，"争构纤微，竞为雕刻"，"骨气都尽，刚健不闻"，而王勃则"思革其弊，用光志业"。四杰之诗都表现了积极进取的精神，对于促进五言律诗成熟作出过重要贡献，而王勃为四杰之首，对后世的影响更为突出。

杜少府①之任蜀州②

城阙辅三秦③，风烟望五津④。
与君离别意，同是宦游人。
海内存知己，天涯若比邻。
无为⑤在歧路，儿女⑥共沾巾。

【注释】

①杜少府：姓杜的县尉，少府即县尉，具体事迹不详。　②蜀州：即今天的四川省崇州市。　③三秦：项羽灭秦后曾将关中秦地分而为三，封给章邯、司马欣、董翳三名降将，故此关中地区也称三秦。　④五津：指长江在蜀地的五个重要渡口：白华津、万里津、江首津、涉头津和江南津。　⑤无为：不需要，不必要。　⑥儿女：指青年男女。

【语译】

重重城关围绕着关中地区，远望蜀江的渡口隐藏在风烟之中。我们都是在宦途中身不由己之人，和你在此依依惜别。只要四海之内存在着知己，即便天涯相隔，也好像如邻居般就在身边。所以不必在歧路分手之时落泪沾衣，就像那些不懂事的青年男女一般吧。

唐诗常识

初唐律诗的格律尚未成熟和定型，往往四联都用对仗，而后人作律诗也偶有临时变通，该对仗的颔联、颈联不对，不该对仗的首联、尾联却对的事例出现。比如王勃此诗，就是首联对仗，并且对得很工整，颔联却散，散到几乎不能算是对仗。但此诗高妙之处，就在于既然首联已对，就不再苛求颔联之对，这样行文，要比连续三联都对来得活泼，也更便于情感的抒发。

【赏析】

这首诗的背景是宦游。所谓"宦游"，是指士人出外做官或者求官，因此需要而远离家乡，与亲友分别，本是很正常的事情，所以宦游背景与离别题材往往会紧密地相结合在一起，此诗也不例外。然而此诗在哀伤之余，还能够表现出非常奋发向上的精神，是同类题材中非常独特的，因此其文学价值、思想价值也相当之高。

开篇先写与宦游的友人分别之事，身在长安，故眼中所见是城阙包围的三秦之地，杜少府远赴蜀州上任，故所望的也是风烟重重、渺茫难见的五津周边。在这一联中，城阙是辅三秦的主语，风烟却并非望五津的主语，而是修饰语，所望五津者，或者是诗人，或者是杜少府，主语省略。古文的句式非常活泼，省略、倒装等修辞手法均很常用，在诗的语言中就更比比皆是，古文之对仗，是分裂性的对仗，只求具体的词汇之词性、平仄一一相对，而非苛求句式之相对。我们可以注意到，当词性相对而句式不相对之际，整体的对仗会显得更加活泼灵动，否则就难免会生出些生硬之感。

首联写分别之际的位置，杜少府所赴的方位，然后颔联托出离别之意，以及离别的缘由。接着，颈联一出，将全诗格调陡然拔高——"海内存知己，天涯若比邻"。曹植在《赠白马王彪》中就曾写道："丈夫志四海，万里犹比邻。"王勃这两句诗从中化出，但言辞更为晓畅，含义也更深邃。重点在于"知己"二字，曹植与曹彪本是兄弟，故此不必说明两人心意相通，而只从一方的角度单言"丈夫"，王勃送杜少府，却要明言"知己"，既然两人志向相同，即便相隔万里，也自然心意相通。但求两心同一，所处的位置、相互的距离再如何遥远，又有什么关系呢？前言分别，自生哀伤，然后这两句的境界陡然由狭窄转为宏大，情调也从凄婉转为豪迈，表现出真正的友谊是不受时间和空间所限制的，自然永恒。

如此一来，则从颈联到尾联的转折也更自然，既然虽隔天涯，犹如比邻，那分别之际，又有什么可哀伤的呢？何必惺惺效小儿女之态，要落泪沾巾呢？诗言不必落泪，正因将待落泪，此言分明含泪而笑，含泪而言，则两人的深厚情谊，正在这泪将落未落之际，要显得比落泪沾巾更显真实和浓厚，其旷达情怀，亦使千古后人击节赞叹不已。"海内存知己，天涯若比邻"一联就此流传千古，脍炙人口。

骆宾王

【作者介绍】

骆宾王（约627年~约684年），字观光，婺州义乌（今浙江省义乌市）人，唐初著名诗人，与王勃、杨炯、卢照邻合称"初唐四杰"，又与富嘉谟并称"富骆"。他少年早慧，传说七岁即作《咏鹅》诗，成年后曾担任过道王李元庆的属官。唐高宗仪凤四年（679年），骆宾王升任侍御史，曾一度遭人诬陷入狱，被赦免后出任临海县丞，故后人也称其为骆临海。武则天光宅元年（684年），徐敬业起兵讨伐武则天，他为徐敬业起草了著名的《讨武曌檄》，事败后被杀或投水而死，也有说逃亡不知所踪的。四杰中骆宾王留存的作品最多，擅长骈文和七言歌行，无论诗文，风格均清新俊逸，享誉一时。

在狱咏蝉

余禁所禁垣①西，是法厅事②也，有古槐数株焉。虽生意可知，同殷仲文之古树③；而听讼斯在，即周召伯之甘棠④，每至夕照低阴，秋蝉疏引⑤，发声幽息⑥，有切尝闻⑦，岂人心异于曩时⑧，将⑨虫响悲于前听？嗟乎，声以动容，德以象贤。故洁其身也，禀君子达人之高行；蜕其皮也，有仙都羽化⑩之灵姿。候时而来，顺阴阳之数；应节为变，审藏用⑪之机。有目斯开，不以道昏而昧其视；有翼自薄，不以俗厚而易其真。吟乔树之微风，韵姿天纵；饮高秋之坠露，清畏人知。仆失路艰虞⑫，遭时徽纆⑬。不哀伤而自怨，未摇落⑭而先衰。闻蟪蛄⑮之流声，悟平反之已奏；见螳螂之抱影⑯，怯危机之未安。感而缀诗⑰，贻诸知己。庶⑱情沿物应，哀弱羽之飘零；道寄人知，悯余声之寂寞。非谓文墨，取代幽忧云尔。

西陆⑲蝉声唱，南冠⑳客思深。那堪㉑玄鬓㉒影，来对白头吟㉓。露重飞难进，风多响易沉。无人信高洁，谁为表予心？

【注释】

①禁垣：监狱的墙壁。　②法厅事：一作"法曹厅事"，法曹是法曹参军的简称，乃负责断狱审案的官吏，厅事指中庭，审案之处。　③殷仲文之古树：《晋书·殷仲文传》载："大司马（桓温）府中有老槐树，（殷仲文）顾之良久而叹曰：'此树婆娑，无复生意。'"骆宾王用此典，是叹息自己被囚禁的艰危处境。　④周召伯之甘棠：传说周代召公奭巡行四方，听民之讼而不欲烦民，就在甘棠树下断案，后人因此相戒不要损伤此树。《诗经·召南·甘棠》有"蔽芾甘棠，勿翦勿伐，召伯所茇"等语，

即咏此事。甘棠即棠梨，又名白棠，落叶亚乔木。　⑤疏引：指断断续续的鸣叫声。南朝沈约《愍衰草赋》有"秋鸿兮疏引，寒鸟兮聚飞"句。　⑥幽息：指轻微的气息。　⑦有切尝闻：比过去曾经听闻过的更凄切。　⑧曩（nǎng）时：过去，从前。　⑨将：抑或。　⑩羽化：本意为蝉、蛾类结蛹后化为成虫，后引申为修道之人脱离红尘，达成仙道。　⑪藏用：指退隐和出仕，《论语·述而》有"用之则行，舍之则藏"句，藏用一词本此。　⑫艰虞：艰难忧患。　⑬徽纆（mò）：本意为捆绑罪犯的绳索，这里作动词用，指被囚禁。　⑭摇落：凋残，语出战国宋玉《九辩》，有"悲哉秋之为气也，萧瑟兮草木摇落而变衰"句。　⑮螝蛄（huì gū）：蝉的别称。　⑯螳螂之抱影：指螳螂见蝉影而欲捕捉。　⑰缀诗：即作诗，因作诗是连缀词句而成文，故名。　⑱庶：即庶几，或许可以，表希望或推测意。　⑲西陆：指秋天。《续汉书》有"日行西陆谓之秋"句。　⑳南冠：指囚徒。《左传·成公九年》载："晋侯观于军府，见钟仪，问之曰：'南冠而絷者谁也？'有司对曰：'郑人所献楚囚也。'"后世便以南冠指代囚徒。　㉑那堪：即哪堪，别本作"不堪"。　㉒玄鬓：即蝉鬓，指妇女的鬓发梳成蝉翼形状，并以此来指代蝉的黑色翅膀。　㉓白头吟：乐府曲名，《乐府诗集解题》说有鲍照、张正见、虞世南诸作，皆自伤清直却遭诬谤。

【语译】

　　我所囚禁的牢房的西墙外，是断狱审案的公堂，哪里生长着很多棵古槐树。虽然它们勃勃生机，但在我看来与东晋殷仲文所叹的"无复生意"的槐树相似；而听讼公堂在旁边，使得这些树就像曾有周召伯在下面断案的甘棠树一样。每到傍晚太阳倾斜的时候，秋蝉断断续续地鸣叫，发出微弱的声响，比过去听过的蝉声更为凄切，莫非是因为我的心境不同于往昔，还是蝉的鸣叫声确实比过去更悲切呢？唉呀，蝉的叫声足以使人动容，蝉的德行足以象征贤才。所以，它清廉俭信，秉承着君子达人的高尚品行；它结蛹的过程，有羽化成仙的美妙身姿。等待时令而出现，遵循自然的规律；随着季节发生变化，洞悉蛰伏和活跃的时机。有明亮的眼睛并将它睁得大大的，不会因为道路昏暗而不明其视；有翅膀可以高飞却自甘淡薄，不会因为世俗浑浊而改变自己的本质。借着高树上的微风吟唱，姿态和声音是天赐的恩宠；饮用深秋降下的露水，洁身自好又怕为人所知。我的处境艰难，遭到囚禁，即使不哀伤，也时常自怨自艾，就像树叶虽然尚未凋落，但也已经衰败一样。听到蝉鸣之声，对平反昭雪的奏章已经上奏感到高兴；但想到螳螂欲捕捉名蝉的样子，担心自己的危机尚未解除。有感于怀因而作诗，赠送给各位知己。希望我的情感能借诗作表达出来，诸位能同情我像弱小的蝉一样将要飘零的处境；说出心情让大家知道，希望大家能怜悯我悲鸣之声的寂寞孤独。这不算是正式的文章，只是聊以解忧罢了。

　　秋日之中，蝉声鸣唱，身为囚徒，我的乡思浓厚。怎堪那黑发一般的蝉翼啊，却相对着《白头吟》一般的哀曲。露水如此浓重，那蝉难以飞入，秋风如此杂沓，蝉鸣愈发低沉。没有人相信它的高洁啊，这一片衷心要向谁去表述呢？

【赏析】

　　此诗作于唐高宗仪凤三年（678年），当时骆宾王任侍御史之职，因上疏论事触忤武后，遭诬，以贪赃罪名下狱。他在狱中闻蝉鸣而起悲感，乃作是诗。

　　中国古代，蝉素有高洁之喻，比如陆机《寒蝉赋序》中就写道："含气饮露，则其清也，黍稷不享，则其廉也。"古人不知蝉是吸吮树汁而活，误以为是饮露而活，所以认为它不同凡虫，品性高洁。骆宾王此诗即围绕这一点而作，除首联两句是交代作诗的情境 —— 拘于图圄，闻秋蝉鸣唱而思乡 —— 外，后六句都是以蝉自况，可以目之为咏蝉，也可目之为自叹，诗人本身的形象和秋蝉合而为一，共谱高洁不俗之曲。

"玄鬓"一词，又称"蝉鬓"，本指女性将鬓发梳成蝉翼形状，诗中则既象征着真实的蝉翼，又说明了诗人自己的黑发；"白头吟"既可认作是诗人咏叹《白头吟》诗，也可认作秋蝉鸣叫，低廻婉转，声如《白头吟》诗。"露重飞难进，风多响易沉"，既可认为是直指蝉影、蝉声，也可认为是诗人所见的蝉影，所闻的蝉声。"无人信高洁"，这"高洁"的主语既可以是诗人，也可以是秋蝉。总之全诗似真似幻，似咏蝉又似自叹，诗人本身的形象和墙外树上秋蝉的形象统合为一，其意如是：

我（蝉）虽青春，却近末路，身陷图圄，哀鸣之声日渐低沉，无人愿意倾听，无人能够相信，此一高洁之志，究竟要向谁来倾诉呢？

诗歌的趣味，就在真与幻之间，似与非之间，借物以咏志。清人方东树《昭昧詹言》中说："咏物诗不待分明说尽，只仿佛形容，自然已到。"骆宾王此诗，正得此意。

杜审言

【作者介绍】

杜审言（约645年～708年），字必简，祖籍京兆，属于杜氏襄阳支派，初唐诗人，是大诗人杜甫的祖父。他是唐高宗咸亨元年（670年）的进士，曾任隰城尉、洛阳丞等小官，后贬吉州（今江西省吉安县）司户参军。武则天曾召见过他，令其赋诗，即授著作郎，迁户部员外郎，后因与张易之兄弟交往而被流放峰州（今越南越池东南），不久起复，累官至修文馆直学士。

杜审言少与李峤、崔融、苏味道齐名，称"文章四友"。他的诗作大多朴素自然，尤其五言律诗，格律谨严，技巧纯熟，是唐代近体诗的奠基人之一。

和晋陵陆丞①早春游望

独有宦游人，偏惊物候②新。
云霞出海曙，梅柳渡江春。
淑气③催黄鸟④，晴光⑤转绿苹。
忽闻歌古调⑥，归思欲沾巾。

【注释】

①晋陵陆丞：即任晋陵（今江苏省常州市）县丞的陆某，事迹不详。　②物候：指自然界的气象和季节变化。　③淑气：和暖的天气。　④黄鸟：即黄莺，又名黄鹂、仓庚。　⑤晴光：晴暖的阳光。　⑥古调：应即指陆某所写《早春游望》诗，赞其格调近于古人。

【语译】

只有宦游之人，才会突然惊讶于节气景物的变化。只见云霞从海上升起，迎来了黎明，梅花、柳树的葱茏，把春天从江南传至江北。和煦的天气催促着黄莺歌唱，晴暖的阳光使浮萍转青。正当此际，突然听到您咏唱这充满古意的曲调，不禁我归思涌起，将要落泪，沾湿衣巾。

【赏析】

古诗是可解的，但却是不可译的，因为在那刻意俭省的字句后面，隐藏着多过几倍甚至几十倍的内容，全需读者心证。若尝试用非诗的语言翻译过来，未免会添加很多冗繁的词句，从而产生不必要的意象，破坏了古诗本身的含蓄韵味。所以在语译之后，我们要加上赏析，这赏析并非仅仅赏其韵味，析其笔法，更重要的是通透地解释每一字、每一词、每一句中所蕴含的未言之意。

即以此诗首句而言，为何独有宦游之人才惊物候更新呢？意在诗外。杜审言本籍襄阳，后迁至河南巩县，他长时间在中原地区生活，据考证，此诗作于永昌元年（689 年）前后，他在江阴任上，江南的风物、节候，自然与中原地区不同。正因有此不同，所以才会悚然而惊，中原地区此刻尚在寒季，而江南春已至矣。惊此物候不同，所以才起宦游之伤，起思乡之念，由此可见，首联与结句"归思欲沾巾"也是前后相呼应的。

中两联即写诗人所惊所见之江南春季景物，总言云霞、梅柳、黄鸟和绿苹。先说云霞，这不是在言春，而是在言晨，所谓"一年之际在于春，一日之际在于晨"，故以晨而引出春来，恍惚间一日早起，便惊物候更新。曙光乍现，云霞满天，但不言曙光映照云霞，却云云霞迎来曙光，这是诗家语，不可以常理度之。中加一"海"字，正是江南地区近海之景，中原地区是难以得见的。

云霞后再写梅柳，梅开迎春，柳叶萌芽，此二物正是春天到来之象，但一江之隔，南北物候迥然不同，故云仿佛梅、柳挟春渡江北上。晴暖天气，黄莺啼鸣，浮萍变绿，诗人特意着"催"、"转"二字，则动态全出，春天在其笔下仿佛是有生命似的，正大踏步地从南方北上，所经之处万象更新，万物萌发。

如此良辰美景，却因首联一个"惊"字而意味大变，诗人见之不喜，反而惊恐，进而哀伤。此哀非独思乡而已，首句便点出"宦游"，可见内中也隐含着诗人怀才不遇，不能在中枢供职，而被远放江南之怨。此思此怨，联结起来，于是难免要"欲沾巾"了。"忽闻歌古调"一句，点题说明是和诗，所和为陆某之《早春游望》，可惜已经佚失难寻。全诗对仗工整，结构细密，如前所述，字字皆锤炼而出，五律之妙便在乎此，愈精简则愈深邃，言外之意，几至无穷。

唐诗常识　　和（hè）诗之和，是唱和、和答之意，和诗即因应他人某一首诗，以原格式再作一首。这种形式，主要在格律诗中产生，大致可分为依韵、从韵、步韵三种类型。所谓依韵，即和诗与原诗都押同一韵部；所谓从韵，即不仅押同一韵部，并且所押韵之字全都相同；所谓步韵，则在从韵的前提下，押韵之字所处位置也都相同。

沈佺期

【作者介绍】

沈佺期（约656年~714年），字云卿，相州内黄（今河南省内黄县）人，初唐著名诗人。他少善属文，尤长七言，高宗上元二年（675年）擢进士第，曾任通事舍人、考功员外郎，转考功郎给事中。武后退位后，沈佺期坐交张易之，流驩州，稍迁台州录事参军。神龙中，他得中宗召见，拜起居郎、修文馆直学士，历中书舍人、太子少詹事，开元初卒。

《新唐书·文艺传》称："自魏建安后，迄江左，诗律屡变，至沈约、庾信以音韵相婉附，属对精密，及（宋）之问、（沈）佺期又加靡丽。回忌声病，约句准篇如锦绣成文，学者宗之，号为'沈宋'。"也就是说这两人的诗作不脱六朝形式主义的窠臼，但不可否认，他们在唐代诗律成熟过程中也起过一定作用，而且在贬地所写的某些纪行述感之作感情真挚，技巧成熟，值得后人叹赏。

杂　诗

闻道黄龙戍①，频年不解兵②。

可怜闺里月，长在汉家营。

少妇今春意，良人昨夜情。

谁能将旗鼓，一为取龙城③。

【注释】

①黄龙戍：黄龙在今天辽宁省开源县西北，是唐代东北方的边防要塞，戍即戍边。此词别本或作"黄花戍"，或作"黄龙塞"。　②解兵：终战罢兵。　③龙城：也写作"茏城"，在今天蒙古国境内，是匈奴大会祭天之地。《史记·匈奴列传》载："五月大会龙城，祭其先天地鬼神。"

【语译】

听说在黄龙那遥远的边疆，连续多年都不能罢兵停战，可怜闺中少妇所仰望的明月，长年都映照着汉家军营。少妇今春的哀愁之意，正是丈夫昨夜思乡之情。谁能高举着战旗擂鼓前进啊，一口气攻下那敌方的龙城！

【赏析】

此诗题名为《杂诗》，所谓"杂诗"，唐人李善注《文选》时解释为："杂者，不拘流例，遇物即言，故云杂也。"其实"杂诗"和诗中常见的"无题"一样，都等同于没有题目，当诗短而意赅的时候，实在没必要再多扣个帽子，即可不定题目。

沈佺期的诗作大有六朝遗风，往往精巧绮靡，但这首名作不同，相对的质朴平实。诗写闺怨，对远戍的士兵及其家人寄予了深深的同情。此诗有几个特色，一是常见的以汉代唐，故有"汉家营"、"取龙城"之语，二是用语俭省，点到即止，言外之意非常丰富。比如首联为写戍卒之苦，却并不直言其苦，"闻道黄龙戍"，是言所戍之远，"频年不解兵"即见战事连绵，则苦处不待明言而自在。

颔联、颈联不明写相思，只说天上明月，同时为闺中少妇和远戍士卒思亲时所见，而"少妇今春意"便即"良人昨夜情"，此意此情何者？自然是相思亲人了。这两联的出句似单言一事，对句又似单言一事，但其实两事本为一事，这种手法称为"互文"，即所谓"参互成文，含而见文"。结尾再盼望有名将出师，尽快取得胜利，取得胜利为了什么呢？参见前文，自然是为了戍卒得以回乡，少妇得与其夫重聚了。这正是诗歌的笔法，只写表象，看似不及内涵，但内涵自然从表象中显露出来。

沈佺期此诗对后世影响很深，比如高适《燕歌行》中"少妇城南欲断肠，征人蓟北空回首"，即化用其颈联，李白《子夜吴歌》中"何日平胡虏，良人罢远征"即化用其尾联。

唐诗常识

五言律句对于平仄的要求很严，主要可分为四种句式，即"仄仄平平仄"（少妇今春意）、"平平仄仄平"（频年不解兵）、"平平平仄仄"和"仄仄仄平平"（一为取龙城）。其中偶数字和末字要求最为严格，第三字要求比较严格，首字则可放宽，比如"闻道黄龙戍"，第一字本该仄却用平，"可怜闺里月"，第一字本该平却用仄。至于"谁能将旗鼓"，第三字本该平却用仄，第四字本该仄却用平，这是一种特殊的平仄更换，称之为"拗救"。

宋之问

【作者介绍】

宋之问（约 656 年~ 712 年），字延清，一名少连，汾州（今山西省汾阳市）人，一说虢州弘农（今河南省灵宝县）人，初唐著名诗人。他是高宗上元二年（675 年）的进士，武后朝官至尚书监丞、左奉宸内供奉。神龙元年（705 年），因曾谄事张易之，与沈佺期同时被贬，左迁泷州（今广东省罗定县）参军。后逃归，又谄事武三思，选入修文馆直学士。此后宋之问又多次被贬，玄宗继位后命其自杀。

宋之问在诗歌方面的主要功绩与沈佺期相同，于创作实践中使六朝以来格律诗的法则更趋细密，使五言律诗的体制更臻完善，并且创造了七言律诗的新体，他可以说是格律诗的奠基人之一。

题大庾岭①北驿

阳月②南飞雁，传闻至此回。
我行殊未已③，何日复归来。
江静潮初落，林昏瘴不开。
明朝望乡处，应见陇头梅④。

【注释】

①大庾岭：在今天江西省大庾县南，广东省南雄县北，为五岭之一。　②阳月：指农历十月，《尔雅》载："十月为阳。"　③殊未已：还未停止。　④陇头梅：大庾岭上梅花很多，又称"梅岭"，因位于亚热带地区，十月梅便开花。

【语译】

十月间南飞的大雁啊，传说到了这大庾岭就转身回返了。而我这次南下还没有走到终点，不知道何日才能回归中原。江水如此平缓，潮水才刚落下，密林如此昏暗，瘴气总不消散。明朝在此地遥望故乡，应该就能看到岭上的梅花盛开吧。

【赏析】

宋之问有两次被贬岭南，一在神龙元年（705 年）二月，因曾谄事张易之而被贬为泷州（今广东省罗定县）参军，二在景云元年（710 年）六月，睿宗认为他"狯险盈恶，无悛悟之心"，而贬他去了钦州（今广东省钦县北）。对于此诗，一般认为是第一次被贬时所作，也有人认为既然作于十月间，以第二次被贬时所作为宜，无论是第一次还是第二次，对于理解本诗都没有区别，因而暂且不论。大庾岭南北，气候、风貌大相径庭，宋之问来到大庾岭附近，悲感身世，先后作过三首诗，除这一首外，还有《早发大庾岭》和《度大庾岭》。这首诗题为"大庾岭北驿"，当是度岭前一日，在岭北驿站中所作。

开篇是将人雁作比，传说鸿雁南飞，却不度南岭，到了大庾岭便即返回中原，然而诗人自己却"我行殊未已"，被迫要继续南下。鸿雁得归，自己是否能再活着回到中原呢？"何日复归来"句看似平淡，内中却蕴含无穷血泪。

颈联描摹南岭附近的景物，用以映衬自己哀伤思归之心。江水如此安静，但自心却不能平静，江潮已经落下，自己内心的百般愁思却无法落下；山高林密，如此昏暗，正如自己内心般难见光明，瘴气凝结不散，又似自己内心百感纠结，难以排遣。这两句看似写景，实为写情，虽不着情语，但情景自然交融。结尾言及"陇头梅"，一是指岭上多梅，是眼前实景，二则是化用南朝陆凯之诗。《荆州记》载，陆凯曾作《赠范晔》诗："折梅逢驿使，寄与陇头人。江南无所有，聊赠一枝春。"此诗不言"岭上梅"，却言"陇头梅"，正是寄梅于陇头人之意，希望能够折梅寄与亲人，聊解相思之痛。

全诗写愁、写思，却并不着此二字，可以说在意象的运用和词句的编排上，确实匠心独运，自成章法。

【扩展阅读】

度大庾岭

唐·宋之问

度岭方辞国，停轺一望家。魂随南翥鸟，泪尽北枝花。山雨初含霁，江云欲变霞。但令归有日，不敢恨长沙。

此诗当为度过大庾岭后作，与《题大庾岭北驿》相同，颈联似写景而实写情，虽无颔联般"魂随"、"泪尽"字样，但心中百般愁绪，自然随景物而生发出来。结句盼归，也与"何日复归来"句意韵相近。

王　湾

【作者介绍】

　　王湾（693年~751年），字不详，号为德。洛阳人，是唐代开元年间的著名诗人。他于玄宗先天年间（712年~713年）进士及第，授荥阳县主簿，后参与《群书四部录》集部的编撰辑集工作，书成后，因功授洛阳尉。他虽然是北方人，却往来于吴楚间，被江南清丽山水所倾倒，并受到当时吴中诗人清秀诗风的影响，写下了一些歌咏江南山水的作品，可惜所作大多散佚，《全唐诗》所存只有十首。

次①北固山②下

客路青山下，行舟绿水前。

潮平两岸阔，风正一帆悬。

海日生残夜，江春入旧年。

乡书何处达，归雁洛阳边。

【注释】

　　①次：《礼记·檀弓上》注"次"字，云："次，舍也。"也就是说次意为途中住宿。　　②北固山：在今天江苏省镇江市北，三面濒临长江。

【语译】

　　旅途经过青山之下，乘舟来到绿水前面。江潮平满，两岸的距离更显宽阔，江风正顺，那一叶船帆高高张起。黑夜未尽，海上已经升起了红日，旧年未终，江上已经诞生了春意。给家乡亲人的书信已到了何处啊？北归的大雁正在向洛阳飞去。

【赏析】

　　诗人乘船南下，来到北固山前，正是冬末某一日的拂晓，眼见海上日出、江畔春意渐萌深，感物候之变化，不禁起了思乡之念。诗意说起来很简单，但如何将这些含义用诗的语言完美地表现出来，从而使读者感同身受，仿佛真的目见诗人所见之景，心通诗人所怀之情，那就不是一件简单的事情了。

　　首联交代诗之源起，"客路"、"行舟"、"青山"、"绿水"这些要素以互文方式表出，然后颔联着重写"行舟"和"绿水","风正"故"帆悬","潮平"而显得"岸阔",对于环境的把握非常准确。接着,颈联为千古名句,殷璠在《河岳英灵集》中记载道:"诗人以来,少有此句。张燕公(张说)手题政事堂,每示能文,令为楷式。"能让张说把这两句诗题写在政事堂中,并且作为文学的模范,由此待遇,便可见诗句之高妙了。

让我们来想象一下诗人的所见、所感吧——夜之将逝,故谓"残夜",突然海上升起一轮红日,撕开黑沉沉的夜幕,就如同从混沌黑暗中诞生出来一般;旧的一年还未终结,新年尚未到来,仍属冬季,但江畔却已有春意萌发,仿佛是春天急不可待地侵入了旧年一般。"生"、"入"二字为诗句之眼,使得原本自行其道的红日,在诗人眼中成为了黑夜的继承者,原本虚幻的春意,在诗人眼中,成为有意识的有情之物。而且这两句诗最大的用意并不仅仅在于写景,而是为了表现物候之迅捷偷换,恍惚在人所未察之处,在那一瞬之间,昼夜、冬春便已悄然更替,由此便觉时光荏苒,使诗人不禁起了思乡之念。

尾联用鸿雁传书的典故,说已将家信托付鸿雁北飞,送往洛阳亲人手中。诗的主题虽然是宦途乡思,但有了前面"潮平两岸阔"、"海日生残夜"的宏大景观,使读者只感受到淡淡的忧愁,却不甚悲伤,这一份从骨中透出的豪迈,正是盛唐诗人所独有的气质,也是此诗得以流传千古的重要因由。

此诗文字所本为《全唐诗》,而《河岳英灵集》中所记则有所不同:"南国多新意,东行伺早天。潮平两岸失,风正数帆悬。海日生残夜,江春入旧年。从来观气象,惟向此中偏。"对比之下,无疑《全唐诗》所记更为优秀,而《河岳英灵集》所记,首、尾联都失之于空,以"两岸失"易"两岸阔",以"数帆悬"易"一帆悬",豪阔之气也不充分。

唐诗常识

格律诗中,应该平的地方用了仄,应该仄的地方用了平,就叫作"拗"。一般提及七言,有句俗话叫"一三五不论,二四六分明",也就是说除韵脚外奇数字是可平可仄的,偶数字是要求严格的,当然这种说法并不严谨,一般情况下七言的第五字和五言的第三字要求也比较严格。即以"潮平两岸阔"句为例,句式为"平平平仄仄",所以第三字本应为平,却用了仄声字"两",这就叫"拗"。拗不是不可以,但是需要"救",此诗并没有救,一则说明偶尔亦可因"不以辞害意"的理由加以通融,二则说明盛唐时诗律才刚成熟,也有运用不严谨处。

常　建

题破山寺①后禅院

清晨入古寺，初日照高林。
曲径②通幽处，禅房花木深。
山光悦鸟性，潭影空人心。
万籁此俱③寂，但余钟磬④音。

【注释】

　　①破山寺：即兴福寺，在今天江苏省常熟市虞山北岭下，始建于南齐时，名"大悲寺"，南梁时改名"福寿寺"，唐咸通九年（868年），唐懿宗御赐"兴福禅寺"额。因寺在破龙涧旁，故俗称"破山寺"。　　②曲径：别本作"竹径"。　　③俱：别本作"都"或"皆"。　　④磬（qìng）：为古代用石、玉或金属制成的曲尺形打击乐器。

【语译】

　　清晨时分我进入古寺，正值红日初升，照耀着高高的树林。那曲折的小径直通幽深之处，禅房前花木是如此葱茏。山色使鸟儿都感到愉悦，潭影使人心变得空灵。就此万籁俱寂，一片静谧啊，只剩下远远传来钟磬的鸣响。

【赏析】

　　此诗有禅意，并且从中产生了"曲径通幽"和"万籁俱寂"两个成语，流芳千古。

　　首联和颔联是写诗人所见，颈联和尾联则写所感，情景交融，混合无间。首先，诗人步入破山寺的后禅院，后禅院多为僧侣起居修行之用，环境清幽，时当清晨，初日才升，树木却高，阳光并不强烈，而在此朦胧舒爽之境，诗人曲径通幽，似入一非凡俗之世界。"曲径通幽"或作"竹径通幽"，但竹字绝不如曲字来得佳妙，曲字在此，有山穷水复中柳暗花明之意。诗人但见禅房周边，花木葱茏，有自然之趣，而无俗尘凡垢。入此妙境，才会有下面的所感。

　　"山光悦鸟性，潭影空人心"，在这里"山光"和"潭影"虽是所见，却并不重要，重要的是悦性而空心。佛家讲空，万物皆空，唯法是有，而禅宗更讲修身养性，于是诗人感觉自己的情绪因妙景而平稳，凡尘纷扰，都从山光水色间排遣了出去。一时间但觉万籁俱寂，这是指外物都已不萦于心，自身与自然由此契合。可是虽云万籁俱寂，却也并非悄无一声，诗人用结句加以说明，自己耳畔仍然回绕着僧侣起居修行时的"钟磬音"。得闻此音，则可见其向佛之意，前此种种领受、感悟，都从佛家教义、禅门意趣中得来。

欧阳修非常欣赏"曲径通幽处，禅房花木深"一联，曾说自己"欲效其语作一联，久不可得，乃知造意者为难工也"，也就是说这两句似妙手偶得，浑然天成，强要为之，反不能作。而对于全诗的艺术特色，殷璠在《河岳英灵集》中评价常建诗歌特色之言，是最好的说明："（常）建诗似初发通庄，却寻野径，百里之外，方归大道。所以其旨远，其兴僻，佳句辄来，唯论意表。"

唐诗常识

常建此诗运用格律并不严格，最明显的就是惯用三连仄结尾，比如"清晨入古寺"、"山光悦鸟性"，都把"平平平仄仄"句式改成了"平平仄仄仄"句式，这在唐人诗中并不罕见。还有"禅房花木深"、"万籁此俱寂"、"惟闻钟磬音"三句，第三字都将平改仄，将仄改平，可见诗律才刚成熟的时候，对五言第三字要求并不严格。尾联出句"此"以仄换平，对句"钟"以平换仄，也可以算是拗救。

岑　参

寄左省①杜拾遗②

联步趋丹陛③，分曹④限紫微⑤。
晓随天仗⑥入，暮惹御香归。
白发悲花落，青云羡鸟飞。
圣朝无阙事⑦，自觉谏书稀。

【注释】

①左省：即门下省，唐代中枢机构中，门下省在左，故称"左省"，中书省在右，称"右省"。　②杜拾遗：指杜甫，当时担任左拾遗之职，属门下省，此时岑参担任右补阙之职，属中书省，此二职都为谏官。　③丹陛：宫殿前的红色台阶，同于丹墀。　④分曹：曹是官署名，分曹即分官署而理事，因杜甫属门下省，岑参属中书省，故有此言。　⑤紫微：星象名，被称为"帝星"，《晋书·天文志》载："一曰紫微，大帝之座也。"　⑥天仗：皇家仪仗。　⑦阙事：指朝廷事务中的缺失、过失。

【语译】

我们一起抬步登上丹陛，在君王面前分署理事。清晨随着皇家仪仗入朝，傍晚带着朝会上的熏香而归。因春花凋零而哀伤白发早生，望高天青云而羡慕飞鸟自由。圣明的朝政并没有缺失啊，自我感觉最近能写的谏书越来越稀少。

【赏析】

这首诗是时任中书省右补阙的岑参写给门下省左拾遗杜甫的。所谓"补阙"，阙通缺，和"拾遗"的意思相近，都是指提出意见，以匡正朝廷的过失，补充朝政的遗漏。这两个职位同属谏官，始设于武则天垂拱元年（685 年），同设于中书、门下二省，因为中书省又称右省，所以中书之下称为右补阙、右拾遗，门下省又称左省，所以门下之下称为左补阙、左拾遗。《新唐书·百官志》载："门下省有……左补阙六人，从七品上，左拾遗六人，从八品上，掌供奉讽谏，大事廷议，小则上封事……（中书省有）右补阙六人、右拾遗六人，掌如门下省。"

此诗前四句是描写岑参、杜甫这些谏官的生活，从中也透露出两人深厚的友情，所以才以"联步"起，早晨跟随仪仗一同登上朝堂，直到晚上才带着满身的熏香而归宅。"分曹限紫微"句，或将紫微解为中书省——因为中书省内多种紫薇花，故玄宗开元元年（713年）改中书省为紫微省，旋亦改中书令为紫微令，开元五年（717年）恢复原名。这样解释是不确切的，岑、杜二人分在中书、门下，起句说"联步"，则同言两人，对句为何单言中书呢？这里的紫微，应当指紫微帝星，以代表天子。

结句很有意思，说朝廷圣明，毫无"阙事"，所以自己能够上的谏章，能够提出的意见也越来越少了。表面上看，此乃颂圣之语，而且是赤裸裸地拍马屁，但对照颈联，则又能读出另外一番味道来。颈联说自己头发已白，只觉时光荏苒，花开花落，却一事无成，身拘此职，内心不平，所以羡慕飞鸟能在青云间自由翱翔。全诗唯此颈联情感压抑、气氛沉闷，其后紧接颂圣之语，很明显是皮里阳秋，别有怀抱。

此诗作于唐肃宗乾元元年（758年），安史之乱尚未平息，风烟仍乱，而在朝廷内部，阉宦李辅国、鱼朝恩等人又操弄权柄，肆意妄为，绝对不可能是"无阙事"的。可是即便有阙事又如何呢？身为谏官，岑参却为权贵所阻，不能畅心快意地提出自己的意见，他并非无谏书可写，而是即便写了，也未必能够受到朝廷重视。在这种情况下，无怪乎他要悲感"白发"，并且"青云羡鸟飞"了。

清朝纪昀曾评此诗结句，所言大是有理："圣朝既以为无阙，则谏书不得不稀矣。""既以为"、"不得不"二词沉痛，也正点中此诗窍要，于是岑参之悲感，之无奈，之借颂圣语极力讽刺，也便呼之欲出了。

【扩展阅读】

奉答岑参补阙见赠

唐·杜甫

窈窕清禁闼，罢朝归不同。君随丞相后，我往日华东。冉冉柳枝碧，娟娟花蕊红。故人得佳句，独赠白头翁。

岑参写诗相赠杜甫，杜甫也作了上面这首诗还答。无疑，杜甫是理解了岑参诗中含义，并且深有同感的，所以他才相应"白发悲花落"句，写下"独赠白头翁"，说自己的憔悴、无奈正与你相同。其实当时两人都还不到五旬，何来白发？只是以白发自喻悲苦而已。

李 白

赠孟浩然

吾爱孟夫子，风流①天下闻。
红颜②弃轩冕③，白首卧松云。
醉月频中圣④，迷花⑤不事君。
高山安可仰，徒此揖清芬⑥。

【注释】

①风流：风流一词有多义，这里是指才华出众、风度潇洒。 ②红颜：这里是指少年。 ③轩冕：轩是华丽的车子，冕是礼帽，轩冕并称代指官宦荣华。 ④中圣：中了圣人（酒）之意。称酒为圣人，源自《三国志·魏志·徐邈传》，载："……魏国初建，（徐邈）为尚书郎，时科禁酒，而邈私饮至于沉醉。校事赵达问以曹事，邈曰：'中圣人。'达白之太祖，太祖甚怒。度辽将军鲜于辅进曰：'平日醉客谓酒清者为圣人，浊者为贤人，邈性修慎，偶醉言耳。'竟坐得免刑。" ⑤迷花：迷恋花草，指陶醉于自然美景。 ⑥清芬：指清美芬芳的品德。

【语译】

我最喜爱孟先生了啊，他的文采、仪态天下闻名。他少年时代便抛弃了功名利禄，年老以后便高卧在松树、云霭之间。他观赏明月，屡屡饮酒至醉，他热爱自然，不肯侍奉君王。他如同高山一般难以仰望啊，我只能在此向他高尚的品德虔诚致敬。

【赏析】

李白在此诗中对孟浩然推崇备至，开篇即称其为"夫子"，"夫子"原意为老师，后人则常尊称学问通达之人为"夫子"。紧接着，李白又以"风流"二字盛赞孟浩然，并称其诗名、贤名誉满天下。那么，李白最欣赏孟浩然哪一方面呢？中两联即言及此，他说孟浩然并不乐于功名，而只沉醉于自然和诗酒之中。

其实这种盛赞多少有点不尽不实。首先说"红颜弃轩冕"，孟浩然青少年时代隐居鹿门山，直到四十岁才出山前往长安干谒，所以这一句是很准确的。然后是"白首卧松云"，孟浩然除曾受张九龄召为从事外，可以说是终身未仕，在他身上有很浓重的隐士风味，说他高卧于青松云霭之间，正是对隐士生活的艺术写照。但是"醉月频中圣"和"迷花不事君"却又未必。《新唐书·文艺传》中记载："采访使韩朝宗约浩然偕至京师，欲荐诸朝，会与故人剧饮欢甚，不赴，朝宗怒，辞行，浩然亦不悔也。"可见孟浩然未必一心隐居，不乐出仕，否则也不会年过四十以后还前往长安干谒，并且考取进士了，他只是闲散已惯，既不能摧眉折腰以事权贵，也不乐放弃自己的自由生活罢了。

同书还载一事，说孟浩然至长安，"与张九龄、王维为忘形交，维私邀入内署，适明皇至，浩然匿床下"，于是"玄宗诏浩然出，诵所为诗，至'不才明主弃'，帝曰：'卿不求仕，朕未尝弃卿，奈何诬我？'因放还。"可见孟浩然未必是主观地"不事君"，而是客观地不为君所乐事而已。

从来隐士而能留名千古的，都未必是纯粹彻底的隐士，大抵士大夫品性高洁，不为世俗所容，虽有抱负而不能用，失望之下才被迫归隐，孟浩然即此类也，而李白的理念、理想也近乎于此，所以他才如此地赞誉孟浩然，说孟浩然如高山仰止，使他除作揖致敬外别无可言。全诗如行云流水，平实而不质拙，首联开门见山，中两联对仗工整，比如以"中圣"对"事君"，真非凡俗所能想见，尾联收束得也极自然，格调高古，萧散简远，确是佳构佳篇。

渡荆门①送别

渡远荆门外，来从楚国②游。
山随平野尽，江入大荒流。
月下飞天镜，云生结海楼③。
仍怜④故乡水，万里送行舟。

【注释】

①荆门：即荆门山，在今天湖北省宜都市西北，长江南岸，与北岸虎牙山对峙，形势险要，春秋战国时期是楚都西方的门户。 ②楚国：即楚地，指今天湖北省和湖南省北部一带。 ③海楼：即海市蜃楼。 ④仍怜：别本作"仍连"。

【语译】

从西方远航来到荆门山，就此踏入楚地漫游。只见山势延展到一望无际的平原，长江

唐诗常识   格律诗中有平仄出律的，就叫做拗，拗而可以救，就是拗救。拗救主要分两种情况，一是对句救，比如"吾爱孟夫子"第三字本该平而用了仄，则对句"风流天下闻"第三字本该用仄就改用平。二是本句救，比如"红颜弃轩冕"，应该是"平平平仄仄"句式，因为第四字该仄而用了平声字"轩"，所以第三字该平而用仄声字"弃"来挽救。总之平仄的规定，拗而用救，都是为了声调起伏波折，富于乐感，也便于朗诵。

流向渺茫难测的远方。月轮如同天上明镜般落下，云霞似乎幻化为海市蜃楼。最可爱的是那故乡的流水啊，千里万里送别远行的舟船。

【赏析】

　　此诗写于开元十三年（725 年），李白初次辞亲出蜀，就此开始了壮游祖国大好河山的旅程。他是乘船由蜀中沿长江而下，经三峡而赴荆门，踏出天府之国，迈向荆楚的广阔山川。诗人彼时的心情无疑是非常激昂兴奋的，但同时也隐含着初次离乡时淡淡的忐忑和怀恋，类似情绪，通过这首诗完美地展现在我们面前。

　　首联开门见山，直言其事，自不必冗言，颔联、颈联都是描写眼前之景，由此抒发诗人壮阔的情怀，以及对未来生活的憧憬。两联对仗都很工整，在技法上无可挑剔，但最主要的还是所述景观大气磅礴，的是"诗仙"气概。首先说荆门山，说长江水，山峦连绵不断，直至远方平野——诗人从三峡而出，身侧仍是重重险峻，身前却是荆楚之地的平原旷野，视野陡然开阔，乃有此语。再看长江曲折向东，奔流至海，而诗人尚在荆门，海尚遥远而不可得见，只觉江水滔滔而奔向渺茫难测的偏远所在，故言"大荒"。山本不动，但船只在动，诗人站在船头，似觉山峦随时变幻，山、原之间的衔接越来越近，因此用一"随"字，使原本静态的山峦、平原全都生动、活泼了起来。江虽流动，本无出入之意，但在诗人看来，远方渺茫而不可得见，江水流向，逐渐消隐，因此用一"入"字，便将江水的动态投放到更旷阔的静止当中去了。

　　诗人所描摹的景色，可能是在黎明时分，这从颈联便可清晰看出：明月西沉，如同天上坠落的圆镜，朝霞满天，变幻无方，又似海市蜃楼。荆门距海尚远，当然不会真的有海市蜃楼出现，诗人以云拟于海市，正见浩渺长天上变化万千的气象。总之这两联的气魄都相当宏大，正见两侧有荆门、虎牙对峙，诗人乘船从一线中穿出，前景陡然开阔，似乎蕴含着无限生机。这也正是诗人此刻心境的完美体现，他从偏在西陲的家乡出来，即将迈向祖国广阔河山，他正当青春年华，思有为于天下，但觉前程似锦，无限可能都展露在眼前。李白踌躇满志的心态，至此毕露无遗。

　　然而终究是初次离家远行，诗人内心也不禁生出了淡淡的哀愁，思乡之念萦绕着他，所以尾联即写思乡，说故乡之水送我远行。沈德潜在《唐诗别裁》中认为："诗中无送别意，题中二字可删。"而今人马茂元先生却谓此"送别"是指江水送自己离别蜀中，此言确有一定道理。

【扩展阅读】

渡荆门望楚

唐·陈子昂

　　遥遥去巫峡，望望下章台。巴国山川尽，荆门烟雾开。城分苍野外，树断白云隈。

今日狂歌客，谁知入楚来。

此亦陈子昂初次别蜀入楚时所作，大约在李白作《渡荆门送别》前半个世纪。两诗对比，可见"荆门烟雾开"，眼前豁然开朗，从而心绪极度兴奋，对未来充满憧憬，二人都是相同的。但陈诗虽亦大气，气势终不如李诗磅礴，陈诗只见城与树，李白却见月与云，高下之别，也便立判。

送友人

青山横北郭①，白水绕东城。
此地一为别②，孤蓬③万里征。
浮云游子意，落日故人情。
挥手自兹去，萧萧班马④鸣。

【注释】

①郭：外城。 ②一为别：一是加强语气的助词，为别即告别、作别。 ③孤蓬：一名"飞蓬"，枯后根断，常随风飞旋。 ④班马：班是分别、分开意，班马指离群之马。

【语译】

青翠的山峦横于北郭之外，洁净的江水围绕着东城，我们就此在这里分别啊，从此你如同孤蓬一般，开始了千里的远行。天上浮云如同游子的心意，红日坠落如同友人的深情。挥挥手就此离开吧，只听得离群的马儿萧萧嘶鸣。

【赏析】

这首诗是李白送别友人而作。友人为谁，去往何方，在何处送别，题目中都没有透露，也没能留下相关资料，但背景的告缺，丝毫也不能影响此诗的文学价值。

开篇似写送别之地，然而两人究竟从城市的北门还是东门而出呢？倘能见到北郭的青山，自不能同时见到东城的白水。但诗意本在似有似无之间，不可强解，而且最重要的，这一对仗工整的首联，其实想统而言之青山绿水围绕着城郭，可见景物甚佳，但如此美景却不能同赏，下面便写道："此地一为别，孤蓬万里征。"诗人将友人比拟作飘飞的孤蓬，无所依靠，也不知道最终落于何方，诗句中透露出浓厚的关切之情。

此诗首联便对仗，而且对仗甚工，所以颔联似对而似不对，半作散语，以免全诗胶着滞殆。接着颈联又出工对，说"浮云游子意，落日故人情"。孟浩然《岘山送张去非游巴东》有"蹉跎游子意，眷恋故人心"句，李白此联即从中化出。但孟诗明确写出"蹉跎"、"眷恋"字样，李诗却偏不肯明言，而要指物以喻。游子之意如同浮云，那浮云又代表了什么呢？想来意与孤蓬相同，都无所依托，随风而行，不知所踪，正合孟诗中"蹉跎"二字。故人之情如同落日，那落日又代表了什么呢？朝阳之升，似乎瞬间即跃上半空，而夕阳之落，却迟迟缓缓，似有无限遗憾，不肯遽然离开世界，沉入地下，正合孟诗中"眷恋"二字。这是既写了分别时的景物，又含蓄深沉，似有万般依恋，故而不忍明言，要指物以示友人。

虽然恋恋不舍，分别却终于在即，尾联即言二人"挥手"而别。别时内心悲哀，却又不肯直言，却言"萧萧班马鸣"，友人离去之际，他的坐骑突然嘶鸣，似乎同样万般难舍难分。借马之鸣托出人之哀，真是情真意切，却又曲折委婉。大抵激昂时能作豪语，豪语不可失于隐，哀愁时则放悲声，悲声却以委婉为上，直白为下，李白真深得其中三昧矣。

【扩展阅读】

岘山送张去非游巴东

唐·孟浩然

岘山南郭外，送别每登临。沙岸江村近，松门山寺深。一言予有赠，三峡尔将寻。祖席宜城酒，征途云梦林。蹉跎游子意，眷恋故人心。去矣勿淹滞，巴东猿夜吟。

李白"浮云游子意，落日故人情"即从孟浩然的诗句"蹉跎游子意，眷恋故人心"中化出，孟诗直白而李诗委婉，仅以单句论，李诗格调、风味在孟诗之上。但孟浩然所作古诗，篇幅也较长，故不必过于凝缩，不必过于隐含，李白所作近体，篇幅较短，才会如此布设成句。诗歌的笔法，往往与其文体是相辅相承的。

唐诗常识

格律诗不仅仅句中每字的平仄有所要求，而且每句的基本平仄格式也有要求。即以五律来说，事实上只有两种基本平仄型，即平起式和仄起式，平起式：平平平仄仄，仄仄仄平平。仄仄平平仄，平平仄仄平。平平平仄仄，仄仄仄平平。仄仄平平仄，平平仄仄平。仄起式：仄仄平平仄，平平仄仄平。平平平仄仄，仄仄仄平平。仄仄平平仄，平平仄仄平。平平平仄仄，仄仄仄平平。一联两句，上句平起下句必仄起，上句仄起下句必平起，这叫"对"；前后两联，前联下句仄起则后联上句也仄起，前联下句平起则后联上句也平起，这叫"粘"。李白此诗即平起式，"青山横北郭，白水绕东城"一平起一仄起，是对，"白水绕东城"和"此地一为别"皆仄起，是粘。

听蜀僧濬①弹琴

蜀僧抱绿绮②，西下峨嵋峰。
为我一挥手，如听万壑松。
客心洗流水，余响入霜钟③。
不觉碧山暮，秋云暗几重。

【注释】

①蜀僧濬：指蜀地名为濬的僧人。有人认为即李白诗《赠宣州灵源寺仲濬公》中的仲濬公。　②绿绮：古琴名，西晋傅玄《琴赋序》载："楚王有琴曰绕梁，司马相如有绿绮，蔡邕有焦尾，皆名器也。"这里是指代好琴。　③霜钟：典出《山海经·中山经》，载"丰山有九钟焉，是知霜鸣。"郭璞注："霜降则钟鸣，故言知也。"这里是泛指钟声。

【语译】

蜀地的僧人抱着一张好琴，从峨嵋峰顶飘然西下。他为我手挥五弦，我仿佛听到那万千山谷中响起松涛。我的内心仿佛被流水洗涤一般，只觉琴音余响渗入了霜天钟鸣。不知不觉中青翠的山峰已隐入暮色，秋云数重，天色已然昏暗。

【赏析】

此诗虽写琴音，却有禅意。首先，弹琴者是位僧侣，其次，他是从佛教圣地峨眉山而来，恍惚间，这位名叫濬的僧侣已得证大道，他是在用琴音抒发内心对佛学的理解和感受，并以此来感悟作者，而作者得闻此音，亦飘然有出世之感，只觉内心一片澄净，如流水洗涤，尘垢不染。

全诗正面描写琴音的只有一句——"如听万壑松"，以松涛这种天然之声来比拟琴音，就此使人和自然完美地契合了起来。接着，诗人反复从侧面描写琴音之优美，以及对自我影响之深，先说自己"心洗流水"，内心一片澄净，尘垢不染，接着再写琴曲的余音袅袅，与秋季远方的寺钟相和而鸣。于此之际，诗人就达到了禅宗所谓"忘我"的境界，遗忘这俗世俗身，全身心都融化入大道之中。因此他才沉迷至斯，竟不知暮色之已降——"不觉碧山暮，秋云暗几重。"结句言"秋云"，正对应前面的"霜钟"，点名季节背景，结构非常严谨。

全诗清新明快，而又深种禅家之理，表面上是描摹音乐，其实是为了抒写自己在音乐中所获得的感悟。

夜泊牛渚①怀古

牛渚西江②夜，青天无片云。
登舟望秋月，空忆谢将军③。

余亦能高咏，斯人不可闻。

明朝挂帆席④，枫叶落纷纷。

【注释】

①牛渚：山名，在今天安徽省当涂县西北，突出江中，水流湍急，地势险要。　②西江：古称从今江西到今南京一段长江为西江，牛渚也在此范围内。　③谢将军：指谢尚，字仁祖，东晋人，官至镇西将军。《续晋阳秋》载，他在镇守牛渚时，秋夜泛舟赏月，适袁宏在运租船中咏己所作《咏史》诗，"声既清朗，辞又藻拔"，遂大加赞赏，邀其前来，谈至天明。袁宏从此"名誉日茂"，官至东阳太守。　④挂帆席：即扬帆，别本作"挂帆去"。

【语译】

西江之上，牛渚岸边，这一夜晚啊，湛蓝的高天没有一片云彩。我走到船头，仰望秋天的明月，空自回想着晋时的镇西将军谢尚。我也能像袁宏一般高声吟咏佳篇啊，然而知音的谢尚却已不再有。等明朝我扬帆而去，只见枫树上的红叶纷纷飘落。

【赏析】

《续晋阳秋》是南朝宋时檀道鸾所撰之书，记述东晋一代史事，其中载有谢尚鉴识袁宏的故事："镇西谢尚，时镇牛渚，乘秋佳风月，率尔与左右微服泛江。会虎（袁宏小字为虎）在运租船中讽咏，声既清会，辞文藻拔，非尚所曾闻，遂往听之，乃遣问讯。答曰：'乃袁临汝郎诵诗，即其咏史之作也。'尚佳其率有兴致，即遣要迎，谈话申旦。自此名誉日茂。"

这是一则文人佳话，谢尚出于名门，身居高位，而袁宏彼时尚沉沦下僚，江上闻诗要迎，一番对答，不论贵贱，都由诗词文章把两人聚合到了一起。数百年后，李白乘船途经牛渚，忆起此事，不禁喟然而叹，于是作了这首诗。

诗题"怀古"，并非简单地对古事加以陈述，而是为了讽今，为了抒发自己怀才不遇的悲愤。当然，以李白豪阔之气，内心虽有怨怼，诗中却并不加以明确表露，诗歌中所流露出的，只是一种深深的艳羡而已。"空忆谢将军"之"空"字，便见惆怅端倪，其后大声呼道"余亦能高咏"，然而今天还有谁像谢尚那样，是落魄诗人的知音呢？可惜可叹啊，"斯人不可闻"，我亦未尝听闻，更未尝得遇这种人物了。

李白所作五律，大多直言所处环境，然后再引入主题，此诗亦不能外。开篇即点出"夜"字，然后说"青天无片云"，自然月色清朗，于是他"登舟望秋月"。当此寂静无人之夜，清辉遍洒，诗人所处环境之孤清便不言而自见，为此才会引发下面的感慨。结句再言"明朝挂帆席"，自己将要离开牛渚，则这片系以诗坛佳话的土地，将就此离我而去，于是落叶纷纷，更感秋之悲凉。前三句见月，末两句言叶落，所烘托的便是一种虽惆怅而并不深，虽哀伤却并不怨的氛围，以此氛围包夹诗人之艳羡、遗憾，正是情景相得益彰，并无一字闲笔。

李白作诗，浑出自然，即以此五律言之，颔联、颈联都为散句，并无工对，但自然契合，读来无生涩之感。所以清初诗坛领袖王士禛甚至要将此诗与孟浩然的《晚泊浔阳望庐山》并论，作为"不着一字，尽得风流"的典型，认为"诗至于此，色相俱空，正如羚羊挂角，无迹可求，画家所谓逸品是也"。

【扩展阅读】

晚泊浔阳望庐山

唐·孟浩然

挂席几千里，名山都未逢。泊舟浔阳郭，始见香炉峰。尝读远公传，永怀尘外踪。东林精舍近，日暮但闻钟。

所谓"不着一字，尽得风流"，是指诗中不必着一情语，而其情自在景物之间毕现；所谓"羚羊挂角，无迹可求"，就是说诗歌纯出自然，无丝毫人工斧凿痕迹。王士禛将此诗与李白《夜泊牛渚怀古》并列，正是为了说明以上两点。

杜　甫

月　夜

今夜鄜州①月，闺中只独看。
遥怜小儿女，未解忆长安。
香雾云鬟②湿，清辉玉臂寒。
何时倚虚幌③，双照泪痕干。

【注释】

　　①鄜（fū）州：即今天的陕西省富县，当时杜甫将家属送往鄜州的羌村，自己却被安史叛军所俘，被迫羁留长安。　②云鬟（huán）：鬟为古代妇女所梳环形发髻，云是状发髻之蓬松如云，李白《久别离》有"至此肠断彼心绝，云鬟绿鬓罢梳结"句。　③虚幌：透明的窗帷。

【语译】

　　今夜鄜州家中的明月啊，想必你只能在闺房内一个人独自观赏了。我远远地思念着一双小儿女啊，可怜他们还不懂得思念远在长安的亲人。你如云的芬芳发髻被雾气沾湿，你如玉的臂膀因清冷的月光而生寒意。不知道要等什么时候才能团圆啊，我们一起倚靠着透明的窗帷，月光同时映照着两个人已干的泪痕。

【赏析】

　　此诗为杜甫五律的代表作，虽则在章法上几无懈可击，但最重要的不在其艺术性，而在其思想性。

　　756年，安史叛军破潼关而逼近长安，本居长安的杜甫携其妻儿逃难，随即将妻儿安置于鄜州羌村的亲戚家。因闻唐肃宗于灵武继位，杜甫即孤身前往投奔，不幸途中为叛军所掳，被押回长安，虽因官卑职小而未受拘禁，但也等同于丧失了人身自由，于是他便在其间写下此诗，以寄托对家人的思念。按照诗词中惯见的传统意象，以望月来思人，但开篇并不言自己望月（否则便当作"长安月"而非"鄜州月"），而言妻子望月，继而写"闺中只独看"，一个"独"字，便将夫妻分隔，各自孤清的境遇备悉道出，使人泪垂。

　　全诗几乎不正面描写自己的境况，却思想家中妻儿境况，可见诗人对妻子儿女相思、关切之深。想来昔日团聚时，夫妻曾共望明月，然而如今只能各自"独看"，虽未明言，而今昔对比自然强烈。可是妻子在家，虽不见其夫，亦未必如羁留长安的杜甫般是孤身一人，为何要说"独看"呢？颔联即给出解释，说因为儿女尚小，"未解忆长安"。妻子因何而望月，从儿女的态度即可推出，是为了"忆"也即思念亲人，而儿女不识思念亲人，非无情也，为其年齿尚幼。则妻子与丈夫分离的悲痛，即便儿女亦不能领会，种种悲怆只能独自承受，更见其苦。妻子尚有儿女相伴，自己孤身被羁留于长安，则自身之苦痛当不逊色于妻子，自可不必明言。所以妻子望月相思，是一层苦，儿女不解相忆则显得妻子内心更为孤清，是更一层苦，层层递进，其苦不堪言处，短短二十字即完美烘托出来。

　　颈联继续想象和描摹妻子相思之苦。"香雾云鬟湿"句，雾本无味，其香味料从云鬟膏沐中得来也，"清辉玉臂寒"，清辉承上"月"字，是指清冷的月光，两句对仗工整，分明言妻子伫立望月之久，以至发鬓为夜雾沾湿，玉臂也因夜寒而冷。望月之久，正见相思之深，以及相思而不能得见之悲苦难禁。

　　夫妻一旦分别，隔于两地，只能独自望月，以寄相思之情，然而在此一旦之前，料有共同赏月之温馨情景，在此一旦之后，诗人也希望能有重聚赏月之日。一旦之前事，未明言而自见，一旦之后事，即于尾联道出。诗人盼望重聚，却又不知是否真有重聚的一日，故以"何时"二字领起，窗帏不言窗帏，偏道"虚幌"，着一"虚"字，便见前途渺茫，目前看来皆是虚妄。"虚"字本非情语，但置于此，其情便深，其心更苦。在诗人的期盼当中，将来夫妻重聚，也将沐此明月，相看泪眼。不言重聚后欢笑，而言"泪痕干"，便有惊变后余悸难消，回想分别前事更觉悚然之意。开篇言"独看"，结尾再说"双照"，前后呼应，如织锦绵密，难以分拆。

　　此诗表面上只写夫妻分别相思，但察其背景，便可将诗人的悲苦放诸更广大的社会环境下，这是动乱对民生所造成的悲剧。丧乱之痛，痛彻心肺，正为前途之不可预料，重聚之日就显得是如此虚妄，而即便重聚之后，依然余悸犹在，它所造成的心灵创伤，恐怕永远也无法消除。此诗本写自身情感，但却投射出时代的痛苦，杜甫之被称为"诗史"，其缘由正在于此。

【扩展阅读】

述　怀

唐·杜甫

　　去年潼关破，妻子隔绝久；今夏草木长，脱身得西走。麻鞋见天子，衣袖露两肘。朝廷愍生还，亲故伤老丑。涕泪授拾遗，流离主恩厚。柴门虽得去，未忍即开口。寄书问三川，不知家在否？比闻同罹祸，杀戮到鸡狗。山中漏茅屋，谁复依户牖？摧颓苍松根，地冷骨未朽。几人全性命？尽室岂相偶？嵚岑猛虎场，郁结回我首。自寄一封书，今已十月后。反畏消息来，寸心亦何有！汉运初中兴，生平老耽酒。沉思欢会处，恐作穷独叟。

此为杜甫终于逃离长安，往依唐肃宗后所作，可为《月夜》诗之注脚。"去年潼关破，妻子隔绝久"，正言"闺中只独看"之时，"几人全性命？尽室岂相偶"即将个人际遇与百姓丧乱相关联起来，"反畏消息来，寸心亦何有"也与"何时倚虚幌"表现出相同的恐惧，恐惧团聚之日难再。

春　望

国^①破山河在，城春草木深。
感时^②花溅泪，恨别鸟惊心。
烽火连三月，家书抵万金。
白头^③搔更短，浑欲^④不胜簪。

【注释】

　　①国：这里的国非指国家，而是指国都，也即长安。　②感时：感伤时局。　③白头：指白发。　④浑欲：浑意为简直，欲意为将要，即简直就要之意。

【语译】

　　国都已被叛军攻破，山河依旧历历在目，城池已届春季，草木如此葱茏，却是一片凄凉景象。因为感伤时局，就连花朵也忍不住落泪，因为恼恨离别，就连鸟鸣也令人心惊。烽火战乱已经连续三个月了，乃至一纸家信竟然珍贵得价值万金。我的白发越是抓搔就越是短啊，简直就要插不上簪子了。

【赏析】

　　此诗作于唐肃宗至德二年（757年），当时杜甫仍滞留于已沦陷的长安。与《月夜》诗相比，两者同样描写丧乱之景、悲怆之情，但《月夜》重在个人际遇，由小及大，此诗则重在国家社会，由大而兼小。开篇"国破"二字，即定下全诗基调，非独《月夜》一般的悲怆，而更含愤慨，是为悲愤。

　　都城已然残破，山河仍然在目，已到春季，本该满眼欣欣向荣的景象，诗人偏接"草木深"三字，反出凄凉荒败之感。北宋司马光在《温公续诗话》中解释得非常精到，他说："'山河在'，明无余物矣；'草木深'，明无人矣。"昔日繁华锦绣的长安城，如今却只存永恒不变的山河，以及因春而发生的草木，余皆不存可知矣，其荒颓之状，正见此叛乱只有破坏而无建设，不是改朝换代，而只是杀戮和残毁。诗人对"国破"之哀、"城春"之伤，对叛乱之愤慨，由此而毕见。

　　颔联所对甚工，"感时花溅泪，恨别鸟惊心"，本为互文，可解为"感时恨别花溅泪，感时恨别鸟惊心"，感时是相关大局，恨别是言个人际遇，则整体社会环境和其间小民遭际，完美地统合为一，大小俱显。对丁这一联，历来有两种解释，一是说主体为诗人自己，因感时而见花不觉悦目，反而溅泪，因恨别而闻鸟鸣不觉赏心，反而心惊。如此解读，未免过于死板，不见诗之韵味。第二种解释是说纯为拟人，主体便是花与鸟，因感时而花也悲哀，花上沾露，仿如溅泪，因恨别而鸟也惊心，鸟之鸣叫，似均为伤别之声。如此解读，又似过于飘忽，与前后两联的写实风格不符。其实诗歌正不应独解，诗句往往同时含有多意，多意单言之，便觉薄弱，须并合言之，才见深厚。诗人之意，既是自身感时恨别而惊心溅泪，又见闻眼前、耳畔之花开、鸟鸣尽都悲怆，前言"山河在"、"草木深"，则诗人孤清寂寞，只有花鸟为伴，而此花鸟，也皆与其同心，由此便可体现出整个社会环境都是凄凉的、悲哀的、令人痛恨的。

颈联再言烽火不息，家书难寄，出句是社会环境，对句是个人遭际，但诗人巧妙地不言家书难寄，却说"抵万金"。杜甫在《述怀》中曾言"自寄一封书，今已十月后"，以见家书之难达，而此联所写则更为含蓄，而所表露出来的哀痛和无望也更深厚。大抵哀伤之情，直言之不如曲折言之，曲折言之能更加深其哀恸之情。尾联言白发渐生而渐短，乃至将"不胜簪"，古人留发，男子总束于顶而以插簪维系，故有此言。杜甫因忧伤国事而年仅四十余便有白发生出，恐非虚言，他在《北征》中即提到"况我堕胡尘，及归尽华发"，但此句重点不在"白头"，而在"搔更短"，搔头以见忧思，搔而更短则加深了这层担忧。由此句即可看出，诗人之哀愁并非仅从"家书抵万金"而来，而是从"国破"、"城春"而来，他所忧心的主要是时局，是此丧乱之态，不知何日才能终结。

全诗将杜甫的爱国之情、忧国之情，浓重描出，寓意高远，发人深省。他身陷贼中凡八个月，大约写了二十来首诗，而论深沉含蓄，当以此诗为最，论情感之浓厚，对国事忧惧之深，也以此诗为最，杜诗五律，可以此诗为其魁首。

春宿①左省

花隐掖垣②暮，啾啾栖鸟过。
星临万户③动，月傍九霄多。
不寝听金钥④，因风想玉珂⑤。
明朝有封事⑥，数问夜如何。

【注释】

①宿：此处的宿不作睡眠、住宿或寄宿解，因其状语为左省，即门下省，而只能作值宿解。　②掖垣：唐代称门下和中书两省，因两省办公地位于宫墙的两边，似人之两腋，故名。《新唐书·权德舆传》有"左右掖垣，承天子诰命，奉行详覆，各有攸司"句。　③万户：指宫殿的重重门户。　④金钥：金钥匙，这里是指打开宫门的锁钥声。　⑤珂：马络头上的装饰品，马行则鸣，称为鸣珂。　⑥封事：指奏章，因臣下上书奏事，为防泄漏，用黑色袋子密封，因此而得名。

【语译】

门下省的花朵在暮色中逐渐看不清了，鸟儿回巢栖息，发出"啾啾"鸣响。繁星俯瞰并闪耀着皇宫的重重门户，月光也层层笼罩着依傍高天的宫殿。我不肯就寝，期待着打开宫门的锁钥声，因为风声而想到骑马上朝的鸣珂之音。明天一早就要递上奏章了啊，因此频繁发问，夜晚已经过去了多久？

【赏析】

此诗作于唐肃宗乾元元年（758 年，也即至德三年，二月改元）春季。杜甫是前一年（757 年）四月从长安金光门逃出，冒险经小路前往行在凤翔，拜谒唐肃宗的，肃宗随即任命他做左拾遗。同年秋，官军收复长安，十月，肃宗还都，杜甫应当也跟随着返回了长安。左拾遗虽仅八品，官卑职小，但可直达天听，所谓"掌供奉讽谏，大事廷议，小则上封事"，对此杜甫是非常满意的，颇想趁此机会为国家付出一番心力。当然，因为朝政的腐败，他很快就由充满希冀而转为失望，前引其答岑参的《奉答岑参补阙见赠》一诗便可见其端倪。但在写下这首《春宿左省》的时候，杜甫还并没有失望，他兴致勃勃、摩拳擦掌，正思为朝廷拾遗补阙，其拳拳报国之心，便于诗中毕见。

开篇点明作诗时的时间、地点和环境。时间是在黄昏，于是言"暮"，言"栖鸟"，地点是"掖垣"，也即杜甫所属的门下省，题中即言"春宿"，因此诗中乃言"花"。暮色渐深，省内繁花逐渐隐没，而飞鸟"啾啾"而过，料今晚已不会再鸣，当此万籁俱寂之夜，诗人仰观深邃之高天，乃有"星临万户动，月傍九霄多"句。

此颔联不细查则难索解，须读者与诗人一起展开联想，才能明白所指之意。首先，"星临万户动"，是星辰摇动还是宫门在星光下闪动？其次，"月傍九霄多"，月色又何来多寡一论？或谓对句省略宫殿，"九霄"实指高耸九霄之宫殿，以殿对门，正与"万户"成其工对，但若只是简单地如此理解，却又有失偏颇。事实上，诗人是将星辰比拟为"万户"，而以"九霄"比拟宫殿，天子高高在上，凡俗难以企及，正如诗人仰望星空所见群星与九霄一般。但他此刻已可直陈于天子面前，即可直达天听，故乃见星与万户为一，宫殿与九霄为一，正在眼前，似可伸手而扪。返回诗句意，则星动即万户动，月光照耀宫殿，似也比别处为多。

为什么诗人仰望星空，会有如此联想呢？颈联和尾联即给出答案。"不寝"或解作"不寐"，即难以入眠，但正因难眠而干脆不眠，也是解释得通的，正不必更字。诗人不肯入眠，侧耳倾听，希望很快就能响起宫殿开锁的声音，而且因着风声，他也不禁联想到翌日百官骑马会聚，等待入朝之时，马络上的玉珂随风杂沓鸣响之声。此颈联意即盼望长夜快快过去，曙色早些降临，因为"明朝有封事"。为了明晨可以向朝廷递交表章，提出自己的意见，所以诗人才夜深不眠，并盼这一刻早些到来。

诗中所描写的，主要是一种紧张的期盼心理，从"不寝"开始，直到结句"数问夜如何"，就都是这种心态的表现。没有情感依附的诗歌，即便再如何写得花团锦簇，终究也是死物，但诗歌所要表现的情感，却大多不能直白表露，或者说不能单纯地直白表露，而要靠景物、动作、语言、感受来生发，来烘托。正如戏剧，要靠演员的表情、动作、语言来推动情节发展，而不能靠话外音的单纯讲述。所以杜甫此诗，不着情语而情语自在，才是诗歌，尤其是用语俭省的五言格律诗的最高境界。

这种紧张心情的存在，正说明杜甫急于为国效力，所以因事即上封章，拾遗补阙，又不知结果如何，究竟对大局有多大帮助，所以才倍感紧张，而又隐含着一份期待，导致深夜不眠，既仰望高天，又侧耳以盼天明，盼望早朝之时早些到来。只可惜其拳拳报国之心，终于被可悲现实所逐渐磨损，终于从希望变成失望——当然，失望之所以产生，也正因为此前希望之深。将此诗对照《奉答岑参补阙见赠》来读，则可领会更深，也更觉诗人及其所处时代之莫大悲哀。

至德二载①，甫自京金光门②出问道归凤翔③，乾元初④从左拾遗移⑤华州掾⑥，与亲故别，因出此门，有悲往事

此道昔归顺⑦，西郊胡正繁。

至今犹⑧破胆，应有未招魂。

近侍⑨归京邑⑩，移官岂至尊⑪。

无才日衰老，驻马望千门。

【注释】

①至德二载：即 757 年。　②金光门：长安外城门，位于城西中央。　③凤翔：即今天陕西省凤翔县，当时唐肃宗驻跸于此。　④乾元初：乾元元年为公元 758 年，本年六月，杜甫被外放为华州司功参军。　⑤移：本意为调动，这里有贬官意。　⑥华州掾（yuàn）：华州即今天陕西省华县，掾是属官的通称，这里指司功参军。　⑦归顺：指归从唐肃宗，诗人以朝廷为顺，叛军为逆。　⑧犹：别本作"残"。　⑨近侍：杜甫原官左拾遗，侍从于君王身边，故云近侍，别本或作"近得"。　⑩京邑：京城附近的城市，这里指华州，华州距离长安不远，故云。　⑪至尊：最为尊贵的人，指君主。

【语译】

唐肃宗至德二年，我从金光门出逃经小路投奔凤翔府，乾元初年我从左拾遗贬为华州司功参军，与亲朋故交相别，因为要再从这座门出去，有悲于往事而作此诗。

这条道路啊，我当初曾经通过它前去归从官军，那时候胡骑还在长安西郊纵横。如今回想起来，我仍然心有余悸，想来魂魄还没有彻底招将回来。本为君王近侍，却被贬至郊外城邑，这般官职迁转并非君王的本意啊。我没有才能，又日渐衰老，只好停下马儿来，转头回望宫阙的万千重大门。

【赏析】

关于此诗背景，题目中已经述说得比较详细了，至德二年（757 年）四月，杜甫从金光门逃出安史叛军所盘踞的长安，逃往凤翔，"麻鞋见天子"，得肃宗任命为左拾遗。旋因宰相房琯在陈涛斜（今陕西省西安市咸阳东）兵败论罪，杜甫上疏为其求情，招致肃宗之怒，诏

三司推问，幸张镐、韦陟等人营救，才以"甫若抵罪，绝言者路"的理由被赦免。闰八月，他因事回归鄜州家中，卧病数日，十月，肃宗归长安，十一月，杜甫也到长安，翌年（758年）春再任左拾遗。六月，房琯终因贺兰进明的谗言而被贬为邠州刺史，杜甫被认为是房琯同党，也被出为华州司功参军。

这首诗，就是杜甫于此时离开长安，前往华州上任前，在金光门附近与亲友话别时所写。华州在长安东，前往赴任不当出长安西的金光门，可见是在动身之前。因为他当初逃出长安，便是走的金光门，因此见门而有所感，回想往事，乃作是诗。

开篇即言往事，说当初自己从此门（金光门）而出，去逆归顺，那时候"西郊胡正繁"——此对句有两层含义，一是说当时长安还未被收复，叛军凶焰正炽，二是指当时胡骑纵横，以示自己逃脱之不易。正因为如此，才有下面"至今犹破胆，应有未招魂"句，浦起龙《读杜心解》评道："题曰'有悲往事'，而诗之下截并悲今事矣。妙在三、四句说往事，却以'至今'而言，下便可直接移掾矣。"这里说至今，一是回想当日逃亡之险状，余悸犹存，二是指动乱未息，延绵到今日，朝廷仍未振作。

颈联云"近侍归京邑，移官岂至尊"，表面上把自己被贬的责任归咎于进谗言的贺兰进明，表示肃宗只是受蒙蔽而已，自己并无怨怼之心，正如元人赵汸在《杜律赵注》中所言："子美乃心王室，出于天性。故身陷贼中而奋不顾死，间道归朝，及为侍从，虽遭谗被黜，而终不能忘君。"但倘若内心丝毫无怨，诗句就将直指奸佞，而不应出"至尊"之言，可见这只是表面文章，暗中实亦怨肃宗之偏听偏信，昏庸无能耳。其尾联说自己"无才"，也正如同孟浩然诗中曾云"不才明主弃"一般，对于朝廷不能知人用人，是不能毫无芥蒂的。"无才"云云，只是反话，真实的意思是"我本有才，却可惜不得朝廷重用"。

所以诗人题中写"有悲往事"，其实是把往事和今事一起加以悲叹。往者长安沦陷，贼焰正炽，自己千难万险才得以逃出生天；近者则朝廷毫无起色，忠臣被贬，奸佞横行，自己虽然有才却不得重用，徒自"日衰老"。杜甫又将个人遭际和整个社会环境揉和起来，既抒发自己的不遇，又慨叹朝廷之不振。清人吴瞻泰《杜诗提要》中赞此诗说："一句一转，风神欲绝。实公生平出处之大节。自觉孤臣去国，徘徊四顾，凄怆动人。"同为清人的黄生在《杜诗说》中则言："前半具文见意。拔贼自归，孤忠可录；坐党横斥，臣不负君，君自负臣矣。后半移官京邑，但咎己之无才；远去至尊，不胜情之瞻恋。立言忠厚，可观可感。"其实诗中之所谓"忠厚"，是不能掩其怨怼的。

唐诗常识

今古语音流变，有时候相差很远，所以用今音去读古诗，往往会觉得节奏生涩，韵律不协。比如陈子昂《登幽州台歌》，今天读来就是根本不押韵的。再比如杜甫此诗中"啾啾栖鸟过"之"过"字，现在读四声，古代却读平声（唐音中过错意为去声，越过意则为平声，今天过字作姓时仍为一声）；比如《月夜》中"闺中只独看"之"看"字，唐音可平可仄，此处即读为平声。格律诗理论上均押平声韵，韵脚是不可能有仄声出现的。

月夜忆舍弟①

戍鼓②断人行③，边秋④一雁声。

露从今夜白，月是故乡明。

有弟皆分散，无家问死生。

寄书长不达，况乃⑤未休兵。

【注释】

①舍弟：对自己兄弟的谦称。　②戍鼓：戍楼上的更鼓。　③断人行：指更鼓响起以后，就开始宵禁，禁止人们在大街上行走。　④边秋：别本作"秋边"。　⑤况乃：何况是。

【语译】

戍楼上的更鼓响起来了，大街上不再有人行走，这边塞的秋天啊，远远地听到一头孤雁的悲鸣。从今晚开始，寒气便逐渐凛冽了，我思念的那故乡的月亮，肯定比眼前所见更为明亮吧。虽有兄弟，全都分散各处，家已残破，无处去询问他们的生死际遇。想要寄去书信，却总是难以送达，更何况这战乱还没有止息呢！

【赏析】

此诗作于乾元二年（759年），去年杜甫被贬为华州司功参军后不久，即挂冠归去，西度陇地，赶赴秦州（今甘肃省天水市），此诗即作于卜居秦州之际。题目即言忆弟，杜甫共有四弟，即杜颖、杜观、杜丰和杜占，此时唯杜占与其相伴，余三人皆分散在河南、山东等地，音信难通。

题为《月夜忆舍弟》，故先从夜写起。其夜既深，更鼓敲起，禁断人行，本已显孤清寂寞，偏又闻秋季之边塞上响起大雁悲鸣。边地秋暮可入诗之景象本多，而诗人独选鸿雁，非为无因。一则，鸿雁有相与寄书之传说，所忆亲人，相隔遥远，虑音书之不达，乃托以鸿雁；二则，古人惯称兄弟为雁行，则诗人但言"一雁"，正应兄弟失群，扣严"忆舍弟"之题。

颔联为千古佳对，也是极工之对："月"对"露"是以物对物，且并有清寒之意；"从"对"是"乃动词相对；"今夜"对"故乡"，不仅以时对地，且并有今昔之对；"白"对"明"，是皆以事物特性相对。露白何谓？二十四节气中有"白露"，此夜料即白露之夜，自此气温下降，天气转凉，晨间草木上会凝结露水，以此得名。诗人言天气渐寒，是又增添凄清意象，再言故乡月明，不直言而倒装，其意为故乡之月，乡人看来最为明亮，最为可亲，则以思乡引入其后思人，非常自然顺畅。其在异地赏月，却云故乡之月最明，则不仅仅出思乡之意，而离乡索居之悲怆情状，亦毕现矣。

唐诗常识

格律诗首句或押韵，或不押韵，并无一定之规，一般情况下，五言多不押韵，七言则以押韵者为多。比如前面所选杜甫诸五律，"今夜鄜州月"、"国破山河在"、"花隐掖垣暮"、"此道昔归顺"，就都不押韵，只有此诗首句作"戍鼓断人行"，押韵。

其后即转入思人，虽有兄弟，皆分散四方，家已不成为家，而兄弟境况，是生是死，都无人可以询问。分别是苦，分别而音信难通，则更苦上加苦。于是尾联即出"寄书长不达"句，以加深"无家问死生"意，并在结尾更添"况乃未休兵"句，将全诗悲怆情怀提至高峰。兄弟所以失散，寄书所以不达，都为战乱频仍，无时或止，是又将个人际遇联系上整体社会环境，"诗史"之名，诚非幸致！

天末①怀李白

凉风起天末，君子意如何？
鸿雁几时到？江湖秋水多。
文章憎命达②，魑魅③喜人过④。
应共冤魂语，投诗赠汨罗⑤。

【注释】

①天末：天之尽头，指偏远之地，张衡《东京赋》有"渺天末以远期"句。　②达：通达。　③魑魅（chī mèi）：古代传说中善惑人、能害人的山泽之精怪，后亦泛指鬼怪。　④过：经过，平声。　⑤汨（mì）罗：水名，东源出于今天江西省修水县境，西源出于今湖南省平江县境，流经汨罗县，在湘阴县流入洞庭湖。相传战国时代爱国诗人屈原即身投此江而死。

【语译】

寒冷的风啊，从天之尽头吹来，不知此时此际，李白兄你的心情又是如何呢？传信的鸿雁什么时候才能来到啊，江湖水满，风波正多。从来文章憎恨命运通达之人，山精鬼怪最喜欢你去经过。你或许想要和古代的冤魂交谈吧，把你的诗篇投入汨罗江中作为祭奠。

【赏析】

此诗作于乾元二年（759年）秋季，时杜甫在秦州，而李白曾遭贬远窜夜郎，于当年春天即被赦还，可惜杜甫并没有听到这一喜讯，相反，他听闻传言，李白已在流放途中落水而死，为此而悲恸作诗。前选《梦李白二首》也作于这一时期，也成于此种背景。

开篇写"凉风起天末"，所谓"天末"，即指天之尽头，为荒蛮偏远之地，或谓指杜甫所居之秦州，或谓指李白所窜之夜郎，两者皆通，也可两者并言之。秋之已至，凉风骤起，不管是在秦州还是在夜郎，其寒冷如一，这两地一在国之西北，一在国之西南，可谓天涯海角，杜甫、李白这一对好友天渊相隔，共浴凉风，共起寒意，这不是比独言秦州，或独言夜郎要来得更深刻，更富有寓意吗？

接着，杜甫不言自己思念李白，反而似问李白"意如何"，此时此境，你又作何感想呢？则其关爱友人之情，担忧毂辘之意，也便尽数托出。颔联言鸿雁，是为音信不达，虽有传言，未知真伪，言江湖秋水，则喻风浪险恶之意。晚清李慈铭曾云："楚天实多恨之乡，秋水乃怀人之物。"杜甫既设问"君子意如何",则在其内心深处,似乎能与李白相隔千里而深情互通,能够互相问询,于是如在向友人警示:楚地江深浪涌,秋季水多,风波险恶,你可千万要小心呀——此即相应李白落水而死之传言作句。

"文章憎命达",言文章憎恨命运通达之人,言下之意,唯有历经坎坷,运蹇不通,其文章才能臻于妙境,正所谓"诗穷而后工"也。既有此谓,则李白文章最佳,想必其命运也将多舛吧,杜甫实在为他的前途而担忧。"魑魅喜人过",既是说楚或夜郎蛮荒之地,多有山林精怪,最喜有人(即李白)路过,好魅惑之、谋害之,同时也是因应上句,云李白之命运不通达,正是有魑魅魍魉般小人陷害之故也。

尾联用的是屈原投汨罗江之典,说难道李白真的落水而死了吗?即便真有此事,想来他也是前去相会屈原之冤魂,以其壮丽诗篇去祭奠先贤了吧。这等于将李白与屈原并论,同样英才天纵,诗传千古,也同样运蹇时乖,为小人所害,两人更是有志一同地殉国而死。颈联言李白之才,尾联赞李白之志,既反映出诗人对友人浓厚的关爱之情,对友人前途之忧惧,同时也塑造出李白高大英伟的形象来。

奉济驿①重送严公②四韵

远送从此别,青山空复情。
几时杯重把,昨夜月同行。
列郡③讴歌惜,三朝④出入荣。
江村独归处,寂寞养残生。

【注释】

①奉济驿:驿站名,在今天的四川省绵阳市境内。 ②严公:即严武,字季鹰,其父严挺之为杜甫好友,他本人曾两次出任剑南节度使,对杜甫颇为照顾。 ③列郡:指剑南道所辖各郡。唐代的剑南道,大致包括今天四川省的半部、云南省大部和贵州省的一部分。 ④三朝:指唐玄宗、唐肃宗、唐代宗三朝。

【语译】

远行相送,到此而别,这青山啊,即便多情也终属徒然。不知何时才能重新举杯对饮,想起我们昨夜曾经戴月同行。剑南各郡都讴歌您的功绩,为您的离去感到惋惜,作为三朝元老,您每次入朝或外放,都是同样尊荣。而我将独自回归江畔的村落啊,在寂寞清冷中打发那残余的生命。

【赏析】

诗作于唐代宗宝应元年(762年)七月,此时杜甫已经五十岁了,进入暮年。他避乱居蜀,生活一度非常窘迫,后严武镇蜀,在生活上给了他很大帮助,此番严武受召还朝,杜甫竟然相送两百里地,从成都直至奉济驿,亦可见两人感情之深厚。此番相送,杜甫曾作《奉送严公入朝十韵》、《送严侍郎到绵州同登杜使君江楼宴》等诗，所以此诗题为"重送"。

开篇言"送远"，即指此番相送二百里，终于被迫要正式分手了，四望青山，如此多情，但分别在即，即便多情也终究徒劳。一个"空"字，便托出内心无尽的悲哀与留恋。颔联为倒装，本当"昨夜"在前，而分别之际期盼重聚的"几时"在后，诗人故意如此行文，虽然不符合事物先后顺序，却符合其心路历程——分别之际先自空盼重聚，由此想起此前相聚之欢。行文因此而跌宕起伏，正所谓"文似看山不喜平"。

颈联歌颂严武之功绩，说他治蜀得万民讴歌，去蜀则百姓惋惜，前后历仕三朝，无论在朝中还是地方，俱有盛名。这里难免有溢美之词，严武治政严苛，说其治蜀有功则可，说其受百姓拥戴则未必，但一则亲近之人眼中所见，皆是好处，二则也是送别之际颂扬加祝祷之常态，正不必苛责。重要在于诗歌的章法，由青山有情引入人之有情，由月夜同行引出镇蜀之功，再由镇蜀之功与去蜀之事，直接最为重要的尾联。

尾联不再言相送，也不言严武，却说诗人自己。严武此去，诗人既失一挚友，又失一依靠，分别之后，只能黯然而归，从此独居乡野，终老残生。一个"独"字，再加"寂寞"一词，便见别后寂寥无奈，虽然是对自身遭际的哀叹，却也紧扣送别之主题。全诗结构之谨严，由此可见。

【扩展阅读】

奉送严公入朝十韵

唐·杜甫

鼎湖瞻望远，象阙宪章新。四海犹多难，中原忆旧臣。与时安反侧，自昔有经纶。感激张天步，从容静塞尘。南图回羽翮，北极捧星辰。漏鼓还思昼，宫莺罢啭春。空留玉帐术，愁杀锦城人。阁道通丹地，江潭隐白蘋。此生那老蜀，不死会归秦。公若登台辅，临危莫爱身。

此诗与《奉济驿重送严公四韵》不同，通篇几不言分别，而只是对往事的颂扬和对严武前程的规劝，要他"公若登台辅，临危莫爱身"。诗中涉及自己，还充满憧憬地说"此生那老蜀，不死会归秦"，这与"江村独归处，寂寞养残生"风味截然不同。可见此时只是相送，尚未分别，正当"昨夜月同行"，而直待分手之际，诗人的情绪才始落于谷底，出彼寂寞无依之语。

别房太尉①墓

他乡复行役②，驻马别孤坟。
近泪无干土，低空有断云③。

对棋陪谢傅④，把剑觅徐君⑤。

唯见林花落，莺啼送客闻。

【注释】

①房太尉：即房琯，自次律，唐朝宰相。他是在玄宗奔蜀之际被拜为相的，旋即前往灵武见肃宗，得参预机要，后率军反攻长安，在咸阳陈涛斜大败，又受贺兰进明之谗，被贬为邠州刺史。上元元年（760年）改礼部尚书，不久又贬为晋州刺史，广德元年（763年）赴京任刑部尚书途中病逝，年六十七岁，赠太尉衔。房琯与杜甫友谊甚深，杜甫曾为房琯上疏辩诬，几至下狱。　②行役：指四处奔波，如服劳役。　③断云：片云，南梁萧纲《薄晚逐凉北楼迥望》有"断云留去日，长山减半天"句。　④谢傅：指东晋名臣谢安，死后追赠太傅衔，故称谢傅。　⑤徐君：指春秋时代徐国的君主，其名不详。

【语译】

我本已身处异乡，却还四处奔波，如今停下马来，告别您孤寂的坟茔。泪洒墓前，几乎再无干燥的泥土，仰看低空，一片孤云徘徊不去。曾经陪伴着您，就如同陪伴谢安弈棋啊，如今持剑四顾，却找不到知己的徐君。我只看到林中花朵飘落，有黄莺鸣唱啊，似乎在送别行客……

【赏析】

此诗作于广德二年（764年）。房琯墓在阆中县城外，杜甫时从阆中返回成都，临行前去拜别房墓，乃作是诗。开篇所谓"他乡复行役"，是指杜甫原籍河南，后避居蜀地，于成都构建草堂，但他在蜀中的生活也并不安宁，因兵乱而先后逃至绵州、汉州、梓州、阆州等地，辛苦奔波，如服苦役一般，故谓"行役"。

诗从自己的遭际写起，本在异乡，已是一悲，奔波劳形，又加一悲，然后前来拜别故友，只见"孤坟"冷清寂寞，是乃悲之极矣。开篇即重重涂抹其悲哀情绪，于是引出"近泪无干土"句，并见"低空有断云"——云垂低是欲雨之象，唯片云则更增其孤清，仿佛此云和诗人一般徘徊不去，并将落泪（布雨）以悼房琯。

颈联用了两个故典，对仗工整，比喻精到。"谢傅"典是指淝水大战时谢安镇定自若态，《晋书·谢安传》载："（谢）玄等既破（苻）坚，有驿书至，（谢）安方对客围棋，看书既竟，便摄放床上，了无喜色，棋如故。客问之，徐答云：'小儿辈遂已破贼。'"这一方面是述其与房琯相交莫逆，一方面是颂扬房琯有定乱之才。查房琯虽疏于军事，曾大败于陈涛斜，但其为宰相时总体之谋篇布局，亦皆有可观处。"徐君"典是指春秋时吴王子季札与徐国国君相交之事，《说苑》载："吴季札聘晋，过徐，心知徐君爱其宝剑，及还，徐君已殁，遂解剑系其冢树而去。"杜甫自比季札，持剑来觅好友徐君，然而徐君已殁，无可相赠。出句言房琯生，而对句言房琯死，由生至死，友情不变，更余悲怆。

尾联写林中花落莺啼，是指不见他人，气氛孤清。明末顾宸《杜律注解》中注道："考琯长子乘，自少两目盲，孽子孺复尚幼，故去世未久，冢间寂寞如此。"则房琯身前何等尊荣，死后如此孤清，无人祭吊，杜甫虽然前来，亦将别去，首尾呼应，更将悲凄之情之状臻于顶点——自我去后，料更无人来啊。全诗深沉含蓄，而悲意自从每字每句中浓浓渗出。

旅夜抒怀

细草微风岸，危樯①独夜舟。
星垂平野阔，月涌大江流。
名岂文章著，官应老病休。
飘飘何所似？天地一沙鸥②。

【注释】

①危樯（qiáng）：高耸的桅杆。　②沙鸥：水鸟名，又称江鸥，属鸥科，通常居于岸边或内陆水域附近，是港口重要的食腐动物，善飞，能游水。

【语译】

岸边的微风吹拂着细草，有高耸桅杆的孤舟夜晚泊宿于此。只见星光下射，原野显得如此空阔，月色笼罩，涌出大江向东奔流。我的名声并不是因文章而得来，官位却正因老病而失去。如今漂泊无依，如何作比呢？正如同天地之间孤飞的一只沙鸥啊。

【赏析】

这是杜甫老年的名作，作于唐代宗永泰元年（765 年）。此前，严武二度镇蜀，诚邀杜甫入幕，但杜甫终因年老和失望而于本年正月辞职，五月，他携家眷离开成都草堂，乘舟东下，经渝州（今重庆市）、忠州（今重庆市忠县）时作下此诗。诗写老病之状，忧愁之态，为自己半生漂泊，抱负难伸而感到悲哀。

诗的前两联写景，后两联抒情。第一句写岸上景物，总归一个"小"字，草是"细草"，风为"微风"，第二句写自己乘舟而下，总归一个"孤"字，桅杆高耸，乃言"危樯"，夜间泊舟，乃云"独夜舟"。为什么要写"小"和写"孤"呢？正为其后抒情展开铺垫。颔联用字甚奇，星光照耀原野，用一"垂"字，仿佛光芒也是有形之物，从云霄直落于地上，月色映照江流，用一"涌"字，仿佛明月是从江水中浮现出来一般。因而，明人谢榛在《四溟诗话》中评此诗说："句法森严，'涌'字尤奇。"

然而这两个单字的使用，其实并不重要，重要是全句所要表现出来的意象。历来对此联的揣测、评述都大相径庭，浦起龙在《读杜心解》中云"开襟旷远"，已不着调，而更有人能从中看出"喜"来，全诗皆孤清悲哀，独颔联出喜，实在令人费解。其实我们可以将这两句和李白《渡荆门送别》中"山随平野尽，江入大荒流"对比来看，两联结构、遣词都非常相似，甚至可以直接认为杜甫此联是化用李白旧句而成的，但两者所体现出来的氛围，所要表现的意象，却迥乎不同。李白诗句是真的"开襟旷远"，充满蓬勃朝气，而杜甫诗句中却透露出浓厚的孤清和暮气来。"山随平野尽，江入大荒流"是写清晨，是月落之际极目望去，眼前逐渐开阔，直至杳不可测之大荒，似乎预示着诗人的前途将如景色般旷阔无垠。而"星垂平野阔，月涌大江流"则是黑夜，是月出之际，星光、月色虽然灿烂，其亮度终究有限，诗人极目望去，平野也好，大江也罢，最终都沉浸于黑暗之中。并且此时四野寂寥，唯一叶孤舟漂于江上，宇宙之大，不足壮其形色，反而形成威压。

总之，杜甫此颔联直承首联，也为了描写自己在旷阔天地中的渺小和孤清，在此种哀怨氛围下，才能直接引出后面的抒情来。"名岂文章著，官应老病休"本是反话，杜甫成名正因诗歌文章，而其去官是遭小人陷害，也非因为老病。这分明是自嘲之语：我本欲拼此身躯，为国效力，结果成名却因诗文小道，真非本愿也；更可恨宦途多舛，抱负难伸，直至今日老病，依旧一事无成。黄生在《杜诗说》中言是"无所归咎，抚躬自怪之语"，仇兆鳌在《杜少陵集详注》中则言"五属自谦，六乃自解"，皆非妥当。杜甫所怪者，绝对不是自身，而是这黑暗的社会环境、腐朽的官僚朝廷。

尾联将自己的生涯比拟为水上沙鸥，天地虽广，沙鸥却似并无归处，只能终身漂泊，又承前言"小"，言"孤"。全诗之眼，其实就在"细"、"微"、"危"、"独"、"夜"、"岂"、"应"、"一"这几个字上，将这几个字连缀起来，便可见诗人内心的孤寂与愤懑、哀怨与不平。哪里又有丝毫之"喜"可言呢？

登岳阳楼①

昔闻洞庭水，今上岳阳楼。
吴楚东南坼②，乾坤日夜浮。
亲朋无一字，老病有孤舟。
戎马③关山北，凭轩涕泗流④。

【注释】

①岳阳楼：在今天的湖南省岳阳市，原为岳阳城西门楼，唐开元初，张说为岳州刺史时所建，下临洞庭，烟波浩渺，为天下名楼。　②坼（chè）：分裂，这里引申为划分。　③戎马：即军马，借指军事、战争、战乱。　④涕泗流：眼泪禁不住地流淌，涕为眼泪，泗为鼻涕，此处为偏义复指，单指眼泪。

【语译】

过去就听说过洞庭为天下名湖，我今天终于登上了岳阳楼去眺望。只见东南之地因此湖而拆分为吴楚两国，仿佛整个乾坤世界都日夜在其中沉浮。望断洞庭，也望不到亲朋好友寄来的书信啊，年老病弱的我只好静卧在孤舟之中。听闻北方又起了战事，我倚靠着轩窗，不禁涕泪横流。

【赏析】

杜甫居蜀既久，思乡情浓，长欲东归，但因地方波乱和自身老病，走走停停，直至大历三年（768年）岁末才到岳阳。在这里，他登上了仰慕已久的岳阳楼，先后写下《泊岳阳城下》、《登岳阳楼》等千古名篇。尤其此诗，前人每赞其为盛唐五律第一。

开篇先写自己渴慕之意，昔日便闻，今日才登，然后用颔联来描摹岳阳楼上眺望洞庭之壮伟气势。接着，颈联一转，联系自身遭际，尾联更关联国事，一层一翻，从普通的观景直到抒情，从对个人际遇的哀叹直到对国家命运的忧伤，层层叠叠，终于达到思想的高峰。

想要最深入地理解杜甫此诗，颔联是关键。宋人胡仔在《苕溪渔隐丛话》中引蔡绦《西清诗话》说："洞庭天下壮观，自昔骚人墨客，题之者众矣……然未若孟浩然'气蒸云梦泽，波撼岳阳城'，则洞庭空旷无际，气象雄张，如在目前。至读杜子美诗，则又不然，'吴楚东南坼，乾坤日夜浮'，不知少陵胸中吞几云梦也。"将杜诗与孟诗相比，确实是理解此联的一大锁钥。孟诗气概万千、构想雄奇，自不必论，而杜诗论此两点似更在孟诗之上，只是其中所涵盖的韵味也更为复杂。

洞庭湖东为古吴地，湖西为古楚地，故有"吴楚东南坼"之句，但若不细究，则此句似乎除了说明洞庭所处位置外，别无它意，更不见长。"乾坤日夜浮"倒确实气魄宏大，但除了夸张地描写洞庭湖之大，水波浩渺外，似乎也不见他意。其实他意就蕴含在诗句之中，说洞庭分开吴楚，偏用一"坼"字，有分裂之意，这是杜甫对藩镇的动乱和割据，对朝廷政令难达偏远而发出的喟叹，似乎吴、楚已是别国，东南之地已从国家中分裂了出去。而天地日月，都在湖水中载沉载浮，更有动荡不安，混沌难明之意。杜甫登楼而望，固然感慨于洞庭之万千气象，但此诗的主要目的不是赞美洞庭，故而此联所语，别有深意。

那么，此诗的主要目的究竟是什么呢？颈联和尾联即给出答案，一是慨叹自身遭际，亲友失散，自身老病，只能乘孤舟而在天地间漂泊，二是国家又有乱事，自己却无能出力，只得"凭轩涕泗流"。所谓"戎马关山北"，是指本年八月，吐蕃军进犯灵武、邠州，九月，代宗乃召郭子仪率军五万屯驻奉天（今陕西省乾县）防御。内乱未息，外患又起，这个国家，此乾坤日月，难道不正像漂浮在洞庭湖中一般岌岌难安吗？而杜甫自己老病至此，只能眺望洞庭而忧伤国事，却无法再北上以为国出力，对于一向抱负远大、忧国忧民的诗人来说，那不是最可悲哀的事情吗？翻过头去再看"吴楚东南坼，乾坤日夜浮"句，那便不见博大，不见旷远，而只觉混乱无序和黯然无光罢了。

【扩展阅读】

望洞庭湖，赠张丞相

唐·孟浩然

八月湖水平，涵虚混太清。气蒸云梦泽，波撼岳阳城。欲济无舟楫，端居耻圣明。坐观垂钓者，空有羡鱼情。

此诗为孟浩然干谒当时的宰相张九龄而作，主题思想便是"欲济无舟楫"，自己想要出仕，可惜无人荐举，即以洞庭湖之浩渺清波作为引发，故极言洞庭之大，气象之奇。从来写景为的是抒情，而同样的景致，对应不同的情感激发，所观察和描摹的角度也都不同，其与杜甫"吴楚东南坼，乾坤日夜浮"一联之比较，必须对应下上文，关照全诗用意，才能明了。

王 维

辋川①闲居赠裴秀才迪②

寒山转苍翠，秋水日潺湲③。
倚杖柴门外，临风听暮蝉。
渡头余落日，墟里④上孤烟。
复值⑤接舆醉，狂歌五柳前。

【注释】

①辋川：水名，在今陕西省蓝田县南终南山下，宋之问曾在山麓建有别墅，后为王维所得。《新唐书·王维传》载："维别墅在辋川，地奇胜，有华子冈、欹湖、竹里馆、柳浪、茱萸沜、辛夷坞，与裴迪游其中，赋诗相酬为乐。" ②裴秀才迪：即裴迪（716年~？），唐代诗人，王维好友。 ③潺湲（chán yuán）：水流声。 ④墟里：村落。 ⑤复值：又当。

【语译】

山水清寒，色转青灰，秋天的流水啊，每天都这般鸣响着。我倚着拐杖站立在柴门之外，面临秋风，听那黄昏的蝉鸣。渡口还剩下落日的余晖，村中已经升起了一道炊烟。恰在此时，你如同楚狂接舆一般带醉而来，在我这个五柳先生一般的隐士面前狂歌不已。

【赏析】

此诗为王维隐居辋川时所作，所谓"诗中有画"，前六句就生动地描绘出一幅辋川秋景图来。

王维写景的最大特色，就是动中有静，静中有动，动静结合，生动而恬然。比如首联写寒山、秋水，似入图画，本是静景，但却接一"转"字，接一"潺湲"，动态便出。其时逐渐入秋，且天色将暝，则寒山的颜色自然转换，由青翠而至苍翠，这便是动态。秋水每日流淌，用水声"潺湲"，便突出此乃动水而非止水。因此首联便是静中见动。再观颈联，渡头落日、墟里升烟，本是动景，但着一"余"字，烟上着一"孤"字，却似镜头定格，在那落日将逝未逝之际，在第一缕炊烟升起之时，捕捉到一刹那恬静的静态。因此颈联便是动中见静。

动静之间，再插入作诗的主体，也即诗人自己。首联既对，颈联再对，则颔联转用散句，便显得不呆滞、不拘束——以首联之对以替换颔联之对，此亦唐人五律中常见手法。颔联云倚杖而听暮蝉，显得如此惬意悠闲，正是隐者笔触。

但是我们不得不察觉到，诗歌总体的氛围是在恬静中隐含着落寞。秋之已至，天之将暝，远山色作青灰，暮蝉做最后的鸣叫，渡头日将落尽，墟里只起孤烟，诗人置身其间，是难免会生出少许寂寞空虚之感的，而非纯粹地享受山居之乐。为什么会这样呢？尾联便给出答案，裴迪来访王维，王维以陶潜自况，而将对方比作接舆。西晋皇甫谧在《高士传·陆通》中写道："陆通，字接舆，楚人也。好养性，躬耕以为食。楚昭王时，通见楚政无常，乃佯狂不仕，故时人谓之楚狂。"可见接舆并非生而乐隐，他是因为楚政无常才不仕的。陶潜亦然，自言"不能为五斗米折腰"，这才归耕垄亩。可见王维也好，裴迪也罢，都是因对时政不满才隐居山林，其内心终究是蕴含着一丝愤懑和无奈的。

王维并非不乐于功名，倘若给予他合适的环境，他也是愿意去努力做出一番事业来的。然而其出仕正当唐代由盛转衰之际，知交张九龄、李邕、裴敦等或被罢免，或遭诛杀，这不禁使王维灰心失望，从此但求苟全性命而已。所以我们才能从他这首相关隐居的诗篇中，读到如许失望和无奈。

唐诗常识

格律诗有一大忌，就是"孤平"，但是有趣的是，对于孤平的定义却始终众说纷纭。一种说法，韵句中除韵尾外只有一个平声字，且此平声字夹在两仄之间，就是孤平。也就是说，在五言中"仄平仄仄平"，七言中"仄仄仄平仄仄平"和"平仄仄平仄仄平"的句式就是孤平，必须要救。还有一种说法，不论是否韵句，两仄夹一平就是孤平，如果按这种说法，此诗首句"寒山转苍翠"为"平平仄平仄"，"苍"字就犯了孤平。其实唐人对于格律的要求还没有那么严谨，《全唐诗》中犯上述两种孤平而不救的例子很多（尤其是第二种）。

山居秋暝

空山新雨后，天气晚来秋。
明月松间照，清泉石上流。
竹喧归浣女①，莲动下②渔舟。
随意春芳歇③，王孙自可留。

【注释】

①浣（huàn）女：洗衣服的女子，浣即清洗。 ②下：这里是回来的意思，《诗经·君子与役》有"日之夕矣，牛羊下来"句。 ③歇：消散。

【语译】

在那小雨才停之际，空旷的山林啊，已届秋季，天气逐渐向晚。只见明月照耀在松林之间，清泉在石上奔流。竹声响起，原来是洗衣的女子还家，莲叶摆动，原来是打渔的船儿归来。任凭那春天的美景消散吧，这秋景也可以挽留王孙公子们呢。

【赏析】

这是王维山水田园诗中的杰作，历来为人们所传诵。开篇先从大处勾勒，空旷的山林，小雨刚停，显得是那么清新、质朴，天色已经向晚，正是一幅美妙的秋暮图画。"空山"一词，已奠定全诗格调，这里的空并不是指空无一人，而是指回归自然，未受尘俗所染，未受喧嚣所害，而其中亦蕴含着王维所崇慕的佛家旨趣。"秋"字点题，但并未融合于诗句之中，却似卓然而独立，正与尾联遥相呼应。

颔联再从小处写景，明月初上，照耀在松林之间，清泉奔涌，在那石上流淌。"明月松间照，清泉石上流。"此联对仗既工，而文辞又清新自然，似纯为口语而毫无雕琢痕迹，但蕴含在朴素语句中的画面是非常丰富的。苏轼即将此联作为"诗中有画，画中有诗"之典范——月照松林，则自然恬静，泉流石上，又充满了活泼生趣，一静一动，相映成画。

颈联打破了对天然景物的描写，开始有人物出现，但这人物似乎并不在诗人眼中、耳畔，而纯出于想象。月色虽明，终非白昼，诗人所见所闻有限，但听得竹林响动，便思乃浣女归来，但见得莲叶摇摆，便思乃渔船还家。这是未见其人而先闻其声，如图画中竹林旁描衣襟半幅，莲叶间绘船头一抹，便见生趣。诗人所要表现的，是普通人民日出而作、日入而息的简单、质朴的生活，这正是隐者厌倦宦海风波之后，所衷心向往、追求的生活。

尾联便道，虽无春芳，但有秋意，只要摆脱俗尘烦扰，内心恬静，自然山林可居，此景可观。"王孙自可留"中的"王孙"，就是诗人自指，所指乃山间隐士。此句从《楚辞·招隐士》中"王孙兮归来，山中兮不可以久留"一句化出，却反用其意，指"王孙兮不必归来，山中兮正可以久留"。而观其前面所描写之"松"、"泉"、"竹"、"莲"，也皆被世人目为品性高洁之物，同时也往往是隐士用以自喻之物，则此诗所写隐士生活，殆无疑矣，也见虽无斧凿痕迹，但实际上每一字、每一句、每一种意象，都是精心选裁、精心雕镂的结果。

归嵩山作

清川带长薄①，车马去闲闲②。
流水如有意，暮禽相与③还。
荒城临古渡，落日满秋山。

迢递④嵩高⑤下，归来且闭关⑥。

【注释】

①薄：草木交错为薄。　②闲闲：从容自得貌。　③相与：彼此交接，相互作伴。　④迢递：形容连绵不绝貌，唐人杨巨源《送绛州卢使君》有"朱栏迢递因高胜，粉堞清明欲下迟"句。　⑤嵩高：嵩山的别称。　⑥闭关：指闭门谢绝人事。南梁江淹《恨赋》有"至乃敬通见抵，罢归田里，闭关却扫，塞门不仕"句。

【语译】

清澈的河川映带着大片的草木，我乘坐马车而归，意态从容。流水仿佛了解我的心情啊，暮归的鸟儿也同样伴随着我。荒凉的城池濒临着古老的渡口，夕阳的光辉洒满了秋天的山峦。我就这般来到那连绵不绝的嵩山脚下，打算归来山中，从此闭门谢客，不理俗务。

【赏析】

这首诗是王维早年隐居嵩山时所作，这次隐居持续时间不长，很快就被召还，出任右拾遗。所以相比他后期诗歌几乎对政治彻底失望，一心求隐，此诗却充满了一种不甘不愿，无奈而隐，若有所待的气味。唐代士人往往自诩高洁，避世而隐，但大多数只是为了博取虚名，以待朝廷征召罢了，即所谓登"终南捷径"，王维早期的短暂归隐，也大抵若是。

首联点明归隐嵩山事，用"闲闲"二字以示自己从容不迫，丝毫不为俗事所绊，不受仕宦所扰。"清川带长薄"一句，疑出自陆机《君子有所思行》，其中有"曲池何湛湛，清川带华薄"句，此处改"华薄"为"长薄"，是表示自己所行之远，入山之深。接着，颔联"流水"以承上"清川"，"暮禽"以承上"长薄"，说山水鸟雀全都了解自己的心意，并且与自己相伴而归。陶潜《饮酒》诗中有"山气日夕佳，飞鸟相与还"句，《归去来兮辞》中有"云无心以出岫，鸟倦飞而知还"句，王维化用前人之文，所要表达的含义是相同的，也即"倦飞"。以鸟之倦飞以示人之倦于仕宦，但不出"倦飞"一词，而以"暮"字替代，更显含蓄而佳妙。

颈联写荒城、古渡、落日、秋山，景物显得非常苍凉，也反衬出诗人内心之悲惋和不甘。尾联言"归来且闭关"，是套用张九龄《登城楼望西山作》中的成句："忽复尘埃事，归来且闭关"，一个"且"字，更透露出浓浓的无可奈何意。由此可见，诗人事实上还并不能忘怀出仕，他只是感觉疲倦而暂时入山歇息罢了。

【扩展阅读】

登城楼望西山作

唐·张九龄

城楼枕南浦，日夕顾西山。宛宛鸾鹤处，高高烟雾间。仙井今犹在，洪崖久不还。金编莫我授，羽驾亦难攀。檐际千峰出，云中一鸟闲。纵观穷水国，游思遍人寰。勿复尘埃事，归来且闭关。

张九龄这首诗也是写的倦于仕宦而求归隐，"勿复尘埃事"一句即将其意表达得非常明显。相比之下，王维在《归嵩山作》中，却只是将几乎毫无感情色彩的"迢递嵩高下"放在"归来且闭关"之前，既显含蓄，也表现出诗人并未彻底看破红尘，他隐居之意是并不坚决的。

终南山

太乙①近天都②，连山接海隅。
白云回望③合，青霭④入看无。
分野⑤中峰变，阴晴众壑殊。
欲投人处宿，隔水问樵夫。

【注释】

①太乙：又名"太一"，在长安以西，是终南山主峰之一，亦为终南之别名，《元和郡县志》载："终南山在县（京兆万年县）南五十里。按经传所说，终南山一名太一，亦名中南。" ②天都：天帝所居之处，一说借指长安。 ③回望：即四望。 ④青霭：山中云气。 ⑤分野：古天文学名词，以天上二十八星宿的位置来区分中国境内地域，即称为分野。

【语译】

终南山是如此高峻啊，靠近着天帝的居所，山峦连绵不绝，直接邈远之海角。四下望去，白云重重，仿佛将山势牢牢锁住一般，然而进山以后，那青烟细雾却又依稀不见。终南的主峰恰是地理之分野，众谷或阴或晴，气候竟迥然不同。我想要前往有人居处寄宿啊，于是隔着涧水，远远地询问樵夫。

【赏析】

终南山是秦岭山脉之一段，是长安附近最富盛名之高山，此诗即描写终南景物，状其雄伟，沈德潜在《唐诗别裁》中评此诗说"四十字中无所不包，手笔不在杜陵（杜甫）之下"。开篇先言远望之概括，说"太乙近天都"，或谓"天都"乃借指长安，则此句不过述终南

唐诗常识

王维这首《终南山》在五律中也算变例，因为首句是押韵的。五律以首句不押韵为正例，而七律以首句押韵为正例，这是因诗歌之流变而产生的必然现象。五、七言诗都产生于汉代，五言本隔句用韵，所以发展到后来仍以隔句为准，首句多不押韵；而七言诗最早是句句押韵的，比如现存第一首文人创作的七言诗为曹丕的《燕歌行》，就是句句押韵的，所以发展到后来虽变成隔句用韵，但首句仍保有押韵的原态。

山之位置而已，诗意全无。故此还应当将"天都"解释为天帝之居所，终南并不甚高，但人在平地，仰而望之，自然觉得直耸云霄，似接高天，以此来状其高峻。第二句再状终南山之广袤无垠，其实此山虽千峰叠翠，终究不过西起陕西眉县，东至西安蓝田县而已，距离海角正远，说它"到海隅"，和"近天都"一样，都属于艺术夸张。

"白云回望合"，或谓指转头远观终南，只见白云层层，闭锁山势，但联系后文，诗人是从远及近，从远望而直至入山，因此他理应面朝向山，绝无转头再望之意。故而"回望"应解为四望，回即三百六十五度回转意，是指诗人距山已近，或已踏上山路，则见四面云气缭绕，遮蔽山峰，殆不可见。从来云在高天，山势要足够高峻，才能与云气相合，此亦言终南之高也。"白云"、"青霭"本是互文，皆言山中云气，正不应解为山外有白云，山中有青霭。其实云气浓厚，乃见其白，云气稀疏，便觉其青，诗人由远而近，从山外直至山内，则山中云气在视觉中逐渐稀疏，直至对面，几乎散不可见，乃有"青霭入看无"句。虽然同样写山中云气，但状其形貌绝然不同，乃是诗人从不同角度玩赏所得的结果，视角新颖，观察细腻，诚非独坐书斋所可凭空想见者也。

秦岭是古代雍、益两州之交界，故云"分野中峰变"。前面"连山到海隅"是远观山势，言其东西方向的形貌，此句则是已登太乙，从山中望其南北方向，呼应得非常巧妙。继而再自山峰下望，千峰万壑，或则身姿展露，或为云气所盖，自然"阴晴"不同。杜甫《望岳》诗中有"阴阳割昏晓"语，可与此句对照而赏，皆言某山占地之广，层次分明，山峦各处，阴晴、昏晓皆截然不同也。

前六句气势恢弘，极言终南之高峻、广袤，但尾联却突然一收，反言山中人事，格局似乎骤然变小。对此，明末王夫之在《姜斋诗话》中评道："'欲投人处宿，隔水问樵夫'，则山之辽廓荒远可知，与上六句初无异致，且得宾主分明，非独头意识悬相描摹也。"颇有些强辩味道。而沈德潜在《唐诗别裁》中言："或谓末二句与通体不配。今玩其语意，见山远而人寡也，非寻常写景可比。"也未能得其真髓。倘若此诗为杜甫所写，则尾联不当若是，还记得《望岳》的尾联——"会当凌绝顶，一览众山小"——这才是和前面雄浑气势能够完美统一的写法。

王维为什么偏要那样写呢？这尾联是否真的割裂了全诗之意呢？我们要考虑到王维本身的思想倾向和生活经历，他本无杜甫那般济世安民之志，反多退避求隐之心，再加上终南山在唐代常为隐士居所，由此便可见前六句雄浑言辞下隐藏的主体脉络。开篇即言"天都"，继而再写山势之高峻、广袤和宏伟，其中兼及自身由远而近，渐入山中，其目的是为了构画一超绝世外，如神仙居所的胜地名山——既为神仙居所，又岂能不如此宏伟，直至非人心所能想见乎？于是诗人求隐之意，或者羡隐之意便逐渐显露，直至尾联才彻底展现在读者面前。

"欲投人宿处"，此中之"人"，料定是居于山中的隐士了，沈德潜说"山远而人寡"，确实，如此深山之中，所能定居的，也只有隐士，而所能遇见的，也只有樵夫而已，故此结句才云："隔水问樵夫。"渔樵在古代文人眼中向来也有避世隐居之意，所以这里说樵夫，仍是在说隐士，或言隐士之友。王维深入终南，不是为了求隐，就是为了访隐，他并不是仅仅为了见景而写景，写景的本意，还是为了抒发内心情感，为了托出求隐或羡隐之意。

酬①张少府②

晚年惟好静，万事不关心。
自顾无长策③，空知返旧林④。
松风吹解带，山月照弹琴。
君问穷通⑤理，渔歌入浦深⑥。

【注释】

①酬：即酬答，用诗歌来作为对某人的回礼、回赠。　②张少府：姓名不详，少府为县尉之代称，也即某位张姓县尉。　③长策：高见、妙计。　④旧林：本指禽鸟往日栖息之所，陆机《赠从兄车骑》有"孤兽思故薮，离鸟悲旧林"句，后用以指代故乡、故居。　⑤穷通：穷为困厄，通为显达，语出《庄子·让王》，载："古之得道者，穷亦乐，通亦乐，所乐非穷通也；道德于此，则穷通为寒暑风雨之序矣。"　⑥浦深：河岸的深处。

【语译】

人到晚年，只是喜欢安静，万事万物都不足以再去关心。自我感觉并没有什么高明见识，徒然地懂得了应当回归故里的道理。松间之风吹开了我的衣带，山中之月照着我挥手抚琴。您要询问困厄和通达之间变化的道理啊，我却高唱着渔歌，前往那河岸深处。

【赏析】

此诗大得隐者旨趣，为隐乃无可奈何之举，是信念受到挫折、理想终究蹉跎后的无奈的逃避。诗中言"君问穷通理"，这个"君"就是诗题中所指的张少府，他来向王维求问，什么是"穷通"之理，也即是说，为何有人穷厄，为何有人通达，穷厄因何而致，通达因何而成，穷通之间，又将如何转化？更白话一点来解释，张少府是问：人生的成功与失败，根由究竟何在？王维因此而作了这首诗来回答他，有隐者之趣，也有佛家之理。

可是王维写这首诗最主要的目的，其实并不在于酬答，而是在自嘲自解。开篇就说自己"好静"，但不是一直都"好静"，青少年时代他也曾怀抱志向，想要在官场上拼出自己的一席之地，想要达成一定的政治理想，但政局混沌、宦途坎坷，到了晚年还是一事无成，无可奈何之下，也就只能"好静"了。"好静"而限于"晚年"，更加一"惟"字，便凸显诗人内心的愤懑和无奈。

接着，颔联又说，"自顾无长策"，自己是解决不了这穷通之间变化之途的，于是到了晚年，只好把一切全都抛下，入山来隐居。"空知返旧林"的"空"字，意为徒然、徒劳，虽然无益，却又不得不如此。颈联写隐士生活，当风松带，以示悠闲，月下弹琴，以示恬静。但诗人并没有说自己如何如何，却因景发情，说松风、山月都似有情一般，前来陪伴我的隐居生活，松风解开我的衣带，似为抚慰我心，催促我隐，山月照我弹琴，似为我终于得脱凡尘而感到欣慰。其间"松"、"山"亦含有高洁之意，归隐之趣，不言别风而言"松风"，不言别月而言"山月"，亦隐含有我虽品性高洁，却终究无能于俗事，只得隐居的悲怆心境。

结句"渔歌入浦深"，也是说隐居，但却并非真正回答张少府所询问的"穷通理"。于是张少府虽问，王维却不正面作答，反以不答为答，正是禅家意趣。因为此刻不答即是答，所答非穷通如何产生、变化，而是答穷通都无关紧要，还不如关注眼前一点一滴的平凡生活为好。

王维官至尚书右丞，是为通，他在政治上几番挫折，不能改变政局、达成理想，是为穷，穷通本为一理，穷通又是虚妄，穷又何哀，通又何喜，到最终来，还不如"返旧林"去等死罢了。这结句禅家的机锋似乎蕴含着无穷智慧，但细思来，却只有王维心怀的无穷哀怨。

过香积寺①

不知香积寺，数里入云峰。
古木无人径，深山何处钟。
泉声咽②危石，日色冷青松。
薄暮空潭曲，安禅制毒龙③。

【注释】

　　①香积寺：佛寺名，在今天陕西省西安市长安区韦曲镇西南的神禾原，肇建于唐高宗永隆二年（681年），是净土宗门徒为安葬和祭拜其第二祖师善导和尚而修建的。寺名来历有两种说法，一说唐代寺旁有香积堰水流入长安城内，另一说来源于佛经"天竺有众香之国，佛名香积"语。　　②咽：呜咽，指泉水击石，声如呜咽，孔稚珪《北山移文》有"石泉咽而下怆"句。　　③毒龙：佛家比喻妄念，语出《涅槃经》，载："但我住处有一毒龙，想性暴急，恐相危害。"

【语译】

　　也不知道这香积寺啊，是在进入云雾缭绕的山峰以后多少里的所在。我踏入古木参天的无人小径，渐入深山，不知何处传来了钟声。泉水击着高峻的山石，声如呜咽，日光照耀着青翠的松树，色调清冷。淡淡的暮色照耀在那空寂的潭水之幽深处，我身心俱静，驱除了内心种种妄念。

【赏析】

　　这是一首真正的禅诗，以之比常建《题破山寺后禅院》，常建所见为有，而王维所见为无。以佛家旨趣而论，世界非有非无，空即是色，色即是空，见有本是空，见其无而能悟道，无之上再见其有，则要更上一层境界，但以常建、王维都非彻底的宗教家，恐怕都难以达成这第二重有的境界，则以凡俗而论，见无在见有之上。王维此诗禅意，胜于常建，殆无可疑。

　　为什么说王维所见为无呢？题为《过香积寺》，"过"即拜访意，但全诗并未见寺，仍在寻觅当中。开篇即点不知香积寺究在何方，山林多深，行走多远才得见寺，但诗人强往访之，这是第一层见"无"。颔联言入山之途，小径无人，古木相拱，远远地传来钟声，有钟当有寺，有寺却又未见，这是第二层见"无"。

　　颈联为佳对，描摹景物非常精到。先言泉水曲折，处处击打山石，其声宛若呜咽，对比常诗，恰如"曲径通幽处"，但常诗中曲径最终通向禅房，王诗中却只见其曲，未见其终，这是第三层见"无"。下联"日色冷青松"，时已过午，日色本薄，再经古木青松之遮蔽，由繁绿所掩映，林中之人，无论在身体的感受上，还是在心灵的感受上，都不觉其暖，但觉其冷，"冷"之一字，比上联的"咽"字更为精妙。如此则日色都显虚妄，是第四层见"无"。

种种见"无"之后，诗人也并未明言是否访见其寺，则在读者眼中，连寺也都是"无"，也都是空。最终诗人循泉而至一潭，时已黄昏薄暮，潭畔并无一人，潭水清澈，更觉其"空"。"潭曲"，是指潭水的曲折隐僻、幽深难测之处，诗人来到此处，一路眼中所见无不自然清冷，心中所想，无不成空，于是便思佛经中所云潭中有毒龙，以大功德驱除之事，但觉面对如此清澈之潭水，内心一片澄净，虚妄之念也都消散，正合佛家旨趣。于是乃有"安禅"二字，是指安静禅想，使内心空澈洞明也。

送梓州李使君①

万壑树参天，千山响杜鹃。
山中一夜雨②，树杪③百重泉。
汉女输④橦布⑤，巴人⑥讼芋田⑦。
文翁⑧翻⑨教授，不敢倚先贤。

【注释】

①梓州李使君：梓州即今天四川省三台县，使君是对州郡长官的尊称，李使君其人不详。　②一夜雨：别本作"一半雨"。　③树杪（miǎo）：即树梢。　④输：缴纳、贡奉。　⑤橦布：橦即木棉，木绵布为梓州特产。左思《蜀都赋》有"布有橦华"句，所指即此物。《元和郡县志》载："剑南道梓州，开元贡绫绵丝布，赋布绢。"　⑥巴人：巴地即今天重庆市一带，此处"巴人"与前"汉女"相对，当指居于巴地的少数民族。　⑦芋田：蜀中产芋，当时为主粮之一。　⑧文翁：即文党，字仲翁，汉景帝时为蜀郡太守，政尚宽宏，见蜀地僻陋，乃建造学宫，诱育人才，使巴蜀日渐开化。　⑨翻：翻新。

【语译】

千山万壑啊都耸立着参天巨树，有杜鹃鸟在高声鸣唱。蜀山中倘若落下一夜的雨，翌日树梢滴下的水就能汇聚成百道泉源。汉女们忙着纺织橦布来贡献啊，巴人们为了芋田而争斗诉讼。当年有文党教化百姓，翻新蜀中的风俗，如今可不能只倚靠先贤的遗泽，自己不思进取啊。

【赏析】

这首赠别诗格式新颖，内涵颇深。诗的重点在于尾联——"文翁翻教授，不敢倚先贤"，所谓"先贤"即指"文翁"，是寄希望于李刺史治理好蜀地，文党珠玉在前，自己也不能只承其遗泽，而要切实做出点政绩来。但诗的前六句却不言送别时间、地点，相关情况，却遥想蜀中景致、情状，这是同类型的诗中所很少采用的笔法。

那么在诗人的想象中，蜀中是一种怎样的情状呢？首联壮阔不凡，虽为虚写，却抓住了蜀地的特征。"万壑树参天",是指蜀中多山,除成都平原外,到处千山万壑,而且森林原始、茂密。"千山响杜鹃",杜鹃鸟又称"杜宇",本古蜀王之名,传说杜宇死后化而为杜鹃;不仅如此,杜鹃亦名"布谷",因其叫声恍如"布谷"即播种而得名,也有暗指蜀中富庶,农业发达之意。颔联直承首联,"山中"即呼应"万壑","树杪"又呼应"树参天"。一夜落雨,则翌日积水渗下,便汇聚成泉,泉更"百重",的是奇景,虽出于想象,距离真实也并不遥远。这前四句气势颇大,想象也奇,故王士祺在《带经堂诗话》中赞道:"兴来神来,天然入妙,不可凑泊。"

前写蜀中山水、地理景观,颈联即写其人文。"汉女"、"巴人"本是互文,并指蜀中的汉民与少数民族,他们勤劳质朴,有橦布特产产出,同时又民风剽悍,为了芋田而时有争斗、诉讼。因为李刺史的本职,不外乎征收赋税和判定诉讼,故此联既总括人文,又承尾联,含有勉励之意。赋税之能否按时征收,民间争斗和诉讼能否减少,在古人看来,治理地方,首重在教化,使民知礼,自然专心耕织而不起争端,所以便可直接"翻教授"语。先贤既已做了榜样,后人正当承其遗教,而不能仅仅受其遗泽,不思进取呀。

诗为赠别,却不言哀伤惆怅,不抒离恨别愁,反言地理民生,并勉励远行之友人,心系国家,此种况味,在王维诗中并不常见,在唐诗中也是难能可贵的。

汉江临眺①

楚塞三湘②接,荆门九派③通。
江流天地外,山色有无中。
郡邑浮前浦,波澜动远空。
襄阳好风日,留醉与山翁④。

【注释】

①临眺:别本作"临泛"。　②三湘:即湘水,古湘水合沅水称沅湘,合潇水称潇湘,合蒸水称蒸湘,故总言之为三湘。　③九派:长江在江西境内支流繁多,故称九派,亦地名九江之来由,据《晋太康地记》载,九江之名是因为"刘歆以为湖汉九水(即赣水、鄱水、余水、修水、淦水、盱水、蜀水、南水、彭水)入彭蠡泽也"。　④山翁:即山简,字季伦,西晋将领,曾任征南将军,镇守襄阳,传说他好酒,每饮必醉。

> **唐诗常识**
>
> 律诗以五或七言八句为正例,但也有一种"三韵小律",也即首尾六句、三联的变体,比如韩愈有《李员外寄纸笔》诗:"题是临池后,分从起草余。兔尖铦莫并,茧净雪难如。莫怪殷勤谢,虞卿正著书。"而王维此《汉江临眺》诗,倘亦作三韵,删去颈联,其实并不影响其艺术价值,反而会显得更加精炼。

【语译】

楚地的边塞直接着湘水，荆门之地又连通长江各支流。只见此处的江水仿佛奔流于天地之外，而群山形貌，就在水气蒸腾中似有若无。郡城就漂浮在眼前江岸之上，波涛翻卷，摇动着遥远的天空。如此风和日丽的好天气啊，我就应该在襄阳城内仿效山简，不醉无归。

【赏析】

汉江即汉水，源出今陕西省宁强县，流经湖北省襄阳市，至武汉市注入长江，此诗应为王维乘舟自汉水而下，途经襄阳时所作。

首联写地理，"三湘"、"九派"，以见水路纵横，气魄宏伟。其在襄阳，不可能望见荆门，言及荆门，为其是长江锁钥，沟通三湘、九江故也。颔联极出色，说江流浩荡，如在天地之外，山色空蒙，恰又有无之中。然而气魄虽雄，却又非李、杜等人笔法，而纯是王维诗之独特意境。李白诗汪洋恣意，往往蕴含着奋发向上，永不停歇的斗志，杜甫诗则于此斗志之外，更添悲天悯人之情。王维这两句诗，却于宏大中见有禅意：江水浩荡，原与凡尘无涉，凡人所居天地之间，而江水故似在天地之外；山色因江流澎湃，水气蒸腾而似有若无，又见山本为空，不堕红尘。

颈联虽亦佳妙，但比之颔联则相差甚远。因江雾蒸腾，故襄阳郡城都似载沉载浮，如有动感，此句与"山色有无中"实有重复之味。再见波澜壮阔，直接高天，似乎摇撼长空，气概虽雄，却又与"天地外"相冲突。故纪昀言此颈联"撑不起，六句尤少味，复衍二句故也"，也就是说，诗的主体唯前二、后一三联而已，颈联两句是因结构不协、内容不足而特意增添上的，有硬塞凑数之嫌。我们不能否认，这两句其实也很不错，尤其"浮"、"动"二字运用甚佳，但在他人为佳句，在王维也只普通，在他诗为佳句，在此诗中便略显无力。

前六句写景，尾联便抒情，说如此般好天气，正该仿效山简，在此留醉。山简是晋代名士，镇守襄阳之时，因当地习某园林甚佳，便常前往习家池上游览宴饮，尽醉而归。诗人用此典，一方面表达出对襄阳山水的热爱之情，同时也含有仰慕魏晋名士潇洒无羁之意，此亦王维之独有特色也。

终南别业①

中岁②颇好道，晚家南山陲。

兴来每独往，胜事③空自知。

行到水穷处，坐看云起时。

偶然值④林叟，谈笑无还期。

【注释】

①别业：即别墅。　②中岁：中年时代。　③胜事：美好的事。　④值：遇见。

【语译】

我中年时代颇为喜好佛学，所以晚年后就在终南山麓安了家。兴致一到，往往独自来往，赏心乐事，也徒然地只有自己知道。走啊走啊，走到流水的尽头，于是坐下看那云雾飘起。偶然在林中遇见老人，与他放声谈笑啊，没有回去的准确日期。

【赏析】

王维被后世尊称为"诗佛"，为其好佛，而其诗中亦每有佛家旨趣。当然，我们要明白所谓佛学，分支众多，其典籍、思想亦浩如烟海，有合于诗者，也有不合于诗的，比如某些苦修法和过于形而上的思辨，不仅无法在诗歌中体现其韵味，甚至其兴味就根本与艺术相抵触。王维在他的诗歌中体现出来的佛家意，大抵皆为禅意，禅是一种中国式的宗教哲学，上承黄老和魏晋玄学，所以很容易为中国士大夫所接受，中唐以后遂成显学。王维此诗开篇就说"中岁颇好道"，他所用的这个"道"字，就是纯粹的中国兴味的字眼，以之称释，也正说明他所好的偏于禅的一脉。所以与其说这首诗说的是佛理，倒不如说它表现的是禅理，甚至可以说所表现的乃是上承黄老的自然之理。

因为中年开始好佛，所以晚年隐居，隐于"南山陲"，也即宋之问盖在终南山麓，后为王维所得的辋川别墅。这里"中岁"、"晚家"二词颇值思量，好佛既久，为何晚年才摆脱俗尘羁绊而隐居呢？这当然不为无因，其中肯定蕴含着饱受挫折后的无奈苦笑和自嘲。所以颔联云"兴来每独往，胜事空自知"，其中的"空"字，往往为读诗人忽略，我们则可以将其和《酬张少府》中"自顾无长策，空知返旧林"中的"空"字相类比。空即徒然、无益，王维终于得以归隐山林，其中或有乐事，但只"空自知"而已，是无可与旁人论道的，诗中因此也蕴含着抱负难伸的无力感，以及终于摆脱羁绊的轻松感。

颈联即描写这种轻松感，这一联为全诗之眼，无论文学性还是思想性，向来都为人们所称道。王维说自己随心而行，直至"水穷处"，然后得以"坐看云起"，所表现的是一种无拘无束的自由，这种自由既体现在生活行为上，更体现在思想境界上。云"水穷处"，所谓"智者乐水"，因其有所感悟，所以才循水而行，直至行无可行方止；云"云起时"，陶潜在《归去来辞》中有"云无心以出岫"句，恰以云之自由而无心灵羁绊来自况，所以才观云为乐。俞陛云在《诗境浅说》中评道："行至水穷，若已到尽头，而又看云起，见妙境之无穷。可悟处世事变之无穷，求学之义理亦无穷。此二句有一片化机之妙。"这是言其思想性。《宣和画谱》指出："'行到水穷处，坐看云起时'及'白云回望合，青霭入看无'之类，以其句法，皆所画也。"这是言其艺术性，正王维"诗中有画"的完美写照。

尾联亦云"无心"，偶遇"林叟"，便与谈笑，且"无还期"。其实岂止遇"林叟"为偶然，其行亦偶然，其坐亦偶然，一切都率性而为，得自然之生趣，无俗务之羁绊，形不劳而心自舒。既然如此，遇本无期，别又何尝有期？人生便只在"笑谈"中得其真味而已。

孟浩然

临洞庭湖赠张丞相①

八月湖水平，涵虚②混太清③。
气蒸云梦泽④，波撼岳阳城。
欲济无舟楫，端居⑤耻圣明。
坐观垂钓者，徒有羡鱼⑥情。

【注释】

①张丞相：或说为张九龄，或说为张说。此诗题或作《望洞庭湖赠张丞相》、《临洞庭湖上张丞相》。　②涵虚：形容湖水空明。　③太清：指天空，《楚辞·九叹·远游》有"譬若王侨之乘云兮，载亦宵而凌太清"句。　④云梦泽：古时云、梦为二泽，长江之南为梦泽，江北为云泽，后来大部分变干变淤，成为平地，只余洞庭湖，人们仍习惯称其为云梦泽。⑤端居：指闲居独处。⑥羡鱼：典出《淮南子·说林训》，载："临渊而羡鱼，不若归家织网。"

【语译】

八月间那洞庭湖水高涨平岸，一眼望去，清澈透明竟容易与天空相混淆。这云梦古泽啊，水气蒸腾，波浪滔天啊，摇撼着岳阳城。我想要渡过水面，却没有舟船和桨橹，闲居独处之时，不禁有愧于这太平盛世。只是望见湖边那些垂钓之人，徒然地想要得到水中之鱼啊。

【赏析】

旧谓此诗作于开元二十一年（733年），孟浩然西游长安，即出此诗以干谒宰相张九龄。但也有人说，当时张九龄尚在家乡韶关丁母忧，于此年年底才进京就任中书侍郎，未必能与孟浩然相见，认为二人相会当在其后张九龄被贬荆州长史之时。然而其时孟浩然已一心隐居，诗中有求荐举之意，似与他的心境不合。故李景白在《孟浩然诗集校注》中又提出另外一种说法："本诗当作于开元四年（716年，时孟浩然二十八岁）左右张说任岳州刺史期间……张丞相当指张说。"亦有一定的道理。

诗歌背景暂且不论，就诗而言，所写乃洞庭景致，以此发兴，表现出诗人渴望出仕而不得其门的哀怨心情。开篇先说"八月湖水平"，此平非指平缓、平稳，因其后有"波撼"句，可知此平乃指八月间秋水蓬勃，水涨至与岸齐平意也。"涵虚混太清"句，涵本指高天，这里是比喻水波，水波澄澈空明，似与"太清"也即天空同色，加之水面高涨，远远望去，正所谓"秋水共长天一色"。

此诗颔联为千古佳句，描写眼前景物之阔大，气魄雄奇，可见孟氏胸中自有无穷斤壑，非专心于隐居者也。水面上雾气蒸腾，碧波荡漾，岳阳城在水光的笼罩下不仅渺小，而且竟似显得摇摇欲坠——"蒸"、"憾"二字，正得炼字之精要。随即诗人即从眼前宏阔之景，引发自己的慨叹，自己想要渡湖却惜无舟船，所含之意是指：我想要出仕，但却无路可通啊。诗人本有抱国之志，却不得其门而入，于是被迫"端居"，却不禁内心有愧，甚觉其"耻"。

尾联是诗人的抱怨。"羡鱼"典出《淮南子·说林训》，有"临渊而羡鱼，不若归家织网"句，而《汉书·董仲舒传》也载："故汉得天下以来，常欲治而至今不可善治者，失之于当更化而不更化也。古人有言曰：'临渊羡鱼，不如退而结网。'"也就是说，与其徒然地望着水面，希望得到水中的鱼儿，还不如退回去准备好捕鱼的工具呢。诗人即用此意，说那些想要钓鱼的人，白白地望着水中的鱼儿不肯上钩，实在是太令人遗憾了。张丞相若真想得到人才，治理好国家，就应当为人才的进举敞开大门，则似我这般的人才也便不必"端居耻圣明"，找不到入仕之门了呀。

诗从景而发情，转折非常自然，尾联虽有怨怼，却借旧典曲折道出，确实是干谒之诗。前即借景以抒发自己内心抱负，更以浩瀚之佳对以展示自己的文采，后则委婉地希望得到入仕之途，严格说起来，这不是一首写景诗，也不是一首抒情诗，而是一首为干谒而作的应用诗。

与诸子登岘山①

人事有代谢，往来成古今。
江山留胜迹，我辈复登临。
水落鱼梁②浅，天寒梦泽深。
羊公碑③尚在，读罢泪沾襟。

【注释】

①岘山：一名岘首山，在今天湖北省襄阳市南面。　②鱼梁：沙洲名，在今天湖北省襄阳市鹿门山的沔水之中。　③羊公碑：羊公指晋代名将羊祜，字叔子，《晋书·羊祜传》记载："祜乐山水，每风景必造岘山，置酒言咏，终日不倦。尝慨然叹息，顾谓从事中郎邹湛等曰：'自有宇宙，便有此山。由来贤达胜士，登此远望，如我与卿者多矣！皆湮灭无闻，使人悲伤。如百岁后有知，魂魄犹应登此也。'湛曰：'公德冠四海，道嗣前哲，令闻令望，必与此山俱传。至若湛辈，乃当如公言耳。'"又载羊祜卒后——"襄阳百姓于岘山祜平生游憩之所建碑立庙，岁时飨祭焉。望其碑者莫不流涕，杜预因名为堕泪碑。"

【语译】

人事经常变幻更替，来来往往就演变成了古代、今时。江山因此而留下先贤胜迹，如今我等再来登临观览。只见江水低落，鱼梁露出，天气寒冷，云梦深邃。羊公碑仍然在啊，读过以后，不禁涕泪沾衣。

【赏析】

此诗富有哲理，言古往今来，时代变迁，江山虽然相同，人事却已改换，同时诗中也蕴含着自己不能出仕以报效国家、达成抱负，终究一事无成的悲叹。

诗当作于孟浩然隐居鹿门之时，与友人同登岘山的某年岁末。开篇即出抚今吊古意，首言人事之"代谢"，自人世而论，一切都在不停地变化、转换，继而以"江山留胜迹"以相应"古"，以"我辈复登临"以相应"今"，时代之沧桑感扑面而来。颈联为全诗枢纽，陡然从虚转实，从抒情而转至写景，但诗人眼中都是些什么景物啊。"水落鱼梁浅，天寒梦泽深"一联并有两层含义，其一是描摹岁末襄阳周边的萧条景象，水浅而泽深，构造一份哀伤情境，其二是相应首联的"人事有代谢"以写江山之千古不变。据《襄阳府志》载："鱼梁、亦槎头，在岘津上，水落时洲人摄竹木为梁以捕鱼。"考鱼梁洲之名始于汉代，而云梦泽更早于先秦，这些胜景千古以来似乎都没有什么改变，以之对应变幻不停之人事，更增添了落寞无聊之感。

尾联点明主题，诗人是见羊公碑而有此感，并因而堕泪。根据《晋书》的记载，羊祜曾登岘山而悲，所悲者也即此诗前四句所表达的含义：江山不改，人事变迁，人生在世即便百年，对于宇宙来说也不过悄然一瞬而已，此后即湮灭无闻，令人可悲。但羊祜终究还有石碑留下，正如邹湛对他的安慰：公必与此山俱传。这是因为羊祜镇守襄阳之时，有遗爱于民，所以他死以后，襄阳百姓就为他立碑，使羊祜之名得以流传千古，几与岘山同朽。孟浩然认为自己比不上羊祜，因为他根本就没能出仕，遑论为百姓做点什么事情，从而得到百姓们的爱戴，给自己立碑传名了。所以羊祜登山而悲，数百年后孟浩然见碑而更觉悲怆。由此诗也可得见，孟浩然之隐居，多因仕途不畅故，而不是真心实意地无意于世事，厌倦于红尘。

此诗有情有景，有理有节，晓畅通顺，一气呵成，文似淡而意极深。沈德潜在《唐诗别裁》论孟浩然诗，说是"从静悟中得之，故语淡而味终不薄"，以此诗来印证，此言诚不虚也。

【扩展阅读】

登襄阳岘山

唐·张九龄

昔年亟攀践，征马复来过。信若山川旧，谁如岁月何。蜀相吟安在，羊公碣已磨。今图犹寂寞，嘉会亦蹉跎。宛宛樊城岸，悠悠汉水波。逶迤春日远，感寄客情多。地本原林秀，朝来烟景和。同心不同赏，留叹此岩阿。

孟浩然诗中云"羊公碑尚在"，而张九龄此诗中却谓"羊公碣已磨"，虽然遣词不同，立意则一，都是论及岁月蹉跎而人事变迁，从而抚今追昔，慨叹无穷。

宴梅道士①山房

林卧愁春尽，搴②帷览物华。
忽逢青鸟③使，邀入赤松④家。
金灶⑤初开火，仙桃⑥正发花。
童颜若可驻，何惜醉流霞⑦。

【注释】

①梅道士：姓梅或号梅的道士，具体生平不详。孟浩然别有《寻梅道士》、《梅道士水亭》等诗，可见梅道士当是隐居近邻，两人过从甚密。此诗题或作《清明宴梅道士山房》。　②搴（qiān）：本意为取，这里是掀开的意思。　③青鸟：《山海经·西山经》载："又西二百二十里，曰三危之山，三青鸟居之。"郭璞注："三青鸟主为西王母取食者，别自栖息于此山也。"后即以青鸟指代仙家使者。　④赤松：指赤松子，为传说中的仙人。《列仙传》载："赤松子者，神农时雨师也，服水玉以教神农，能入火自烧。往往至昆仑山上，常止西王母石室中，随风雨上下。炎帝少女追之，亦得仙俱去。至高辛时复为雨师，今之雨师本是焉。"　⑤金灶：指道家的炼丹炉。王勃《秋日仙游观赠道士》有"雾浓金灶静，云暗玉坛空"句。　⑥仙桃：《汉武帝内传》载："(西王母)又命侍女更索桃果。须臾，以玉盘盛仙桃七颗，大如鸭卵，形圆青色，以呈王母。母以四颗与帝，三颗自食。桃味甘美，口有盈味。"这里指梅道士家的桃树。　⑦流霞：传说中的仙酒。葛洪《抱朴子·祛惑》载："项曼都入山学仙，十年而归，家人问其故，曰：'有仙人但以流霞一杯与我，饮之辄不饥渴。'"

【语译】

病卧林下，正在哀伤春天将尽，掀开窗帏，纵览自然景物。突然遇见仙家使者，邀请我来到仙家居所。只见鼎炉才刚生上火，桃树正当花开。倘若真能够永葆青春，还在乎痛饮仙酒而醉吗？

【赏析】

此诗为暮春时节，孟浩然得好友梅道士所邀，赴其家饮宴，宴上所作。乍读此诗，不过普通应酬之作，首联言时，颔联言受邀，颈联言道士家中景物，尾联言及宴饮，除文字清新可喜，用语扣稳道家特征外，便无甚思想性可观了。然而细细品味，却能从中得出诗人被迫隐居，从而感叹韶光易逝，乃翩然有欲求仙之意。

首联两句，疑从南朝谢灵运《登池上楼》中化来，"林卧愁春尽"源出"徇禄反穷海，卧疴对空林"，"搴帷览物华"源出"衾枕昧节候，褰开暂窥临"，则其卧非高卧也，乃是病卧，年既衰而心近死，正与尾联"童颜若可驻"的期望相呼应。如此观之，则此"愁"正非简单的、淡淡的春愁，而是诗人已届暮年，回思过往，慨叹韶光易逝，青春不再的深沉之惆怅。再由此而思，则其"览物华"，似看春天最后一眼，也似在对自己的人生预先提出告别。

颔联确实写受邀，别无他意，唯以"青鸟"、"赤松"两词以喻道家，隐含一种深深的期盼。《汉书·张良传》载："愿弃人间事，欲从赤松游耳。"可见诗人见道友来请，便思欲得仙家指引，从而摆脱这种暮年的无聊更无奈生活。说丹炉才刚生火，正见求仙之意始萌；说

"仙桃正发花"，见有感慕仙家能得长生，此外春之将尽，此内却正蓬勃意。

于是诗人最终感叹，倘若真能访得仙道，长生不老，童颜永驻，那就实在太好了。可惜现实是残酷的，邀请他的只是普通道人而已，并非仙家，他也便只能饮酒而醉，希望借酒来浇灭胸中块垒，忘却种种愁烦了。此诗表面只写一件极普通事，不过友人邀饮而已，其实内中却充满了诗人对现实社会和自身遭际的不满，以及想借求仙加以摆脱的无奈之愿。

【扩展阅读】

登池上楼诗

南朝宋·谢灵运

潜虬媚幽姿，飞鸿响远音。薄霄愧云浮，栖川怍渊沉。进德智所拙，退耕力不任。徇禄反穷海，卧疴对空林。衾枕昧节候，褰开暂窥临。倾耳聆波澜，举目眺岖嵚。初景革绪风，新阳改故阴。池塘生春草，园柳变鸣禽。祁祁伤豳歌，萋萋感楚吟。索居易永久，离群难处心。持操岂独古，无闷征在今。

谢灵运是南朝山水诗大家，他的诗篇对唐代诗歌，尤其五言诗影响甚深。孟浩然亦唐代山水诗大家也，在其诗中能查见谢灵运的影子，真是太正常不过了。即以谢灵运此诗而言，此诗托物起兴，描摹自己官场失意和进退失据的矛盾心理，与孟浩然《宴梅道士山房》诗所写虽非相近之事、相近之景，其内涵却分明有一脉相承之处。

岁暮归南山

北阙①休上书，南山归敝庐。

不才明主弃，多病故人疏。

白发催年老，青阳②逼岁除。

永怀愁不寐，松月夜窗虚。

【注释】

①北阙：指皇帝宫殿，因座北朝南而得名，也可指代朝廷。《汉书·高帝纪》有注："尚书奏事，谒见之徒，皆诣北阙。" ②青阳：春天的别称，语出《尔雅·释天》，载："春为青阳。"郭璞注云："气青而温阳。"

【语译】

不要再向朝廷上书言事了，还是回去终南山下我的草庐隐居吧。因为才能不足，才被明主舍弃，正因此身难仕，所以故人来往也日渐稀疏。白发已生，催人老去，正如春天到来，逼得一年终结。内心长久充满惆怅，以致难以入眠，只见夜晚的松间明月映照着窗棂，显得是如此空虚寂寞。

【赏析】

　　此诗应为孟浩然落第后黯然归乡而作，《唐摭言》称唐玄宗曾见此诗，并为之不悦，云："朕未曾弃人，自是卿不求进，奈何反有此作？"即放孟浩然归南山，终身不用。这应当是一段后人刻意编造的轶事，但从中也可看出此诗之本意。

　　诗中皮里阳秋，多嘲讽语，不为玄宗所喜，倒也在意料之中。首先开篇就言不必再向朝廷上书建言，还不如归山隐居去算了吧，正是诗人对社会现实和自身仕宦前途失望到了极点的愤激之语，言下之意：北阙上书亦无益，只得南山归敝庐。然后颔联讽刺更深，"不才明主弃"，"不才"为自谦之词，其实诗人是认为自己有才的，但仍然被朝廷舍弃，则"明主"实则不明，此句应读为"主昏而自以为明，乃以能人为不才"。"多病故人疏"，此"多病"亦非真指身体孱弱，《庄子》有云："无财谓之贫，学而不能行谓之病。"所以这里的"多病"就是指"学而不能行"，指空有才能和抱负，却没有仕宦之阶梯，没有运用的机会。因为不仕，所以"故人疏"，则故人之势利亦可见矣。

　　诗人慨叹自己的才能得不到施展，昏主不能任用，朋友也相遗弃，孤子一人，只得归于南山，隐居终老，则孟浩然非天生欲隐，而不得不隐之心情，便毕现于笔端。颈联深言自身之悲，韶华渐逝，逐渐衰老，却终究一事无成，而眼见春天将至，预示着旧的一年又将终结。年复一年，如此度过，我的人生究竟有些什么意义呢？为此愁怀满萦，于是整夜难寐，只能坐看"松月夜窗"。"松月夜窗"的意象非常孤寂、清冷，而其后再加一个"虚"字，正说明人生虚度，正说明一切热血、怀抱都如过眼烟云，瞬间便即飘散了。

　　诗的前两联外状豁达，而内实悲愤，但悲愤不显，反有人以为真自谦之语，谬矣。后两联则极言悲愤，却又以一"虚"字总括，则见其心已近死灰，悲愤中隐含着浓重的无力感。社会便是如此，现实便是如此，除了归于南山，隐居而终，孟浩然还能怎么办呢？

过故人庄

故人具①鸡黍②，邀我至田家。
绿树村边合，青山郭③外斜。
开轩面场圃④，把酒话桑麻⑤。
待到重阳日，还来就⑥菊花。

【注释】

　　①具：准备，置办。　②黍（shǔ）：一年生草本植物，叶子线形，子实淡黄色，去皮后叫黄米，煮熟后有黏性，曾是古代最重要的粮食作物之一。　③郭：原指外城墙，这里是指村庄的四周。　④场

圃：圃为菜园，场为打谷场，这里是指农家庭院。　⑤桑麻：指植桑饲蚕取茧和植麻取其纤维，同为古代农业解决衣着的最重要经济活动，《管子·牧民》有"藏于不竭之府者，养桑麻、育六畜也"句。这里泛指农业活动。　⑥就：靠近、赴、来。

【语译】

朋友准备了丰盛的饭菜，邀请我到他乡间的家中去做客。只见绿树在村边并合，青山在村外倾斜。我们推开窗户，面对农家庭院，端起酒杯，谈论着种桑植麻。等到重阳节的那一天，我还会再来，和你一起欣赏菊花啊。

【赏析】

这是孟浩然最著名的一首田园诗，甚至在中国诗歌史上同类题材作品中都能名列三甲。此诗最大的特色就是简朴自然，似纯为口语，毫无雕镂痕迹。诗歌的形式从来都是为内容服务的，形式的简约，所代表的是内容的自然，形式的繁复，所代表的是内容的深邃，即以此诗而论，简朴口语，正相应田园景象，倘庙堂之诗作如此语，便显粗俗，倘田园诗作庙堂语，深雕细镂，则自然风味全无，反而画虎类猫。

因为诗人所要表现的，正是对田园自然简朴生活的憧憬，所以用语也便返朴归真。首联开门见山，言其受邀，故人所具"鸡黍"，正是农家寻常之物，也见此为寻常之请，倘罗列珍馐以相邀，便定非农家意。颔联写景，也极简约粗旷，但乡村风味全出——村边树密，乃能"合"，村外即山，山高似"斜"。当此青山绿树之间，便见有一村落，纯自然风味，无俗尘玷染。颈联写饮酒时事，本在室内，偏推开窗棂，面对"场圃"，也只有田家户外才会有大片菜地和打谷场，田家的庭院自然与城市豪门的庭院不同。于是眼前骤然开阔，似乎场圃直接村边绿树和村外青山。当此际，主客所论者，自然围绕着农家耕织，而不会杂以别语。

诗人所憧憬的这种田园生活，正是摆脱了仕宦的烦扰，置身于自然之间，只关注于眼前生计，故有"话桑麻"语。特言"话桑麻"，就是指主客内心都不再思想宦途，不再思想那些凡俗杂务。从来士人隐居，不会毫无生活来源，但为了表明自己不与俗尘同流合污的态度，往往会亲自耕织，汉末诸葛亮在隆中，即言"躬耕于垄亩"，后来陶潜归隐，也亲自植菊种菜。观孟浩然诗中之意，他这位"故人"当也是隐士一流了，相邀把酒，其言不仅不涉及仕宦，甚至不言文章学问，而只谈"桑麻"，这是一种隐士风格，更是一种隐士的态度。陶潜《归田园居》即有"相见无杂言，但道桑麻长"句，孟浩然这两句诗便正是从中化出。

尾联言酒后相别，更作后邀，等到重阳节再来"就菊花"。此"菊花"或谓正指重阳赏菊的风俗，或谓是指添菊于酒中的菊花酒，但不管怎样，菊花既合乎重阳时令，又是高洁之象征，向来为士人所喜，陶潜即甚好菊。总之，全诗充满了对乡村田园生活的热爱，以及朋友之间情谊之绵长，虽似无甚情语，但情感自然于质朴的语言中泊泊涌出。整体结构也非常清晰明快，无曲折而自然委婉，是故闻一多赞其："淡到看不见诗。"虽似看不到诗，而诗歌迥在，虽其味甚淡，却不寡，不薄，其中情意，浓得化也化不开来。

【扩展阅读】

归园田居 其二

东晋·陶潜

　　野外罕人事，穷巷寡轮鞅。白日掩荆扉，对酒绝尘想。时复虚里人，披草共来往。相见无杂言，但道桑麻长。桑麻日以长，我土日已广。常恐霜霰至，零落同草莽。

　　陶渊明曾作《归田园居》五首，以咏其归隐后的生活，此为其二。孟浩然诗中"把酒话桑麻"虽然与陶潜此诗中"相见无杂言，但道桑麻长"句一脉相承，但风味又是绝然不同的。陶潜所见"披草共来往"的墟里人，当指真正的农人，故所言只有桑麻，这是被动的，孟诗中"故人"当为士子，所言仅止桑麻，却是主动的，是热爱隐居生活，厌倦仕宦生涯的反映。

秦中①寄远上人②

一丘③常欲卧，三径④苦无资。

北土⑤非吾愿，东林⑥怀我师。

黄金燃桂⑦尽，壮志逐年衰。

日夕凉风至，闻蝉但益悲。

【注释】

　　①秦中：即今天陕西省中部地区，这里是指唐都长安。　②远上人：远为其名，上人是对和尚的尊称，此僧事迹不详。　③一丘：指隐居，《汉书·叙传》有"栖迟于一丘，则天下不易其乐"句。　④三径：典出东汉赵岐《三辅决录》，载："蒋翊归乡里，荆棘塞门，舍中有三径，不出，唯求仲、羊仲从之游。"后即以指代隐士居处。陶潜《归去来辞》有"三径就荒，松菊犹存"句。　⑤北土：指长安，孟浩然家乡襄阳在长安南面，故称长安为"北土"。　⑥东林：晋刺史桓伊曾为高僧慧远在庐山东建立房殿，即东林寺，此因"远上人"之名与远公（慧远）同，故即以东林指称远上人的居寺。　⑦黄金燃桂：典出《战国策·楚策》，载："楚国之食贵于玉，薪贵于桂，臣今食玉炊桂。"后即衍化为成语"米珠薪桂"，此意相同。

【语译】

　　我经常想要前去归隐，高卧林丘啊，但苦于衣食毫无来源。此来长安并非我衷心所愿，我仍然怀念着方外的上人您啊。如今京师昂贵的物价已耗光了我的费用，而雄心壮志也随着年龄增长而逐渐消磨。天色既晚，凉风又起，我耳闻秋蝉鸣叫，不禁更增添了内心的伤悲。

【赏析】

关于这首诗，《河岳英灵集》中标为崔国辅所作，按崔与孟浩然为同时代人，交情甚笃，其名相亚，或相赠相阅之时误记，也在情理之中。私觉得此诗格调，非孟氏风味，作者或应以为崔国辅为是，暂且不论。

诗中含义，一言以蔽之：诗人久居长安，却仕宦无门，乃起归隐之意，借赠诗寄于远上人以抒此情。开篇即言长久以来便有隐居意，可惜囊中羞涩，不隐居也不能安稳——由此可见，士人之隐居亦须资产，他们是不可能抛却诗文学问，去彻底地躬耕垄亩，自食其力的。颔联点明寄诗之意，此来长安，并非本愿，只想谋得一官半职，以积聚些隐居的资本而已，其实自己内心仍然还在怀想"一丘"啊。"东林怀我师"乃是倒装，本意为"怀我东林师"，不怀他人，唯怀方外的友人，这正是隐居之心不衰的表现了。

颈联写自己在长安的困顿生活，长安帝都，消费昂贵，传白居易入长安时，顾况亦云："长安米贵，居大不易。"因此诗人囊中的黄金，也都因"米珠薪桂"，简直是被烧光了。但更主要的是，他四处干谒，求取功名，却最终难得一职，以致那些相关仕宦的雄心壮志也都一年年地消磨，越发衰减。正因困顿和壮志衰减，归隐之心才愈发强烈，才不禁怀念起跳出三界外的远上人，从而写下此诗。

平心而论，诗的前两联并不甚佳，尤其故以"一丘"、"三径"来代指隐居生活，以"北土"指代长安，以"东林"指代僧舍，相为对仗，刻意雕琢的痕迹实在太重，反不如"黄金燃桂尽，壮志逐年衰"，文字对仗虽不甚工，但在语意的推进方面却有"上下相须，自然成对"之巧。而其尾联，却比颈联更上一个层次，言其内心悲怆，一层一叠，逐渐递进——日之夕矣，有穷途末路之感，已是一悲，凉风又至，则凄凉更甚，最后耳闻秋蝉，乃至悲之极矣。连用三种代表悲怆的意象，将情感层层推高，直至"但益悲"，这是此诗最佳妙处。

宿桐庐江①寄广陵旧游②

山暝听猿愁，沧江③急夜流。
风鸣两岸叶，月照一孤舟。
建德④非吾土，维扬⑤忆旧游。
还将两行泪，遥寄海西头⑥。

【注释】

①桐庐江：又名桐江，指在今天浙江省桐庐县境内的钱塘江之一段。　②广陵旧游：广陵为汉代郡名，辖区基本等同于今天江苏省中部（江北）地区，这里是指代唐代的扬州郡。旧游即故交。　③沧江：即桐庐江，因江色苍，故称"沧江"，此处沧即等同于苍。　④建德：唐时睦州治所，在今天浙江省建德县一带。　⑤维扬：即扬州，语出《尚书·禹贡》，有"淮海维扬州"句。　⑥海西头：亦指扬州，语出隋炀帝《泛龙舟歌》，有"借问扬州在何处，淮南江北海西头"句。

【语译】

晚间的山中，闻听得猿猴哀伤地嘶叫，这桐庐江啊，在夜晚流淌得更为迅急。风吹两岸，树叶飒飒鸣响，月光映照在孤独的一片小舟上。建德并非我的故乡啊，我只怀念着扬州的那些旧友。于是将两行热泪，远远地寄给扬州友人。

【赏析】

此诗从诗题到内文，多次牵涉地名，而其地名虽用语不同，却有相当大的重合处，不搞清这些地名所指，恐怕会有重复、冗繁之感。首先，诗题中的"广陵"，应与"维扬忆旧游"的"维扬"同义，都是指唐代的扬州。广陵为汉代郡名，其范围较唐代扬州广大两倍甚至更多，此因其郡治相近而借用古称。其次，扬州在长江北岸，建德所处睦州在长江南岸，虽然就大的地理范围而言，都是古九州之扬州，在这里所指却并非一地，所以才能宿建德而思扬州。扬州作为地名，可以上溯至先秦，到汉代成为真正的地理区划，汉之扬州范围极广，包括今天江苏、浙江、福建、江西等省的大部分和安徽省的一部分，"淮海维扬州"之扬州，原本即指此大扬州，但诗人在此借用古称，所指是唐代之扬州。"借问扬州在何处，淮南江北海西头"，由此来源可知，"海西头"也是指唐代之扬州，也即汉扬州的江北一部。

理清了地名，便可从头分析此诗。此诗当为孟浩然游桐庐时，夜宿睦州附近，思念扬州旧友而作——前两联即言夜宿，而后两联言及思友。"山暝听猿愁"，猿声凄厉，所以历来以之喻悲声，比如杜甫《登高》诗有"风急天高猿啸哀，渚清沙白鸟飞回"句，李白《幽涧泉》也有"中见愁猿吊影而危处兮，叫秋木而长吟"句，故此言"猿愁"。天色既暗，又听猿啸悲声，眼见江水茫茫，流淌甚急，出句意缓，而对句意促，相辅相成。继而再从昏暗中似不可得见的远景转向可见而感的近景，两岸叶鸣以呼应山间猿愁，都是听觉，月照孤舟以呼应沧江流急，都是视觉，再度从视听两个角度来描摹景色。无疑这种景色是悲凉的，孤寂的，使人倍感辛酸的。

那么诗人因何而辛酸呢？颈联开始解释——"建德非吾土"，似有思乡之意。孟浩然家在襄阳，飘零至此，故谓此非吾土，不足留恋，他所留恋的，只是扬州旧友罢了。从襄阳前往扬州，循江直下便可，不必转往桐庐江，可见此行非为访友，扬州与睦州虽隔一水，却非目的所在，此行怕是难得相见了。既然难得相见，于是只好将一行热泪相寄，以抒发自己恋友之情。

此诗前两联极孤寂，非后两联抒发恋友之情所能承受，故此历来认为当含有别意。或谓此为诗人求仕无路，凄凄惶惶离开长安后作，则因抱负难伸而倍觉凄凉，当此悲凉之际，更思有友人陪伴身边，为之开解，于是乃思扬州故友。这样解释是说得通的，由仕途坎坷而至寂寞，由寂寞而至思友，心路历程非常清晰，只是正未必为孟浩然四十岁入长安举进士不第后作。

留别王维

寂寂①竟何待，朝朝空自归。

欲寻芳草去，惜与故人违。

当路^②谁相假^③，知音世所稀。

只应守寂寞^④，还掩故园扉。

【注释】

①寂寂：冷落寂寞之貌，左思《咏史》有"寂寂扬子居，门无卿相舆"句。 ②当路：意即居于要地，这里是指当权者。 ③假：可有多意，或指宽容，或指假借、授予以引申为帮助。 ④寂寞：这里是指清静无为，《庄子·天道》有"夫虚静恬淡，寂漠（寞）无为者，万物之本也"句。

【语译】

我是如此孤单冷落啊，究竟在等待些什么呢？天天出门奔走，结果徒然而归。想要去寻觅芳草吧，又不忍心和老朋友分别。当权者谁肯帮助我啊，世间知音的人儿也实在稀少。看起来只应该守护着这份清静无为，回去关闭从前家园的门扉。

【赏析】

孟浩然四十岁始前往长安应试，与张九龄、王维等相善，可惜最终落第，仕宦无门，只得悻悻然回归襄阳故里，就此开始了后半生的隐居生活。此诗疑即离开长安时所作，以赠王维。

首联为倒装，应当先是"朝朝空自归"，四处干谒却毫无所得，然后才"寂寂竟何待"，扪心自问，自己究竟是在追求些什么，等待些什么呢？唐代的科举制度尚不完善，或者更准确点说，尚不僵化，士人往往可以通过向权贵献诗来博得名望，从而在考试中得到加分，相传王维应试前就曾干谒过岐王和九公主。此外，自身因权贵的举荐，也可能做官。所以孟浩然这里说"朝朝空自归"，自然是指到处干谒，找门路而不得了，所以才会有后文"当路谁相假"句。他找不到门路，考试落第，困顿于长安市上，经过反复思忖后，终于决定归乡。此联中"竟"、"空"二字，凸显出了内心的愤懑和无奈。

"欲寻芳草去"，"芳草"一词历来都有不同解释，或指田园隐居生活，或言"芳草"是香草美人之喻，用来指代品德高洁，以孟浩然的生平事迹来看，当是指前者。他想要回乡归隐，可是又舍不得京中的"故人"，也即王维，此联点题。颈联转而再写自己的糟糕处境，为不得不告别王维而作出解释，因为"当路谁相假，知音世所稀"，一派惆怅失望，乃至于颓丧的气味。其实面对王维，又怎能说无知音呢？而明白知音稀少，更不应当匆匆别之而去。可见诗人已对京中生活失望至极，才能骤出此语。

尾联言"寂寞"，与开篇的"寂寂"不同，是指道家清静无为的处事态度，也即"知雄守雌"，不与天下争，不与自己的命运相抗。命既如此，夫复何言？还是放弃仕宦之途，回乡隐居算了，从此关闭故园的门扉，不再搭理红尘俗事吧。全诗就格调而言，非常低沉抑郁，或者还带有一些无奈的自嘲、愤懑的反讽，但有人评价说"诗末并不尤人，这是诗人的忠厚之处"，恐怕并不确切。岂有愤懑而言"当路谁相假"之后还能说并不尤人的呢？

【扩展阅读】

送孟六归襄阳

唐·王维

杜门不复出，久与世情疏。以此为良策，劝君归旧庐。醉歌田舍酒，笑读古人书。好是一生事，无劳献子虚。

此诗乃王维送别孟浩然离开长安时所作，题中"孟六"即指孟浩然（或云此诗为张子容作）。诗中同样劝说孟浩然不如归去，既然仕宦无门，还是继续你的隐居生活吧。"醉歌田舍酒，笑读古人书"一辈子，不也很好吗？此诗嘲讽意在"久与世情疏"上，现在的社会环境已经颓败到你理解不了了，你还怎么有机会出山做官呢？

早寒有怀

木落雁南度，北风江上寒。
我家襄水曲①，遥隔楚云端。
乡泪客中尽，孤帆天际看。
迷津②欲有问，平海③夕漫漫。

【注释】

①襄水曲：又名襄河，即汉水在襄阳市以下的一段，因为水流曲折，所以说"襄水曲"，孟浩然家在襄阳，故云。 ②迷津：意为找不到渡口、桥梁，迷失了方向。 ③平海：实指平阔如海的江面。

【语译】

树叶纷纷落下，大雁飞向南方，北风刮起，江面上是如此寒冷。我家住在襄水转弯之处，江上回望，如同处在那楚地之云端。思乡之泪，已在飘零途中落尽了，一叶孤帆，望向那遥远的天边。欲待打听渡口在何处啊？却见晚间的江水平阔如海，是这般漫漫无际。

【赏析】

此诗创作的年代，估计与《宿桐庐江寄广陵旧游》相近，都是孟浩然赴长安应试不第后，又游江南时所作，透露出浓厚的思乡之情。

开篇先写深秋景物，树叶飘落，北雁南归，北风卷起，人在江上倍觉寒冷。这寒冷并不仅仅是肉体感受，观其下文，也是内心的凄寒。季节瞬间更换，人在乍冷之际，内心和外在的感受融合为一，其寒更倍，何况"雁南渡"一句已含思乡之意。鸿雁南飞、北归，皆有其时，而自己却客居异乡，不知何时才能返回故乡。由此而自然转折，颔联即言家之所在，是在"襄水曲",如今身在吴越,遥望楚地,长江中游地势本较下游为高,因此觉故乡如在"楚云端"。"遥隔"二字,已见故乡之远不可及,再加"云端",则仿佛故乡是在天上,而自身堕落凡间,天地之隔,更为广阔,故乡之思,也因此而更显浓厚和深重。

颈联不直言思乡落泪,却更翻一层,说泪水已"尽",可见离家既久,相思愈浓,而时时落泪,泪乃尽也。如今不仅身在异乡,而且所处"孤帆",更显凄凉寂寞,回首天际,也即长江中游,家乡真的似隔云端。"天际看"正与"遥隔楚云端"相呼应,更加深远乡之意、别乡之悲、思乡之情。唯孤独而更思乡,唯思乡而更感寂寞,此二意相辅相成,于是悲怆之意愈加浓烈。

尾联言及"迷津",似乎已找不到道路,但见江水漫漫,浩瀚似海,诗人只觉眼前一片茫然。孟浩然求仕不成,欲思归隐,却又迷惘,觉前途渺茫难测,于是这般思绪又与思乡相勾结起来。全诗以思乡为主线,却又以自身遭际之多舛、此诗境况之寂寥相契合,多般情感相互叠加,产生了强烈的艺术感染力。而至于有人解"迷津欲有问"一句,认为是用《论语·微子》中孔子使子路问津的典故,指隐居和从政之间的冲突,虽然亦与诗意相合,却未免想得太多,过于曲折了。

刘长卿

【作者介绍】

刘长卿（约726年~约786年），字文房，宣州（今天安徽省宣城市）人，唐代著名诗人。他是唐玄宗天宝年间的进士，肃宗至德年间任长洲尉，因事下狱，贬播州南巴（今天广东省茂名市东南）尉。代宗大历年间，他担任淮西鄂岳转运留后，因鄂岳转运使吴仲孺的诬陷，被贬睦州（今天浙江省建德县）司马。官终于随州（在今天湖北省安陆市境内）刺史，故史称"刘随州"。

刘长卿的诗以五七言近体为主，尤工五言。他的五律简练浑括，于深密中见清秀，因生平坎坷，故有一部分感伤身世之作，同时对安史之乱后中原荒凉凋敝的景象也有所反映。

秋日登吴公台^①上寺远眺

古台摇落^②后，秋入^③望乡心。
野寺来人少，云峰隔水深。
夕阳依旧垒^④，寒磬满空林。
惆怅南朝事，长江独至今。

【注释】

①吴公台：在今天江苏省扬州市邗江区内。原为南朝宋时，沈庆之攻竟陵王刘诞时所筑之弩台，后来陈将吴明彻围攻北齐敬子猷，增筑之以射城内，即以吴明彻而得名。　②摇落：指草木凋零。　③入：别本作"日"。　④旧垒：旧的军事工事，即指吴公台。

【语译】

登上古老的吴公台，发觉自从草木凋零以后，秋意就渗入了我远望故乡的心情。这偏僻的寺庙来人很少，云雾搅扰的峰峦隔着深深的涧水。夕阳倚靠着旧时工事，寒冷的磬声洒满空旷的树林。我为了南朝那些往事而惆怅啊，而长江却独自流淌，直到如今。

【赏析】

这是一首吊古诗。这类诗歌的特征通常是：访古迹、思古人，进而以古喻今或以古比今。最后一部分古今对照，限于诗歌篇幅往往并不明言，而要请读者对照诗歌所作的背景来仔细体味。此诗也不能外，开篇先写访古迹——吴公古台，正当秋季，草木凋零，一派苍凉荒僻景象。"秋入望乡心"或作"秋日望乡心"，私以为太平，"日"字不如"入"字为好。况诗人登台眺望，本为思乡而望乡，然而秋意却扑面而来，扰乱了他的心绪，于是乃有下面吊古意。此诗虽然言及思乡，但本意正不在思乡，故以"入"字佳，倘用"日"字，则使前后句不相契合。

领联再写景，此处虽然有寺，却是"野寺"，也即僻远少人之寺庙，更添荒凉之感。峰峦叠嶂，雾霭缭绕，又隔涧水，正说明道路曲折不畅，故而来人稀少，同样也是为了表现荒凉。此时夕阳西下，似乎倚靠着旧垒，迟迟不肯逝去。所谓"旧垒"，即旧日的军事工事，往昔沈庆之曾筑此台以攻刘诞，吴明彻增筑以围敬子猷，前者刘诞为叛逆，沈庆之为平叛，后者敬子猷为北虏，吴明彻为御寇，都因此台而建功勋。如今此台竟如此荒僻，草木滋生，野寺少人，此正出吊古抚今意。刘长卿历经玄宗、肃宗、代宗三朝，亲身经历安史之乱，此乱既是藩镇叛乱，也属北虏侵中原，正相应沈庆之、吴明彻事。诗人因此慨叹"惆怅南朝事"，往事已矣，名将俱逝，如今的动乱又有谁来平定呢？

"寒磬满空林"一句，也在慨叹中插入写景，此景正因和诗人的心绪，也对照以上各句。有磬已见有寺，磬声凄寒，以见秋之至也，空林以见人烟稀少，一个"满"字，将以上意象完美地统合起来，似乎诗人耳畔唯余晨钟暮鼓，佛家旨趣。在佛家看来，万事皆空，昔日辉煌是空，今日离乱也是空，于是诗人感慨前事今意，乃云"长江独至今"——长江继续流淌，从古至今，从未停下脚步，历史就在江流声中反复变迁，前事已矣，将垒亦化荒僻，今事虽在，也终将消逝无踪。抚今追昔之际，加以佛家旨趣，加以对历史更高角度的关照，则使全篇于悲凉外更添一份无奈，于是余音袅袅，余韵不绝……

送李中丞①归汉阳②别业

流落征南将，曾驱十万师。
罢归无旧业，老去恋明时③。
独立三边④静，轻生一剑知。
茫茫江汉⑤上，日暮欲何之？

【注释】

①李中丞：李姓某御史中丞，其名和事迹不详。御史中丞为御史台副官，另唐代边镇将领常加御史大夫或御史中丞衔。 ②汉阳：或说为城市名，即今天的湖北省武汉市汉阳区，或说指汉水之阳，也即汉水之北（水北为阳，水南为阴）。 ③明时：圣明时代，这里是对当时朝代的美称。 ④三边：原指汉代的幽、并、凉三州，皆在边地，故称三边，此处即用来指代边疆。 ⑤江汉：指长江和汉水交界处。

【语译】

征南的将军飘落江湖啊，他曾经率领过十万雄师。自从罢官归去，难操旧业，年华渐老，依恋朝廷。当年独立边疆，烽烟止息，重死轻生，此心只有佩剑相知。如今回到苍茫无际的江汉平原，日色已昏，徘徊之际，又想到哪里去呢？

【赏析】

　　此诗背景不详，实在对理解诗歌的深度造成一定影响。据前人考证，此诗或为刘长卿大历年间任鄂岳转运判官，知淮西、岳鄂转运留后时所作，则其所咏，当是安史之乱中或安史之乱后事。安史之乱虽然起于北地，盛于中原，但叛乱本身及其余波几乎涵盖了整个大唐疆域，其间和乱后藩镇割据、地方暴动层出不穷。所以不能将"征南"一词泛解为征伐，玄、肃、代三朝南方也叠有战事，比如代宗初，岭南"蛮帅"梁崇牵就曾起兵叛乱，称平南十道大都统，至大历六年（771 年）才被经略使王翃所平。诗的首句明写"征南"，当实有所指，可惜即连其所赠的"李中丞"大名、事迹都难以查考，所言何乱、何战，就更难以索解了。

　　全诗慨叹李中丞曾建殊勋，却终罢归，年华老去，雄心不已，似廉颇之逃魏，已无用武之地。一般作此类诗，开篇应先言将军昔日辉煌，然后突然转折，再说今之落魄，然而刘长卿却开门见山，首词即为"流落"，先点明将军如今的处境不佳，然后再转折而言往事——"曾驱十万师"。言及往事后陡然又是一转，再言今日，既已罢归，旧业难操。将军的旧业是什么呢？无疑即指军旅之事了。罢归还乡，居于"汉阳别业"，自然再难涉及军旅之事，将军所长唯此，自然深感寂寞空虚。"老去恋明时"，"明时"一词大有讥讽意，尤其对照下文——"独立三边静"，可见这位将军甚有才能，有能复有功，朝廷却不能用，倘若真的天下太平，铸剑为犁、马放南山还则罢了，可是以刘长卿所处的时代，分明是动乱不息，思得名将，在这种背景下，名将而不得其用，此时代真的有"明"可言么？

　　诗人说将军愈老，便愈思念圣明时代，这里圣明时代定然不是指可以让他有用武之地的过往，因为一直上推到安史之乱前，也都说不上是什么圣明时代了，况且真若有圣明时代，自然天下太平，将军更不会有什么用武之地。所以这里的"明时"是借指当今，是借指朝廷，故作"明"字，其实朝廷之不明可知矣。

　　颈联再作翻转，言将军昔时的英勇事迹，独镇边疆，烽烟不起，轻生重死，仗剑横行。对仗最难用好的其实是数字，倘若用之不当，拼凑、雕琢的痕迹就会相当明显，此诗以"三边"对"一剑"则甚佳。"一"字正呼应出对之"独"字，显示将军如擎天之柱，独镇南天，言下之意，若无将军在，其谁能靖边？朝廷竟不用，更是无明可言了。

　　尾联再言将军今日处境，归乡而隐，前途渺茫。"茫茫"既状江汉平原之广袤，也是表现将军茫然的心情，"日暮"既构造了凄凉伤怀的氛围，又有日暮途穷意，言将军已无处可去，无路可走，同时还兼暮年意，正照应额联"老去"二字。"欲何之"就是到何处去啊，进身之途已断，报国之门已闭，将军还能到哪里去呢？还能在哪里展现自己的才能和抱负呢？

　　全诗今昔对比，却并不按时间顺序逐一言之，而是或今或昔，互相穿插，章法严密，前后层层对照呼应，恰如织锦。乍看起来，文辞简洁，晓畅通顺，未见佳处，但是细思其整体结构，却有太多值得读者品味和学习的技法在了。

饯别王十一①南游

望君烟水阔，挥手泪沾巾。
飞鸟没②何处，青山空向人。
长江一帆远，落日五湖③春。
谁见汀洲上，相思愁白蘋。

【注释】

①王十一：王某，排行十一，具体名字和事迹不详。唐人喜用同族大排行称人，如白居易即被称为"白二十二"。　②没（mò）：消失。　③五湖：指南方的主要湖泊，历来说法不一。如《国语》《史记》中专指太湖，或太湖及其附近湖泊；《地理通释十道山川考》中，称指彭蠡、洞庭、巢湖、太湖和鉴湖；近代则以洞庭、鄱阳、太湖、巢湖、洪泽为"五湖"。

【语译】

望着你逐渐远去，相隔辽阔烟水，挥着手啊，眼泪沾湿了手巾。飞鸟不知道向何处消隐，青山徒然地面对着我。长江上一叶孤帆逐渐远去，落日映照着五湖的春天。谁能看见在那江中小洲上，我思念的惆怅如同白蘋一般。

【赏析】

诗题为"饯别"，但所写的却并非饯别时情景，而是分别以后，友人已乘舟而去，逐渐消隐在视线当中，诗人依旧站在那里远远眺望，留恋难舍之情毕现笔端，非常细腻生动。

首联所写，友人或尚在视线当中，但相隔已经"烟水阔"。所谓"烟水"，是指江面上水气蒸腾，由此而可想见，友人所乘舟船就在这水气中逐渐淡去。他已经走得很远了，诗人依旧还在挥手，并且热泪沾巾，依依惜别。颔联将景物拉伸，得见江上飞鸟和江畔青山，但这些景物融汇在别离的哀愁当中，在诗人的愁绪中、想象中，似乎都与这份别离息息相关。"飞鸟投何处"，飞鸟也和友人一般逐渐消隐，正如不知友人前途是否安康一般，诗人试问，这飞鸟又将飞往何方呢？会不会陪伴着友人一路前行呢？青山面对诗人，加一"空"字，以见诗人因别友而内心空虚寂寞，相面青山，似乎同样惆怅无奈。

颈联云"长江一帆远"，正呼应首句"望君烟水阔"，而"落日五湖春"，所言究竟是指诗人所在之处，还是友人所往之处呢？历来说法不一。私以为当指诗人所在之处，所在之五湖，春之已至，本当欢愉，但友人既别，诗人目送，直至日落而不愿归去。若将之视为诗人所想象中友人将至五湖，沐浴春光；虽有祝福之意，却与全诗的依恋氛围不合，而且脱离眼前景物，未免显得过虚。

从"落日五湖春"开始，最后三句都源自梁朝柳恽的《江南春》，中有"汀洲采白蘋，落日江南春"句。自柳恽此诗一出，则采蘋以思人，便成为历代诗人习用的意象。于是诗人因相思而愁，见白蘋而愁，却又加以"谁见"二字，以示自己这般依恋思念之情，所知者少，自己这般浓厚的离愁别绪，又有多少人可以理解呢？正因"谁见"，则更加深了这份惜别之情、思友之意。或谓"相思愁白蘋"也与"落日五湖春"相同，是指诗人想象中友人南下五湖，采蘋思念自己，则未免将诗意拆得过于零散了。

【扩展阅读】

江南曲

南梁·柳恽

汀洲采白苹，落日江南春。洞庭有归客，潇湘逢故人。故人何不返，春花复应晚。不道新知乐，只言行路远。

柳恽乃梁朝五言名家，所作往往用素常所见之景物来抒发自己的情感，创造了很多独特的意象，对后世诗人影响颇深。即以此诗而言，"汀洲采白苹"本是上承《诗经》传统的比兴手法，自他一用，即成为送别和相思之意象。由柳恽此诗亦可得见，刘长卿诗中"落日五湖春"、"相思愁白苹"当是就目前景物而抒情，并非遥想友人将来之事。

寻南溪常道士①

一路经行②处，莓苔③见屐④痕。

白云依静渚，芳草闭闲门。

过雨看松色，随山到水源。

溪花与禅意，相对亦忘言⑤。

【注释】

①南溪常道士：南溪为地名，即今天四川省宜宾市南溪区。常道士即常姓道士，其名与事迹不详。此题别作"南溪常山道人隐居"。　②经行：路过，走过。　③莓苔：苔藓的一种，或即指青苔，东晋孙绰《游天台山赋》有"践莓苔之滑石，搏壁立之翠屏"句。　④屐（jī）：木头鞋，鞋底有齿，古人游山或雨天经常穿着。　⑤忘言：语出《庄子·外物》，载："言者所以在意，得意而忘言。"指彼此会意，不必言传。

【语译】

一路经过的地方，苔藓上总能见到木屐的痕迹。白云倚靠着寂寥静谧的小洲，芳草遮蔽着少有客来的门扉。雨过天晴，可以赏看松叶的青翠，随着山势，终于来到水之源头。溪畔之花和禅之深意啊，既已相对，又何必再用言语来表达呢？

【赏析】

对于刘长卿这首诗，我有一些看法，与传统解析不同。首先，诗题为"寻南溪常道士"，但观其全诗，其实常姓道士始终没有出现。或谓末句有道士出场，"相对亦忘言"，即与道士相对也，似以为不确，更准确点来说，是不必。其次，传统认为诗的主体乃写道士居处，以见清幽雅致，则道士虽未现身，其品德毕现，是虽不出道士，而实写道士，对此，我认为也大可不必。题虽言寻道士，诗却未必要写到道士，可以说，此诗基本上与道士没有太大关联，只是诗人在寻访道士途中所见所闻，及其所感而已。

诗人寻访道士，为的是追慕修真与隐居之趣，诗即统言此种趣味。首先，一路行去，见路有屐痕，这屐痕正不必为道士所留，只是途中所见罢了。青苔滋长，有屐痕在，则见此地风光幽静，正有人踏青经此。颔联云道士居处，远望可见白云、静渚，近看则芳草萋萋，闲门紧闭。将白云和芳草作为"依"和"闭"的主语，仿佛云、草也皆有情之物，见自身与自然之契合。"静"、"闲"二字为此联之眼，以见静谧、悠闲，的是隐士趣味。

颈联写景佳妙，历来为评者所赞，但细察句中意味，虽写景而实摹情。雨后松叶格外青翠，诗人的心境也因此愉悦；因道士家门闭锁，寻访不见，于是诗人随心而去，直至水之源头。"随山"其实是随心所欲，任意而行也。见此妙景，清新脱俗，诗人因而心境平和，其于水源见溪花便得禅意。禅虽出于释教，其实已彻底得中华风味，受道家和玄学的影响甚深。禅之本源为梵语"禅那"，可译为"思维修"或"静虑"，也即舍弃外物，返自本心，静心内观，得其真谛。中国禅的意趣则往往不言舍弃外物，而要与自然契合相应，由自然中得其本心，故而诗人见景而有所悟。可是他悟到了些什么呢？此非言语所能道也，故谓"相对亦忘言"。此时"相对"的，是眼前景象，是宇宙万物，是自然之理，而不是某个人，更不必硬解为题中所言"常道士"。

总之，全诗所写，乃诗人寻道士不遇后随心而行，见景而生情，生情而有所悟，有所悟而不能言，不能言而却大欢喜，乃作是诗。

新年作

乡心新岁切，天畔独潸然①。
老至居人下，春归在客先。
岭猿同旦暮，江柳共风烟。
已似长沙傅②，从今又几年。

【注释】

①潸（shān）然：哀伤流泪貌。　②长沙傅：指西汉贾谊，曾被贬为长沙王太傅。

【语译】

思乡之心在新的一年里更为迫切，我独自一人在天涯海角潸然落泪。年已衰老，反而屈居人下，春已回归，比我还家要早得多啊。我和岭上的猿猴一起度过白天黑夜，和江畔的柳树一起披戴烽烟。我已经像是汉代的长沙王太傅贾谊一般了，从今而后，不知道这种被贬的生涯还要继续多少年呢?

【赏析】

唐肃宗至德三年（758 年）春，刘长卿由苏州长洲尉被贬为播州南巴尉，贬官的原因，据《送长洲刘少府贬南巴使牒留洪州序》记载："襄子之尉于是邦也，傲其迹而峻其政，能使纲不紊，吏不期。夫迹傲则合不苟，政峻则物忤，故绩未书也，而谤及之，臧仓之徒得骋其媒孽，子于是竟谪为巴尉。"很可能是受小人诽谤诬陷所导致的结果。

南巴在南海边，岭南地区本来开发就较晚，被唐人目为蛮荒瘴疠之地，更何况是直至海边的南巴呢? 这就是诗人在诗中称自己所处的是"天畔"的原因。翌年是乾元二年（759 年），想必路途虽然艰险遥远，刘长卿也已经到达了目的地，这一年的新春，他思乡情切，就写下了这首诗。

所谓"每逢佳节倍思亲"，越是节日，越会思念故乡和亲人，刘长卿也不能外，乃至于哀伤落泪。首联中"独"字所造成的情感氛围最为浓烈，身在遥远的异乡，这里户口本来就少，又举目无亲，也无朋友，这个新年，想必他是孤独一人度过的吧。颔联"老至居人下"只是普通的牢骚语，但随即对出"春归在客先"，却将情感波澜推上一个新的高峰。春天已经回来了，可是我什么时候才能回去呢? 此联之眼在一个"客"字，客是诗人自指，正所谓"独在异乡为异客"，也与前面的"独"字相呼应。

颈联的"岭"，或谓指南岭，但南巴更在南岭以南数百里外，在这里诗人是看不见南岭的，这里的"岭"和对句的"江"相同，应当都是指南巴周边的山岭、江流。如前所述，猿声凄厉，向来可表哀愁的意象，诗人说自己与猿猴共同度过朝朝暮暮，一则以言自心的哀凄，同时也表明所在蛮荒之地，户口稀少，所伴随自己的只有猿猴等动物而已。此外，还有江上的风烟，凄迷恍惚，正如诗人看待自己的前途一般渺茫难测，令人心惊。

尾联以贾谊自况。贾谊是汉初的大才子，年方弱冠即受到汉文帝的重用，先被召为博士，不及一年即破格提拔为太中大夫，但随即就因遭群臣所忌，而被贬为长沙王的太傅。汉代的长沙与唐代的岭南一般，都属未开发的蛮荒之地，所以刘长卿才会以贾谊自比。他认为自己也有匡时救国之才能，也同样受忌遭贬，也同样流窜蛮荒。此句的"已"字用得最佳，自己已经像贾谊一般罹难了，人生落入了谷底，是否会就此迈入上升之路呢? 还是会比贾谊更加糟糕，继续沉沦下去呢? 自己呆在这蛮荒之地，迎来了第一个新年，以后不知道还会有多少个孤独、凄凉的新年在等待着自己啊。"从今又几年"的悲鸣，把全诗悲凉凄绝的氛围更提升到顶点。

钱 起

【作者介绍】

钱起（722年～780年），字仲文，吴兴（今天浙江省湖州市）人，唐代诗人。他是天宝七载（748年）的进士，初为秘书省校书郎、蓝田县尉，后任司勋员外郎、考功郎中、翰林学士等。因曾任考功郎中，故世称"钱考功"，与李端、卢纶、吉中孚、韩翃、司空曙、苗发、崔峒、耿湋、夏侯审并称"大历十才子"。

钱起长于五言，辞采清丽，音律和谐。但其诗多为赠别应酬、流连光景、粉饰太平之作，与社会现实相距较远。

送僧归日本

上国①随缘②住，来途若梦行。

浮天沧海远，去世法舟③轻。

水月④通禅寂，鱼龙听梵声⑤。

惟怜一灯影，万里眼中明。

【注释】

①上国：这里是指中国（唐朝）。　②随缘：佛家语，随其机缘。　③法舟：佛家语，指佛法好像舟船一样能渡人出离生死苦海。　④水月：佛家语，指像水中月那样虚幻。　⑤梵声：念佛经的声音，因古印度语为梵语，故得名。

【语译】

你随缘而至，来我中华，来路恍惚似行进在梦中一般。沧海浩渺，如能浮天，渡海的法舟啊是如此轻盈。水中之月通往那清静境界，游荡的鱼龙也聆听佛唱。最爱那一盏灯亮啊，前途万里，都照耀得如此光明。

【赏析】

钱起最善写送别赠诗，这首送日本某留学僧归国的五律更是其中的上品。日本从大化元年（646年）开始全面改革社会结构和政权组织，史称大化改新，随即663年又在白江口为助百济而大败于唐朝、新罗联军，于是更加快了其改革进程，先后派遣大批"遣唐使"

携士人、僧侣，不远千里之遥，不顾风波险恶，来到唐朝留学，随即开创了几乎全面唐化的奈良时代。钱起此诗所赠的日本僧侣，已失其名，想必是在中国学业有成才回归本国的，否则很难与唐朝士大夫结下深情厚谊，并得到钱起的赠诗。

此诗就表面上来看，非常流畅而简洁。首联点明此僧的来历，是从外国到中华来的，一路艰难坎坷，如行梦中。颔联言其乘船归去，并预祝在苍茫的大海上，舟轻而顺，可以很快回到家乡。颈联言其归途，僧人在水上、月下坐禅，以证大道，他念经的时候，水中鱼虾、蛟龙都出来倾听。尾联既悯其旅途孤寂，唯"一灯"相照耳，又预祝此灯照耀整段旅程，虽有"万里"之遥，却始终"眼中明"，不至于迷失方向。

倘若仅仅表达这些意思，那此诗也只是四平八稳而已，不见佳处。赠诗最重要的是因应所赠之人独有的特色，则此诗只能赠此一人，或范围很狭小的同一类人，不可移作他用。钱起此诗，完美地扣准了对方僧侣的身份，几乎每一句都别有所指，都相关佛理，这才是《唐诗三百首》将其选入的主要原因。

首先，开篇就言"随缘"，此佛家语，指日僧此番来到唐朝，是随其因缘。再言"住"，表面上是指他曾一度居住在中华，其实"随缘住"连起来读，却是指的"不住"，也即不执着于一定的事物观念。"来途若梦"，则是指人生如梦，一切皆空。然后日僧离开唐朝，不言"去国"、"去华"，却偏要说"去世"，也即将他远渡归国，比喻为已在中华证得大道，正要翩然而脱离凡尘。舟船不言舟船，偏言"法舟"，则是以乘船渡海，比喻为利用佛法为载具，渡过这世间的生死苦海。

"水月"在佛家所指虚妄，是言世间万物皆为虚像，虽可见而并不真实，只有理解了这一点，才能直通"禅寂"，也即通过禅定而达到清静虚寂的境界。鱼龙亦听梵声，既是指世间一切有情都有向佛之心，有成佛之根，也是赞扬这位日僧已证大道，他所念的经能够吸引动物都来倾听。尾联的"一灯"，是指佛法如为黑暗尘世间的指路明灯，有此一灯，循之而前，自然眼见光明，人生的旅途不会偏向。

钱起就这样通过对禅机的抒发，把浓厚的惜别之情委婉地表达出来，于是佛理禅机就与深情厚谊融为一体，成就了这一首赠别的佳作。

谷口①书斋寄杨补阙②

泉壑带茅茨③，云霞生薜帷④。
竹怜新雨后，山爱夕阳时。
闲鹭栖常早，秋花落更迟。
家童⑤扫萝径⑥，昨与故人期。

【注释】

①谷口：在今天陕西省泾阳县西北方，正当泾水出山之处，山之谷口，故名。 ②杨补阙：杨姓某官，担任补阙之职，具体名字、事迹不详。 ③茅茨（cí）：原指茅草盖的屋顶，《韩非子·五蠹》有"尧之王天下也，茅茨不翦，采椽不斵"句，此处代指茅屋。 ④薜（bì）帷：薜指薜荔，一种常绿灌木，茎蔓生，果实球形。薜帷是指薜荔绕墙而生，有如帷幕。 ⑤童：别本作"僮"。 ⑥萝径：萝即青萝，萝径是指生满青萝的小路。

【语译】

泉水、山谷，紧邻着我的茅屋，云雾、朝霞，从薜荔的帷幕上升起。最可爱是新雨后的修竹啊，还有夕阳映照下的山谷。悠闲的鹭鸟经常早早便栖息了，秋天的花朵很迟才会凋落。家中僮仆正在清扫生满青萝的小路啊，因为我昨天已经与你相约定了。

【赏析】

钱起与杨补阙相邀，请他来自己建在谷口的书斋作客，并在约定的后一日又写诗相催，便是此作。诗的前三联纯是写景，都为向友人夸耀自己谷口书斋是如何清幽、雅致，至尾联才明确其意，就邀约之事再作强调。

三联写景，层次分明，首联是通常远景，写山写水，写云写霞，颔联写一日之时，新雨过后，落日之际，颈联再写一年之时，虽已秋至，山花未落。其中的联系和转折也非常自然，写云霞生，自然是新雨后，写夕阳时，便引出鹭归早。而且三联的句法也颇为精当，言"泉壑带茅茨"，书斋虽然简陋，却有山水环绕，景致清幽；言"云霞生薜帷"，薜荔遮如帷幕，云霞似从中生出，更显得优雅简朴。斋畔有竹，复有山花，夕阳西下的秋景最为喜人。想来此诗亦于秋季写得，诗人独坐书斋，看红日落下，花开烂漫，喜不自胜，更念起昨日之约，于是乃有此诗。

或谓此隐者趣味，因有"茅茨"，而围绕此"茅茨"的山水草木，皆自然之趣。私以为不必如此强解，士大夫政务倥偬之余，乐山乐水，寻觅一份清幽，本在情理之中，钱起正不必因为有谦退避世之心，才于谷口建此书斋。然而大历才子，大多雕镂字句，无大志向，无大眼界，其明于时事不如李杜，谦退避世又不如王维，耽于仕途，又悬望山水，故作此言，那是一点也不奇怪的。

诗以自然为妙，诗中往往有不合乎世俗逻辑的种种夸张、倒装、比喻等修辞手法，如言云霞生于薜帷，云霞自在天上，与薜荔何干？只要能够构造出合乎内心观感的意象，又不生涩拗口，便可谓佳句。但倘若修饰过甚，雕镂过重，则难免落于下乘。大历诗风，上承王维，但往往不能如王诗般自然无滓，观钱起此诗，便多不如意处。比如"怜"、"爱"相对，便显重复，因为怜就是爱；再比如"闲鹭栖常早"的"常"字甚妙，但以"更"字为对，就显得无益，秋花与闲鹭相比，本非一事，何有表加重、递进的"更"意在？

总之，前三联写景，就总体而言颇佳，细思之，则颔联、颈联都有值得商榷处。倒是尾联比较自然，僮仆洒扫小路，以待故人前来，感情也颇为真挚，虽简洁质朴，却因无雕镂痕迹而直压二、三两联。

韦应物

淮上喜会梁州故人^①

江汉曾为客，相逢每醉还。
浮云一别后，流水十年间。
欢笑情如旧，萧疏^②鬓已斑。
何因不归去？淮上有秋山。

【注释】

①梁州故人：梁州在今天的陕西省汉中市一带，故人具体不明。　②萧疏：指清冷疏散，稀稀落落的，杜甫《除架》有"束薪已零落，瓠叶转萧疏"句。

【语译】

我曾经前往汉水流域作客，与君相逢，每次都要痛饮而归。分别以后，我如同浮云一般到处漂泊，时光逝如流水，匆匆已经十年过去了。重逢欢笑，情感还和旧日一般浓厚，但鬓发稀疏，并且星星点点地染上了白色。究竟是为了什么，我才不肯回去啊，要独自留在淮水之上，面对那秋季的山景。

【赏析】

此诗纯为抒情，如与友人重逢而语，忆及往事，叹及时光荏苒，词句晓畅，毫无矫揉造作之感。诗题言"喜"，故人相逢，故当喜也，但诗人别有怀抱，于欢喜之外，更添一重忧伤，而唯欢喜后的忧伤，才见其深，忧伤中的欢喜，则益可悲。

首联先回忆过往。此诗大概作于唐德宗建中四年（783 年）秋季，时韦应物任滁州刺史，滁州在淮水之南，乃有诗中"淮上"之语。梁州郡治即今天陕西省汉中市，位于汉水上游，故言"江汉"。诗人说他曾经到汉中去拜访过这位"故人"，而且不止一次，每次见面都相谈甚欢，痛饮而醉，由此透露出两人间深厚的友情。接着颔联写别后境况，眨眼整整十年过去了，诗以"浮云"喻自己别后的遭遇，以"流水"喻时光之流逝，清新自然，且哀伤意味全出。则是先言昔日之喜，再言别后之悲，接着颈联的出句再言喜——"欢笑情如旧"，感情还是那样深厚，相谈还是那般投契，然而突然再一转而为悲——"萧疏鬓已斑"，十年如梦，如今我们都已经两鬓苍苍了啊。

前三联由喜而悲，再悲而喜，喜而又悲，情感反复跳跃，但又脉络一贯，既在意料之外，又在情理之中，想必故友重逢，两人是悲喜交集，又笑又泣的吧。诗人很好地将情感析分，喜为重逢，悲为久别，层次分明，相辅相成，并且最终还是落到了一个"悲"字上。因为别而后逢，逢后难免再别，重聚只是偶然，但时光流逝，青春不再，却是无可挽回的必然。

诗须细读，也不可细读。所以说诗须细读，是对于一首好诗来说，往往每一个字都有其特殊用意，不可轻易忽略。比如此诗首联中的"每"字，便见昔日常聚，以对比一别十年，颔联中的"间"字，便对应"浮云"，以言自己漂泊四方，十年间或竟无此重逢之欢喜，此两字都须细读细品，且不可易以它字。所以说诗不可细读，是指诗中之意，往往只可意会，不可言传，更不可纠结于细节。比如尾联云"何因不归去"，就不必考究是诗人扪心自问，还是故人相问，"淮上有秋山"，就不必如沈德潜般苛求于"淮上实无山也"。

而且对于"淮上有秋山"，历来也都有不同的理解。"何因不归去"，此"归去"当指归隐，诗人自问，或故人问道，为何还要孜孜于宦途，而不肯归隐呢？对此乃出下句，此下句是诗人的回答、自嘲，或承接上句再问呢？或以为是诗人的回答，即此处也有秋山之景，我虽在宦途，此心却与归隐无异。或以为是诗人的自嘲，淮上唯秋山可对，这般宦途，居之何益？或以为是承接上句，即诗人自问，我为何不肯归隐，而要在此淮上独对秋山而愁呢？秋有萧索落寞之意，对应前面"流水十年间"、"萧疏鬓已斑"，私以为还是后两解比较准确，更符合全诗似喜而实悲的寂寞苍凉之氛围。

【扩展阅读】

登 楼

唐·韦应物

兹楼日登眺，流岁暗蹉跎。坐厌淮南守，秋山红树多。

此诗亦应为韦应物任职滁州时所作，与《淮上喜会梁州故人》一样，也是悲叹时光之流逝，岁月之蹉跎，自己本已厌倦宦途，却偏不能去，只得对望秋山之矛盾和悲怆。由此也可得见，淮上怎能无山？诗人所写"秋山"本为表苍凉之意象，正不必滁州境内、淮水岸边有山啊，只要周边有山，皆可如此而言。

赋得①暮雨送李胄②

楚江③微雨里，建业④暮钟时。

漠漠⑤帆来重，冥冥⑥鸟去迟。

海门⑦深不见，浦⑧树远含滋。

相送情无限，沾襟比散丝⑨。

【注释】

①赋得：指聚会分题赋诗，分得什么题目，即称为"赋得"。　②李胄：别本作"李曹"，其人不详。　③楚江：指长江，因长江中下游在战国时皆属楚地，故名。　④建业：即今天的江苏省南京市，唐代为润州江宁城，建业是其古称。　⑤漠漠：指水气朦胧貌。　⑥冥冥：天色昏暗貌。　⑦海门：即长江入海处，在今天江苏省海门市。　⑧浦：指岸边，这里可能是指浦口，南京辖区。　⑨散丝：指细雨，西晋张协《杂诗十首》有"密雨如散丝"句，这里喻流泪。

【语译】

　　正是远方江宁城中晚钟响起的时候，微雨中的长江啊，远帆在朦胧水气中显得是如此湿重，鸟儿缓缓地投入暮霭之中。江水入海口是如此遥远，难以望见，只有远岸边的树木显得如此滋润。我在此相送友人，浓情无限，细密的雨丝和泪水沾湿了衣襟。

【赏析】

　　关于此诗所作之地，历来有两种说法，一言洛阳，二言滁州，其实都未必准确。洛阳自不必说，身在洛阳，如何能够看到长江，更如何能够听到江宁城内的晚钟呢？倘若纯是想象，未免太过虚泛，倘若所指为李胄的去处，则后面又有"海门深不见"句，前后矛盾。此诗或为韦应物在滁州刺史任上作，但作诗的地点正不必在滁州，因滁州郡治清流并不临江（其实整个滁州都不濒临长江），即便登高可望见长江，但又怎么能够听到江南的钟声呢？此诗应为赴长江边送别时所作，李胄此去目的地应为海门所在的扬州，则见江而闻钟，咏帆及浦树，也都说得通了。

　　全诗围绕"细雨"二字，将离别的情绪完美地融入景物当中，是景即情，情即景，手法非常细腻老练。开篇即言"楚江微雨里"，或谓"楚江"当指长江中游，"建业"本在吴地，是送别处为楚尾吴头也，这样解释又未免胶柱鼓瑟了。古代的地理名词因应时代的不同，经常会有所改变，诗人用其统称、旧称，每次所涵盖的范围也未必相同。春秋时代，湖北属楚，江苏属吴，固然不错，但其后越灭吴，楚又灭越，到了战国中期，楚国已将势力范围沿江而推下，直接达到海边，则整个长江中下段都可以称之为"楚江"了。

　　首联确定了时间（暮钟）和微雨的环境，其后即围绕这两点展开对景物的描写。颔联写江上船只、飞鸟，因细雨所激，帆湿而重，鸟飞而迟，这是景语，同时也是情语，一"来"一"去"，用"重"和"迟"来暗喻别者和送别者内心的沉重，以及行动上的依恋。再言"海门深不见"，海门当是李胄的去处，距离南京段长江有数百里之遥，当然是看不见的，但不言其"远"，反言其"深"，正见薄雨暮霭中江上"漠漠"，远景难见。那个"远"字，诗人放在了对句，言岸边树远，其实相比海门来说，树反而是近的，故此可以望见其"含滋"之态。

　　尾联两句是直接抒情，并用"散丝"一词并指雨滴和泪水，沾湿衣襟的，也不知道是雨滴还是泪水，或者两者兼而有之，以见离别时之怅惘难舍之意。以此为结，则"相送情无限"就不仅仅是踏空之言，而确实落到了实处，并与前面所言微雨中的景物相互呼应。全诗脉络清晰，一以贯之，情景交融，确实恰到好处。

韩 翃

【作者介绍】

韩翃（hóng），生卒年不详，字君平，南阳人，唐代诗人，"大历十才子"之一。他于天宝十三载（754年）考中进士，唐代宗宝应年间在淄青节度使侯希逸幕府任从事，后随侯希逸回朝，闲居长安十年。德宗建中年间，因作《寒食》诗为德宗所赏识，拔擢为驾部郎中、知制诰，官职终于中书舍人。

韩翃之诗，笔法轻巧，写景别致，在当时传诵很广。诗多写送别唱和题材，《全唐诗》录存其诗三卷。

酬程近①秋夜即事见赠

长簟②迎风早，空城澹月华。
星河秋一雁，砧杵③夜千家。
节候看应晚，心期④卧亦赊⑤。
向来吟秀句，不觉已鸣鸦⑥。

【注释】

①程近：作者友人，具体不详，别本作"程延"。 ②簟（diàn）：即簟竹，元末明初陶宗仪《说郛》引嵇含《南方草木状》云："簟竹，叶疏而大，一节相去六七尺，出九真，彼人取嫩者，槌浸纺绩为布，谓之竹疏布。"唐徐坚《初学记》引沈怀远《博罗县簟竹铭》云："簟竹既大，薄且空中，节长一丈，其直如松。" ③砧杵：砧为捣衣石，杵为捣槌，合称即指代捣衣。 ④心期：心所向往。 ⑤赊：久迟之意。 ⑥鸣鸦：乌鸦鸣叫，这里是指天亮。

【语译】

长长的簟竹啊，最早迎来风吹，空旷的城池啊，月光缓缓地流动着。秋天的银河，飞过一只孤雁，千家万户都在夜间响起捣衣的声音。计算节气，秋已经很深了，思念着你，想要睡眠却已太迟。我一直吟咏着你的佳句啊，不知不觉听到乌鸦鸣叫，天将放晓……

【赏析】

　　这是一首酬答诗，观其诗题可知，当是程近作《秋夜即事》以赠韩翃，韩翃即酬以此作。此诗基本上可以析分为两个部分，一是前两联，纯作景语，以景生情，二是后两联，主要写自己的感受，又以景物来点缀。首联通俗而言，不过是"晚来风起月升"六字而已，但诗人却描绘得相当细腻生动。先言"长簟迎风早"，风从空中来，竹长而高，故先得风，以见风是初起。再言"空城澹月华"，"澹"字常用来形容水流缓慢，这里是把月光比拟为流水，缓缓地充满了整座空城。空灵澄净，一至若是。

　　"星河秋一雁，砧杵夜千家"，向来被认为是佳对。所以佳，就因为两个名词夹一字动态的句法本来常见，但诗人却偏偏省略动词，而将表现时候的"秋"、"夜"二字置于动词位置。这样做，一是为了突出时候特色，正因秋来，星河才澄净，北雁才南飞，且因夜至，千家万户才开始捣起寒衣（唐人惯在夜间捣衣）。我们可以联想到李白的佳句——"长安一片月，万户捣衣声"，与此诗所描写的意境是非常相似的。

　　前两联描写秋夜之景，营造出一片略显哀伤的空灵氛围，接着后两联从"节候"转向内心所感，秋已深矣，偶得友人程近所作《秋夜即事》，为此而骤起思友之情，乃至夜不能寐。不仅如此，尾联才提到来诗，自己非常喜爱，终夜吟咏，直至天将黎明。全诗一气贯通，却又倒装，正因得诗才思友，思友才不寐，不寐才能备悉靡遗地感受到秋夜的静谧景致——风起月上，雁飞杵声。一般情况下，是应当先写得诗，再写难眠，最后再描摹秋夜之景的，此诗倒而言之，反而产生出一种温婉曲折的独特美感来。

刘眘虚

【作者介绍】

刘眘（shèn）虚，生卒年不详，字挺卿，唐代诗人。他是江东人，唐玄宗开元二十一年（733年）中进士，调洛阳尉，迁夏县令。据说他品性高逸，不慕荣利，交游多山僧道侣，曾拟在庐山卜宅隐居，未成即去世。

唐人郑处晦《明皇杂录》中将刘眘虚与王昌龄、常建、李白、杜甫等人并列，说是"虽有文章盛名，皆流落不偶"；南宋严羽则在《沧浪诗话》中把他与沈（佺期）宋（之问）、初唐四杰、陈子昂、王维、韦应物并举，称之为"大名家"。他和孟浩然交谊甚深，其诗题材、体例以及意境也与孟浩然颇为近似，清微淡远之中有幽深拗峭之趣，则又于孟诗之外自辟蹊径。惜诗名不传，《全唐诗》仅存其诗十五首。

阙 题①

道由白云尽，春与青溪长。
时有落花至，远随流水香。
闲门向山路，深柳读书堂。
幽映②每白日，清辉照衣裳。

【注释】

①阙题：意即原题已失，《河岳英灵集》因而如此标之。后人据《靖安县志》和《长冈刘氏宗谱》考证，诗题当为《归桃园乡》，其后并有注："白云山在桃源，青溪潭在亘田，深柳读书堂在刘坊坑。" ②幽映：指绿树浓荫。

【语译】

道路一直通向白云尽头，春意和青溪一般绵长。不时有落花漂来，远远地随着流水递送着芬芳。悠闲的门啊朝向山路，读书堂就在那深深的柳荫之下。每当白天的时候，阳光透过浓荫照耀在我的衣服上。

【赏析】

这首诗所描写的，乃是山中读书堂的清幽、恬然景致。诗中并未出现明确的主语，是何人入山访求，此读书堂是何人所有，是诗人自己吗？其实也并不需要明言，因为全诗的主旨皆在此读书堂上，料我、你、他，无论谁来感受，都是一般的安闲优雅，诗人所要传达的用意正在于此。

前两联写前往，"道由白云尽"，以见此堂建于深山之中，一路行来，"春与青溪长"。春如何"长"呢？想来循溪而往，溪畔绿草红花，在在春意盎然，乃觉溪有多长，则春有多长，正未见其终止也。首联是总言山深溪长，颔联则放诸细部，时有落花入溪，随水而流，但这是春天的落花，是偶尔飘落，并非尽数凋谢，因此并不使人感觉哀伤，反觉欣喜，觉溪水因花所染，都充满了芬芳之意，乃云"流水香"。春天的蓬勃生机，由此而尽显。

后两联写已至读书堂前，堂门面对山路，其门却"闲"，可见来人稀少，一方面呼应前面山深之意，另一方面更言其清静雅致，正好读书，不受外物所扰。"深柳"之中，以见此读书堂，即便白昼之时，亦每觉浓荫"幽映"，是又呼应柳"深"。"清辉"之语，常用以状月色，诗人却偏用来指日光，日光透过浓荫映照在衣裳之上，倍感清幽之境已弥散至全身心，扑面而来便是书卷气。

此诗有两大特色，一是结构严谨，层层呼应。因"青溪"而转言落花随水，因"道由"而转言"门向山路"，因"深柳"而言"幽映"，因"幽映"而出"清辉"，每一句都相勾连，混然一体，脉络清晰可辨。第二大特色是纯为景语，无一字言情，然而情韵盎然，意境幽雅。正如王国维所说："一切景语，皆情语也。"一首简洁的好诗，正须无情字而有情意，统观全诗，欣悦恬淡之情，已毕现于纸上，抑且入木三分矣。

戴叔伦

【作者介绍】

　　戴叔伦（732年～789年），字幼公，一字次公，润州金坛（今天江苏省金坛县）人，唐代中期著名诗人。他出生在一个隐者家庭，父祖均终身不仕，戴叔伦少年聪慧，唐代宗大历元年（766年）入户部尚书充诸道盐铁使刘晏幕下任职，大历三年（768年），由刘晏推荐任湖南转运留后。此后，曾任涪州督赋、抚州刺史、容州刺史、御史中丞等职，官至容管经略使，政绩卓著。

　　戴叔伦的诗，体裁形式多样，无论五七言、近古体，皆有佳作，题材内容也十分丰富，有反映战乱中的社会现实的，有揭露昏暗丑恶世道的，有同情民生疾苦的，有慨叹羁旅离愁的，有描绘田园风光的，语言皆平易畅达，描写细腻委婉，感情充沛连绵。他与钱起、皇甫冉、郎士元等人皆有唱和，《全唐诗》存录其诗三卷。

江乡①故人偶集客舍

天秋月又满，城阙②夜千重。
还作江南会，翻疑梦里逢。
风枝惊暗鹊，露草泣寒虫。
羁旅长堪醉，相留畏晓钟。

【注释】

　　①江乡：指江南同乡。　②城阙：宫城前两边的楼观，后泛指城池。

【语译】

　　正当秋季，月又团圆，夜间的城楼啊一重又一重。我与江南故友聚会，反倒疑心是在梦中相逢。风吹树枝，惊起了暗藏的乌鹊，衰草凝露，却似那寒天虫儿的悲泣。这般羁旅生涯真应该长久醉倒啊，我们互相挽留，最怕听到那报晓的钟声。

【赏析】

　　戴叔伦作此诗的时间和地点不详。或从"城阙"、"夜千重"，认为是身在京都长安，恐怕未必，"城阙"可泛指城池，"千重"也是表夸张意的虚数，正未必是指宫城。唯一可以确定的是，作此诗的地点不在戴叔伦家乡金坛一带，甚至可将整个江南地区都剔除出去，应当是戴叔伦因战乱而离乡远赴江西，或此后出仕在外地为官时所作。诗写羁旅思乡之情，感情真挚，催人泪下。

首联连用三种意象：秋季、满月（很可能是中秋前后）、暮色浓重，这些都可以相关离乡思亲的情感。然后颔联点明主题并抒情，江南同乡在异地聚会，实属不易，恍惚间竟疑是身在梦中一般。"还作"、"翻疑"两词极沉痛，正因离乡日久，故旧飘零，所以重聚为难，乃至于重聚时竟不信为真。不直言难聚，而以"翻疑梦里逢"曲折道出，但比率直而言感染力更强百倍。

颈联转而再写景，风起枝摇，乌鹊惊起，此处疑化用曹操《短歌行》中"月明星稀，乌鹊南飞，绕树三匝，无枝可依"句，指自己就如同这惊飞的乌鹊一般，远离故乡，漂泊无靠。然后再写草间露水，将露水比拟为寒虫的泪水，这也有自比寒虫，行将末日，内心凄凉，泪落不止之意。所以这两句表面写景，其实仍然是在写情，描写自己此刻的心情，是如此悲凉、凄怆，空荡荡的毫无依靠。为什么会觉得空荡荡的呢？自然是由思乡之情所引起的。

尾联再直抒情感，说这般心境，这般处境，"只愿长醉不愿醒"，还是让酒浆来麻醉自己算了。然后再次点题并呼应颔联，故友相聚，仅仅一夜，大家内心都无比留恋，就怕晨钟响起，红日初升，便又将各自东西，再度分散漂泊了。全诗情景交替而又交融，凄婉雅致，余味悠然不尽，既体现了朋友之间的深情厚谊，抒发了自己思念故乡之情，同时也对羁旅生涯（无论因逃难还是因宦游）充满了深深的懊悔、厌倦和无奈。

卢 纶

【作者介绍】

卢纶（约737年~约799年），字允言，河中蒲（今山西省永济县）人，唐代诗人，"大历十才子"之一。他于天宝末年曾举进士不第，代宗朝复又应举，但屡试不第。后得宰相元载举荐，授阌乡尉，再由王缙荐为集贤学士、秘书省校书郎，升监察御史，出为陕府户曹、河南密县令。其后元载、王缙获罪，他也遭到牵连，德宗朝复为昭应令，又任河中浑瑊元帅府判官，官至检校户部郎中。

卢纶的诗以五七言近体为主，多唱和赠答之作，但他在从军生活中所写的诗，风格雄浑，情调慷慨，历来为人们所传诵。此外，年轻时因避乱寓居各地，对现实有所接触，有些诗篇也反映了战乱后人民生活的贫困和社会经济的萧条。

送李端①

故关衰草遍，离别自堪悲。
路出寒云外，人归暮雪时。
少孤为客早，多难识君迟。
掩泪②空相向，风尘③何处期？

【注释】

①李端：字正己，赵州人，也是"大历十才子"之一。 ②掩泪：别本作"掩泣"。 ③风尘：一说指旅途坎坷，一说指社会动乱。

【语译】

旧日的关隘啊，生满了离离的衰草，在此地离别，自然悲上心头。你离去的路途一直延伸到寒云以外，我归来的时候已是暮雪纷飞。我自小为孤儿，所以很早便踏上了谋生之途，命运多舛啊，深恨与你相识太晚。因此我掩住泪眼徒然望着你离去的方向，不知前路茫茫，何时才能重逢。

【赏析】

这首送别诗最大的特色，就是不写送别时情景，而反描摹别后自己远望故人离去，内心的凄怆悲哀，情真意切，感人至深。

开篇点明送别地点，是在"故关"，也即某残破关隘旁。此关隘周边的景色是"衰草遍"，结合下文可知，时间是在冬季。关隘残破、衰草离离，正是悲怆凄凉的景象，所以紧接"离别正堪悲"，看似寻常语，直承上句，却是情感的第一次宣泄，自然而不矫揉造作。"路出寒山外，人归暮雪时"，则天色将晚，纷纷雪落，一方面凸显了季节特色，另方面也更增添孤独悲凉的气氛。

颈联突然转折，不言自己如何留恋不舍，因别而悲，思念故人，却说自己身世可怜，少小即为孤儿，然后似乎是很自然地便点出"多难识君迟"，一个"迟"字，则卢纶与李端间深厚的友情便不言而自明了。正为自己少小即孤，履世艰难，所以恨不早识李端，因为友情可以填补内心的空虚，可以淡化命运的悲怆，所以诗人不禁慨叹：这份友情倘若早一点来到，那该有多好啊！正因"恨迟"，所以当此情景，便更悲别——友情如此可贵，我悲惨的人生似乎全靠这份友情来支撑，但友情虽在，人却分别，世间还有比这更凄惨的事情吗？这无疑是情感的再一次宣泄。

尾联云"掩泪空相向"，是指诗人暮归途中，仍频频回首，望向友人离去的方向，不禁热泪沾襟，却又于事无补。曾有人将此句解释为倒叙，是指两人分别时一并落泪，解"相向"为"相对"，这是不合适的。全诗总写别后心绪，既已言"人归暮雪时"，自不当再无缘无故作倒叙。固然，诗歌的语言是极生动极活泼的，不可以常理揣度，但诗歌也有自己的文艺性的内在逻辑贯连，并不是说想到哪里写到哪里，完全不考虑先后、关联，就可以算是诗的。

结句言"风尘"，固然可以解为故人去路坎坷，艰难莫测，也可以认为是指社会环境的混乱。或以为此诗在大历初年写成，认为此时乱事已终，不当再以"风尘"以解社会，恐怕不妥。首先，"大历十才子"的活动范围并不能仅仅限定在唐代宗大历年间，大历年号仅十四年，难道这十人全都夭寿，从成年到去世都还不到十四年吗？此诗失其具体年份，不可贸然认定是大历初的作品。其次，即使确为大历初年所作，当时安史之乱虽息，但外患频仍、藩镇割据甚至时有背反，正不能算是太平世道。观此诗开篇即言"故关"，又言自己"少孤"、"多难"，则无疑是暗中将自己的命运遭际和社会大环境有机地联系了起来，因此结句"风尘"，还应当联系其时代背景，作为离乱之象来看为好。

李 益

【作者介绍】

李益（748 年~827 年），字君虞，陇西姑臧（今天甘肃省武威市）人，唐代著名诗人。他是大历四年（769 年）进士，初任郑县尉，因久不得升迁，遂弃官在燕赵一带漫游。后为幽州节度使刘济召为从事，不久又参邠宁戎幕，唐宪宗时任秘书少监，官终礼部尚书。

李益的诗风豪放明快，尤以边塞诗最为著名，被称为"高适、岑参之流也"。他既长于近体，尤工七绝，语言凝练、形象鲜明、音调和谐，同时也擅长歌行，当时与李贺齐名。《全唐诗》存录其诗二卷。

喜见外弟①又言别

十年离乱后，长大一相逢。
问姓惊初见，称名忆旧容。
别来沧海事②，语罢暮天钟。
明日巴陵③道，秋山又几重。

【注释】

①外弟：外家兄弟，即表弟。　②沧海事：沧海桑田，语出葛洪《神仙传·麻姑》，载："麻姑自说云，接待以来，已见东海三为桑田。"指世事变迁。　③巴陵：唐朝岳州治下巴陵县，即今天的湖南省岳阳市。

【语译】

因为动乱而分别已经整整十年了，我们要等长大以后才偶然相逢。还以为是初次见面，于是相问来历，互通姓名后才回忆起旧日的容颜。分别以来已经是沧海桑田，人世变迁，交谈才罢便听闻黄昏的钟响。明天你就要前往巴陵去了呀，这一路上不知又有多少重秋季的山峦呢？

【赏析】

此诗开篇便言"十年离乱"，一般认为是指"安史之乱"，安史之乱从 755 年始，至 762 年终，总计八年，诗言"十年"，乃虚指也。还有一种说法，此"十年离乱"并非特指安史之乱，而是指从安史开始，一直延绵到唐朝灭亡时的相关藩镇割据、外寇入侵、地方叛乱等种种变乱，"十年"虽仍为虚数，但作诗时正未见其终。两种解释都可说通。

诗人之意，本是与表弟在少年时相聚过，因离乱而分别，分别几经十年，等再见面的时候，双方都已非少年，都已"长大"了。"长大"后乃得"一相逢"，由此"一"字，正可见重逢之不易，以及分别之日久。"问姓经初见，称名忆旧容"一联极生动，而又极沉痛，少小分别，老大相逢，见面竟然不识，要待互通姓名，方始恍然大悟，同时也悚然而惊。此联对亦工整，并不仅仅是词性相对而已，甚至连词汇的最基本含义都非常贴近（同门类），比如"问"、"称"都为语言，"姓"、"名"属同一类，"惊"、"忆"都是心理活动，"初"、"旧"都相关时间，前四字对仗如此工整，则以动词"见"相对名词"容"，也便可以原谅了。最重要的是，词性乃至词意对至如此工整，极易生出"合掌"的毛病，也即出句与对句含义相近，近乎重复，但此对非但不合掌，反而流水，各自完整，却又并合为一层新意，真是对仗之典范。

颈联乃言恍然相认以后，表兄弟二人唏嘘往事，颇有沧海桑田之叹。十年离乱，十年分别，相互间有太多的话要说，直至"语罢"而晚钟响起，从白昼直至夜晚。此不言对话时久，情深意长，而以"暮天钟"三字便曲折道出。观此诗情感氛围，首联述"离乱"是一悲，述"相逢"又一喜，颔联、颈联更无疑是悲喜交集，乃竟难以自持。最后转至尾联，说兄弟相见，才刚语罢，又待分离，是只有悲而没有喜。表弟此去，"秋山又几重"，秋风萧瑟、山峦叠嶂，正不知何日再能重聚了。分别如此漫长，重逢又如此短暂，前后对比，则诗人情感的悲怆、凄凉，就此达至顶峰。尾联并无一字情语，而情意自然绵长，耐人咀嚼，耐人回味。

文学艺术允许虚构，但所要表达的、抒发的情感则不容虚构，只有真实的情感，才能打动读者，才能真正体现出艺术的价值来。而这真实的情感，可以是千古共通的，也可以是一时一地所独有的，一般说来，千古之情大体虽可共通，细节却终难共鸣，远不如写出时代特色、社会背景，表现在此一时一地所独有的情感，其共通处更容易被读者所接受，所不同处，也更容易为读者所谅解。所以此诗写别情，写聚而又别，种种悲怆，都因首联"离乱"而出，感人至深，令人唏嘘。倘若并无这大背景、大环境的烘托，只言"十年离别后"，其格调、韵味，便要下一个层次了。

司空曙

【作者介绍】

　　司空曙（约720年～790年），字文明，或说字文初，广平（在今天河北省永年县东南）人，唐代诗人，"大历十才子"之一。他是大历年间的进士，磊落有奇才，因为性情耿介，不肯干谒权要，导致宦途坎坷。曾授洛阳主簿，未几，迁长林县丞，累官至左拾遗。后韦皋为剑南节度使，辟其入幕，官终于水部郎中。

　　司空曙为卢纶的表兄，两人并有诗名。其诗多为行旅赠别之作，朴素真挚，情感细腻，多写自然景色和乡情旅思，诗风闲雅疏淡，长于五律。胡震亨在《唐音癸签》中云："司空虞部（水部之别称）婉雅闲淡，语近性情。"

云阳馆①与韩绅②宿别

故人江海别，几度隔山川。
乍见翻疑梦，相悲各问年③。
孤灯寒照雨，湿竹④暗浮烟。
更有明朝恨，离杯惜共传⑤。

【注释】

　　①云阳馆：指云阳县的馆驿。唐代云阳县在今天陕西省泾阳县境内。　②韩绅：别本作"韩升卿"，或疑即为虢州司户韩睿云（韩愈的祖父）第四子韩绅卿，曾为泾阳令，是作者的友人。　③问年：动问年龄、岁数。　④湿竹：别本作"深竹"。　⑤共传：互相举杯。

【语译】

　　和老朋友在江上海边分别以后，多少次相隔山川，难以见面啊。突然重逢，几乎怀疑是在梦中，我们相顾悲怆，互相问起现在的年龄。屋内一盏孤灯，映照着窗外寒冷的细雨，屋外被雨淋湿的竹子啊，在黑暗中升腾起层层雾霭。我们不禁想起明天又要分别，真令人惆怅啊，于是惋惜地把饯别的酒杯一起举了起来。

【赏析】

　　我们会发现，这首诗和前一首也即李益的《喜见外弟又言别》非常相像，都是长久的分别后突然重逢，都是因重逢而惊讶恍惚，然后交谈至夜暮，重逢本应欣喜，但聚少离多，翌日又将各自东西，结尾也都深言聚而又别，为此怅惘，将悲凉情绪推至顶峰。

两首诗大同而小异，此小异主要表现在三个方面。首先是因何而别离？李诗云"离乱"，司空曙却言"江海"，"离乱"是总的社会背景，"江海"单指各自奔波，或为生存，或为宦途，并未明言，但显然不能明确地体现出大环境来。正如在前一首诗的赏析中所言，没有大环境的烘托，感染力就难免会降低，就此一重不同而言，李益诗的格调要高过此诗。

第二处不同，李益诗言亲戚分别，而司空曙诗中言朋友分别，各言其事，本来没有高下之分。然而我们必须注意到，这一层不同也是与第一层不同相关联的，亲戚本不当别离，因离乱而不得不别离，而朋友为了各自的事业别离则属正常，故不必以离乱的大环境为烘托。所以说司空曙此诗比李益诗格调稍弱，也是因其所言之事而制约的，并非能力不足的缘故。

第三层不同，则在于李益诗纯为言事，司空曙此诗则以颈联摹景，借景而生情。李益诗云"别来沧海事，语罢暮天钟"，司空曙诗却云"孤灯寒照雨，湿竹暗浮烟"，屋内一灯所照，屋外落雨，黑暗中的竹林在雨中似有烟霭腾起，如此凄迷恍惚之景，正足加深全诗悲凉氛围，同时也将故友重逢，谈至日暮之意，暗中托出。相比之下，李益诗显得简洁、直白，而司空曙诗则更显幽怨、委婉。

司空曙此诗，总体结构也与李益诗是相同的，首联言别，"几度隔山川"，此处"几度"有"几年"之意，指长久分别，且互相思念，唯隔山川，难以团聚。然后颔联言重逢，"乍见翻疑梦"，正与戴叔伦《江乡故人偶集客舍》中"还作江南会，翻疑梦里逢"相似，但一个"乍"字，即将不期而遇、初见不喜反惊的心态，描摹备至。李益诗言亲戚少小分别，老大重逢，见面乃不相识，故不必"乍见"、"疑梦"，而此诗分别虽久，旧貌依稀，见而能识，故作此语，非常自然，恰到好处。其后"相悲各问年"，正见互相已经淡忘了年龄，更不暇计算，而要见面重问，则分别之久，不待言而自明矣。

颈联写重逢深谈，李益诗直言，此诗则借景而言。尾联再言明朝分别，李益诗不出情语，司空曙诗则点出"恨"字，再言"离杯惜共传"，重逢即转为钱别，悲情颇甚。相比之下，李益诗的结句更委婉，委婉中见其深情，更见其深悲，司空曙诗颈联委婉，尾联则有些过于直白了，可咀嚼之余味不如李益诗。

喜外弟卢纶见宿

静夜四无邻，荒居旧业①贫。
雨中黄叶树，灯下白头人。
以我独沉②久，愧君相见频。
平生自有分③，况是蔡家亲④。

【注释】

①旧业：旧时家业、产业。 ②独沉：孤独沉沦。 ③分（fèn）：缘分。 ④蔡家亲：别本作"霍家亲"，误。晋代羊祜为蔡邕外孙，后世传为美谈，因以"蔡家亲"来指代表亲关系。

【语译】

沉静的夜晚啊，我家四周并无邻人，荒僻的屋舍啊，旧日产业都已荡尽。雨中之树因秋深而叶片泛黄，灯下的我啊，因衰老而两鬓苍白。对于我这般长久孤独沉沦之人，真是有愧你经常来相见啊。我们平生自有缘分，更何况是表亲关系呢？

【赏析】

司空曙宦途坎坷，家又贫苦，孤居寂寞，幸有表弟卢纶常来探访，为此而写下此诗。诗的表征是通过极言自身的凄凉悲哀，以引出对卢纶的感激之情，实际上还是以自叹为主，因这份感激而更反衬出自身之孤寂无依。

开篇先写夜晚静谧，为何静谧呢？不是环境清幽，或者房屋隔音效果好，而是所处荒僻，"四无邻"三个字便表露出深深的寂寞感来。继而再写"旧业贫"，身为士人，有钱读书，可见本有一定家产，但近日败落已极，故此贫困。颔联极妙，外有秋雨中树叶泛黄，渲染凄清氛围，而屋内则是自己孤灯一盏，白发已生。谢榛在《四溟诗话》中比对极为相似的几联，云："韦苏州（韦应物）曰'窗里人将老，门前树已秋'，白乐天（白居易）曰'树初黄叶日，人欲白头时'，司空曙曰'雨中黄叶树，灯下白头人'，三诗同一机杼，司空为优。善状目前之景，无限凄感，见于言表。"此论至当。那么为什么如此近似的三联诗，要以司空曙的为最佳呢？那是因为这两句诗不用虚词，似不作联系，出句纯为写景，对句纯为言事，故意做出一番似本不在意态，而唯如此，更见凄凉感怀，不待言而自明。诗的要义，要似自言自语，自叹自赏，似不欲向他人分说，而纯抒发自身情感者，如此则真，并且自然。

颈联写自身悲凄，而卢纶常来安慰，以此自愧。尾联言"平生自有分"，这"分"是指缘分，也是说自己和卢纶情投意合，相交莫逆，既是好友，"况是蔡家亲"，又兼亲眷。此联重点在"自有分"三字上，主要目的是说二人深厚的友情，"况是"是曲折语，其实本应作"何独"言，亲情在此并不重要，重要的是浓厚的友谊，是志同而道合。因亲而访，本也平常，因情而见，才识真意。

【扩展阅读】

过司空曙村居

唐·卢纶

南北与山邻，蓬庵庇一身。繁霜疑有雪，枯草似无人。遂性在耕稼，所交唯贱贫。何言张掾傲，每重德璋亲。

此诗疑作于司空曙《喜外弟卢纶见宿》之前，而司空曙的诗，则为此诗之依韵相和（都押上平声十一真）。卢诗所言"南北与山邻，蓬庵庇一身"，正与司空曙诗"静夜四无邻，荒居旧业贫"含义相同，而尾联言友情，言亲情，两诗也相仿佛。

贼平①后送人北归

世乱同南去，时清②独北还。
他乡生白发，旧国见青山。
晓月过残垒，繁星宿故关。
寒禽与衰草，处处伴愁颜。

【注释】

①贼平：指安史之乱结束，这里的"贼"是指安史叛军。　②时清：指时局已安定。

【语译】

当年世道混乱，我们一起南下避难，如今时局安定，你独自一人北归。久居他乡，我们已经生出了白发，如今你得以返回，又能见到故乡的青山。想来你归乡的路上披着拂晓的月光，经过那残破的军垒，头顶纷繁的星辰，寄宿在旧日的关隘。到处都是瑟缩的禽鸟和衰败的草木啊，伴随着惆怅的容颜。

【赏析】

"安史之乱"对李唐王朝的统治造成了巨大打击，也对士人们的心理造成了强力冲击，留下不可弥合的伤痕。等到叛乱终于被平定，流散四方的人们终于有机会返回故乡，期望继续平静生活的时候，他们又会作出何等咏叹呢？或者是反想往事，感慨丧乱，从而悚然心惊，又或者是瞻望前途，期待返乡，从而衷心欣悦。杜甫著名的七律《闻官军收河南河北》，所抒发的是后一种心情，而司空曙这首《贼平后送人北归》，则表达了前一种情感。

司空曙是北方人，因叛乱而被迫南下避难，等到叛乱平定，他送别友人北归，但自己因为种种原因仍必须继续滞留南方，其心情自然与杜甫是截然不同的。诗的开篇就说明了这一点，说当初我们一起南遁，如今你已能够北归，回想丧乱中的日日夜夜，那漫长的经历真使人喟叹啊。"北还"前加一"独"字，正见自身之不得归，由此慨叹惆怅。其后，"他乡生白发"一句非常沉痛，八年动乱，我们就在流亡中度过，人的一生又有多少个八年呢？我们滞留异乡，因衰老和惆怅，如今头发都已斑白了，时光一去难返，岁月就此蹉跎。而以两人共同滞留异乡，对仗友人独能北返，得以"旧国见青山"，这既是追昔，也是抚今，因为言下之意，故乡景致，你已将能重见，而我还不知道哪年哪月才能回归呢。

颈联是想象友人的归途，晓行夜宿，一路奔波，急于返乡，但是眼中所见，只有"残垒"和"故关"，以示战乱才息，到处都是萧条景象。尾联极言愁，但此愁是指北归的友人，还是指滞南的自己，却并未明言，私以为还是以指自己为确。友人北归，虽然所见萧条荒败，终究内心还存留着一线憧憬和希望，其心情不致如此颓唐。只有诗人自己仍然滞留南方，送别友人之际，内心之惆怅却深刻难表，于是才有"寒禽与衰草，处处伴愁颜"之句，说自己便如同孤寒无依的禽鸟、衰败萎靡的草木一般，寂寞凄凉到了极点。如此百转愁肠，并不因动乱终结而有所开解，自己难以北返固然是原因之一，而逝去的青春再难追觅，也是诗人所长久难以遣怀的。

【扩展阅读】

穆陵关北逢人归渔阳

唐·刘长卿

逢君穆陵路，匹马向桑干。楚国苍山古，幽州白日寒。城池百战后，耆旧几家残。处处蓬蒿遍，归人掩泪看。

刘长卿此诗，同样是写乱后北归的，但他将抒情重点都落在丧乱后的田园荒芜、百姓流散方面，却缺乏司空曙诗中独留异乡的那一重悲哀，因而怨恨不极深，感染力也便稍逊。所以黄生在《唐诗摘抄》中便云："刘文房（刘长卿）《穆陵关作》独三、四两语居胜，全篇雅润，尚不及此篇（指司空曙《贼平后送人北归》）。"

刘禹锡

【作者介绍】

刘禹锡（772年～842年），字梦得，祖籍洛阳，后迁彭城（即今天江苏省徐州市），唐朝著名诗人、哲学家。他是唐德宗贞元九年（793年）的进士，后又中博学鸿词科，授监察御史。唐顺宗继位后，任用王叔文等人，打击宦官势力，展开一系列政治改革，即所谓"永贞革新"，刘禹锡是王叔文集团中的重要成员，因此在革新失败后，即被贬为朗州（即今天湖南省常德市）司马，同时被贬为司马的还有韩泰、陈谏、柳宗元等八人，与革新领袖王伾、王叔文合称为"二王八司马"。刘禹锡名义上被贬官，实际是遭监管整整十年，此后又先后被任命为连州（即今天广东省连县）、夔州（即今天重庆市奉节县）等州刺史，晚年升迁为集贤殿学士、太子宾客，官终于检校礼部尚书。

刘禹锡有"诗豪"之称，他的诗作风格独特，简洁明快，风情俊爽，从各方面反映了中唐的社会风貌。因为反对宦官擅权、藩镇割据，所以他创作了不少寓言式的政治诗，对权贵进行辛辣的讽刺和无情的批判。此外他还创作了很多怀古诗，借古讽今，富有深刻的现实意义。

蜀先主庙①

天地英雄气②，千秋尚凛然。
势分三足鼎③，业复五铢钱④。
得相⑤能开国，生儿不象贤⑥。
凄凉蜀故伎，来舞魏宫前。

【注释】

①蜀先主庙：蜀先主，即三国时代蜀汉政权的开国皇帝刘备，谥号昭烈皇帝，俗称先主。其庙在夔州（奉节县）白帝山上，刘禹锡曾于821年至824年担任夔州刺史，诗当作于此时。　②英雄气：语出《三国志·蜀书·先主传》，载："是时曹公（曹操）从容谓先主曰：'今天下英雄，唯使君与操耳。本初（袁绍）之徒，不足数也。'先主方食，失匕箸。"　③三足鼎：鼎为古代烹煮器和礼器，鼎下有三足，安放甚稳，因此乃有"三足鼎立"之语，指代魏、蜀、吴三国时代。　④业复五铢钱：汉武帝时代的货币，因重五铢而故名。传王莽代汉时，曾废五铢钱，至光武帝时，又从马援奏重铸，天下称便，因此便以恢复五铢钱比喻复兴汉室。　⑤得相：指刘备得诸葛亮为宰相，得以割据一方。　⑥生儿不象贤：指刘备之子、蜀汉后主刘禅无能，不似其父贤明。

【语译】

这天地之间的英雄豪气啊，千古以后仍使人衷心折服。想那先主刘备可以三分天下有其一，与魏、吴鼎立，一心想要恢复汉家江山。可惜他虽然得到贤相诸葛亮的辅佐，得以开国，却因为继承人刘禅的无能而终于国亡。昔日那蜀地的舞女是多么凄凉啊，被迫要到魏朝宫殿中去献艺。

【赏析】

公元 221 年，蜀汉先主刘备亲率大军讨伐东吴，结果于翌年（222 年）八月在夷陵之战中遭逢惨败，被迫退回白帝城永安宫。因为愤懑和羞愧，刘备很快就病倒了，但他坚持留镇白帝，以御吴军，不肯回都城成都去养病，最终就病死在了这里。白帝、永安，至唐代改名为夔州，六百年后，"诗豪"刘禹锡就职夔州刺史，于是便来到刘备的祠堂前凭吊。

全诗分两部分，第一部分包括前五句，是颂扬刘备为一代英豪的。首先说他的英雄豪气充溢于天地之间、宇宙之内，千秋万世依旧凛然有威，值得崇敬。接着以一联"势分三足鼎，业复五铢钱"来描述刘备的功绩。刘备都有些什么功绩呢？不外乎打着兴复汉室的旗号，纵横疆场，最终得以在西南割据，与魏、吴呈鼎足之势。刘备复汉，事实上并没有成功，他也没有重铸五铢钱，这对句只是用了东汉光武帝的典故，说刘备有如此雄心壮志而已。

颔联先说"得相能开国"，承接上句，说刘备重用贤相诸葛亮，才得以建立蜀汉，割据一方，但是随即笔锋一转，说"生儿不象贤"，可惜他的儿子、后主刘禅并没有父亲那般英勇贤明，终于导致国家败亡。就此转入第二部分，是慨叹蜀汉之亡。尾联用了《三国志·蜀书·后主传》中的典故，裴松之疏引《汉晋春秋》，记载道："司马文王（司马昭）与禅宴，为之作故蜀伎，旁人皆为之感怆，而禅喜笑自若。王谓贾充曰：'人之无情，乃可至于是乎！虽使诸葛亮在，不能辅之久全，而况姜维邪？'充曰：'不如是，殿下何由并之。'他日，王问禅曰：'颇思蜀否？'禅曰：'此间乐，不思蜀。'郤正闻之，求见禅曰：'若王后问，宜泣而答曰先人坟墓远在陇、蜀，乃心西悲，无日不思，因闭其目。'会王复问，对如前，王曰：'何乃似郤正语邪！'禅惊视曰：'诚如尊命。'左右皆笑。"

因为蜀汉被魏国所灭，所以刘禅被捕至魏都洛阳，而蜀汉的歌舞艺人，也被迫要在魏宫中为魏人献艺，回想故国，他们难道不会感到悲怆吗？"凄凉"一词正由此而来。然而刘禅本人却似乎并不感到悲伤，竟然还说出"此间乐，不思蜀"的浑话来。诗人之慨叹，一方面是叹刘备所建之国，竟被其子败坏，另方面也是嘲讽刘禅不知亡国之恨。

从来吊古是为了讽今，或者作为今日之借鉴，刘禹锡此诗也不能外，他并不仅仅是无谓地为古人悲伤落泪而已。刘禹锡所处的时代，盛世已终，唐朝走入下坡路，天子成为傀儡，宦官操弄权柄，藩镇割据于内，蛮夷侵扰于外，对于如此腐败堕落的朝政，他是不能无动于衷的。正因为这样，刘禹锡才会支持王伾、王叔文的改革，并在革新失败后遭到贬斥、放逐。他之所以歌颂刘备，就是希望能够出现一个刘备一般的英雄人物，就像刘备一心复兴汉室一般，可以复兴大唐盛世。他之嘲讽刘禅，也是在影射当时的权贵，虽承先人遗泽，却丝毫也不以国事为重，曾经何等辉煌的大唐，就此一步步迈向深渊，会不会也很快就走上蜀汉的老路，直至灭亡呢？

此诗首联气概豪雄，结末却哀伤感慨无尽，以古喻今，抒发自己郁闷不平之气，同时也警告当权者要以史为鉴，不可走上历代王朝兴亡盛衰的老路。

张　籍

【作者介绍】

　　张籍（约768年～830年），字文昌，郡望为吴郡（即今天江苏省苏州市），本人可能生于和州乌江（即今天安徽省和县），唐代著名诗人。他出身寒微，唐德宗贞元十五年（799年）得韩愈推荐，赴试中进士，曾任太常寺太祝、国子监助教、国子博士、水部郎中、主客郎中、国子司业等小官，故世称"张水部"或"张司业"。

　　张籍是"新乐府运动"的支持者和推动者，他的乐府诗与王建齐名，并称"张王乐府"，善于概括事物对立面，在数篇或一篇中形成强烈对比，又善用素描手法，细致真实地刻画各种人物形象，语言通俗浅近而又峭炼含蓄，常以口语入诗，以达到意在言外的批判和讽刺效果。此外他还多作近体，其五律不事藻饰，不假雕琢，于平易流畅之中见委婉深挚之情，对晚唐五律影响较大。

没蕃[①]故人

前年戍月支[②]，城下没全师。
蕃汉断消息，死生长别离。
无人收废帐，归马识残旗。
欲祭疑君在，天涯哭此时。

【注释】

　　①没（mò）蕃：没即陷落，蕃的本意是指蕃服，也即周代所称统治区外地区，后引申为外族，这里可能是指吐蕃（bō），安史之乱后，吐蕃曾一度强盛，与唐争夺河西和西域，战争频繁。　②月支：亦称月氏，中亚古族名，公元前2世纪为匈奴所败，西迁至伊梨河、楚河一带，后又败于乌孙，遂西击大夏，占领阿姆河两岸，建立大月氏王国。这里是以月支指代西域。

【语译】

　　过去你在西域戍守，城下一战，全军覆没。你在蕃地，我在汉地，音信就此断绝，从此生死不知，长久别离。没有人收拾已荒废的帐幕啊，只有归来的老马还认得残破的旗帜。想要祭祀你吧，又怀疑你仍然活着啊，相隔天涯海角，只能洒下哀伤的清泪。

【赏析】

对于诗题中的"蕃"字，历来有不同的解释，既可以解释为广义的蕃地，也即异域，也可以解释为吐蕃军队。观诗中"戍月支"一语，则故人失踪处应在西域的唐境，属于在防守性战争中战败而失去消息。有人将"戍"字解为征伐，是不确切的。

吐蕃虽与唐朝时有联姻，但相互间的战争也非常频繁，尤其安史之乱以后，唐朝逐渐难以控制西域，吐蕃即开始大规模向北扩张，常与唐军交锋。此诗写作的具体时间，以及故人陷没的具体时间、地点，相关战役，都难以查考，但既然是在原本唐朝控制区内失踪，则颔联的"蕃"字确实应指广义的蕃地，而不当解为吐蕃军或吐蕃境内。

诗以直述故人失踪为始，"前年"为过去之泛指。随即慨叹故人生死不明，但观诗意，基本上是可以确定为战殁的，故有"死生长别离"语。但所谓"活不见人，死不见尸"，所以诗人内心还存有万一的希望，所以尾联说"欲祭疑君在"，从中体现出诗人对故人深切的思念、同情和担忧。此诗最佳是颈联，因为全师尽没，所以悲叹道"无人收废帐，归马识残旗"，其中所蕴含的悲怆、凄凉，真是催人泪下。

此诗对与吐蕃作战的将士寄予了深切的同情，对于战争的可怕也有所触及，更重要的是，它同时反映了唐朝日薄西山、国势不振的现状，并为此而感到担忧。种种情感，都寄托和附着在对故人的思念和祭吊上——虽云"欲祭疑君在"，其实也正是一篇悼诗。明人陆时雍在《诗境浅说》中评道："诗为吊绝塞英灵而作，苍凉沉痛，一篇哀诔文也。前四句言城下防胡，故人战殁，虽确耗无闻，而传言已覆全师，恐成长别。五六言列沙场之废帐，寂无行人，恋落日之残旗，但余归马，写出次句覆军惨状。末句言欲招楚醑之魂，而未见肴函之谷，犹存九死一生之想，待终成绝望，茫茫天涯，但有一恸。此诗可谓一死一生，乃见交情也。"

白居易

赋得古原草送别

离离^①原上草，一岁一枯荣。
野火烧不尽，春风吹又生。
远芳侵古道，晴翠接荒城。
又送王孙去，萋萋^②满别情。

【注释】

①离离：分披繁茂状。 ②萋萋：指草长得茂盛，《楚辞·招隐士》有"王孙游兮不归，春草生兮萋萋"句。

【语译】

原野上的芳草啊是如此茂盛，每一年都有一次繁茂、枯萎的循环。野火烧不尽它啊，春风吹起，它便又滋生出来。那远方的芳草，侵袭上了古老的道路，晴空下的绿意，连接着荒僻的城池。我又再次送别王孙公子离去啊，芳草萋萋，充满了满腔的离愁别绪。

【赏析】

这首诗又名《草》，据说是白居易十六岁时所作。这是一首五律，五言八句，是一个整体，不可割裂来看，但因为前两联太过有名，后人竞相传诵，往往因此而忽视了后两联，甚至有将前两联独立如五绝者，诗中意味因此而大变，甚至于南辕北辙，风牛马不相及。

前两联诗写春草，它在原野上如此繁茂地滋长，每年既有枯也有荣，野火虽能烧灭其茎叶，却烧不焦它的根，因此等第二年春风一吹，便重又滋生出来。倘独言此四句，仿佛是在歌颂野草顽强的生命力，即便受到外力（野火）所压迫，但其身虽死，精神不灭，终究还是能够一年又一年继续传承下去的。所谓"一岁一枯荣"，其实重点放在"荣"上，不管怎么"枯"，终究还是要"荣"的。倘独言此四句，诗人的用意自然如此。

然而，我们还要继续读下去，看后四句又说了些什么。颈联云"远芳侵古道，晴翠接荒城"，所谓"远芳"、"晴翠"也是在说春草，说它四处滋生，覆盖了道路，连接着城池。在

273

此，我们必须注意到两个形容词——"古"和"荒"，着此两字，似乎全诗的情感氛围却又不同。道虽辽远，却甚古旧，城虽高大，终已荒颓，其中所体现出来的，也是诗人所刻意要表现的，乃是一种淡淡的忧伤的氛围。倘若诗人只是为了借春草来赞颂一种不肯屈服、不肯低头，顽强生长、努力向上的精神，他为何要用这两个字呢？何不作"远芳侵衢道，晴翠接高城"呢？

诗人为什么要这样写，他所真正想要表达的究竟是什么含义？尾联给出了答案。"又送王孙去，萋萋满别情"，原来他写春草，是为了抒发离愁别绪，借用"春草生兮萋萋"的用意，以"萋萋"来谐音"凄凄"。所以春草滋生，并不代表喜悦的情绪，更不代表蓬勃生机，而向来是表达愁绪之滋蔓，无穷无尽，铲了又生，比如江淹《别赋》中就说："春草碧色，春水绿波，送君南浦，伤如之何？"由此我们再重来读前四句，意味却又迥然不同。

春草无穷无尽啊，代表着愁绪也无止境，春草年年枯荣啊，代表着愁绪次次滋生，春草烧了又长啊，代表愁绪一重紧接一重，永远不会消亡。所以颈联才会用同样表现哀伤、凄凉的"古"、"荒"二字，也所以尾联在送别前要加一个"又"字。诗人此番送别"王孙"，料想并不是第一次，也不是唯一的一次，此前此后，他多次沉浸在离别的哀伤中，为此才借春草之不死，以喻别情之不终。

白居易这首诗的前四句太过著名，倘若单独成篇，固可以解释为对蓬勃不屈的生命力的赞歌，但倘若返其本原，将五言八句统合来看，却不当如此解读。而因为前四句的影响和误读太过深远，现在很多人即便统解全篇，仍难免要提一下所谓春草的生命力的问题，那实在是鲁鱼豕亥，不知所云。

杜 牧

【作者介绍】

杜牧（803年~约852年），字牧之，号樊川居士，京兆万年（在今陕西省西安市内）人，唐代著名诗人。他是唐文宗太和二年（828年）的进士，授职弘文馆校书郎，后赴江西观察使幕，转淮南节度使幕，又入观察使幕，再任史馆修撰，膳部、比部、司勋员外郎，黄州、池州、睦州刺史等职，终官至中书舍人。

杜牧的文学创作有多方面成就，诗、赋、古文都可称为名家。他主张凡为文以义为主，以气为辅，以辞采章句为之兵卫，对作品内容与形式的关系有比较正确的理解，并能吸收、融化前人的长处，以形成自己的特殊风貌。在诗歌创作上，杜牧与李商隐齐名，并称"小李杜"，以相应唐朝前中期的李白、杜甫。其古体诗受杜甫、韩愈影响，题材广阔，笔力峭健，近体诗则以文词清丽、情韵跌宕见长。重辞采的时代倾向和他个人"雄姿英发"的特色相结合，风华流美而又神韵疏朗，气势豪宕而又精致婉约，就此产生了相当多的佳作。后世称其为"杜樊川"，有《樊川文集》传世。

旅 宿

旅馆无良伴，凝情①自悄然②。

寒灯思旧事，断雁③警愁眠。

远梦归侵晓④，家书到隔年。

沧江好烟月，门系钓鱼船。

【注释】

①凝情：凝神沉思。　②悄然：忧伤的样子。　③断雁：即孤雁、失群之雁，这里是指失群孤雁的鸣叫声。　④侵晓：破晓，黎明。

【语译】

旅舍之中没有好的旅伴啊，我凝神沉思，不禁黯然伤神。面对凄寒的灯火，我怀想着往事，耳听孤雁的鸣叫，惊悚着惆怅的睡眠。魂魄归乡啊，等破晓方才入梦，家信远寄啊，须来年才能送达。想那清澈的江水上风景绝美啊，钓鱼的船儿就系在门前。

【赏析】

诗的文字是俭省的，凝缩的，因此也便容易产生歧义，五言句最短（汉以后四言诗即不常见，三言更少），那么歧义之多生也便在情理之中。歧义之产生，未必是作者没有说清楚话，有时候纯出于读者想象力之过于丰富，有时候则是不细思上下句文意所造成的结果。即以此诗为例：

首联不会产生什么歧义，诗人宦旅在外，寄宿馆舍，孤清一人，无"良伴"以遣怀，于是内心越来越沉郁，"凝情"之际，"悄然"悲怆。他为什么而悲怆呢？观后文即知是因为思乡，更因为对宦途感到厌倦，从而思乡之情、思隐之意，也便更为明显。倘若说首联是直言其事，直抒心意，用语直白，不多雕饰的话，那么额联则是非常曲折、委婉，非常艺术性地抒发出自己苦闷的心情。"寒灯思旧事，断雁警愁眠"，本来也不大可能产生歧义，但却有人解说"灯不能思，却要寒夜愁思陈年旧事，物尤如此，人何以堪"云云，便正是想得太多，以致离题万里了。这里"寒灯"肯定不是主语，而是表"寒灯之下"含义的状语，主语应为诗人本人，只是省略了而已。诗人在寒灯之下，或者面对寒灯，回想往事，灯寒以状氛围之孤凄，灯自然不能思，这里丝毫也没有拟人用法之意，更何言"物尤如此，人何以堪"呢？

既然点灯，可知是在夜间，既是夜间，本当睡眠，但诗人却徒然闻听孤雁鸣叫，应和自己惆怅的心事，不禁悚然而惊，料想是很难入眠的，所以才可直承下句"远梦归侵晓"。梦如何"远"，又如何"归"？当是指梦中归乡之意，而故乡所在甚远。对于这一句，便有歧义产生，或解为"因距家很远，梦魂归家也只有到侵晓时才能到达"，恐怕不确。梦境与现实有极大的差距，梦中本无所谓远近之别，梦中想去哪里，即便难以到达，也并非因为所处甚远的缘故，故因家远而梦魂要走一夜，实属无稽。其实诗人正因听得孤雁鸣叫而惆怅，因惆怅而难以入眠，故直至破晓方才得梦。梦中虽然得以回归故乡，但时已破晓，很快便即醒来，不能长久梦游故乡，这才是此句凄怆之所在。

再云"家书到隔年"，因故乡所处甚远，寄一封信要来年才能抵达。这便又有歧义生成了，所谓"家书"究竟是诗人寄去家中的书信呢，还是家中寄予诗人的书信呢？私以为当以前一说为确。首先，诗人既在旅舍，则家中书信未必便能寄达他身边，其次，他若寄信还家，思须隔年才能送达，正好承接尾联。尾联云"沧江好烟月，门系钓鱼船"，或云是指思念中的家乡，或云即指身处的旅舍，这便又产生歧义了。私以为前三联情感凄婉悲凉，尾联言欲归隐，氛围却徒然显得空灵、恬静起来，这种突兀的转折，不可能出现在同一处地方。也就是说，诗人身处旅舍，正因思乡而悲，便不可能晨见舍外江水，说出"好烟月"的话来。这应当是他思念家乡，说家中正有清澈的江水，江上正有绝佳风月，家门前系着钓鱼之船，自己正该放弃宦游，回家去乘舟垂钓，效法先贤归隐。眼前所见，只是悲凉，念中故乡，才真能使诗人内心变得平稳、恬静下来。所以"家书到隔年"所指是自己写信归家，然后即以此意引发对家中好"烟月"的想象，如此分析，脉络才清晰，转折才自然。

许　浑

【作者介绍】

许浑（约791年～约858年），字用晦，一说字仲晦，祖籍安州安陆，寓居润州丹阳（即今天江苏省镇江市），晚唐著名诗人。他是武后朝宰相许圉师六世孙，唐文宗太和六年（832年）进士及第，先后任当涂、太平令，因病免。大中年间入为监察御史，因病乞归，后复出仕，任润州司马，历虞部员外郎，转睦、郢二州刺史。晚年归润州丁卯桥村舍闲居，自编诗集，曰《丁卯集》。

许浑的诗作皆为近体，以五七律尤多，句法圆熟工稳，声调平仄自成一格。清人田雯《古欢堂集·杂著》中赞其"声律之熟，无如浑者"，同时元人方回《瀛奎律髓》却批评他"专对偶"、"工有余而味不足"。

秋日赴阙①题潼关驿楼②

红叶晚萧萧，长亭酒一瓢。
残云归太华③，疏雨过中条④。
树色随关迥⑤，河声入海遥。
帝乡⑥明日到，犹自梦渔樵。

【注释】

①赴阙：即上京，阙即宫阙。　②潼关驿楼：潼关在今天陕西省的潼关县，是长安东面的重要关隘。驿楼即驿站之楼。　③太华（huà）：即西岳华山，在今陕西省华阴县内。　④中条：即中条山，一名雷首山，在今山西省永济县东南，因山形狭长，又位于太行山和太华山之间，故有此名。　⑤迥：远。　⑥帝乡：即京都，指长安。

【语译】

晚间的红叶萧萧响起，我在长亭之上端起一瓢酒来。只见残破的浮云仿佛返回华山，稀疏的雨滴经过了中条山。无边树木随着关隘一起远去，黄河滔滔，水声遥遥地冲向东海。明天就能到达长安了吧，但我却仍然梦见那渔人、樵夫的悠闲生涯。

【赏析】

前人解此诗，认为是许浑任润州司马前，赴长安等待选官，途经潼关时所作。我们注意到首联写"长亭酒一瓢",古时大道旁十里设一长亭,五里设一短亭,作为旅客休歇之用,虽然和驿站的功能有所重合,但终究不是同一类设施,题既言"驿楼",诗中又写"长亭",未免有矛盾之嫌。况且,长亭向来给人以送别的意象,而诗人此番是自己入京,也似与送别无涉。为什么会这样呢?我们需要了解到,此诗的题目还有一种说法,乃《行次潼关逢魏扶东归》——魏扶字相之,一度做到宰相。将两题结合起来,此诗的背景、来由也就清楚了,想必是许浑入京选官,走到潼关的时候,正赶上魏扶离京返乡,于是便在长亭设宴为其饯别,事后,诗人回到寄宿的驿站,一路归来,成句已然在胸,于是就题写在驿站墙壁上。

全诗的氛围豪阔大气,但豪阔中又寄托着淡淡的忧思,忧思后又隐含着矫然不群的傲气。首联点明时间、季节,是在秋季的夜晚,"红叶晚萧萧","萧萧"一词透露出少许悲凉之意,为何悲凉呢?因为"长亭酒一瓢",才刚送别归来啊。颔、颈两联都写景,既云"驿楼",想必这所驿站起码有两层建筑,登楼而望,视野非常开阔。诗人遥望着魏扶离去的方向,但见暮雨才收,所以说"残云"都涌向西面的华山去了,而"疏雨"刚从北面的中条山经过。周边密植树木,似乎与关隘凝成了一体,铺向暮色中的远方,而同时黄河奔涌的声音就在耳畔。此两联极浑厚,几有盛唐气象,重点就在于场景的阔大,北抵中条,西到华山,尽收诗人眼底,而黄河滔滔,其流东去,偏不言其流,却说水声也随之而去,直至根本望不见的海上。如此一来,诗中所描写的景物不仅仅是潼关周边,甚至不仅仅是中条山和华山之间的畿内地区,而简直扩展到整个中原。诗人似有胸怀天下之志,都在对景物的描摹中全盘托出。

尾联很值得咀嚼,诗人眼见即将入京待选,要重踏宦途,但他在梦中却仍然只见"渔樵",也就是说他的心思仍在山水之间、隐者之乡。这不是简单的自诩高洁,更非实际上去当官而表面上却标榜自己无意功名,对照诗题《行次潼关逢魏扶东归》便可得知,此间寄予着对魏扶的深深的同情。魏扶的生平,史无确载,但既云"东归",可见是因事而去官返乡了,因此诗人在送别归来后即作此诗,意思是对魏扶说:"当不当官也无关紧要,我虽然此去长安,或能得官,其实我的心是跟你在一起的,我的心仍在山水之间啊。"

早 秋

遥夜①泛清瑟②,西风生翠萝。

残萤栖玉露,早雁拂金河③。

高树晓还密,远山晴更多。

淮南一叶下④,自觉洞庭波⑤。

【注释】

①遥夜:即长夜。 ②清瑟:瑟音清逸,故有此称。陶潜《闲情赋》即有"褰朱帏而正坐,泛清

瑟以自欣"句。 ③金河：即银河。 ④淮南一叶下：指刘向《淮南子·说山训》中所言："见一叶落
而知岁之将暮"。 ⑤洞庭波：指屈原《九歌·湘夫人》中所言："嫋嫋兮秋风，洞庭波兮木叶下"。

【语译】

　　长夜飘荡着清幽的瑟声，青萝丛中西风渐起。残存的萤火虫栖息在寒凉的露水上，早
归的鸿雁掠过空中的银河。天亮之后，看到高大的树木仍很浓密，晴日里远山显得更为多重。
想起《淮南子》中"见一叶落而知岁之将暮"的成句，自然会感觉到洞庭湖也扬起了波涛。

【赏析】

　　诗写秋季，很准确地抓住了一个"早"字。首联就写西风渐起，青萝仍"翠"，接着颔
联写寒露初生，残萤犹在，早雁已归。但是最高明的还是颈联，"高树晓还密"，一个"还"
字，引人遐想：早晨树叶犹密，那么到了晚间又会如何呢？秋季终究已经来了，树密终究会
转化为叶疏的吧。至于"远山晴更多"，也就是说晴空下远山似乎比平日要显得更多一些。
山如何多法？其实诗人之意，是指因为天晴，所以远望所可得见的山峦要比平日更多，虽未
言秋，而秋之比夏，晴日更多，故有"秋晴"之谓，"晴"也是秋季一个重要的特色，被诗
人准确地把握住了。我们转回头来看，"残萤"、"玉露"、"早雁"皆有秋意，"金河"乍看与
秋无关，其实也是在写"晴"。前两联是写夜景，若非晴夜，银河如何能够澄亮呢？而银河
若不澄亮，早雁掠过，又如何能清晰得见呢？

　　但是仅仅这几句诗的话，总给人感觉欠缺了一点什么。是什么呢？原来是吟咏的主体，
也即诗人自己。景物终究是无情的，而诗歌不可能无情，无情的诗歌，仅仅描摹景物，比之
绘画，那就如同一张静物写生，只是练习，而不能算是完整的美术作品。我们可以看到，从
"西风"、"翠萝"、"残萤"、"玉露"、"早雁"、"金河"，直到"高树"、"远山"和"晴"，并
无一字情语，而情感也不能从这些看似平淡的直接描绘中透露出来。那么，此诗是否有情
呢？情在何处呢？原来情就在首句和尾联当中。中间都是写自然景物，首句却出瑟音，是非
自然的人为的声响，于是观察景物的主体就由此产生。尾联再连用两个故典，出"见一叶落
而知岁之将暮"的慨叹，诗人本身的情感就和自然之景完美融汇在一起了。

　　诗人的情感是澄澈、空灵的，同时带有一点淡淡的忧伤。秋晴如此美妙，不但在夜晚，
也在白昼，不禁使人的心灵得到洗涤，再进一步，诗人从中感受到了时光流逝，岁之将暮的
紧迫感，并由此而产生出不可言表的恬淡的哀愁来。

李商隐

蝉

本以高难饱，徒劳恨费声。
五更①疏欲断，一树碧无情。
薄宦②梗犹泛③，故园芜④已平⑤。
烦君最相警，我亦举家清。

【注释】

①五更：旧时自黄昏至拂晓一夜间，分为甲、乙、丙、丁、戊五段，谓之"五更"，又称五鼓、五夜。其中五更指天将明时，南朝陈伏知道《从军五更转》诗之五即有"五更催送筹，晓色映山头"句。　②薄宦：指官职卑微。　③梗犹泛：语出《战国策·齐策》，言苏秦阻止孟尝君相秦，说："今者臣来，过于淄上，有土偶与桃梗相与语。桃梗谓土偶人曰：'子，西岸之土也，挺子以为人。至岁八月，降雨下，淄水至，则汝残矣。'土偶曰：'不然。吾西岸之土也，土则复西岸耳。今子，东国之桃梗也，刻削子以为人，降雨下，淄水至，流子而去，则子漂漂者将何如耳。'今秦四塞之国，比若虎口，而君入之，则臣不知君所出矣。"这里是指身世依旧飘零无依。　④故园芜：语出陶潜《归去来辞》，有"归去来兮，田园将芜胡不归"句。　⑤已平：别本作"欲平"。

【语译】

蝉啊，你本来就居于高处，所以难得一饱，还徒劳地发出悲愤的鸣叫。从黑夜一直叫到五更拂晓，声音嘶哑，越来越稀疏，但碧绿的树木却仍然无动于衷。我官卑职小，四处飘零，故园已经长满了野草，为什么还不肯归去呢？辛苦你啦，蝉啊，是你警策着我，让我全家都和你一般清白。

【赏析】

李商隐的宦途，可以说是彻底的悲剧。

唐朝中后期，宦官专权，而朝臣中也因为出身门第和政治观点的差异而各结党派，攻讦不休，其中最著名的就是"牛李党争"。牛指牛僧孺，这一派大多是科举出身，门第不高，都靠寒窗苦读以得中进士，迈入宦途，他们一方面主张加强科举取士，一方面主张绥靖藩镇，以保证比较安稳的政治局面。李指李德裕，这一派大多出身于世家大族，倚靠父祖地位而进入官场，即所谓"门荫"出身，他们一方面主张加强门荫取士，一方面主张对于分裂倾向严重的藩镇予以坚决镇压，以维护朝廷的权威。两派不仅仅在出身和政治上有很大分歧，其中还挟裹以牛、李二人为主的私人恩怨，于是牛党上台，往往尽斥李党，李党上台则彻底排斥牛党，党同伐异，从唐宪宗时期开始，直至唐宣宗时期才结束，争闹了将近四十年。

李商隐就生活在这种大环境之下，他十九岁时即因文才而得到牛党干将、太平军节度使令狐楚的赏识，引之为幕府巡官，二十五岁进士及第，翌年即受聘于李党的泾源节度使王茂元幕为书记，王茂元也爱其才，招之为婿。因此，李商隐既为牛党所不容，认为他辜恩，又不受李党重视，被迫在两党的夹缝中求生存，于是无缘显官，只能辗转于各藩镇充当幕僚，郁郁而不得志，潦倒终身。

李商隐的这种悲哀，在这首《蝉》中有着非常鲜明、生动的表达，我们可以将其与骆宾王的《在狱咏蝉》对照来看。两者都是借蝉自况——古人不知道蝉吸树液而生，认为它只饮露水，故此不茹荤腥，不染俗尘，可为士人高洁之象征。此诗首句即言蝉"高难饱"，此"高"字表面上是指处树之梢，位置较高，实际上是暗指"高洁"。表面上说，蝉因处高，露水稀少，自然难以饱食，实际是说蝉因品德高洁，不为世俗所容，所以难得温饱——李商隐以蝉自喻，认为自己也是如此，他不肯蝇营狗苟，不肯谄媚牛李的任何一党，所以才总是沉沦下僚，有志难伸。

仁人志士不得所用，自然难免要发悲怨之声，但那又有什么用呢？正如蝉一般，即便"恨费声"，叫得再响，叫得再辛苦，也终究只是"徒劳"。颔联即承此意而细言之，说蝉终日鸣叫，直至五更，终于声嘶力竭，其声"疏欲断"，但即便如此，却"一树碧无情"。"碧"字用得甚佳，树木始终苍翠欲滴，自在自绿，根本视蝉为无物，听蝉鸣为无声。这里是以树木来暗指当道的权贵，他们根本不在乎有才的士人在议论些什么，在抱怨些什么，他们只是好官自为，故称"无情"。

此诗前两联写蝉，借蝉自喻，后两联则将主体转回到诗人自己，直接抒发内心愤懑之情。诗人说自己不仅"薄宦"也即不受重用，而且"梗犹泛"，如同苏秦寓言中的桃木人（桃梗）一般随水飘零，远离故乡。于今回想起来，只觉此坎坷宦途实在无益，于是乃发出陶潜一般"归去来兮，田园将芜胡不归"的慨叹，觉得还不如回乡隐居为好。此颈联略显颓唐，但随即笔锋一转，却又出自傲之语。

诗人既然以蝉自喻，那便是认为自己与蝉一般高洁，不染俗尘，于是他不仅引蝉为知己，还感谢蝉通过它的行为，通过它的鸣声来督促自己、警策自己，要"举家清"，全家都是一般的清洁无垢。这其实是自我警策，却借蝉而道出，全诗也在自我抒情后再回归于蝉，与前呼应，脉络清晰。因此纪昀赞道："前四句写蝉即自喻，后四句自写仍归到蝉，隐显分合，章法可玩。"朱彝尊也云："第四句更奇，令人思路断绝，三四一联，传神空际，超超玄著，咏物最上乘。"

风　雨

凄凉宝剑篇①，羁泊②欲穷年③。

黄叶仍④风雨，青楼自管弦。

新知遭薄俗⑤，旧好隔⑥良缘。

心断⑦新丰酒⑧，消愁斗⑨几千？

【注释】

①宝剑篇：典出张说《郭代公（郭震）行状》，载："公少倜傥，廓落有大志，十八擢进士第，判入高等，授梓州通泉尉。则天闻其名，驿征引见，令录旧文，上《古剑篇》，览而喜之。"　②羁泊：指羁旅漂泊，北朝卢思道《为高仆射与司马消难书》有"羁泊水乡，无乃穷悴"句。　③穷年：终身。　④仍：这里是加、又的意思。　⑤薄俗：浇薄的风俗。　⑥隔：阻断。　⑦心断：犹心碎，江淹《四时赋》即有"思旧都兮心断，怜故人兮无极"句。　⑧新丰酒：新丰为地名，故址在今陕西省西安市临潼区东。此典出《旧唐书·马周传》，载"（马周）西游长安，宿于新丰逆旅，主人唯供诸商贩，而不顾待周。遂命酒一斗八升，悠然独酌，主人深异之。至京师，舍于中郎将常何之家……为何陈便宜二十余事，令奏之，事皆合旨……太宗即日召之……与语甚悦，令直门下省，六年，授监察御史。"　⑨斗：别本作"又"。

【语译】

《宝剑篇》啊，何等地凄凉，而羁旅漂泊啊，眼看要伴随我终身。黄叶又兼风雨之日，青楼上依旧舞乐不歇。新朋友因为鄙薄的风俗而慢待我，旧朋友又阻隔重重无缘相见。新丰市上那使人心碎的美酒啊，为了借酒浇愁，又花费了我多少金钱！

【赏析】

据考证，此诗作于唐懿宗大中十一年（857年），李商隐游于江东，此时距他去世仅仅一年，则此诗可谓其一生坎坷遭际的写照，抒发内心愤懑不平之气，读来使人凄凉感怀，扼腕不已。

首句言《宝剑篇》，这是运用郭震的典故。郭震字元振，魏州贵乡（今河北省大名县）人，他十八岁举进士，任通泉县尉，后因献诗《宝剑篇》而得到武则天的赏识，立授右武卫铠曹参军，进奉宸监丞，他最后做到御史大夫、朔方道大总管，封代国公。《宝剑篇》的诗意，是以宝剑自况，虽有冲天之志，却"何言中路遭弃捐，零落飘沦古狱边"，所以李商隐说此诗"凄凉"。诗虽凄凉，但郭震因此却飞黄腾达，李商隐自认文才不在郭震之下，却偏偏无人赏识，导致"羁泊欲穷年"，则内心愤懑之意，开篇即全盘托出，奠定了全诗的基调。

颔联作鲜明的对比，"黄叶"是诗人自况，自己如同黄叶一般在风雨中飘零，"青楼"则是指权贵们放浪无行的生活，他们犹自在青楼上歌舞享乐，根本不管有才士人的悲惨遭际。那么，诗人自己为何会如此悲凉呢？为什么不为权贵所喜呢？颈联云"新知遭薄俗，旧好隔良缘"，或云是指牛李党争对他所造成的压逼——"'新知遭薄俗'谓郑亚、李回（皆李党）辈；'旧好隔良缘'谓子直（即令狐楚之子令狐绹），不能久居京师，翻使穷年羁泊"。其实这样解释过于落在实处了，而且以新知、旧好为对，倘若这般解释，则有怨怼李党而仍心寄牛党之意。倘若李商隐当时的政治倾向或者说感情倾向能够如此明确的话，他也不至于始终沉沦下僚，为两党所不用了。

所以说，这样解释不是很准确，要注意诗歌中所表现的况味，往往是一种比较泛泛的共性，而非独特事例，事事都要往特有所指上拉扯，便有深文周纳之嫌。其实颈联是颔联的补充，而非颔联的因由，李商隐只是继续抒发自己的愤懑，表述自己人生之坎坷，宦途之多舛而已，这里"新知"和"旧好"不仅并无实指，而且是互文，新知即旧好，只是泛指朋友而已。无论新知、旧好，其实都或"遭薄俗"或"隔良缘"，所以使他倍感孤单寂寞，心痛无人可解，心伤无人可表。

何谓"遭薄俗"？就是说很多朋友都因为李商隐先受牛党提拔，又为李党之婿，所以误解他辜恩、叛变，从此断绝了来往。何谓"隔良缘"？就是说那些并未误解李商隐的朋友，也因为他羁旅漂泊而相隔天涯，难以相聚。人生如此苦闷，最重要的是缺乏朋友的慰藉，所以李商隐才会感到如此凄凉落寞。

首联用了郭震的典故，尾联与之呼应，又用马周的典故。新丰市就在长安附近，向出美酒，古人吟咏此酒的篇章数不胜数——梁元帝萧绎即有"试酌新丰酒，遥劝阳台人"句，李白有"君歌杨叛儿，妾劝新丰酒"句，王维有"新丰美酒斗十千，咸阳游侠多少年"句，陆游有"愁忆新丰酒，寒思季子裘"句。唐初名臣马周曾在新丰遭人冷落，他痛饮美酒，不以为意，结果后来得常何举荐，为唐太宗所赏识。开篇言郭震得遇武则天，结末言马周得遇唐太宗，诗人以之对比自己，自己却始终沉沦下僚，没有得到过类似的机会。这难道不可悲吗？于是乃有"心断"之语。"几千"是指几千钱，古代铜钱以千钱为一贯，故有此谓，比如"新丰美酒斗十千"，就是十千钱也即十贯钱。诗人表面上是说想要借新丰酒来浇愁，即便花费再多也毫不吝惜，实际是暗指马周之事，也暗指自己怀念着都城长安，希望能够得朝廷赏识。然而这一切都只是梦想罢了，自己终究"羁泊欲穷年"，终究"黄叶仍风雨"，身已垂垂老矣，才能不得所用，报负不得伸展，只得寄之于诗，来一吐此胸中之垒块了。

【扩展阅读】

古剑篇

唐·郭震

君不见昆吾铁冶飞炎烟，红光紫气俱赫然。良工锻炼凡几年，铸得宝剑名龙泉。龙泉颜色如霜雪，良工咨嗟叹奇绝。琉璃玉匣吐莲花，错镂金环映明月。正逢天下无风尘，幸得周防君子身。精光黯黯青蛇色，文章片片绿龟鳞。非直结交游侠子，亦曾亲近英雄人。何言中路遭弃捐，零落飘沦古狱边。虽复沉埋无所用，犹能夜夜气冲天。

此《古剑篇》也即李商隐诗中所称的《宝剑篇》，结末两句所指乃《晋书》所载张华夜观天文，见丰城方向有剑气冲天，遂使雷焕为丰城令，雷焕即从丰城狱边掘得古剑干将、莫邪一事。所以说古剑"零落飘沦古狱边"、"犹能夜夜气冲天"，意指身如古剑，虽弃置埋没而志向不改。

落 花

高阁客竟^①去，小园花乱飞。
参差连曲陌^②，迢递送斜晖。
肠断未忍扫，眼穿仍欲归。
芳心向春尽，所得是沾衣。

【注释】

①竟：终于，终究。 ②曲陌：指曲折的田间小路。

【语译】

高高的楼阁上，客人终于还是散去了，小小的庭园中，只剩下落花乱飞。那落花错路不齐啊，直连向曲折的小径，远远地送别斜阳余晖。我肝肠寸断，不忍心去打扫，望眼欲穿啊，春天却仍然归去了。这花朵芬芳的心意随着春去而终于凋尽，所得到的，只有泪落沾衣罢了。

【赏析】

此诗可有两解，一解为思人，一解为伤春。所谓思人，首句便言"高阁客竟去"，遂因客去而见花飞，因见花飞而觉"断肠"，因觉"断肠"乃"所得是沾衣"。不过这么解释略有些牵强，还是以解为伤春似更准确。

问题主要在于，"高阁客竟去"的"客"究竟何所指？或谓即指春天，客去便是指春逝，或谓非实指，只是以曲终宴散来比喻春天归去。总之，春天终于逝去了，一个"竟"字，便出无穷喟叹惋惜之情，于是乃见园中落花飞舞。领联写落花无穷无尽，无边无涯，直接园中小径，并逐渐远去，则眼中所见，更重要的是心中所想，便均是落花矣。再写日暮"斜晖"，仿佛是落花送去，正是用昼之尽来对照春之尽。

从来惜春、伤春，总关人事，非独季候，所以颈联便落到诗人自己身上，先直言自身"肠断"，因怜念落花而"未忍扫"，再言自己如何惜春，但即便望眼欲穿，春天终究还是要离开。"芳心向春尽"之"芳心"，或指诗人自己的爱花、惜春之心，或谓是指花朵恋春之心，正因恋春，才当春归时纷纷飘落。两解均可，因为后一解其实正是前一解的拟人化。春天逝去，落花满径，诗人无可挽留，也只有落泪沾衣而已。"所得"二字甚佳，指诗人耗费心力，欲留春住，但所费与所得并不相配，种种无奈凄婉，便毕现于纸上。

此诗为诗人的自怜自叹，而借落花为喻。春逝即指大好青春已然逝去，虽耗费心力却终究抱负难伸，一事无成，于是自身便如晚春之落花一般，随风飘零，无可依托，则除去哀伤落泪，他还能怎么办呢？

凉 思

客去波平槛，蝉休露满枝。
永怀当此节，倚立自移时。
北斗兼春远，南陵①寓使②迟。
天涯占梦数③，疑误有新知。

【注释】

①南陵：即今安徽省南陵县，唐代属宣城郡。 ②寓使：一说指传递书信的使者，一说指诗人奉命前往南陵，寓居于此。 ③数（shuò）：频繁、多次。

【语译】

你离去的时候，水波还和栏杆齐平，如今蝉声已歇，露水挂满了枝头。当此秋日，最易怀思远人，我倚栏而立，已经不知道过去了多少时间。你所在的北方，便如同春天一般遥远，我寓居的南陵，信件迟迟不能抵达。相隔天涯，被迫频繁地占卜梦境，梦中指示，说你已经因有新知而忘记了旧友……

【赏析】

李商隐的前一首诗写伤春，而这首诗则是悲秋，并蕴含着思念故人之意。据考证，此诗或作于大中九年（855年），李商隐担任盐铁推官，离开京城往赴东南地区，或曾受盐铁使崔郸之命前往宣城一带公干。

开篇便言"客去"，点出思人。客去之时，"波平槛"，也即水波与栏杆齐平，是江湖水高涨之时，当为春夏之际，接着说"蝉休露满枝"，蝉鸣已息，露水挂满枝头，这是说秋天已到。虽未如题中般言出"凉"字来，而凉意已显。此言所思之人去之已久，去时尚为春夏，而此时已是秋季。

秋意凄凉，正引动人相思之念，于是乃有"永怀当此节"句，"此节"即指此时、目下的秋季。诗人因相思而凝神，因凝神而"倚立自移时"，一任时光飞纵，却迟迟不肯离开。颈联云"北斗"，北斗星在天之北，拱卫天顶北极，故此当是以北斗借指京都长安，此言客去之所，是在长安。春已远去，客亦远去，因此将北斗与春天相提并论，春之远是时间概念上的远，长安之远是空间概念上的远，将时空并列而论，颇有新意。诗人怅望长安，但身却在南陵，奉公出使，迟迟不得归还，自然不免内心惆怅万千。

尾联写天涯相隔，不得重聚，内心患得患失之际，于是频繁占梦，而占卜的结果，却说

"有新知"，朋友已经交上新朋友了，把我这个旧友彻底给遗忘了。"有新知"前加"疑误"二字，可见本是自己的妄自揣测，真实情况未必如此，纯因内心的孤寂、忧虑而胡思乱想，自己亦觉可笑，却又不禁悚然而惊。

此诗借秋凉以抒秋悲，秋悲的根由乃是客居异地，友人远去，不得重聚，相思无已故。可是我们仔细揣测诗味，似乎又有另一重深意。李商隐本人"寓使"于外，所思之人却在长安，思而不得见本亦常态，却要反复占梦，还疑心朋友是有了"新知"而忘旧友，这般心理状态实在不甚正常，似有偏执之意。因此我们便不禁怀疑诗中所谓的"客"其实并不存在，诗人所思念的并非朋友，而仅仅是所谓朋友所往、所居的长安，长安是李唐王朝的都城，是朝廷所在地，则李商隐所思者，正是朝廷也。他羁旅在外，思念中央朝廷，更疑朝廷已淡忘了自己，自己再无重返长安之日，为此而于秋凉之际，吟诗志哀——似乎只有这么解释，才能真正说得通，也才能真正地理解诗人为何悲怆如此之深。

北青萝①

残阳西入崦②，茅屋访孤僧。
落叶人何在，寒云路几层。
独敲初夜③磬，闲倚一枝藤。
世界微尘里④，吾宁⑤爱与憎。

【注释】

①青萝：疑为地名，查河南省济源县西王屋山中有青萝斋，浙江省浦江县内有青萝山，或即所指。　②崦（yān）：本意为指崦嵫（zī）山，在今天的甘肃省天水市西，《山海经》载："鸟鼠同穴山西南曰崦嵫，下有虞泉，日所入也。"此处泛指山，李商隐《送从翁从东川弘农尚书幕》即有"一川虚月魄，万崦自芝苗"句。　③初夜：才刚入夜，指黄昏。　④世界微尘里：典出《法华经》，载："譬如有经卷书写三千大千世界事，全在微尘中。"⑤宁：何，哪里。

【语译】

残阳西落，沉入山坳，我前往茅屋探访孤独的僧侣。落叶满径，人在何处呢？寒云遮蔽，不知道路共有几重。黄昏时分，他独自敲起了钟磬，悠闲自得地倚靠着一株古藤。大千世界不过蕴含在一粒微尘之中，我为什么还要去考虑何者为爱，何者为憎呢？

【赏析】

这是一首禅诗，前三联言入深山而访孤僧，尾联点出心中领悟。

首联先道入山访僧事，此僧"孤"而居于"茅屋"，可见是隐居苦修的僧侣，而非名山大刹之中披着宗教外衣却只知受香客供奉的名利中人，诗人因此而往访，并因此而得悟。领联又云"落叶"、"寒云"，正合"孤"字，为此僧避尘世而独居也。亦见道路曲折，诗人访

　　僧的过程，似乎也是感悟大自然从而得悟的过程，此过程虽然曲折，被落叶、云雾所遮，几乎不见其人，但他终究还是访到了。

　　颈联即言见僧，此僧独于夜间敲磬，便出深幽、恬然之意。他闲倚老藤，以示无所欲而无所求。于是诗人乃悟，正如佛经所言，大千世界不过虚幻，更如粒米微尘，以佛之眼看来，真是小到不能再小，而尘世间种种羁绊，也实在无由挂心。现在我们知道，宇宙确实极其宏大，我们所居住的世界或说地球，放诸浩瀚宇宙当中，恐怕还不如微尘，诗人因此而慨叹，说我的种种热爱、憎恶，究竟有什么意义呢？还有必须去执着吗？

　　表面上看起来，诗人是放下了爱憎，但实际上正因放不下，才会因一时的感悟，觉得可放下而欣悦。再统观全诗，总出孤清气氛，除尾联若隐若现感悟的欣悦外，实在亦无喜可言。可见诗人之感悟，来自于避世，而其避世，正来自于俗世之浑浊。李商隐所处的时代，已届晚唐，盛世久已终结，末日即将到来，朝政亦日薄西山矣。这是大环境之不堪，再联系到诗人本身坎坷沉沦的遭际，也便能够理解他爱之浓而憎之深，但爱憎却又无从体现和发泄的悲怨，于是只得暂时性地逃避，乃借访僧和悟禅来一吐胸中块垒。

温庭筠

【作者介绍】

温庭筠（约812年～约866年），本名温岐，字飞卿，太原祁（在今天的山西省祁县东南）人，唐代著名诗人，早期词人。他因为恃才不羁，又好讥刺权贵，多犯忌讳，所以屡试不第，终身不得志，官终国子助教而已。

温庭筠文思敏捷，据说他每入试，押官韵，八叉手而成八韵，故此人称"温八叉"。他精通音律，工于诗作，与李商隐齐名，时称"温李"，但成就远不如李。其诗辞藻华丽，秾艳精致，其词多写闺情，为"花间派"重要词人，对词的产生发展影响很大，与韦庄齐名，并称"温韦"。

送人东归①

荒戍②落黄叶，浩然③离故关。
高风④汉阳渡，初日郢门⑤山。
江上几人在，天涯孤棹还。
何当⑥重相见？樽酒慰离颜。

【注释】

①送人东归：所送之人不详，别本作"送人东游"。 ②荒戍：别本作"古戍"。 ③浩然：典出《孟子·公孙丑上》，载孟子云："我知言，我善养吾浩然之气。"公孙丑问何谓"浩然之气"，孟子回答道："其为气也，至大至刚，以直养而无害，则塞于天地之间。其为气也，配义与道；无是，馁也。是集义所生者，非义袭而取之也。行有不慊于心，则馁矣。"此处即指正大豪迈之貌。 ④高风：指秋风。 ⑤郢（yǐng）门：在今天湖北省荆州市境内。 ⑥何当：意即何时才能。

【语译】

荒凉的戍垒上黄叶飘落，你就此豪迈地离开了古老的城关。汉阳渡口秋风卷起，郢门山上红日初升。长江浩荡，有几人还在啊，你孤身乘船前往天涯海角。不知何时才能再次相见呢？那时候，用一杯酒来告慰离别的伤痛吧。

【赏析】

据考证，此诗当是温庭筠于唐宣宗大中十三年（859年）贬隋县尉之后，唐懿宗咸通三年（862 年）离江陵之前的作品，很可能作于江陵，诗人时年五十岁左右。诗题或作"东归"，或作"东游"，私以为当以"东归"为是，因其中有"天涯孤棹还"句，明是还乡，故不当为"东游"。

此诗悲凉慷慨，与温庭筠花间词味迥然不同。词刚产生的时候，被称为"诗余"，认为是小道，多吟咏闺中闲情，当时普遍认为这种新的诗歌形式是无法承载比较豪迈、正大的感情、韵味的，所以温词虽委婉，而温诗则未必然。首句言送别之地点、时间，地点是在"荒戍"，时间是黄叶飘零的秋季，悲凉之意于是尽显。但是诗人随即笔锋一转，出"浩荡"二字，则风味陡然超脱于普通的离愁别绪，其中寄托着对所送别之人毫不吝惜的赞美和殷切的期望。

因此我们再来看"高风"、"初日"二词，便可在外在的摹景之中，寻见一层更深的含义。秋风不言秋风，而要说"高风"，这无疑也是影射所送别之人高风亮节，"初日"则更见其如日初升的非凡气概。温庭筠因忤权贵而不得大用，蹉跎半生，终于垂垂老矣，其内心的凄凉、哀伤自不待言，于是他将期望全都寄托在所送别之人身上，此人或为少年俊彦，诗人的晚辈。

颈联再云"江上几人在"，既是实际写景，也暗含诗人已老，交游零落之意，而此送别之晚辈又"天涯孤棹还"，离他而去，则诗人独居楚地，更显孤寂凄凉。尾联期望能够重聚，却又不知重聚是否有日，究在何日，想象重聚之日当对饮以抒此番别后之情，种种哀伤惆怅，或可得到慰藉，情感浓厚，惜别之意溢于言表。但此亦老生常谈而已，尾联之意味，比前三联要差得多了。

马 戴

【作者介绍】

马戴（799年~869年），字虞臣，定州曲阳（今天江苏省东海县）人，晚唐诗人。他早年屡试落第，因此到处漫游，南极潇湘，北抵幽燕，西至沂陇，久滞长安及关中一带，并曾隐居于华山。唐武宗会昌四年（844年）始中进士，后为太原幕府掌书记，以直言获罪，贬为龙阳（今天湖南省汉寿县）尉，懿宗咸通末，佐大同军幕，咸通七年（867年）擢国子博士。

马戴工诗属文，其诗凝炼秀朗，含思蕴藉，饶有韵致，无晚唐纤靡僻涩之习，尤以五律见长。他与薛能、顾非熊、殷尧藩等友善，均有诗篇往来；又与贾岛、姚合为诗友，唱酬尤多。《全唐诗》存录其诗二卷。

灞上秋居

灞原风雨定，晚见雁行频。
落叶他乡树，寒灯独夜人。
空园白露滴，孤壁野僧邻。
寄卧郊扉久，何年致此身①？

【注释】

①致此身：指出仕做官，《论语·学而》载："子夏曰：'事君能致此身。'"朱熹注："致，犹委也。"

【语译】

灞上风雨才刚停息，晚间但见鸿雁频繁地飞过。落叶飘飘，本是他乡之树，夜晚寒灯，映照着我这孤独之人。空旷的园中白露滴落，孤寂的隔壁只有山野的僧人。我已经客居在郊外很久了，要什么时候才能出仕为官呢？

【赏析】

此当为马戴进京应试，而屡试不中时作。因京城物价昂贵，外来士人大多取京郊偏僻处寄宿，马戴因此而居于灞上，眼见秋已到来，不知自己前途究竟如何，亦不知何时才能返乡，凄凉悲怆之下，乃作是诗。

首联先言所处之地，继而言风雨之后，旅雁频飞。风雨晚来才息，大雁恐误路程，因而黄昏疾飞，诗人见雁而起思乡之念，于是紧接领联，云所处他乡，落叶纷纷。中国人向来有"落叶归根"的说法，此即借落叶而再明言思乡。然而诗人在考中之前，终究是无颜回乡的，于是只得独对孤灯，夜不能眠。

首联有"晚"字，而颔联有"夜"字，乍看起来似乎有点重复。诗歌要尽量避免重复用字、重复用意，除非能够别开生面地更出一层意境，否则"晚"、"夜"之类的字眼，可一而不可再。但细观之，诗人不言"夜灯孤寂人"，却言"寒灯独夜人"，则此"夜"字并不仅仅表述时间，而更有孤寂一身，整夜难眠意，与前"晚"字便不觉重复。"他乡"是常用词汇，而所对"独夜"是诗人生造，指独自一人度过寒夜，如此运笔，便在曲折委婉中出深邃用意，此联甚佳。

秋之至也，风雨晦暝，旅雁频飞，落叶纷纷，寒气袭人，白露滋生，此亦常见意向，但诗人别出心裁地在"白露"后出一"滴"字，则见露滴之声，似乎清晰可闻，从而园之空旷无人，夜之寂静无声，便由此字而备悉道出。一个"空"字，一个"滴"字，便见所居偏僻，孤清无伴，但诗人仍不肯罢休，复言"孤壁野僧邻"，周边非无人也，但所邻也只有一个山野孤僧而已。"野僧"自当居于偏僻无人之地，而诗人被迫居于偏僻无人之地，两者相邻，却又无可走动，则孤清之意更浓。无人处能显孤清，并不出奇，而有人处却更显孤清，诗人笔法老练，值得再三叹赏。

只可惜诗之本意，是诗人仕宦无门，寂寞难耐，他不言欲有所为，怀大抱负，而只言"致此身"，也即简单的运用仕宦之代称，终究格调难高。倘若尾联能出或为国，或为民，哪怕只是为了达成个人的雄心、抱负，只是想使自己的所学有所运用，都要比简单地慨叹"寄卧郊扉久，何年致此身"要来得高明些。

楚江怀古

露气寒光集，微阳①下楚丘。
猿啼洞庭树，人在木兰舟②。
广泽生明月，苍山夹乱流。
云中君③不见，竟夕自悲秋。

【注释】

①微阳：微弱的阳光，指夕阳。 ②木兰舟：木兰即辛夷，是一种香木，以木兰为舟，有自诩高洁芬芳之意，语出《楚辞·九歌·湘君》中"桂棹兮兰枻，斫冰兮积雪"句。 ③云中君：古代楚地所崇敬的云神，《楚辞·九歌》中即有"云中君"一篇，以祭祀云神。

【语译】

露气凝聚着寒冷的光芒，黯淡的夕阳落下了楚地的山峦。洞庭湖畔的树林间响起了猿猴的哀鸣，我乘坐着木兰所做的香舟飘荡在水上。广袤的湖泊啊，当此明月初升，在苍茫的山势间湍流纵横。到哪里去寻找那云中仙人啊，我整晚都徒然地为秋天而悲伤。

【赏析】

此诗当为马戴被贬为朗州龙阳县尉时所作，因龙阳地近洞庭。诗中抓住了两个代表悲凉的意象，一为秋季，二为楚地。所谓"悲哉秋之为气也，萧瑟兮草木摇落而变衰，憭栗兮若在远行，登山临水兮送将归"，诗人被外放偏远之地，又逢秋寒，自然悲从中来。首句"露气"即言秋气，露水反射到人眼眸中的光芒，清冷孤寒，一个"集"字，即将景物带给诗人的凄怆氛围全盘托出。至于楚地，开发较晚，唐时仍属半蛮荒之地，于是见微弱的夕阳落于山后，更觉其冷，再闻洞庭湖畔哀猿啸叫，至此而悲之极矣。

领联是佳对，虽然"啼"对"在"不甚工，但意境全出，出句为猿、为景、为物，对句为我、为事、为人，仿佛人在舟中，便闻岸上猿啸，猿在岸上，哀声又直刺人心，看似风牛马不相及的两个个体，便因一段凄怆、孤清而完美地结合在了一起，绘成一幅清淡而哀伤的洞庭泛舟图画。即此出现了诗的主体，于是便顺畅地转向颈联，人在舟上远眺，但见湖泊浩大无垠，明月初升，又见苍山重重，包夹着奔湍的溪流。视野瞬间放至极大，于是更见宇宙宏伟，而人之渺小，位于其中，更显孤清。

诗题为《楚江怀古》，但所写均为对洞庭湖及其周边景物的描绘，似无怀古意。其实怀古只在结末一句，言"云中君不见"，此云中君为楚地上古之云神，秋高气爽，明月高升，自不见云，因有此谓，然而其中暗指，却是创作过《九歌·云中君》的屈原。屈原因不合流俗，见嫉而遭放，最终投汨罗而死，屈原的诗篇，很大一部分都是借祭祀神仙，或者思恋爱人来表达自己虽杰出而不为君所用，虽高洁而不为世所容的悲怨，诗人就此怀念屈原，所表达的也是此种含义。所以前面才会有"木兰舟"之句。

全诗悲秋，从写秋景起，并融入乘坐木兰舟的自己于宏伟画卷之中，最后仍以"竟夕自悲秋"为结，其中"自"字，更见这份对于个人遭际的悲感是徒劳无益的，并不能改变自己的处境，正如屈原也要以殉国而终一般。所谓"怀古"，本为伤今，所以怀古虚点，伤今却实写，笔法非常新颖，在怀古诗中可谓独树一帜。

至于此诗的风格，俞陛云在《诗境浅说》中说："唐人五律，多高华雄厚之作，此诗以清微婉约出之，如仙人乘莲叶轻舟，凌波而下也。"然而"广泽"、"苍山"一联，眼界阔大，却非"清微婉约"四字所可以概括，大抵晚唐诗从高华雄厚向清微婉约转化，而马戴此作恰居中流，雄厚或有不足，却还未彻底堕入婉约之流俗。

【扩展阅读】

楚江怀古 其三

唐·马戴

野风吹蕙带，骤雨滴兰桡。屈宋魂冥寞，江山思寂寥。阴霓侵晚景，海树入回潮。欲折寒芳荐，明神讵可招。

马戴共作过三首《楚江怀古》，《唐诗三百首》所选为第一首，上面则是第三首，应当统合来读。第一首虚点怀古意，第二首纯写景物以抒情，此第三首则怀古意最为浓厚，从"屈宋魂冥寞，江山思寂寥"一联即可看出，诗人所怀的正是以屈原、宋玉为代表的古代楚地诗人，以他们高洁的品德来自况，也以他们遭际之不幸来对比自己坎坷的宦途，从而一吐胸中垒块。

张　乔

【作者介绍】

张乔，生卒年不详，池州（今安徽省贵池县）人，唐懿宗咸通年间中进士，当时与许棠、郑谷、张宾等东南才子共称"咸通十哲"，宦途坎坷，黄巢起义开始后，他隐居九华山而终。其诗多写山水自然，不乏清新之作，其清雅巧思的风格近似于贾岛。《全唐诗》录存其诗二卷。

书边事

调角①断清秋，征人倚戍楼。
春风对青冢②，白日落梁州③。
大漠无兵阻，穷边④有客游。
蕃情似此水，长愿向南流。

【注释】

①调角：犹吹角。　②青冢：指王昭君墓，在今天内蒙古自治区呼和浩特市，据《归州图经》载，胡地草多白色，唯昭君墓上草青，因号"青冢"。　③梁州：此指古九州之一，大致范围为今天四川省的大部分、重庆市，以及陕西省西南部，也即唐代的西北边境地区。　④穷边：指最边远之地。

【语译】

号角吹响，遮断了秋季的清冷，远征的战士啊，倚靠在戍楼之上。春风直对着昭君的青冢，白日落在梁州边境。从此大沙漠上没有战乱阻隔，如此遥远之处我也能来遨游。但愿外族的心就和这条河水一样，一直向南方的中原流淌吧。

【赏析】

这首诗描写西北边地风光，其用意就在最后一联："蕃情似此水，长愿向南流。"所言"此水"，不详，当是诗人所经西北某地的河流，由北向南流淌，或许即指黄河西北—东南向的某一段。诗人由此地而望，长安在其东南，故觉河水南流，似指向长安方向，也即指向唐朝朝廷，他希望外族之心也能如同河水一般，永远地归向朝廷。

诗人为何会发此感慨呢？这应当是与其时代背景相关联的。唐朝和吐蕃之间虽为姻亲，却经常爆发战争，尤其在"安史之乱"以后，唐朝已无力控制西域，因而吐蕃的势力向北扩张，甚至占据了河西、陇右等地。但进入 9 世纪以后，因为频繁的对外战争和内部倾轧，吐蕃国势、军力都大规模衰退，于是唐穆宗长庆元年（821 年），吐蕃可黎可足赞普派专使到唐朝请求会盟，缔结友好盟约，823 年在拉萨树立起唐蕃会盟碑。接着，到了唐宣宗大中五年（851 年），沙州（今甘肃省酒泉市一带）爆发了民众起义，在张议潮等人的率领下，出兵收取原属唐朝，已被吐蕃统治多年的瓜、伊、西、甘、肃、兰、鄯、河、岷、廓十州，张议潮并派其兄张议潭奉沙、瓜等十一州地图入朝，接受唐朝的领导，唐宣宗即封张议潮为归义军节度使。大中十一年（857 年），吐蕃将领尚延心又以河湟地降唐，唐朝的西北边境至此终于稳定下来，此后战争的频度和规模都大为降低。

张乔此诗，应该就是在此背景下，他得以轻松地踏足西北，游览祖国大好风光时所作。诗的开篇先说清秋时节，仍有角声响起，远戍的士卒们都倚靠在军垒、戍楼上，这是西北边地战区风貌的常规描写。或谓"倚"字便有太平意，不言"守"而言"倚"，正因为暂无战事，这种猜测恐怕不确。从来诗写征人思乡，也多用"倚"字，难道都是太平无事吗？

张乔真正描写边地太平的语句，是从颔联开始。先言"春风对青冢"，此"春风"并非实指，因首联即言"清秋"，秋季又何来春风吹拂？此春风当是指和煦温暖之风，以表达安宁、平静的氛围。王昭君和亲出塞，使南匈奴倾心归附汉朝，烽烟再不重燃，对于国家、民族都是有大功的，古人认为其坟上独生青草，故名"青冢"，也表达了对昭君的感激和热爱之情。诗人此言春风吹至青冢，是借汉事以喻唐代，说唐、蕃又得为兄弟、姻亲之邦，从此兵戈不兴。

昭君青冢在北方，而非西北，所以此联出句为虚，对句才是实。对句言"白日落梁州"，古梁州即关陇蜀一带，包括唐朝新近从吐蕃手中收复的地区，也包括交界的地区，白日落山，是诗人眼前所见实景，意象宏大，突出此地域之广袤无垠。颈联直言西北大漠已无战事，无兵戈所阻，因而自己这般普通士人而非军将都能前来游赏。"客游"二字出闲暇意，真正反映了地方上的太平无事。

全诗先从西北边塞戍楼连望、兵戈不息的惯常写法为开端，接着虚言青冢，实言梁州，引出今日事态已与前日大不相同，然后平铺直言战乱止息，层层推进，最后诗人才终于自然而流畅地发出希望这般太平、安宁可以永远延续下去的期望。古人向以中国为中心，认为外族只要归化于中国便能太平无事，这是当时人的普遍想法，甚至包括绝大多数外族人，也多作如此想，所以结句并没有蕴含或显露着什么大中国、大汉族主义，我们不能以近现代的民族主义概念去要求古人。

此诗意境高阔而深远，运笔如高山流水般奔腾直下，而又回旋跌宕，故此俞陛云在《诗境浅说》中赞道："此诗高视阔步而出，一气直书，而仍顿挫，亦高格之一也。"

崔 涂

【作者介绍】

崔涂（854年~？），字礼山，大约为今天浙江省富春江一带的人，晚唐诗人。他是唐僖宗光启四年（888年）进士，宦途坎坷，终生飘泊，曾长期羁旅巴、蜀、秦、陇间，因此其诗歌多以飘泊生活为题材，哀伤怨怒，情调苍凉，写景状怀，往往动人肺腑。《全唐诗》存其诗一卷。

除夜有怀

迢递三巴路，羁危①万里身。
乱山残雪夜，孤烛②异乡人。
渐与骨肉远，转于僮仆亲。
那堪③正飘泊④，明日岁华⑤新。

【注释】

①羁危：在艰险中羁旅漂泊，危在这里是艰难险阻意。 ②孤烛：别本作"孤独"，疑因字相近而讹误。 ③那堪：怎能忍受，怎能禁得起，"那"即"哪"，"那堪"即"哪堪"，古无哪字。 ④飘泊：别本作"漂泊"。 ⑤岁华：指岁月、年华。

【语译】

那遥远的巴地的道路啊，我一身艰险，离乡万里而行。如今在残雪纷乱的山峦中过夜，面对孤零零的烛火，独做异乡之客。逐渐和骨肉至亲都疏远了呀，反倒和身边的仆人越来越亲近。怎能禁受得起这般漂泊的生涯呢？眼看明天就是新的一年又到来了。

【赏析】

客居异乡，又逢新年，乃倍感思亲，亦倍感凄怆，这可以说是中国古代诗歌中非常常见的题材。为什么会这样呢？一则中国人重乡土，不尚远游，但与之相对的，中国的疆域又过于辽阔，古代交通不发达，士人为了仕宦而经常不得不远游，并觉归乡路迢，遥遥无期。崔涂之诗正是其中的佳作，尤其中间两联构思精妙，最令人读之而生同感，不觉泣下。

首联写明凄凉感怀的缘由，是因为身在三巴，而望故乡江南，相隔万里，不仅仅道路曲折坎坷，而且自己也一路经风历雨，尝尽艰辛。"羁危"之"危"，既指路途、山川形势，也指自己的遭际。颔联写"孤烛异乡人"，我们可以对照司空曙的"雨中黄叶树、灯下白头人"和马戴的"落叶他乡树，寒灯独夜人"，如前所述，司空曙句最佳，而马戴"独夜"的构造也极精妙，相比之下，崔涂诗似显平淡。然而其所对的并非"黄叶"、"落叶"，却为"乱山残雪夜"，又与前两诗不同。一则前两诗所写为秋季，故出言叶，而此诗是写于除夕之夜，故而言雪，季节不同，诗人眼中所见，从而生发内心所感的事物自然不同。二则，云黄叶、落叶，皆感身处荒僻孤舍，内心凄凉，眼界偏小，而言"乱山残雪"，却是身处深山之中，眼界较为开阔，也正符合三巴多山的特征。山非乱也，其实心乱，雪非残也，其实情残，以景应情，出句佳妙，从而衬托着对句也独上层次，不比"灯下白头人"和"寒灯孤夜人"为差。

或有将"孤烛"讹为"孤独"的，则不惟对仗不工，而且意境也显肤浅，语言显得过于平白，故知诗人原意、本作，必为"孤烛"无疑。

颈联本从王维《宿郑州》诗中"他乡绝俦侣，孤客亲僮仆"的后句化出，前人或谓王维五字，崔涂衍为十字，认为王诗为佳，其实未必。客居既久，身畔无亲无友，唯僮仆耳，则自然与僮仆为亲，此意王诗、崔诗皆同，是为了表达自己离乡既远，客居又久意。但"僮仆亲"却未必"骨肉远"，因为这里的"远"不是指空间上的距离，而是指心灵上的距离，"渐与骨肉远"，不是说自己越行越远，而是指自己长年客居在外，于是和骨肉至亲越来越显疏远。身畔唯僮仆可亲，固是一悲，而与至亲反倒疏远，则更悲之甚也，因与至亲疏远而不得不"转于僮仆亲"，则是第三层悲感。王诗中所言只是一层悲感，崔诗直敷衍出三层悲来，并非简单地把五个字拉伸成十个字。

结句言自己内心已极疲惫，不堪再度漂泊，然而心虽如此想，身却仍在外，于距离故乡万里外的三巴地，眼看又要迎来新的一年，就此将别乡、飘零和孤独的情感作最后总结。此结句亦佳，但总不如中两联更能撼动人心。清人贺裳在《载酒园诗话又编》中评道："读之如凉雨凄风飒然而至，此所谓真诗，正不得以晚唐概薄之……崔长短律皆以一气斡旋，有若口谈，真得张水部（张籍）之深者。"此言至当。

【扩展阅读】

宿郑州

唐·王维

朝与周人辞，暮投郑人宿。他乡绝俦侣，孤客亲僮仆。宛洛望不见，秋霖晦平陆。田父草际归，村童雨中牧。主人东皋上，时稼绕茅屋。虫思机杼悲，雀喧禾黍熟。明当渡京水，昨晚犹金谷。此去欲何言，穷边徇微禄。

王维此诗亦言别乡，"孤客亲僮仆"之句发前人所未言，非常深刻而具感染力。但是

王维笔下与之相对相应的，是"他乡绝俦侣"，只是表面上的分别而已，不如崔涂诗中"渐
与骨肉远"，所写是心灵上的渐行渐疏，其意更为深刻，情感也更为悲凉。

孤　雁

几行归塞尽，念尔独何之^①？
暮雨相呼失，寒塘欲下迟。
渚云低暗度，关月冷相随。
未必逢矰缴^②，孤飞自可疑。

【注释】

①之：往。　②矰缴：矰即系绳的短箭，缴是系箭的长索，两者并称，即指系绳射鸟之箭。

【语译】

多少鸿雁都已结成行伍返回了塞外，我牵挂着你，为何独自一个飞行呢？黄昏落雨之
中，你呼唤着同伴，却已失群，经过寒冷的池塘，你想要落下，却又迟疑。洲边低沉的云
雾啊，你悄悄飞过，关上冷清的月色啊，只有它相伴着你。你未必是因为遭逢猎人射箭而
受了伤，但想来独自飞行，一定有特殊的原因吧。

【赏析】

此诗乃借孤雁自喻，诗人飘零江湖，无偶无伴，正如前一首诗中所写"渐与骨肉远，转
于僮仆亲"，因此见孤雁而伤自身，乃作是诗。

创作此诗的季节，应当是在春季，因为只有春季，大雁才会北飞，归于塞外，因此开篇
即言"几行归塞尽"。鸿雁结队飞行，故云"几行"，诗人所见的其他大雁都已飞出塞外，故
云"尽"，独余一匹孤雁，孑然一身，翩翩独飞，因此诗人询问"尔独何之"？你孤单一身，
要飞到哪里去呢？前加一"念"字，表现出诗人对孤雁的关注之深，正因自觉遭际与孤雁相
似，于是才产生出这种情感来。

中两联皆写孤雁独飞之状，先言与友伴在"暮雨"中相失，虽百般呼唤，却得不到回
应，再写孤雁飞行艰难，经过寒塘，似欲落下歇脚，但又犹疑不决。孤雁在低沉的云中穿
梭，身侧唯冷月相伴，其中附着的几个意象，如"暮雨"、"寒塘"、"云低"、"月冷"，都构
造出凄冷、孤清的氛围来。王国维曾云："一切景语皆情语，一切情语皆景语。"其实不如改
成："一切景语皆应为情语，一切情语皆应为景语。"因为只有杰出的诗人作杰出的诗歌，才
能真正寄情于景，并因景生情，景语皆可作情语来解，情语也皆可借景语而发，崔涂此两
联，便是最好的例证。

关于尾联，或解"疑"为疑惧，言孤雁虽未必遭猎人捕杀，前途仍亦堪忧，私以为不
妥。因为孤飞并非会遭猎人捕杀的前提，与此相反，因遭猎人捕杀而导致受伤或受惊而失群

孤飞，倒是存在着合理的逻辑。所以"疑"字还当解为"怀疑"，诗人说此雁所以孤飞，或许不是因为遭到猎人捕杀，而是存在别的缘由。更进一层来解，则"未必"意为未必是，同时也可表未必不是，也即云此雁孤飞，本有种种原因，遭猎人捕杀只是缘由之一。

诗人既然以孤雁自喻，则"未必逢矰缴"便别有含义，当是指遭人暗中陷害。诗人说自己如同孤雁一般离群失偶，孑然一身，飘零江湖，缘由正多，既是遭了人暗算，也有别的因素相制约，不必备悉言之。此处不言则比言出更显沉痛，有言之不尽意，是诗人对自己坎坷遭际已不忍言表矣。以此为结，则飘零之悲便更显沉痛，余味隽永，使人垂泣。

【扩展阅读】

孤　雁

唐·杜甫

孤雁不饮啄，飞鸣声念群。谁怜一片影，相失万重云？望尽似犹见，哀多如更闻。野鸦无意绪，鸣噪自纷纷。

杜甫此诗亦咏孤雁，亦发飘零之恨，抒离恨之情，但创作手法又与崔涂的同名诗不同。就诗中看来，杜甫纯以第三者的眼光来看孤雁，而崔涂与孤雁则因一"念"字而结合得更为紧密。但就格局而言，杜诗较大而崔诗较小，结末"野鸦"云云，更见杜甫虽在自伤之怜之际，亦不忘自诩高洁，比崔涂徒然悲凄格调也高。盛唐气象与晚唐风味，就此可见不同。

杜荀鹤

【作者介绍】

　　杜荀鹤（846年～904年），字彦之，号九华山人，池州石埭（今安徽省石台县）人，晚唐诗人。他出身寒微，唐昭宗大顺二年（891年）中进士，后附朱温，入后梁为翰林学士，迁主客员外郎。

　　杜荀鹤是晚唐著名的现实主义诗人，提倡诗歌要继承风雅传统，反对浮华，其诗作平易自然，朴实明畅，清新秀逸。他的很多诗篇揭露了酷吏残忍、军阀混战、民不聊生的社会现实，反映了人民的疾苦与呼声，是晚唐社会生活的真实写照。

春宫怨

早被婵娟①误，欲妆临镜慵。
承恩不在貌，教妾若为容②。
风暖鸟声碎，日高花影重。
年年越溪女③，相忆采芙蓉④。

【注释】

　　①婵娟：指仪态美好貌，张衡《西京赋》有"嚼清商而却转，增婵娟以此豸"句，薛综注："婵娟此豸，姿态妖蛊也。"　②若为容：为谁而梳妆打扮，《诗经·卫风·伯兮》有"岂无膏沐，谁适为容"句。　③越溪女：指越地的浣纱女。　④芙蓉：应指水芙蓉，即荷花。

【语译】

　　我早年间便被自身的美貌所耽误，如今想要对镜梳妆，却又提不起兴致来。因为要得到君王的宠爱并不仅仅依靠容貌，让我更为了谁去洗沐打扮呢？春风和暖，鸟声细碎，红日高挂，花影重重。使我想起原本越地浣纱的女伴啊，当初我们每年都会相伴去采摘荷花。

【赏析】

　　这是一首宫怨诗，当然，宫怨只是其表现形式而已，却非真正内涵。前人或谓此诗能够"引起人们对不合理的宫妃制度的反省"，那就实在是太可笑了，杜荀鹤一介落拓文人，官不过翰林，他有什么机会接触宫妃？宫妃又与他何干？他为什么要为宫妃鸣不平呢？读者又怎能从中得到什么反省呢?

此诗其实是惯常的香草美人之喻,借宫妃之伤春来抒发自己内心的苦闷和不平。首联写"早被婵娟误",言此宫妃因貌美而被选入宫中,此实"误"也,所误者终身,其实是说自己因文采斐然而踏上宦途,亦为一大失误。宫妃自觉其误,从而懒于梳妆,为何是误呢?为何懒于梳妆呢?颔联即给出答案——"承恩不在貌,教妾若为容"。原来想要得到君王的宠爱,不是仅仅相貌出众便可,因此梳妆无用。那么,想要得到君王宠爱,除容貌外还需要哪些因素呢?诗人并未明言,而读者自可想象,宫中种种钩心斗角、阴谋倾轧,种种抹杀本心、献媚邀宠,那都是不可或缺的。言下之意,此宫妃所长者唯容貌而已,所以不得君王宠爱。诗人以宫妃自喻,就是说自己徒有文采,却不能谄媚事君,不擅长政治斗争,所以宦途坎坷,正如宫妃之不得宠爱,只能于深宫中寂寞闭锁而已。

颈联写景,出伤春之意,更重要的是借伤春而展现自己的孤独寂寞。"风暖鸟声碎,日高花影重",的是佳对,时人曾谓"杜诗三百首,唯在一联中",即指此联。春光是如此的美好,鸟语花香,但对于闭锁深宫中的宫妃来说,这些外景外物不但不能使她欣悦,反而从内心中生出对比,觉自身之凄凉寂寞已极。就此也自然引出结句,宫妃不禁回想起自己入宫前自由自在的生活。"越溪女",是诗中宫妃以西施自况,曾在越地浣纱,年年得与友伴溪上采莲,那种惬意的生活已经再也找不回来了呀。诗人言下之意,自己虽有文采,宦途却反多舛,早知如此,当初又何必孜孜以求仕宦呢?还不如归隐于山林之间,自在欣赏春光,自在躬耕读书为好,只可惜既已踏上宦途,这一切便都如过眼之烟云,难以重现了。

总之,诗言宫妃是虚,自叹身世是实,所鞭挞的,乃是黑暗混沌的政治现象,有才能的人并无进身之阶,谄媚无德的小人反得君王宠信,所憧憬的,乃是摆脱宦途羁旅的自由自在的生活。至于追求美好爱情、反省宫妃制度云云,全是不识诗中真意的浅薄之解。

韦 庄

【作者介绍】

韦庄（约836年~910年），字端己，杜陵（在今天陕西省西安市附近）人，诗人韦应物的四代孙，晚唐诗人、花间派词人。他少年孤贫，但才敏过人，早有文名。唐僖宗广明元年（880年）黄巢军入长安，韦庄时在长安应举，遂陷于战乱，与弟妹失散，后避乱而赴洛阳，并辗转去往江南。乾宁元年（894年）复归长安中进士，授校书郎，后任左补阙。唐亡时，他在王建幕中为掌书记，力劝王建称帝，建立前蜀政权，自身也得为宰相，前蜀之开国制度，多出韦庄之手。

韦庄诗、词并工，以词的成就为最高，是花间派最重要的词人之一，与温庭筠齐名，并称"温韦"。其诗情致深婉，多感时伤世之作，清人翁方纲在《石洲诗话》中称他"胜于咸通十哲（指方干、罗隐、杜荀鹤等人）多矣"，郑方坤在《五代诗话》中把他和韩偓、罗隐并称为"华岳三峰"。

章台①夜思

清瑟怨遥夜，绕弦风雨哀。
孤灯闻楚角②，残月下章台。
芳草已云③暮，故人殊④未来。
乡书不可寄，秋雁又南回。

【注释】

①章台：即章华台，为春秋时楚灵王的行宫，故址在今天湖北省监利县西北。《左传·昭公七年》载："楚子城章华之台。"　②楚角：楚地的号角声。　③云：语助词，无实义。　④殊：还，犹。

【语译】

我那清亮的瑟声啊，在漫长的夜色中弹响，似乎有凄风苦雨围绕着丝弦，发出哀鸣。面对孤灯，听闻远方传来楚地号角的声音，只见一轮残月逐渐落向章华古台。芳草繁茂的春天已经逝去了啊，故人却还没有来到。家信无从相寄啊，秋雁又从北方返回江南了。

【赏析】

关于诗题中的"章台"，历来有不同的说法。一说章台在今天陕西省西安市长安县故城西南，但诗人本籍便在长安之杜陵，距离章台不远，倘若身在章台，又为何要思乡呢？

又有说章台是柳树的代称，因故章台畔多植柳树而得此意，南宋沈伯时在《乐府指迷》说"炼句下语，最是紧要，如说桃，不可直说破桃，须用'红雨'、'刘郎'等字，如咏柳，不可直说破柳，须用'章台'、'灞岸'等字……"然而此意可解诗中"残月下章台"句，却不可解题中之"章台"。从来题目总括文意，不应采用指代手法，所言章台，定为实指，所以私以为还是解"章台"为江南之章华台为是。

诗人旅居江南，思念故乡、故人，因而写下了这首诗。诗中运用了"清瑟"、"楚角"、"孤灯"、"秋雁"等意象，构造出孤清寂寞、凄凉伤怀的氛围来，以烘托其主旨。瑟音凄婉，向来咏叹别离时会出此意象，诗人开篇即言瑟，说漫长的夜晚，自己抚瑟而发悲声，哀怨之意就此毕显。"绕弦风雨哀"，更表现自己远离故乡后一路风雨坎坷，哀恸于心的凄凉，由此可见，此诗当为韦庄避战乱而徙江南时所作。

颔联言"楚角"，正诗人身处江南之确证。他面对孤灯，耳听悲怆的角声，眼见残月缓缓落下，可见是抚瑟而思，整整一夜，正照应首句之"遥夜"，结构非常严谨。颈联之"芳草"，既指芳草繁茂之春季，亦隐指自己的青春岁月，无论春天还是青春，都"已云暮"，到了尾声了，结束了，然而他所思念的故人却还没有到来。思乡而兼思人，可见此人当为同乡同里，或即指的是战乱中失散之弟妹，所以其下直接"家书不可寄"语。因为战乱，南北阻隔，故乡遥远，使得家信都无由得寄，诗人只能在江南的章华台上抚瑟哀思，但他对此也并不明言，却曲折地说道：因为秋之至矣，大雁又已南来，所以无法托它们向北方的故乡寄去书信啊。诗中自有真意，但真意之不言，并非虚情矫饰，而是不欲言，不忍言，则诗人个人去乡的遭际，便与国家丧乱相联系了起来，结句之余味，非常地绵长深邃。

僧皎然

【作者介绍】

僧皎然，生卒年不详，俗姓谢，字清昼，吴兴（今浙江省湖州市）人，唐代著名诗僧。他是南朝大诗人谢灵运十世孙，活跃于大历、贞元年间，所作《诗式》为当时诗格一类作品中较有价值的一部。颜真卿为湖州刺史时，对他十分器重，长与往还。皎然的诗歌清丽闲淡，多为赠答送别、山水游赏之作，有《杼山集》。

寻陆鸿渐^①不遇

移家虽带郭^②，野径入桑麻。
近种篱边菊，秋来未著花^③。
扣门无犬吠，欲去问西家。
报道山中去，归时每日斜。

【注释】

①陆鸿渐：即陆羽（733年～804年），字鸿渐，一名疾，字季疵，号竟陵子、桑苎翁、东冈子，又号"茶山御史"。他一生嗜茶，精于茶道，创作了世界第一部茶叶专著——《茶经》，因此被誉为"茶仙"，尊为"茶圣"，祀为"茶神"。　②带郭：郭即外城，带郭是指邻近外城。　③著花：开花。

【语译】

陆羽所搬迁的新家虽然邻近外城，但荒僻的小径却通向桑麻之间。篱边菊花应该是最近种下的，虽已秋天，却并没有开花。我敲门却听不到狗叫的声音，想要去向西邻询问。西邻回答说他已到山中去了，每天都要等红日西斜才肯回返。

【赏析】

此诗平白如话，而且全篇无对，似律又不甚合，好像一首清新脱俗的散文小品一般。但细查其意，所言皆事、皆景，所蕴含的情感却不可谓不深，诗人与陆羽的亲密友情，以及他对陆羽隐士生活的颂扬，贯穿全诗，为不变之主旨。

开篇即言陆羽的新家虽然临近城市，但却清幽偏僻，须由野径也即小路行去，直入桑麻丛中也即农家田园，才得寻见。正如陶潜《饮酒》诗中所写："结庐在在人境，而无车马喧。"这不是入居深山、以扬虚名，求终南捷径的假隐士，而是躬耕垄亩、自食其力的真隐士。颔联再言种菊，又使人想起陶潜诗中"采菊东篱下，悠然见南山"之句，陶潜素来爱菊，于是菊花遂成隐者之花。陆羽才刚搬来，才刚植下菊花，虽已入秋，花仍未放，可见他真是爱菊之深，一如陶潜。

颈联言事，诗人叩门而不得回应，甚至家中并无"犬吠"，也即并不养狗防户，亦可见陆羽心胸坦荡。诗人寻隐不遇，欲待归去却又不甘，因此询问西邻，足见他对陆羽友情之深。尾联借邻家之口，言出陆羽所向，一个"每"字，可见日日入山，随兴而往，行一白昼，不待日落不肯归也，则陆羽闲雅之趣，也便跃然纸上。

俞陛云在《诗境浅说》中评此诗，说："此诗之潇洒出尘，有在章句外者，非务为高调也。"可见皎然用清新自然的笔调，塑造了一个真隐士的形象，无丝毫的矫情，无丝毫的夸张，真是出尘之笔。

【扩展阅读】

饮 酒

东晋·陶潜

结庐在人境，而无车马喧。问君何能尔，心远地自偏。采菊东篱下，悠然见南山。山气日夕佳，飞鸟相与还。此中有真意，欲辨已忘言。

陶潜这首诗，可谓是真隐士的写照，最重要的一句就是"心远地自偏"，只要内心超脱于俗世之上，自然所居之处清静僻远，不染尘垢。这首诗对后世影响很大，我们可以看到皎然诗中"移家虽带郭"、"近种篱边菊"等语，即与陶诗相合，应是一脉相承的。

·卷五 七言律诗·

崔 颢

【作者介绍】

崔颢（hào）（约704年～754年），汴州（今河南省开封市）人，唐代著名诗人。他是唐玄宗开元十一年（723年）的进士，天宝中曾担任尚书司勋员外郎。《旧唐书·文苑传》将其与王昌龄、高适、孟浩然并论，但他宦海浮沉，终不得志。崔颢少年时代为诗，其意浮艳，多陷轻薄，后来经历过边塞生活，风格为之一变，凛然慷慨，磅礴大气。他诗名很盛，但事迹不显，所存也仅《全唐诗》所录一卷四十二首作品而已。

黄鹤楼①

昔人已乘黄鹤去，此地空余黄鹤楼。
黄鹤一去不复返，白云千载空悠悠。
晴川历历汉阳树，芳草萋萋鹦鹉洲②。
日暮乡关何处是？烟波江上使人愁。

【注释】

①黄鹤楼：天下名楼之一，故址在今天湖北省武汉市武昌区西黄鹤山西北的黄鹤矶上，后因修建武汉长江大桥而被移至武昌桥头。传说此楼肇建于三国时代，至唐代其名始盛。　②鹦鹉洲：位于黄鹤楼东北方长江中的小洲，相传汉末黄射在此大宴宾客，才子祢衡即席写就《鹦鹉赋》，就此得名，后祢衡被黄射之父黄祖杀害，亦葬于此洲上。

【语译】

前人已经乘坐黄鹤离去了啊，这里空自留下了黄鹤楼的古迹。黄鹤一去，不再回还，历经千年的白云，徒然地悠悠飘荡。晴天的日子，可以在楼上隔江望见汉阳的烟树，以及芳草萋萋的江中鹦鹉小洲。天色将晚，不知道我的家乡在哪里啊，从楼上望向江上的烟霭和波浪，不禁使我万般惆怅。

【赏析】

此诗为唐代七言之杰作。《唐才子传》记载说崔颢"游武昌，登黄鹤楼，感慨赋诗，及李白来，曰：'眼前有景道不得，崔颢题诗在上头。'无作而去。"竟连李白见到崔颢此诗，都迫得要罢笔而去，可见此诗的艺术成就是多么惊人了。

诗咏黄鹤楼，借景抒情，发"日暮乡关何处是"的思乡之情，但诗的主旨却并非简单的思乡，而是感慨自身之不遇。深入剖析，这其实是一首吊古伤今之作。那么吊古何在呢？不在"昔人"，而在"鹦鹉洲"。诗人登黄鹤楼其实是虚，望鹦鹉洲是实，因为他由鹦鹉洲联想到了汉末著名的词赋家祢衡。祢衡字正平，是当时的名士也是狂士，因为不肯附和权贵，终招杀身之祸。祢衡初在许昌，得到孔融的赏识，推荐给曹操，但他却在宴席上裸衣击鼓，痛骂曹操，曹操想要杀他，又恐招致杀贤之名，于是把他派去荆州牧刘表处，想借刘表的手取其性命。祢衡在荆州又忤逆刘表，刘表也不敢下手，就把他送去江夏、部将黄祖处。虽然黄祖之子黄射非常敬重祢衡，但最终祢衡还是死在了黄祖手中，黄射急救而不得。崔颢是借祢衡的遭际，感慨自己空负大才，却无人赏识，反因不肯屈从于权贵而颠沛流离、羁旅坎坷，眼见年华老去，一事无成，于是才起了思乡、思归之念。

开篇的"昔人"，是指相关黄鹤楼的典故。《南齐书·州郡志》载，山人黄子安曾经乘黄鹤经过此处，因以名楼；《寰宇记》则说是费文祎登仙，曾乘黄鹤来此歇息，故名。崔颢采用的是哪种说法，不详，他借此吟咏，是感慨往事悠悠，俱如逝水，乘鹤的仙人或曰先贤已逝，空自留下了此处名胜古迹。此正"白云千载空悠悠"意也。

颈联是佳对，就此引出登楼而望，既能见江对岸汉阳的树林，又能见到江上的鹦鹉洲，从而引出吊古之意。此联结构简单，对仗工整，正盛唐之气象，与后世对仗往往力求巧妙、结构复杂、雕琢痕迹浓重截然不同。既吊过往，于是伤今，云故乡不见，但见江上烟波浩渺，使人愁从中来。

全诗一气贯穿，前三句复用三个"黄鹤"，却各有其用，不可替代，不嫌重复。诗歌尤其是格律诗是忌讳用词重复和用意重复的，但"黄鹤"一词虽然重复，其在句中的用意却又泾渭分明，故此反而因重复而产生反复咏叹如民歌般的特殊美感。相比之下，"空余黄鹤楼"、"空悠悠"的两个"空"字，却属可以避免的重复，此一重复，比"黄鹤"之重复真不可道里计。细观其诗，高明处不在文辞，而在气势，诗因气行则高，因文行则低，后世诗往往堕于雕镂、斧凿的小道，唯盛唐诗真能因气运行，气贯全篇，所以盛唐才是古代诗歌的真正顶峰。

行经华阴①

岧峣②太华俯咸京③，天外三峰④削不成⑤。

武帝祠⑥前云欲散，仙人掌⑦上雨初晴。

河山北枕秦关⑧险，驿路西连汉畤⑨平。

借问路旁名利客，何如此处学长生？

【注释】

①华阴：即今陕西省华阴县，因位于太华山之北，古人云山南水北为阳、山北水南为阴，故而得名。 ②岧峣（tiáo yáo）：山势高峻的样子。曹植《愁赋》有"登岧峣之高岑"句。 ③咸京：在今天的陕西省咸阳市东面，秦代定都于此，名咸阳，故称"咸京"。 ④三峰：指华山的芙蓉、明星、玉女三峰。 ⑤削不成：指形势险峻、鬼斧神工，并非人力所能削成。南朝宋郭缘生《述征记》云："华山有三峰、芙蓉、玉女、明星也，其高若在天外，非人力所能削凿也。"《山海经·西山经》云："太华之山，削成而四方，其高五千仞，其广十里。" ⑥武帝祠：指汉武帝所建的巨灵神祠，在华山仙人掌下。传说太华、少华原本为一山，当道拦阻黄河水，《文选·西京赋》薛综注言：河神巨灵"以手擘开其上，足踏离其下，中分为二，以通河水，手足之迹于今尚存"。 ⑦仙人掌：华山山峰名，唐王涯《太华仙掌辨》载："西岳太华之首峰有五崖，自下远望，偶为掌形。"传说此为巨灵开山时遗留下的掌印，因而得名。 ⑧秦关：指函谷关，肇建于秦，故称"秦关"。 ⑨汉畤（zhì）：畤为古代祭祀天地的固定处所，汉代的畤，故址在华山之西，今天陕西省西安市西北方。

【语译】

多么巍峨高峻啊，那太华山仿佛俯瞰着咸阳古城，芙蓉、玉女、明星三峰直耸天外，并非人力所能削成。汉武帝祭祀巨灵神的祠堂前浮云将散啊，仙人巨掌上雨收初晴。如此高山，与黄河一起北靠着函谷险关，一条驿路，向西连通着平坦的汉代祭台。我试问那些熙熙攘攘来往于道路之上，追名逐利的人们，你们为什么不肯隐居此处，以求长生不老呢？

【赏析】

这也是一首吊古诗。吊古诗大抵分为两大类，一类所怀与所感全都落在实处，比如王维的《西施咏》，借西施因美色得吴王宠爱，而出"天生我才必有用"之意。第二类吊古诗所怀与所感之间的关系则相对要虚一些，不过借史事以咏时光如水，再借时光如水以抒其情而已。比如崔颢《黄鹤楼》的前半部分，昔人已去，此地空余，便出此意，从而感叹年华老去，然后再借鹦鹉洲出祢衡，以祢衡来自况。他的这一首《行经华阴》也是如此。

《行经华阴》，或作《行经华山》，总之是诗人入京或出京之际，来到华山附近，见山势险峻，从而发怀古之叹，又因古人不见，痛感时光流逝如水，最后引出本意：与宏伟的自然相比较，人世显得多么渺小，与漫长的历史相比较，一时的富贵荣辱，究竟又有什么意义呢？考取功名，追逐名利，实在是太可笑，也太无意义了呀。

所以这首诗的怀古，深刻地蕴含在摹景之中，先写华山高峻，仿佛一个巨人在俯瞰咸阳。咸阳是秦代的都城，距离唐都长安不远，诗人这里分明是用"咸京"二字来指代长安，进而指代唐朝朝廷，在宏伟的高山眼中，朝廷也显得如此低矮、渺小。再言"天外三峰削不成"，正为了说人力有限而自然无穷，世间俗事对比自然，真是显得毫无意义。"武帝祠"一出，便显见吊古之味，祠堂虽在，武帝已矣，以之对比巨灵神开山的"仙人掌"，又是将人事以比自然，乃见小大悬殊之别。此联甚工，"云欲散"、"雨初晴"，既是诗人眼中所见实景，也是借此景以构造出一种迷离恍惚的神秘氛围来，以呼应结句所言"长生"。

颈联继续怀古，秦关如此险要，秦朝终于灭亡，汉代曾经何等强盛，如今汉時竟然已经"平"了。对仗既自然工整，而又深蕴其意。于是在反复对比，明自然之可贵，人事之无谓，时光如逝水，繁华终湮灭以后，诗人就于尾联托出其意——你们熙熙攘攘地追名逐利，究竟有什么意义呢？还不如隐居在这风景雄伟、迷人的华山上，去求仙访道，追求长生不老呢——"路旁名利客"所指，当是经由华山附近大路前往长安去求取功名的士子。

或谓此诗为崔颢进士及第前后出入两京时所作，私以为不妥。诗的结句生世外之想，颓丧、失望氛围甚浓，才中进士、春风得意之人，不当如此想，且若作如此想，则诗人更不会入京去考取功名。此诗定为遭历宦途坎坷，为权贵所排斥后所作。诗的尾联立意虽不甚高，但前三联气势雄浑磅礴，意境宏大，也确实不同凡响。

唐诗常识　与五言律句相同，七言律句也只有平起仄收、平起平收、仄起仄收、仄起平收四种基本句式。基本上，五言若平起，则在前加"仄仄"，就变成了七言句式，有"仄仄平平平仄仄"、"仄仄平平仄仄平"两种；五言若仄起，则在前加"平平"，就变成了七言句式，有"平平仄仄仄平平"、"平平仄仄平平仄"两种。所以刨去首句入韵的问题，全篇也只有平起、仄起两种格式，比如这首《行经华阴》就是首句入韵的平起式的变格。

祖　咏

【作者介绍】

祖咏（699年～约746年），字和生，洛阳人，唐代诗人。他是开元十二年（724年）进士，曾因张说推荐，担任过短时期的驾部员外郎，后因政治上不得意，移家汝水，隐居终身。祖咏的诗歌多状景咏物，宣扬隐逸生活，讲究对仗，亦带有诗中有画之色彩，故与王维友善。《全唐诗》存录其诗一卷，共三十六首。

望蓟门①

燕台②一望③客心惊，笳鼓④喧喧汉将营。
万里寒光生积雪，三边曙色动危旌⑤。
沙场烽火侵⑥胡月，海畔云山拥蓟城。
少小虽非投笔吏⑦，论功还欲请长缨⑧。

【注释】

①蓟门：即蓟丘，又称土城关，在今天北京市德胜门外，为当时东北边防要地。　②燕台：燕地的高台，即陈子昂《登幽州台歌》所咏之幽州台。　③望：别本作"去"。　④笳鼓：即觱篥和战鼓，都是军中乐器。　⑤危旌：指高扬的旗帜。　⑥侵：别本作"连"。　⑦投笔吏：指班超事，《东观汉记·班超传》载："（班超）家贫，恒为官佣写书，以供养人劳苦，尝辍业投笔叹曰：'大丈夫无他志略，犹当效傅介子、张骞立功异域以取封侯，安能久事笔研间乎？'"后终以功封定远侯。　⑧请长缨：指终军事，《汉书·终军传》载："南越与汉和亲，乃遣（终）军使南越，说其王，欲令入朝，比内诸侯。军自请：'愿受长缨，必羁南越王而致之阙下。'军遂往说越王，越王所许，请举国内属。"

【语译】

我登上那燕昭王的黄金台，远远眺望，不禁心惊神驰，只听得汉家的营垒中觱篥声、皮鼓声，喧嚷不停。万里的积雪，放射出肃杀的寒光，边境的曙色，耀动着高扬的旗帜。沙场上烽火连绵，直透向胡天的明月，渤海边云横群岭，拱卫着雄伟的蓟城。我虽然未能像班超那样，少年时代便弃文习武、投笔从戎，也希望能够仿效终军，请带长缨，去边地为国效力。

311

【赏析】

这首边塞诗写得很好，描摹塞外之景，并抒发诗人想要齐文从武，为国防的安宁作出贡献之宏图壮志。但所谓好，也分为多个层次，即于此诗而言，抒情很好，摹景却还未臻佳妙，为什么这么说呢？因为诗中所摹之景，大抵出于想象，与岑参、高适等人所作真不可以道里计。"胡天八月即飞雪……千树万树梨花开"、"五花连钱旋作冰，幕中草檄砚水凝"之类，非亲眼所见，亲身所历，根本是写不出来的，而此诗颔、颈两联写景，却属于独坐书斋，纯属想象而得到。

当然，倘若真的独坐书斋，闭目冥想，边地辽阔无垠、粗豪雄壮的氛围却也难寻，就算想象到了当地景物，并以大手笔描摹，气势上恐怕也未能臻于化境。究此诗，诗人既没有亲历戎行，也没有枯坐书斋，他是登上黄金台故址，极目远眺，并加以想象，由此描写的边塞景物，所以景不出奇，但气势已到。

首句言"心惊"，此惊非惊诧、惊恐意，而是指大受震撼。边地的辽阔，纵目之极远，都非书斋中人所能想见。次句言"汉将营"，即引入正题，为写军旅之事。颔联"寒光生积雪"、"曙色动危旌"，这是诗人所目见，但"万里"、"三边"，却属想象，将眼前景物放大无数倍，扩展到千万里，所见虽止一处，料想别地也均如此。颈联"沙场烽火侵胡月"更属空想，但"海畔云山拥蓟城"却有所目见，并加以总括。私以为全诗最佳便在"拥蓟城"这一句，写出了地域特征，而非泛泛的边塞风光，诗人所登者燕地之黄金台也，所见者是唐朝东北边境上的景物，盛唐以后，唐人在此与契丹、奚等东北民族连番鏖战，而燕地倚海戴山，正是战事之枢纽、边防之要地。唐亡后契丹南下，夺取燕云，则险要尽为北方行国所有，对于中原政权来说，河北、河南地再无屏障，宋之弱于唐，很大一因素即在于此。所以诗人吟咏燕地风物，用一个"拥"字，即将此处的险要、重要，概而言出，故为诗眼。

尾联，诗人在摹景之后，即借景以抒情，表达了自己想要投笔从戎，为国效力的雄心壮志。"投笔吏"是用班超的典故，班氏向以文名享誉，班超之父班彪、兄班固、妹班昭，都是著名的文学家、史学家，而只有班超不欲老死简牍，于是投笔从戎，遂定西域三十六国，为国家的富强、边防的巩固作出了莫大贡献。"请长缨"是用终军的典故，终军虽无武勋，却运用超卓的外交才能收服南越，从而享誉千古。"少小虽非"、"论功还欲"，其实都是互文，这两句真实的含义是：我从前虽然没有投笔从戎，参与武事，但如今见燕地之盛景，心有所感，亦有效班超、终军之意也。用典非常恰到好处，从而将情感抒发到了极处，进而也使前面两联写景得到烘托和突出。

崔　曙

【作者介绍】

崔曙（约 704 年 ~ 739 年），字号不详，宋州（今天的河南省商丘市）人，唐代诗人。他是开元二十六年（738 年）进士，但只做过河南尉一类的小官。崔曙以《试明堂火珠》诗得名，其作品多写景摹物，同时寄寓乡愁友思，词句对仗工整，辞气多悲。《全唐诗》存录其诗一卷，共十五首。

九日①登望仙台②呈刘明府③

汉文皇帝有高台，此日登临曙色开。
三晋④云山皆北向，二陵⑤风雨自东来⑥。
关门令尹⑦谁能识？河上仙翁⑧去不回。
且欲近寻彭泽宰⑨，陶然共醉菊花杯⑩。

【注释】

①九日：指九月九日重阳节。　②望仙台：此台在今天陕西省鄠县西，根据《神仙传》记载："河上公授文帝《老子》而去，失所在，帝于西山筑台望之，名曰望仙台。"　③刘明府：刘姓某官员，具体不详，明府即刺史，唐代也有以之称呼县令的。　④三晋：战国初年，晋国分而为韩、赵、魏三国，即称"三晋"，指今天的山西省、河南省大部分，以及河北省的一部分。　⑤二陵：指崤山南北的两座山，在今天河南省洛宁、陕县附近，传说南陵为夏后皋之墓，北陵为周文王避风雨处。　⑥自东来：别本作"自西来"，按崤山在望仙台东，故应以"自东来"为是。　⑦关门令尹：指传说中守函谷关的官员尹喜，相传老子西游，尹喜慰留，于是老子写下《道德经》（《老子》）一书相赠。按尹喜以尹为氏，是其官职，通称关尹，而令尹乃楚国执政之称，尹喜实不当被称为"令尹"。　⑧河上仙翁：即河上公。　⑨彭泽宰：指陶潜，曾为彭泽令，宰是主管者之称，为避前面"令尹"之令的重复，所以称为彭泽宰。　⑩菊花杯：指杯中菊花酒。菊花酒是由菊花与糯米、酒曲酿制而成的酒，古称"长寿酒"，其味清凉甜美，有养肝、明目、健脑、延缓衰老等功效，重阳佳节，中国人有饮菊花酒的传统习俗。

【语译】

这是汉文皇帝所建造的高台啊，今天我们前来登临玩赏，只见曙光乍现，远望三晋的浮云、山峦，全都朝向北面，南陵、北陵的风雨，又从东面席卷而来。想那关尹喜的真面目，谁能识得呢？河上公的踪迹，也都一去而不复返了。还是就近寻找陶潜那般的高洁之士，一起乐陶陶地共饮菊花酒而醉吧。

【赏析】

　　诗人于重阳节邀友登高，饮酒作乐，觉人生之快意事莫不过此，这是此诗的主旨。历来有种种将诗中含义过于拔高的解释，其实细想来都未必解得通。

　　比如说，"三晋云山皆向北，二陵风雨自东来"，只是描摹眼前景致，当此盛景而凌风痛饮，不亦快哉。或有谓云山向北是说夏季，风雨自东是说春季，其中蕴含有春秋变幻，千古一瞬之慨。然而，云向北则风为南风，固可说是代表夏季，但觉山势之向北，又与季节何干？此不过诗人正向北眺望，见重重山峦，由近而及远，似有生命之物逐渐远去，故云"向北"而已。崤山二陵都在望仙台东，不管任何季节，只要崤山得见风雨，再卷向望仙台，则自然从东而来，又与春季有何关联？难道只有春季的风雨，才会是由东而西的么？可见如此解释，纯出附会，此二联并无吊古意。

　　再或云"关门令尹谁能识，河上仙翁去不回"，乃是鄙薄神仙方士语，甚至还有说是讽刺唐玄宗之好道者。从来帝王总慕长生，于是不是向道便是向佛，李唐自诩为老子李耳之后裔，因此前期帝王大多好道，非独玄宗为然，而此诗中"谁能识"、"去不回"字样，情感平和，似言平常语，也找不到鄙薄甚至是讽刺的痕迹。大抵诗人但云神仙不可求也，凡人自有其乐，而隐士之趣，不在神仙之下，如此而已。

　　所以全诗的旨趣，就在尾联中全盘托出，说神仙不可求，还不如去访陶潜一般的高洁隐士，趁着佳节一起共醉为好。《宋书·陶潜传》载："尝九月九日无酒，出宅边菊丛中坐之，值江州刺史王弘送酒，即便就酌，醉而后归。"诗中言"共醉菊花杯"，固然是当时重阳节饮菊花酒的风俗，或许也是自诩为陶潜，而恭维"刘明府"为友善隐士的王弘，赠酒与饮，因而可谋共醉。不过如此而已，此诗的格调无所谓低，却也无所谓高，就景而言事，就事而抒情，所抒者隐者之趣，佳节之乐而已，正不必去添加太多凭空想象之词。

【扩展阅读】

苦昼短

唐·李贺

　　飞光飞光，劝尔一杯酒。吾不识青天高，黄地厚。唯见月寒日暖，来煎人寿。食熊则肥，食蛙则瘦。神君何在？太一安有？天东有若木，下置衔烛龙。吾将斩龙足，嚼龙肉，使之朝不得回，夜不得伏。自然老者不死，少者不哭。何为服黄金、吞白玉？谁似任公子，云中骑白驴？刘彻茂陵多滞骨，嬴政梓棺费鲍鱼。

　　李贺的很多诗，都大骂神仙道之粗鄙不可信，讽刺唐宪宗李纯之好神仙，观这首《苦昼短》就最为明显，直接质问"神君何在？太一安有？"还嘲笑最好神仙且求长生的汉武帝刘彻如今"茂陵多滞骨"、秦始皇嬴政则"梓棺费鲍鱼"，终究难逃一死。对照来看崔曙《九日登望仙台呈刘明府》，同样不信神仙，但讽刺、鄙薄之意却并不可见。

李 颀

送魏万①之京

朝闻游子唱离歌，昨夜微霜初渡河②。

鸿雁不堪愁里听，云山况是客中过。

关城树色③催寒近，御苑④砧声向晚多。

莫见长安行乐处，空令岁月易蹉跎。

【注释】

①魏万：又名魏颢，唐肃宗上元初进士，曾隐居王屋山，自号王屋山人。他是李颀的后辈，与李白交谊深厚。 ②渡河：指渡过黄河，魏万家住王屋山，在黄河北岸，前往长安必须渡河。 ③树色：别本作"曙色"。 ④御苑：皇宫的庭苑，这里借指京城。

【语译】

早晨听到你这离乡的游子啊唱起分别之歌，原来是昨夜披着微霜才刚渡过黄河。这一路上离愁满怀，又怎忍心听闻鸿雁鸣叫啊，更何况云山连绵，却因行旅而匆匆经过。城关上的曙光似乎在催促寒意迫近，京城里捣寒衣的砧声在晚间响起最多。不要以为长安是繁华享乐之处，从而白白地任那岁月蹉跎。

【赏析】

这是一首送别诗，魏颢曾隐居王屋山中，此去长安或是应试，查诗意，李颀晚年家居颍阳而常往洛阳，此诗可能就正作于洛阳，恰位于黄河之南。他接到魏颢，但随即又要分别，因此写诗相赠。

首联是倒装，理当先"昨夜"而后才今"朝"，因为魏颢昨夜渡过黄河，来到河南地，所以李颀今朝才能听到游子也即魏颢"唱离歌"。句中"微霜"二字，点明季节，乃是初秋，秋季萧瑟，正合抒发离愁别绪。颔联所言，乃诗人悬想魏颢于途所见、所闻和所想，魏颢别家远行，内心正自凄怆，因此闻鸿雁悲鸣则其愁更深，故谓"鸿雁不堪愁里听"。秋季正当鸿雁南飞，而鸿雁向有寄信之喻，有思乡之意象，乃作是语。但这句仍属老生常谈，对句"云山况是客里过"却发前人所未发，的是佳句。魏颢所经处云山万重，适足赏心悦目，然而因是客中经过，而非特意玩赏，所过匆匆，不但没有心绪畅游，反而要怪山重而路险，"况是"二字，便将无奈远行之悲全然托出。

颈联所写仍然是悬想，悬想魏颢前途所见所闻。自洛阳前往长安，要经过潼关等要隘，故有"关城"之语，时既入秋，则他越是西行，天气越显寒冷，因言"树色催寒近"。"树色"是言树叶将逐渐枯黄，而随着颜色的变更，寒冷也逐渐浓厚，别本作"曙色"，则难出这一层意，况以"树色"对"砧声"，要比以"曙色"来对更显工整，故私以为还是以"树色"为佳。对句"御苑"是指代都城长安，也即魏颢的目的地，因天气向寒，故而夜间捣寒衣的人也越来越多，这就是"砧声向晚多"的含义。颔联和颈联虽是空想，却紧扣季节特色，因景而抒情，表现了诗人对魏颢远游的担心，对他前途的牵挂，从中体现出两人深厚的忘年友谊。

李颀是魏颢的长辈，有这一层关系在，自然方便在赠诗之间加以规劝、教诲，于是便出尾联，说长安虽然是繁华都邑，但你切莫沉迷，不要蹉跎了大好青春啊。颔联"御苑"即指长安，因此很自然地转向尾联，线索分明，结构谨严。尾联言"莫见"、"空令"，规劝之意非常明显，使得全诗的格调有了一个很大的提升。

或谓首联言"朝"、"夜"，而颈联言"曙"、"晚"，显得重复，"曙"当作"树"，暂且不论，而首联之"夜"是实指，颈联之"晚"则是虚指，并不为病。全诗情韵缠绵，工整谨严，《唐诗选脉会通评林》引蒋一葵言，称此诗"宛转流亮，愈玩愈工"，确实不是谬赞。

李　白

登金陵凤凰台①

凤凰台上凤凰游，凤去台空江自流。
吴宫花草埋幽径，晋代衣冠②成古丘。
三山③半落青天外，二水④中分白鹭洲⑤。
总为浮云能蔽日，长安不见使人愁。

【注释】

①凤凰台：在今天江苏省南京市的凤凰山上，《江南通志》载："凤凰台在江宁府城内之西南隅，犹有陂陀，尚可登览。宋元嘉十六年，有三鸟翔集山间，文彩五色，状如孔雀，音声谐和，众鸟群附，时人谓之凤凰。起台于山，谓之凤凰山，里曰凤凰里。"　②衣冠：一说泛指缙绅、士大夫。《汉书·杜钦传》载："茂陵杜邺与钦同姓字，俱以材能称京师，故衣冠谓钦为'盲杜子夏'以相别。"颜师古注："衣冠谓士大夫也。"另说指东晋文学家郭璞的衣冠冢，距凤凰山不远，现今仍在南京市玄武湖公园内。　③三山：山名，又名护国山，在今天南京市西南长江边上，据《景定建康志》载："其山积石森郁，滨于大江，三峰并列，南北相连，故号三山。"　④二水：指秦淮河流经南京后，西入长江，被横截其间的白鹭洲分为二支。别本作"一水"。　⑤白鹭洲：古代长江中的沙洲，因洲上多集白鹭而得名，今此洲已与陆地相连，位于南京市水西门外，已辟为白鹭洲公园，是南京城南地区最大的公园。

【语译】

这凤凰台上啊，曾经有凤凰前来遨游，如今凤凰已然离去，只剩下空旷的凤凰台，以及台下流之不尽的长江水。当初东吴的宫殿啊，如今道路荒僻，已被花草所掩埋，而晋代的缙绅士大夫们呢？也都变成了古代的荒坟土丘。从台上远望，可见三山似从天上落下，一半还在青天之外，而江水也因为白鹭洲而被分为两支。总是因为浮云能够遮蔽太阳啊，我望不见长安，真是太惆怅了。

【赏析】

按此诗一说是天宝年间，李白遭排挤离开长安，南游金陵时所作，一说是他流放夜郎遇赦返回后所作。传说李白曾登黄鹤楼，因为"眼前有景道不得，崔颢题诗在上头"，于是始终不甘，"至金陵，乃作凤凰台诗以拟之"。此传说虽然不可尽信，但我们对比崔颢《黄鹤楼》诗，和李白这首《登金陵凤凰台》诗，确实会发现很多共同点，比如所押韵部都是下平声十一尤，诗意皆为吊古而伤今，更特别的是，崔诗言黄鹤而李诗言凤凰，也都特意三遍重复。在崔诗是"昔人已乘黄鹤去，此地空余黄鹤楼，黄鹤一去不复返……"而在李诗是"凤凰台上凤凰游，风去台空江自流"，虽然重复，却极其生动自然，毫无斧凿痕迹，也不使读者有丝毫厌烦感。因此，说李白此诗是受崔诗影响而作，大抵不差。

这首诗语言平直，气韵流畅，随口读来，便能大致明了其意：首联言凤凰已去，空余台榭，即以此为发端，颔联慨叹往事已矣，六朝的繁华都化烟云；颈联摹景，远有三山、二水，有白鹭洲，最后尾联联系今事以抒发感慨。但是细读之，内涵却非常丰富而深刻，远非粗读所能尽见：

首先，诗成于金陵凤凰台，金陵即今天的江苏省南京市，从三国时代的东吴开始，到后来东晋，以及南朝的宋、齐、梁、陈，皆定都于此，繁华一时，但到南北统一的隋唐之时，终于湮灭，所以唐宋之人金陵怀古，大抵咏叹六朝之事，此诗也不能外。其次，诗的开篇反复咏叹凤凰，这与崔颢之咏黄鹤，只是就景物之传说而言不同，凤凰是传说中的神鸟，向来非梧桐不栖，非竹实不食，历来都认为只有盛世才会有凤凰出现。公元271年，因为据说有凤凰聚集在皇家花园里，吴主孙皓即于次年改元"凤凰"。由此可见，诗人之咏叹凤凰已逝，空余此台，其真意是为了感慨盛世不再，六朝繁华已尽消散，从而自然顺畅地引出颔联之怀古。

颔联是互文，言无论吴、晋还是六朝，宫殿都已荒芜，"花草埋幽径"，风光一时的士人也都逝去而"成古丘"。颈联转写眼前所见，"三山半落青天外"之"半"字，大见意趣，陆游在《入蜀记》中写道："三山自石头及凤凰台望之，杳杳有无中耳，及过其下，则距金陵才五十余里。"可见此"半"即"杳杳有无中"意，似能望见而似又不见，恍惚之间，如同历史之长河般可耳闻而不可目见也。

尾联意最深，从表面上看，这是在说诗人登台远眺，心怀京华，然而自金陵而至长安，路途迢迢，更兼浮云所蔽，所以不见长安，使人惆怅。更深一层，王夫之在《唐诗评选》中，说这是用了晋明帝的典故。《晋书·明帝纪》载："（明帝）年数岁，尝坐置膝前，属长安使来，因问帝（指其父晋元帝）曰：'汝谓日与长安孰远？'对曰：'长安近。不闻人从日边来，居然可知也。'元帝异之。明日，宴群僚，又问之。对曰：'日近。'元帝失色，曰：'何乃异间者之言乎？'对曰：'举目则见日，不见长安。'"诗引此典，是说自东晋南迁以后，贵族骄奢，不肯戮力同心北伐以复故都长安，遂使长安为胡人窃据，如浮云之蔽红日一般。六朝繁华，终于丧尽，很大一部分原因即在于此，因而从"埋幽径"、"成古丘"便接远望，从远望便出此望不见长安语，衔接非常紧密，过度非常自然。

然而怀古是为了咏今，此诗所叹今意又在哪里呢？其实也在尾联，因为"浮云能蔽日"语还有一解。陆贾《新语·察征》说："邪臣之蔽贤，犹浮云之障日月也。"李白遭谗被贬，流落金陵而远望长安，长安不见，乃思是浮云蔽日也即奸邪如浮云一般蒙蔽了皇帝的缘故，故有此语。再联系前三联，则其慨叹六朝也皆如此，正人不得其用，邪臣蒙蔽君主，因而北伐难成，长安难复，终于种种繁华，都被历史的江流所淘汰。往事如此，今事又将如何呢？大唐盛世，是否也会因为此种原因而最终成为一片幽径、古丘呢？

此诗为怀古诗之绝品，正因为它通俗而不直白，气魄宏大而内涵深邃，可作重重意解，正完整地表现了诗人见景而怀古，怀古而总结教训，总结教训而更对比于今，从而慨叹伤今的心路历程。

高　适

送李少府贬峡中^①王少府贬长沙

嗟君此别意何如^②，驻马衔杯问谪居^③。
巫峡啼猿数行泪，衡阳归雁几封书。
青枫江^④上秋帆远，白帝城边古木疏。
圣代即今多雨露^⑤，暂时分手莫踟蹰。

【注释】

①峡中：在今天重庆市巴南区西面。　②意何如：心情如何。　③谪居：指被贬谪的处所。　④青枫江：在今天湖南省长沙市附近。　⑤雨露：雨和露，比喻恩泽。

【语译】

可叹你们当此分别之际，心情究竟如何呢？我停下马来，举杯相饯，探问你们贬谪的处所。想那峡中，巫峡上有猿猴哀啼，引人落下几行清泪，而衡阳有回雁峰，归雁北还，又能带回几封书信呢？衡阳的青枫江上，秋来船帆直航远方，峡中的白帝城旁啊，千年古木也已荒疏。好在如今是圣明时代，君王多施恩泽，我们只是暂时分手罢了，你们可千万不要悲伤犹豫啊！

【赏析】

题中所言"李少府"、"王少府"，名皆不详，少府即县尉，料两人本为朝官，因事被贬出外地为县尉，高适前往送行，乃作此诗。今人周勋初定此诗作于唐肃宗至德三年（758年），时高适在洛阳任太子少詹事。

一诗而分送两人，两人所往又不相同，这种题材是非常新颖的，料两人因同一事被贬，又同日离开西京长安或东都洛阳，故能为此。开篇即询问二人此去心情如何，再言自己"驻马衔杯问谪居"，则诗人关切之情溢于言表，也因此而引出下文。中两联分写二人贬谪处景物，然后尾联收束，又加安慰和勉励，不要踟蹰惶恐，想来你们必有再沐恩泽，被君王重新起用之日。就结构而言，四平八稳，无新奇处，却也无丝毫弊病。

　　高明的是中两联寓情于景，相互对比而又相互勾联，是文眼所在。颔联先言巫峡，是送别"李少府"，再言衡阳，是送别"王少府"。峡中之名，即来于巫峡，巫峡首尾一百六十里，峡中正处其中故也，故论峡中，即言巫峡。巫峡山上多猿，《水经注·江水》曾引民谣，云："巴东三峡巫峡长，猿鸣三声泪沾裳。"诗中即用此典，说李少府此去峡中，料将闻猿啼而落泪吧。衡阳在长沙南，有回雁峰，据传大雁南飞至此即还，诗人乃用此说，言王少府此去长沙，不知还能托鸿雁寄回几封书信啊。出句言中途悲怆，对句言书信难寄，巧妙地嵌以地方特色、传说典故，则将深情寓之于想象之景，文意既迷离恍惚，文气复萧瑟哀伤，而情感自绵绵不绝。尤其泪而言"数行"，以对书而言"几封"，以多对少，确实是佳构天成。

　　颈联继续写景抒情，诗人送二人远去，但见"秋帆远"而"古木疏"，却不道眼前，反说是去处，青枫江以呼应上联之衡阳，白帝城以呼应上联之巫峡，而并有萧瑟悲凉之意。《楚辞·九辩》中有"湛湛江水兮上有枫，目极千里兮伤客心"，或即借用此意。

　　清初叶燮在《原诗》中，曾经指责此诗中间两联连用四个地名太多，沈德潜在《唐诗别裁集》中也说："连用四地名，究非所宜。"或谓此诗感情真挚，气势健拔，故连用四地名不但不为病，反而使得意境更为开阔。其实大可不必讳言，病就是病，虽然并非大病，但盛唐时格律诗才刚成型，尚未完善，有种种后世所不能忍之病，放在当时，只是一种探索中必然出现的失误而已，既不必一棍打杀，也不必视而不见。总之，此诗虽有小病，却瑕不掩瑜，气势既雄，情感又深，正如《唐宋诗举要》中引晚清吴汝纶所评："一气舒卷，复极高华朗曜，盛唐诗极盛之作。"

岑 参

和贾至舍人①早朝大明宫②之作

鸡鸣紫陌③曙光寒，莺啭皇州④春色阑⑤。
金阙晓钟开万户，玉阶仙仗⑥拥千官。
花迎剑佩星初落，柳拂旌旗露未干。
独有凤凰池上客⑦，阳春⑧一曲和皆难。

【注释】

①贾至舍人：贾至字幼几，洛阳人，天宝十载（751年）明经擢第，后任中书舍人。他曾作《早朝大明宫呈两省僚友》诗，云："银烛朝天紫陌长，禁城春色晓苍苍。千条弱柳垂青琐，百啭流莺满建章。剑佩声随玉墀步，衣冠身惹御炉香。共沐恩波凤池里，朝朝染翰侍君王。"为当时所普遍传唱，和作也很多。　②大明宫：唐代长安城禁苑名，位于城东北部的龙首原。始建于贞观八年（634年），原名永安宫，唐太宗建之以供太上皇李渊居住，但宫未成而李渊崩，修建就此停止。龙朔二年（662年），唐高宗扩建此宫，次年即迁入执政，从此大明宫成为帝国政治中心，直至乾宁三年（896年）毁于兵乱。　③紫陌：指京城的道路。　④皇州：即帝都，指长安。　⑤阑：即阑珊，稀疏意。　⑥玉阶仙仗：玉阶指皇宫的阶梯，仙仗指皇家的仪仗。　⑦凤凰池上客：凤凰池指中书省，当时贾至任中书舍人，故以"池上客"来指代贾至。　⑧阳春：指高雅的曲调，语出宋玉《对楚王问》，云："客有歌于郢中者，其始曰《下里》《巴人》，国中属而和者数千人……其为《阳春》《白雪》，国中属而和者不过数十人。"

【语译】

当京城道路上雄鸡啼鸣的时候，曙光乍现，气温尚寒，只听得黄莺婉转地歌唱，整座帝京的春意已经阑珊。黄金的宫阙啊，晨钟响起，万门敞开，白玉的阶梯啊，皇家仪仗簇拥着上千的官员。花朵迎来官员的剑饰，星辰才落，柳条轻拂朝廷的旌旗，露水未干。只有你贾至舍人才能描摹出这般盛景啊，作一首高雅的诗歌，要想唱和实在是太难了。

【赏析】

贾至曾作《早朝大明宫呈两省僚友》，描摹早朝之景，可以说是当时宫廷诗的典范，影响很深，不仅岑参，连王维、杜甫也有和作。七律胎息蜕化于乐府歌行，首先是在宫廷中、朝堂上形式成熟起来，格律细密起来的。当然，七律的顶峰绝对不在宫廷，观贾至诗即可得见，宫廷诗格律谨严、声和韵协、恢弘大气，但同时也显得四平八稳，缺乏灵性，更缺乏好诗必不可少的真挚的情感，所以即便写得再好，也多少会沾染上一些匠气。当时的士大夫在脱离宫廷以后，自抒其情，将格律灵活化，将内容丰富化，将情感真挚化，才使得七律成为一种完善而成功的诗歌体裁，并因此而产生了很多不朽的千古佳作。从这个角度，此种意义上来看贾至诗，以及相关的几首和诗，也就只能在具体遣词造句上加以赏析了，至于格调、风韵，则大可笑而不论。

诗写早朝，所体现的是一种雍容、肃然的态度，是士大夫对皇朝摆出的种种仪式衷心仰敬的姿态。首联言"寒"，言"阑"，只是暮春清晨的实景，不必因此而生任何悲凉之意，也不必将氛围向此悲凉引去。前面说过，好诗就应当一切景语皆情语，此处景语却非情语，可见它或许算是一首成功的宫廷诗，却算不上是一首好诗。早朝的时间是在今天五六点钟，鸡鸣以后，所以开篇即写鸡鸣，然后泛写京都全城的风貌，颔联转向宫殿，晓钟响起，宫门陆续打开，百官跟随着仪仗迈上玉阶。颈联"剑佩"有人解为禁卫军所执武器，不确，这应当是指官员的佩剑，晋以后，士大夫以佩剑为雅，虽不能带上朝堂，却可带至朝门外，故有此语。最后尾联点明此乃和诗，并且赞扬贾至的原诗为阳春白雪，说"和皆难"，是谦虚地说自己狗尾续貂，这首和诗拿不出手。诗意大抵如此，结构谨严但略显死板，对仗工整但不出奇，只是四平八稳寻常之作而已。

王 维

和贾至舍人早朝大明宫之作

绛帻鸡人①报晓筹②，尚衣③方进翠云裘④。
九天阊阖⑤开宫殿，万国衣冠拜冕旒⑥。
日色才临仙掌⑦动，香烟欲傍衮龙⑧浮。
朝罢须裁五色诏⑨，佩声归到凤池头。

【注释】

　　①绛帻鸡人：绛帻是指大红色的头巾，古代宫中于天亮时，有头戴红巾的卫士于朱雀门外高声唱时，以警百官，因似雄鸡报晓，故称"鸡人"。　②晓筹：这里筹是指更筹，即夜间计时用的竹签，晓筹即清晨的更筹。　③尚衣：官名，隋唐时有尚衣局，掌管皇帝的衣服。　④翠云裘：饰有绿色云纹的皮衣。　⑤九天阊阖：九天是指天分九重或云九野，《吕氏春秋·有始》谓："中央曰钧天，东方曰苍天，东北曰变天，北方曰玄天，西北曰幽天，西方曰颢天，西南曰朱天，南方曰炎天，东南曰阳天。"扬雄《太玄·太玄数》谓："九天：一为中天，二为羡天，三为从天，四为更天，五为睟天，六为廓天，七为减天，八为沉天，九为成天。"这里是比喻皇宫如同天宫一般。阊阖是传说中天宫的南门，后也用来借指皇宫的正门。　⑥冕旒：古代大夫以上所戴的礼冠，顶有延，前有旒，故曰"冕旒"。《周礼·夏官·弁师》云天子之冕十二旒、诸侯九、上大夫七、下大夫五。后用来专指皇冠，并借指皇帝、帝位，沈约《劝农访民所疾苦诏》即有"冕旒属念，无忘凤兴"句。　⑦仙掌：掌为掌扇之掌，也即障扇，宫中的一种仪仗，用以蔽日障风。　⑧衮龙：犹卷龙，指皇帝的龙袍。　⑨五色诏：晋陆翙《邺中记》载，石虎诏书用五色纸，著凤雏口中，后世遂以之指代诏书。

【语译】

　　戴着红头巾的"鸡人"传唱报晓，尚衣局的宫人才刚呈上绿色裘衣。仿佛天庭一般的宫殿敞开了南门，四方的官长都向皇帝跪拜行礼。阳光才刚照临，障扇因之而动，殿上的香烟想要依傍着衮服上的龙形而漂浮。早朝结束后，需要裁剪五色纸做诏书，于是剑佩声就回到了凤凰池畔。

【赏析】

　　此诗与前一首岑参的诗相同，都是对于贾至《早朝大明宫呈两省僚友》的和作。我们对比三首诗，可以看出着眼点是不尽相同的。贾诗所言，大抵是指自身，自己如何烧烛待晓，如何经过长安街道前往皇城，如何佩剑而登丹墀，如何"身惹御炉香"，如何沐浴恩泽，从而忠诚耿耿地侍奉君王。诗中弥散着淡淡的自鸣得意，格局偏小，格调也不算高。相比之下，岑参之诗几乎句句扣住原诗，但又有所修改和生发，"千钟"、"旌旗"等词汇将眼光放诸百官身上，而非专注一人，只在尾联才谈及贾至其人和其诗，无疑就眼光、笔力、气魄而言，岑诗要在贾诗之上。

王维诗却又别出心裁，前三联都抛却百官而落笔君王。岑参云"鸡鸣"，王维却说"鸡人报晓筹"，开篇就舍去对长安都市、宫殿之外的描写，而直指宫廷。接着尚衣进裘，宫门大开，衣冠跪拜，似乎都是从君王的视角去观察整场朝会。而"仙掌动"、"香烟浮"，也皆注目殿上。可以说，贾诗、岑诗所言早朝，都只写了一个泛泛的场面，甚至只描写了前奏，而未及其过程，从王诗中却可见过程中因红日初升，于是障扇移动，时间是流逝的，而非定格于百官登墀那一片刻。因是和诗，尾联便转向贾至，但不是泛泛地言沐恩和报效，也不赞其诗为"阳春"，却写贾至归至中书省草诏，落笔在原诗人的职能方面，格局又非前两诗所可相提并论。

所以王维的和诗不但在三篇和诗中最佳，而且远远高过贾至原诗，气魄、格局，乃至格调都超过不止一筹。尤其颈联"九天阊阖开宫殿，万国衣冠拜冕旒"一句，最显宏大，甚至有宰相气度。而且贾诗、岑诗都只是泛泛而言早朝，放在任何一个朝代，任何一个时期，都可通用，王诗则不同，"万国衣冠"句凸显出盛唐的雄伟、强盛和气概恢弘，包容一切。德被万方，万国来朝，四方君长都服从于中华天子，在中国历史上也只有强汉、盛唐达到过此种高度，此外或受外族欺凌，或封闭自守，或直接为外族所窃据，是都无法移用的。王维此诗正是因为写出了盛唐气象，所以才万古传诵，成为宫廷诗中难得一见的佳作。

顺便一提，结句"佩声"或云是指环佩，但观贾至原诗和岑参和诗即可知，应指官僚士大夫的"剑佩"，也即宝剑上的饰品。明人顾璘在《批点唐音》中评此诗，说"盖气象阔大，音律雄浑，句法典重，用字清新，无所不备"，但"犹未全美，以用衣服字太多耳"，此言非常中肯。

【扩展阅读】

奉和贾至舍人早朝大明宫

唐·杜甫

五夜漏声催晓箭，九重春色醉仙桃。旌旗日暖龙蛇动，宫殿风微燕雀高。朝罢香烟携满袖，诗成珠玉在挥毫。欲知世掌丝纶美，池上于今有凤毛。

和贾至《早朝大明宫呈两省僚友》的诗，流传下来共有三首，即岑参、王维、杜甫所作，可以说各有千秋，各有风味，但都较贾至原诗为高。杜甫此诗，不再将重点放在早朝上，从颈联起，便转向文艺，赞美贾至文采出众，原诗高致，又与岑诗、王诗相异。相比之下，岑参和诗太注重原诗的原意原味，王诗和杜诗则都有所跳出和生发。

奉和圣制①从蓬莱②向兴庆③阁道④中留春⑤雨中春望之作应制⑥

渭水自萦秦塞⑦曲，黄山⑧旧绕汉宫斜。

銮舆⑨迥出千门柳，阁道回看上苑⑩花。

云里帝城双凤阙⑪，雨中春树万人家。

为乘阳气⑫行时令⑬，不是宸游⑭玩物华⑮。

【注释】

①圣制：圣人所作，这里是指天子（唐玄宗李隆基）所作的诗。　②蓬莱：指蓬莱宫，唐代宫殿名。　③兴庆：指兴庆宫，原名隆庆坊，是唐玄宗为诸王时的旧宅，开元二年（714年）避玄宗讳而改名兴庆。　④阁道：即复道，宫殿之间所建造的隐秘通道。开元二十年（732年），唐玄宗筑夹城入芙蓉园，自大明宫东夹罗复道，经通化门到达兴庆宫，再经春明延喜门到达曲江芙蓉园，自此玄宗可秘密地往来于东内南内之间，外人无从得知。　⑤留春：即游春。　⑥应制：接受命令行事，这里是指受天子命作和诗。　⑦秦塞：别本作秦甸。　⑧黄山：指黄麓山，在今天陕西省兴平县北。　⑨銮舆（luán yú）：指天子的车驾、舆辇等交通工具。　⑩上苑：汉代上林苑，故址在今天陕西省长安县西，这里是借指皇家花园。　⑪双凤阙：指唐代含元殿左右有栖凤、翔鸾二阙。　⑫阳气：指春天的气息。　⑬行时令：指按照季节颁布政令。《礼·月令》即载："季冬之月，天子乃与公卿大夫共饬国典，论时令，以待来岁之宜。"　⑭宸（chén）游：指皇帝出游。宸为北辰所居，借指皇帝居处，后又引申为帝王的代称。　⑮物华：美好的景物，这里是指春景。

【语译】

渭水弯弯曲曲地环抱着秦地，黄麓山横斜地围绕着旧日汉宫。天子车驾远远地穿过千门万户的绿柳，从阁道中转身赏看御苑中的鲜花。耸立着双凤阙的皇宫，仿佛是在云雾缥缈之间，万户人家所植春天的树啊，都被雨水所滋润。天子是考察春天的气息，按节气而发布诏令，并非简单地出游去玩赏美好风光啊。

【赏析】

这是一首应制诗，也即由皇帝出题，命令臣子所撰写的诗篇。那么，皇帝出的什么题目

唐诗常识　　格律诗初兴的时候，因为格式尚未固定，尚不严谨，于是造成和诗往往只和其意，而不及其韵，明代胡震亨在《唐音癸签》中就明确指出："盛唐人和诗不和韵。"比如贾至《早朝大明宫呈两省僚友》，用韵是下平声七阳，岑参和诗却用韵上平声十四寒，王维和诗用下平声十一尤，杜甫和诗用下平声四豪，全不相同。

呢？由此诗题可知，李隆基由臣子们陪同着，从蓬莱宫经阁道前往兴庆宫，途中观赏春雨霏霏的景致，写下一首诗歌，于是即令王维应和此诗。应制诗大多没有什么太高的文学价值，章句四平八稳，情感隐而不露或干脆欠奉，匠气十足，有时候还带有浓厚的谄媚气味，王维虽为诗中大家，写作类似诗篇，却也不能免俗。

首联写远景，见渭水和黄麓山，于是从整个秦地和汉家旧宫起笔，眼界倒是颇为开阔。然后领联写事，说明是跟随皇帝出游，经阁道而去赏玩春景。颈联再写景，既见皇宫，也见长安城内街巷，双凤阙插云而起，雨中春树滋润，春意盎然。前三联都成对，首联大气而工整，领联最次，"千门"对"上苑"亦不甚工。颈联最佳，虽写皇宫，却只以"双凤阙"为代，加以"云里"二字，立刻庄严雄伟貌跃然笔端；对句虽写长安城内街巷，却只以"万人家"虚化，着重在"雨中春树"，美好景致自然生发出来。而且此联隐含有天子与民同乐之意，从而自然地引向尾联。

尾联纯是颂扬。古代农耕社会，农业是整个国家经济的支柱，而农业的兴盛与否，很大程度上要看天时是否顺调，而当时中央政府制定各种政策，也必须因应季节、节候而定。正如汉相邴吉曾言"三公典调和阴阳"，这调和阴阳，就是指根据不同的节气、天候作出对策。所以王维在此诗尾联颂扬李隆基是为了制定政策才关心节候，出宫观景，而不是简单地"宸游玩物华"。其实这很有欲盖弥彰的味道，李隆基本来就是个好游乐的皇帝，建阁道于东内（大明宫）和南内（兴庆宫）之间来往，很难使人相信主要用意是访查阴阳而不是玩乐。

总之，此诗即便可以算是达到了应制诗的高峰，在唐代浩瀚的诗歌宝库中也如粒米一般，被珍珠们尽掩其色，陆时雍《唐诗镜》中赞此诗"前四语布景略尽，五六着色点染，一一俱工"，也只是就技巧而言之，诗的格调，实在不高。

酬①郭给事②

洞门③高阁霭④余晖，桃李阴阴柳絮飞。
禁里⑤疏钟官舍晚，省中啼鸟吏人稀。
晨摇玉佩趋金殿，夕奉天书拜琐闱⑥。
强⑦欲从君无那⑧老，将因卧病解朝衣。

【注释】

①酬：即报、答、和之意，别本作"赠"。 ②郭给事：给事即门下省给事中，正五品上，分判省事；权力颇重。郭给事名字、事迹均不详，应为王维同僚，时王维也担任给事中一职。 ③洞门：指深邃的、重重相对的门户。 ④霭：云雾聚集貌，这里作动词解。 ⑤禁里：即宫廷，《三辅黄图》载："汉宫中谓之禁中，谓宫中有禁，非侍卫通籍之臣，不得妄入。" ⑥琐闱：《汉旧仪》载："黄门郎属黄门令，日暮入对，青琐门拜。"诗用此典，代表宫门。 ⑦强：勉力。 ⑧无那：即无奈，别本亦有作"无奈"的。

【语译】

门户深邃，阁楼高耸，聚集着云气和夕阳余晖，桃李阴浓，柳絮飞舞。从宫内传来稀疏的钟声，门下省内，时间已经很晚了，只听得鸟儿啼鸣，吏员大多已经归家，人迹稀少。想我们每天早晨都要摇着环佩上殿面君，晚上要奉着诏旨辞拜宫门。我勉力想要跟随着你为国效力，却无奈年事已高，即将要因为卧病而脱下朝服了。

【赏析】

这是王维酬答门下省给事中郭某的一首诗。按照传统说法，前三联为颂扬郭给事为官清正而又圣恩隆厚，"霭余晖"即沐受君恩，"桃李阴阴"是指门生众多，"柳絮飞"是指门人显达，颔联写为官清闲，颈联又写奉君甚谨。此说或者可通，但在没有特殊情况、背景的前提下，搞那么多隐语并不合乎作诗之正道，以"桃李阴阴"的景语以寓桃李满天下，以"柳絮"喻郭给事门人，更显得深文周纳。诗歌可以深解，但一定要有特殊的环境、背景为支撑，否则强要从简单的字句中寻找更深含义，就难免缘木求鱼。

根据考证，此诗大致写于唐玄宗天宝十四载（755年）春季，当时王维也在门下省任给事中，与郭给事为同僚，基之于此，私以为前两联是诗人创作时的真实环境，颈联所写是诗人与郭给事共同的职务经历，而非单独对郭给事的颂扬。首先，诗人创作此诗时应为某日夜间，他仍在省中值宿，此时王维已起归隐之念，或曾向郭给事提及，遭到慰留，因此作诗相酬。"霭余晖"是黄昏，"桃李阴阴柳絮飞"是春季，"禁里疏钟官舍晚，省中啼鸟吏人稀"仍写黄昏。请注意前两联写夜，而颈联起句却写晨，对句再写夜，很明显前后情景不同，必然一为实言，一为泛指，而不可能全是颂扬郭给事为政的泛指，否则结构便显松散，脉络便会从中割裂。

前两联写眼前之景，是为了抒发诗人谦退之情，表明求隐之意。颈联写给事中的每日事务从晨至夜，晨起早朝办公，夜间奉旨离宫，仍需回省内处理，表示事务繁冗，自己已不堪其累。其实"禁里疏钟官舍晚，省中啼鸟吏人稀"也包含有此意，天时已晚，吏人大多归家，省中寂寥，而自己仍必须值宿，就此自然地引向颈联。然后尾联再说自己本待趋步于郭给事之后，效法他、帮助他，共同努力为朝廷效劳，奈何既老而又"卧病"，也只得"解朝衣"，退职回去隐居了，亦从前三联一脉相承而来。所以这样一解，全诗的脉络分明，转折自然，就不会有割裂之感了。

积雨辋川庄①作

积雨空林烟火迟，蒸藜②炊黍饷③东菑④。

漠漠水田飞白鹭，阴阴夏木⑤啭黄鹂。

山中习静观朝槿⑥，松下清斋折露葵⑦。

野老与人争席罢，海鸥何事更相疑。

【注释】

①辋川庄：在今天陕西省蓝田县西南十余公里处的辋川山谷中，是王维在宋之问辋川山庄基础上兴建的隐居园林。　②藜（lí）：一种可食的野菜，这里是泛指蔬菜。　③饷：《广韵》解："饷，饷馈。"本意是指送饭。　④菑（zī）：菑：已经开垦了一年的田，也指初耕的田地。　⑤夏木：高大的树木，即乔木。　⑥槿（jǐn）：即木槿花，落叶灌木，其花朝开夕谢，古人常以此感悟人生枯荣无常之理。　⑦露葵：着露的葵菜，葵为古代重要蔬菜，有"百菜之主"之称。

【语译】

　　久雨之后空旷的林中，炊烟因为水气而缓慢地升起，农人煮好了野菜、黍饭，送给在东面田地里耕种的家人。昏濛的水田上有白鹭翩翩飞过，阴暗的乔木中有黄鹂婉转鸣叫。我在山中闲静地观察木槿花朝开暮落之态，摘取葵菜，在松树下煮好洁净的斋饭。村野之人已经和我争过席次了，海鸥还因为什么会对我产生怀疑呢？

【赏析】

　　这是王维描写自己隐居生活的名篇，其中前两联写景，后两联写事，尤以写景之句最为佳妙，传诵千古。首先，起句便显不凡，几个形容词"积"、"空"、"迟"都是神来之笔。要知久雨之后，空气中的水气才会浓厚，从而使得炊烟沉重，升起缓慢，"迟"字一着，理趣全出。而所写既是田园景象，既然以田为多，而林木为少，只在田间才有一些乔木、灌木，于是着一"空"字。如此摹景，非目见不能下笔，且非对所描摹的景物非常熟悉，非止一次目见可作，亦需经过仔细、用心地观察，才能描写得如此生动、自然，惟妙惟肖。

　　首联出句写到田间"烟火"也即炊烟，所以对句紧接，说那是农家烧煮食物，往田间送饭所致。"藜"是野菜，"黍"是小米，亦农家常见食物，合乎情理而又出简朴、清淡之意。颔联写景最妙，水田旷阔，有白鹭飞过，这是眼见，乔木高大，有黄鹂啼鸣，这是耳闻，此联有形有声，全方面地构架起诗人所处恬静、安详的乡村田园环境来。

　　《国史补》中载唐人李肇讥笑王维"好取人文章嘉句"，因为他自称在李嘉祐集中见到过"水田飞白鹭，夏木啭黄鹂"的诗句。不过世传李嘉祐集中并无此句，而且明人胡应麟在《诗薮·内编》中反驳说："摩诘（王维）盛唐，嘉祐中唐，安得前人预偷来者？此正嘉祐用摩诘诗。"考王维和李嘉祐所处的时代有重合，倘若真有相近的诗句，也不好分辨谁先谁后，是偶然相合还是谁因袭了谁。但仅从诗句而言，王维此联却明显要高过传说中的李嘉祐所作。宋人叶少蕴在《石林诗话》中说："诗下双字极难，须使七言、五言之间，除去五字、三字外，精神兴致全见于两言，方为工妙……此两句好处全在'漠漠'、'阴阴'四字，此乃摩诘为嘉祐点化以自见为妙。"

　　要知道，以古人的行文习惯，一般情况下诗作五言，就已经可以把事情说清楚了，所以其后更有七言的发展，是因为多出那两个字可以更艺术性地架构场景、描摹细节、生发情感，从而增强诗歌的感染力。即以王维诗中"漠漠"、"阴阴"四字为例，漠漠以见田地广袤，且因久雨而雾气深沉，阴阴以见林虽疏而树却密，枝繁阴浓。因漠漠而得见前句"积雨"、"空林"非凭空语，亦可见"蒸藜炊黍饷东菑"非止一家，而是普遍之景，且田地既广，则白鹭之飞也久，整体气氛的沉静、安稳于是毕现。因"阴阴"而见乔木雨后更显繁茂，而黄鹂藏于枝叶间，不得见其形，只能闻其声，且其声时或可闻，时或不可闻，乃有婉转之意，点出"啭"字。所以"水田飞白鹭，夏木啭黄鹂"已经把景物说清楚了，但若不着"漠漠"、"阴阴"二字，景物的感染力，和对全诗氛围的影响，到不了如此之深。即便王维真的化用了李嘉祐的诗句，多此四字，说不上点铁成金，也是点凡珠为随珠，在艺术性上有了很大的提升。对于这样的化用和提升，我们不能称为"抄袭"，更不能因此而讥笑王维。

前两联描写乡村田园景致，然后颈联即描写诗人自己的隐居生活，与前两联相呼应，以见诗人所过完全是普通百姓的生活，他已经和农人亲密无间了，所以才能真切地感受到农人所喜，农人所愁，切实地融入田园生活中去。那么农人喜什么呢？当然是喜丰收。愁什么呢？当然是愁歉收。而对于其他的，超越于诗人所愿意去关照、了解的外物，比如捐税，比如扰乱，比如剥削压榨，比如胼手胝足，当然王维是不会去涉及的。他终究不能如农人一般亲自下田去劳作，农人在侍弄作物，在"蒸藜炊黍"的时候，王维却只是在"山中习静观朝槿"，静坐以感悟世间荣枯之理。

"松下清斋折露葵"一句，字字与前暗扣，比如"松下"即照应"空林"、"夏木"，"清斋"和"露葵"则照应"蒸藜炊黍"。《旧唐书·王维传》记载："维兄弟俱奉佛，居常蔬食，不茹荤血，晚年长斋，不衣文彩。"过如此简朴、恬淡的生活，王维就认为自己真的得到了自然之趣、乡野之趣、农家之趣，于是才有下面"野老"之谓。

"野老"一句，典出《庄子·杂篇·寓言》，载阳子前去向老子请教——"其往也，舍者迎将，其家公执席，妻执巾栉，舍者避席，炀者避灶。其反也，舍者与之争席矣。"也就是说，因为阳子起初富贵骄矜，所以招待他的人都避让他，不敢和他争席，但当他受到老子教诲以后，就此和光同尘，所以招待他的人就不拘礼数，敢于和他争席了。王维用此典，是说自己已经彻底和农人之心相契合，抛掉了自己士大夫的骄矜贵气，成为了真正的隐士。

"海鸥"一句，典出《列子·黄帝》，载："海上之人有好沤鸟（即鸥鸟）者，每旦之海上，从沤鸟游，沤鸟之至者百，住而不止。其父曰：'吾闻沤鸟皆从汝游，汝取来，吾玩之。'明日之海上，沤鸟舞而不下也。"也就是说，因为那"好沤鸟者"先前毫无机心，所以鸥鸟群聚在他身边，后来他起了害鸟之心，鸥鸟就疑而不肯下。王维用此典，是说自己已经放弃了凡俗的机心，海鸥还有什么道理来怀疑我呢？

尾联连用两典，要说明自己已脱离凡尘，得悟大道，从此与自然相契合，什么机心、名利，都已经和自己没有关系了，自己已经成为一位真正的隐士，而隐士之趣，和野老，友鸥鸟，真是多么快乐啊，内心是多么恬静啊。

清人赵殿成在笺注《王右丞集》中称赞此诗说："淡雅幽寂，莫过右丞《积雨》。"无疑这首诗的艺术水平是非常高的，首联不但得景，更有理趣，颔联摹景最妙，后两联亦颇有可观处。但就思想性而言，不过是士大夫理想抱负不得伸展后的退隐之趣而已，且不如陶潜般真正地耕种自食，终究不能目之过高。

杜 甫

蜀 相①

丞相祠堂②何处寻？锦官城③外柏森森。

映阶碧草自春色，隔叶黄鹂空好音。

三顾④频烦⑤天下计，两朝⑥开济⑦老臣心。

出师未捷⑧身先死，长使英雄泪满襟。

【注释】

①蜀相：指三国时代蜀汉的丞相诸葛亮，字孔明，他执蜀政十一年，曾多次领兵北伐。　②丞相祠堂：指诸葛武侯祠（诸葛亮曾受封武乡县侯，俗称"武侯"），在今天的四川省成都市内，为西晋末李雄所肇建。　③锦官城：成都的别名。　④三顾：《三国志·蜀书·诸葛亮传》记载，刘备前往寻访诸葛亮，"凡三往，乃见"，诸葛亮作《出师表》，也称："先帝（刘备）不以臣卑鄙，猥自枉屈，三顾臣于草庐之中，谘臣以当世之事……"此即"三顾"之由来。　⑤频烦：即频繁，指多次。　⑥两朝：指诸葛亮先后辅佐蜀汉先主刘备和后主刘禅。　⑦开济：开即开创，济即辅佐。　⑧出师未捷：指诸葛亮从蜀汉后主刘禅建兴六年（228年）开始领兵北伐，直至建兴十二年（234年）于前线病殁，并未能取得决定性的胜利。

【语译】

　　去哪里寻找汉丞相诸葛亮的祠堂呢？原来就在成都城外，那柏树浓密之处啊。碧草映照台阶，徒然地展现着春色，黄鹂隔着树叶，空自发出婉转的叫声。想起诸葛亮受三顾之恩，被刘备咨询以天下大事，他辅佐先主、后主两朝，表现出老臣的耿耿丹心。可惜出战未胜而先便去世啊，使得后世英雄人物不禁涕泪沾湿衣襟。

【赏析】

　　此诗，明末清初仇兆鳌在《杜诗详注》中断于唐肃宗上元元年（760年）的春天，杜甫"初至成都时作"。在此前一年的十二月，杜甫结束了为时四年寓居秦州、同谷（今甘肃省成县）的颠沛流离生活，来到成都，在朋友的资助下，定居于浣花溪畔。成都是当年蜀汉建都之地，城西北有诸葛亮庙，称为"武侯祠"，于是翌年春天，他来武侯祠前凭吊，就写下了这首千古绝唱。

　　开篇以设问引起，点明主旨，"柏森森"既是武侯祠前实景，也突出营构出庄严肃穆的气氛。松柏长青，故古人坟冢、祠堂前常植松柏，而同时松柏又有凌霜傲雪，志节不屈的意象。诗人写祠前之柏，同时也是暗寓诸葛亮志节高远，不肯向残酷现实低头的顽强意志。

　　所谓残酷现实，就是指公元222年，刘备在猇亭为吴将陆逊所败，蜀中劲卒良将丧亡殆尽，翌年（223年），刘备在白帝城忧愤而卒，便将国事托付给了诸葛亮。诸葛亮执蜀政之初，蜀汉政权号称三分天下有其一，实际上无论控制疆域，还是国家实力，都不足东吴之半、曹魏的三分之一，而且外有强敌环伺，内有南中叛反，局面岌岌可危。当时曹魏重臣们陆续写信给诸葛亮，晓以大势，喻其或反正或归降，但诸葛亮却丝毫不为所动，知不可为而强为之，外和孙吴，北拒曹魏，不但很快平定了南中之乱，而且能够积聚力量多次出兵，北伐中原。虽然最终因为小大之势难以扭转，他在军事上并没有赢得大胜，复兴汉室的理想未能达成，但这份顽强不屈的意志，实属难能可贵，值得后人敬仰，杜甫因此才以经冬不凋的柏树喻之。

　　颔联写景，因是春季，故有碧草青青、黄鹂鸣叫，本来是很赏心悦目的春色，但诗人却偏着一"自"字和一"空"字，即将盎然春意击破，反归之于萧瑟凄冷。对于这种写法，历来有两解，一是说青草自春、黄鹂自鸣，诗人本为凭吊先贤而来，不是踏青玩赏，故此完全不加理会。另一种说法则是往事已矣，先贤已逝，武侯祠堂前春意再如何美妙，也难以抵消其壮志未酬之痛，以此来突出历史的沉重感。私以为后一说为确，此诗吊古而伤今，吊古为虚却须实写，伤今为实却须隐含，这是作此类诗的正道，所以全诗除最后的抒情外，都应当围绕着诸葛亮和武侯祠来写，而不应过于突出诗人的个人情感体验，况且徒云无心赏玩春景，对于个人情感的表现也显得太平淡了一些。

　　颈联总结诸葛亮平生事业。诸葛亮在政治、军事甚至科学方面都有所建树，诗歌简短，自然不能一一罗列，诗人乃概而言之。出句写诸葛亮之能，刘备凡三顾才得相见，便咨以天下大事，随即延请诸葛亮出山相助。对句写诸葛亮之才德，"两朝开济"，自刘备寄寓荆州，无尺寸之地，得诸葛亮后遂先后得荆并蜀，自刘备崩后国势衰退，到诸葛亮执政后能够有力量北伐中原，以"开济"二字统言之，而"老臣心"则谓其耿耿丹心，日月可鉴，一心想要完成刘备所嘱托的复汉之大业。

　　可惜，诸葛亮最终还是失败了，所以乃有尾联"出师未捷"语，于是自"柏森森"直到"自春色"、"空好音"一以贯之的悲凉沉郁色彩，便就此而显得愈加浓烈。诗人说"长使英雄泪满襟"，这"英雄"并非自指，但他的意思在于，英雄尚且会受诸葛亮才、德的感染，而况我们这些普通人呢？此结句便出伤今意，我们知道其时安史之乱尚未平定，曾经繁盛一时的唐帝国支离破碎，满目疮痍，正如同后汉三国时代，汉室倾覆、天下分裂，因此诗人期待会有诸葛亮一般顽强不屈的英雄人物出现，来拯救这个残破的国家。因为诸葛亮的失败，更因为蜀汉政权很快灭亡，所以晋代士大夫大多评价诸葛亮其人不能度德量力，来与中原争胜，自然其事不成，直到五胡乱华，晋室南迁以后，诸葛亮的形象在士人间才逐渐高大起来。所以国家丧乱之际，最思忠臣义士，杜甫于安史之乱中凭吊武侯祠、感怀诸葛亮，其意义是非常深远的，这也就使得这首吊古诗因其文辞沉郁顿挫，因其情感深厚真实，更因其富有时代性特征，从而千古传诵，如黄钟大吕般震撼后世。

客 至①

舍南舍北皆春水，但见群鸥日日来。

花径不曾缘客扫，蓬门②今始为君开。

盘飧③市远无兼味④，樽酒家贫只旧醅⑤。

肯与邻翁相对饮，隔篱呼取尽余杯。

【注释】

①客至：杜甫在本集题下自注为"喜崔明府相过"，则此客即为崔明府，明府是对县令的尊称。　②蓬门：用蓬草编成的门户，以示住房简陋。　③飧（sūn）：有多解，一谓熟食，一谓简单的饭食，此处当为后一义。　④兼味：多种菜肴。　⑤旧醅（pēi）：醅指未过滤的酒，唐代只有发酵酒，没有蒸馏酒，因此以酒新为美，旧醅也即陈酒味易变酸。

【语译】

屋前屋后，都有春水围绕，能见到一群群鸥鸟每天飞来。花间的小径从来没有因为招待客人而清扫过，如今这简陋的屋门第一次为你而打开。盘中的食物啊，因为市场太远所以样式不多，杯中的酒水啊，因为家境贫寒所以只有陈酿。你肯不肯和邻居老人对饮呢？如果可以的话，就隔着篱笆叫他过来，一起喝尽剩下的酒水吧。

【赏析】

这首诗应当是杜甫入蜀之初，在成都西郊浣花溪头盖建草堂后不久而作。他久经丧乱，终于可以暂时安顿下来，心情有一刹那的放松，这种虽贫寒却轻松，因而不改其乐的滋味，在此诗中便有很鲜明的反映。

诗写宴客，首联先从环境着笔，春水初涨，而言"舍南舍北皆春水"，一方面有春回大地，生机盎然之意，正合乎诗人此刻的心境，又隐含着所处偏僻，交通不便之意。于是对句便直言"但见群鸥日日来"，这里"但"作"只"讲，来往只有鸥鸟，而少见行人。鸥鸟多，正见行客少，同时也有与鸥相戏，可见诗人此刻的隐居生活非常恬静安详之意。

正因为行客少，所以颔联便言"花径不曾缘客扫"，自己安居下来以后，从来也没有在新家招待过客人。然后笔锋一转，说"蓬门今始为君开"，便引入待客之主题，从中也反映了他对来客的看重，招待得分外殷勤。这一联简洁明快，直如口语，而又天然工对，真是神来之笔，非雕琢斧凿所能为也。

颈联是倒装，按照正常语序应当是"市远盘飧无兼味，家贫樽酒只旧醅"。所以倒装，不可仅仅看作是为了合乎诗的平仄，而有突出"盘飧"、"樽酒"意，此言亦似口语，诗人似在对客人表示歉意：菜太少，没办法，因为离集市远啊；酒也陈，没办法，因为家中太贫啊。其诚挚、殷勤也便由此自然表露出来，非常率真而生动。

尾联更佳，以见诗人酒酣耳热，于是呼朋引伴，对客人说："你若不嫌隔邻老翁村野，便可邀来共饮。"所谓"酒逢知己千杯少"，正因与客人交情莫逆，相谈甚欢，才能脱略行迹，临时再邀他客。从中亦可见诗人独居甚久，无人来访，内心其实非常寂寞，难得崔县令前来，便要畅快一聚，题注中"喜"字就此表现得淋漓尽致。

此诗言辞非常率真平直，一如口语，所以南宋刘克庄在《后村诗话》中说："此篇若戏效元白体者。"所谓元白体，就是元稹、白居易浅显通俗、平易晓畅的诗歌风格，但元、白二人在杜甫之后，杜甫自然不会穿越到后世去仿效元、白，倒不如说这是元白体的滥觞。这种风格，前人或有嫌村俗的，但即便如此，也不能不承认杜甫此诗虽浅近却不粗陋，田园隐居的风貌尽显，乃是一首佳作。其实浅近不是病，故作浅近才是病，同样，浓密涂抹、精雕细镂也不是病，水平不够而生硬拼凑，故作雅训之态才是病。诗歌的形式要符合其内容需要，写宫廷诗难免四平八稳，咏朝堂事惯常深隐暗讽，写名山大川要求宏壮，描小桥流水必须精巧，同理，既然描摹乡村风貌，自然要下里巴人而不能阳春白雪。正如清人刘邦彦在《唐诗归折衷》中所说："临文命意，如匠石呈材，《早朝》必取高华，《客至》不妨朴野。昔人评杜诗，谓如周公制作，巨细咸备，以此也。"

野　望

西山①白雪三城②戍，南浦清江③万里桥④。

海内风尘诸弟隔，天涯涕泪一身遥。

惟将迟暮供多病，未有涓埃⑤答圣朝。

跨马出郊时极目，不堪人事日萧条。

【注释】

①西山：指成都西面的雪岭，在松潘县南面，为岷山的主峰。　②三城：指松（今四川省松潘县）、维（故城在今四川省理县西）、保（故城在理县新保关西北）三州，当时吐蕃趁安史之乱入寇，因此在此三州设置重兵戍守。　③清江：指锦江。　④万里桥：在成都城南，常璩《华阳国志》记载，诸葛亮曾派费祎出使东吴，临行前费祎曾言："万里之行，始于此桥。"因此得名。　⑤涓埃：涓为细流，埃为轻尘，以此比喻稀少、微小、毫末。《周书·萧撝传》即有"臣披款归朝，十有六载，恩深海岳，报浅涓埃"句。

【语译】

西山上白雪皑皑，松、维、潘三城设置了戍兵，城南有清江流过，架设着费祎曾经的万里桥。因为国家动荡啊，所以兄弟们全都隔绝一方，我在天涯海角落泪，孤独一身，远赴异乡。只能让迟暮的年岁任凭多种病痛折磨，却没有丝毫贡献可以回报给圣明的朝廷。骑马来到郊外，不时地极目眺望啊，却不忍心看到世事一天比一天更萧条残败下去。

【赏析】

这首诗是杜甫客居成都草堂后作，某一日他跨马出郊，但眼前种种景物都使他忧心，即所谓"不堪人事日萧条"，因而于悲凉忧患中，写下此诗。

开篇先从远景写起，西山上覆盖着霭霭的白雪，不禁使他想起"三城戍"，也即边境上并不安宁，眼见内忧未息，又生外患。继而再将视野拉近，看到近处的万里桥——杜甫《狂夫》诗中曾有"万里桥西一草堂"句，可见草堂距万里桥不远，而万里桥在成都县南，故有"南浦"之谓。那么前一句因西山而思边患，这一句见万里桥是否也别有用意呢？确实是有的，万里桥因当初费祎补出使东吴而得名，很明显诗人是不堪偏居一隅，而想要出蜀去为国效力了。

首联摹景并及国事和自身感怀，颔联即抒发客居成都的悲怨。兄弟流散，各在一方，而自己也离开故乡如此地遥远，来到蜀地，恍惚如居天涯。杜甫有四弟，即杜颖、杜观、杜丰和杜占，只有杜占随他入蜀，其他三人都散居各处，于是乃有此种悲叹。伤及亲戚后，颈联再言及自身，此时杜甫已经五十岁了，所以说"迟暮"，而不仅迟暮，更兼多病，加一"供"字，似乎自己苟且不死，只是为了供应这些病痛一般，则其情更悲。提及自己以后，却又转向国事，说自己万分惭愧，未能为国家作出点滴贡献，则诗人拳拳抱国之心，便即跃然纸上。

跨马出郊之事，不在开篇言及，却放在尾联，这也是一种倒装，同时也是最后作总的概括。因为自己所见所闻，是"人事日萧条"，因而才有了上述种种悲怨和慨叹。元人方回在《瀛奎律髓》中评杜诗是"格律高耸，意气悲壮，唐人无能及之"，确非过誉。杜甫能够将个人的遭际与国家的灾难完美结合在一起，从而既抒发自伤之情，又展露忧国之心，观此诗即可知诗人的内心有多么苦闷，志向又有多么宏大，而唯这两者并存，才更显悲之极也。这种悲可称之为悲壮、悲悯，悲天而悯人，因为两者并不矛盾，事实上，尤其在杜甫身上，确实是统合一体的。

闻官军收河南河北

剑外①忽传收蓟北②，初闻涕泪满衣裳。
却③看妻子愁何在，漫卷诗书喜欲狂。
白日放歌须纵酒④，青春⑤作伴好还乡。
即从巴峡穿巫峡，便下襄阳向洛阳。

【注释】

①剑外：即剑南，称剑南为剑外，就像称湖南为湖外，岭南为岭外，乃唐人习惯语。剑是指剑门关，位于今天四川省广元市北部，其南即蜀地，唐朝设置了剑南道，大致包括今天四川省、云南省大部和甘肃省的一部分。　②蓟北：指河北北部地区，这里是泛指安史叛军的根据地，蓟县本身就是范阳节度使的屯驻地，安禄山即据此起兵。　③却：这里是"再"的意思，非转折连词。　④纵酒：纵情饮酒。　⑤青春：指春天。

【语译】

我客居剑南，突然传来官军收复河北的消息，才刚听到的时候，不禁涕泪横流，沾满了衣裳。再看妻儿的脸上哪里还有愁容，我不禁随意卷起身边的诗书来，欣喜欲狂。正好趁着大白天放声高歌、放量痛饮吧，也正好趁着明媚春光，呼朋引伴一起回乡。我们就从巴峡穿过巫峡，顺流而下经襄阳前往洛阳。

【赏析】

读这首诗，只觉一气贯通，酣畅淋漓。仇兆鳌在《杜少陵集详注》中引王嗣奭评："此诗句句有喜跃意，一气流注，而曲折尽情，绝无妆点，愈朴愈真，他人决不能道。"浦起龙也赞其为杜甫"生平第一首快诗也"。

这首诗的背景是安史之乱终于平定。唐代宗宝应元年（762年）十月，唐军由陕州反攻，再次收复洛阳，平定河南道，十一月，进军河北道，所向破竹，翌年（763年）正月，史朝义兵败自杀，延续了将近八年的安史之乱就此落下帷幕。消息传到成都，流散客居已久的杜甫欣喜若狂，于是写下此诗。开篇先说由因，是"剑外忽传收蓟北"，天南地北之比，正见诗人流离之远，而战乱给他本人和全国百姓所带来的灾难之深。此时战乱终于平息，正当衷心欣悦，但对句突然一拗，偏说"初闻涕泪满衣裳"，反以涕泪相对。这涕泪有两方面的含义，一是惊喜之极，于是喜极而泣，二是回想这动乱的八年，山河破碎，黎民涂炭，而诗人也因此兄弟阻隔，奔窜逃散，真是不堪回首，因而喜中有悲，悲而更见其喜。一般人作诗，但会言及喜，而不会提及悲，偏偏情感丰沛的杜甫能够从悲到喜，由喜而悲作一大转折，将自己的心路历程备悉道出，此真神来之笔。

所以首联对句为此诗一大关窍，亦使行文略略一滞，仿佛奔跑前的积聚力量，然后情感奔涌就如同泛堤之洪水般一发不可收拾，从颔联直到尾联，连续三联既对仗而又自然流畅，喜气之流毫无阻滞，直到终篇。格律诗例以中两联为对，唐人或喜将颔联的对仗移至首联，甚而前三联皆对，但尾联对仗的实不多见，杜甫独能为之，却并不给人留下呆板、生涩之感，亦为大家手笔。

颈联言"却看"，有将此"却"字解为回头，但"却"有退步意，却无转头意，这里的"却"应作"再"讲，虽不像今天一样作转折连词，直承上句，却亦有转折之意。自己骤然惊喜之下，不禁涕泪横流，但再看情感不如自己那般丰沛的妻儿却已愁云尽散，受此感染，诗人也很快就从对往事的悲怆和对战报的惊愕中脱离开来，心中只留狂喜。这里"妻子"对下句"诗书"，是指妻子和儿女，而非仅妻意。

于是诗人便直道"喜欲狂"，"卷诗书"前加一"漫"字，指随意、无心，则狂喜之态备出，平日最喜之诗书都暂时不放在心上了，粗粗一卷，便待有所行动。诗人要做什么行动呢？颈联给出答案，说为了庆祝战乱平定，既要"放歌"，又须"纵酒"，这正是人在狂喜之下自然的心态，所以此联亦直承上联，一气直下，毫无阻滞。"白日"或作"白首"，指诗人流离经年，青春已逝，战乱将他生命中最宝贵的青春年华彻底耽误了，此说亦通。如出句确

唐诗常识 格律诗一般首联、尾联为散句，颔联、颈联为对仗，但是也有例外存在。一种情况是颔联不对，而将对仗移至首联，另一种情况是首、颔、颈三联都对。比如杜甫这首《野望》，首联"西山白雪三城戍，南浦清江万里桥"即为工对，颈联"海内风尘诸弟隔，天涯涕泪一身遥"对而不工，也可以认为是散句。因为五律首句多不押韵，而七律首句以押韵者为多，不押韵则平仄易协，所以这种情况在五律中表现得最为突出。

为"白首"，则对句"青春"当指青春少年，他打算和青春时期交下的友伴们一同还乡。但倘若出句为"白日"，对句"青春"便指春光明媚，"白日"、"青春"，以见眼前一片光明，又有明媚春光，无限生机，正是眼前实景，又含象征意味。诗人本籍洛阳，失陷敌手已久，故而被迫流离逃窜，直至客居蜀地，如今官军既已收复河南，自己终于可以返回家乡去了。久离而终归，这种狂喜，又与前两联一脉相承。

尾联写回乡路程。唐时将今天重庆市以东的石洞、铜锣、明月等峡统称巴峡，今此词已经不用。巴峡在巫峡西，因此杜甫归乡，即是沿长江先西而东，至襄阳后再由南而北，直抵洛阳。诗中本不该提此具体事物、具体行程，而诗人偏要提及，不仅如此，还连出四个地名，前后顺序，连通贯穿，清晰无比，这种手法是非常罕见的。诗眼在一"即"字上，有即时动身意，表现诗人迫不及待要返回家乡的热切心情。诗歌写事摹景，主要目的都在抒情，所以这里写路程也是在抒情，在展现自己急迫的心情，以及承接上文狂喜之态。趁着春光和煦，正好速速返乡，因为自己实在是离开家乡太久了啊，因为这场灾难实在是太过漫长了啊。此亦呼应前面"涕泪满衣裳"句，既有战乱终结的狂喜，同时也隐含着对长期战乱不堪回首的悲悯。

全诗生动自然，似无雕镂，而又天然工整，似口语般一气呵成，毫无滞殆，同时又超脱于口语之上，将情感的变化、转折、奔涌备悉道出，真是千古快诗！非至情至性之人不能作此，非经大丧乱而后安定者不能作此，故后人不能学也。

登 高[①]

风急天高猿啸哀，渚清沙白鸟飞回。
无边落木萧萧下，不尽长江滚滚来。
万里悲秋常作客，百年多病独登台。
艰难苦恨繁霜鬓[②]，潦倒新停浊酒杯。

【注释】

①登高：诗题一作《九日登高》。 ②繁霜鬓：增多了白发，如鬓边着霜雪，这里繁是动词，增多意。

【语译】

天空高阔，风是如此地急啊，猿猴的嘶叫声显得更为悲怆，洲边江水如此清澈，沙砾洁白，鸟儿因风急而飞返。无边的落叶啊，沙沙地飘落在地，无尽的长江啊，江水滚滚涌来。我客居万里之外，无处不感到悲秋啊，当此老迈而又多病之时，独自一人登上高台。生涯艰难，苦恨满怀，这些都增添了我的白发，潦倒之际，才刚刚停下盛装浊酒的酒杯。

【赏析】

此诗大致作于唐代宗大历二年（767年），也即安史之乱终结的四年以后。杜甫在《闻官军收河南河北》一诗中说"青春作伴好还乡"，但他却并没有就此返回河南，因为大乱虽终，小乱未息，藩镇割据、外敌入侵，国势仍然颓靡，因此行至半途，他就返回成都入严武幕。不久严武又逝，杜甫失去依托，只得黯然离开经营了五六年的草堂，买舟南下，最终抵达夔州，此诗即作于夔州白帝城外的高台。杜集在此诗前有《九日》五首，但仅存其四，故后人认为此诗即第五首，"九日"即九月九日重阳节，重阳例有登高之俗，故有此等揣测，颇为可信。

诗的前两联写登高所见，句句贯连，共同构成一幅雄浑而又悲凉的水墨画卷。时为秋季，万里晴空，叶黄而落，故谓"天高"、"无边落木"；夔州一带濒临长江，峡深风烈，乃有"风急"、"不尽长江"之语；更因水流急而"渚清沙白"，因风亦急而"鸟飞回"；蜀中多猿，叫声凄厉，是以"猿啸哀"。在境界上，这两联所见空阔，远眺万里，正是登高所见，同时"风急"、"鸟飞回"，正见前路坎坷，无论个人际遇，还是国家前途，都渺茫难测，使人彷徨，"猿啸哀"、"落木萧萧下"，更出萧条悲凉之意。在艺术上，对仗工整，且句中有对，"风急"自对"天高"，"渚清"自对"沙白"，亦可见作者的功力非凡。

摹景之后，后两联即抒发哀怨之情。诗人因为久在异乡，因而悲秋，身体老病，却为佳节忆亲而须登高，已见其苦，而一个"常"字，一个"独"字，更将凄凉境况更加鲜明地道出。如前所述，七言诗大多可删为五言，而并不妨碍对事物的描摹，对情感的阐发，此诗亦可作："天高猿啸哀，沙白鸟飞回。落木萧萧下，长江滚滚来。悲秋常作客，多病独登台。苦恨繁霜鬓，新停浊酒杯。"但正如沈德潜在《唐诗别裁》中所说："昔人谓两联俱可裁去二字，试思'落木萧萧下'、'长江滚滚来'，成何语耶？"如此删减，其实亦能成语，且是好语，但总不若多着"无边"、"不尽"二语，则旷阔气势更为鲜明，且道哀愁凄凉如落叶般无边，如江水般不尽。颈联也是如此，"万里"可见离散之遥，"百年"则于病上更加其老，这几个修饰后五字的词汇，将全诗的境界和氛围都提升到一个后人所难以企及的高度，确实是删减不得的。七言之较五言，情感更能丰富地表露，意象更能鲜明地阐发，所以自唐以后遂大行其道，确实不为无因。

尾联写自己穷困聊倒，亦是对前文作一总结，同时不唯因潦倒、老去而发表感想，更因多病而新近戒酒，则正当佳节，不能以酒欢庆，面对国家和个人的苦难，也不能借酒以浇愁，则更将全诗悲怆的氛围提上一更高层次。杜甫诗眼界极大，因为他不仅仅涉及个人的苦难，还把个人遭际和国家民族的境况有机联系起来，此诗也不能外，滚滚长江，正有深厚的历史氛围，而个人离散万里，种种"艰难苦恨"，也是国势衰退、变乱之所致，此诗被赞为"七律之冠"，宜矣。

【扩展阅读】

九 日

唐·杜甫

⊙其一

重阳独酌杯中酒，抱病起登江上台。竹叶于人既无分，菊花从此不须开。殊方日落玄猿哭，旧国霜前白雁来。弟妹萧条各何往，干戈衰谢两相催。

杜集中所存四首咏重阳登高的《九日》诗，只有这一首是七律，余皆五言。这首诗相比《登高》来，同样写病，写登高，写猿啸，写离散之哀，但描摹景致既不够鲜明，眼界所见也不够开阔，所以感染力便远远不及了。

登 楼

花近高楼伤客心，万方多难此登临。
锦江①春色来天地，玉垒②浮云变古今。
北极朝廷终不改，西山寇盗莫相侵。
可怜后主还祠庙，日暮聊为梁父吟③。

【注释】

①锦江：即濯锦江，为流经成都的岷江支流。成都出好锦，故俗称为锦官城，锦在江中漂洗，色泽更加鲜明，因此命名濯锦江。 ②玉垒：山名，在今天四川省灌县西面、成都市西北。 ③梁父吟：也写作"梁甫吟"，是古代用作葬歌的一支民间曲调，音调悲切凄苦。古辞今已不传，宋人郭茂倩所编《乐府诗集》收有题名诸葛亮的一首，而实非诸葛亮作。

【语译】

花朵靠近高楼，反而惹起了客居之人的伤心，四方多难啊，我才就此而登临。只见濯锦江上春意盎然，充满了天地之间，玉垒山上浮云变幻，如同是古今变迁。北极星一般的朝廷终究不会改变啊，西山的贼寇们不要再来侵扰了。可怜当后主回到祠庙之中，心情又是如何呢？日色将暮，我姑且弹奏一首《梁父吟》吧。

【赏析】

这首诗约作于唐代宗广德二年（764年）春季，时杜甫仍寓居成都。安史之乱的爆发，使唐王朝濒临崩溃，吐蕃趁势而兴，多次出兵骚扰边境甚至侵入内地。就在杜甫作此诗的前一年，吐蕃先后攻陷河、兰、岷、廓、临、原等州，七月，入大震关，十月攻陷长安，唐代宗狼狈逃往陕州，吐蕃人遂拥立金城公主之侄、广武王李承宏为皇帝。不久后，郭子仪来到商州，收兵得数千人，反攻长安，逐出吐蕃军，十二月，代宗返回长安，复辟。

重重变乱传到成都，无疑使杜甫的心情恶劣到了极点，这首《登楼》即在此种背景下作成。开篇先点明季节时间，是在繁花盛开的春天，但因为心情恶劣，所以花朵不唯不使人喜，反惹人忧，利用这种鲜明的对比和反乎常情的反应，将自己内心的烦闷、哀伤尽情道出。那么诗人为什么烦闷呢？对句即明确指出，是因为"万方多难"。"方"原本指周代以前相对中原王朝而言的各藩国、部族，时称为方，比如殷代有鬼方、徐方、羌方等谓，万方就等于是万邦、万国、万族，这里是指辽阔的中国大地。内忧稍息，外患又起，为什么会如此地多灾多难呢？诗人因此而内心惆怅，登楼送目，本希望借着美好的春景可以暂时扫除内心忧惧，谁料见景而生联想，反而更加伤心。

　　"锦江春色来天地"，既是对眼前实景的描摹，也是诗人内心殷切的期望，希望能够像春回大地一般，国势经过此番磨难，也会逐渐地振作起来吧。但他随即又见到了玉垒山，只觉浮云扰动，如同古今历史那般变幻莫测，前途难料。颈联言"北极朝廷终不改"，北极星居于天极，从地面上看来仿佛亘古不动，而点点繁星都围绕着它来旋转，故此历来都用以象征朝廷。因而这句的意思是说，朝廷就像那北极星一般，终究不会改变，吐蕃人想要册立天子，新造伪朝，图谋之最终失败，乃是情理中事。"西山寇盗莫相侵"，是指长安收复后不久，吐蕃军队又攻陷了西陲山附近的松、维、保三州，承接上句，诗人的意思是：朝廷不会更改，中原不会沦丧，吐蕃也不过西陲小小的贼寇，你们就算再来侵扰，又有什么意义呢？还是停止吧——此即"莫相侵"之用意。

　　对于尾联，历来的解释为："可笑那蜀汉后主刘禅一般的昏君，都还有自己的祠庙，日色将暮，且让我仿效诸葛亮来作一首《梁父吟》吧。"据称即以后主刘禅来隐射唐代宗，以刘禅信用宦官黄皓导致国亡，来指斥代宗受宦官程元振的蒙蔽，才会导致吐蕃入寇。私以为此解不妥。首先，"可怜"在古代也有"可爱"意，却绝无可笑或可鄙、可恨意，此句明显不是在嘲讽刘禅；其次，也是最重要的，"还"字在此只能作归来解，倘作"仍然"解，后面不能直接跟宾语，而必须要有"有"字作接续，单独一个"还"字，是不能解为还有、仍然有的。

　　私以为，此句确实是以蜀汉后主刘禅来影射唐代宗，杜甫在蜀地，联想到刘禅和刘禅在成都的祠堂，那是再正常不过的事了。但"还祠庙"，应该是以刘禅魂魄回到自己的祠堂来影射唐代宗回归长安，刘禅的魂魄归来以后，见庙在而国亡，想必内心是万分凄凉的吧，那么代宗回到已遭吐蕃军队蹂躏过的长安，他的心情又会如何呢？只有这样解，才能以"可怜"二字冠之。结句言"梁父吟"，也不是在自比诸葛亮，《梁父吟》是古曲，虽然《三国志·蜀书·诸葛亮传》说"（诸葛）亮躬耕陇亩，好为梁父吟"，但不代表只有诸葛亮才能作此歌。主要此曲乃是悼亡之调，所以诗人伤心国事，见日色将暮而觉大唐之日薄西山，因而作《梁父吟》来哀悼而已。

　　杜甫擅长将个人遭际和国家磨难相联系起来，但此诗则不及个人，独言国家，境界阔大、语言慷慨、气氛悲凉，历代对此诗评价都非常高。比如浦起龙就在《读杜心解》中评论说："声宏势阔，自然杰作。"沈德潜在《唐诗别裁》中更赞颂为："气象雄伟，笼盖宇宙，此杜诗之最上者。"

宿　府

清秋幕府[①]井梧寒，独宿江城[②]蜡炬[③]残。
永夜角声悲自语，中天月色好谁看？
风尘荏苒音书绝，关塞萧条行路难。

已忍伶俜④十年事，强移栖息一枝安。

【注释】

①幕府：本指将帅在外的营帐，如《史记·李将军列传》载："大将军使长史急责广之幕府对簿。"后亦泛指军政大吏的府署。这里是指剑南节度使严武在成都的官署。 ②江城：成都濒临大江，故有江城之谓。 ③蜡炬：即蜡烛。 ④伶俜（pīng）：意为孤单或漂泊无依，此处应为后义，柳宗元《祭万年斐令文》即有"屡闻凋缺，互见迁黜，契阔伶俜，分形间质"句。

【语译】

正当清秋，幕府井边的梧桐已然透出寒意，我独自寄宿在成都，身旁蜡烛已将燃尽。漫长的夜晚啊，角声悲怆，似在自言自语，高天的月色虽好，谁又有心情赏看？风尘蔓延，亲朋音信断绝，关塞萧条，行路更是艰难。我已经忍受了整整十年的漂泊无依啊，所以才勉强到这里来，如小鸟借一树枝栖息般，暂且得安。

【赏析】

这首诗写于唐代宗广德二年（764年）的秋季，此时杜甫入严武幕府为节度参谋。杜甫虽然始终怀抱着为国效力，"致君尧舜上，再使风俗淳"的热忱和理想，但其时他已老而多病，因而推却了朝廷授予的官职，只领检校员外郎的虚衔，此番入幕，也是却不过情面被硬拉来的，但随即便受到同僚的妒嫉、倾轧，内心十分苦闷，故而时隔不久便辞谢而去。这首诗深刻地反映了诗人当国势飘摇之际，自身孤独、感伤的内心愁烦。

首句先写时景，正当清秋，梧桐生寒，然后才点明主题，是因为独宿在成都幕府之中。一个"独"字，即将寂寞心绪表露无遗——杜甫是河南人，徙居成都，本已为客，而如今还必须告别家人，从城外的草堂搬来城内幕府衙署，故而深夜独宿，寂寞难眠，只好一个人面对"蜡炬残"。颔联写得很有特色，一般七言句大抵作上四下三格式，此联却作上五下二格式：角声悲怆，却如自语，月色虽好，谁又能看？从来景语即情语，写景是为了抒情，将情感附着于无情的景物之上，其实是为了衬托自身内心的况味。角声固悲，但自语者不是号角，而是诗人自己，月色虽好，所谓谁看，正是诗人自己不忍去看。从来望月思乡，但是乡关万里，诗人又怎么忍心去望月呢？月色徒好，对诗人来说，却只能增添悲感而已。

颈联再次将个人际遇和大的环境结合起来，亲友飘零而"音书断"，原因正是"风尘荏苒"，各地动乱不休，而行路正难，也是因为"关塞萧条"，国防衰弱，兵戈四起的缘故。尾联再加以总结，自己自安史之乱逃出长安后已经整整十个年头了，到处漂泊，虽言"已忍"，其实是"如何堪忍"，无奈之下，也只得来到此处暂且栖身。《庄子·逍遥游》中有"鹪鹩巢于深林，不过一枝"句，诗人觉得自己也好似是那可怜的鹪鹩，如今已无他想别愿，唯求一枝栖身，暂且得安罢了。此句又呼应前文，更出孤独寂寞况味。

仇兆鳌在《杜少陵集详注》里解此诗，道："此秋夜'宿府'而有感也。上四叙景，下四言情。首句点'府'，次句点'宿'。角声惨栗，悲哉自语；月色分明，好与谁看：此'独宿'凄凉之况也。乡书阔绝，归路艰难；流落多年，借栖幕府：此'独宿'伤感之意也。玩'强移'二字，盖不得已而暂依幕下耳。"解得甚为分明。

阁　夜

岁暮阴阳①催短景②，天涯霜雪霁③寒宵。

五更鼓角声悲壮，三峡星河影动摇。

野哭千家④闻战伐，夷歌数处起渔樵。

卧龙⑤跃马⑥终黄土，人事音书漫寂寥。

【注释】

①阴阳：指日月。　②短景：景通影，冬季日照短，故有此谓。　③霁（jì）：雪停。　④千家：别本作"几家"。　⑤卧龙：指诸葛亮，《三国志·蜀书·诸葛亮传》载："徐庶……谓先主曰：'诸葛孔明者，卧龙也。'"　⑥跃马：指公孙述，字子阳，新朝末年凭借蜀地险要，自立为天子，号"白帝"，后为刘秀所灭。左思《蜀都赋》中有"公孙跃马而称帝"句，这里即用此典。

【语译】

已届岁暮，日月催促着光阴短暂；人在天涯，霜雪停息后的夜晚更觉寒冷。五更时响起的鼓角声是如此悲壮，三峡中银河的影子在不住摇荡。千家万户都因为听闻征战的消息，而使得恸哭声响彻原野；只有渔夫和樵子偶尔还能唱起几首夷人歌曲。无论是诸葛亮还是公孙述，如今都已变成一抔黄土了啊，人间俗事、朋友音信，写来也合该稀少寂寥吧。

【赏析】

如前所述，杜甫有很多作品都咏叹家国之悲，并将之与个人遭际完美结合起来，这首《阁夜》也属于同一类型。诗的首联，给读者留下最深刻印象的便是"迟暮"和"凄冷"，因为诗作于唐代宗大历元年（766年），此时杜甫已经五十五岁了，但仍然滞留在蜀地，寓居夔州西阁，他写"岁暮"，其实正是自己已到暮年的写照，他写"天涯"，是指夔州与都城长安和故乡河南相比，万里迢迢，如在天涯。夜间阁上远望，深感自己精力衰退，正如冬天夜长而日短，且在雪后夜间，正感寒冷，这种寒冷既从自然气候中、切身感受中得来，也是因独居天涯而觉凄冷。

诗人彻夜难眠，直至黎明前的五更，他听到远方传来军中鼓角，显得是如此悲壮。为何有鼓角声传来，又为何感觉悲壮呢？原来自永泰元年（765年）严武去世后，蜀中便起变乱，当年十月，兵马使崔旰领兵袭击成都，继承严武剑南节度使之位的郭英乂逃亡被杀，不仅如此，吐蕃仍持续侵扰蜀地。因此诗人才能听到军营的鼓角，并感其声悲壮，他低头看到银河在江水中的倒影，动摇不停，正如同蜀中乃至全国局势一般动荡不安。

战乱给百姓带来了深重的灾难，颈联即言及此，一听闻战乱又起，于是千家"野哭"，只偶尔能够听到几处渔、樵唱起夷歌。

尾联写到诸葛亮和公孙述，是因为唐代的夔州，对这两位古人都有建庙祭祀，杜甫时在夔州，想到城郊的诸葛亮庙和公孙述庙，古代英雄，如今都成黄土，自身立刻便被笼罩在浓厚的历史氛围之中。将古事而比今事，如许英雄，都已逝去，那么今天的"人事"，和亲朋的"书信"之寂寥，相比之下，又有什么可谓呢？

"漫"字在这里有任凭、随便意，诗人既是在感怀，也是在自嘲，世事动荡，我也飘零离散，亲朋书信难寄，以致我在老病中更感寂寞凄凉，这一切放在历史的大潮中，其实算不得什么，我又有什么可抱怨的呢？一切还是随他去吧。故而沈德潜在《唐诗别裁》中解道："结言贤愚同尽，则目前人事，远地音书，亦付之寂寥而已。"

全诗极悲怆，深刻地阐发了一位仁人志士面对动荡的时局而无所施予的无力感，同时亦极博大，鼓角悲壮、星河影动、古人俱化黄土，充溢着浓厚的历史的沉重感。尾联似在自嘲，而唯如此自嘲，则更凸显了悲凉和无奈，使后人读此，不禁泪下沾襟。

咏怀古迹五首

⊙其一

支离①东北风尘际，漂泊西南天地间。
三峡楼台淹②日月，五溪③衣服共云山。
羯胡④事主终无赖，词客哀时且未还。
庾信⑤平生最萧瑟，暮年诗赋动江关。

【注释】

①支离：流荡分散。　②淹：指时间长，《尔雅》谓："淹，久也。"　③五溪：指以今天湖南省怀化市为中心，包括湘、黔、渝、鄂等省市的周边地区，古称"五溪"，但事实上异说很多，涉及到酉溪、辰溪（锦江）、武溪（泸水）、淑溪、雄溪（巫水）、潕溪（舞水）、朗溪（渠水）、月溪和沅溪等九条水流，这里少数民族众多，古称"五溪蛮"。　④羯胡：根据《魏书·石勒传》载："其先匈奴别部，分散居于上党武乡羯室，因号羯胡。"后用以泛指来自北方的少数民族。　⑤庾信：南北朝时代的大文学家，字子山，小字兰成，籍贯南阳新野，曾担任南梁的宫廷侍从，后来出使西魏，梁亡即被迫仕魏。北周代魏后，他被晋升为骠骑大将军、开府仪同三司，封侯，时南陈与北周通好，流寓人士，并许归还故国，唯有庾信与王褒不得返回南方。

【语译】

离散于东北的战乱之中啊，漂泊在西南的天地之间。三峡的楼台经过了多少日月穿梭，居民的服装和五溪蛮如云山相连。胡人侍奉君主并没有诚心啊，诗人哀伤时事却不得回还。想那庾信平生最是凄凉可悲，直到晚年他的诗风才享誉天下。

【赏析】

这是杜甫晚年的重要作品，写于寓居夔州期间，约为唐代宗大历元年（766年）前后。但是夔州三峡段并没有相关庾信的古迹，清人何焯在《义门读书记》中揣测道："《哀江南赋》

云'诛第宋玉之宅，开径临江之府'，公误以为子山亦尝居此，故咏古迹及之，恐漂泊羁旅同子山之身世也。'宅'字于次篇总见，与后二首相对为章法。"这一猜测是有其道理的，杜甫很有可能是将宋玉、庾信事迹相混，进而作此诗。

　　怀古是为了咏今，故而往往怀古在前，咏今在后，先怀而后叹，然而此诗却独辟蹊径，前五句都是在说今事，从第六句才引入感怀的内容，这大概也是并未能真正找到相关庾信的古迹，凭空而论所不得不为吧。诗人以庾信自况，所以他说自身，其实也是在说庾信，说庾信，其实也是在说自己，相互映照，以此而感伤。但开篇"支离东北风尘际，漂泊西南天地间"则以自身为主，实在是太明显了。庾信原为梁臣，后归北魏，又入北周，他是由东南而至西北，而诗人则相反，因为东北的战乱（指安史之乱，安禄山首在范阳起兵），而从中原漂泊到西南的巴蜀之地。继而"三峡楼台淹日月"，是诗人眼前所见之景，一个"淹"字，即将自己与数百年前的古人相联系起来，日月穿梭，历史如长河漫漫，便因"三峡楼台"而使古今联为一体。"五溪衣服共云山"，是说当地风俗已深受五溪少数民族影响，既是真实境况的艺术描写，同时也引出后句所言的华夷之别来。

　　"羯胡"是指安禄山，他受到唐玄宗的赏识，拔擢为三道节度使，但此人外表忠厚，内怀奸诈，曾极尽阿谀谄媚之能事，转过头来却悍然掀起反旗，所以诗人说"事主终无赖"。这是论及时事，继而再言"词客哀时且未还"，前面都写今时，写自身，这句作为重要转折枢纽，则正如"三峡楼台"一般将自身和庾信直接关联起来。庾信感时伤事，杜甫也是同样，庾信身为南人，终于流寓北地，不能还乡，杜甫家在河南，却因战乱长期滞留巴蜀，他们的经历不是非常相似吗？于是诗人不禁慨叹道："庾信平生最萧瑟……"其实他也是在为自己的遭际而悲叹，自己之不遇，恐怕并不在庾信之下啊。"暮年诗赋动江关"，是指庾信作《哀江南赋》，伤悼梁朝灭亡和哀叹个人身世，文字真实、凄惋而深刻，格律严整而略带疏放，文笔流畅而亲切感人，从而享誉千古，有"赋史"之称。杜甫在此赞颂庾信，同时也是在安慰自己，我之命运多舛，飘零异乡，一如庾信，那么或许我也将因为暮年的文学创作而留名千古吧。

　　杜甫以叹庾信来慨叹当时的时局、自身的遭际，将古人和今人有机地结合起来，情感非常真挚，议论也很精当，此诚不可多得的佳作。值得欣慰的是，"暮年诗赋动江关"终于一语成谶，杜甫的诗名流芳千古，更在庾信之上。

唐诗常识

　　格律诗中尾联对仗的情况最为少见，但也不是没有，比如杜甫的《闻官军收河南河北》，就只有首联不对，而颔、颈、尾联全都对仗。还有这首《阁夜》，全诗上下四联都用对仗，简直是例外中的例外，类似情况《全唐诗》上万首格律诗中，恐怕找不全十例出来。大抵非仅中两联对仗的情况，唐朝尤其是盛唐及以前比较常见，后来随着格律的逐渐完善，出现得就越来越少了。

【扩展阅读】

戏为六绝句 其一

唐·杜甫

庾信文章老更成，凌云健笔意纵横。今人嗤点流传赋，不觉前贤畏后生。

杜甫非常欣赏、仰慕庾信，正如《咏怀古迹》诗中所写，这大概和他自身的遭际是分不开的，正因为他与庾信同怀家国之悲、流散之痛，才能对庾信的诗文真正感同身受。上面这首七绝同样盛赞庾信，说他"凌云健笔意纵横"，颂扬得不遗余力。

⊙ 其二

摇落深知宋玉悲，风流儒雅①亦吾师。

怅望千秋一洒泪，萧条异代不同时。

江山故宅②空文藻③，云雨④荒台岂梦思。

最是楚宫俱泯灭，舟人指点到今疑。

【注释】

①风流儒雅：语出庾信《枯树赋》，有"殷仲文风流儒雅，海内知名"句，指文采出众，仪态温文尔雅。　②故宅：指夔州附近的归州（今天湖北省秭归县）有宋玉故宅。　③文藻：指词彩、文彩，《三国志·魏志·文帝纪》有"文帝（曹丕）天资文藻，下笔成章"句。　④云雨：典出宋玉《高唐赋序》，宋玉对楚襄王说："昔者先王（楚怀王）尝游高唐，怠而昼寝，梦见一妇人曰：'妾，巫山之女也。为高唐之客。闻君游高唐，愿荐枕席。'王因幸之。去而辞曰：'妾在巫山之阳，高丘之阻，旦为朝云，暮为行雨。朝朝暮暮，阳台之下。'……"

【语译】

在这草木凋零的秋季啊，最能够理解宋玉的悲怆，他文采风流、仪态儒雅，也是我的老师啊。怅然而望这千年陈迹，不禁洒下热泪，虽然处于不同时代，我和他却同样命运多舛。江山依旧，宋玉故宅中已难寻那绝世文采，当年散布云雨的高台已然荒芜，那又岂止是一场幻梦呢？最令人慨叹的，是楚国宫殿已彻底泯灭了，今天的船夫也无法清楚地指出方位来。

【赏析】

宋玉是战国末年的大文学家、大诗人、大词赋家，传说是屈原弟子，但比起屈原来，他在各种古籍记载中的身影却非常模糊，只知道此人运途多舛，虽有奇才却只被楚王当作文学弄臣，不得重用。宋玉流传下来的篇章有《九辩》、《风赋》、《高唐赋》、《神女赋》、《登徒子好色赋》等，但除《九辩》外，均有异说，不能确定为是他的作品。

宋玉是楚人，楚国的疆域就曾经包括夔州、归州、江陵一带，据说唐时在归州和江陵，仍都存留有所谓的宋玉故宅，因此杜甫即访于此故宅，或者仅仅是听闻有此故宅，生发了内心的感想，就此写下这首怀古诗，以悼念宋玉，同时也联系和慨叹自己的坎坷遭际。

开篇"摇落深知宋玉悲"，典出《九辩》，《九辩》的开头就咏叹道："悲哉！秋之为气也。萧瑟兮，草木摇落而变衰……"因此诗人正当秋季，见到草木凋零，就不禁想起了宋玉的这句诗，并且深有同感。他接着赞颂宋玉"风流儒雅"，说宋玉的文章、思想指引着自己，宋玉可以算是自己的老师。颔联、颈联即起怀古之悲，宋玉已逝，故宅仍在，自己怅望之下，自然难免悲怆，可是更重要的，"萧条异代不同时"，我和宋玉虽然相隔千年，处于不同的时代，但我们的多舛遭际却竟然如此相似。就这样，杜甫把自己和宋玉相联系起来，同样的文采出众，同样的具有拳拳报国之心，却也同样的没有得到朝廷重用，空怀抱负，却终究一事无成。他为什么会感怀宋玉呢？为什么对"萧瑟兮，草木摇落而变衰"会感同身受呢？就此也便给出了完美的答案。

江山依旧，故宅已空，宋玉的风流儒雅再不可得见，颈联再以历史的沉重感来加深悲怆氛围。对句"云雨荒台岂梦思"更是点明了他之所以仰慕宋玉，并以宋玉自况的缘由。"云雨"之典出于《高唐赋》，"荒台"是指云梦台，当年宋玉曾陪伴楚襄王游于云梦台，就给楚襄王讲了楚怀王得遇高唐神女的故事，从而写下《高唐赋》。如今云梦台已然荒芜，宋玉的鸿篇大作却流传千古，但那篇文章所描述的，难道仅仅是一个春梦吗？杜甫认为《高唐赋》并非普通的叙事文，不是简单地创作一个神话故事，宋玉是利用这篇文章来讽谏楚襄王，希望他可以珍爱这片祖先传下来的河山，保养身体、任用贤人，从而使得政治清明。杜甫反问道："岂梦思？"意思是，宋玉之赋并不仅仅讲述一个荒唐的梦境，他是把自己的理想都寓之于文字之中，但是这片深意，又有谁能够理解呢？我正因为懂得他所言，所以才深感其可悲，所以才对他所言而感同身受，所以才认他做我的老师，所以才认为他的才能、遭际，和我是完全一样的。可以说，这句诗是全诗之眼，对于前五句作了明确的解释和归纳总结。

尾联再出今昔之叹，楚国已亡，楚宫已灭，就连常来常往的船家都难以再准确指出昔年楚宫的遗迹了。历史的长河汹涌澎湃，滚滚不息，先贤已矣，但先贤的遭际仍重现于今日，这不是最可悲的事情吗？

⊙ 其三

群山万壑赴荆门，生长明妃①尚有村。
一去紫台②连朔漠③，独留青冢向黄昏。
画图省⑤识春风面？环佩空归夜月魂。
千载琵琶作胡语，分明怨恨曲中论⑤。

【注释】

①明妃：指王昭君，名嫱，是汉元帝时期的宫女，以美貌著称，后受封公主，远嫁匈奴为呼韩邪单于阏氏（夫人），使西汉与南匈奴缔结为牢固的姻亲关系。西晋时因避司马昭讳，改"昭"字为"明"，故此俗称"明妃"。　②紫台：犹紫宫，指帝王居所。江淹《恨赋》有"若夫明妃去时，仰天太息，紫台稍远，关山无极"句。　③朔漠：指北方沙漠地带，《后汉书·袁安传》有"今朔漠既定，宜令南单于反其北庭"句。　④省：清楚、明白。　⑤论：平声，指倾诉。

【语译】

我在重重山峦之中来到荆门，这里据说仍存留着当年王昭君出生的村落。可怜昭君前去和亲，从汉宫直抵北方荒漠，最后只留下青冢遗迹，独对黄昏落日。图画中能够清楚地识别她春风一般美貌容颜吗？但她带着环佩之声归来的，却只是夜晚月色下的魂魄。千年以来，琵琶始终发出胡地的声响，分明是在曲调中倾诉内心的怨恨啊。

【赏析】

这首诗感怀王昭君，开篇即言"群山万壑赴荆门"，气势非常宏大，明人胡震亨在评注《杜诗通》时对此表示异议，说："群山万壑赴荆门，当似生长英雄起句，此未为合作。"认为以如此博大的开篇，却描写一个女子，未免不太契合。然而清初学者吴瞻泰在《杜诗提要》中却解释道："发端突兀，是七律中第一等起句，谓山水逶迤，钟灵毓秀，始产一明妃。说得窈窕红颜，惊天动地。"为什么要把一女子写得如此惊天动地呢？观下文即可得解。

次句"生长明妃尚有村"，根据《一统志》记载："昭君村，在荆州府归州东北四十里。"也就是今天湖北省秭归县的香溪。诗人身在夔州，距离归州不远，想望其地，乃作此感，在这里他不言"生长明妃自有村"，却着一"尚"字，指其地名仍然存留，立刻就产生出一种凝重的历史氛围，从而将过往和如今紧密结合起来。然后颔联、颈联，即用诗意的笔法来叙述昭君事迹，并隐约透露出所思所感的真相。

"一去紫台连朔漠"，疑出江淹《恨赋》，云："明妃去时，仰天太息。紫台稍远，关山无极。望君王兮何期，终芜绝兮异域。"指昭君去国万里，出塞和亲事。"独留青冢向黄昏"，指昭君先嫁呼韩邪单于，呼韩邪去世后又按胡俗改嫁其子复株累单于，终身未能再履汉土，直至死葬青冢。"画图省识春风面"，是暗指《西京杂记》所载一则轶闻：

"元帝后宫既多，不得常见，乃使画工图其形，案图召幸。诸宫人皆赂画工，多者十万，少者亦不减五万。独王嫱不肯，遂不得见。匈奴入朝，求美人为阏氏，于是上案图以昭君行。及去，召见。貌为后宫第一，善应对，举止闲雅。帝悔之，而名籍已定，帝重信于外国，故不复更人，乃穷案其事。画工皆弃市，籍其家资巨万。"

诗以反问来表述，仅凭图画是无法识别昭君真容的，她为此而被迫出塞和亲，终身不能归来，或许所能归来的，已经是月夜下的魂魄了吧。无疑诗人是对王昭君的遭遇寄予着深深的同情。对于昭君，历来评价不一，或者从国家、民族的角度去考虑问题，认为和亲有助于边境的太平，昭君以一人而安天下，贡献是巨大的，进而更将其描绘成一位悲壮的殉道者，这也正是杜甫要以雄浑博大的开篇来怀思昭君的主要缘由。但是，倘若真正从个人的角度去尝试理解昭君，则去国远行，终身不归，很难说她是心甘情愿的，是主动为了国家而抛弃个人利益的，在她的内心里，应当多少是会存在怨恨愤懑情绪的吧。此诗中两联即言此情。

况且，话再说回来，汉元帝之时匈奴内乱，南北分裂，国势大衰，但相比之下，汉朝也早无武帝时代强横的武力，甚全不复昭宣时代清明的政治了，根本没有能力发兵平灭早已日薄西山的匈奴，而只得依靠和亲手段来羁縻。从某种意义上来说，是将国家民族的安危系于一女子之身，既无奈而又可悲。杜甫经过安史之乱，又身历吐蕃、回纥、契丹、奚等外族不停侵扰的时代，他既希望能够有昭君这样的女子出塞安胡，又不禁认识到这样对于女子本身来说是太不公平了，且是国家和民族的悲哀，因此矛盾心理，才会开篇以英雄目之，中段又极言其悲怨。

尾联亦深言悲怨，并作总结。西晋石崇在《明君词序》中说："昔公主嫁乌孙，令琵琶马上作乐，以慰其道路之思。其送明君亦必尔也。"于是诗人就由昭君而联想到传自胡地的琵琶，仿佛一声声琵琶鸣奏，都是在诉说着昭君内心的悲怨。同时，诗中还包含有另外一层含义，即君主不识人才，使其流落异邦，国家衰败，平安只能系于一女子之身。这是对时代的不满，也是对自身遭际的不满，都通过怀念王昭君而隐约阐发出来。

⊙其四

蜀主窥吴①幸三峡，崩年②亦在永安宫③。
翠华想象④空山里，玉殿虚无野寺⑤中。
古庙杉松巢水鹤⑥，岁时伏腊⑦走村翁。
武侯祠堂常邻近，一体君臣祭祀同。

【注释】

①蜀主窥吴：蜀主指蜀汉先主刘备，他在章武元年（221年）亲自领兵征伐东吴，结果在猇亭战败，即述此事。　②崩年：刘备驾崩的那一年，即章武三年（223年），古人称帝王死去为崩。　③永安宫：在夔州也即白帝城内，刘备即病逝于此宫内。　④想象：仿佛。　⑤野寺：荒僻的寺庙，诗下有原注："殿今为卧龙寺，庙在宫东。"⑥水鹤：鹤为水鸟，故称"水鹤"。　⑦岁时伏腊：岁时即每年一定时候，伏腊为古代两种祭祀的名称，"伏"在夏季伏日，"腊"在农历十二月。《史记·留侯世家》有"留侯死，并葬黄石，每上冢伏腊，祠黄石"句。

【语译】

当年刘备讨伐东吴来到三峡，后来驾崩也是在峡中的永安宫内。帝王的旌旗仿佛还在空旷的山谷中闪现，他的祠庙却已虚无寥落变成了荒僻寺院。古庙前的杉树松树，只有鹤鸟在其中筑巢，每年祭祀之日，只有村中老人前来走动。诸葛武侯的祠堂经常都和先主庙相邻近，君臣一体，千年的祭祀也都相同。

【赏析】

这首诗惋惜刘备之事业不终，慨叹永安故宫已成野寺，结尾却又扯出诸葛亮来，言及"一体君臣祭祀同"。对于诗的本意，历来有两种不同的意见，比较主流的如明人王嗣奭在《杜臆》中所言："咏先主祠，而所以怀之，重其君臣之相契也。"另一种意见则如晚清高步瀛在《唐宋诗举要》中所言："先主一章，特以引起武侯。"何焯在《义门读书记》中表述得更加明确："先主失计，莫过窥吴，丧败涂地，崩殂随之；汉室不可复兴，遂以蜀主终矣。所赖托孤诸葛，心神不二，犹得支数十年祚耳。"

私以为，两种意见都有其精当之处，但也都不够全面，我们还应当将两种意见统合来看，才能明了杜甫之真意。首先，诗以四分之三的篇幅写刘备，尾联才出现"武侯祠堂"，言及诸葛亮，说刘备只是陪衬，"特以引起武侯"，恐怕不准确。应该说，书刘备之事乃"特以引起先主、武侯君臣一体也"。其次，何焯的议论似有怨怼刘备意，但诗中却无此意，所抒发的只有重重惋惜、悲悯，即言君臣倘不一体，则遇事丧败。虽然史料上并没有记载诸葛亮有谏阻刘备伐吴事，但后世大多认为诸葛亮当时是持反对态度的，只是刘备听不进去而已，而对于极度崇敬诸葛亮的杜甫来说，他肯定也是如此认为的。

诗的首联写事，中两联写景并加喟叹。如今英雄去也，"翠华"只能于"空山"中"想象"，"玉殿"也都"虚无"，化为"野寺"，乃至"杉松巢水鹤"，"伏腊走村翁"，格调凄凉，极尽哀伤。尾联却突然联想到诸葛亮，说君臣二人的祠庙往往邻近（不仅夔州如此，成都亦是如此），祭祀也同，正出"一体君臣"之意。《后汉书·马援传》载马援答光武帝语："当今之世，非独君择臣也，臣亦择君矣。"无疑杜甫正认为只有圣君而并贤臣，君臣一体，才能大业得成，天下太平，所以惋惜刘备不听诸葛亮谏阻而伐吴，致使汉室难以复兴。

由此联系到杜甫所处的时代，这时候安史之乱才刚终结不久，但藩镇割据、外患频扰，社会仍极动荡。在安史之乱中，唐室非无贤臣良将，如李泌、郭子仪、李光弼等，皆有匡扶社稷之志、平终乱局之能，而肃宗、代宗，均不能信之不疑，遂导致祸乱迁延八年之久。尤其是李泌，天子信之，听其筹划，形势立刻转危为安，而一旦天子信疏，李泌归山，局面又会瞬间恶化。对此，杜甫应当是有切身感受和切肤之痛的。因而他才会仰望前代刘备和诸葛亮这一对圣君贤相，君臣一体，从无立锥之地始，直到割据蜀地，开创蜀汉，他希望这种局面也能现之于当代，则宇内虽乱，不足定也。可是他也不能回避，刘备最终还是因为没有听从诸葛亮的谏言而轻率伐吴，导致兵败身死，所以即从此处落笔，说即便这般的圣君贤臣，一旦不同心一体，立刻便会酿成灾祸，况乎后人呢？

咏古本为伤今、喻今，私以为，这才是杜甫创作此诗的真意所在。

⊙ **其五**

> 诸葛大名垂宇宙，宗臣①遗像肃清高。
> 三分割据纡②筹策，万古云霄一羽毛。

伯仲之间③见伊吕④，指挥若定⑤失萧曹⑥。

运移汉祚⑦终难复，志决身歼军务劳。

【注释】

　　①宗臣：语出《汉书·萧何曹参传》载："唯何、参擅功名，位冠群臣，声施后代，为一代之宗臣。"故宗臣即指为当代、后世俱所崇敬的重臣。　　②纡：弯曲，曲折，这里是指耗心费力。　　③伯仲之间：伯仲指兄弟，古代嫡长子称伯，次子称仲，于是乃有"伯仲之间"的说法，指不分高下。语出曹丕《典论·论文》，言："傅毅之于班固，伯仲之间耳。"　　④伊吕：伊指伊尹，辅佐商汤灭夏，吕指吕望，也即姜尚，辅佐周武王灭商，都是一代之宗臣。　　⑤指挥若定：语出《汉书·陈平传》，载："诚能去两短，集两长，天下指挥即定矣。"以手之或指或挥以喻轻易，表示轻易即能达成目标。后世引申为做指挥时胸有成竹，仿佛一切都早已计划好了似的，但杜甫此处所用，未必即有其衍伸意。　　⑥萧曹：即指萧何、曹参，为刘邦之辅弼重臣，也是西汉最初的两位宰相。　　⑦祚：指福运，或指帝位，皆通。

【语译】

　　诸葛亮的大名流传千古万方，他一代宗臣的遗像啊，高风亮节，令人肃然起敬。当年费心谋划，终于导致了三分割据的局面，但这也只是万古云霄中的一片凤羽而已。他的才能、功绩和伊尹、吕望也难分高下，轻易就能安定天下啊，萧何、曹参也要自愧不如。然而时运将移，汉室帝业终究难以复兴啊，他最后还是因为军务操劳而壮志不改、寿命却终。

【赏析】

　　杜甫之对诸葛亮之尊崇备至，从此诗中便可读出，前三联皆为不遗余力地颂扬，至尾联才略作一抑。开篇即言诸葛亮的大名传遍万方、垂之千古，或将"宇宙"解释为世界，不妥当。古人的宇宙观与今人不同，《文子·自然》中说："往古来今谓之宙，四方上下谓之宇。"《尸子》则说："上下四方曰宇，往古来今曰宙。"也就是说宇宙同时包含有空间和时间两方面的概念。诗人不言"诸葛大名垂天下"，亦不言"诸葛大名垂万古"，却言"垂宇宙"，就是同时包括天下、万古两个方面，说诸葛亮在当时便享誉四方，此后又名垂不朽。"宇宙"一词，是对诸葛亮名声的最博大的颂扬。

　　此诗疑为杜甫于夔州凭吊诸葛亮祠庙时所作，故有次句"遗像肃清高"语。接着，颔联道出诸葛亮为刘备筹划，达成三分天下伟业之功绩——刘备三顾茅庐，向诸葛亮咨询天下大事，诸葛亮即要他先北拒曹魏，东和孙权，占有荆、益，三分天下以观时变。这本是诸葛亮的一大功劳，但诗人却认为不过"万古云霄一羽毛"而已。此语出自《梁书·刘遵传》，有云："此亦威凤一羽，足以验其五德。"因而清人杨伦在《杜诗镜铨》中注释此句，说："言武侯才品之高，如云霄鸾凤，世徒以三分功业相矜，不知屈处偏隅，其胸中蕴抱百未一展，万古而下，所及见者，特云霄之一羽毛耳。"解释得非常精当。

　　颈联再用四位古人来比拟诸葛亮。《三国志·蜀书·诸葛亮传》中说，诸葛亮"每自比于管仲、乐毅，时人莫之许也，惟博陵崔州平、颍川徐庶元直与亮友善，谓为信然"。诸葛亮自比也不过管、乐，但诗人却将其比作伊、吕。伊尹为传说中辅佐商汤灭夏的贤臣，后来又因为商汤的继承人太甲无道，故放之于桐宫，三年后才迎其复位；吕望是兵家之祖，辅佐周文王、周武王两代，终于灭商兴周。这两位不但是一世之宗臣，而且可以说当时无人能与拮抗。诗人说诸葛亮的品德、才能、功业可比伊尹和吕望，相比之下，汉之宗臣萧何、曹参就要稍逊一筹了。传统儒家惯于扬古而抑今，认为三代及之前的道德要高于后世，其后每况愈下，所以伊、吕要高于萧、曹。开篇即言"宗臣"，此处又以宗臣为比，把诸葛亮抬到了后人完全无法企及的高度上去赞颂。

世乱而思贤臣，杜甫处于唐代由盛转衰的时代环境下，眼见朝纲紊乱、时局动荡、百姓涂炭，于是自然怀念起古时的贤臣来了。三代遥不可追，萧、曹无所触感，他寄身蜀中，到处都可见诸葛亮的祠庙，从而希望当代也出现诸葛亮一般起码可以在乱世中安定一方的贤臣，这本是很自然的事情。当然，在歌颂诸葛亮的同时，诗人也不禁要感到惋惜，诸葛亮最终并没能达成复兴汉室的理想，否则就更加完美了。尾联即述此事，说都是因为时运不济，汉祚难复，所以诸葛亮最终"志决身歼军务劳"。平心而论，尾联并不甚佳，也无法承托住前三联，以前三联之恢弘气势而论，尾联似有虎头蛇尾之感。并不是说在情感上、议论上不能有所转折，但将转折归之于"运"，更以"军务劳"这种单纯的叙述为结，既无法总括前三联，又无法独出新意以承接前三联，不能不说是一大遗憾。

或有赞此诗"识笔老道"、"横绝古今"的，只可施于前三联，而不可施之于尾联；或有言此诗"议论最高"者，其实诗中只有颂扬，而并不见议论，即便言三分天下不过威凤一羽的，其实也是夸张的褒扬，而不能说是议论。我们相比杜甫咏怀诸葛亮的另一首名篇《蜀相》，便可见此诗尾联之不彰，遂不可以伯仲目之。

刘长卿

江州①重别薛六柳八②二员外③

生涯岂料承优诏④，世事空知学醉歌。
江上月明胡雁过，淮南木落楚山多。
寄身且喜沧洲⑤近，顾影无如⑥白发何。
今日龙钟⑦人共弃⑧，愧君犹遣⑨慎风波。

【注释】

①江州：即今天的江西省九江市。　②薛六、柳八：名字、事迹均不详，六、八当为排行。　③员外：指员外郎，唐代尚书台各部的属官，从六品上阶。　④承优诏：承蒙天子颁发给予优待的诏令。　⑤沧洲：水边，此处指海边。　⑥无如：即无奈。　⑦龙钟：指年迈衰老，沈佺期《答魑魅代书寄家人》有"龙钟辞北阙，蹭蹬守南荒"句。　⑧弃：别本作"老"，则与前"龙钟"相重复，私以为"弃"字为好。　⑨遣：排遣，这里指别人对自己的安慰、叮嘱。

【语译】

这一辈子，怎能料到还有蒙受优待诏书的这一天呢？对于如此世道，我也只能徒然地仿效接舆狂醉而歌了。江上的月亮是如此明亮，有胡地的鸿雁飞过，淮南叶落而知秋，更显得楚山重重。开心吧，此身竟然能够寄寓在沧海之畔，然而对镜自照，却无可奈何地发现自己已白发苍苍了啊。如今我们都已老态龙钟，被人厌弃，实在愧对你们要我谨慎宦海风波的叮咛啊。

【赏析】

对于此诗的创作年代，一般认为是唐肃宗上元元年（760 年），刘长卿因事被贬为播州南巴（今广东省茂名市东南）尉，路过江州之际。也有认为是指唐德宗建中三年（782 年），刘长卿为随州刺史，州城为李希烈叛军所陷而流亡江州，后应辟入淮南幕府之时。倘若认同前一说，则诗中有"白发"字样，则与一般认为的 726 年生辰即为不确——刘长卿的生年没有确考，闻一多先生认为他生于 709 年，傅璇琮先生一度认为是 710 年左右，如此方合"白发"二字。但根据诗意来看，还是应当认为远谪南巴为诗歌背景，比较可信。

　　诗写贬谪途中与友人相别，除深自哀伤、凄婉外，也透露出冲天的怨气。开篇即言"生涯岂料承优诏"，或谓是深以贬谪为幸，表其忠厚处，然而元人辛文房在《唐才子传》中曾云："长卿清才冠世，颇凌浮俗，性刚多忤权门，故两逢迁斥，人悉冤之。"这般性格，实在不太可能出此"忠厚"之语。所以这是反话，是冷笑和苦笑时语——我这一生，何其有幸，竟然能够得蒙天子下诏来贬谪我啊！观对句则更分明："世事空知学醉歌。""醉歌"当指楚狂接舆事，言自身因不合流俗而遭贬谪，"空知"二字极为沉痛，言下之意：我只知讥讽权贵了，其实正当如接舆般傲啸江湖，而不应出仕为官，徒惹此耻！

　　颔联"江上月明胡雁过，淮南木落楚山多"是眼前之景，同时诗人被向南放逐，故此见雁而言"胡雁"，为思北地也。淮南木落，是引《淮南子》中"见一叶落而知岁之将暮"句，既指真实季候，也有唐朝已日薄西山，朝政日非之意。颈联再出反语，自己将要被贬到南荒之地，本当凄怆，却偏言喜，说"且喜沧洲近"，同样对句便将此语推翻，"顾影无如白发何"，没想到我如此年岁，白发苍苍，却要远涉荒蛮，穷极南海，这就是"优诏"吗？是朝廷的恩德吗？显然完全相反。

　　尾联是与友人共同慨叹，我们都已经老了，被别人厌弃了，所以遭到流放。"愧君犹遣慎风波"，料是因友人叮咛要小心途中风波，故发此语，但倘若此"风波"仅及此意的话，又为何要"愧"呢？想来这"风波"语带双关，实指宦海风波，指朝廷中种种争权夺利的龌龊事。我真是惭愧啊，真是后悔啊，没有听你们的话当心那些进谗言的小人，乃至于此。诗人最后发出绵长的喟叹，更将内心的愤懑发泄到极点。总之此诗并无"忠厚"可言，而纯是一腔怨愤，直指朝廷，直指所谓"君恩"，说刘长卿"性刚"，信夫！

【扩展阅读】

江州留别薛六柳八二员外

唐·刘长卿

　　江海相逢少，东南别处长。独行风袅袅，相去水茫茫。白首辞同舍，青山背故乡。离心与潮信，每日到浔阳。

　　此亦刘长卿在江州作别友人之诗，创作时间应当是在"生涯岂料承优诏"之前，故此后诗要题名"重别"。此诗写哀伤别离，不涉其他，没有怨怼语，没有愤懑语，与"重别"不同，情感也不够浓郁，故而其意不显，其名不彰。

长沙过贾谊宅

　　三年①谪宦此栖迟②，万古惟留楚客悲。

秋草独寻人去后，寒林空见日斜时。

汉文有道恩犹薄，湘水无情吊岂知③？

寂寂江山摇落处，怜君何事到天涯！

【注释】

　　①三年：据《史记·屈原贾生列传》载："贾生为长沙王太傅三年……"　②栖迟：淹留。　③湘水无情吊岂知：指贾谊曾作《吊屈原赋》，投祭湘水。

【语译】

　　贾谊啊，你被贬三年之际，就是淹留于此的吧，千秋万古，留下了那客游楚地之人的悲怆。你逝去以后，我独自一人在秋草中寻觅陈迹，只见寒林斜日，却见不到你的身影。汉文帝是有道明君，尚且如此寡恩薄德，湘水本就无情，你的祭吊它又哪里会知道？江山如此落寞啊，草木凋零，可怜你为什么会到这海角天涯来呢？

【赏析】

　　此诗悼怀贾谊。贾谊是西汉初年著名的文学家、政论家，少年即有才名，弱冠被汉文帝召为博士，不足一年即破格提升为太中大夫，但因遭群臣的嫉妒、毁谤，二十三岁时被贬为长沙王太傅，召回长安后又做梁王太傅，始终不得重用，终于年仅三十三岁即郁郁而终。此诗当为刘长卿在贬谪途中经过长沙贾谊故宅时所作。

　　刘长卿的生涯中曾两次遭到贬谪，第一次是在唐肃宗至德三年（758年），由苏州长洲县尉被贬为播州南巴县尉，第二次是在唐代宗大历八年（773年）至大历十二年（777年），因遭诬陷，由淮西鄂岳转运留后被贬为睦州司马。此诗究竟写作于哪一次被贬之际，历来说法不一，暂且不论。

　　贾谊曾被贬为长沙王太傅，而刘长卿也两次遭贬，他们的遭遇乃至情感，是有相通之处的，而此诗最佳妙之处也正在于此，表面上慨叹贾谊的经历，其实是在为自己悲哀，将千年前和千年后两位才子的冤屈、愤懑，有机地融合为一体。开篇即言"三年谪宦此栖迟"，贾谊被贬为长沙王太傅前后三年有余不足四年，而刘长卿第二次被贬，时间也相差不远，故此或以为此亦隐指自己的遭际。私以为不妥，刘长卿被贬之时，不会料到自己连贬谪的时间都会与贾谊相契合，而当他重新起复，其内心的愤懑、不平，又不当如此激烈。故此，"三年"仅指贾谊而已，"谪宦"才是并指千年前后的两人。

　　贾谊被贬，曾在此"栖迟"，他的悲哀流传到了千古之后，使包括诗人在内的所有造访者都深受感染。"楚客"指客居楚地之人，长沙战国时代属于楚国，故有此谓，以此来指代贾谊。然后颔联即写自己寻访时所见所闻所感，"秋草"、"寒林"、"日斜"，营造出悲凉凄怆的氛围，而"独"、"空"二字，更将这份悲情与自身的遭际相联系起来。不仅如此，贾谊《鵩鸟赋》中有"庚子日斜兮，鵩集余舍"、"野鸟入室兮，主人将去"句，"人去后"、"日斜时"亦化用此成句，从而将两人的遭遇联系得更加紧密。可见此联既写寻访古迹，也并写两人际遇之悲。

汉文帝向来被认为是有道明君，但即便如此，他虽然欣赏贾谊，却终究不能重用，其恩德甚薄，"汉文有道恩犹薄"本写贾谊事，着一"犹"字，便尽出诗人本身之愤懑。有道明君尚且如此，更何况别的君王呢？贬谪贾谊的汉文帝恩德都薄，那么贬谪自己的唐肃宗或者唐代宗又是何许人也？其言直斥时君，刘长卿之"性刚"，言语无忌，亦由此可见。

"湘水无情吊岂知"，《史记·屈原贾生列传》载："贾生既辞往行，闻长沙卑湿，自以寿不得长，又以适去，意不自得，及渡湘水，为赋以吊屈原。"所以，这句诗表面上是说湘水无情，不知人事，你就算临湘祭吊屈原，它又怎么会知道呢？言下之意，屈原死去已久，你祭吊他，他又从何得知？更进一层，昔日贾谊来此，凭吊屈原，而屈原不知，如今我来到此地，祭吊贾谊，贾谊自也无从得知了。再次将千年前与千年后的两人，有机地联系了起来。

尾联写江山寂寞，正当秋季，草木凋零，更见氛围凄怆，刘长卿试问：如此天涯海角一般的蛮荒之地，你贾谊为何会来到此处呢？贾谊来到长沙，自然是因为遭受贬谪，刘长卿非为不知，而故作此问，其实他是在质问汉文帝：贾谊无罪，为何将其贬谪。进而他也是以贾谊自况，在责问当时的天子：我亦无罪，又为何落到此般境地？全诗似专吊贾谊，其实是借贾谊以抒发自己内心的不平，正如当年贾谊之吊屈原，也是以屈原自况，述忠直而见放的悲怆及愤懑。或云刘长卿此诗"于曲折处微露讽世之意"，但私以为，其言未必曲折，而其讽世之意也绝非"微露"，而是近乎于大声疾呼了。

自夏口^①至鹦鹉洲夕望岳阳寄源中丞^②

汀洲无浪复无烟，楚客相思益渺然。
汉口夕阳斜渡鸟，洞庭秋水远连天。
孤城背岭寒吹角，独树临江夜泊船。
贾谊上书^③忧汉室，长沙谪去古今怜。

【注释】

①夏口：唐代为鄂州治所，今属湖北省武汉市，在长江南岸。　②源中丞：中丞指御史中丞，源，别本作"阮"或"元"，不确。源中丞即源休，曾任御史中丞，后被贬溱州，改为岳州（即今湖南省岳阳市）。　③贾谊上书：指贾谊向汉文帝上《治安策》，提出解决当时社会问题的一些重要建议。

【语译】

鹦鹉洲旁没有风浪也没有云烟，客居楚地之人的相思啊，就显得越发遥远。汉口夕阳落下，鸟儿斜斜地渡过江水，洞庭湖上的秋水，远远直连高天。岳阳孤城背靠着山岭，响起凄寒的角声，我乘座的船只啊，晚间就停泊在江边孤树之下。想当年贾谊曾经上《治安策》，心忧汉室，结果却被贬谪去了长沙，古往今来都受到人们的深刻同情。

【赏析】

　　这首诗阐发思人之情。诗歌大约作于唐代宗大历元年（766年）至九年（774年）之间，当时刘长卿任职鄂岳转运留后，时常巡行岳州，即因此而与被贬岳州的源休相往还，某次行经夏口，思念源休，乃作此诗。

　　这是一个难得的好天气，"汀洲无浪复无烟"，但这反而引动了诗人的思念之情。首联对句加一"益"字，则情意更显浓厚——平日非不思也，而此际思念更浓。这里的"楚客"与"万古唯留楚客悲"的"楚客"不同，乃诗人自指，不言我、吾而独言楚客，也有与所思之人同为异乡宦游之客，内心因而孤独寂寞之意。正因同样孤独寂寞，于是两人才情好日密，才会相思愈浓。

　　颔联写眼前之景，夕阳西下，飞鸟渡江，秋水直连长天，对于此联，要注意一个"斜"字和一个"远"字。"无浪复无烟"的天气，飞鸟渡江仍用"斜"字，可见不是风急，而是力倦，隐含有自身已因宦游而感疲乏之意。而"远"字则见"无浪复无烟"之际视野开阔，所望正远，也因此而思远人。飞鸟能得渡江，而自己却因公务倥偬而不能前往探访好友，因而惆怅，故而天气虽佳，愁思却浓。刘长卿启晚唐雕镂炼字之端，由此可见，但他同时也不失盛唐诗风之雄浑，确为承先启后的一代大家。

　　颈联"孤城"句是想见源休的心情，"孤"而且"寒"，对句却写自身，有"独"字，"夜"字，同样可对照"孤"、"寒"，可见两人的心绪确实是相通的。尾联以贾谊心忧汉室却遭贬谪来寄托自己对源休遭贬的深切同情和为他不平，认为源休与贾谊相同，都是有能却不得用，无罪却反见放。刘长卿也曾遭贬南巴，作此诗后不久，又第二次被贬谪、放逐，所以他的心情才能与源休相通，全篇所阐述之心情、心意，至此而即豁然开朗。

钱 起

赠阙下①裴舍人②

二月黄鹂飞上林，春城紫禁③晓阴阴。

长乐④钟声花外尽，龙池柳色雨中深。

阳和⑤不散穷途恨，霄汉⑥长悬捧日心⑦。

献赋十年⑧犹未遇，羞将白发对华簪⑨。

【注释】

①阙下：宫阙之下，阙是宫门前的望楼，这里的"阙下"借指朝廷。 ②裴舍人：舍人即中书舍人，裴舍人名字、事迹不详。 ③紫禁：指皇宫，因皇宫像紫微星，故名。 ④长乐：汉宫名，这里是借指唐宫。 ⑤阳和：指春天的暖气，《史记·秦始皇本纪》载："维二十九年，时在中春，阳和方起。" ⑥霄汉：霄是云霄，汉是天河，并称即指天空，也可喻指京都附近或帝王左右。杜牧《书怀寄中朝往还》即有"霄汉几多同学伴？可怜头角尽卿材"句。 ⑦捧日心：典出《三国志·魏志·程昱传》，裴疏引《魏书》，载："（程）昱少时常梦上泰山，两手捧日。昱私异之，以语荀彧。及兖州反，赖昱得完三城，于是彧以昱梦白太祖（曹操）。太祖曰：'卿当终为吾腹心。'昱本名立，太祖乃加其上'日'，更名昱也。" ⑧献赋十年：指多次应考进士。 ⑨华簪：华是华贵，簪指达官贵人的冠饰，这里用"华簪"来指代裴舍人。

【语译】

二月的黄鹂飞到皇家园林中，春天的紫禁城内才刚破晓，浓荫密布。宫内的钟声直传到繁花之外，龙池的杨柳在春雨中色泽更深。如此温暖的春意却无法驱散困穷的怅恨啊，虽然我如同程昱一般有辅佐天子的诚心。因为我应试很多年都未能赢得功名，如今白发苍苍，面对高官无比惭愧。

【赏析】

这首诗是钱起仕宦之前，因屡试不中而投诗干谒裴舍人而作。干谒作诗，在唐代非常多见，也即文人为了展现自己的才能，从而求得权贵的荐举而作诗投赠，类似于今天的自荐信。一般情况下，文学才能即在诗歌中能够尽有所现，那么诗歌本身的内容，不外乎赞扬干谒目标，并且极言自己对朝廷的忠诚、对仕宦的渴望，以及久不得宦的哀伤、愁烦等。钱起此诗，自然也不能外。

　　此诗新颖之处，是先从景物写起。景写阳春二月的宫禁，黄鹂飞鸣、繁树浓荫，一片欣欣向荣的景象。尤其颔联，以钟声响之于外，雨水滋润之深，以示皇恩浩荡，泽沐万方。但这春色只是用来对自己愁烦的反衬而已，于是颈联即写，春光虽然和煦，却无法温暖穷困不达的士子之心，然后又说自己本心欲如泰山捧日一般效忠皇室。先言不达、愁烦，再言忠悃，则恨意便不见其浓，重点放在对自己忠诚的标榜上。尾联道出投赠此诗的真愿，自己已多次应试，可惜不中，眼见年华老去，而裴舍人正值青春，却已当路要津，权贵无比，以是惭愧。由此既出求恳之意，又不动声色地、曲折地加以赞扬，笔法是相当老练的。

　　此诗文采颇佳，可惜立意不高，放在当时，以及《唐诗三百首》编成之时，或者可为士人之佳话，今天看来，却实在没有收录的价值。

韦应物

寄李儋元锡[1]

去年花里逢君别，今日花开又一年。
世事茫茫难自料，春愁黯黯独成眠。
身多疾病思田里，邑有流亡愧俸钱。
闻道欲来相问讯[2]，西楼望月几回圆。

【注释】

①李儋（dān）元锡：字元锡，武威人，曾任殿中侍御史，与韦应物相友善。 ②问讯：这里是指探望的意思。

【语译】

去年繁花盛开的时候，我与你分别，如今花儿开放，又是一年过去了。世事茫茫，真是很难预料啊，在春天反而成愁，我黯然地独自睡眠。身多疾病，思归田园，治下有百姓流亡，真是愧对朝廷给予的俸禄啊。听说你想要来探望我，我在西楼盼望着，又过了几回月圆。

【赏析】

唐德宗建中四年（783 年），韦应物从尚书比部员外郎调任滁州刺史，此诗即在滁州任上所作。诗写思人之情，所思的李儋是韦应物好友，时任殿中侍御史。开篇即言"去年花里逢君别"，即应是韦应物于 783 年春季离开长安之际，对句为"今日花开又一年"，故知此诗为 784 年春季所作。

春季万物萌发，百花盛开，本来是很赏心悦目的季节，然而诗人却说"春愁"，又言"黯黯独成眠"，述其思念友人之意。但颔联出句却为"世事茫茫难自料"，此应与思人无关，那么，他究竟要表达什么含义呢？颈联即给出答案，云"身多疾病思田里，邑有流亡愧俸钱"，因身患疾病，而倦宦途，思归乡里，同时又慨叹治下有百姓流离失所，为此而深愧朝廷所给的俸禄。是以后人皆谓韦应物对人民之疾苦深表同情，宋人黄彻在《巩溪诗话》中更云："余谓有官君子当切切作此语。彼有一意供租，专事土木，而视民如仇者，得无愧此诗乎！"

　　然而即便因身染疾病而治理不力，为此而愧，或者只是泛泛言之，为其同情百姓也，也大可不必出"世事茫茫难自料"这般迷惘颓唐语，可见其中另有深意。韦应物所处的时代，唐朝已经日薄西山，朝纲紊乱，祸乱不息，而即在他离京前的 782 年，藩镇朱滔、田悦、王武俊、李希烈拥兵作乱。然后到了 783 年，征泾源兵讨伐李希烈，但径源兵过京师时突然发生哗变，拥朱泚为帅，唐德宗被迫逃往奉天，随即朱泚僭位称大秦皇帝。面对如此危局，韦应物又怎可能不发出前途黯淡的迷惘之语呢？

　　那么承接此意，"身多疾病思田里，邑有流亡愧俸钱"又当别作解释。"身多疾病"固然是实，但对于韦应物来说，心病比身病更甚，所以他才会"思田里"，想要弃官而去，因为对于唐朝的前途，他已经看不到什么光明希望了。"邑有流亡"也是实事，但"愧俸钱"却是曲折委婉语，他所愧的不是自身，而是整个朝廷，朝廷如此昏庸紊乱，即便他再有能力，又怎可能使治下百姓安居乐业呢？正当此际，春景虽美，又怎能使他欣喜？自然只有哀愁之一途了。

　　诗的结尾又归之于思人，说因为思念远在京师的李儋，他常登西楼而望，不知又见明月"几回圆"。月缺月圆，便是一月，此即以"望月几回圆"代指数月，更指时间漫长。考虑到李儋正在动乱不休的京城，则此时盼望、思念友人，也便别有怀抱，其实是挂心朝廷的境况，不知道动乱几时可以平息。

　　纯作思人诗来看，则此作唯平平而已，但若系之以忧国忧民之思，则上下一体通贯，格调陡然提高，虽隐晦婉曲，仍不愧为一时佳作。而韦应物在诗中所表现出来的情感、风骨，也非范仲淹叹为"仁者之言"，朱熹盛称"贤矣"那么简单。

韩　翃

同题①仙游观②

仙台初见五城楼③，风物凄凄④宿雨⑤收。
山色遥连秦树晚，砧声近报汉宫秋。
疏松影落空坛静，细草香闲小洞幽。
何用别寻方外⑥去，人间亦自有丹丘⑦。

【注释】

①同题：即与人同游，共同作诗。　②仙游观：在今河南省登封市北嵩山山麓、逍遥谷内，是唐高宗为道士潘师正所建，原名崇唐观，后改为仙游观。　③五城楼：《史记·封禅书》载："方士有言：黄帝时为五城十二楼，以候神人于执期，命曰迎年。"这里即借以指代仙游观。　④凄凄：别本作"凄清"。　⑤宿雨：久雨。　⑥方外：指神仙居住的世外仙境。　⑦丹丘：日夜长明之地，指仙境。《楚辞·远游》即有"仍羽人于丹丘兮，留不死之旧乡"句。

【语译】

初次见到这仙游观，如同得见传说中的五城十二楼，久雨之后，风景显得如此清新淡雅。晚间的山色，遥遥地连接着秦地的烟树，砧声传来，似在报说宫苑已然入秋。稀疏的松树的影子，覆盖着空旷的高坛，如此静谧，细密的青草散发着清香，小小的洞穴也如此清幽。哪里用得着到别处去寻找仙境呢？人间自然有仙境存在啊。

【赏析】

这是一首游览诗，题目中有"同题"字样，但如今究竟是谁人和韩翃同游，包括同样吟咏仙游观的诗，全都付之阙如（《全唐诗》收录咏仙游观诗，除此诗外，唯初唐王勃一首），难以考证了。所以等于说，此诗的具体时间、背景已不可考，韩翃创作此诗除述游览、摹景致外，是否还有别的隐意，也均无法深究。此诗会不会还含有别种意趣呢？可能是有的，重点在颔联，诗人远望山色，而见"遥连秦树"，不言晋树、赵树、楚树，而言秦树，指关中地区，无疑是指代长安、朝廷。对句"砧声近报汉宫秋"，向来解汉宫为借指唐宫，曰指长安，但长安的砧声无论如何是传不到嵩山来的，即便是夸张，着一"近"字，也不可解。我疑此指东都洛阳，但同样是指向朝廷，究有何意，不可索解。

所以，还是只能把此诗当作一首普通的记游诗来赏析。首句为倒装，正常语序应为"初见仙台五城楼"，称赞仙游观建筑雄伟，气氛清雅，如同传说中天上的五楼十二城一般。对句言"风物凄凄宿雨收"同样是倒装，应当是先"宿雨收"，然后才觉风景"凄凄"。别本"凄凄"作"凄清"，不妥，这里的"凄凄"或指云之兴起，如《汉书·食货志》有云："其《诗》曰：'有渰凄凄，兴云祁祁。'"颜师古注："凄凄，云起貌也。"或指草木茂盛，如罗隐《谒文宣王庙》有"晚来乘兴谒先师，松柏凄凄人不知"句。以全诗氛围来看，不可能有凄凉、凄清之意。

疑诗人与同伴往游仙都观，因雨而被迫留宿，直至晚间雨停，因此后所写都是夜景，颔联"秦树晚"、"砧声"便可为证。颔联所见所闻，都是远景，颈联则为近景，但见"疏松影落"、"细草香生"，"空坛"、"小洞"应为仙游观内名胜，可惜今天已不可考。重点在于颈联尾部着"静"字、"幽"字，即出清幽空灵之意。于是诗人慨叹，要寻仙境，又何必求之于世外呢？言下之意，此间便正如同仙境一般。

景以言情，但此诗只有景而已，却不见情，或者其情便隐藏在颔联、尾联中，但因为背景付之阙如，故不可得解。仅仅就景而言，此诗节奏铿锵，言语雅致，氛围清幽，在艺术性上是有所可观的。但因为不见其情，故而在思想性上，几乎一片空白，算不得上乘佳作。

皇甫冉

【作者介绍】

皇甫冉（717年~770年），字茂政，润州丹阳（今江苏省丹阳市）人，唐代诗人。他是天宝十五载（756年）进士，曾任无锡尉，大历初入河南节度使王缙幕，终左拾遗、右补阙。据说他十岁便能作文写诗，张九龄呼为小友，其诗清新飘逸，多发飘泊之叹。《全唐诗》存录其作品二卷。

春 思

莺啼燕语报新年，马邑①龙堆②路几千。
家住层城③临汉苑，心随明月到胡天。
机中锦字④论⑤长恨，楼上花枝笑独眠。
为问元戎⑥窦车骑⑦，何时返旆⑧勒燕然。

【注释】

①马邑：地名，在今山西省朔州市，汉武帝元光二年（公元前133年），汉用聂壹计，使五将军伏兵三十万于马邑，诱使匈奴单于亲自来攻，以图歼灭之。此战虽因单于见机先退而无功，但实开启武帝时汉、匈连绵决战之先河。　②龙堆：即白龙堆，在今天新疆维吾尔自治区罗布泊和甘肃省古玉门关之间，扬雄《法言·孝至》云："龙堆以西，大漠以北，鸟夷兽夷，郡劳王师，汉家不为也。"这里借指边远的战场。　③层城：指京师、王宫。陆机《赠尚书郎顾彦先》有"朝游游层城，夕息旋直庐"句。　④机中锦字：指前秦窦滔妻苏蕙事，传窦滔本为秦州刺史，后谪流沙，其妻苏蕙能文，颇思滔，乃织锦为回文璇玑图，作诗以寄之，图上共八百四十字，纵横反覆，皆成文意。　⑤论：这里是论列的意思。　⑥元戎：指军队的主帅，《诗·小雅·六月》有"元戎十乘，以先启行"句。　⑦窦车骑：指东汉车骑将军窦宪，曾领兵大破匈奴，登燕然山（在今天蒙古国境内）刻石勒功而还。　⑧旆（pèi）：本意为旗末端状如燕尾的垂旒，此处指代军旗。

【语译】

燕子、黄莺鸣叫着，仿佛在报告新的一年已经到来，我不知道从这里到遥远的战场，一共有多少路程。虽然家住在都城之中，紧邻着宫苑，但我的心已经跟随着明月，去往那边远的胡地。织机编织出璇玑图来，列出我内心长恨，楼上的花枝似乎在嘲笑我独自一人睡眠。想要问问那军队的主帅啊，你要到何时才能取得胜利，凯旋还朝呢？

【赏析】

战争与死亡，亲情与爱情，这本来就是文艺作品永恒的主题，而丈夫远戍万里，妻子独守空闺，也是古代诗歌常见的咏叹方向。这一类的作品，可以统称之为"闺怨"，也即妻子或情人在深闺中的哀怨、凄怆。

诗歌借闺中少妇之口，来表达对亲人的思念，对战争的厌恶，以及对国家富强的迫切愿望。首联先出鲜明对比，一方面"莺啼燕语"，新春来到，另方面却是"马邑龙堆"，不知道"路几千"。少妇在新春欢庆之际，面对明媚春光，却更加思念亲人，不知道亲人在边塞的生活究竟如何。颔联再作对比，"家住层城邻汉苑"，可见这户人家的生活是比较富裕的，地位是比较高贵的，否则不可能邻接宫苑而得居，但少妇却完全无法沉浸在新春的喜悦、富贵的享受中去，她的心早就已经跟随明月飞向丈夫征戍的边疆地区了。李白《闻王昌龄左迁龙标遥有此寄》中曾云："我寄愁心与明月，随风直到夜郎西。"此联或即从中化出。

颈联继续对比，一方面少妇怨愁如织，即借织锦回文而备悉道出，另方面"楼上花枝"似乎是在嘲笑她，竟然无依无伴，只能独眠独宿。少妇之"恨"，与花枝之"笑"，对比非常鲜明、强烈，则其中所蕴含的凄怆意味，也便烘托得更为浓厚。

尾联直抒心曲，询问出征的将领，究竟何时才能领兵返回，从而自己的丈夫可以回到自己身边，结束这般恨悔而独眠的日子呢？需要注意的一点，结句并没有简单地说大军返回，而要以"窦车骑"以指代出征将帅，并云"勒燕然"，则是盼望大军能够得胜凯旋。本来夫妻万里相隔，分别两地，只要能够重逢便可，哪里还会想及其他？诗人却在此寄予一丝盼望得胜的情绪，于是将国家民族之大义与闺中妇人之念想相结合起来，便使得诗歌境界更上一个层次，社会意义也相对比较积极。

【扩展阅读】

闻王昌龄左迁龙标遥有此寄

唐·李白

杨花落尽子规啼，闻道龙标过五溪。我寄愁心与明月，随风直到夜郎西。

此诗为王昌龄被贬后，李白思念其人而作诗遥寄，"我寄愁心与明月，随风直到夜郎西"句，即将自己的拳拳思念之情非常艺术化地备悉道出。与之相比，"心随明月到胡天"所要表达的意味是近似的，言辞却更加简化，原因就在于有"家住层城邻汉苑"作为对比和烘托，则自然不必再明言"愁心"。

卢 纶

晚次鄂州

云开远见汉阳城，犹是孤帆一日程。
估客①昼眠知浪静，舟人夜语觉潮生。
三湘②愁鬓逢秋色，万里归心对月明。
旧业③已随征战尽，更堪④江上鼓鼙⑤声。

【注释】

①估客：指商人。　②三湘：湘江的三条支流漓湘、潇湘、蒸湘的总称，在今湖南省境内，这里泛指汉阳、鄂州一带。　③旧业：指旧时的田园庐舍。　④更堪：更哪堪、岂堪。　⑤鼓鼙（pí）：军用大鼓和小鼓，用以指代战事。

【语译】

云开雾散，远远的已经可以望见汉阳城了，但孤舟前往，还需要整整一天的航程。白天风平浪静，船上商人放心睡眠，晚上突然听闻船夫对话，才发觉潮水暗生。我客旅三湘，因忧愁而鬓发苍白，却又遭逢萧瑟的秋季，万里思归之心，只能寄托给明亮的月色。过去的家业已经因为战乱而丧尽了，如今竟然在长江上也听到了战鼓之声，真叫人情何以堪啊！

【赏析】

《全唐诗》在此诗题下有注，云："至德中作。"《新唐书·文艺传》载："卢纶字允言，河中蒲人，避天宝乱，客鄱阳……"故此，传统以为此诗为卢纶在至德初年由京师避乱鄱阳，经过鄂州时所作。然而诗的开篇即言"云开远见汉阳城，犹是孤帆一日程"，则明确经鄂州而以汉阳为下一程的目的地，汉阳在鄂州西，由京师前往鄱阳，应当先经汉阳，再到鄂州，可见旧注不确。或以为此诗应为卢纶于大历初自鄱阳归京途中所作。当然，避乱而行，仓惶曲折，正不必按照固定行程前行，而卢纶从天宝、至德而至大历间事迹不详，也未必要待大历归京时才有经鄂州往汉阳之行程，两说皆可商榷。只是玩味诗意，此诗当作于至德以后，还当以大历间作较为切近。

　　为什么这么判断呢？答案就在尾联——"旧业已随征战尽，更堪江上鼓鼙声"。很明显，此处"征战"当指"安史之乱"，也即《新唐书》中所说的"天宝乱"，是言过往，"更堪"云云，则指目下。由此可见，此诗当作于安史之乱终结以后，也即唐肃宗宝应二年以后，诗人或此时即起意由鄱阳返回中原，但突然三湘之地又起征战，乃有"更堪江上鼓鼙声"的喟叹。

　　其实颔联或许也可为证。颔联为千古佳对，出句言白昼，风平浪静，因而"估客昼眠"，对句言夜晚，潮水方生，皆由"舟人夜语"得出。一般以为，此联述诗人满腔惆怅，昼夜难眠，故而白昼得见商人眠，晚间又闻船家语。私以为其中尚有一层深意，即以风平浪静喻大乱方息，以商人昼眠喻民心初定，然后再以潮水方生喻变乱又起，以船家夜语喻消息之传来。故而诗人更添惆怅，既觉"三湘愁鬓"，而兼又"逢秋色"，不知自己何日才能返回中原，返回故乡，乃有"万里归心对月明"之殷切期盼。

　　诗写战乱中的士人悲怨，总由乘船前往汉阳，夜泊鄂州而发端。《元和郡县志》载，鄂州至汉阳水路仅七里，但"激浪崎岖，事舟人之所艰也"，乃有"一日程"之谓。远远已能望见，行程却须整日，或许亦有和平曙光乍现，却又遥在天边之意。传统认为首联摹其欣喜，其后再转忧虑，恐怕不妥，首联所表现的应当是诗人渴盼到达目的地，却又需经坎坷，因此内心不安的情态。故而此后一气贯通，即写大乱才息，小乱却又频发，正不知国家要待何日才能真正安靖太平，诗人因此而惆怅，鬓发既苍，而又经秋，归心似箭，却终不得归。全篇凄怆，正无点滴欣悦可言。

柳宗元

登柳州城楼寄漳汀封连四州刺史①

城上高楼接大荒，海天愁思正茫茫。
惊风②乱飐③芙蓉水，密雨斜侵薜荔墙。
岭树重遮千里目，江流曲似九回肠。
共来百越④文身⑤地，犹自音书滞一乡。

【注释】

①漳汀封连四州刺史：指漳州刺史韩泰、汀州刺史韩晔、封州刺史陈谏和连州刺史刘禹锡，与柳宗元同属王伾、王叔文集团，永贞革新失败后同谪南方为司马，俗称"八司马"，后虽起复，仍发远州为刺史。　②惊风：急风。　③飐（zhǎn）：指风吹物而使其颤动。　④百越：对中国古代南方越人的总称，主要分布在今天浙、闽、粤、桂等地，因部族众多，故称百越，或作百粤，亦指百越居住的地方。　⑤文身：古代南方少数民族有在身上刺绘花纹的习俗，"文"通"纹"，故写作"文身"。

【语译】

城上高楼，连接着边远蛮荒，海天苍茫，正如我的愁绪一般无穷无尽。急风吹来，簸动了荷花盛开的水面，密雨斜落，拍打着薜荔丛生的围墙。岭上的树木啊，重重叠叠，遮蔽了我眺望千里的远目，江水曲折啊，就像是我的回肠九转。我们虽然一起来到这向有纹身习俗的越族聚居地啊，却仍然音信阻隔，难以联络。

【赏析】

这是失意人写的失意之作，结构谨严，语言精妙，情感真实浓厚，实可居中唐七律之魁首。

柳宗元曾经积极参与王伾、王叔文发起的永贞革新，想要打击宦官势力，恢复皇权，刷新政治，提升朝廷权威，可惜短短半年时间即告失败，王伾、王叔文均被贬谪（王伾不久后即病逝，王叔文旋被赐死），而柳宗元与同党共八人也都被贬为远州司马，史称"二王八司马"。永贞革新及其失败是805年之事，十年以后，也即唐宪宗元和十年（815年），柳宗元与韩泰、韩晔、陈谏、刘禹锡重被起用，奉诏进京。本来以为或将大用，结果因权贵的阻梗，五人随即被外放为柳州、漳州、汀州、封州和连州刺史，虽然官位有所攀升，但所处更偏，距离中枢更远，可以说是正式宣告了这五人政治生命的终结。此诗即在此种背景下写成，柳宗元来到任所柳州（今属广西壮族自治区），思念老友和同志二韩、陈谏、刘禹锡，于是作诗相寄。

首联即奠定全诗基调，是满怀愁思，充盈于海天之间。唐代柳州还属于半荒蛮之地，人口稀少、物产贫瘠、交通不便，所以便有"接大荒"之谓，所见一片空旷，除海天外几乎全无它物，而海天之间却只萦绕着自己的愁思。颔联为好对，也是千古名句，述眼前之景，惊风密雨，亦正如愁思一般凝结不散。此对既见实景，又富理趣，因"惊风"故"密雨斜侵"，因"密雨"故"乱飐芙蓉水"，景色既美而凄。荷花盛开之水面，本足赏心悦目，却为惊风密雨所打，仿佛自己的理想遭遇残酷现实一般，顷刻间便四分五裂，再难复聚了。墙上薜荔丛生，既显荒凉，而此荒凉亦不得静，要被风雨所侵。景物因风雨而凄迷，诗人的愁思也因风雨而更显浓郁。

于是他眺望远方，既思念故乡河东，又思念都城长安，此生料是无法再返回中枢，影响朝局了，不知道还有没有机会返回故土呢？还是就此埋骨在这数千里之遥的蛮荒异乡呢？然而只见岭上的树木重重叠叠，目光均为其遮蔽，竟不能远见。于是再望楼下江水，曲折盘绕，却又似自己的愁肠百转，无可开解。颔联写景，归之于"乱"，颈联更以情寄景，归之于"愁"。最后尾联点明题意，是思念自己的好友和同志，我们一起来到这偏远荒芜之地啊，然而因为各有所居，又交通不便，竟然难通音信。

对于尾联更进一层的理解，柳宗元等五人在政治上的理想和遭际全都相同，同样被贬至远恶州郡，这已见一层悲怆，但他们之间却又音信难通，则孤独寂寞之感更显强烈，于是悲怆也就此更进一层。全诗一气贯通，表现自己理想难达之凄凉、悲愤，以及身处偏远的孤独、寂寞，完美而贴切地寄情于景，因景抒情，实为绝代之佳构。

刘禹锡

西塞山①怀古

王濬②楼船③下益州，金陵王气黯然收。
千寻④铁锁沉江底，一片降幡出石头⑤。
人世几回伤往事，山形依旧枕寒流。
今逢四海为家⑥日，故垒萧萧芦荻秋。

【注释】

①西塞山：位于今天湖北省黄石市西塞山区，又名道士洑矶。　②王濬（jùn）：西晋大将，字士治，弘农湖县（今河南省灵宝市）人，担任益州刺史期间，大造舟船，280年初发兵沿江而下伐吴，并首先攻入建业。　③楼船：一种古代大型战船，因甲板建筑特别巨大，船高首宽，外观似楼，所以被称为"楼船"。　④千寻：寻为古代的长度单位，一寻为八尺，此处千寻为夸张语。　⑤石头：即石头城，故址在今天江苏省南京市石头山后，孙权始建，为建业门户。　⑥四海为家：指全国统一，语出《史记·高祖纪》中"天子以四海为家"句。

【语译】

当年王濬乘坐着楼船自益州而下，金陵城内的王气就黯然收束。千寻长的铁锁沉入了江底，随即大片投降的白旗就从石头城上飘扬起来。人世间有多少回兴亡成败的伤心往事啊，然而山势千年不变，依旧倚靠着那寒冽的江流。如今遇上国家统一的太平之世，旧日的军垒在秋气中芦苇丛生，一片萧条景象。

【赏析】

这是一首语言平实、节奏铿锵、气魄宏大、影响深远的怀古咏史诗，可以说在中唐同一类型的作品中独占鳌头，观此诗，则刘禹锡果然不愧为一世之诗豪。

此诗作于唐穆宗长庆四年（824年），刘禹锡由夔州刺史调任和州刺史，于是沿江而下，在经过西塞山的时候，有感而发。西塞山是长江险隘，为三国时代东吴的江防要冲，所以此诗即咏东吴灭亡事。当年三国鼎立，264年魏灭蜀汉，翌年西晋代魏，然后到了280年，晋武帝大起三军灭吴。晋军主力分为三路，一路以杜预为主将，攻击长江中游，一路以王浑为主将，攻击长江下游，再一路即以益州刺史王濬率领舟师顺江而下，先助杜预，再佐王浑，期以共围吴都建业。王濬所率皆蜀中所造大战船，也即诗中所言"楼船"，势如破竹，首先攻入建业，于是吴主孙皓出降，中国就此重归一统。

诗的开篇即言王濬舟师自益州东下，所到之处，"金陵王气黯然收"。古人以天象应和人事，故有"王气"之谓，而"王气收"就是指东吴割据政权覆灭。接着，说"千寻铁锁沉江底"，这又是一段相关王濬伐吴的史事，根据《晋书·王濬传》所载："吴人于江险碛要害之处，并以铁锁横截之，又作铁锥长丈余，暗置江中，以逆距船……濬乃作大筏数十，亦方百余步，缚草为人，被甲持杖，令善水者以筏先行，筏遇铁锥，锥辄著筏去。又作火炬，长十余丈，大数十围，灌以麻油，在船前，遇锁，然炬烧之，须臾，融液断绝，于是船无所碍。"吴人就算以千寻那么长的铁锁来封锁江面，又有什么意义呢？最终铁锁还是被烧断了沉入江底，而王濬的楼船继续顺风顺水直抵建业城下，于是"一片降幡出石头"，东吴割据政权只能以投降而告终。

诗的前两联叙述王濬伐吴事，然而诗人的目光并不仅仅局限在这一件史事上，其后还有生发。他说"人世几回伤往事"，这所伤的"往事"并不仅指东吴覆灭，既云"几回"，可知是包括其后东晋和南朝宋、齐、梁、陈各王朝的相继覆亡。割据势力一个又一个先后倒下，然而"山形依旧枕寒流"，这西塞山，这山下的长江，亘古以来却毫无变动，始终如一。言下之意，统一才是大势所趋，而分裂、割据，不过只是暂时的现象罢了，终究无法扭转历史大潮的走向。于是诗人最后作叹，如今"四海为家"，天下一统，旧日那些割据势力所建造的"故垒"，在诗人眼前只是秋风中芦苇萧瑟，一片荒凉景象而已。

此诗主要歌颂统一，言割据之不可长久，然而在语调氛围上，却丝毫不见喜悦，诗人用了"伤"、"寒流"、"芦荻秋"等字样，无疑气氛是沉郁的，充满了忧愁和担心——对于这些词汇的运用，并不能仅仅认为是对割据势力难以长久的嘲讽。那么诗人终究有何深意呢？唐朝虽然是名义上的统一王朝，但中唐以后，藩镇割据，中央政府所能控制的实际地域尚不足全国的二分之一，这正是刘禹锡所面对的无奈的现实。故而他借咏史事以叹如今，警告那些割据势力，统一是大势所趋，他们再如何跳梁跋扈，终究都有灭亡的一天。诗人的意愿非常美好，但现实又实足残酷，所以他才被迫在为统一大唱赞歌的此诗中，不自禁地流露出凄婉、哀伤的格调来了。

元 积

【作者介绍】

　　元稹（779 年～831 年），字微之，别字威明，洛阳人，是中唐著名诗人，当时与白居易齐名。他二十五岁时与白居易同科及第，授秘书省校书郎，后任左拾遗、监察御史等职，因触犯当权的宦官，被贬为江陵府士曹参军，再起任通州司马、虢州长史、膳部员外郎。元和十五年（820 年），靠宦官崔潭峻援引，擢祠部郎中、知制诰，乃为时论所非。长庆元年（821 年）迁中书舍人，充翰林院承旨，翌年居相位三月，出为同州刺史、浙东观察使。太和三年（829 年）为尚书左丞，五年，逝于武昌军节度使任上，追赠尚书右仆射。

　　元稹与白居易并为新乐府运动的旗手和中坚，世人并称为"元白"，诗作号为"元和体"。他的作品辞浅意哀，如孤凤悲吟，极为扣人心扉，动人肺腑，乐府诗多受张籍、王建的影响，而其"新题乐府"则直承李绅。但与白居易相比，其作品所反映现实的深度、广度都有所不及，故死后声名远不及白。

遣悲怀三首

⊙其一

> 谢公①最小偏怜女，自嫁②黔娄③百事乖④。
> 顾我无衣搜荩箧⑤，泥⑥他沽酒拔金钗。
> 野蔬充膳甘长藿⑦，落叶添薪仰古槐。
> 今日俸钱过十万，与君营奠复营斋⑧。

【注释】

　　①谢公：指东晋谢奕，其女谢道韫甚有才华，深得谢奕欢心。　②自嫁：别本作"嫁与"。　③黔娄：战国时代齐国高士，齐、鲁均延聘其任职，但他坚持不仕，家贫如洗。　④乖：违反，不顺。　⑤荩箧（jìn qiè）：荩是一种草名，箧指箱，荩箧是草编之箱，以示简陋。　⑥泥：软缠。　⑦藿：豆叶。　⑧营奠复营斋：营是备办之意，奠指祭品，斋指供给僧道的素饭，这里是请僧道为之超度亡魂之意。

【语译】

　　你就像是谢奕最喜爱的小女儿啊，自从嫁给我这个贫士以后，事事就不顺遂。你曾经看我没有合适的衣服，因此而搜遍了草箱，我曾经软缠着你要买酒喝，你就拔下头上金钗来典卖。野菜充作膳食，豆叶就算佳肴，落叶当作柴薪，全靠屋前古槐。如今我的俸禄超过了十万钱，却只能为你准备祭品和延请僧道超度了。

【赏析】

这是元稹所写的一组悼亡诗，共三篇七律，所悼为其亡妻韦丛（一说名韦蕙丛），字茂之，诗极感伤，情感浓烈、真挚，深入肺腑，在千古悼亡诗中亦可名列三甲。

这第一首诗，开篇即言"谢公最小偏怜女"，此句为倒装，正常句式应为"谢公偏怜最小女"，是以谢奕爱其幼女谢道韫来比拟其妻韦氏出嫁前最得父母宠爱。韦氏之父为韦夏卿，字云客，杜陵人，出身宦门，深通儒术，官至检校工部尚书、东都留守、太子少保，去世后追赠左仆射。之所以用谢门来比韦门，私以为用意有二：其一，述韦氏之有才，可比谢道韫；其二，述韦门之显贵，如东晋之谢氏。正因为韦门显贵而韦氏有才，所以深得父母喜爱，她待字闺中时生活之优裕，也便不必冗述，恰与对句形成鲜明对比。

对句是言韦氏初嫁之时，元稹尚未发迹，他用"黔娄"自比，一方面说自己有志而有德，但更主要的，是说家贫，因为家贫才"百事乖"，与第二首诗的结句"贫贱夫妻百事哀"用意相同。韦氏卒于元和四年（809年），年仅二十七岁，可以说元稹显达后的富裕生活，她基本没能享受到，夫妻二人忍受贫贱，其下两联即详细述之。"无衣"、"荩箧"，乃极言贫，但更重要的是表现出妻子对自己的关爱，而"泥他沽酒拔金钗"句，除再言贫而情深外，还有更深一层含义，即自己当初未能体谅妻子，如今回想，倍感惭愧。"野蔬"、"落叶"两联，继续言贫，但同时也是为结句打下伏笔。

尾联言"今日俸钱过十万"，由此料知此诗作于元稹四十三岁任同中书门下平章事也即宰相以后。当时元稹富贵荣显，俸禄优厚，却不禁回想起当初与妻子的贫贱生活来了。"与君营奠复营斋"句，既是表现自己对妻子的悼念，同时也尽出喟叹：如今这般优裕生活，真想要与你同享啊，可惜却再无机会了。

全诗似述旧日贫贱，出悼亡哀思，其实处处都在对比，先以闺中之优裕，对比嫁后之哀贫，再以妻子对自己的关爱，对比自己不知自重，不知体恤，最后以自己的显达，对比妻子已不能得见。于是便在这重重对比之中，将哀悼之深娓娓托出，使得情感一层层叠至高峰，最后余下无尽喟叹，使读者亦深受其感，不觉泪下。

⊙**其二**

昔日戏言身后事①，今朝都②到眼前来。
衣裳已施行③看尽，针线犹存未忍开。
尚想旧情怜婢仆，也曾因梦送钱财。
诚知此恨人人有，贫贱夫妻百事哀。

【注释】

①身后事：别本作"身后意"。　②都：别本作"皆"。　③行：即将，将要。

【语译】

过去我们曾经开玩笑地说起死后的情状，如今这一切全都来到我的眼前。你的衣服已经就快要施舍光了，但存留的针线我却始终不忍心打开、舍弃。因为惦念着旧日情谊，所以关爱你的婢仆，也曾经因为梦见了你，醒来后就给你焚烧纸钱。我知道这种憾恨人人都有啊，尤其是贫贱夫妻，事事都值得哀伤。

【赏析】

这是组诗的第二首，与第一首侧重点不同。第一首主要为回忆昔日贫贱夫妻之哀，这一首则详述死别后内心的伤痛。诗亦从"昔日"言起，当初夫妻之间互相开玩笑，言及死后事，如今竟然"都到眼前来"，其中痛怛肝肠，引人泪垂。此联大有"少年不识愁滋味……如今识尽愁滋味"意，也是今昔对比，昔日之玩笑已成今日之谶言，于是回想起来，玩笑话反而更增伤悲。

中两联写自己对妻子的怀思之深。因妻子去世已久，其衣再不用穿着，于是陆续施舍，已将尽矣，而唯针线上仍留其深情密意，故不忍弃。为何独言不弃针线呢？想来当初贫贱时妻子曾以此针线来缝补衣物，诗人言此，为不忘故人，亦不忘贫贱也。因念旧情，故及于婢仆，是"爱屋及乌"之意，更往往因梦中重逢，所以醒来后便烧纸祭奠，此亦合乎第一首"为君营奠复营斋"意。第一、第二首诗颔、颈两联都是最寻常事，而于寻常中更见情真意切。能够在普通中发掘不普通，以普通事抒发深切的不普通之情，此种诗眼之敏锐、诗情之诚挚，最值得叹赏。

尾联云"诚知此恨人人有"，其中之"恨"，自然是指死别，人人都会遭逢死别，但我与爱妻之别却又不同，也是于普通中凸显出不普通来。"贫贱夫妻百事哀"，如今已成俗语，但其中韵味，我意与元稹本意又不尽相同。固然贫贱可哀，但元稹前此均写怀思爱妻，未深言昔日贫贱，何以此处偏要发此感慨呢？其实这和第一首诗的尾联含义相近，是指当日贫贱，固然情深意长，但如今富贵后想来，却觉可哀，我之富贵，你竟不能得享，我实在是太愧对你了啊。只有这样理解，则诗人怀悼之深、情感之浓，才能尽数烘托出来，而非仅仅于结句下一箴言而已。

⊙**其三**

闲坐悲君亦自悲，百年①都是几多时。

邓攸无子②寻③知命，潘岳悼亡④犹费词。

同穴窅冥⑤何所望，他生缘会更难期。

惟将终夜长开眼，报答平生未展眉。

【注释】

①百年：指一生、终身，陶潜《拟古》即有"不学狂驰子，直在百年中"句。 ②邓攸无子：邓攸字伯道，平阳襄陵（今山西襄汾东北）人，西晋大臣，《晋书·良吏列传》载："又遇贼，掠其牛马，步走，担其儿及其弟子绥。度不能两全，乃谓其妻曰：'吾弟早亡，唯有一息，理不可绝，止应自弃我儿耳。幸而得存，我后当有子。'妻泣而从之，乃弃之。其子朝弃而暮及，明日，攸系之于树而去。"但他终于不再有子，时人遂叹："天道无知，使伯道无儿。" ③寻：顷刻，不久。 ④潘岳悼亡：潘岳字安仁，河南中牟人，西晋文学家，曾为悼念亡妻杨氏而作《悼亡诗》三首。 ⑤窅（yǎo）冥：指幽暗貌。陆贾《新语·资质》有"仆于岨崖之山，顿于窅冥之溪"句。

【语译】

闲坐的时候，为你悲伤，也为自己悲伤，人的一生最多百年，莫不有死，所差只是早晚而已。邓攸终究没有儿子，因此而知天命，潘岳悼念其妻，空费笔墨，自己也难免一死。死后合葬于昏暗的墓穴，又何必有此想望，下辈子因缘重会，那就更难期待了。我只有用终夜不眠，始终睁着眼睛思念你，来报答你平生都未能舒展的愁眉吧。

【赏析】

诗题为《遣悲怀》，也就是说悲伤于衷，作诗排遣，故一遣不得而须二遣，二遣不得则须三遣，连作三诗，侧重点各有不同。第一首诗是思故往，第二首诗是伤而今，第三首诗则是念及日后。日后如何呢？你既已去，我也将往，但人死而无知，不管是今生同穴，还是来世再聚，都只是虚幻的期盼而已，我要怎样才能报答你的深情厚意呢？

韦氏二十七岁去世，当时元稹才三十出头，而作此诗时年在五旬上下，按照古人的寿命来说，也已经日落西山，垂垂老矣，回思亡妻，他不禁也想到了自己的身后事。于是便从"悲君亦自悲"开端，言及人生莫不有死，我也将踵君而去。

颔联用典，首先用邓攸无子，来反映自己和韦氏也并无子嗣。"寻知命"，或谓是指元稹即将五十岁了，语出《论语·为政》，孔子说："吾十有五，而志于学，三十而立，四十而不惑，五十而知天命，六十而耳顺，七十而从心所欲，不逾矩。"但这和"邓攸无子"并没有太多关联，故此处"知命"非"知天命"意，非指年岁，而是其本意。所谓"天地不仁，以万物为刍狗"，老天本来就没有什么智识、神通，连邓攸那种贤人都没有子嗣，更何况于我呢？对句再及潘岳作《悼亡诗》事，言"犹费词"，花了那么多笔墨，却终究无法挽回妻子过世的现状，亦无法延缓自己的死亡。此联所言，即详述首句的"自悲"。

此联用典还算恰当，但不能说好。很多人初学作诗往往喜欢用典，一方面运用合适的典故容易说清楚比较复杂的事物和情感，另方面也可炫耀自己学识之广博，我少年时亦尝如此，颇为方家所讥。典故当然不是不能用，但是不可滥用，必须要因应以下几个要素，才可用典：首先，是相关事物、情感过于复杂，用典可省字数，说清原委；其次，因为某些因素而不可直言某事，故此借用典故来曲折道之；第三，因应某些情感，或鞭笞，或讽刺，运用合适的典故，则情感色彩更显浓烈。而就此诗颔联观之，出句不过自伤无子，对句不过悼念亡妻，内容都不复杂，大不可必用典说明，且前两首诗都直抒悲情，也不必特于此要曲折而道出。前两首诗的中段都言家中普通事，以发不普通之哀情，是大家手笔，相比之下，这里用典，却在情感上显得脱节、隔膜。所以不是说元稹用典不合适，不精巧，只是此处本不该生用典故。

再看颈联，亦直言自身之悲，同穴有何可望，他生再会难期，言语平直，毫不曲折，但哀恸全出，就比额联用典所产生的效果要好得多。尾联最佳，包含的信息也非常多，不仅可为此诗之结语，几可承托全套组诗，为三诗之总结、概括。那么，尾联总结了哪些信息呢？一，"终夜长开眼"，以示其思妻、悼妻也；二，"报答"二字，正现内心愧疚意，昔日夫妻贫贱，未能使妻子常得欢乐，以此而悔；三，"平生未展眉"，正是"贫贱夫妻百事哀"意，而妻子已终平生，不言死而死意自见；四，"惟将"，只有如此，以示天人永隔，内心无比愧疚、凄凉、哀伤，正是"与君营奠复营斋"意。所以说，倘要挑选出这三首诗中最佳妙，最感人的一联，所能当者，只有此联——"惟将终夜长开眼，报答平生未展眉"。

【扩展阅读】

悼亡诗其一

西晋·潘岳

荏苒冬春谢，寒暑忽流易。之子归穷泉，重壤永幽隔。私怀谁克从？淹留亦何益。黾勉恭朝命，回心反初役。望庐思其人，入室想所历。帏屏无仿佛，翰墨有余迹。流芳未及歇，遗挂犹在壁。怅恍如或存，回遑忡惊惕。如彼翰林鸟，双栖一朝只。如彼游川鱼，比目中路析。春风缘隙来，晨溜承檐滴。寝息何时忘，沉忧日盈积。庶几有时衰，庄缶犹可击。

此即"潘岳悼亡犹费词"的"费词"，漫长一篇，情感虽然浓烈，但言辞显得絮叨，不如元稹之诗来得精炼、严谨。我疑元稹《遣悲怀》作了三首，也是仿效潘岳《悼亡诗》的体例，想必他读潘诗而特有所感，内心戚戚，所以作诗以悼吧，也因此而特意要把"潘岳悼亡"的典故在诗中点明。

白居易

自河南经乱，关内阻饥，兄弟离散，各在一处。因望月有感，聊书所怀，寄上浮梁大兄、于潜七兄、乌江十五兄①，兼示符离及下邽弟妹②

时难年荒世业③空，弟兄羁旅各西东。
田园寥落干戈后，骨肉流离道路中。
吊影④分为千里雁，辞根散作九秋⑤蓬。
共看明月应垂泪，一夜乡心五处同。

【注释】

①浮梁大兄、于潜七兄、乌江十五兄：浮梁大兄指白居易的长兄白幼文，时任饶州浮梁（在今江西省景德镇市西北）主簿；于潜七兄指白居易叔父白季康的长子，时为于潜（今浙江省临安市）县尉，其名不详；乌江十五兄指白居易的从兄白逸，时任乌江（今安徽省和县）主簿。 ②符离及下邽弟妹：符离即今安徽省宿州市，白居易的父亲曾在彭城（今江苏省徐州市）为官多年，因此把家业安置在符离；下邽县治所在今天陕西省渭南县境内，白氏祖居在此。此处居于符离或下邽的，当指同族堂兄弟、姊妹。 ③世业：世传的、祖先传下的家业。 ④吊影：指对影自怜。 ⑤九秋：指秋天，西晋张协《七命》有"晞三春之溢露，遄九秋之鸣飙"句。

【语译】

自从河南地区经历战乱，关内地区因粮食转运不畅而爆发饥荒，我的兄弟们也流离失散，天各一方。我因望月有感于怀，姑且写下心中所感，寄给在浮梁的大哥、在于潜的七哥、在乌江的十五哥，一并寄给在符离和下邽的堂兄弟、姊妹。

时世艰难，又逢荒年，祖宗家业已然荡尽，兄弟们各自踏上行程，东西分散。兵戈起后，田园荒芜凄凉，骨肉离散，奔波在道路之上。兄弟如同分飞千里的孤雁，只能对影自伤，又像那秋天的蓬草，离别了根脉，飘散四方。我们在看到明月的时候，想必会一起落泪吧，虽然分隔在五个地方，但今夜的思乡之情，应该全都一样。

【赏析】

这首诗述兄弟离散之悲，家国之恨纠缠为一，情感十分凄怆、悲凉。诗约作于唐德宗贞元十六年（800年），前一年的春季，宣武节度使董晋去世，以行军司马陆长源代之，但是军士发动叛乱，杀死陆长源，先后拥戴刘全谅、韩弘为主。不久后，淮西节度使吴少诚又发兵北上，攻打许州，朝廷遣山南东道、安黄、宣武、陈许等镇讨伐吴少诚，结果诸军无帅，阵前自溃。上述两场战乱，全都发生在河南地区，也即诗题中所写的"河南经乱"。经过安史之乱后，原本富庶的关中地区千里荒芜，生产力一落千丈，每年都要依靠江南的粮食经漕运北输，因途经河南，故河南战乱即导致运输断绝，从而产生了诗题中所言的"关内阻饥"。诗人就是在这种大背景下，既感国家丧乱，又悲兄弟离散，因而对月咏作此诗。

白居易本居下邽，因乱世而避居江南，此时他的同族兄弟姐妹分在下邽、符离、浮梁、于潜、乌江五处，故此结句才云"一夜乡心五处同"。全诗除颈联外都平白如话，气韵一路贯通，再加上善用倒装，在艺术价值上是相当高的，而其情感就在白话中自然流露，也非常真挚感人。

倒装首在颔联，"田园寥落干戈后"，正常语序应为"干戈后田园寥落"，如此倒装，重点将"田园寥落"与"骨肉流离"作比，同时也托出了因果缘由。颈联"吊影分为千里雁"，正常语序应为"分为千里雁吊影"，特意突出"吊影"，并对句"辞根"，正出形单影只，又抛乡别业之悲。以雁行比拟兄弟，以蓬飞比拟飘零，此亦常见意象，但以"辞根"以喻离开故乡，却非常新颖而且恰当。

清人刘熙载在《艺概》中云："常语易，奇语难，此诗之初关也。奇语易，常语难，此诗之重关也。香山（白居易）用常得奇，此境良非易到。"就是说白居易能够达到以常语而出奇境的效果，正如此诗，语言浅白平实却反意蕴精深，堪称为"用常得奇"的佳作。

李商隐

锦　瑟

锦瑟无端五十弦①，一弦一柱思华年。
庄生晓梦迷蝴蝶，望帝春心托杜鹃。
沧海月明珠有泪，蓝田②日暖玉生烟。
此情可待成追忆，只是当时已惘然。

【注释】

①五十弦：古瑟二十五弦或二十三弦，但《汉书·郊祀志上》载："秦帝使素女鼓五十弦瑟，悲，帝禁不止，故破其瑟为二十五弦。"　②蓝田：据《元和郡县志》载："关内道京兆府蓝田县：蓝田山，一名玉山，在县东二十八里。"今为陕西省蓝田县，因境内多出美玉而享誉。

【语译】

无缘无故的，锦瑟竟然有五十根弦，每一根弦、每一弦柱，都让我怀思起过往的美好岁月。正如同庄周梦见蝴蝶般恍恍惚惚，又如同蜀帝化为杜鹃般凄迷悱恻。沧海上明月升起，鲛人泪滴化为珍珠，蓝田中日色温暖，美玉由此而腾起轻烟。这般情感可以成为追忆啊，只是当时身处其中，却反而一片惘然。

【赏析】

20世纪70年代末到80年代初，兴起了一种名为"朦胧诗"的新的诗歌流派，它的特征是在形式上多用象征手法，具有不透明性和多义性。更简单直白些来说，这种流派所追求的是一种诗境意象，除此之外，或者并无任何实事、实情和理趣，或者虽然有但多用象征手法来作隐晦表现，读者倘若不能清楚地明了作者创作时的社会背景、所遭所遇，以及心理状况，总言之，倘若没有足够多的诗外资料，只读诗句本身，就会如堕五里雾中，很难索解。

我并不喜欢朦胧诗，但必须承认朦胧诗中某些特定的篇章，更多是特定的语境、手法，确实有其可取之处，也有值得赞赏的地方。其实类似手法在古诗坛中就曾经出现过，其代表作，就是李商隐的这首《锦瑟》。

《锦瑟》本是撷取诗的首两字为题，因而可以说此诗本来无题。诗写得花团锦簇，语词绝美，意境飘渺，但究竟要表达什么含义呢？要抒发何种情感呢？历来众说纷纭，基本上也属于无可索解，古人就曾慨叹说："一篇《锦瑟》解人难。"在此，只能先罗列历代评家的各种揣测，然后再简单阐述一下个人的观感——纯属一家之言，并非确论。

宋人刘攽在《中山诗话》中记载了一则轶闻，说锦瑟本是令狐楚家的婢女，李商隐与其有私情，作此诗是为追忆往日的爱情。宋人喜欢就诗词加以轶事附会，多不可信，此言亦不能外，唯言追忆爱情，还是有一定价值的。同为宋人的黄朝英在《靖康缃素杂记》中引述苏轼的猜测，说此诗为咏物，因为"锦瑟之为器也，其弦五十，其柱如之，其声也适、怨、清、和"，所以此诗中两联即描摹这四种特性——这是历代各种评析中最难令人接受和相信的。

第三种说法始于金代诗人元好问，清人何焯阐述此种说法尤其详细，他说："此篇乃自伤之词，骚人所谓美人迟暮也。庄生句言付之梦寐，望帝句言待之来世。沧海蓝田言埋蕴而不得自见，月明日暖则清时而独为不遇之人，尤可悲也。"这种说法有一定的道理。第四种说法则谓诗悼亡妻王氏，事虽不同，但就伤恋旧情而言，和说锦瑟本为婢女名，有其共通之处。

私以为，此诗还是以追忆旧日情爱为比较可信。开篇言"锦瑟无端五十弦"，一般认为此诗作于李商隐的晚年，他已五旬上下，因而借传说中最古老的瑟为五十弦起兴，再言"一弦一柱思华年"，这"华年"是指美好的青春年华，也即感瑟声之悲怨，从而怀想起自己的青春岁月。此为诗之发端，说是忆旧情，说是自伤青春，都可以说得通。

向来评者最感晦涩的，是中两联，此即详细解之。"庄生晓梦迷蝴蝶"，典出《庄子·齐物论》："庄周梦为蝴蝶，栩栩然蝴蝶也；自喻适志与！不知周也。俄然觉，则蘧蘧然周也。不知周之梦为蝴蝶与？蝴蝶之梦为周与？"庄周梦蝶，醒来不知是庄周化蝶，如今是真呢，还是蝴蝶化周，梦中才是真实呢？此句所表现的是诗人一种宛若梦幻的迷离恍惚之感，正感往事如烟似幻。"望帝春心托杜鹃"，典出《华阳国志·蜀志》："杜宇称帝，号曰望帝……其相开明，决玉垒山以除水害，帝遂委以政事，法尧舜禅授之义，遂禅位于开明。帝升西山隐焉。时适二月，子鹃鸟鸣，故蜀人悲子鹃鸟鸣也。"别书也多有所记载，总之望帝杜宇退位后化身为杜鹃鸟，其声悲凄，是故蜀人即称杜鹃为杜宇。此句为述悲情也，忆及往事，内心甚感悲凄，于是乃以望帝化杜鹃来喻其哀。句中独有"春心"二字，为传说所无，是诗人特意添加，私疑此"春心"即指大好青春的少年心性，是故此诗为忆及少年时事，殆无可疑。唯其所忆是爱情悲剧呢，还是自己的抱负难申之悲怆呢？则甚难明了。

"沧海月明珠有泪"，典出《博物志》，载："南海外有鲛人，水居如鱼，不废绩织，其眼泣则能出珠。""蓝田日暖玉生烟"，南宋王应麟《困学纪闻》解道："司空表圣（司空图）云：'戴容州谓诗家之景，如蓝田日暖，良玉生烟，可望而不可置于眉睫之前也。'李义山玉生烟之句盖本于此。"此联比额联更难索解，私以为仍是用典状境，重复额联的含义——鲛人垂泪化珠，正如望帝化为杜鹃，言其悲怆也；良玉生烟，言其恍惚迷离也；而沧海之上，明月才升，空灵澄澈，亦略有恍惚意。

总之，中两联是言回忆往事，恍惚迷离，又感悲怆，所以诗人在结句总结，说"此情可待成追忆，只是当时已惘然"，如今想来已觉迷离，当时身处其中，则更惘然。"惘然"可解为失意、忧思之貌，比如江淹《无锡县历山集》中便有"酒至情萧瑟，凭樽还惘然"句。同时，也可解为模糊不清，苏轼《与谢民师推官书》中有"自还海北，见平生亲旧，惘然如隔世人"句。私以为两义可以并存，指当时身处局中，难以理解自己的真实情意，从而空自失落，终于懊悔。

　　总结全诗，李商隐并没有描写任何真实事物，没有抒发任何特定情感，他只是表述了自己怀思往事时的内心感触，既恍惚，又凄迷，当时糊涂，已极失落，如今想起，徒自追忆。缘此而探，则所忆既可以是情爱，也可以是自己的身世，只是私以为若仅及自身，总不必写得如此迷离惆怅，而又缠绵悱恻，或许只有一段刻骨铭心的爱情，才可以当得起李商隐用这么美的语言来创作一首朦胧的诗篇。

无　题

昨夜星辰昨夜风，画楼西畔桂堂①东。
身无彩凤双飞翼，心有灵犀一点通②。
隔座送钩③春酒暖，分曹射覆④蜡灯红。
嗟余听鼓应官⑤去，走马兰台⑥类转蓬。

【注释】

　　①桂堂：桂代香木，指用香木构筑的庭堂。　②灵犀一点通：灵犀指犀牛角，相传犀角有种种灵异的作用，如镇妖、解毒、分水等等，故有此称。韩偓《八月六日作》即有"威凤鬼应遮矢射，灵犀天与隔埃尘"句。而因传说犀角中有白纹如线，直通两头，感应灵敏，故以此来代表两心相通。　③送钩：《汉武故事》载："钩弋夫人少时手拳，帝披其手，得一玉钩，手得展。故因为藏钩之戏。"后人仿效之，成为宴席上的一种酒令，一队暗中传送，藏钩于手，使另队猜在谁手中，不中则饮酒。　④分曹射覆：分曹即分组，射覆即将某物覆盖，令人猜所藏何物，也是一种酒令。　⑤应官：犹言前往官衙应卯。　⑥兰台：指秘书省，《旧唐书·职官志》载："秘书省，龙朔初改为兰台。"

【语译】

　　昨夜的星辰啊，昨夜的晚风，就在那雕画的楼阁西面，在香木庭堂的东侧。我们虽然身无彩凤一般可以双飞的翅膀，两心却如同灵犀的花纹一般始终相通。隔着座位，送钩行令，春酒如此温暖，分别队伍，猜物罚酒，蜡烛如此鲜红。可叹我听到鼓声，匆忙前去应卯啊，骑马前往秘书省，就如同风中的飘蓬一般。

【赏析】

　　将自己的诗作题名为《无题》，实肇始于李商隐，在此之前，并不是没有《无题》诗，但那基本上都可以称为失题诗，并非无题，只是题目佚失，故后人特名之为《无题》而已。《全唐诗》收录李商隐的《无题》诗共十六首，风格大多与《锦瑟》类似，皆晦涩不可索解。私以为，李商隐写的不是身边真事，眼前真景，甚至不是很清楚的内心真感，而只是将感触的吉光片羽用艺术性的文辞记录下来而已，极难状之，更难名之。所以他不是不肯给诗下题目，而是无可作题目，非无题也，实难以为题也。

　　即以这首"昨夜星辰昨夜风"来说，诗人究竟想要表达的是何种含义，所要体现的是何种况味，所要抒发的是何种情感，并非空洞全无，却总似五里雾中，朦胧恍惚，难以撷取，所以历来异论也多。一种说法，此诗为李商隐偷窥贵家姬妾某而作，但明显与首联情感氛围不合；另一种说法，此诗为李商隐在盛大宴会后抒发自己仕途坎坷的落寞之感，此说后两联若可契合，但前两联却又难以说通。私以为，还是第三种说法，谓此亦与《锦瑟》同，为怀思昔日恋情而作，比较恰当。

　　首联云"昨夜星辰昨夜风"，诗避重复，但这里却连用两个"昨夜"，非为无因。一方面，特意形成一种反复咏叹的民歌风味，另方面，也特意突出"昨夜"二字，点明此乃过往之事。或将此"昨夜"与后"听鼓"对照来看，谓此一夜一晨，相接之事也，却大不可必如此胶着。就李商隐的诗意和惯常诗趣来看，"昨夜"未必有其实指，而只是指代过往而已。

　　过往"星辰"如何，"风"又如何，均不直言，任由读者体会。对句"画楼西畔桂堂东"，托出地点，从"画楼"、"桂堂"来看，当指大户人家宅邸，在楼西堂东，又见星辰，能感风吹，则非会于室内，此明言幽会也。男女两情相悦，幽会之际，则不管星辰如何，都会觉得璀璨，不管风大风小，都会觉得清新，故星辰如何风又如何，正不必冗言。

　　颔联是千古佳对，身无双翼，是言不能同飞，则可见此段恋情不为世俗或礼教所容，难有结果，或谓此指李商隐偷恋某大家姬妾，此说可通。但虽然不能双宿双飞，二人却心意相通，如同灵犀一线，则恋慕之深，情感之浓，便由此比喻而委婉道出。尾联再言自己听闻最后一通暮鼓即被迫归去，前往官衙应卯，由此而与爱人相别，慨叹自身虽在兰台，但宦海沉浮，如同转蓬一般，是表现自己因功名而不得与爱人长聚之无奈和凄怆。

　　此三联一以贯之，都可勉强说通，历来认为最不可解的是颈联。于幽会与分别之中，突然插入宴会情景，且"隔座送钩"和"分曹射覆"都言酒令，又嫌重复，究竟是何意趣呢？此即"偷窥贵家姬妾"之说的由来，但场景如此清晰，又似厕身其中，而不似偷窥。此联繁盛红火，与"转蓬"恰成对比，也即"抒发自己仕途坎坷的落寞之感"说法的因由，但前两联云幽会，这里又接宦途坎坷，分明有割裂之感。

　　只能说，李商隐所写的只是自己零星片段的回忆罢了，他注重的是回忆时的感触，故不必将之连缀成为一体。对于此盛大宴会，私以为当与李商隐恋慕、思念之女子的身份、来历，以及两人相遇相会的场景、故事相关，因为对于诗歌背景的资料实在欠缺，故而只能暂且存疑了。

隋　宫

紫泉①宫殿锁烟霞，欲取芜城②作帝家。

玉玺不缘归日角③，锦帆应是到天涯。

于今腐草无萤火，终古垂杨有暮鸦。

地下若逢陈后主④，岂宜重问后庭花⑤。

【注释】

①紫泉：即紫渊，汉宫名，唐代因避太祖李渊讳而改渊为泉。司马相如《上林赋》即有"丹水亘其南，紫渊径其北"句。　②芜城：即广陵（今江苏省扬州市），因鲍照曾作《芜城赋》，言广陵兵乱后的荒芜景象，因而得名。　③日角：据《旧唐书·唐俭传》载："高祖乃召入，密访时事，俭曰：'明公日角龙庭，李氏又在图牒，天下属望。'"故知是指唐高祖李渊。《后汉书·光武纪》注引郑玄《尚书中候注》云："日角，谓庭中骨起状如日。"朱建平《相书》云："额有龙犀入发，左角日，右角月，王天下。"刘孝标《辨命论》载："龙犀日角，帝王之表。"故知日角为恭维帝王相貌清奇。　④陈后主：即陈叔宝，南陈末帝，在位时耽于享乐、宴饮，宠信文学之士，不理国政，最终南陈为隋所灭，后主被俘入隋。　⑤后庭花：即《玉树后庭花》，陈后主所作宫体诗，诗云："丽宇芳林对高阁，新装艳质本倾城。映户凝娇乍不进，出帷含态笑相迎。妖姬脸似花含露，玉树流光照后庭。花开花落不长久，落红满地归寂中。"

【语译】

烟雾和霞光闭锁着旧日宫殿，天子想要把广陵作为自己的新都。若非玉玺落到了李氏手中，恐怕盛大的船队将要一直行驶到海角天涯。如今只剩下腐败的草木，却不再有萤火，堤上垂柳传流千古，宿满了晚归的乌鸦。倘若能在地下再遇见陈后主，又怎有脸面再次问起后庭花之事呢？

【赏析】

诗名《隋宫》，其实是咏隋炀帝事。这也是中唐一首非常著名的咏史怀古诗，历代评价均很高，但私以为此诗陈述往事过多，咏叹不足，结尾的议论也并不出奇，其实盛名之下，未必相符。但此诗有一个非常重要的特色，即将情感色彩细腻而恰到好处地嵌入对往事的怀想中，不咏而自咏，不叹而自叹，讽刺意味非常浓厚，仅就艺术价值而论，确实可称杰作。

首联写隋炀帝下江南事。炀帝耽于逸乐，关中、河南遍造行宫仍嫌不足，还大征民夫开凿运河，以便自己乘坐龙舟直下江都（扬州）。次句即言此事，但不称作"广陵"、"江都"，却偏要用"芜城"二字，即言荒芜之城本不堪为"帝家"，暗讽炀帝所为甚是荒唐。炀帝除在江都大造宫室外，616年更下令在毗陵（今江苏省常州市）建造行宫，距离中原渐行渐远，中原虽然大乱，他却全然不顾，故云"锦帆应是到天涯"。以"不缘"、"应是"为对，言若非天下易主，炀帝被弑，他还不知道要跑到哪里去玩乐呢，讽刺意味亦甚浓厚。

腐草萤火之事，是因古人有化生之说，认为腐草自生萤虫，而炀帝亦曾派百姓大捕萤虫，夜间放出以代灯烛，江都有"放萤院"，传说即当年放萤之处。垂杨句，是指炀帝开凿运河，河畔堤上多植柳树，后人称之为隋堤。这两句是说，腐草犹在，却无萤火，堤上柳存，却宿暮鸦，以示荒败。曾经繁盛一时的隋朝，如今已化为陈迹，偌大的帝国，就被炀帝的荒淫所败坏了。

结句由来，或云出自《隋遗录》，云炀帝曾在江都梦见与陈叔宝相遇，畅饮甚欢，席间多次请求后主宠妃张丽华表演《玉树后庭花》舞蹈。诗人因此动问，倘若你死之后，能在地下与陈叔宝相逢，哪里还有脸面再次问起《玉树后庭花》呢？言下之意，炀帝的无道，一如陈叔宝，甚至更有过之而无不及。

全诗咏史，以讽刺隋炀帝的耽于逸乐，自取灭亡，料是有感而发，亦可于当时情状相关联。诗言汉宫紫渊，实写隋代，虽写隋代，实刺唐朝，正如杜牧在《阿房宫赋》中所言：

"秦人不暇自哀而后人哀之，后人哀之而不鉴之，亦使后人而复哀后人也。"

无题二首

⊙ 其一

来是空言去绝踪，月斜楼上五更钟。

梦为远别啼难唤，书被催成墨未浓。

蜡照半笼金翡翠①，麝熏微度绣芙蓉②。

刘郎③已恨蓬山④远，更隔蓬山一万重。

【注释】

①金翡翠：这里是指饰以金翠的被子，如《长恨歌》即有"翡翠衾寒谁与共"句。 ②绣芙蓉：指芙蓉帐，如《长恨歌》即有"芙蓉帐暖度春宵"句。 ③刘郎：指刘晨，据干宝《搜神记》、刘义庆《幽明录》载，汉明帝时郯县人刘晨、阮肇曾入天台山采药，遇二女子，邀至其家，留半年乃还，待其出，已是晋太元八年，世间已历七世矣。 ④蓬山：即蓬莱山，指仙境。

【语译】

说来只是空谈啊，说去便一去无踪，此时月色斜照在楼上，正当五更钟声敲响。因为远别，故而成梦，就连鸡鸣也叫不醒，因为急于写信，使得信上墨迹未浓。蜡烛的光焰半笼罩着翡翠寒衾，麝香的气味轻拂过芙蓉绣帐。想那刘晨恼恨蓬莱仙境如此遥远，何况你我相隔更有一万重仙境啊。

【赏析】

此诗虽为《无题》，也甚恍惚，但总体而言，比"昨夜星辰昨夜风"要易解得多了。关于此诗主要写男女的情爱相思，历来并无异议。

首联写梦醒，"来是空言去绝踪"并非真事，而是描摹梦境。一对爱人分别两地，只能托言于梦中相会，但梦中亦不曾见来，故云"来是空言"，爱人一去便无踪迹，故云"去绝踪"。此句中来去相对，句中而用对，作强烈对比，更能突显主题，可见起首便超凡绝俗。"月斜楼上五更钟"是从梦中醒来，发现天将破晓，于是倍感惆怅。

颔联仍写梦醒前后，梦中因伤远别，欲爱人魂魄前来，而不愿醒，故云"啼难唤"。或谓此"啼"是指哭泣，但以对仗而言，此处啼应为名词，当指鸡啼，也正照应上句的"五更钟"，天正将明而未明之际。对句则言醒来后因相思而未待研墨至浓即匆促写成书信。颈联是表孤单凄凉，独眠独宿意，芙蓉帐中，翡翠衾里，只得一人，故有"半"字、"微"字，尽出凄凉况味。

前三联深言相思，但其中的联系、转折都很跳跃，此也正是李商隐"无题"特色，撷取片段，而又不加刻意连缀，后人读来但觉朦胧，多生疑义，因由也在于此。尾联言"刘郎"，或谓是指汉武帝刘彻，或谓是指东汉刘晨，唐诗中言及此两人，也都有"刘郎"之谓。若指武帝，则是因其欲求蓬莱以访神仙，但相隔遥远，难以得见；若指刘晨，是指其自出天台，恍惚异世，已难再访故迹。不管哪种说法，都是为得出一个"远"字，也显得男女相聚便如赴蓬莱仙境一般，是如此地美好，如此地动人心魄，但可惜相隔甚远，难以重会，故云"更隔蓬莱一万重"。蓬莱何在？而一万重蓬莱外又是何地？这比简单地说"天涯海角"，夸张更大，难以企及的悲怆也更浓烈。

刘晨、阮肇入天台而得遇二仙子之事，历来论及男女情爱，多以此为喻，而武帝求仙则只出"远"字，此诗既写爱人相思，因此私以为"刘郎"还当指刘晨，而不关武帝刘彻事。或以为此诗为代言体，诗的主人公是闺中思人之女子，为其有"金翡翠"、"绣芙蓉"之句也。但私以为此两词亦可指夫妇寝处，未必只可作闺中语。倘若"刘郎"果指刘晨，则主人公是以刘晨出天台来暗喻自己和爱人分离，诗的主人公还当以男子为是。相当程度上的可能，诗的主人公便是李商隐本人，他是又在怀想往日的情爱欢好，思恋自己的爱人了。

⊙ 其二

> 飒飒^①东风细雨来，芙蓉塘外有轻雷。
> 金蟾啮锁^②烧香入，玉虎牵丝^③汲井回。
> 贾氏窥帘^④韩掾^⑤少，宓妃留枕^⑥魏王^⑦才。
> 春心莫共花争发，一寸相思一寸灰。

【注释】

①飒飒：风声。　②金蟾啮锁：金蟾指蛙形的金属香炉，啮锁是指咬着香炉的鼻钮。　③玉虎牵丝：玉虎是井上的饰玉辘轳，牵丝即牵引着吊桶之绳。　④贾氏窥帘：典出《世说新语·惑溺》，载："韩寿美姿容，贾充辟以为掾。充每聚会，贾女于青璅中看，见寿，说（悦）之。"　⑤韩掾：即韩寿，掾字原意为佐助，后为副官或官署属员的通称。　⑥宓（mì）妃留枕：宓妃指汉文帝曹丕元后甄氏，后被废赐死。野史传说曹丕弟曹植亦甚恋慕甄氏，甄氏死后，他曾过洛阳，曹丕以甄氏所用金缕玉带枕相赐，曹植因此而梦甄氏，醒后即作《感甄赋》，后为曹丕之子曹叡更名为《洛神赋》。因传说中洛水之神名为宓妃，故此后人附会甄氏名为甄洛或甄宓。　⑦魏王：即指魏国陈思王曹植。

【语译】

东风飒飒，细雨纷纷，荷花盛开的水塘外响起阵阵轻雷。你就在那金蟾咬钮的香炉焚香时来到，又在饰玉辘轳牵桶汲水的时候离去。想那贾氏因为韩寿年少而于帘内偷窥，甄妃因为曹植多才而留下玉枕。春心不要和花朵争相竞放吧，要知道每寸葭灰，都包含着我的相思之情。

【赏析】

这首无题是代言女子，以写情爱、相思，殆无疑矣，但中两联究竟想说明一些什么，却仍然使读者如堕五里雾中。

首联所言，当是与"昨夜星辰昨夜风"一般，暗指男女幽会，此时东风飒飒，正当春季，细雨纷披，氛围非常幽雅恬静。"芙蓉塘外有轻雷"之"轻雷"，其实并不仅仅是指雷声，而别有隐喻。司马相如《长门赋》中有"雷殷殷其响起兮，声象君之车音"句，即将车轮碾地声形象地比喻为雷声隆隆，故此这里"有轻雷"，或亦暗指情郎乘车前来。

颔联最难解，忽然写"烧香"和"汲井"，不识何意。或谓"烧香人"是指一点心香透人，"汲井回"是指汲回内心清泉云云，但这些意象都太过现代了，全不似唐人所写。我觉得还不如删除繁冗，回归初始，认为此两联所写正是字面意义上的烧香、汲井，而别无隐喻为好。"金蟾"为烧香之炉，诗中常见，且多施于夜间，或指代女子闺房，所以烧香是夜晚，"烧香入"是指情郎夜间前来。古人往往晨起汲水，以备一日之用，所以汲井便指清晨，"汲井回"是情郎于日出始归。这应该也是李商隐怀思过往恋情幽会时脑海中所产生的片段，"金蟾啮锁"、"玉虎牵丝"也皆为片段中不断闪回，曾给他留下很深印象的当时景物，故而一来一去之际，特意浓浓涂抹此类事物。

颈联用了两个典故，皆言女子之思慕男子，则是所代言的女主人公想望、恋慕情郎之意。但是虽然恋慕，因为身份或其他原因，两人无法正式结合，而只能于夜间私会，故而深感情之伤人。尾联"春心"句正与起首的"东风"相呼应，按照传统说法，结句则以相思成灰来喻事终无着，情终无着，连用两个"一寸"作排比，更见情意缠绵，苦痛之深。其意用白话翻译过来，大抵为：春心不要和花朵争相竞放吧，要知道每寸相思，终究都会燃成灰烬。

然而相思又与灰烬有什么联系呢？相思为何是可燃的呢？倘若前面有相关词句，比如李商隐另一首《无题》中有"蜡炬成灰泪始干"语，则此解可通，否则就是无根之木，纯粹读者的扩展想象，未必是诗人原意——虽然前面也有"金蟾啮锁烧香入"句，但言及烧香，却未言及香灰，不能肯定与结句有所关联。私以为，诗人的原意可能非常简单，这与古代灰琯验候的习俗相关。

古代有一种名为灰管或灰琯的器具，用以候验节气变化，即以葭莩之灰置于律管，看灰飞便可知节气到来。《晋书·律历志》说："又叶时日于晷度，效地气于灰管，故阴阳和则景至，律气应则灰飞。"灰琯吹灰，诗词中大抵用于占验春季之到来，比如北宋梅尧臣《和十一月八日圃人献小桃花》就有"丹艳已先灰管动，不由人力与栽培"句。如此理解，正合"春心"、"花"意，而结句便分明是倒装，应为"一寸灰一寸相思"，即言春天已到，葭灰吹出，仿佛每寸都是我的相思不绝。

统合全诗，则首联是言实景，东风细雨，塘外隐隐有声，或是雷声，主人公却怀疑乃是情郎的车马声。颔联为回忆，情郎当初总是夜来朝去，与我相会，颈联则言恋慕情郎。尾联是慨叹，情郎为何不再来了呢？你是否知道我正在苦苦相思，随春心而动啊！

筹笔驿①

猿鸟②犹疑畏简书③，风云常为护储胥④。
徒令上将挥神笔，终见降王走传车⑤。
管乐⑥有才真不忝⑦，关张⑧无命欲何如？
他年锦里⑨经祠庙，梁父吟成恨有余。

【注释】

　　①筹笔驿：旧址在今天四川省广元市北，《方舆胜览》载："筹笔驿在绵州绵谷县北九十九里，蜀诸葛武侯出师，尝驻军筹划于此。"　②猿鸟：别本作"鱼鸟"。　③简书：纸张发明之前，古人以竹简记录文字，故简即书，此处简书指军中文书命令。《诗经·小雅·出车》有"岂不怀归，畏此简书"句。　④储胥：指军用的篱栅，《汉书·扬雄传》有"木雍枪累，以为储胥"句。　⑤传车：古代驿站的专用车辆。　⑥管乐：指管仲和乐毅，《三国志·蜀书·诸葛亮传》载："(诸葛亮)每自比于管仲、乐毅，时人莫之许也……"　⑦忝（tiǎn）：辱没，有愧于。　⑧关张：指关羽和张飞，都是刘备股肱大将，219年，关羽在荆州战败，为孙权所擒杀，221年，张飞被部将范疆、张达所杀。　⑨锦里：在成都城南，为武侯祠所在地。

【语译】

　　我怀疑当地的猿猴、飞鸟，至今仍然畏惧诸葛亮的军令，而风云变幻，也仍然遮护着军中藩篱。可叹上将白白地挥动大笔，用兵如神，最终君主还是临阵而降，被驿车押送去敌营了啊。诸葛亮的才能，无愧于他以管仲、乐毅自比，然而关羽、张飞死去后，蜀中再无大将，又能怎样振作呢？那年我经过锦里的武侯祠，吟咏罢《梁父吟》后，内心仍有余恨。

【赏析】

　　这首诗作于唐宣宗大中九年（855年），李商隐随柳仲郢由梓州返回长安，途经筹笔驿，即作此诗凭吊。诗中盛赞诸葛亮的用兵如神，才华横溢，同时也慨叹时势不协，终使大业难成。历来吟咏诸葛亮的诗篇，所包含内容大抵如是，并不出奇，而此诗比起杜甫的《蜀相》《咏怀古迹》其五来，气魄不够雄浑，情感不够深厚，借古伤今也不够鲜明，总体价值有所稍逊。当然，我们必须承认这确实还是一首好诗，但与杜诗相比，便是杰作之比神作了，李商隐本不以咏史诗见长，亦不必苛责。

　　此诗最大的特色是诗意抑扬相间，而又一脉贯通，深言诸葛亮之不易，从而烘托出最终的悲剧主题。首联是扬，先说鱼鸟畏惧军令，是说诸葛亮军令森严，余威犹留千古，再说风云护持藩篱，是说他才能超卓，如有神助，至今使人缅怀。北宋范仲温在《诗眼》中解释得非常透彻，他说："惟义山'鱼鸟'云云，'简书'盖军中法令约束，言号令严明，虽千百年之后，'鱼鸟'犹畏；'储胥'盖军中藩篱，言忠义贯于神明，'风云'犹为护其壁垒也。诵此两句，使人凛然复见孔明风烈。"然后颔联一抑，说诸葛亮再如何有才能，"挥神笔"，终究无法挽回国家败亡的命运，后主刘禅最终还是被迫投降，被拘以驿车，送到魏营或者魏都洛阳去了。"徒令"、"终见"作为转折，更显其意悲怆。

　　颈联出句是扬，说诸葛亮的才能确实不在管仲、乐毅之下，然后再抑，说关、张既殁，虽有名帅却无良将，大业因此不成。于是尾联深作感慨，其中"吟"字承接上下，既可接上作"梁父吟"，指诸葛亮在隆中时常好吟此曲，其调悲怆，也可接下作"吟成"，疑为指李商隐曾于昔年作过《武侯庙古柏》一诗。就此将今人和古人，时事与遗迹相联系起来，"恨有余"云云，正谓此际朝政混乱，社稷板荡，惜无诸葛亮之类杰士力挽狂澜也。

无 题

相见时难别亦难，东风无力百花残。
春蚕到死丝方尽，蜡炬①成灰泪始干。
晓镜②但愁云鬓改，夜吟应觉月光寒。
蓬山此去无多路，青鸟殷勤为探看。

【注释】

①蜡炬：即蜡烛。　②镜：这里用作动词，指照镜。

【语译】

相见已是艰难，谁料离别更难，因为春风绵软无力，导致百花凋残。春蚕到死才会吐尽它的丝，蜡烛成灰才会滴干它的泪。我清晨揽镜而照，因为鬓发苍白而惆怅，你夜间吟咏诗篇，想来也该觉得月光凄冷吧。蓬莱仙境距离并不遥远啊，我派遣青鸟殷勤地前去探访。

【赏析】

一对爱人，被迫分隔两地，为此相思无尽，泪水涟涟，此诗即写此情，在李商隐的《无题》诗中，其脉络最为清晰，并无太多不可解处。

起首"相见时难别亦难"，出前人未发之议论，颇见新意。一般情况下，大家都会认为分别容易，重逢艰难，因而慨叹。比如汉末三国曹丕《燕歌行》中便有"别日何易会日难"句，南朝刘裕《丁都护歌》中也有"别易会难得"句，即将离别与重逢作比，哀叹人生聚少而离多。但是李商隐偏偏要说"别亦难"，便更翻出一层新意来。离别因何而难呢？其实这句并非在说人们相聚后便不易别离，而是说别后的日子更为难挨，因内心相思凄怆，故觉度日如年，艰辛无比。于是对句便言"东风无力百花残"，表面上是写景，点明咏叹时正当季春或初夏，其实是借百花凋残，以喻爱人不在身边，遂使青春虚度。更往深一层来体味此句，则"百花残"的缘由为"东风无力"，也即因外在力量的阻挠，或两人重聚努力之不足，才使别离之期日益漫长，遥遥不见终止。

颔联是千古之佳联、佳对，李商隐仅此一对，在中晚唐的诗坛上便无人可与拮抗。其实将蚕丝之丝谐音为"思"，以喻相思，以蜡烛的烛泪转指人的眼泪，上可追至六朝，并不出奇。比如南朝乐府有《作蚕丝》，云："春蚕不应老，昼夜常怀丝。何惜微躯尽，缠绵自有时。"再比如南陈王子陈叔达《自君之出矣》中有"思君如夜烛，煎泪几千行"句。但李商隐独能翻出新意，出"到死丝方尽"、"成灰泪始干"语——蚕死自然不能再吐丝，所以丝尽，蜡烛燃尽自然再无烛泪，所以泪干，深合物理，而在此理趣之上，则喻相思不已、落泪不干。重点在"方"、"始"二字并极佳妙，白居易诗云"天长地久有时尽，此恨绵绵无绝期"，不给相思以终结的期限，固显情深，但李商隐却转而给予期限，只不过这期限到死为止。只要我还活着，相思就不会断绝，只要我还活着，相思成泪便流淌不干，无期是哀，有期更显其哀，这种哀伤深入骨髓，感人至深。

相比之下，颈联则仅平平而已，诗从女子的角度来言，因青春消逝而镜中颜色憔悴，更想象爱人也在思念着自己，见月吟咏，料必深感凄寒。这凄寒既是想象中的实际身感，更是内心感受，而且两地共通，由男子之月下觉寒，更反衬女子的内心凄凉、孤寂，是一般无二的。到此则相思成病、相思成狂，已描摹到极致，结尾却又隐约透露出一线曙光——"蓬山此去无多路"，应是以蓬莱仙境比拟二人重逢后的神仙一般美好生活，为了这一天的到来，好在尚有书信可通。青鸟是传说中为西王母传递书信的仙婢，故以"青鸟殷勤为探看"来比喻书信往来。或将"蓬山"认为是女子所居闺中，将尾联认作男子口吻，私以为不妥，颈联是以女子口吻写就，尾联再转男子角度，诗意未免割裂，难以一气贯通。

春　雨

> 怅卧新春白袷衣①，白门②寥落意多违。
> 红楼隔雨相望冷，珠箔③飘灯独自归。
> 远路应悲春晼晚④，残霄犹得梦依稀。
> 玉珰⑤缄札⑥何由达，万里云罗⑦一雁飞。

【注释】

①白袷（jiá）衣：即白夹衣，唐人以白衫为闲居便服。　②白门：这里应指男女欢会之所，语出南朝民歌《杨叛儿》："暂出白门前，杨柳可藏乌。欢作沉水香，侬作博山炉。"　③珠箔：即珠帘。　④晼（wǎn）晚：指夕阳西下貌。　⑤玉珰（dāng）：珰为妇女戴在耳垂上的装饰品，玉珰即玉制的耳珠。　⑥缄（jiān）札：书信。　⑦云罗：指云层翻卷如罗纹。

【语译】

我身穿着白夹衣，在新春之际却怅然而卧，居于白门，只觉寥落无绪，心意多违。隔着细雨，想那红楼上的佳人该当多么凄冷啊，细密的珠帘中飘出灯影，我只得独自归来。路途遥远，更可悲春天的夕阳西下，良宵残破，只有魂梦依稀。我已经准备好了玉耳珠和书信，可是要怎么寄给你呢？只见万里的浓云翻卷，中有一头孤雁飞过。

【赏析】

李商隐的爱情诗，往往用类似印象派的手法，出凄迷恍惚之境。如其多首《无题》诗，似乎可解，但细究字眼，却又斑驳破碎，并不着重于逻辑的顺畅，所一以贯之的，只有诗意诗趣而已。这也就使得后人往往在其原诗上更多涂抹，出更朦胧之意境，其实返本归原，简单地来诠释，会比复杂地阅读，更易贴近诗人原旨。即以此诗而论，或有云"寓君门万里之感"、"应辟无聊，望人汲引"的，固然太过放纵想象，而就单独每一句诗，往往也多有歧解，其实大可不必。

387

此诗仍写相思，起首说正值新春，天气仍寒，自身怅卧。其后即逐渐言明惆怅之根由，并层层涂抹寒意，这寒非止气候之寒冷，更是内心凄寒的表现。"白门"，或谓是指金陵西门，但无确证，按下句有"红楼"，则是隔句暗对，这里的"白门"，还应当为借指男女欢会之所为佳。而"红楼"，就是指所思女子之闺中。春雨绵绵，诗人隔雨而想望红楼，想必那女子也正在思念着自己，也与自己一样感觉凄寒吧。"珠箔飘灯"，旧解多谓是以"珠箔"来比喻雨丝绵密，那恐怕是太过胶着诗题《春雨》了。此诗以《春雨》为题，是为了写春寒，为了写雨中相思，而非真正吟咏春雨，正不必每一句都紧扣题意，"珠箔"当指红楼上的珠帘，并无据可证是比喻雨丝。

其实"红楼隔雨"和"珠箔飘灯"，都是想望中的景象，那红楼之上，雨丝绵密，细密的珠帘中隐约透出灯光来，仍呼应首联，出凄迷、寒冷、孤清、惆怅之氛围。"独自归"三字单独成意，指诗人孤单寂寞，独自返回居所，并因此而思念情人。由此，"怅卧"、"寥落意多违"，也便给出了解释。

"远路"是指与情人相隔遥远，难以寻访，"春晼晚"既是写景，也是表示青春将逝，而爱情无着。于是"怅卧"而度"残宵"，便只能于梦中寻访爱侣，出"依稀"恍惚之境。尾联云已备好礼物，写好书信，却不知应当如何寄给爱人，随即便见云空之中，有孤雁飞过。鸿雁传书，亦相思惯见之意向，但诗人不言一行雁，独言"一雁"，是更以雁喻人，加深孤寂相思之悲怆。"云罗"更与前写雨相呼应，最终仍归之于题目《春雨》。

或谓此诗指诗人寻访爱人不遇，而"独自归"，归来后种种"怅卧"思绪，私以为不妥。倘若真的前去寻访，便不应悲"远路"，不应"红楼"只能"想望"，书信也未必便难寄达。私以为，"独自归"只为写自身寂寞，而并无往求之意。

无题二首

⊙其一

凤尾香罗①薄几重，碧文圆顶②夜深缝。
扇裁月魄③羞难掩，车走雷声语未通。
曾是寂寥金烬④暗，断无消息石榴红⑤。
斑骓⑥只系垂杨岸，何处西南待好风。

【注释】

①凤尾香罗：指织有凤尾纹的丝绸，又名"凤纹罗"。　②碧文圆顶：指绿色而有纹理的圆形顶帐。　③月魄：本指月轮的无光处，此处指月。　④金烬：这里是指华美的蜡烛所燃成的灰烬。　⑤石榴红：石榴开花，借指五月。　⑥斑骓：青白色相杂的骏马，《清商曲辞·神弦歌·明下童曲》即有"陆郎乘斑骓"句。

【语译】

　　凤尾纹的绸缎，是多么轻薄啊，深夜之中，细细地把它缝成有绿色纹理的圆形顶帐。团扇如同圆月，难以遮掩羞容，车马如同雷鸣，未能与他对话。烛焰黯淡，伴随着我的寂寞无聊，石榴红了，却再没有他的消息。你是不是只把马儿系在那垂柳岸边，等待着不知道从哪里来的西南好风呢？

【赏析】

　　李商隐的《无题》诗很大一个特色，就是撷取回忆或思绪的片段成篇，不苛求语意的连贯。当然，其所要表达的情感氛围是一以贯之的，看似跳跃性非常大的两事或两段情愫，内在气韵始终如一。比如此诗的首联与颔联、颈联与尾联之间，就有相当大的跳跃，但所述女子之恋慕、相思，却丝毫没有断离之感。

　　诗中大量运用暗喻的手法，比如开篇言"凤尾香罗"，就有"凤凰与飞"意，"碧文圆顶"，是代表着男女欢爱。一位女子，深夜不眠，而在用"凤尾香罗"缝制"碧文圆顶"，表明她正在思念着自己的爱人，期盼能够和爱人双宿双栖，美满团圆。接着，颔联突然转为回忆，当初爱人来到的时候（车走雷声），自己因为羞怯而未能与他对话，如今想来，只觉懊悔和惆怅。东晋谢芳姿《团扇郎歌》中有"白团扇，憔悴非昔容，羞与郎相见"语，此即化用其意。

　　然后，场景从回忆再拉回到深夜缝帐的此时此刻，"寂寥金烬暗"而加一"曾是"，可见这般寂寞相思之夜并不特别，自分别以后，恐怕夜夜如此。情郎一去，再无消息，直到如今石榴花开的季节——五月已经入夏，天气日暖，厚帐已不堪用，所以要缝制轻罗的新帐，这又和首联遥相呼应。

　　尾联是想象情郎所在，他在哪里呢？大概在那"垂柳岸"边吧。杨柳向有分别之意象，故此言之，但有人解此句，以为垂杨即柳，以柳谐音为"留"，代指期盼情郎留下，却未免想象力过于丰富了。柳为上声，留为平声，在古时平仄分野非常鲜明的时代，是根本无法相通的。结句典出曹植《七哀》，有"愿为西南风，长逝入君怀"句，所以"何处西南待好风"，是指有女子投入情郎的怀抱。旧解都称此为女主人公之希望，希望自己化为好风，前去寻觅爱侣，但私以为含义正好相反。因为诗有"何处"二字，可见此西南好风并非女主人公，而是指别的女子。统观全诗，应为抒发女子之自怨自艾，惆怅懊悔之情，她因为当日羞怯，导致与情郎最后一次见面"语未通"，从此独处深闺，寂寞无奈，情郎却一去没有消息。是不是有别的女子投入了情郎的怀抱，或者情郎正等待着别的女子投入他的怀抱呢？早知今日，当初分别之际，我便应当含羞忍怯，去好好地与他交谈，拴牢他的情丝啊！

⊙ **其二**

重帏深下莫愁①堂，卧后清宵细细长。
神女②生涯原是梦，小姑③居处本无郎。

风波不信菱枝弱，月露谁教桂叶香。

直道相思了无益，未妨惆怅是清狂。

【注释】

①莫愁：古乐府中所记女子名，根据《唐书·乐志》记载："《莫愁乐》者，出于《石城乐》，石城有女子名莫愁，善歌舞。"后世便以莫愁借指青年女子。　②神女：即宋玉《高唐赋》《神女赋》所言巫山神女。　③小姑：指少女未嫁者，古乐府《青溪小姑曲》有"小姑所居，独处无郎"句。

【语译】

重重帘帏，深掩着那女子的闺房，她躺下以后，只觉得这清冷的夜晚是如此漫长。巫山神女的故事不过幻梦，青溪小姑的居处也本没有情郎。风波不相信菱枝娇弱，仍要侵袭，月下露水不肯让桂叶吐出芬芳。虽然知道相思毫无益处，何妨把惆怅当作清狂。

【注释】

此诗亦言女子之相思苦况，但是脉络清晰，非独气韵贯通，就外在的语意而言，也都极顺畅妥帖。

开篇言"重帏深下"，是指闺中闭锁，即出寂寞清冷意，然后言此"莫愁"女卧而不眠，只觉"清宵"漫长。对于时间，人常言"长"，而无人言"细"，李商隐独能云"细细长"，时间怎么能细呢？这一遣词非常新颖，正从"细"字尽出清冷无聊之感，仿佛那女子是在细细地数着时间，期待这漫长寒夜尽快终结。颔联是女子无奈的苦笑，所谓巫山神女夜会楚王，这般美丽的爱情故事，原本不过是场幻梦而已，古诗中所说的"清溪小姑"，本来便是没有情郎相伴的寂寞苦人儿。"原是""本无"，便将古今情爱传说全都打破，只留下无尽的惆怅和悲怨。

对于颈联，或解为"不信风波菱枝弱，谁教月露桂叶香"的倒装，指女子坚贞不二，如菱枝虽弱，却不畏风波，如桂叶于月露中吐露芬芳。私以为不确，此联实言风波摧残菱枝，月露浸冷桂叶，是外力强自介入、干涉，破坏了她美好的爱情之意。于是女子只得卧而难眠，细数时辰，其实也是在细数相思。然而相思终无结果，便知古来情爱故事全是虚妄，现实中哪有如此顺遂之事？所以极流畅地便转向尾联——"直道相思了无益"。可是相思虽然无益，情爱虽然难得结果，难道就此放弃了吗？难道可以就此遗忘吗？结句突然转折，说"未妨惆怅是清狂"。所谓"清狂"，是指行为处事有悖时俗的观感，使人认为其人颇为不智，甚或疯癫。所以这句的意思是说，虽然相思无益，却又何妨相思呢？相思本就惆怅，故我在惆怅中便生不智的举动，外人看来，会认为是清狂的表现，但那又有什么关系呢？

女子苦于相思，却又不肯放下相思，大有"春蚕到死丝方尽，蜡炬成灰泪始干"的顽强决心。正是前三联所言种种相思苦况，才最终逼出此种"狂"态，全诗的脉络是非常清晰的，而结句的转折也别有新意，更兼余味无穷。

温庭筠

利州①南渡

澹然空水对斜晖，曲岛苍茫接翠微②。

波上马嘶看棹去，柳边人歇待船归。

数丛沙草群鸥散，万顷江田一鹭飞。

谁解乘舟寻范蠡③，五湖烟水独忘机。

【注释】

①利州：在今天四川省广元市境内，南临嘉陵江。　②翠微：这里是指苍翠的山峦。　③范蠡：春秋末期楚人，出仕越国，助越王勾践灭吴，功成后弃官而去，传其泛舟隐居五湖。

【语译】

澄澈闪烁的空旷水面啊，映照着夕阳余晖，曲折的洲岛一片苍茫，连接着青翠的山色。波浪之上，忽闻马嘶，只见一叶舟船疾驰而去，人们在柳树边歇息，等待着渡船归来。船只经过沙上几丛青草，群鸥因而惊散，一望无际的水面和田地上，有一只鹭鸟飞过。又有谁能够懂得去泛舟以追踪范蠡的足迹啊，在那五湖烟水中独自淡忘掉功名利禄呢？

【赏析】

诗的前三联都写嘉陵江上的景致，澄澈空茫，清雅恬静，就由此生发出归隐之念，极顺畅自然地由尾联托出。

首联是江畔远望，夕阳西下，水面澄澈通明，岛屿曲折，直接远山。一个"空"字，便将诗人所要表现的情境预先点明。但这个"空"，不是指空无一物、空无一人，而是指景致能够给人心带来涤荡尘俗的空灵感觉。所以后两联便写人、写物，颔联点题——"南渡"，先写渡船之上，有人有马，人马皆渡，然而却不仅仅现其形，而更状其声，一声马嘶，便凸显于波涛之上。对句写待渡之人于岸边垂柳下等候，一个"歇"字，便出悠然恬静意味。日之暮也，人皆渡江而归，内心本应当是焦虑的、匆忙的，诗人却用"歇"字翻转，说在他看来，人皆悠然自得，并无争渡之心，正为尾联抒情埋下伏笔。

颈联再从岸边转到江上，渡船过处，鸥鸟惊飞。宋代女词人李清照有名句云"争渡，争渡，惊起一滩鸥鹭"，疑便从此句中化出。对于船上的人来说，鸥鸟便是近景，于是突然再转远景，只见江水滔滔、田野无垠，共达"万顷"，一望无际，真是太广袤了啊，其间却有一鹭飞过。王维《积雨辋川庄作》中有名句"漠漠水田飞白鹭"，与此句神韵相似，却又小有不同。王诗只言"白鹭"，未言数量，温诗却明言"一鹭"，将江、田之广袤，与飞鸟之渺小形成鲜明对比。见此情景，便觉宇宙浩繁而人生微渺，那么人世间的功名利禄，还有什么可执着的呢？可见此句摹景别有深意，也因此而接续尾联，极清新自然。

尾联因景而生情，觉仕途之无谓，归隐之可慕。范蠡因其功成不居，泛舟而去，历来被作为隐士的代表，虽然他的归隐是畏谗避祸，是因为勾践可同患难而不可同富贵，但士大夫们却往往忽略了这一点，仅仅从道德水准而非社会经验上加以褒扬。此联最重要的两个词，一是"谁解"，其意为谁能解得，谁能懂得，或有翻译成"我"如何如何的，恐怕不妥，这个"谁"不是笑指旁人，而是苦笑着自指。诗人的意思：谁能懂得归隐之可贵呢？他人不懂得，我也不懂得，我在宦途中翻覆辗转，苦痛了那么多年，没想到今天见此江边之景，才真正有所感悟啊。第二个重要的词是"独"，正呼应前面的"一鹭飞"，表现出诗人于空茫景致中独自开悟，却无人可表的寂寥心境。

温庭筠在政治上极失意，不但屡试不第，且因语言多犯忌讳，得罪了唐宣宗和宰相令狐绹，导致长期遭到摈抑，沉沦下僚，因此他才会自伤自叹，突生归隐之心。然而此诗表面上看来是悠然的，尾联似有开悟后的淡淡喜悦，其实从"一鹭飞"、"谁解"和"独忘机"中，便可体味出诗人深刻的苦痛和无奈。

苏武庙①

苏武魂销汉使前，古祠高树两茫然。
云边雁断胡天月，陇上羊归②塞草烟。
回日楼台非甲帐③，去时冠剑④是丁年⑤。
茂陵⑥不见封侯印，空向秋波哭逝川。

【注释】

①苏武庙：今天甘肃省民勤县南有苏武庙、苏武山，温庭筠集中有塞上诗数首，或曾赴北地，游览此苏武庙，而作是诗。　②陇上羊归：此处之陇非指今甘肃省附近地区，而是泛指山，陇上即山上，所谓"羊归"，指《汉书·苏武传》所载："(匈奴)乃徙武北海上无人处，使牧羝。"　③甲帐：语出《汉武故事》，载："(武帝)以琉璃、珠玉、明月、夜光错杂天下珍宝为甲帐，其次为乙帐。甲以居神，乙以自居。"　④冠剑：戴冠佩剑，是指苏武出使时的装束。　⑤丁年：即成丁之年，指青春年少。李陵《答苏武书》有云："丁年奉使，皓首而归。"　⑥茂陵：汉武帝的陵墓，位于今天陕西省西安市西北四十公里的兴平市城东北南位乡茂陵村。

【语译】

　　遥想苏武面对前来迎接他的汉朝使节，该当是如何地黯然神伤啊，如今我只能见到古老的祠庙和庙前高耸的树木，在此但觉往事苍茫。当年他面对着胡天的明月，却无云边鸿雁可寄书信，只有山上羊儿归来，塞外牧草萋萋，烟雾缭绕。返回长安的时候，楼台已换，武帝已殁，回想起出使当日，戴冠佩剑，正当青年。如今他虽然得以封侯，但武帝已经看不见了，他只好朝向秋天里的波浪，哭泣着时光逝如流水。

【赏析】

　　这首吊古诗篇，颂扬了苏武不屈的气节，同时为他牧羊北海凡十九年，从而消磨青春的悲怆人生寄予深深的同情。

　　此诗结构很有章法，连缀紧密，转折自然。起句开门见山，点出苏武之名，说当他面对汉使的时候，得知自己有望归国之际，情绪应当是"魂消"而非狂喜，因为十九年的坎坷经历、苦痛生活，已经在他心中留下了永远难以缝合的伤口。对句再说"古祠高树两茫然"，这"茫然"正呼应出句的"魂消"，从而将诗人自身的情绪，深深融入到对苏武的同情中去。近千年的时间距离在此交汇，从而引出下文对苏武功业的缅怀，对他矢志不渝的节操的歌颂。

　　全诗颂其德行而悲其生涯，后一方面尤其重要，是全诗主旨。颔联是想象苏武牧羊时的情景，身在"胡天月"下，所见只有"陇上羊"和"塞草烟"，却无鸿雁可与传书，以通家国消息，一个"断"字，悲怆情味全出。根据《汉书·苏武传》所载，苏武在汉武帝天汉元年（前100年）奉命以中郎将持节出使匈奴，旋被扣留，被遣送去北海牧羊，汉人皆以为他已被害或已归降匈奴，直到汉昭帝始元六年（前81年），才因为常惠私见汉使，终于得知他的消息。常惠"教使者谓单于言：'天子射上林中，得雁足有系帛书，言武等在某泽中。'"单于才被迫允其归国。雁足帛书，只是一个谎言而已，事实上苏武并没能通过鸿雁向中原寄信，诗人即用此典，故曰"云边雁断"。

　　接着，颈联言苏武归来，但他沦陷匈奴中十九年之久，壮年出塞，老年得归，所以用"回日"、"去时"作比。一般说来，当先言"去时"，再说"回日"，诗人却偏偏反而道之，一方面，悲怆、同情的主旨是在"回日"，另一方面，这也是诗人想象苏武归来后再回忆自己的出使，从而形成鲜明对比。此联为千古佳对，"甲帐"、"丁年"之对最为工整、新奇："甲"、"丁"都属天干，所以说对仗工整；但这里的甲帐是相对乙帐而言，甲是代表数字顺序，丁年的丁则指男丁，两者皆非天干原意，所以借原意相对，便显新奇。

　　"茂陵不见封侯印"，苏武归来封侯，但当初派遣他出使的汉武帝已经看不见了，正与前句"去时"相衔接，两事间转折极为顺畅自然。苏武因此而恸哭，但他所哭的不是汉武帝已殁，而是哀伤自己的青春年华就此在北地虚度。"空"字便表虚度，表无可奈何；"秋波"是秋天的波浪，若与青春相对，则秋季也可代表人近暮年；逝川出自《论语》——"子在川上曰：'逝者如斯夫，不舍昼夜。'"——正是表示时光如同流水，一去再难挽回。

　　所以此诗的主旨，第一是哀苏武之被拘北地十九年，第二是赞其志节不移。有人将此解为其中有为苏武封不当功而感不平，委婉地批评昭帝意，惜乎吾未得见也。任何事物、人物，当然都存在着多个方面，作诗咏史，可从多方面入手去咏叹。其中某些方面是有联系的，往往并而论之，比如诸葛亮才德之高与其功业不成，杜甫、李商隐咏诸葛亮的诗篇中往往两者并言；其中某些方面是无联系甚至相逆的，则不可于一诗中并论，比如咏汉武帝诗，不会同时既赞其开边之功，又斥其黩武之过。苏武的守节和封不当功有联系，但他青春消磨的悲怆却与封不当功无联系，未必两者并言，而就此诗句、意来看，是找不到这部分内容的，正不必强加附会。

唐诗常识

不但词性，还必须相关门类为对，才叫工对。比如同为天文，风对雨；同为地理，山对水；同为时令，年对月。但还存在一种"借对"的情况，即两字原本对仗不工，但其一字恰有某一方面与另字相对，因而借用这一方面。比如前面刘长卿的《江州重别薛六柳八二员外》，有"寄身且喜沧洲近，顾影无如白发何"句，"沧"字即借用"苍"音，以之对白，颜色相对。再比如温庭筠此诗中"回日楼台非甲帐，去时冠剑是丁年"句，即将壮丁之丁目为甲乙丙丁之丁，以与甲字相对。

薛 逢

【作者介绍】

　　薛逢，生卒年不详，字陶臣，蒲州河东（今天山西省永济县）人，唐代诗人。他是唐武宗会昌元年（841年）进士，历任侍御史、尚书郎等职，因恃才傲物，议论激切，屡忤权贵，故仕途颇不得意，后出任巴、蓬、绵等州刺史，官终于秘书监。

　　薛逢能诗，《全唐诗》收录其诗一卷。《唐才子传》评价他："（薛）逢天资本高，学力亦赡，故不甚苦思，豪逸之态，长短皆卒然而成，未免失浅露俗。"

宫 词

十二楼中尽晓妆，望仙楼^①上望君王。

十二楼中尽晓妆，望仙楼①上望君王。
锁衔金兽②连环冷，水滴铜龙③昼漏长。
云髻罢梳还对镜，罗衣欲换更添香。
遥窥正殿帘开处，袍袴④宫人扫御床。

【注释】

　　①望仙楼：一说是唐宫中的楼名，一说指望君如望仙。　②金兽：指镀金的兽形门环。　③铜龙：指雕镂有龙形的计时用铜壶。　④袍袴（kù）：袴通裤，这里袍裤并称，是指短袍绣裤，为当时宫女特有的装束。

【语译】

　　如同天上五城十二楼一般的宫殿中，天才放晓，妃嫔们纷纷起而梳妆，还登上望仙楼去眺望君王。金色的兽形门环连环相并，上紧了锁，是那么凄冷，铜铸的雕龙漏壶水滴声声，白昼显得如此漫长。她们梳好了高耸的云髻，却仍然对镜自照，想要更换绮罗衣衫，却又再添沉香。远远望见正殿帘栊闪开，穿着短袍绣裤的宫女正在清扫御床。

【赏析】

　　这首诗写宫中嫔妃盼望皇帝宠幸，也算是宫词中最惯见的题材。一般情况下，诗人写宫人寂寞，其实是香草美人之喻，借之以拟自身，为自己不得君王宠信，空有满腔抱负却报国无门而慨叹，此诗料必也有类似的用意。否则的话，宫人寂寞与否，谁能得到皇帝爱幸，关士大夫底事？

首联连用两个"楼"字，先将宫廷比作天上五城十二楼，写宫人们起而梳妆，一个"尽"字，便出群像，可见所言、所悲、所悯非止一人，所咏的也是宫中普遍现象。接着明言她们"望君王"，就此点明主题。颔联写景、写物，但其实是写宫人们的内心期盼，"锁衔金兽连环冷"，重点在"锁"、"冷"二字上，她们被闭锁于深宫之中，寂寞冷清，除了想望君王外也实在无事可做。"水滴铜龙昼漏长"，重点在"长"字上，深宫中实足无聊，而一般情况下，君王是不能在白昼宠幸妃嫔的，所以她们才会觉得白昼漫长，渴望夜晚早些到来。颈联写宫人们为了赢得君王宠爱而刻意打扮，明明梳妆已罢，却唯恐还有不如人意处，所以继续对镜，一个"还"字，便将其内心的忐忑、患得患失完美表现出来。所以频换罗衣，更添新香，也是同样的用意。

对于尾联，历来有两种解释。一是将"袍袴宫人"看作是得以亲近君王的妃嫔，她们能够"扫御床"，而起首便言"尽晓妆"、"望君王"的妃嫔们却不能得近，只能远远望着，内心极度寂寞、痛苦。二是认准"正殿"二字，说君王今夜又将在正殿安寝，故使宫人预先洒扫，后宫妃嫔，将在度过漫漫白昼之后，又迎来孤寂长夜。第一种说法明显有问题，首先"袍袴"是宫中侍女的打扮，"扫御床"是宫中侍女的工作，这里的"宫人"是指宫婢而非宫妃，试问宫婢虽在君王侧近，有多大机会可得君王临幸呢？妃嫔又有什么理由要妒忌宫婢呢？况且，正殿也原非侍寝之室。第二种也有不甚通达处。首先，御床日日当扫，何以今日扫御床，便知君王要在正殿就寝？其次，从开篇便写晨景，无一字及于暮、晚，则白昼清扫，何以会联想到夜间就寝？

私以为，尾联仍是白昼漫长意，妃嫔梳妆已罢，私窥正殿，但君王才刚开始一天的行程，遑论选妃侍寝了，因此而更觉寂寞。全诗只写妃嫔闭锁深宫的寂寞生活，或者以此暗喻士人不得君王宠信、重用，被投闲置散的悲哀吧。

唐诗常识

所谓"宫词"，是指专门吟咏宫中事物的诗词，然而深宫中事，外人何由得知，又有何关联？所以绝大多数宫词，都不过是士人借题发挥，暗喻自身的作品罢了。中唐王建曾作《宫词》百首，对后世影响很深，仿作者很多。元稹曾作长篇叙事诗《连昌宫词》，则是借连昌宫的变迁，来反映唐代的由盛转衰，为一时之佳构。后蜀孟昶妃花蕊夫人模仿王建，也作《宫词》百首，其实那才能算是真正意义上描写后宫事物的"宫词"。

秦韬玉

【作者介绍】

秦韬玉，生卒年不详，字中明，一作仲明，京兆（今陕西省西安市）人，或云郃阳（今陕西省合阳县）人，唐代诗人。他出生于尚武世家，父为左军军将。秦韬玉因累举不第，乃谄附当时有权势的宦官田令孜，充当幕僚，官丞郎，判盐铁。黄巢军攻占长安后，他从僖宗入蜀，中和二年（882年）特赐进士及第，编入春榜。田令孜又擢其为工部侍郎、神策军判官，时人戏为"巧宦"，后不知所终。

秦韬玉善为七言，构思奇巧，语言清雅，意境浑然，多有佳句，艺术成就颇高。《唐才子传》中说他"少有词藻，工歌吟，恬和浏亮"。

贫 女

蓬门未识绮罗香，拟托良媒亦自伤。
谁爱风流高格调，共怜时世俭梳妆①。
敢将十指夸针巧，懒把②双眉斗画长。
苦恨年年压金线③，为他人作嫁衣裳。

【注释】

①时世俭梳妆：语出白居易《时世妆》，言："时世妆，时世妆，出自城中传四方，时世流行无远近，腮不施朱面无粉。乌膏注唇唇似泥，双眉画作八字低。妍媸黑白失本态，妆成尽似含悲啼。圆鬟无鬓堆髻样，斜红不晕赭面状……"这里是指流行的一种简单梳妆样式。 ②懒把：别本作"不把"。 ③压金线：用金线绣花，"压"是刺绣的一种手法，这里作动词用，是刺绣的意思。

【语译】

她身在贫苦的人家，从来都未曾见识过绮罗的芬芳，想要托付个好媒人求嫁，但却徒增悲伤。有谁喜爱她这般仪态娴雅、品行高尚的女子呢？大家所爱的都是时下流行妆扮啊。她虽然十指灵巧，善用针线，却懒得把眉毛描得细长，去和别的女人争妍斗丽。恨只恨年年飞银针走金线，只为他人做嫁衣裳。

【赏析】

"为他人作嫁衣裳"，如今已经成为一句成语、俗语，由此可见此诗对后世影响之深。诗歌塑造了一位仪态娴雅、品德高尚、心灵手巧的贫女形象，这又是香草美人之喻，故而《唐诗别裁》中一针见血地指出："语语为贫士写照。"

诗歌层次分明，首联先写其贫，并且未嫁。"蓬门"已出贫意，但诗人还要更细致地涂抹，说"未识绮罗香"，给读者留下的印象也便更为深刻。接着，说贫女"拟托良媒"，想要找个好媒人牵线，得以嫁个好人家，但笔锋随即一转，说"亦自伤"。为什么会"自伤"呢？想必是良媒难托，良人难嫁了。为何难嫁，后两联即给出答案。

颔联是写贫女之德，"风流高格调"，这里的风流是指举止得体、杰出而不同流俗，高格调是指言行、节操、品味都很高。然而在此前先着"谁爱"两字，便见其悲，原来好的品德、言行，当世是没有人喜爱的啊。人们都喜爱些什么呢？对句给出答案："共怜时世俭梳妆。"原来人们所喜爱的是那描八字眉、涂黑嘴唇，怪里怪气的"时世妆"。既然以怪为美，当然会把正常的、清丽的容颜当成是丑了。

颈联再写贫女之才，她十指灵巧，工于针线，并以此为傲，她不肯把时间都浪费在描眉涂脂，和别人比较妆饰之类无意义的事情上去。和颔联相同，这其实也是对比，指贫女努力工作，而别的女子却以竞妍争丽为荣。时代的评判、社会的眼光既然如此，也难怪她根本嫁不出去了。

尾联更进一步慨叹贫女难嫁之悲，与首联遥相呼应，她一年年辛勤工作，缝制嫁衣，但这些嫁衣都是供给别人使用的，她自己却始终未能穿上。诗歌以贫女为喻，实写贫士，他们因为出身寒微而难以仕进，他们因为执着正道而为俗论所讥，他们努力工作却只是哄抬着那些阿谀小人上位，这难道不是极大的悲哀吗？结句"为他人作嫁衣裳"既是无奈的慨叹，同时也是愤怒的疾呼，这一呼声蕴含着广泛深刻的内涵、浓厚的生活哲理，从而使全诗具备了强烈的社会现实意义，将格调高高地显扬起来。

【扩展阅读】

时世妆

唐·白居易

时世妆，时世妆，出自城中传四方。时世流行无远近，腮不施朱面无粉。乌膏注唇唇似泥，双眉画作八字低。妍媸黑白失本态，妆成尽似含悲啼。圆鬟无鬓堆髻样，斜红不晕赭面状。昔闻被发伊川中，辛有见之知有戎。元和妆梳君记取，髻堆面赭非华风。

白居易的这首诗，是描写元和年间的京城女子装束，这种被称为"时世妆"的装束，不涂粉，不施朱，而要描八字眉、涂黑嘴唇，据说是从胡地传来的打扮。所以白居易认为这种装束"妍媸黑白失本态，妆成尽似含悲啼"，认为定然招来灾祸。招灾、"有戎"云云，固然无稽，但人们的装束风貌，确实是社会风气的直接反应，怪妆直接来源于中唐以后社会风气之颓废，就此而言，白居易的嘲讽、鞭笞，也并没有错。

乐府

沈佺期

独不见①

卢家少妇②郁金堂③，海燕双栖玳瑁梁。

九月寒砧催木叶，十年征戍忆辽阳。

白狼河④北音书断，丹凤城⑤南秋夜长。

谁为⑥含愁独不见，更教明月照流黄⑦！

【注释】

　　①独不见：此为古乐府名，属杂曲歌辞，郭茂倩《乐府解题》解释说："独不见，伤思而不得见也。"此诗也有题名为《古意》或《古意呈乔补阙知之》的。乔补阙即乔知之，武则天万岁通天年间曾任右补阙，本诗或作于此时。　　②卢家少妇：典出南朝梁武帝萧衍《河中之水歌》，云："河中之水向东流，洛阳女儿名莫愁……十五嫁为卢家妇，十六生儿字阿侯……"　　③郁金堂：以郁金香和泥涂壁的屋子，别本作"郁金香"。　　④白狼河：即今天辽宁省境内的大凌河。　　⑤丹凤城：指京城长安，长安有丹凤门，故名。　　⑥谁为：别本作"谁谓"。　　⑦流黄：黄紫相间的丝织品，古乐府《相逢行》有"大妇织绮罗，中妇织流黄"句，这里是指用此种丝绸织就的帷帐。

【语译】

　　那卢家少妇啊，居住在郁金香涂壁的华美房屋中，海燕飞来，双双栖息在装饰着玳瑁的房梁上。正当九月，寒冷的砧声似乎在催促树叶飘落，已经十年，她思念着远征辽阳的夫君。夫君在白狼河北啊，如今书信不通，她住在长安城南啊，只觉秋夜是如此漫长。究竟是为了什么难以相见，如此惆怅啊，是谁叫那明月映照在她的帐幔上？

【赏析】

　　这是一首闺怨诗，诗写长安妇人独守空闺，思念远戍的丈夫。类似题材，在唐诗中非常普遍，但这首诗结构精巧、连缀绵密，吸收了民间歌谣特色，遣词造句亦多有可观之处，是其中的佳作，所以清人姚鼐赞其"高振唐音，远包古韵，此是神到之作，当取冠一朝矣"。

首联先写闺中情境，所居"郁金堂"，所用"玳瑁梁"，家本富贵，这是为了反衬思妇内心的哀怨——富贵人家，衣食不愁，本来没有什么可惆怅、哀伤的，而此妇独愁，唯因丈夫远戍无音信也。"玳瑁梁"上有"海燕双栖"，就此引出下文，为思妇见海燕成双，从而对照自己的孤独无靠，乃起思夫之念。

颔联写明相思，时正九月，天气渐寒，秋之可悲也，就此怀念已前赴东北边地征戍整整十年的丈夫。起句为倒装，本应"木叶堕而催寒砧"，诗人却偏要倒过来，说是捣衣声声，催促得树叶落下，秋之深矣，将重点放在"寒砧"上。九月天寒，人们开始为远行的亲人制作寒衣，因而捣衣，思妇闻捣衣声而倍思亲人，逻辑性非常清晰。

颈联更深写其悲，丈夫已经断绝了音信，他此刻境况究竟如何呢？甚至于他究竟是生是死呢？后方全都得不到消息，因此少妇的相思惆怅更浓，为此睡而难眠，觉得这寒夜如此漫长。唐人捣衣，多在夜间，故此颔联和颈联是紧密相连的，语意一以贯之，如行云流水，倾斜直下。

尾联即用《独不见》古乐府题意，并恨明月，偏偏要映照在自己的帐帷之上。人见明月而思亲，故此思亲之深时恨见明月，这是一层意，孤枕难眠，不意月光皎亮，则更使梦之不来，夜之觉长，这是第二层意。总之，如此结句，更将思妇惆怅、哀怨心境艺术性地描出，从而具备了相当浓烈的感染力。

> **唐诗常识**
>
> 《独不见》本为七律，却又归于"乐府"标题之下，说明它的意境、词句皆从乐府诗中脱化出来，比如首联"卢家少妇郁金堂，海燕双栖玳瑁梁"句就很有两汉至南北朝民歌风味。这种以近体格式而出乐府风味的作品，乃是唐人的特产，后世虽然也有仿效的，但往往已距乐府风格稍远，便无唐人此般风韵了。

· 卷六　五言绝句 ·

王 维

鹿 柴①

空山不见人，但闻人语响。
返景②入深林，复照青苔上。

【注释】

①鹿柴（zhài）："柴"通"砦"，本意指鹿栖息的地方，此为地名，是王维辋川别墅二十胜景之一。　②返景："景"通"影"。《初学记·日部》载："日西落，光返照于东，谓之日景，景在上曰反景，在下曰倒景。"

【语译】

空旷的山间啊，看不见人，但是能够听到人说话的声音。夕阳映入深林之内，又照在青苔之上。

【赏析】

王维在他的《辋川集》序中说："余别业在辋川山谷，其游止有孟城坳、华子冈、文杏馆、斤竹岭、鹿柴、木兰柴、茱萸沜、宫槐陌、临湖亭、南垞、欹湖、柳浪、栾家濑、金屑泉、白石滩、北垞、竹里馆、辛夷坞、漆园、椒园等，与裴迪闲暇，各赋绝句云尔。"其实偌大的杭州西湖，不过十景，小小的辋川谷内，却有二十胜景，想来大多是略具其形，拿来凑数的。然而景物之是否可观，都在人心，心有所感，处处皆是胜景，心中无感，胜景也如荒芜，所以说后人由"辋川二十胜景"的说法所体味到的，不是辋川谷有多美，而是能够发现其美的王维具备了多么深刻的艺术家的敏感性。

即以此诗而论，说白了不过山空寂而林幽深而已，但诗人却能够用简朴直白的字句描摹得如此感人，恍然如同目见而耳闻。两联都用衬托笔法，有人语响而不觉嘈杂，反而更显山林的空寂，有夕阳照而不觉敞亮，反而更显山林的幽深。正如万绿丛中涂一点红，不觉绿色贫弱，反而更显绿意盎然，格外鲜明。说王维"诗中有画"，倒不如说他能够用画家的眼光去发现山林之美，从而以诗语道出。

需要格外注意的是第二句："但闻人语响。"诗人用一点点隐约的声音来反衬山林之空寂、静谧，但他可以说"但闻鸟语响"、"但闻蝉语响"，正如南朝王籍在《入若耶溪》中所写："蝉噪林逾静，鸟鸣山更幽。"而王维不言自然之声，却偏要说"人声"，想来未必无因。私以为此"人语"，即指的是诗人本人，诗人身处空寂清幽的山林之中，觉得自己已与自然契合为一体，再无俗尘烦扰。所以这"人语"不但不会破坏自然的纯粹，反而是人与景默契统合的象征。隐士情趣，因此而出，并不仅仅只是对景物的简单素描而已。

竹里馆

独坐幽篁①里，弹琴复长啸②。
深林人不知，明月来相照。

【注释】

①幽篁（huáng）：幽深的竹林，篁即竹林意。　②长啸：噘口长鸣，类似于今天所谓的"吹口哨"。

【语译】

我独自坐在幽深的竹林中，一边弹琴，一边吹着口哨。深林之中，无人知晓，只有明月映照着我。

【赏析】

此亦古绝，亦为王维咏其辋川别业附近的"二十胜景"之一，而诗中所表现的，也是隐士恬然自得，不因俗务缠身、烦心的独特趣味。与《鹿柴》不同的是，《鹿柴》以写景为主，而将主人公隐藏在清幽深邃的景致之中，此诗则以写人为主，景物围绕主人公而存在。

首句写"独坐"，与结句"来相照"相呼应。诗人独自一人坐在幽深的竹林中，感受那自然恬静之趣，他"弹琴复长啸"，显得是那么怡然自得。"深林人不知"，表面上是说因为竹林深密，所以外人不知道他身在何处，在做些什么，实际是说这般隐者之趣，俗尘中的凡人是理解不了的。然而人虽不知，明月却知，他"独坐"无人伴、无人知，却偏偏有月光洒在身上。"来相照"一个"来"字，便出动态，并使人联想起李白"花间一壶酒，独酌无相亲，举杯邀明月，对影成三人"的诗境。李白诗是人主动地去邀月，以见其孤独无伴，而要

> **唐诗常识**
>
> 王维此诗，不是严格意义上的"绝句"，而属于"古绝"。严格意义上的绝句要求押平声韵，而且用律句，该对则对，该粘则粘，而王维此诗，不但押仄声韵（响、上），虽用律句，却不对、不粘，很明显是古绝。唐诗中，五言古绝是非常常见的，可以看作是从五言古诗到五言律诗发展过程中的一种衔接，而七言古绝则不多见。

寻找一份寄托，王维诗则是月主动地来照人，以见自然与人之相契合，故此虽"独坐"却并不孤独，诗人的内心是舒适的、充实的。

故而清人黄叔灿在《唐诗笺注》中评此诗道："妙绝天成，不涉色相，色籁俱清，读之肺腑若洗。"

送　别

山中相送罢，日暮掩柴扉。
春草明年①绿，王孙归不归？

【注释】

①明年：别本作"年年"。

【语译】

我在山中送别友人归来，日色已暮，因而掩上了简陋的柴门。春草啊明年又会变绿，请问你是否会回来呢？

【赏析】

送别与思人，一般情况下，多将思念放在送别之际，离人远去之时，而诗人却独出心裁地将思念置诸送别归来之后。为什么要放在这样的时间节点上呢？注意此时天色已暮，柴扉已合，昏暗之中，诗人独居陋室，最感孤清寂寞，因而于此时思念才别之友，情感之阐发最为得宜。

尾联是化用了《楚辞·招隐士》中"王孙游兮不归，春草生兮萋萋"句，但改否定的"不归"为疑问的"归不归"，尽出期盼之意。"春草明年绿"有本作"春草年年绿"，私以为不甚佳。"年年"是泛指，"明年"才指此番送别之后的下次重逢，与前一联关联更为紧密。

相　思

红豆①生南国，春来②发几枝。
愿君多采撷③，此物最相思。

【注释】

①红豆：又名相思子，一种生在岭南地区的植物，结出的籽像豌豆而稍扁，呈鲜红色。宋人《古今诗话》载："相思子圆而红，昔有人殁于边，其妻思之，哭于树下而卒，因以名之。"　②春来：别本作"秋来"。　③采撷（xié）：采摘、摘取。

【语译】

红豆生长在南方啊，当春天来到的时候，就又会生出几枝新芽。希望你多多采摘它吧，传说此物最为相思。

【赏析】

红豆之名相思子，恐怕知道的人不多，但因为王维这首著名的五绝，几乎妇孺皆知，红豆蕴含着相思之意。宋尤袤《全唐诗话》中说："禄山之乱，李龟年奔放江潭，曾于湘中采访使筵上唱'红豆生南国'云云，又'秋风明月苦相思'云云，此皆王维所制而梨园唱焉。"可见这首诗在当时就已经影响力很大了。

此诗借红豆"相思子"的别名，寄托自己的相思之情，但不说自己，却偏言"君"，希望对方也能和自己一般相思寄远。第二句"春来"云云，或作"秋来"，其实都无所谓，这里的"春"、"秋"皆虚，其实要说的是最近如何，诗人作此诗时为春季，自作"春来"，作此诗时是秋季，便作"秋来"，总之是吟咏目下的相思之情，不必在季节上作太多的考证。

杂 诗

君自故乡来，应知故乡事。
来日绮窗前，寒梅著花未？

【语译】

您是从故乡来的啊，应当知道故乡的事情。不知道动身前在雕饰花纹的窗户前，寒梅有没有生出蓓蕾呢？

【赏析】

亲友自故乡前来，因问故乡之事，此诗为写乡思之意明矣。但不问家中别事，独问寒梅，以小而及大，有爱屋及乌意，即因思念故乡，故思念故乡之一草一木，再以对一草一木的关切，来衬托对故乡全方位的怀思。

其实这种手法并不罕见，陶潜《问来使》诗云："尔从山中来，早晚发天目。我屋南山下，今生几丛菊？"王安石《道人北山来》诗云："道人北山来，问松我东冈。举手指屋脊，云今如此长。"但都没有王维此诗著名，千年传唱，究其原因，就在于此诗用语质朴，且言简意赅，一问即收，而上述两诗则问之不绝，尚有下文。初唐诗人王绩《在京思故园见乡人问》也用类似手法，更是絮絮叨叨问个不停。

诗不是越长越好，也不是越短越好，在于所要阐发的情感有多浓烈，是不是情先意尽，或者意先情尽。倘若意先情尽，则使读者如梗在喉，倘若情先意尽，则有画蛇添足之感，总要情与意相辅相成，意已到而情将尽未尽，才最见佳妙，更耐咀嚼。此诗所抒发的思乡之情，并非浓烈，故而诗意如蜻蜓点水，点到即止，最显情思绵长，问得过多，反为不美。陶潜诗与王安石诗都于思乡外更着别意，所以后面可以有所增添，但也因此而使得诗意不纯，使读者的共鸣不够强烈。而王绩诗亦纯是思乡之意，问来问去，问个不休，就比起王维这首诗来，笔法、意境、情感，都要差得太远了。

【扩展阅读】

在京思故园见乡人问

唐·王绩

旅泊多年岁，老去不知回。忽逢门前客，道发故乡来。敛眉俱握手，破涕共衔杯。殷勤访朋旧，屈曲问童孩。衰宗多弟侄，若个赏池台。旧园今在否，新树也应栽。柳行疏密布，茅斋宽窄裁。经移何处竹，别种几株梅。渠当无绝水，石计总生苔。院果谁先熟，林花那后开。羁心只欲问，为报不须猜。行当驱下泽，去剪故园莱。

总是思乡意，王绩却问而不止，从"衰宗多弟侄"开始，问了亲戚，又问园林，直到"林花那后开"。以问物而寄乡思，问得太繁便失了乡思之本意，反会使人误会最关情园林，况且最后再加个"行当驱下泽，去剪故园莱"的尾巴，失了悠长余味，比起王维的《杂诗》来，便高下立判。

裴 迪

【作者介绍】

裴迪（716年~？），河东（今山西）人，唐代诗人，官至蜀州刺史及尚书省郎。他是盛唐著名的山水田园诗人之一，与王维、杜甫、李缙等诗人关系密切。裴迪早年尤与王维过从甚密，晚年居辋川、终南山，两人"浮舟往来，弹琴赋诗，啸咏终日"。故其诗多为与王维的唱和应酬之作，深受王维的影响。裴迪的诗大多为五绝，描写的也常是幽寂的景色，《全唐诗》存录其作三十九首。

送崔九①

归山深浅去，须尽丘壑美。

莫学武陵人，暂游桃源里。

【注释】

①崔九：即崔兴宗，博陵（今河北省定州市）人，唐代诗人，曾与王维、裴迪共同隐居于终南山中，时相唱和。此诗别题名为《崔九欲往南山马上口号与别》。

【语译】

你此次回山，要依据山势，或深或浅，任意行去，从而把山丘和山谷的壮美尽收眼底。不要学那武陵的渔人啊，只是暂时在桃源中游览罢了。

【赏析】

此诗赠别，但并无惆怅哀伤情怀，诗意是勉励崔兴宗全心隐居，莫再作出世之想。开篇言"归山深浅去"，表面上要他随心而行，随山势而行，莫问深浅，内中含意，是要他行事符合自然，因而起句便出隐者之趣。第二句要崔兴宗饱览山色，不管是"丘"还是"壑"，也即要他与自然自相契合。

上联为隐喻，而下联则明白道出本意。所谓"武陵人"，就是指的陶潜《桃花源记》中所言的武陵渔人，他曾一度深入桃花源中，但因为思乡，后来又辞别而归，然而再想前往桃花源，却再也找不到路径了。诗叫崔兴宗不要学这位渔夫，只是把桃花源也即隐逸之地当作暂时的栖身之所，言下之意，希望他一去终南山，就此隐居终老好了，别再起出世为官之念，要他把桃花源作为永久的居处。

平心而论，下联所言过于直白，倘上联也是这般趣味，则此诗并不见佳。好在上联形象生动，以山势高低和丘壑所览暗喻自然理趣，以之再引发同时也映衬下联，则语虽浅近、含义深刻，便不失为一篇佳作了。

【扩展阅读】

崔九弟欲往南山马上口号与别

唐·王维

城隅一分手，几日还相见？山中有桂花，莫待花如霰。

此诗与裴迪所作当属同时，都是送别崔兴宗去终南山中隐居。与裴作不尽相同，诗中虽然对于崔兴宗的隐居道出赞赏之意，却并没有要他就此隐居不出意，与此并存的，是自己对隐居生活的艳羡。山中桂花两句，便将此种况味艺术性地道出，不如裴诗直接，但意味更显悠长。

唐诗常识 "口号"一词作为诗歌类别、形式，共有三种含义。其一，"口号"即等于"口占"，表示随口吟咏而成，始见于南朝梁简文帝萧纲的《仰和卫尉新渝侯巡城口号》，后人遂沿用，比如上面裴迪和王维送别崔兴宗的两首五绝，即属于这一类"口号"。其二，是指献给皇帝的颂诗，《宋史·乐志》载："每春秋圣节三大宴：其第一，皇帝升坐，宰相进酒……第六，乐工致辞，继以诗一章，谓之'口号'，皆述德美及中外蹈咏之情。"第三，是指打油诗、顺口溜或俗谚之类。

祖　咏

望终南山余雪

终南阴岭①秀，积雪浮云端。
林表明霁色②，城中增暮寒。

【注释】

①阴岭：背向太阳的山岭，即山的北面。　②霁色：雨、雪之后的出现的晴光。

【语译】

终南山的北侧是如此秀丽啊，积雪在云端飘浮。林外的天空已然放晴，但暮色中的长安城内，却更增添寒意。

【赏析】

根据《唐诗纪事》所载："有司试《终南山望余雪》诗，（祖）咏赋云：'终南阴岭秀……'四句即纳于有司。或诘之，咏曰：'意尽'。"也就是说，这是一首"试帖诗"，也即科举考试时，考官以《终南山望余雪》为题，要求考生作诗。唐代的"试帖诗"，一般情况下都是五言六韵或八韵，也就是说，首句不押韵，要求写六联十二句或八联十六句，属于排律。可是祖咏才写了四句就交卷了，还回答考官的诘问，说："意尽。"我的诗意已尽，再写下去则徒自画蛇添足，毫无意义了。

诗意这东西非常虚泛，该长该短，谁都说不清楚，总要根据实际内容来判定。即以此题来论，远望终南，余雪层层，倘若从而起家国之思，起怀古之想，起隐逸之心，诗意就可能比较长，六韵、八韵，绝对凑得起来，但祖咏所写，却纯是写景，状北地山川之雄秀，四句尽够，要是再添个尾巴，要么更附以别的用意，要么就是蛇足了，所以他诗意尽即停笔，他是在用心地作诗，不是在应付考试。

此诗从长安城中远望终南山，所以所见只有山的北侧，开篇即出"秀"字，但北地山川之秀，与别处不同，雄伟奇拔，都在"积雪浮云端"、"林表明霁色"两句当中。因山岭峻高，所以岭上积雪似在云上，层林密生，所以晴色浮于林表，摹景非常准确、鲜明。结句再归之于长安城内，与首句相呼应，知是暮晴，知雪后更寒，并生理趣。到此而终，确实也再添不上别的词句了。所以说前三句写景，结句画龙点睛，将景物和人事相关联起来，余味隽永。至于说"增暮寒"有关心民瘼之意云云，就属于读者的联想力太过丰富了。

孟浩然

宿建德江①

移舟泊烟渚，日暮客愁新。
野旷天低树，江清月近人。

【注释】

①建德江：指新安江流经建德（今属浙江省）的一段江水。

【语译】

移动舟船，停泊在水气缭绕的岸边，天色已暮，行客之人又新生出一段惆怅。只见四野空旷，天空仿佛压在了树梢上，江水清冽，月亮与人的距离也显得格外贴近。

【赏析】

这首诗前半写泊舟近岸，是写事，其中"客愁新"，这新愁究竟是什么呢？"客"字已经说明，客是客旅在外之人，则其愁不外乎思乡之愁，对自身前途茫然之愁。至于后两句，沈德潜说："下半写景，而客愁自见。"

为什么景中而能见情，能自见客愁呢？"野旷天低树"，是说黄昏暮霭，视野混茫，仿佛觉得天空如此低沉，已经落到树梢之上了。"野旷"显得极空阔、混茫，暗喻此"客"对自己的前途一片茫然踌躇，而"天低树"则出深深的压抑感。"江清月近人"，这月究竟是天上之月呢，还是江中月亮的投影呢？从"江清"来看，当指江中月影，则比起天上的月亮本体来，自然距离船中之人比较近。联系出句"天低树"来看，又似是指天上之月，天既已低，则月自然近。其实诗人更重要的不是在说距离近，而是在说"亲近"，月有思乡、思亲意象，则孤舟独泊，四野空旷无人，诗人觉得可与倾诉乡情的，只有天上或水中之月而已。于是乡愁就寄托在景物尤其是月亮之上，不必明言而借景自见。

此诗最佳妙的就是后两句摹景入微，几可入画，因景而生情，更因景而见情，又自然成为佳对，工整绵密，韵味无穷。

春 晓

春眠不觉晓，处处闻啼鸟。
夜来风雨声，花落知多少？

【语译】

　　春夜酣睡，不知不觉天就放亮了，到处都能听到鸟儿的啼鸣。想起夜间的风雨之声，不知道打落了多少花朵啊。

【赏析】

　　很简短的一首小诗，撷取了春天很短小的一个片段，却能够流传千古，脍炙人口，是不为无因的。首先，诗的结构非常严谨，流畅自然，先从春睡醒来写起，自然引入白昼的鸟鸣，然后再从鸟鸣而联想到夜间的风雨声，由声系声，前半和后半的联系格外紧密。不仅文辞上联系紧密，意境上、情感上的接续和转折也是很自然的，前半写喜春，后半写惜春，正因喜而惜，又因喜而不致惜而后忧，此喜也淡淡，此惜也淡淡，风致淡雅脱俗，使人闻而心动，既欲去屋外寻找鸟鸣，又欲去窗下寻看落花了。

李　白

夜　思[①]

床前明月光[②]，疑是地上霜。
举头望明月[③]，低头思故乡。

【注释】

①夜思：别本作《静夜思》。　②明月光：别本作"看月光"。　③望明月：别本作"望山月"。

【语译】

床前的明月光啊，恍惚间使人误以为是地上的寒霜。我抬起头来望着明月，低下头来思念故乡。

【赏析】

此诗明白如话，所以妇孺皆知，当然更重要的是乡情的寄托，能用如此短小精悍的篇幅备悉描出，实在是李白小诗中的上品。首句言夜间见月，夜而不寐，反去望月，便见得心有愁思。见月光铺地而疑是霜，可见季节当在仲秋以后，则夜寒难眠，情思更显惆怅。下半段点明主旨，因为思乡才会望月，因望月而更思乡，这一举头、低头之间，诗人内心的绵绵忧思，便明白地展现出来。

需要注意的是，诗的第一个字"床"，究竟所指何物？一般都将其解为卧具，私以为不妥。床，向来有坐具、卧具、井栏三种说法，唐以前的床多为坐具，由坐具而转为卧具，是从唐代为其发端的，李白所处的时代，习惯上仍称坐具为床还是已称卧具为床，已难确考。但问题是，无论床所代坐具还是卧具，都应该在室内，既已到下霜之时，夜寒可知，为什么诗人要开着门或窗，可以直接看到明月呢？而且既在室内，又怎么会疑心月光照在地上，乃是下了霜呢？

因此，私以为此处的床当是指井栏。花蕊夫人《宫词》中即有"鸡人报晓传三唱，玉井金床转辘轳"句，床的本意是承载，所以引申出琴床、机床、车床等等词汇，井栏的含义也大抵由此而来。井在室外，诗人夜间思乡难眠，于是步入院中，于井边见月光而疑是下霜，这样解释比较恰当。

怨 情

美人卷珠帘，深坐^①颦^②蛾眉。
但见泪痕湿，不知心恨谁。

【注释】

①深坐：久久呆坐。 ②颦（pín）：皱眉，比如成语"东施效颦"。

【语译】

那美人卷起了珍珠帘栊，久久呆坐着，皱起了美丽的眉毛。只能看到她泪痕沾湿，不知道内心究竟在怨恨着谁人。

【赏析】

诗用白描手法，只写一美人枯坐凝思、皱眉而泣，但她究竟为什么而泣呢？诗中却并没有给出明确的答案，只是说"不知心恨谁"。在没有更多背景资料的前提下，我们只能按照古典诗词中惯见的题材，认定她是在"恨"那远行不归的丈夫了。

诗题为《怨情》，即紧扣怨字着笔，因怨而坐，因怨而颦，因怨而泪，那么首句"卷珠帘"究竟要说明什么呢？诗家无闲笔，很明显，卷起珠帘有观景、望人之意，观景而生情，望人不归而更惆怅，于是引出下文。全诗颇为含蓄，结尾点出"恨"字，却又以"谁"来委婉道出，虽是小品，却极耐咀嚼。

杜 甫

八阵图^①

功盖三分国，名成八阵图。
江流石不转，遗恨失吞吴。

【注释】

①八阵图：八阵为天、地、风、云、龙、虎、鸟、蛇八种军阵，汉代已有记载，据说诸葛亮对此也有研究和损益。《三国志·蜀志·诸葛亮传》载："亮长于巧思，损益连弩，木牛流马，皆出其意；推演兵法，作八阵图，咸得其要云。"诸葛亮的原"图"今虽不见，但有传说为其练兵遗址的所谓"八阵图垒"留存。郦道元在《水经注·江水》中称，这种"图垒"皆垒细石为之，共有三处：一在陕西沔县，一在重庆奉节，一在四川新繁，尤以在奉节者最为著名。此诗中所指，即夔州（奉节）之八阵图垒。

【语译】

诸葛亮的功业恢弘，达成了三分天下，他的声名也因为八阵图而传扬后世。如今江水流淌，石垒却岿然不动，仿佛在述说着未能侵吞东吴的失策。

【赏析】

这首诗是唐代宗大历元年（766年），杜甫初到夔州时所作。对于夔州的八阵图垒，刘禹锡在《嘉话录》中说："夔州西市，俯临江沙，下有诸葛亮八阵图，聚石分布，宛然犹存。峡水大时，三蜀雪消之际，涨涌混漾，大木十围，枯槎百丈，随波而下。及乎水落川平，万物皆失故态，诸葛小石之堆标聚行列依然，如是者近六百年，迨今不动。"其实这是对诸葛亮的一种神化，江畔细石，不管是不是诸葛亮所遗留，都没有近六百年岿然不动的道理。然于地理、史事虽不可取，作为艺术素材，八阵图垒之说还是具有很大价值的，杜甫来到夔州，便取用了这一素材，作成此缅怀诸葛亮的诗篇。

前半段写诸葛亮的功绩，论战略，他能够辅佐刘备三分天下，论战术，也有遗留下来的八阵图垒为证。后半段则因诸葛亮功业难成而发出喟叹——江水滔滔，"万物皆失故态"，却只有诸葛亮留下的八阵图垒"石不转"，正如李商隐《筹笔驿》一诗中所写"风云常为护储胥", 是赞诸葛亮有鬼神莫测之机、通天彻地之能, 就连风云山川都在保佑着他。然而即便如此, 他复兴汉室的理想最终还是破灭了, 为什么呢? 结句给出答案, 都为刘备轻率伐吴, 导致猇亭战败, 这才留下了千古"遗恨"。

对于刘备伐吴之事, 就史事而言存在着两个问题, 一是该不该伐, 二是诸葛亮对此持何种态度, 这直接影响到了杜甫此诗结句所蕴含的意味。私以为, 刘备应当伐吴, 东吴偷袭关羽, 夺取荆州, 事实上破坏了诸葛亮《隆中对》所筹划的两路北伐的战略, 倘若刘备不伐东吴, 则复汉大业终究难成。而诸葛亮是否有谏阻刘备伐吴, 史无明言, 私以为他对此或许持保留态度, 但并没有旗帜鲜明地表示反对。所以杜甫不用"伐吴"而用"吞吴", 他是在遗憾刘备用兵粗疏, 因而东征失利, 未能完成吞灭东吴的壮举, 反而导致蜀汉几乎一蹶不振, 进而他是在遗憾诸葛亮如此大才, 未能随同东征, 帮助刘备打赢这一仗——这应当是前言八阵图如何神妙, "近六百年, 迄今不动"的真正用意所在。而不是像传统认为的, 杜甫是在谴责刘备之伐吴, 在遗憾诸葛亮未能阻止刘备伐吴。

王之涣

【作者介绍】

　　王之涣（688 年~742 年），字季凌，晋阳（今山西省太原市）人，其高祖迁至今山西省新绛县，他是盛唐著名诗人。王之涣曾担任过冀州衡水主簿，后因被人诬谤，乃拂衣去官。据说他"慷慨有大略，倜傥有异才"，豪放不羁，常击剑悲歌，其诗多被当时乐工制曲歌唱，名动一时。他常与高适、王昌龄、崔国辅等诗人相唱和，五言尤长，以善于描写边塞风光著称。

登鹳雀楼①

白日依山尽，黄河入海流。
欲穷千里目，更上一层楼。

【注释】

　　①鹳雀楼：旧址在今天山西省永济县内，楼高三层，前对中条山，下临黄河，传说常有鹳雀在此停留，故有此名。

【语译】

　　白日沿着山势逐渐隐没，黄河一直流向遥远的海洋。想要放眼远眺，穷尽千里啊，那就必须登上更高的一层楼阁。

【赏析】

　　此诗极简洁又极雄壮，后半段富有哲理，从而流传千古。

　　前两句写景，似皆远眺所见，黄昏之时，白日落山，似与远方的中条山麓凝为一体，故显"依"字佳妙，然后是楼下黄河，汹涌不绝，东流入海。后两句抒情，并含理趣，要想把眼光放远，就只能登上更高的境界。当然，登楼可见白日，可见山峦，可见黄河，但终究是无法见到"入海"的，不要说鹳雀楼仅仅三层而已，就算是今天的摩天大厦，也无法从山西望到山东、河北的黄河入海口，这一方面是诗人天马行空的想象，另一方面，也可以认为诗人所言的"更上一层楼"，并不是指身之所在真实的鹳雀楼，而是指目之所极的高天。

　　古人的眼界，自然无法与今人相比，所以登泰山即觉小鲁，登三层的鹳雀楼便觉可眺望无穷，但古人、今人的想象力、艺术感觉，以及蓬勃向上的奋斗精神，却是可以共通的。所以此诗前半段，即便今人读来，仍觉雄壮，气势奇绝，后半段所蕴含的只有不断进取才能所见更远，所得更多的理趣，也因此而激励着一代又一代的后来者。

【扩展阅读】

夜宿山寺

唐·李白

危楼高百尺，手可摘星辰。不敢高声语，恐惊天上人。

李白此诗，亦述高楼之状，但与王之涣的诗不同，他的目光没有望向远方，不见白日和黄河，却望向天上，只觉星辰就在眼前。尤其后两句想象奇特，不愧其"诗仙"之名。当然，即便百尺高楼，放到今天都市中也不算高，但在当时，"百尺"高楼已经是难得的夸张了。

唐诗常识

　　绝句为什么叫绝句呢？清人施补华《岘佣说诗》中云："绝句，盖截律诗之半：或截首尾两联，或截前半者，或截中二联而成。"也就是说，"绝"是"截"的意思，所以绝句也可称为"截句"。但是清人董文焕《声调四谱》却说："绝句之名，唐以前即有之……实古诗之支派也……世多谓分律诗之半即为绝句，非也。"相比之下，后者说得比较准确，绝句确实产生较早，它是"截句"，但不是截律诗而成，而是截唐以前普遍篇幅在三韵六句以上的五、七言古诗而成。

刘长卿

送灵澈①

苍苍竹林寺②，杳杳钟声晚。
荷笠③带斜阳，青山独归远。

【注释】

　　①灵澈：本姓汤，会稽（今浙江省绍兴市）人，后为云门寺僧，从严维学诗，与僧皎然同游。此诗别本题作《送灵澈上人》。　②竹林寺：在今天江苏省镇江市南的黄鹤山上，别名鹤林寺。　③荷（hè）笠：荷在这里是负载的意思，荷笠即背着斗笠。

【语译】

　　树木苍翠的竹林寺啊，远远传来声声晚钟。你背着斗笠，披着斜阳，独自一人归向那遥远的青山。

【赏析】

　　此诗如同一幅优美的画卷，远山苍翠，中有山寺，一僧荷笠而独行，并且渐行渐远……诗中最佳妙处在于第二句"杳杳钟声晚"，一则于静默中忽现钟声，在前后的视觉所见间夹杂以听觉所闻，从而使得短小的诗篇变得更加立体，富有层次感。二来此句也直接首句，并引出下句，做了很恰当、完美的衔接——远有山寺，故有钟响，晚钟敲起，正似催促灵澈归去。

　　五绝因其短小，所涵盖的内容不可能太多，往往直撷取生活中所见、所闻、所历、所想，最动人心魄的一个片段，此诗便是如此，诗中虽然并没有出现诗人本体，也不下任何感情色彩浓郁的字句，但其中所蕴含的深切的友情，以及诗人和灵澈这一刻共同的恬淡、平静的心绪，就都在这短短二十个字中浮现出来。

弹　琴

泠泠①七弦上，静听松风②寒。
古调虽自爱，今人多不弹。

【注释】

①泠泠（líng）：本指水声，这里是指琴声清冽，如水、如风。　②松风：琴曲中有《风入松》。

【语译】

我在那素琴的七弦之上，静听清冽的《风入松》曲，这般古雅的曲调我虽然非常喜爱，但可惜现今的人大多不肯弹奏了。

【赏析】

此诗为因琴而感，发出"古调虽自爱，今人多不弹"的慨叹，表现自己不合流俗之悲、怀才不遇之恨。

前半段写琴声，琴声清冽，或者是《风入松》曲，或者如松间风声，此处语意双关。这两句以"泠泠"始而以"寒"字终，并出孤清寂寞，知音难觅之感。后半段的慨叹，究竟所指何事呢？有人认为就是指音乐，汉魏六朝南方清乐尚用琴瑟，唐代则起"燕乐"，琵琶之类的西域胡器大行其道，公众的审美倾向逐渐偏于欢快、繁复，而以琴瑟为主，音色相对单调的古曲则逐渐没落。还有人说是指诗文，大历以后，诗坛风气逐渐趋向清淡而工丽，盛唐时的恢弘之音渐趋绝迹，只有刘长卿等少数诗人仍在坚持，刘长卿为此还被晚辈嘲笑为"老兵"。私以为，这两种说法都是有其道理的，但也未免过于狭窄了。

诗人所感叹的，应该是更广泛的内容，也即指整个社会的风尚，都已与旧时不同。盛唐宏伟的气象，随着帝国的衰颓而渐成绝响，人们变得更功利化，艺术变得更庸俗化，诗人执着于旧日的理想、旧时的品德、旧时的审美情趣，因此而不为世人所容，终至宦途艰难。他感叹知音难觅，所以才借琴音来抒发心声。

【扩展阅读】

杂咏八首上礼部李侍郎之一

唐·刘长卿

月色满轩白，琴声宜夜阑。飔飔青丝上，静听松风寒。古调虽自爱，今人多不弹。向君投此曲，所贵知音难。

这首诗又题名为《幽琴》，我们可以看出，它和五绝《弹琴》非常相似，很可能是刘长卿敷衍《弹琴》而成《幽琴》，也可能是截取《幽琴》而成《弹琴》。两相对比，《幽琴》铺排较多，有六朝遗韵，《弹琴》简明扼要，是绝句正格，含义虽同，风味有差，正无法区别高下。

送上人①

孤云将②野鹤，岂向人间住。

莫买沃洲山③，时人已知处。

【注释】

①上人：对僧人的敬称，别本题为《送方外上人》。　②将：这里是与、共的意思。　③沃洲山：在今天的浙江省新昌县东，上有支遁岭、放鹤峰、养马坡等名胜，相传为晋代名僧支遁放鹤、养马之地。

【语译】

孤云和野鹤啊，怎会愿意在人间停留。请不要去沃洲山隐居吧，现在的人已经都知道那里了。

【赏析】

沃洲山是支遁隐居之所，在隐士泛滥的唐代，仍然非常著名。刘长卿对沃洲山亦情有独钟，白居易《沃洲山禅院记》中写道："朱放诗云：'月在沃洲山上，人归剡县江边。'刘长卿诗云：'何人住沃洲。'此皆爱而不到者也。"既然如此，那为什么刘长卿却要奉劝他人"莫买沃洲山"呢？

此为送别之诗，诗题中的"上人"，很可能就是指的灵澈。刘长卿把灵澈比喻为"孤云"和"野鹤"，也就是孤独飘荡的云彩、野生而非家养的仙鹤，孤云、野鹤，向来就是出尘、归隐之象，因而说"岂向人间住"，怎能停留在这污秽、繁杂的人世间呢？更进一步，刘长卿奉劝灵澈不要学支遁那样隐居在沃洲山中，因为"时人已知处"，大家都已经知道那地方了。

所谓"时人已知处"，不是指沃洲山因支遁而著名，成为风景名胜，人人向往，而是指有不少人都仿效支遁前往沃洲山隐居，导致那清静之地，也都变得烦杂如同尘世一般了。此句既有笑谑意，也有苦笑意，刘长卿应当是对当时假作归隐而仍旧眷恋凡尘的那些所谓"隐士"感到深深的失望，因而他规劝灵澈，其实不在于灵澈要前往何方，是否真的要去沃洲山买地隐居，而是规劝灵澈不要同于流俗，要真正的如孤云、野鹤一般跳脱于俗世之外。

【扩展阅读】

秋夜萧公房喜普门上人自阳羡山至

唐·刘长卿

山栖久不见，林下偶同游。早晚来香积，何人住沃洲。寒禽惊后夜，古木带高秋。却入千峰去，孤云不可留。

正如白居易所说，刘长卿此诗中"何人住沃洲"句，有"爱而不到"意。沃洲本是小山，却因为支遁的隐居而蜚声海内，刘长卿爱沃洲，是艳羡隐士，他劝灵澈"莫买沃洲山"，则是嘲讽那些假隐士，两者用意不同，不能说他对沃洲山本身的观感有所改变。

韦应物

秋夜寄丘员外①

怀君属②秋夜，散步咏凉天。
空山③松子落，幽人④应未眠。

【注释】

　　①丘员外：即丘丹，苏州嘉兴（今浙江省嘉兴市）人，曾为仓部、祠部员外郎，韦应物与其交游颇深，互有唱和。此诗别本题为《秋夜寄丘二十二员外》。　②属：正值。　③空山：别本作"山空"。　④幽人：幽居之人，指隐士，当时丘丹正隐居在临平山中学道，故有此称。

【语译】

　　正当秋季的夜晚，我思念着你，于是散着步吟咏这清凉的时光。空旷的山中松子掉落，想到隐居的你啊，应该还没有入睡。

【赏析】

　　此诗前半段写思人之情，后半段则遥想所思之人，篇章虽然短小，结构却绝不简单。首句点明季节和怀思之意，次句则处处绾合首句，"散步"以应"怀君"，"凉天"以应"秋夜"。接着第三句说"空山松子落"，应当不是诗人眼前之景，而是想象丘丹在临平山中的景致，就此虚实交错，将思绪直寄远方。结句"幽人应未眠"，又是以自己来想见远方的朋友，我因思你而散步难眠，想来你也是一样吧，就此隔着悠远的空间，而将两人的心拉近到一起。

　　最重要的是，此诗以"秋夜"、"凉天"、"空山"、"松子落"，营构出清幽脱俗的氛围，正合乎所寄之人"幽人"的身份和情怀。所以沈德潜在《说诗晬语》中赞道："五言绝句，右丞（指王维）之自然、太白之高妙、苏州（指韦应物）之古淡，并入化境。""古淡"二字，用来形容这首诗，是再恰当不过的了。施补华在《岘佣说诗》中则称赞这首诗"清幽不减摩诘，皆五绝中之正法眼藏也"，也是评得恰到好处。

李　端

【作者介绍】

李端（约 743 年~约 782 年），字正已，赵州（今河北省赵州市）人，唐代诗人。他少居庐山，师从诗僧皎然，大历五年（770 年）进士，授秘书省校书郎，官终于杭州司马。晚年辞官隐居湖南衡山，自号衡岳幽人。他的诗多为应酬之作，多表现消极避世思想，个别作品对社会现实亦有所反映，一些写闺情的诗也清婉可诵，其风格与司空曙相似，名列为"大历十才子"之一。

听　筝

鸣筝金粟柱①，素手玉房②前。
欲得周郎顾③，时时误拂弦。

【注释】

①金粟柱：古代称桂花为金粟，这里是指装饰以金色桂花的弦轴（柱）。　②玉房：筝上之枕名为房，玉房是指玉制的筝枕。　③周郎顾：典出《三国志·吴志·周瑜传》："（周）瑜少精意于音乐，虽三爵之后，其有阙误，瑜必知之，知之必顾，故时人谣曰：'曲有误，周郎顾。'"

【语译】

金桂花的筝柱啊名贵的筝，美人洁白的手啊就在玉制筝枕前面。她想要得到周瑜一般英俊少年的关注啊，所以不时地假装弹错了弦。

【赏析】

这首诗诙谐风趣，写一位弹筝女子，为了引动自己所心仪的男子关注，所以故意弹错曲调。诗的前半段写筝之名贵，弹筝人的高雅——"金粟柱"、"玉房"、"素手"，简单几个常用的词汇便将其意表出。接着，后半段便道出女子委婉心曲，既有怀春之思，又有渴盼知音之意。

或谓此诗寄予着诗人自身的身世之感，对现实有所讽刺，我却无法从中读出。全诗的格调是轻松的，诙谐的，丝毫不见沉重之感。倘若真谓别有怀抱，我倒宁可相信这是诗人艺术性地掩饰己过，向他人道歉时随口所作。试想一下，诗人做错了某事，即向关注者吟出此诗，其意不外乎：我非不能也，是故意犯错以引起您的关注啊。一方面为自己遮羞，同时也委婉地赞扬了关注者，称对方是周瑜一般的"知音人"，则关注者闻听此诗后，也便只能付之一笑，而不会再责怪诗人了。

王　建

【作者介绍】

王建（约767年～约830年），字仲初，颍川（今河南省许昌市）人，唐代诗人。他是大历十年（775年）进士，但自幼家贫，"从军走马十三年"，居乡则"终日忧衣食"，四十岁以后才"白发初为吏"，沉沦于下僚，历任县尉、县丞、州司马之类小官，世称王司马。晚年卜居咸阳原上，境况仍然很差。

王建创作了大量的乐府诗，生活气息浓郁，反映民间风俗，同情百姓疾苦。他与张籍交游甚厚，时有唱酬，并且两人都是新乐府运动的主力军，时人并称他们的作品为"张王乐府"。此外，他还写过《宫词》百首，在传统的宫怨之外，广泛描绘宫中风物，是研究唐代宫廷生活的重要材料。

新嫁娘

三日入厨下，洗手作羹汤。
未谙姑①食性，先遣②小姑尝。

【注释】

①姑：这里是指丈夫的母亲，古称公、婆为舅、姑。　②遣：让。

【语译】

婚礼之后第三天，新娘就要前往厨房，洗干净手啊去烹饪饭菜，因为不清楚婆婆的口味，于是先让小姑帮忙品尝一下。

【赏析】

这是一首清新可人的小诗，表现出一位新嫁为人妇的女子内心忐忑，同时又聪明伶俐。按照旧俗，女子出嫁后三天必须亲自下厨去为公婆做饭，俗称"过三朝"——这里的"羹汤"即统指饭菜。她希望能够得到公婆的喜爱，从而首先要在烹饪手艺上得到公婆的认可——所谓征服一个人首先要征服他的胃，这句话是真理——但是不了解公婆的口味怎么办呢？这位新嫁娘灵机一动，于是就先把饭菜给小姑品尝一下，请她帮忙提出意见。

后人往往会从这短短的二十字中，读出太多诗人所未必想要表达的内容，比如小姑之善良，比如古代家庭中媳妇受到压迫，等等等等，都属无稽之谈。我从中只能看出两点，即此女子初嫁入夫家，内心的惶恐、忐忑，以及她的机敏伶俐。为什么说惶恐和忐忑呢？因为很明显她希望做出的饭菜能够得到公婆欣赏，但又不能确保口味适合，所以考虑到"未谙姑食性"，并因此想到了应对的方法。诗中仅言"姑"，而不提公公和丈夫的食性，因为一般情况下，古代家庭男主外、女主内，烹饪之事，向来是女子所为，比如"姑"和"小姑"，而公公、丈夫，因为常会出外应酬，所接触到的食物种类、口味更为广泛，因而恐怕并没有太严格的口味限制，可以暂且不论。

为什么说这女子聪慧呢？因为她想到了先让小姑品尝一下自己做出的饭菜。仍然如前所述，小姑未嫁，常在家中，她应该是最了解自己母亲口味的人了，只要过了她那一关，想必婆婆那里也可以放心应对了吧。并且趁此机会，还可以拉近自己和小姑之间的关系，从此一家人得以更加融洽地生活在一起。

或云此诗别有寓意，私以为那是很可能的。诗人可能以新嫁娘自喻，在投诗干谒的时候作此表态，也即：我不清楚目前时论如何，朝廷测试需要怎样的文章，因此先寄诗与某某大人，希望您能够帮忙提出意见。但因作诗时间、背景的缺乏，这也只能作为一种猜测而已，无法确证。至于说此诗慨叹自己政治上的不如意，则未免离题万里，不知所云了。

【扩展阅读】

新嫁娘 其一

唐·王建

邻家人未识，床上坐堆堆。郎来傍门户，满口索钱财。

王建《新嫁娘》又名《新嫁娘词》，总共三首，上列则为其一，"三日入厨下"是其三。这一组诗截取迎亲、相拜和"过三朝"三个独特的场景，生动地描绘了唐代的婚礼风俗。但前两首并未涉及到新娘心理，也无可引发别有怀抱的联想，再加上言辞之平白如话不如第三首，故此"三日入厨下"独独传扬千古，脍炙人口，前两首是不能与之相提并论的。

权德舆

【作者介绍】

权德舆（759 年～818 年），字载之，天水略阳（今甘肃省秦安县）人，唐朝文学家、诗人。他是名士权皋之子，幼年颖悟，年十五即为文数百篇，见称于诸儒间。唐德宗建中元年（780 年）受辟为淮南黜陟使韩洄从事，官试秘书省校书郎，后又入江西观察使李兼幕。贞元八年（792 年），入朝为太常博士，迁左补阙，后历驾部员外郎、司勋郎中、中书舍人等职，均掌诰命。唐宪宗元和初年，历任兵部、吏部侍郎，元和五年（810 年），自太常卿拜礼部侍郎同中书门下平章事，为政以宽厚为本。

权德舆于贞元、元和间执掌文柄，名重一时，刘禹锡、柳宗元等皆投文门下，求其品题。他的个性直谅宽恕，蕴藉风流，好学不倦，为文"尚气尚理"，主张"体物导志"、"有补于时"，时人奉为宗匠。其诗以五言居多，五古、五律皆"词致清深，华彩巨丽，言必合雅，情皆中节"。

玉台体①

昨夜裙带解，今朝蟢子②飞。

铅华③不可弃，莫是藁砧④归。

【注释】

①玉台体：本指以南朝徐陵编选的诗歌总集《玉台新咏》为代表的文词纤巧绮艳的一种诗风，这里以此为题，是指模仿南朝艳情诗而作。 ②蟢（xǐ）子：小蜘蛛脚长者，俗称蟢子，又名"喜蛛"。 ③铅华：女子擦脸的白粉，因其中含有铅的成分，故称铅华。 ④藁（gǎo）砧：六朝时人称丈夫的隐语，本是斩草用的石砧，因斩草要用到鈇（斫刀），与"夫"同音，才有此语。

【语译】

昨天裙带无风自解，今天又看到喜蛛在飞。不可不涂脂抹粉啊，难道是丈夫就要归来了吗？

【赏析】

此诗写一女子思夫，巧妙地运用了民俗和隐语，很有六朝风味。首句写"裙带解"，这是指无风而自散，无风而自解，女子解带暗喻男女欢会，而裙带自解则象征着远行的丈夫归来。次句写"蟢子飞"，因"蟢"与"喜"同音，所以民间认为见到蟢子就是有喜事将要发生。第三句写"铅华不可弃"，是指涂脂抹粉，梳妆打扮。最后结句给出种种喜兆的可能性。

柳宗元

江 雪

千山鸟飞绝，万径人踪灭。
孤舟蓑笠①翁，独钓寒江雪。

【注释】

①蓑笠 (suō lì)：蓑衣和斗笠，是古代的雨具。

【语译】

千山之中飞鸟已经绝迹，万条道路上人踪也都消失。只有一条孤独的小船，载着一位披蓑衣、戴斗笠的老者，他独自一人在漫天大雪中，在寒冷的江上垂钓。

【赏析】

诗而如画，读来仿佛可以目见图卷上大幅留白，只用墨点隐约渲染些山水，然后匆匆几笔，在画幅的角落描出一叶小舟，以及小舟上不畏风雪，兀自垂钓的老人。

此诗虽短，但意境超然，韵味醇厚。前半段写天地一片空茫，目之可极的千山万径之中，无人影，无鸟飞，四外寂寥，仿佛万物都被寒冷冻结了似的。可是再细看，后半段却出一孤独的钓叟——"独钓寒江雪"为倒装，应该是"雪中寒江独钓"。

乍看起来，此诗乃咏寒江雪景，是一幅静态的画面，仿佛简单的写生一般，然而细思之，其中却有无穷内涵。此诗为柳宗元在"永贞革新"失败后，被贬至永州时所作，他是在借寒江钓叟以抒发内心的愤懑和标示自己的决心。"孤"、"独"二字，正出诗人此刻心境，革新失败了，有志之士纷纷被贬，一时间万马齐喑，正如同这万籁俱寂、人鸟俱绝的雪天一般。然而诗人却好似那江上钓叟，不畏严寒，不畏压迫，仍然孤独但顽强地坚持着自己的理念。

细品诗意，寂寥扑面而来之际，难道不能从中读出诗人那不屈的灵魂吗？

元　稹

行　宫

寥落古行宫，宫花寂寞红。

白头宫女在，闲坐说玄宗。

【语译】

　　古老的行宫显得如此寥落啊，宫中的花朵虽然鲜红，却又如此寂寞。有那白发苍苍的宫女仍在，闲坐着说起玄宗时的往事。

【赏析】

　　沈德潜在《唐诗别裁》中论此诗道："说玄宗，不说玄宗长短，佳绝。只四语已抵一篇《长恨歌》矣。"这话说得有点夸张。明人瞿佑在《归田诗话》中则说："《长恨歌》一百二十句，读者不厌其长，微之（元稹）《行宫》词才四句，读者不觉其短，文章之妙也。"这话说得很有见地，诗文该长就长，该短就短，各有所妙，从这一角度来比较，《宫词》的艺术价值确实不在《长恨歌》之下。但诗文长，所可涵盖的内容也就更多，诗文短小，再怎么余意不尽，也终究有限，说《宫词》能抵《长恨歌》，确实是夸张了。

　　至于"说玄宗，不说玄宗长短"，也说不上"佳妙"，本是情理中事。这首诗前半段说宫花红，但下"寂寞"二字，便引出下句；下半段"白头宫女"，正应"寂寞"，却又隐与宫花红对比，结构是很精巧的。重点在于，诗人所要阐发的，正是这"红"、"白"之间的对比，以见时光流逝。自然，他所要感叹的并非只是旧日行宫里的宫女，而是如今的社会状况，在作者之时的唐朝，比之玄宗开元、天宝年间相差有如天壤之别，大唐已经逐渐走向"寂寞"的末路。至于玄宗本人为人与为政是长是短，也本不在本诗的议论之中。

白居易

问刘十九①

绿蚁新醅酒②，红泥小火炉。
晚来天欲雪，能饮一杯无③?

【注释】

①刘十九：名字不详，十九为其排行，白居易另有《刘十九同宿》诗，说他是嵩阳处士。白诗中经常提到的刘二十八即刘禹锡，故有人认为此刘十九即刘禹锡的堂兄刘禹铜。　②绿蚁新醅（pēi）酒：指新酿的米酒，醅是酿造意。当时的米酒杂质很多，未滤清时酒面会浮起很多渣滓，色泽微绿，酒泡包裹着渣滓，细小如蚁，故俗称为"绿蚁"，并将这种酒称为"蚁绿"。宋代陈著《谢戴时芳惠物》中即有"蚁绿浮香雪外春，锦翰飞动玉芝新"句。　③无：表疑问的语气词，相当于"么"或"吗"。

【语译】

新酿的酒啊有澄绿浮沫，旁边还有红泥的小火炉。已经晚了，看天气将要下雪，你能来一起喝一杯酒吗?

【赏析】

此诗寄托着浓厚的情谊，并深富生活情趣，虽然只有短短二十个字，但真切感人，使人心醉。

上半段说酒，"绿蚁新醅"，可见是家酿的米酒，古人习惯暖酒而饮，所以对句出"红泥小火炉"。未及言寒，先出暖意，虽是家居小聚，却显得其乐融融。然后第三句再说"晚来天欲雪"，既已日暮，天色又不很好，眼看将要下雪，不言寒而寒意自出，但因为有前半段那暖融融的酒香，故而不使读者感到丝毫寒意。而且这种寒中见暖，不仅仅是因为有新酒和火炉在，更因为有这一片诚挚的情意在，使人心暖。结句乃邀饮之意，但不平淡道出，而加设问："你能来一起喝一杯酒吗？"试问有了前面的铺垫，刘十九还有可能推却吗？

寒夜客来，围坐炉边，饮酒联话，此中意味非普通人家的情趣。一则可见，是言寒士，邀客而来，只饮家酿米酒，不言肴馔，而且设问也只是"能饮一杯无"，并非放开海量，痛饮而醉。二则可见，是雅士之行，饮酒不是目的，而只是联络感情的手段，故而这手段不能村俗，倘言"能饮千杯无"，豪气是有了，雅量却不足。故而私以为此诗最佳妙处，一在"绿蚁"、"红泥"，鲜明的色调对比，雪天寒夜，却无寂寥凄冷感，反而鲜艳活泼，二便在于"一杯"二字，酒虽薄而情却真。

张　祜

【作者介绍】

张祜（约792年~约853年），字承吉，行三，清河（今河北省清河县）人，一说南阳（今河南省南阳市）人，唐代诗人。他家世显赫，被人称作张公子，初寓姑苏（今江苏省苏州市），后至长安。《唐才子传》记载，穆宗长庆年间，张祜受令狐楚推重，向朝廷上表举荐，辟诸侯府，但为元稹所排挤，宦途不顺，遂至淮南。张祜晚年，爱丹阳曲阿之地，在此隐居以终。

张祜的诗风沉静浑厚，有隐逸之气，吟咏的题材相当丰富，尤以五言律诗成就最高。诗集共十卷四百六十八首，至今保存完好。

何满子①

故国三千里，深宫二十年。
一声何满子，双泪落君前。

【注释】

①何满子：白居易有诗道："世传满子是人名，临就刑时曲始成。一曲四调歌八叠，从头便是断肠声。"自注云："开元中，沧州歌者姓名，临刑进此曲，以赎死，上竟不免。"

【语译】

离开家乡三千里之遥啊，困居深宫整二十年。听到歌唱一声《何满子》，不禁两眼落泪在君王面前。

【赏析】

这首诗也题作《宫词》，写的是宫中之事，观其文，当言宫中妃嫔落寞之意。前半段以"三千里"、"二十年"为对，极言去家入宫，枯居困守之苦，因而后半段便紧接着于君前落泪——据考，此"君"当指唐武宗。歌者内心悲怆，因有以牵动，有以发兴，第三句即言此发兴，是因"一声何满子"。何满子既是人名，也是歌名，后来衍伸为词牌名。作为人名，其事迹当在唐玄宗开元年间，白居易在诗注中已经说明，但元稹也有《何满子歌》，云："何满能歌声宛转，天宝年中世称罕。婴刑系在囹圄间，下调哀音歌愤懑。梨园弟子奏元宗，一唱承恩羁网缓。便将何满为曲名，御府亲题乐府纂。"白言"不免"，元言"羁网缓"，结局不同，但这是犯人在行刑前所唱的歌应该不错，其声凄婉可知。张祜诗中的宫妃，即因闻听此曲而联想到自己的身世，从而双眼落泪。

犯人临刑前所唱的歌，能使宫妃有所身感，想必这宫妃的"深宫二十年"，也如同熬受苦刑一般吧，如何悲怆，悲怆到何种境地，也便不必诗人明言了。因而"故国三千里，深宫二十年"一联，就成为张祜最著名的诗句，传说后来此诗传入宫禁，唐武宗病重时，问他的宠妃孟才人说："吾即不讳，妃何为哉？"孟才人表示愿意自缢殉死，然后为武宗歌此曲，唱到"一声何满子"时，竟然悲伤得立刻倒地气绝。则此诗感染力之强，由此可见一斑。

【扩展阅读】

宫词其二

唐·张祜

自倚能歌日，先皇掌上怜。新声何处唱，肠断李延年。

张祜曾作《宫词》二首，《何满子》是第一首，这是第二首。此诗写宫妃对先帝的怀念和对自己时下境况的悲怨。当初先帝在时，她仗着善于歌唱而受宠，如今先帝不在，自己也失去了倚靠，新人唱新歌，旧人唯肠断。

李商隐

登乐游原①

向晚意不适，驱车登古原。
夕阳无限好，只是近黄昏。

【注释】

①乐游原：在长安城东，地势较高，为登临胜地。北宋宋敏求《长安志》载："升平坊东北隅，汉乐游庙。"注云："汉宣帝所立，因乐游苑为名。在曲江北面高原上……其地居京城之最高，四望宽敞。京城之内，俯视指掌。"

【语译】

天色将晚，我的心情抑郁不适，于是驱车登上了古老的乐游原。眼见夕阳无限美好啊，只是可惜已临近黄昏。

【赏析】

此诗因景而抒情，但并没有细写景物，前半段写事，后半段咏叹。或谓此诗有慨叹唐朝已江河日下，即将步入黑夜之意，恐怕是联想过于丰富了。固然，李商隐处于中晚唐之交，此后六七十年唐即覆亡，但对于人生乃至一个王朝而言，六七十年实在不能说是短暂，倘若认为李商隐那时候就已经预见到了唐朝的覆亡在即，那是把李商隐当成了一个预言家，而非忧心国事、眼光独到的志士。况且，唐朝自"安史之乱"以后，局势每况愈下，哪里去找出一段"夕阳无限好"的回光返照来呢？又或谓"古原"二字有抚今追昔意，也未必确实。

其实，此诗回归本意，只是诗人对时光飞逝、自己已垂垂老矣、不复青春的感叹而已。首句言"意不适"，心情抑郁，不得舒展，这大概与人近暮年，去日无多有关，故前加"向晚"二字。表面上看，这"向晚"是表时辰，其实也隐含有年岁已暮之意。他登上古老的乐游原，本想舒散心胸，却不料竟然见到了美好的夕阳余晖。值得注意的是，诗人并没有直言"近黄昏"，却先加"夕阳无限好"句，私以为是诗人随着年龄的增长，随着阅历的增加，认为自己的作品日益工整，他并以此自傲。但文章再好，却惜已时日无多，不知道还能给后世留下多少作品，所以才会慨叹："只是近黄昏。"

此诗所抒发的，不过是老人心境而已，若仅"近黄昏"语，便见沉沉暮气，唯加"夕阳无限好"句，才显得诗人仍在努力地散发着自己最后的光和热，就如同那留恋天空，迟迟不肯坠落山后的夕阳一般。因此这后两句诗传唱千古，但

唐诗常识

关于唐诗的分期，以"四唐"的分法影响最大。所谓"四唐"，指的是将唐诗分为"初唐"、"盛唐"、"中唐"和"晚唐"四个时期，还有一种说法，就是在盛唐和中唐之间插入一个转折时期，统称为"五唐"。正是在其历史发展的不同阶段，唐诗形成了不同的流派。

人们在日常引用之际，却往往忽略了"只是近黄昏"，而独言"夕阳无限好"。"近黄昏"是无奈的必然，是颓丧，"无限好"才充满了最后的生机，充满了对生活的热爱之情。

贾 岛

【作者介绍】

贾岛（779年～843年），字浪仙，一说阆仙，范阳（今河北省涿州市）人，唐朝著名诗人。他早年出家为僧，号无本，自号"碣石山人"，后受教于韩愈，并还俗参加科举，但累举不中第。唐文宗时期担任过长江主簿，武宗会昌初年由普州司仓参军改任司户，未赴任即病逝。

贾岛诗名很高，精于雕琢，喜写荒凉、枯寂之境，多凄苦情味，自谓"两句三年得，一吟双泪流"，有《长江集》十卷。他一生不喜与常人往来，《唐才子传》称他"所交悉尘外之士"，因作诗苦吟，专工字句，遂被人称为"诗囚"或"诗奴"。

寻隐者不遇

松下问童子，言师采药去。
只在此山中，云深不知处。

【语译】

在松树下询问童子，他说师傅采药去了，就在这座山里，但云雾深深，不知道具体在什么地方。

【赏析】

全诗以问答道出隐士境味，从"言"字而下皆是童子语，一答其师采药去，二答身在山中，三答具体位置不明。诗很口语化，通俗流畅，其实不是很像贾岛的风格。贾岛《长江集》本不载此诗，此诗首见于宋初的《文苑英华》，题名为《访夏尊师》，作者是孙革——孙革亦贾岛同时代人，历仕宪宗、穆宗、文宗三朝，官至太子左庶子。逮南宋洪迈《万首唐人绝句》始署名"无本"，也就是贾岛早年为僧时的法名。据此，应以孙革为作者比较准确。

诗中隐者趣味，分在四处。一是"松下"，言其所居清幽雅致，有青松翠柏，以象征其孤傲风骨。二是"采药"，或为济世，或为修道长生，皆凡俗所不能为或不愿为者也。三是"山中"，言隐士与自然相契合，所游者皆山林人所罕至处。四是"云深不知处"，如神龙见首而不见尾，缥缈乎已在俗尘之外。所以只用一个简单的场景，几句直白的对话，便将隐士之趣，所寻访之人的高洁出尘，以及诗人内心的仰慕、歆羡，全都道出，诗虽短，内涵却不单薄，余味更加隽永，实一代之佳作。

李　频

【作者介绍】

李频（818 年～876 年），字德新，寿昌（今浙江省寿昌县）人，唐代诗人。他于唐宣宗大中八年（854 年）中进士，调校书郎，任南陵主簿，又升武功令，在武功时抑制豪强，赈济饥民，深得百姓爱戴，后为建州（今福建省建瓯县）刺史，病卒。

李频和许浑、薛能等诗人均有交往，并曾受到前辈诗人姚合的奖掖。他的诗风接近于刘长卿，但反映社会面貌较窄。其诗大多散佚，至宋代王野任建州太守，于京城书肆中得李诗一百九十五篇，辑为《梨岳诗集》，并为之序。《全唐诗》载其诗二百零八首。

渡汉江

岭外音书绝，经冬复立春。
近乡情更怯，不敢问来人。

【语译】

我身在五岭以南，家乡音信断绝，经过了整个冬天，又来到立春时节。如今我北渡回乡，却越是靠近家乡越是情怯，不敢询问从家乡来到的人。

【赏析】

五绝可以说是中国古代最短小精悍的诗歌形式了（古老的《弹歌》之类其实算是偶然产生，还称不上是一种独特形式），要用二十个字来表现事物并抒发情感，难度是相当大的。因而五绝也逐渐形成了一类比较固定的模式，也即用前半段十字来写事或摹景，后半段十字来抒情或议论，因事生发，自然而顺畅。比如李商隐的《登乐游原》便是如此，李频这首《渡汉江》也不能外。

这一类型的五绝，诗的重点在后半段，而且往往形成警句，比如李频此诗中的"近乡情更怯"。他在岭南生活了很长时间，与家乡音信断绝，终于有机会渡过汉江，返回故乡了，可是不唯不喜，反而"情怯"，这是为什么呢？"不敢问来人"句便道出因由。他"不敢问"的是什么？无疑是家中境况了。家人是否全都安好，家中是否有什么特别的情况发生？因为音信断绝了很长时间，所以都不清楚，生怕故乡和亲人会遭遇什么不幸，因而"不敢问"，也因而"近乡情更怯"。这种心理状况明白道出以后，读者都能理解，但倘若不亲身经历，恐怕谁都注意不到会有这种情绪的存在。此诗之真挚、感人，便在于此，真情实感的流露来源于真实的生活，从来是一首好诗所必须具备的要素。

别本标注此诗为宋之问作，因李频似从未到过岭南，而宋之问则在唐中宗神龙元年（705 年）被贬泷州（今广东省罗定县），翌年秘密逃归洛阳，与诗中所言事迹相符，此论较为确当。

金昌绪

【作者介绍】

金昌绪，生卒年不详，余杭（今浙江省杭州市）人，身世不可考，《全唐诗》仅录此《春怨》一首。

春　怨

打起黄莺儿，莫教枝上啼。
啼时惊妾梦，不得到辽西。

【语译】

把黄莺儿赶跑吧，不要让它在树枝上啼鸣，因为它的啼鸣会惊扰我的好梦，让我无法在梦中前往辽西。

【赏析】

诗歌的主要特点是什么呢？私以为主要就在于含蓄吧。这含蓄包含两方面的内容，一是指不像普通大白话那样直言其事，直抒其情，而要艺术性地曲折言之，委婉道出。当然，诗歌也不排斥喊口号似的直言其事、其情，但倘若整篇诗歌都是如此，便和记述文、议论文没有区别了。二是指诗要留有余味，不必说得通透，意在言外，由读者自去吟咏、咀嚼。而对于篇幅短小的绝句来说，后一点就尤其重要。

此诗也是如此，所言的主人公究竟是什么人呢？不必细说分明，一个"妾"字足矣，让读者明了她是一位女子。这位女子是贫是富，与诗歌主题无关；是在室女还是妇人，却可通过意会得知。结句云"不得到辽西"，她想梦中前往辽西去做什么呢？也不必名言，读者自能体会。

总而言之，诗写闺怨，闺中妇人因丈夫远戍辽西而不得归，相思惆怅，只能希望在梦中前去相会。但因为黄莺鸣叫而使好梦易醒，所以要"打起黄莺儿，莫教枝上啼"。黄莺的啼鸣本来含有春光明媚、生机勃发、欣悦鼓舞的意象，但此诗中却反觉可恶，这种对传统意象的反其道而用之，更能凸显主人公内心的相思幽怨。虽然短小，但言外之意是很悠长的，值得反复吟哦、咀嚼。

【扩展阅读】

吴声歌·读曲歌

南朝

打杀长鸣鸡，弹去乌臼鸟。愿得连暝不复曙，一年都一宵。

这首南朝民歌所采用的手法，与金昌绪《春怨》是非常相似的，甚至可以说，金诗即从中化出。但两诗仍有两点不同，一是不言"打起"，而言"打杀"，情感更为激烈一些，是民间语，却非读书人语。二是结句"一年都一宵"，当指男女欢爱，良宵苦短，与"不得到辽西"的相思幽怨，所要表现的情感有异。

西鄙人

【作者介绍】

西鄙人，即西部边陲之人，古称郊野、边地为"鄙"。

哥舒①歌

北斗七星高，哥舒夜带刀。

至今窥牧马②，不敢过临洮③。

【注释】

①哥舒：哥舒为氏族名，这里是指盛唐大将哥舒翰（？～757年），本为突骑施（西突厥别部）哥舒部首领之子，世居安西，后客居长安。四十岁以后，他赴河西从军，屡立战功，得河西节度使王忠嗣赏识，被升为衙将。后王忠嗣被谗下狱，唐玄宗即以哥舒翰代之，曾大破吐蕃军于积石堡，威震西陲，官至陇右、河西节度使，封西平郡王。安禄山反叛之时，哥舒翰已年老病废，被强用守备潼关，叛军不得西进，即将退却，玄宗却用杨国忠言，严令哥舒翰出击，终于导致他兵败被俘，叛军也因此顺利攻克潼关，挺进长安。哥舒翰旋即投降安禄山，但仍被幽禁而死。 ②窥牧马：别本"牧马"作"胡马"，实"窥牧"为一语，即偷牧也。 ③临洮：即今天的甘肃省岷县。

【语译】

北斗七星高高在上，哥舒将军夜带着宝刀，至今胡人那些偷牧的马匹啊，都不敢再深入临洮以东了。

【赏析】

此诗为哥舒翰任陇右、河西节度使时，屡败吐蕃，西部边境的人民为了歌颂他所作的诗歌。此诗虽为五绝，格律相对严谨，却深有民歌风味。首先，开篇即双关，"北斗七星高"，既是以景发兴，以赞颂哥舒翰如北斗七星一般高耀空中，抚临一方，又接下句"夜带刀"，指其所佩为七星宝刀。这种手法，文人诗中并不多见，民歌中却比比皆是。后半段直言因为哥舒翰的镇守和奋战，胡马都不敢再东入临洮，侵扰唐境了。

据说，此民谣本为："北斗七星高，哥舒夜带刀。吐蕃总杀却，更筑两重壕。"此诗应是在此基础上加以修订的，因此后半段明显的文人气息较为浓厚，与原谣通体民歌风味不同。

乐府

崔　颢

长干行二首

⊙ **其一**

君家何处住？妾住在横塘①。
停船暂借问，或恐是同乡。

【注释】

　　①横塘：在今天江苏省南京市西南，在长干附近。

【语译】

　　请问您家住何方？我家就住在横塘。停下船来暂且借问一声，或许咱们还是同乡呢。

【赏析】

　　这是以五绝的手法来模仿民歌，有绝句的铿锵音调，又有民歌的活泼生动。崔颢《长干行》（或作《长干曲》）共四首，此题本写男女之情，这一组诗也不能外，即写吴中一对男女于江上对答，言语中情愫暗传。这是组诗中的第一首，模仿女子口吻，询问男子的来历。根据下面几首诗猜测，这女子大概是江上的采莲女，而男子乘船经过"莲舟"，女子便问你是哪里人啊，并且直接说出自己家住横塘。

　　问人家在何处，未待对方回答，便即自报家门，很明显，这女子对路过的男子有意，所以故意搭讪。大概在这般自表以后，女子也觉得有点不好意思，因此装模作样地解释说，我所以问你，"或恐是同乡"。吴中女儿略带羞涩，却又足够直爽的性格特征，就此跃然笔端。

⊙ **其二**

家临九江①水，来去九江侧。

同是长干人，生小②不相识。

【注释】

①九江：此处泛指九江以东的长江下游，非指地名九江。　②生小：别本作"自小"。

【语译】

我的家临近长江下游，来来去去也都在长江两岸。我们虽然同是长干人，但自小便不曾相识。

【赏析】

这首诗是模仿男子口吻，对采莲女的询问作出回答。重点在后半段，说我确实是长干人，咱们确实是同乡，但是从来不曾相识。女子借问家住何方来搭讪，男子却回答得中规中矩，两人虽是同乡，却并没有因此而做更进一步结识、了解的打算，反而直截了当地说"生小不相识"，这么一回答，似乎话题便可就此打住，无可再交谈下去了。

男子为什么如此不解风情呢？其实前半段已给出了答案，他说"来去九江侧"，经常在江上往来，自有自己的工作、事业，他似乎把所有的精力都放在工作上了，所以对于采莲女如此明确的挑逗竟然木然不觉。与女子的大胆、多情相比，这男子是多么敬业而又懵懂啊，于是整组诗便刻画出如此鲜明的两个角色，在对比中绘出了一幅虽简单却生动活泼的吴中风俗图画。

【扩展阅读】

长干行其三

唐·崔颢

下渚多风浪，莲舟渐觉稀。那能不相待？独自逆潮归。

崔颢《长干行》四首，后两首不如前两首直白明确，但民歌风味反而更加浓郁。比如这第三首，分明是女子没话找话，继续交谈，并以"风浪多"、"莲舟稀"来劝说男子暂停脚步。相比起来，前两首诗更为有名，或谓是女子客行异地，寻觅同乡，以抒发其飘零之悲的，那分明是因为忽略了后两首诗的内容，并且太过于驰骋想象的缘故。

李　白

玉阶怨①

玉阶生白露，夜久侵罗袜。
却下②水精③帘，玲珑望秋月。

【注释】

　　①玉阶怨：乐府名，属《相和歌·楚调曲》，内容多写宫怨。　②却下：却有退步意，却下是指退后放下。　③水精：即水晶。

【语译】

　　白玉阶梯上白露已生，我在夜晚良久伫立啊，露水沾湿了罗袜。转身放下水晶帘栊，眼望秋天的月亮啊朦胧晶莹。

【赏析】

　　短小的诗篇，无法承载太多的内容，固然一首好诗有很多言外之意，但这些言外之意也终究是有限的。很多细节，诗人不写，是想留待读者去仔细吟哦，但更多的细节，诗人不写，是因为与主题并不紧密相关，没有必要。曾见为此二十个字，便洋洋洒洒出无穷议论的，仅"却下"二字所隐藏的主人公心理，便足可抵一篇论文，其实大可不必。诗写宫怨，女主人公夜深而不眠，要伫立玉阶，乃至露水沾湿罗袜，是望幸也。望幸不得，返回室内，放下帘栊，是欲眠也。欲眠却又眼望明月，是期盼团圆，得与君王相见也。诗内诗外之意，不过如此，诗人所言不多，正欲读者细体其中意味，而非考究太深的动作、情感细节，正不必驰骋想象，太多敷演。

卢 纶

塞下曲四首

⊙ **其一**

鹫翎金仆姑①，燕尾绣蝥弧②。
独立扬新令，千营共一呼。

【注释】

①金仆姑：箭名，典出《左传·庄公二十一年》，载："公以金仆姑射南宫长万。"此处即借指箭。　②蝥弧：旗帜名，典出《左传·隐公十一年》，载："颍考叔取郑伯之旗蝥弧先登。"此处即借指旗。

【语译】

老鹰翎羽的金仆姑箭啊，燕尾形飘带的蝥弧绣旗啊，将军傲然独立，宣布新的将令，千万座营房都齐声高呼。

【赏析】

《塞下曲》为写军旅之事，如此诗即从一个几乎定格的场景，描写军容之盛和将领之威。前半段写物，有雕翎箭，有燕尾旗，皆军中之物，但并无"佩"、"飘"之类字眼，纯是静态。后半段则出现动态，不仅有动作，而且有声音——将领宣令，士卒应喏。关键在"千营共一呼"句，千营当有数千甚至数万人，都作同声一呼，可见军容之整，军纪之严，也从侧面反映出这是一支能战之军，所率者更有名将之资。故俞陛云在《诗境浅说》中评："寥寥二十字中，有军容荼火之观。"

⊙ **其二**

林暗草惊风，将军夜引弓。

平明寻白羽，没在石棱中。

【语译】

树林昏暗，草间突然起了一阵疾风，于是将军便在夜晚拉开了弓。等到天明去寻找那白羽的箭啊，却发现已经没入了石棱之中。

【赏析】

此诗所言故事，典出《史记·李将军列传》，载："（李）广出猎，见草中石，以为虎而射之中，中石没镞，视之，石也。"这一故事，是为了说明李广箭术之精，弓力之强，竟然能够将箭支深深射入石中。诗人即用此故事敷演成诗，以赞颂一位英勇果敢的将军。

诗的开篇即写"林暗草惊风，将军夜引弓"，因为林中昏暗，又正当"夜"，所以会看不分明，把石头误以为是猛兽。什么猛兽呢？"草惊风"，俗谚谓"云从龙，风从虎"，说老虎行动之际，会有疾风相伴，所以是指老虎，因风吹草动而怀疑有老虎出没。原故事不过一时之事，诗人却分为两截，前半写夜间射虎，后半写天明寻箭，拉开时间，产生疑问，并给出解答——"没在石棱中"，艺术手法非常新颖有趣。

⊙ **其三**

月黑雁飞高，单于夜遁逃。
欲将轻骑逐，大雪满弓刀。

【语译】

月色昏黑，大雁高飞，单于趁着夜间远远逃去。将军想要率领轻骑前去追击，眼见大雪盖满了强弓和钢刀。

【赏析】

此诗寥寥数笔，便出边将豪迈之态。前半段写敌人逃遁，"月黑"是指无光，"雁飞高"是指无声，于此无光且无声的夜间，敌人首领便趁着夜色匆匆而逃。"单于"为匈奴王的称呼，唐代已无匈奴族，更无单于王号，有的只有突厥、吐蕃、契丹，只有可汗、赞普，在本诗中又是以汉名以应唐事。后半段写将军率领轻锐的骑兵前去追逐，表现出绝不迁延、绝不妥协，势要与敌人斗争到底的决心。而就在此时，大雪纷纷而下，以致"满弓刀"，短短五字，便写出了塞外天气之酷寒、环境之恶劣，而将士们在此恶劣环境下，仍然出击追敌，其无畏的气概是值得读者击节赞叹的。诗人的良苦用心，也从中得以反映。

⊙ **其四**

野幕①敞琼筵②，羌戎③贺劳旋。

醉和金甲舞，雷鼓④动山川。

【注释】

　　①野幕：野外的军帐。　②琼筵：指豪华的筵席。　③羌戎：羌和戎都是古代的西部外族，后用来借指西或西北边地的少数民族。　④雷鼓：雷通擂，雷鼓即擂鼓。古乐府《巨鹿公主歌》即有"官家出舞雷大鼓"句。

【语译】

　　野外的军帐摆开了盛大筵席，边地民族纷纷前来恭贺王师凯旋。将军身穿金甲，带醉而舞，擂鼓之声撼动了山林和河川。

【赏析】

　　此诗写将军奏凯之后，摆宴庆功，边民相贺。通篇都围绕着"战胜"二字——"野幕"是军帐，"琼筵"之列是庆功；由"贺劳旋"可知经过跋涉和征战，终于凯旋；"醉和金甲舞"，以见将领志得意满状；"雷鼓动山川"既表现欢庆的气氛，又暗喻唐军的威势震撼山川。

　　那么，究竟是打了什么胜仗回来呢？"羌戎"二字便可分晓，唐军是战胜了西方或西北的顽敌，这来贺的"羌戎"，既可能是原本便从属于唐朝的外族，也可能是战败后归降的外族。唐之边患，初在北，后在西北，中期在西，偶尔在东北。北面即东突厥，630 年为唐所败，旋即崩溃；西北有吐谷浑和西突厥，分别在 635 年和 657 年为唐所败，余部先后被吐蕃、回鹘所驱逐；东北有契丹、奚等族，虽与唐始终，却并不算是强敌，侵扰有限；西面，就是从太宗朝开始入寇直到中晚唐时自衰的吐蕃了，与唐军的战斗最为激烈，两国纷争时间也最长。以卢纶所处的时代，所言大抵是指吐蕃，盖因吐蕃常年与唐争夺青海、河西等地。

【扩展阅读】

塞下曲其五

唐·卢纶

调箭又呼鹰，俱闻出世能。
奔狐将进雉，扫尽古丘陵。

　　卢纶《塞下曲》六首，基本是都采用的侧面描写，没有直言塞外激烈的战争。比如第一首是申令出兵，第二首是将军猎虎，第三首是追亡逐北，第四首是奏凯归来。上面这第五首，也没有写战事，而写军将的狩猎，但"奔狐将进雉，扫尽古丘陵"句，也暗含有犁庭扫闾，大败敌军之意。

李 益

江南曲①

嫁得瞿塘贾②，朝朝误妾期。
早知潮有信③，嫁与弄潮儿④。

【注释】

①江南曲：古乐府名，属《相和歌》，多描写男女情爱。 ②瞿塘贾（gǔ）：指在长江上游一带做买卖的商人。瞿塘指瞿塘峡，长江三峡之一；贾原指坐商，后泛指各种行商坐贾。 ③潮有信：潮水涨落有一定的时间规律，被称为"潮信"。 ④弄潮儿：南方盛行弄潮之戏，即待潮水来时，乘坐小船或泅水搏浪前进的一种表演，弄潮儿指弄潮的年轻人。

【语译】

自从嫁给前往瞿塘行商的商人以后，他就经常地耽误夫妻相会的佳期。要是早知道潮水如此有信用啊，我还不如嫁给那弄潮的年轻人呢。

【赏析】

此诗不仅用乐府旧题，而且手法也大有民歌风味，用"潮信"之"信"来借代有信用。诗写闺怨，那女子怨恨丈夫行商在外，常不归家，因而耽误了佳期，从而慨叹道还不如嫁给"弄潮儿"呢——为潮水有信，故此想来弄潮儿也会比自己丈夫更讲信用吧。

古人重农而轻商，大多认为商人重利轻情——比如《琵琶行》中便有"商人重利轻别离"句——所以怨恨丈夫太过关注事业，常不归家，使妻子独守空闺的诗文，大多将那位被怨恨的丈夫说成是商人。况且，古代交通状况不发达，绝大多数人终年不会离乡，那么远出行商的商人，自然会引发他们妻子的埋怨了。思征夫、怨商人，是唐代最主流的两种闺怨题材，而这首诗因为民歌韵味浓厚，情感真挚，比喻新巧，也便成为了流芳千古的佳作。

· 卷七　七言绝句 ·

贺知章

【作者介绍】

贺知章（659 年～744 年），字季真，越州永兴（今浙江省杭州市萧山区）人，唐代诗人、书法家。他少年时即以诗文著称，武后证圣元年（695 年）中进士，授国子四门博士，迁太常博士。后历任礼部侍郎、秘书监、太子宾客等职，八十六岁方告老还乡，旋逝。

贺知章为人旷达不羁，有"清谈风流"之誉，晚年尤纵，自号"四明狂客"、"秘书外监"。他常与张旭、李白等饮酒赋诗，切磋诗艺，时称"饮中八仙"，又与包融、张旭、张若虚等结为"吴中四士"。贺知章的诗文以绝句见长，除祭神乐章、应制诗外，其写景、抒怀之作均风格独特，清新潇洒。《全唐诗》存其诗十九首。

回乡偶书

少小离家老大回，乡音无改鬓毛衰。
儿童相见不相识，笑问①客从何处来。

【注释】

①笑问：别本作"却问"、"借问"。

【语译】

年少时离开家乡，直到年岁很大了才归来，乡音虽然没有变改，但鬓边白发已生。故乡的儿童看到我全都不认识，还笑着询问客人从何处而来。

【赏析】

此诗有"近乡情更怯"的意味。诗极直白，但同时也余味无尽，开篇即点明主题，是"少小离家老大回"。按贺知章早年即离开故乡，进士及第时三十七岁，待得休官归乡之时，则已八十余岁矣，即使以中进士为离乡之始，亦近半百之年。离开故乡的时间如此之长，诗人不直言内心感受，只是比较何者未变，何者改变。

对于他自己来说，何者未变呢？原来是"乡音未改"，家乡的口音在少年时代即以定型，恐怕这一辈子，即便再行遍千山万水，也是不会更改的啊，此四字便出眷恋家乡之深，与家乡羁绊之厚。那么，何者改变？原来是"鬓毛衰"，鬓发已斑，去时翩翩少年，归来白发老朽，以此来慨叹时光之易逝，而自己与家乡阔别之久。

对于贺知章的家乡来说，又何者未变呢？诗人并未明言，但意在言外，当是山水未变。何者改变呢？原来人事已改，新的一代人出生、成长起来，就此产生了"儿童相见不相识，笑问客从何处来"的名句。此句富有生活情趣，富有哲理，同时虽着"笑"字，内中却含无限悲怆。这悲怆的由来，便在于今昔对比，变与不变之间所造成的强大反差，直刺人心。

【扩展阅读】

回乡偶书其二

唐·贺知章

离别家乡岁月多，近来人事半消磨。惟有门前镜湖水，春风不改旧时波。

《回乡偶书》为两首一组，脍炙人口的"少小离家老大回"是其一，上面这是第二首。第二首的手法与第一首相同，也是以今昔为比，用变与不变来抒发自己内心的感怀。变者，人事也，"半消磨"，不变者，山水也，"春风不改旧时波"。先言变，再言不变，次序与第一首正好相反，但所产生的效果是相同的。

张　旭

【作者介绍】

张旭（675年~约750年），字伯高，一字季明，吴（今江苏省苏州市）人，唐代诗人，著名书法家。他初仕为常熟尉，后官至金吾长史，人称"张长史"。其母为初唐书法家虞世南的外孙女，同为书法大家的陆柬之的侄女，家学渊源，故张旭善草书，性好酒，世称"张颠"，也被杜甫归于"饮中八仙"之一。其草书当时与李白诗歌、裴文剑舞并称"三绝"；诗亦别具一格，以七绝见长，与贺知章、张若虚、包融并称"吴中四士"。

桃花溪①

隐隐飞桥隔野烟，石矶②西畔问渔船。
桃花尽日③随流水，洞在清溪何处边？

【注释】

①桃花溪：根据《一统志》所记，桃花溪"在湖南常德府桃源县西南二十五里，源出桃花山，北流入沅江"。　②石矶：河流中露出的石堆。　③尽日：整天，整日。

【语译】

隐隐约约的，隔着野外烟霭可以见到那飞纵的桥梁，我在石堆的西面询问打渔的船只："这桃花整天随着流水漂去，请问传说中的桃源洞啊，究竟在清澈溪流的哪一边呢？"

【赏析】

·此诗述追慕隐者之意。诗人借用陶潜《桃花源记》的文意——《桃花源记》是一个传说，也可以看作是一篇寓言，记载了武陵渔人某日缘溪而行，经过一片桃花林，林尽则见一山，山而有洞，入洞便来到了"阡陌交通，鸡犬相闻"，"不知有汉，无论魏晋"的世外仙境。后人称仙境为"桃源"，其本便在于此。陶潜身处南北割裂的东晋之世，隐居山林，盼望能有逃避战乱，放心耕织的处所，故作此文，后人深有所感，乃附会出桃源县、桃花山，乃至桃花洞（秦人洞）等地名来。

诗人因访桃花洞，便循溪而行，先见"野烟"、"飞桥"，隐隐约约，若有若无，于是便向渔人询问，桃花洞究竟在什么地方呢？在溪水的哪一边呢？次末句"桃花尽日随流水"，既是眼见之景，也是他向往避世隐居之处的心理写照。此诗空灵洞明，情感迫切，而又清新喜人，或谓是怀疑桃花洞和桃源仙境并不存在之意，恐怕是想得岔了。

王　维

九月九日忆山东①兄弟

独在异乡为异客，每逢佳节倍思亲。
遥知兄弟登高处，遍插茱萸②少一人。

【注释】

①山东：这里是指华山以东，王维祖籍太原，故称其在故乡的族兄弟为"山东兄弟"。　②茱萸（zhū yú）：又名"越椒"、"艾子"，是一种常绿带香的植物，具备杀虫消毒、逐寒祛风的功能。

【语译】

我一个人在异乡作客，每当佳节来到之时，最为思念亲人。如今远远地想到在山东故乡的族兄弟们登高之际，人人都插着茱萸，但其中却少了一个我啊。

【赏析】

九月九日重阳节，其来源大概是远古的秋祭。《吕氏春秋·季秋纪》即有记载："（九月）命家宰，农事备收，举五种之要。藏帝籍之收于神仓，祗敬必饬……是日也，大飨帝，尝牺牲，告备于天子。"最早从汉代开始，民间便已经有了重阳登高、祛邪的节日传统，《西京杂记》中记载："九月九日，佩茱萸，食蓬饵，饮菊花酒，云令人长寿。"《风土记》记载："九月九日折茱萸以插头上，辟除恶气而御初寒。"

此诗据称为王维十七岁时所作，即咏重阳思亲，借用登高、插茱萸的风俗，来一吐内心的惆怅。开篇先写自己远离家乡，"独"字已可见悲，"异乡"则又更悲，人在异乡，自然为客，从来都没有"异客"的说法，而诗人独能言之，两个"异"字就此形成了铿锵有力的排比、递进关系，将情感的悲怆达至最深。接着，次句即道出佳节思亲之意，前着一"每"字，中着一"倍"字，则更表明此重阳思亲，非偶然也，是思亲之情绵绵不绝，而每当年节，内心更必定翻涌难安。

家中亲眷正多，诗人独以"兄弟"入诗，是因为重阳登高，兄弟之间恐怕归于一途，是会结伴前往的，故因此俗，即言兄弟而代以至亲，以小及大，以少及多。按照风俗，兄弟们将会踏秋、登高、佩茱萸囊、插茱萸于头，诗人遥想此景，更不禁悲从中来，因为其中并没有自己啊。"少一人"，所少何人也，并不直言，不言"遍插茱萸无我身"，更见直白中有含蓄，抒情中有委婉，留给读者以无穷咀嚼余地。古人云"乐而不淫，哀而不伤"，是情感没有到最终爆发之际，不可过于直白表露，略作隐含，更见士大夫端庄气度。王维此诗，正是如此。

唐诗常识

初唐时期历时近百年，宫廷诗几乎一直占据着主流地位。这段时期的宫廷诗具体可分为三个流派：一是太宗时期的宫廷诗，一是高宗时期以上官仪为代表的宫廷诗派，一是武则天统治时期以沈佺期和宋之问为代表的诗派。自"文章四友"（李峤、苏味道、杜审言和崔融）和"沈宋"之后，宫廷诗开始逐渐突破原有局限，有所发展。"初唐四杰"（王勃、杨炯、卢照邻、骆宾王）更直接唱出了诗歌新声，继而开拓了盛唐诗风。

王昌龄

芙蓉楼①送辛渐②

寒雨连江③夜入吴，平明送客楚山孤。
洛阳亲友如相问，一片冰心在玉壶。

【注释】

①芙蓉楼：据《元和郡县志》载："江南道润州：晋王恭为刺史，改创西南楼为万岁楼，西北楼为芙蓉楼。"故址在今天江苏省的镇江市。　②辛渐：字与事迹均不详，应为王昌龄好友。　③连江：别本作"连天"。

【语译】

寒冷的夜雨啊，笼罩着整个江面，直扑向这江南的山水，天明以后，我送别辛渐，但觉身边的青山是如此孤独。你此去洛阳，亲友们倘若询问我的状况啊，你就告诉他们：恰如玉壶中的一片冰心。

【赏析】

此诗写送别，但重点并没有放在离愁、别意上，而主要抒发自己内心的愤懑，以及标榜自己品行高洁，夙志不移。前半段写景物，写送别之事，其中"寒雨连江"，凄怆之意浓厚，为此寒非止身触，也是心感。客将别去，自己更加孤独，却不言身孤，而曲折地说"山孤"。两句道出吴、楚，可知送别地是在江南——开元二十九年（741年），王昌龄前赴江宁（今江苏省南京市）为丞，诗当作于此际。

诗歌的重点为后半段。辛渐此去，不知目的地何在，但应该会路过洛阳，洛阳为唐时东都，士人汇集，想必有很多王昌龄的老亲友在，故有"洛阳亲友如相问"句。洛阳亲友倘若问起我的状况来，你应该怎么回答呢？那就回答"一片冰心在玉壶"好了。鲍照《白头吟》诗中有"直如朱丝绳，清如玉壶冰"句，这一句即从中化出。玉壶无垢，冰更莹洁，以此为喻，便出"清"字，指自己胸怀磊落，不与时俗同流合污。王昌龄仕途坎坷，多次被贬，《河岳英灵集》也说他"晚节不矜细行，谤议沸腾"，因此有感而发。那么多人都在污蔑我，都在诽谤我，认为我品行不端，其实这都是谰言啊，我的品行一如既往，仍然如此冰清玉洁。

　　以此为照，则前出"寒"字、"孤"字，也便豁然通透了。诗人秉持正道而行，反为所污，身处人群之中，却感如此孤独清寒，乃有此语，为自己辩诬。诗既凄清冷峻，又复豪气在胸，昂扬激越，使人击节叹赏。

【扩展阅读】

芙蓉楼送辛渐其二

唐·王昌龄

　　丹阳城南秋海阴，丹阳城北楚云深。高楼送客不能醉，寂寂寒江明月心。

　　《芙蓉楼送辛渐》诗共有两首，"寒雨连江夜入吴"是第一首，上面这是第二首。第二首诗所蕴含的内容与第一首诗大抵相似，前半段写景，第三句写送客，第四句抒发自己凄寒如江之意、皎洁似月之心，并出孤寂意。所以说两诗的内容基本重复，而"一片冰心在玉壶"更统括所感，用精当的比喻托出不合流俗之志，因而流传千古，所以历来选本，大多只选第一首。

闺　怨

闺中少妇不知愁①，春日凝妆②上翠楼。
忽见陌头杨柳色，悔教夫婿觅封侯。

【注释】

　　①不知愁：别本作"不曾愁"。　②凝妆：精心梳妆。

【语译】

　　那闺中的少妇啊，并不懂得忧愁，春光明媚，她精心梳妆打扮后登上楼台去赏春。可是当她突然看到路边杨柳青翠的颜色时，便懊悔让丈夫前去求取功名了。

【赏析】

　　诗写闺怨。闺怨诗大抵为妇女孤身一人，或遗憾丈夫远行不归，或怨恨丈夫移情别恋，此诗属于前一类型。诗题中的"怨"，不是指怨恨，而是指哀怨，指惆怅，可是题作"闺怨"，开篇却反言"不知愁"。欲抑先扬，欲言愁反从不愁下笔，手法非常新颖老练。

　　因为"不知愁"，故而"春日凝妆上翠楼"。闺中少妇因丈夫不在家中，自己的青春平白流逝而不敢欣赏春景，这本是诗中惯见意象，诗人却偏要反其道而行，说本未意识到愁烦，待见春色，才始哀怨，故而以"忽"字相接，作急促的转折。"杨柳"不单言"杨柳"，而多着一"色"字，呼应前面"春日"二字，便知此刻杨柳青青，恰如女子美好的青春。于是主人公见此青翠，便联想到自己青春虚度，又因杨柳有送别意，或而想起丈夫远离相送之际，不禁黯然垂首，忧思浮上心头。

那么丈夫为何而远离呢？原来是为了"觅封侯"。主人公不禁懊悔，当初若能够阻其远行就好了，但自己不仅没这么做，反而"教"，也即鼓励、怂恿他离开家庭，去为事业打拼。当时的自己又怎能想到，独守空闺的日子会是如此凄清难挨啊！诗以不愁起，而至愁终，以不愁反衬愁，用一个"悔"字，即将少妇原本天真无垢，经过世事磋磨始识惆怅滋味的心理描摹得极为细腻、生动、丰富。

"觅封侯"，旧注大多称指边塞从军，以求封侯之赏，恐怕理解得过于狭隘了。固然侯封多从军功而来，但观诗意，未必单指从军，应为泛指的求取功名。士人求取功名，既可以从军建功，也可能是科举应试，这是所谓士人的事业（逮宋以后，士人事业则专指文道，武道反受鄙弃）。现在男性的事业非常广泛，而古时士大夫是轻商贱农的，他们的事业只有"功名"二字，故此"觅封侯"即指代求取功名，非独从军为然。

春宫怨①

昨夜风开露井桃②，未央前殿月轮高。
平阳歌舞③新承宠，帘外春寒赐锦袍。

【注释】

①春宫怨：别本作《春宫曲》《殿前曲》。 ②露井桃：露井指无盖之井，语出古乐府《鸡鸣》，有"桃生露井上"句。 ③平阳歌舞：平阳指汉武帝姐平阳公主。《汉书·外戚传》载："（汉武）帝被霸上，还过平阳主。主见所侍美人，帝不说（悦）。既饮，讴者进，帝独说子夫。"子夫即指武帝第二任皇后卫子夫，原为平阳公主家中一歌舞婢。

【语译】

昨晚夜风吹放了露井旁的桃树，只见未央宫前一轮明月高高升起。想那平阳公主府中的歌舞婢新得君王宠幸，因为帘栊外春寒料峭，所以特意赏赐给她锦袍。

【赏析】

此为宫怨诗，首句"风开露井桃"是扣"春"字，次句"未央殿前"是扣"宫"字，此宫妃春夜难眠，起望"月轮高"，便出"怨"字。为什么怨呢？后半段给出答案，原来因为有人新承恩宠，因春寒而得赐锦袍。沈德潜在《说诗晬语》中评道："王龙标绝句，深情幽怨，音旨微茫……只说他人之承宠，而己之失宠，悠然可思，此求响于弦指外也。"

其实一首好诗，必要字字紧扣主题，无一处闲笔。就以此诗而论，失宠之味，其实处处皆在，而非独出于后半段之言外之意。首句"露井桃"即有此意，语出古乐府《鸡鸣》，诗云："桃在露井上，李树在桃旁，虫来啮桃根，李树代桃僵。树木身相代，兄弟还相忘！""李代桃僵"的成语便由此而来。李树代替桃树枯死，原诗是兄弟友爱之意，后来衍伸为代人受过。而在此诗中，是以露井旁的桃树来比喻新近受宠之宫妃，风来绽放，正喻蒙受君王恩泽，诗中有桃而无李，但李树自然隐含在字外，李树枯萎，正喻有主人公不受宠爱之意。

　　次句说"未央殿前"，三句说"平阳歌舞"，这是指陈阿娇和卫子夫故事。汉武帝首任皇后为陈阿娇，曾居未央宫，次任皇后为卫子夫，原为平阳公主府中的歌舞婢，因卫子夫得宠，而陈阿娇失宠，遂被罢庶，幽禁于长门宫内。诗的主人公是以失宠的陈皇后自喻，而把新蒙恩宠的宫妃喻为卫皇后。结句"春寒"，正与前面"夜"、"桃"相呼应，知是春季，又当深夜，春寒可知，新人偶行帘外，便得赐锦袍，自然反衬旧人中庭望月，反不得赐，显然已不受君王关爱，失宠之意又浓浓透出。

王　翰

【作者介绍】

　　王翰，生卒年不详，字子羽，晋阳（今山西省太原市）人，初唐边塞诗人。他在唐睿宗景云元年（710 年）中进士，因直言极谏，调为昌乐尉，复举超拔群类，召为秘书正字，擢通事舍人、驾部员外郎，出为汝州长史，改仙州别驾。因日与才士豪侠饮乐游畋，坐贬道州司马，后病卒。

　　王翰性格豪爽，无所拘束，杜甫诗中以"李邕求识面，王翰愿卜邻"之句赞之。其诗作多豪放壮丽之句，可惜大半佚失，《全唐诗》仅存录其诗十三首。

凉州词①

葡萄美酒夜光杯②，欲饮琵琶马上催③。
醉卧沙场君莫笑，古来征战几人回。

【注释】

　　①凉州词：《乐府题解》云："《凉州》，宫调曲，开元中西凉府都督郭知运所进也。"别本作《凉州曲》。　②夜光杯：典出《十洲记》，载："周穆王时，西域献夜光常满杯，杯受三升，是白玉之精，光明夜照。"　③催：唐代口语，饮酒时奏乐助兴为"催"。

【语译】

　　用珍贵的夜光杯斟满葡萄美酒吧，才待痛饮，马上琵琶又弹响伴奏。就算醉倒在沙场上您也不必笑啊，自古以来，出兵征战，又有几个人能够回来呢？

【赏析】

　　旧谓此为塞外军中饮宴之曲，"作旷达语，倍觉悲痛"，私以为不然。首先，诗中并无军帐、肴馔之语，而独言美酒，又说"琵琶马上催"，岂有筵席之前，军帐之内，再于马上奏乐为催的道理呢？我认为此乃大军出塞，诗人即于马上痛饮，旁有军人于马上弹琵琶以抒怀乡怨情，诗人不但不悲，反以为催酒助兴。于是有人问："接战在即，你不怕喝醉吗？"诗人乃笑道："古来征战几人回，是醉死，是战死，有什么区别呢？"

　　前两句为倒装，正常语序应为："欲饮夜光杯所盛葡萄美酒，闻听马上琵琶似催。"故意把"葡萄美酒"置于句首,是突出痛饮之兴。结句云"古来征战几人回",施补华《岘佣说诗》评得精当:"作悲伤语读便浅,作谐谑语读便妙,在学人领悟。"此即抒发诗人不畏艰险,不在乎生死的满腔豪气,情绪是奔放而近乎狂热的,而故作"谐谑语",正无感慨悲伤,更无反战之意。

或谓王翰曾在幽州大都督张说幕下任职,此诗即当时作,却也未必。诗中所言,皆西北事,"葡萄美酒"、"夜光杯"均来自西域,琵琶也是西域传来,此言唯出征西北时可道。

【扩展阅读】

凉州词其二

唐·王翰

秦中花鸟已应阑,塞外风沙犹自寒。夜听胡笳折杨柳,教人意气忆长安。

《全唐诗》收录王翰《凉州词》共有两首,"葡萄美酒夜光杯"是其一,上面这首是其二,两首诗的风格是迥然不同的。此诗想象"秦中花鸟已应阑",从而"教人意气忆长安",是出征时思乡之作,低徊委婉、哀怨惆怅,不复慷慨激昂、马上欲醉之语。

李 白

送孟浩然之广陵①

故人西辞黄鹤楼，烟花②三月下扬州。
孤帆远影碧空尽，唯见长江天际流。

【注释】

　　①送孟浩然之广陵：此题别本作《黄鹤楼送孟浩然之广陵》，"之"是前往的意思。　②烟花：指繁花盛开，花气如烟。

【语译】

　　故人向西面辞别了黄鹤楼啊，趁着三月间繁花似锦的日子，乘船前往扬州。那一叶孤帆的影子越来越远，直至融入碧空之中，我只能见到长江蜿蜒地流向天际。

【赏析】

　　这首诗，乃是李白初次离乡漫游，于荆楚之地辞别孟浩然时所作。唐汝询在《唐诗解》中说："'黄鹤'，分别之地，'扬州'，所往之乡，'烟花'，叙别之景，'三月'，纪别之时。帆影尽，则目力已极；江水长，则离思无涯。怅别之情，俱在言外。"已经解释得很详尽了。

　　黄鹤楼是楚地名胜，想必李、孟二人经常在此观览胜景，痛饮而醉吧，或许离别的筵宴也是在这里举行的，故而诗从"黄鹤楼"起。"黄鹤"之名，来自于仙人乘鹤而去，或许在李白心中，他最仰慕的"孟夫子"也如同神仙一般，就此飘然而远。"三月"为纪别之日，但诗人偏要加上"烟花"二字，以述其时风景无限，生机蓬勃，"烟花三月下扬州"句，编撰《唐诗三百首》的孙洙赞誉为"千古丽句"，非为无因。由此可见孟浩然此去并非穷山恶水，所经也无坎坷险阻，乘舟沿江而下，去往那天下闻名的胜地扬州，李白内心也是为"故人"高兴的。

　　"西辞"是向东，"下"是沿水而行，故此第三句即接"孤帆远影"，顺畅自然。诗人远望着船帆缥缈而去，直到融入碧空之中，再也看不见了，仍然不肯收回自己的目光，则不言伤别，但留恋不舍之意、真挚感人之情，就此毕见。再说长江蜿蜒，直向天际，既是目见之景，也暗喻自己的相思、友情如同江水一般绵绵无尽。以此为结，便见余味隽永，可反复咀嚼。

下江陵①

朝辞白帝彩云间，千里江陵一日还。

两岸猿声啼不住，轻舟已过万重山。

【注释】

①下江陵：别本题为《白帝下江陵》，或《朝发白帝城》、《早发白帝城》，发是启程之意。

【语译】

早晨，我辞别了如在彩云之间的白帝城，前往江陵的千里路途啊，竟然一天就抵达了。耳闻得两边岸上猿猴啼鸣不停，眨眼间轻快的小船已经超过了万重山峦。

【赏析】

此诗有内外两重意。外在的表现，是言事。唐肃宗乾元二年（759 年），李白牵扯进了永王李璘谋反一案中，因而被判流放夜郎，他自长安启程，行至白帝城即遇赦，于是乘舟东返，出峡时作了这首诗。通篇粗看来都是言事，并兼及言景，首句言早晨离开白帝城，次句言一日即到江陵。南朝盛弘之《荆州记》云："三峡七百里中，两岸连山，略无阙处……至于夏水襄陵，沿溯阻绝。或王命急宣，有时朝发白帝，暮至江陵，其间千二百余里，虽乘奔御风，不为疾也……"可知"千里"应为"千二百里"的约数，从白帝到江陵，风疾时一白昼即至，确有其事，并非李白的夸张。开篇云白帝城如在"彩云间"，是言地势之高，由高就下，势如奔马，就此引出"千里"、"一日"的说法。观前半段，真畅快淋漓，似两腋生风矣。

后半段更渲染途中行进之速。"两岸猿声啼不住"，山中有猿，所过一山又是一山，因舟行疾，故前山猿鸣直接后山猿鸣，故云"啼不住"。从白帝直到江陵，所历万山，因舟船轻巧，故疾行如风，转瞬即过。前半段为写事，后半段则摹景，所言不外如是。

可是再往深一重咀嚼，此诗其实是在言情，是诗人抒发得脱囹圄的轻松、畅快心情。"朝辞白帝"，即是告别了被流放的生涯，返回江陵，则是返回正常人的生活，内心怎得不喜？猿声本有哀怨凄怆的意象，猿声耳畔掠过，亦为告别往昔苦痛的日子；此刻的水上轻舟一如诗人轻松的心境，万重山峦，无数坎坷，瞬间便即扫过，不再为意。

全诗似纯写事、写景，不着情语，但情绪自在。即便并不深读，仅就表面上看，轻快远行，目的地转瞬即到，诗人的热情奔放、轻松愉悦，亦在字里行间流露出来，足以感染读者。

岑　参

逢入京使

故园东望路漫漫，双袖龙钟①泪不干。
马上相逢无纸笔，凭君传语报平安。

【注释】

①龙钟：原意为狼狈，这里是指因眼泪沾湿衣襟而显得狼狈不堪，东汉蔡邕《琴操·信立退怨歌》有"紫之乱朱，粉墨同兮；空山歔欷，涕龙钟兮"句。

【语译】

东望旧日庭园，路途是如此地漫长遥远，我两袖都被沾湿，眼泪总也不干。马上遇见你啊，身边却没有纸笔，全靠你传个口信回去以报平安。

【赏析】

此诗当作于唐玄宗天宝八载（749年），当时岑参前赴安西节度使高仙芝幕府，去担任掌书记，途遇由西向东前往京城长安的信使，因怀乡乃作诗以寄情。

此诗层次分明，层层展开，以抒发思乡惆怅之情。首句言家乡在东，路途遥远，这是言事，次句说自己泪湿衣襟，这是抒情。到第三句才点明此番离乡是为从征，途中偶遇入京的使者，点明题意。正因途中偶遇，故言"马上"，言"无纸笔"，于是只好请使者帮忙去带个口信，以报平安了。所述之事本也平常，但寄予了深厚的情感，故此成为千古绝唱。

由此可见，岑参固然有"功名只向马上取"的宏图壮志，却也深怀去国离乡的悲怆情愫，怀思故园，柔情万千。明人谭元春在《唐诗归》中赞道："人人有此事，从来不曾写出，后人蹈袭不得。所以可久。"

杜　甫

江南①逢李龟年②

岐王③宅里寻常④见，崔九⑤堂前几度闻。
正是江南好风景，落花时节⑥又逢君。

【注释】

①江南：长江以南，这里不是指今天苏浙一带，而是指今天湖南地区。　②李龟年：盛唐时宫廷乐师，善歌，还擅吹筚篥，擅奏羯鼓，也长于作曲等，他和李彭年、李鹤年兄弟创作的《渭川曲》特别受到唐玄宗的赏识。　③岐王：即李范，为唐睿宗李旦之子，玄宗李隆基之弟，以好学爱才著称，雅善音律，开元十四年（726年）卒，天宝三载（743年）曾以李珍为嗣。　④寻常：平常、等闲，这里是经常的意思。　⑤崔九：有原注道："崔九即殿中监崔涤，中书令湜之弟。"崔涤为玄宗的宠臣，后赐名为澄，亦卒于开元十四年（726年）。　⑥落花时节：暮春，通常指阴历三月。

【语译】

过去岐王府上经常能够见到你啊，也能在崔九家中听到你的演奏。如今正当江南地区风景如画之际，想不到在这暮春三月又能与你相遇啊。

【赏析】

这首诗大约是唐代宗大历五年（770年），杜甫逃难到潭州（今湖南省长沙市）之时所作。浅层阅读，此诗不过偶遇故人，为此而惊喜、感叹而已，其实内中蕴含有更深邃的家国之伤。

李龟年是深受唐玄宗赏识的宫廷乐师，玄宗甚至准其在长安大起宅邸。诗的前半段怀想李龟年当初在长安与皇亲显宦来往，其实是在缅怀那富足太平的开天盛世。诗的后半段所言则是今事，因为"安史之乱"，唐朝迅速衰败下去，诗人也被迫四处流浪，直至潭州，但他想不到的是，竟然又在潭州得遇李龟年。故人依稀，然而时世已改，相对唏嘘，怎能不惆怅满腔呢？但是诗中不但不言惆怅，反而说"正是江南好风景"，似甚欣悦。其实联系结句便可知，这所谓的"好风景"只是无奈苦笑而已。诗人仿佛在对李龟年说："这真是一个好时候啊，你看你看，花都已经谢了……"

　　"落花时节"，既是眼前实景，也象征了繁华一时的开天盛世已落下帷幕，仿佛那春天的花朵一般，已经黯然飘逝而去了。诗的总体氛围似不甚悲，但"落花时节"四字便将隐含着的悲怆、无奈缓缓生发出来。

　　对于此诗的作者尚有异论。《杜诗详注》引黄鹤语："开元十四年，公（杜甫）止十五岁，其时未有梨园弟子。公见李龟年，必在天宝十载后，诗云岐王，当指嗣岐王珍。"仇兆鳌根据黄鹤的说法，认为诗中所说"崔九堂前"也只是指崔氏旧堂罢了（岐王、崔九，皆开元十四年即卒）。因此很多人便怀疑此诗非杜甫所作。其实"寻常见"、"几度闻"只是泛指，云李龟年于开天之际，时常出入显宦之门而已，未必是诗人亲见，此等笔法，当为杜甫所作。

韦应物

滁州^①西涧^②

独怜幽草^③涧边生^④，上有^⑤黄鹂深树^⑥鸣。
春潮带雨晚来急，野渡^⑦无人舟自横。

【注释】

　　①滁（chú）州：即今天安徽省滁州市。　②西涧：滁州城西郊的一条小溪，或称马上河，即今天的西涧湖。　③幽草：别本作"芳草"。　④涧边生：别本作"涧边行"。　⑤上有：别本作"尚有"。　⑥深树：指树荫深处。　⑦野渡：荒郊野外无人管理的渡口。

【语译】

　　只有我才怜惜那涧边所生的清幽的小草，在它上面，还有黄鹂在那树荫深处啼鸣。近晚雨落，所以春潮更显得湍急，野外渡口上没有人，只有一条小船横斜在那里。

【赏析】

　　这是韦应物一首著名的山水诗，所写为无人的野景。春草生于偏僻之处，自生自长，无人怜惜，故谓"幽草"，黄鹂自在地鸣叫，给这份清幽的景致增添了一些动感和声响。春雨自落，春潮自生，荒野渡口上，船家已经不知道哪里去了，只有一条小船"横"在那里。

　　"横"字极精妙，非亲眼目见不得出此语。为什么这么说呢？诗人本意，是舟人不在，小船独自拴在渡口，轻轻漂浮。既然是渡口，这条自然是渡船，诗人面向水面，渡船若行，则在诗人看来是竖向的，渡船不行，自然靠在岸边，便横过来了。一个"横"字，则船之不用便甚分明。

　　这首诗所要表现的是无人的纯自然的野趣，不但无人，似乎也不见活物，就连黄鹂都是在"深树"中鸣叫，但闻其声，不见其形。说是无人，其实诗中还隐藏着两个人，一个自然是作为观察者的诗人，开篇便言"独怜幽草"，是说只有自己才有欣赏这清幽春草的兴致，旁人并无，所以此处人迹罕至。结末再写野渡、渡船，船家却偏偏不在，更见荒僻无人。因景而生情，诗人所要阐发的是一种清幽淡雅，无俗尘相扰的隐士之趣。

　　明朝人何良俊曾言："大清楼帖中有韦公手书。'涧边行'，非'生'也；'尚有'，非'上'也。其为传刻之讹无疑。"未知确否。

> **唐诗常识**
>
> 　　此诗次句仄起，三句平起，失粘，这种情况在唐诗中其实并不罕见，后人称之为"折腰体"。宋僧惠洪在《天厨禁脔》中说："折腰步句法——《宿中山》：'幽人自爱山中宿，更近葛洪丹井西。庭前有个长松树，夜半子规来上啼。'前诗韦应物作（其实应为朱放的《山中听子规》），虽中失粘而意不断也。"严羽在《沧浪诗话·诗体》中说："有绝句折腰者，有八句（律诗）折腰者。"

张　继

【作者介绍】

张继（约715年~约779年），字懿孙，襄州（今湖北省襄阳市）人，唐代诗人。他是天宝十二载（753年）的进士，大历中，曾以检校祠部员外郎为洪州（今江西省南昌市）盐铁判官，有政声。他与刘长卿、顾况都有交往，诗作爽朗激越，不事雕琢，比兴幽深，事理双切，对后世颇有影响。

枫桥①夜泊

月落乌啼霜满天，江枫②渔火对愁眠。
姑苏③城外寒山寺④，夜半钟声到客船。

【注释】

①枫桥：地名，在今天江苏省苏州市阊门外，靠近寒山寺。此题别本作《夜泊枫桥》。　②江枫：寒山寺旁有两座桥，一名"江村桥"，一名"枫桥"，枫桥亦名封桥。　③姑苏：苏州的别称，因城西南有姑苏山而得名。　④寒山寺：在枫桥附近，始建于南朝梁代，相传因唐代僧人寒山、拾得曾居此而得名，在今天江苏省苏州市西枫桥镇，本名"妙利普明塔院"，又名枫桥寺。另一种说法，"寒山"乃泛指肃寒之山，非寺名。

【语译】

明月西沉，乌鸦啼鸣，霜气布满了天空。江村桥和枫桥旁的渔火啊，陪伴着我惆怅难眠。苏州城外的寒山寺，半夜敲响钟声，传到了客旅之船。

【赏析】

此诗绝美，清幽脱俗，使人心醉。首句连用三种景象——"月落"、"乌啼"、"霜满天"，既点明季节、时辰，又营构出静谧安详的氛围出来。其实全然无声之静不是静，而是恐，似此诗般偶有乌鸦啼鸣，竟然能够真切听闻，才是真静。次句写位置，是在江村桥和枫桥附近，周边很多打渔的小船，渔火星星点点，反而更显得夜深昏暗。或谓"江枫"是指江畔的枫树，但以之直接"渔火"，似有不协。

此句已奠定全诗基调，在于一个"愁"字。所谓"愁眠"，其实是愁而难眠，故此才能备悉描摹身周景物。后半段写钟声传来，特言"客船"，始知诗人之所以愁眠，为的是客旅它乡，思念故土，故而愁思绵绵，难以安寝。

关于此诗，还有一段公案。北宋欧阳修在《六一诗话》中说："诗人贪求好句而理有不通，亦语病也。如唐人有云'姑苏城外寒山寺，夜半钟声到客船'，说者亦云句则佳矣，其如三更不是打钟时。"南北宋之交的陈岩肖在《庚溪诗话》中则分辩道："然余昔官姑苏，每三鼓尽，四鼓初，即诸寺钟皆鸣，想自唐时已然也。后观于鹄诗云：'定知别后家中伴，遥听缑山半夜钟。'白乐天云：'新秋松影下，半夜钟声后。'温庭筠云：'悠然旅榜频回首，无复松窗半夜钟。'则前人言之，不独张继也。"此种说法足以为张继辩护。

但还有一些反驳很无力，甚至有些可笑。明胡应麟在《诗薮》中说："张继'夜半钟声到客船'，谈者纷纷，皆为昔人愚弄。诗流借景立言，唯在声律之调，兴象之合，区区事实，彼岂暇计？无论夜半是非，即钟声闻否，未可知也"。《唐诗摘钞》也说："夜钟声，或谓其误，或谓此地故有半夜钟，俱非解人。要之，诗人兴象所至，不可执着。必曰执着者，则'晨钟云外湿'，'钟声和白云'，'落叶满疏钟'皆不可通矣。"

诗歌是对自然、对生活的高度精炼，诗歌本就从事实中来，怎么能说"区区事实，彼岂暇计"呢？就算编故事，也要求编得圆吧。"晨钟云外湿"，"钟声和白云"，"落叶满疏钟"，都是艺术化的句子，或通感，或比喻，所写为诗人观察自然后所得的一种感受，不能说它们罔顾事实。当不可能听到钟声的时候，偏偏写听到了钟声，这根本与事实相悖，必须点明是幻听，是内心所想，否则就是胡编乱造。胡编乱造出来的诗歌，不会是真的好诗，后人更不应为此矫饰涂抹。其实半夜鸣钟，非止唐代，非只寒山寺，历代都有诗人写到过，不可能都是拣拾张继余唾，陈岩肖所言甚是，张继所写，与事实并不相悖。

【扩展阅读】

夜雨题寒山寺寄西樵礼吉其二

清·王士禛

枫叶萧萧水驿空，离居千里怅难同。十年旧约江南梦，独听寒山夜半钟。

此为清朝诗人王士禛的作品，也写到"寒山夜半钟"，可见直到清代，寒山寺都有夜半鸣钟报时的习惯，张继不为妄语也。此诗意也从张继诗中化出，夜半鸣钟，本无所谓喜怒哀乐，而自张继诗出，则士人闻之触动内心，闻之而感惆怅，是张继的诗句给夜半钟赋予了全新的独特的情感色彩，并且流传千古。

韩 翃

寒 食①

春城无处不飞花，寒食东风御柳②斜。
日暮汉宫传蜡烛③，轻烟散入五侯④家。

【注释】

①寒食：即寒食节，亦称"禁烟节"、"冷节"、"百五节"，在清明前一两日，古之习俗禁烟火，只进冷食——《荆楚岁时记》载："去冬节一百五日，即有疾风甚雨，谓之寒食，禁火三日。"在后世的发展中更逐渐增加了祭扫、踏青、秋千、蹴鞠、牵勾、斗卵等风俗，最终与清明节合并。 ②御柳：御苑之柳，旧俗每于寒食折柳插门。 ③传蜡烛：唐宋时风俗，在寒食节禁火三天之后，朝廷将于清明日取榆柳之火赏赐近臣。 ④五侯：指同时封侯的五人，汉时最多，比如汉成帝时候的王谭、王商、王立、王根、王逢时，汉桓帝时候的梁冀、梁让、梁淑、梁忠、梁戟，梁氏灭亡后的宦官单超、徐璜、左悺、具瑗、唐衡。后即用"五侯"来指代豪门权贵。

【语译】

春天的长安城啊，到处都有柳絮飞舞，正当寒食节，东风吹来，御苑的柳树都在风中横斜。天黑以后，宫中燃起蜡烛，点燃新火；这些榆柳之火的轻烟啊，一路传送到王侯贵戚的家中。

【赏析】

这首诗乃写长安城内寒食节景物，运笔流畅生动，结构严谨，句与句之间联系紧密，而正为其联系紧密，故可一气呵成，毫无凝滞感。对于诗境、诗趣、诗意，历代都有很多种解释，在此略加厘清。

首先，首句为"春城无处不飞花"，此"春城"即指春季的长安，"无处不"是双重否定，表明飞花满城。设想一下，街道巷陌，到处都是花瓣飘零，随风而舞，这种景致是多么美丽啊。然而可惜得很，诗人本意并非如此，试想，一城之中，哪来如许花朵，又怎可能一时俱谢，以致全城皆有飞花呢？这里的"花"，其实是指"杨花"，也就是今人所谓的"柳絮"。正当暮春，杨柳飞絮，因絮轻可飞远，故只需要不多数量的杨柳，即可导致满城飞花。

那么，到底是哪里的杨柳飞来如许飘絮呢？次句即点明："寒食东风御柳斜"，原来是从御苑中御柳而来的。唐人爱柳，皇家御苑中多植柳树，乃有此谓。前半段的两句诗联系非常紧密，若将"飞花"误以为花瓣飘零，既于理不合，又难免有割裂之感。

诗的前半段写寒食景致，后半段则写寒食风俗，以"汉宫"以喻唐宫，寒食节后三天，宫中取榆柳之火以赐重臣，也正好和前面"御柳斜"相呼应，结构相当谨严。对于后半段所表现出来的诗意，主要有两种说法，一是谓"五侯"指汉桓帝时代的宦官单超、徐璜、左悺、具瑗、唐衡，用以指代宦官，这是说本该分赐重臣的柳火，如今却用来分赐宦者，暗讽中唐以后宦官用事，掌控朝廷。另一种说法，则"五侯"只是高官显爵的指称，此意是讽刺权贵之得圣宠。私以为两种说法都不甚合适。

首先，"五侯"的典故在汉朝有很多，既可指宦官，也可指功臣、外戚，诗人为何不用别的典故来指称宦官，而要用容易引起误解、歧义的"五侯"呢？可见说"五侯"是指宦官，不甚妥帖。其次，寒食后分赐重臣榆柳之火，乃是历代沿袭的风俗，非唐代尤其是中唐时所独有，又怎能用这种惯见之事，来讽刺权贵之蒙宠呢？

故而又有人谓，此诗乃写承平气象，实与讽喻无关。虽然如此一来，诗意、格调就要降低一个层次，但不可否认，这样理解才庶几近乎诗人本意。由此又引发出一段轶事，孟棨《本事诗》记载，唐德宗时制诰缺乏人才，中书省提名请求御批，德宗批复说："与韩翃。"当时有两个韩翃，于是中书省又以两人的名字同时进呈，德宗便批："与'春城无处不飞花'之韩翃。"倘诗有讽喻之意，德宗非至圣之君，安得读之不怒反喜？

> **唐诗常识** "五唐"之论，是在盛唐与中唐之间多划分出一个转折时期，此时最著名的诗人要算是"大历十才子"，包括李端、卢纶、吉中孚、韩翃、钱起、司空曙、苗发、崔峒、耿湋、夏侯审（宋以后还有异说，多不可信），此外还有不大为后人所知的《箧中集》（元结所辑诗集）诗人群（沈千运、赵微明、孟云卿、张彪、王季友）等。

刘方平

【作者介绍】

刘方平，生卒年不详，字号不详，河南（今河南省洛阳市人），唐代诗人。他在天宝前期曾应进士试，又欲从军，均未如意，从此隐居颍水、汝河之滨，终生未仕。与皇甫冉、元德秀、李颀、严武为诗友，多有唱和。刘方平工诗，善画山水，其诗多咏物写景之作，尤擅绝句，多写闺情、乡思，思想内容较贫弱，但艺术性较高，善于寓情于景，意蕴无穷。

月 夜

更深月色半人家，北斗阑干①南斗斜。

今夜偏知②春气暖，虫声新透绿窗纱。

【注释】

①阑干：这里是指横斜的样子。　②偏知：才知道。

【语译】

夜静更深，月光探入室内，照亮了半个人家，空中北斗星横挂着啊，南斗星倾斜。直到今夜才知道春天的气息是如此温暖，虫子的鸣叫声刚刚透进了绿色的窗纱。

【赏析】

这首诗写春夜的感受，纯从亲见亲历中来，读者赏阅，也如同目见，仅凭想象，恐怕是写不出这样的诗句来的。因为句句都合乎理趣，不是那种认为"区区事实，彼岂暇计"的腐儒所能道者。

"更深月色半人家"，更深因而月斜，月光明亮且斜，所以才"半人家"，只照亮了一半人家，另一半则隐藏在黑暗中。要么更初，要么更深，否则月在正空，是无法产生这种效果的。次句"北斗阑干南斗斜"，也与此相呼应。古诗云"月明星稀"，正因为月光明亮才掩盖了星辰的身影，倘若月在中天，又如何清晰得见北斗和南斗呢？只有月已西斜，则月光虽明，亦无法遮掩正当天极的北斗和在天之另一侧的南斗。

后两句因其诗意，其实是倒装，诗人当先听闻"虫声新透绿窗纱"，然后才恍惚有感，觉"春气暖"。春天来了，天气一天比一天更暖和，故而虫豸新生，开始鸣叫。诗人重于观察，他必须每晚都休察外物，才能发现"虫声新透"是哪一天，而就从这天开始，他领悟到春天是真的来到了，温暖是真的降临了大地。"偏知"一词，出乍然而喜之态，由此可见诗人对春天的热爱、对生命的热爱，是如何地浓烈了。

春 怨

纱窗日落渐黄昏，金屋无人见泪痕。
寂寞空庭春欲晚，梨花满地不开门。

【语译】

女子透过纱窗，只见红日渐落，黄昏渐临，在这藏娇的金屋里啊，没有人看得到她的泪痕。庭院空旷，如此寂寞，而且已到暮春，满地都是飘零的梨花啊，使人不忍心开门去看。

【赏析】

诗题为《春怨》，诗写暮春的闺怨。或谓是指"宫怨"，为其中有"金屋"字样，然而金屋藏娇的典故固然出自内廷，但作为成语，它的外沿已经极大扩展了，此处正不必指宫中之事。况且除此之外，诗中更无与宫廷相关的字句存在。

诗歌最重要的章法，就是遣词、造句、摹境、抒情，全都要围绕着主题，尤其是绝句这种篇幅偏于短小的诗篇，更不允许另生枝节。即以此诗而论，几乎字字、句句皆有章法。开篇即云"纱窗"，可见主人公应在屋内，倘在庭中，除非欲窥室内情境，否则是不必言及纱窗的。后文亦可见，"日落渐黄昏"即由屋内外见之天色，"梨花满地"，也是由屋内外见之景致。而且这里"日落渐黄昏"，也有暗喻主人公韶华已逝，青春不在，因年老色衰而遭厌弃，导致独守空闺之意。

"金屋"当然是金屋藏娇意。汉武帝曾于少年时代便发誓："若得阿娇作妇，当作金屋贮之。"可是最终他还是废掉了陈皇后。此处所言之意相同，昔日青春美貌时，受丈夫珍宠，金屋藏之，如今金屋仍在，爱恋却逝，只得黯然垂泪，并且即便垂泪也"无人"见之——丈夫早就离自己而去了，自己的痛苦、寂寞，他不仅不知道，而且根本不想知道。

第三句的"空庭"照应第二句的"无人"，更增添寂寞之态，而"春欲晚"又呼应"日落渐黄昏"，都有青春难再之悲怨。因为暮春，故而原本炫丽洁白的梨花已尽数飘零，仿佛象征着主人公的青春美貌也如花一般俱已凋谢。这般外物应和人事，她又怎忍心开门去看呢？梨花的遭际，仿佛正和她自身的遭际一般，睹物而伤情，还是独自于室内落泪，不踏足空寂、凄美的中庭为好吧。

柳中庸

【作者介绍】

柳中庸（？～775年）名淡（一说名谈），以字行，河东（今山西省永济县）人，唐代诗人。他是柳宗元的族人，大历年间进士，曾任官洪州（今江西省南昌市）户曹参军。他与弟柳中行并有文名，与卢纶、李端为诗友，《全唐诗》存诗仅十三首。

征人怨

岁岁金河①复玉关②，朝朝马策③与刀环④。
三春白雪归青冢，万里黄河绕黑山⑤。

【注释】

①金河：指大青河，在今内蒙古自治区境内，流入黄河。　②玉关：玉门关的简称。　③马策：马鞭。　④刀环：刀首的铁环——汉代有环手刀，即以刀首铸环得名。　⑤黑山：一名杀虎山，在今内蒙古自治区呼和浩特市东南。

【语译】

年年不是进攻金河，就是守备玉门关，天天不是拿着马鞭，就是提着刀环。春天的白雪回到了昭君青冢，万里的黄河啊，围绕着那高峻的黑山。

【赏析】

此诗写征夫之怨，但"怨"字并未明确点出，只在意境中自然盘桓。诗中写到了四个地名，即金河、玉关、青冢和黑山，三在北，一在西北，可见其征戍范围之广。前两句云"岁岁"、"朝朝"本是互文，意为无论是年年月月，还是暮暮朝朝，征人都带着马鞭和武器，巡行在各地边防线上。这两词回环叠声，再加上"金河"、"玉关"、"马策"、"刀环"的句中自对，就形成了一种独特的铿锵节奏。

万里征戍，可以怨，也可以壮，情感色彩于诗的前半部分虽有流露，却并不明显，于后半部分则借景物自然咏出，可深镂骨髓。第三句写"三春白雪归青冢"，在那昭君青冢所在的地方是如此寒冷，明明是春季，却又白雪皑皑，以显征戍之苦。同时，诗人特意点出"青冢"，又用一个"归"字，仿佛在点明征人的归宿，他最终可能要和王昭君一样，都埋骨塞外，难回家乡了。第四句写"万里黄河绕黑山"，黑山是征戍之地，黄河是父母之邦，其意更明：征人身在塞外，思念故乡，而其愁思，亦如万里黄河一般滔滔不绝。

俞陛云在《诗境浅说》中评道："四名皆作对语，格调雄厚。诗题为征人怨，前二句言情，后二句写景，而皆含怨意，嵌青、白、黄、黑四字，句法浑成。"

顾　况

【作者介绍】

顾况（约727年~约815年），字逋翁，号华阳真逸（一说华阳真隐），晚年自号悲翁，苏州海盐横山（在今浙江省海宁市境内）人，唐代诗人、画家、鉴赏家。他是唐肃宗至德二载（757年）进士，建中二年（781年）至贞元二年（786年），韩滉为润州刺史、镇海军节度使时，曾召其为幕府判官，贞元三年（787年）因李泌荐引，入朝任著作佐郎。后李泌去世，他也因为"傲毁朝列"、"不能慕顺，为众所排"，被贬饶州司户参军，不久后携家归隐。

顾况强调诗歌的思想内容，注重教化，他的乐府诗不避俚俗，不乏尖刻，直接反映现实，语言质朴，其七绝清新自然，亦饶有佳作。

宫　词

玉楼天半起笙歌，风送宫嫔笑语和。
月殿①影开闻夜漏，水晶帘卷近秋河②。

【注释】

①月殿：月中宫殿，这里是指代月亮。南朝梁简文帝萧纲《玄圃园讲颂》即有"风生月殿，日照槐烟"句。　②秋河：指秋天的银河。

【语译】

半空中玉砌的楼台，响起了笙歌鼓乐，随风送来了宫嫔的笑语，与乐声相和。月色从浮云中展现，耳闻深夜滴漏之声，卷起那水晶帘栊啊，好似靠近了秋天的银河。

【赏析】

宫词多怨，此独不然。或以为此诗亦述怨情，晚清章燮《唐诗三百首新注》云："此诗不言怨，而怨情显露言外。若无心人安得于夜深时犹在此间一一闻之悉而见之明耶？"私以为理由不够充分。此诗前半段写帝、妃夜宴，笙歌笑和，后半段写深夜不眠，卷帘望星，可以是两方对比事，也可以是一人之事。尤其结句有"近秋河"句，以见所居之高，正与开篇"玉楼天半"相呼应，岂有失宠之妃仍居高楼的道理呢？除非如刘方平《春怨》诗，出现"金屋"等语，才可确证，否则是无法证明为诉怨情的。

　　还有人认为此诗是写宫中行乐，庶几近矣。白居易《长恨歌》中说："七月七日长生殿，夜半无人私语时。"其实与此诗情境颇为相似。前半段写帝妃宴乐，后半段则是曲终后人犹不散，倚望星空，或亦作"在天愿为比翼鸟，在地愿为连理枝"之誓语耶？

【扩展阅读】

宫词其五

唐·顾况

　　金吾持戟护新檐，天乐声传万姓瞻。楼上美人相倚看，红妆透出水精帘。

　　顾况此《宫词》本为一组五首，"玉楼天半起笙歌"为其二，上面这首为其五。所谓《宫词》，本为述宫中事，宫中事必然有喜有怨，未必都是怨情，而观顾况这几首诗，尤其是第五首，喜乐之意甚明，可知第二首所写，也非怨情，而是乐事。

李 益

夜上受降城①闻笛

回乐峰②前沙似雪，受降城下月如霜。
不知何处吹芦管③，一夜征人尽望乡。

【注释】

　①受降城：唐初名将张仁愿为了防御突厥，在黄河以北筑受降城，分东、中、西三城，分在今天内蒙古自治区和宁夏回族自治区境内。另一说：贞观二十年（646 年），唐太宗亲临灵州（在今宁夏回族自治区吴忠市境内）接受突厥一部的投降，"受降城"之名即由此而来。考虑到李益曾入灵州大都督杜希全幕，故此处所指，当为前一说的西受降城，或后一说的受降城。　②回乐峰：唐代有回乐县，为灵州治所，在今宁夏回族自治区灵武县西南，回乐峰应即当地山峰。别本作"回乐烽"，则指回乐县附近的烽火台。　③芦管：等于诗题中所言的"笛"，别本即作"芦笛"。

【语译】

　　回乐峰前白沙似雪啊，受降城下月光如霜。不知道谁在哪里突然吹起了笛子啊，使得附近征戍的士兵整整一夜难眠，全都远眺着家乡。

【赏析】

　　此诗写征人思乡，先从景物起兴。"回乐峰"、"受降城"是诗人所见实地实景，而"沙似雪"、"月如霜"，则是情景交合，以景出情的独特感受。"雪"、"霜"有凄寒艰辛的意象，此处并无真雪、真霜，但因诗人内心的凄怆，见沙而疑是雪，见月而疑似霜。正如李白《静夜思》中所写"床前明月光，疑是地上霜"，就此产生家国之思。

　　后半段突兀曲折，写笛声响起，撩动了征人思乡的惆怅心绪。观前半段即可知，其实思乡之情始终存在，笛声只是一个特殊的契机，使得他们将暗自想望转化为行动，即"一夜征人尽望乡"罢了。这里有几个词汇看似普通，其实运用得相当巧妙。一是"何处"，笛声不知道是从哪里传来的，正见征人之多，以及思乡之情的普遍；二是"一夜"，终夜不眠而望乡，以见思乡之情的浓厚；三是"尽"，人人望乡，并无例外，可见诗人所描写的是征人的共性，而非偶然情况。

　　真正的好诗正该如此，以极普通的字句，出不普通的情境，并与主题紧密契合，不矫揉，不造作，浑然有如天成，再也改易不得。

刘禹锡

乌衣巷①

朱雀桥②边野草花，乌衣巷口夕阳斜。
旧时王谢③堂前燕，飞入寻常百姓家。

【注释】

①乌衣巷：在今天江苏省南京市东南方，文德桥南岸，是三国时东吴的禁军驻地，因其军身着黑衣，故俗称乌衣巷。晋室南迁，定都建康（今江苏省南京市）后，王、谢等世家大族都居住在此，人称其子弟为"乌衣郎"。 ②朱雀桥：秦淮河上的浮桥，邻近乌衣巷。 ③王谢：泛指东晋至南朝的世家大族，当时江南四大姓为王、谢、褚、沈，其中王导、谢安都曾为宰相，这两家家世最为煊赫。

【语译】

看那朱雀桥边，到处都是野草闲花，乌衣巷口，只见得夕阳斜照。过去王、谢等豪门堂前栖息的燕子啊，如今都飞入了平常的百姓家中。

【赏析】

此诗抚古迹而追昔景，感叹时光流逝，繁华变改，意味极其浓厚，氛围哀而不伤，真一时之佳构。此诗约作于唐穆宗长庆四年（824 年）至敬宗宝历二年（826 年）之间，当时刘禹锡任和州刺史，距离金陵（即南京）很近，据说有友人寻访金陵古迹，作诗以赠，刘禹锡因而和之。

前半段即写自东晋到南朝的建康城繁华已一去不再，即因"朱雀桥"和"乌衣巷"两者点出。这是相当工整的一幅对联，以"桥"对"巷"，同门相对，而"朱"、"乌"又并为颜色。乌衣巷乃东晋、南朝士族豪门聚居之地，而朱雀桥在其附近，想必当年也是人潮汹涌，摩肩接踵吧，如今却只剩下"野草花"和"夕阳斜"了。野草闲花，以喻荒僻，夕阳斜照，以喻繁华荡尽，日薄西山。

但此诗最为人所称道的还是后半段。世族门阀肇始于汉，大盛于魏晋南北朝，至唐初仍然在国家政治中占有煊赫地位，但中唐以后已逐渐衰败。诗人就抓住这一古今变迁，慨叹昔日王、谢等豪门所居之处，如今已变成平常百姓之家了。但他并没有如此平直道出，而说"昔日王谢堂前燕，飞入寻常百姓家"。燕子年年迁徙，有常在一处筑巢的习惯，当然，时隔四百余年，当日王谢堂前之燕，与如今百姓家中之燕，早就有所不同，诗人却故意忽略这一点，为的是说明江山依旧，而人事已非。施补华在《岘佣说诗》中评此二句，道："若作燕子他去，便呆。盖燕子仍入此堂，王谢零落，已化作寻常百姓矣。如此则感慨无穷，用笔极曲。"

诗之要，意在言外，倘若意与言完全契合，则是普通白话，便索然无味矣。在本诗中，诗人曲折道出今昔之叹，含蓄深婉，营构出浓厚的历史氛围，使人不禁击节叹赏。

【扩展阅读】

石头城

唐·刘禹锡

山围故国周遭在，潮打空城寂寞回。淮水东边旧时月，夜深还过女墙来。

《乌衣巷》为刘禹锡所作《金陵五题》的第二首，上面这首《石头城》则是第一首，另三首分别为《台城》、《生公讲堂》和《江令宅》。诗皆以金陵古迹引发怀古之伤，用意接近，风味也颇相似。比如这首《石头城》，营构空城残垣景象，与《乌衣巷》的荒僻旧址貌，相差仿佛。

春 词

新妆宜面①下朱楼，深锁春光一院愁。
行到中庭数花朵，蜻蜓飞上玉搔头②。

【注释】

①宜面：宜为合宜，这里指脂粉和脸色很匀称。 ②玉搔头：即玉簪。《西京杂记》载："（汉）武帝过李夫人，就取玉簪搔头，自此后，宫人搔头皆用玉，玉价倍贵焉。"

【语译】

她梳妆匀称，恰合脸庞，就这样走下了红楼，看院中深深锁住了春光，化作满心惆怅。她走到庭中数着花朵啊，有蜻蜓飞来，停在了她头上的玉簪之上。

【赏析】

诗写闺怨，所道亦甚委婉曲折，尤其写愁却先从喜发端，与王昌龄《闺怨》如出一辙。王昌龄写道："闺中少妇不知愁，春日凝妆上翠楼。"这"凝妆上翠楼"与"新妆宜面下朱楼"是多么地相似？所不同的，一是上楼，为的是远眺春景，一是下楼，为的是近观春色。那么春色何在呢？下句即点出——"深锁春光一院愁"。春光本来非常美好，奈何被闭锁在深深庭院之中，使女主人公不禁联想到了自己的遭遇、处境，因而满院春光，却都化作了内心的彷徨和惆怅。

女子被闭锁家中，原因大抵因丈夫不在家，倘若丈夫仍在，自可带她出外去踏春游赏，而不至于使她只能欣赏自家庭院中的春景了。而至于是因为丈夫远游在外，还是因为丈夫已不再珍爱于她，才将她闲置家中，则为诗外之意，不必细诉。

所以此诗第一句写喜，因喜才仔细梳妆，使妆扮"宜面"，第二句突兀转折写愁，而第三句则极言愁却无聊，只能于"中庭数花朵"而已。她为什么要"数花朵"呢？可能是在细算自己已逝或将逝的青春年华，可能是在细算丈夫归来的日子，总之繁花盛开，春景无限，在她眼中，却只是忧烦、无聊、惆怅的代表而已。结句"蜻蜓飞上玉搔头"，是说美人如花，蜻蜓真不知何者是花，何者是美人，欲停花上，却反停美人头上。然而如此美人，却偏偏无人宝爱，而被闲置于深深院落之中，使她只能惆怅以观春景，白白使韶华流逝。此句最为深曲，以此作结，便给读者留下了无边的想象和无穷的怅惘。

白居易

宫　词①

泪尽罗巾梦不成，夜深前殿按歌声②。
红颜未老恩先断，斜倚熏笼③坐到明。

【注释】

　　①宫词：别本题作《后宫词》。　②按歌声：此处"按"为按着节拍之意，按歌声就是所谓的击节而歌。　③熏笼：罩在熏香炉外防烫的竹笼。

【语译】

　　我的眼泪已经浸透了罗帕，想做梦也做不成，夜色已深，却于前殿传来她人击节而歌的声音。我的容颜还没有老去啊，君王的恩宠却已然衰退了，我只好斜着身子靠在熏笼上，一直坐到天亮。

【赏析】

　　俞陛云在《诗境浅说》中评此诗道："作宫词者，多借物以寓悲，此诗独直书其事，四句皆倾怀而诉，而无穷幽怨，皆在'坐到明'三字之中。"所论甚当。

　　写怨情尤贵曲折委婉，但这曲折委婉有多种手法，"借物以寓悲"是常见的手法，诗人却摈弃不用，似为直诉其悲，而其实仍甚委婉。首句便点明主旨，此宫妃因不得君王宠爱，故而落泪沾巾，用一"尽"字，以见悲之深也。欲眠却"梦不成"，同样是曲折言悲。而与她的境况相对照，前殿却传来她人的歌声，料正在逢迎君王也。两相对比，更将悲怆推上一个新的高度。

　　第三句哀叹，我的容颜尚未衰老，而君王的恩宠已断，至于其中原由，正不必深究也不可深究。古代君主后宫佳丽正多，能专宠一人者凡几？见异思迁，莫不如是。此宫妃因此悲抑且怨，却又不敢将怨情表露于外，而只能独自沉浸在自己无边的悲恸之中。"坐到明"三字，又与开篇"梦不成"相呼应，清冷孤寂，哀怨难申，都在这最终三个字中得到鲜明表现。

张 祜

赠内人①

禁门宫树月痕过，媚眼惟看宿鹭窠。
斜拔玉钗灯影畔，剔开红焰救飞蛾。

【注释】

①内人：大内之人。大内是指皇宫，韩愈《论佛骨表》有"今闻陛下令群臣迎佛骨于凤翔，御楼以观，异入大内"句，因而大内之人即指宫人。《周礼·天官·寺人》有"掌王之内人及女宫之戒令"句，郑玄注："内人，女御也。"另一说是指宫中的女伎，崔令钦《教坊记》载："伎女入宜春院，谓之'内人'，亦曰'前头人'，常在上前头也。"

【语译】

宫门旁的宫树上，月色轻轻掠过，她那娇媚的眼目啊，只望向鹭鸟眠宿的鸟巢。她还在灯影旁斜斜地拔出玉钗来，剔开烛芯的火焰，以挽救那扑火的飞蛾。

【赏析】

诗写宫怨，第一句摹景，后三句便有主人公出场，她深夜难眠，遂用观"宿鹭窠"、"救飞蛾"来排遣惆怅情绪和无聊时光。

首先说摹景之句，因有"禁门"、"宫树"语，点明是在宫中，有"月痕过"语，点明是在晚间。晚间当眠，此内人却偏不眠，可见是心事重重，内心别有婉曲。后三句总写无聊情境，然而人在无聊之际，觉万事都可不做，又万事都可以做，她为什么做了某些事，又不做某些事呢？并非随意着笔，内中藏有深意。正如刘禹锡《春词》中"行到中庭数花朵"句，蕴含着细数青春或细数归期意，此诗后三句分两重情境，亦皆有其用意。

"惟看"一词，开始展露此内人之心曲，庭中种种景物，别皆不看，只看"宿鹭窠"，是她羡慕鹭鸟尚有归宿，而自己的归宿却不知何在。或将"宿鹭窠"解为鹭鸟交颈相眠之巢，是内人渴慕爱情意，但诗中并无相关成双的字句，又何必联想是一对鹭鸟，而非一只或者三只，或者更多呢？诗所赠的内人，不管是指宫人还是指宫伎，都与宫妃不同，她们是暂时寄身宫中，终有放还家乡的一日，故而宫中对于她们来说，只是人生之客旅，非永久之家乡，因而思得归宿，却又不知归宿何在，以是而惆怅。

后半段写内人剔灯以救飞蛾。飞蛾在晚间趋光，见烛火即扑，乃至身焦而不悟，故有"飞蛾扑火"的成语产生。此内人觉自己之进入宫廷，本意如飞蛾一般身趋光明，却难免如飞蛾一般粉身碎骨，见飞蛾而思自身，思自身而心不忍，心不忍乃拯救之。诗人之意，宫廷正如牢笼，一入此笼，则惆怅、寂寞、无聊，诸般情绪纷杂而来，却又不知前途何在，归宿何在，因而悲怆难眠。诗即描摹此种心境，救飞蛾语，独出新意，感人至深。

集灵台①二首

⊙其一

日光斜照集灵台，红树花迎晓露开。
昨夜上皇②新授箓③，太真④含笑入帘来。

【注释】

①集灵台：故址在今陕西省西安市临潼区骊山之上，《元和志》载："天宝六载（747年），改温泉宫为华清宫，又造长生殿，名为集灵台，以祀神。" ②上皇：指唐玄宗李隆基。唐肃宗灵武即位后，尊玄宗为"上皇天帝"，也即俗称的太上皇。 ③授箓（lù）：授予符箓，这里是被动语气，指接受符箓。箓有多意，可指古代帝王自称其受命于天的神秘文书，张衡《东京赋》有"高祖膺箓受图，顺天行诛"句，也可指道教的秘文。 ④太真：道教用语，这里是指杨玉环，道号太真，《旧唐书·后妃传》载："时妃（杨贵妃）衣道士服，号曰'太真'。"

【语译】

日光斜斜地照耀着集灵台，红树之花迎着晓露正在盛开。昨夜玄宗才刚接受符箓，太真妃子就含笑进入了帘栊。

【赏析】

此诗讽刺唐玄宗与杨贵妃的荒淫，不合礼法。《新唐书·后妃传》载："（杨玉环）始为寿王妃，开元二十四年（736年），武惠妃薨，后廷无当帝（玄宗）意者。或言妃姿质天挺，宜充掖廷，遂召内禁中，异之，即为自出妃意者，丐籍女官，号'太真'，更为寿王聘韦昭训女，而太真得幸。"也就是说，杨玉环本为玄宗之子、寿王李瑁之妃，却被公公玄宗看上，于是借口让她为母亲窦德妃荐福，与李瑁离异，出家为女道士，并赐道号"太真"，其后不久，便将杨妃纳入了后宫。诗即讽此。

前半段写景，其中"斜照"隐含有玄宗、杨妃之配不合正道之意，"红树花迎晓露开"，则是暗指男女欢会。后半段讽刺意味更浓，玄宗在集灵台接受道家符箓，似乎是想要敬神求道了，其实却是为自己与杨妃的苟合暗开方便之门。"太真含笑"语，便将祀神的清静福地，化作男女幽会之所，集灵台所集者，真是天地鬼神之灵吗？

⊙其二

> 虢国夫人^①承主恩，平明骑马入宫门。
> 却嫌脂粉污颜色，淡扫蛾眉朝至尊^②。

【注释】

①虢国夫人：指杨贵妃的三姐，受玄宗赐封为虢国夫人。 ②至尊：尊崇至高无上，多指代天子，《荀子·正论》云："天子者执位至尊，无敌于天下。"

【语译】

虢国夫人蒙受君王的恩宠，大白天骑着马就进入了宫门。因为厌嫌胭脂水粉会污损美丽的容颜，她只是淡淡地描了一下眉毛，就去拜见天子了。

【赏析】

此诗讽刺虢国夫人与唐玄宗有染，但诗中并未明言，而只是晦涩地暗示。首句"承主恩"，既可以是男女之宠，也可以是君臣之恩，故意用语暧昧，引发歧义。次句是言虢国夫人受宠之深，且态度骄横。依照礼制，百官进入宫门时都应下马步行，而虢国夫人于白昼进宫，众目睽睽之下，独能"骑马入宫门"，可见气焰如何喧天了。后半段言虢国夫人之美，《杨太真外传》载："虢国夫人不施脂粉，自炫美艳，常素面朝天（指天子）。"脂粉本为增色，她却嫌"污颜色"，可见素颜更较浓妆来得美丽，虢国夫人有这份自信，故而只"淡扫蛾眉"，便去朝拜天子。极言其容颜之美，则呼应开篇的"承主恩"，究竟是男女之宠，还是君臣之恩，也便不言而喻了。诗以疑惑起，而以暗示终，就此将讽刺意味浓浓地表达出来。

对李杨爱情，在唐朝时，既有白居易那般带有同情意味的阐述，也有如此诗般以讽刺为主的诗意，尤其唐玄宗前期的英伟神武与后期惹出安史之乱的昏聩集于一身，使得后人们对其情感的挖掘和鞭笞更为热衷，杨玉环的形象也就有了更多意味。

题金陵渡^①

> 金陵津渡小山楼^②，一宿行人自可^③愁。
> 潮落夜江斜月里，两三星火是瓜洲^④。

【注释】

①金陵渡：与南京无关，这里是指今天江苏省镇江市附近的西津渡口。北宋王楙《野客丛书》载："《张氏行役记》言甘露寺在金陵山上，赵璘《因话录》言李勉至金陵，屡赞招隐寺标致——盖时人称京口亦曰金陵。"京口唐代称为润州，即今天的镇江市。 ②小山楼：具体不详，应为诗人所寄宿的小楼。 ③可：这里是合当、应当之意。 ④瓜洲：在今天的江苏省扬州市邗江区，镇江北岸。南宋王象之《舆地纪胜》载："瓜洲在江都县南四十里江滨，昔为瓜洲村，盖扬子江中之沙碛也，沙渐涨出，其状如瓜，接连扬子渡口，民居其上，唐立为镇……"

【语译】

作为寄宿的行人啊，我暂居在金陵附近西津渡的小山楼里，自当惆怅。只见倾斜的月色映照之下，夜晚的长江已经落潮，远远可见两三点星星之火，那里就应该是瓜洲了吧。

【赏析】

这首诗写泊宿时思乡的愁怀，可与张继《枫桥夜泊》相对照来看。所不同的是，上半段已清晰点出"行人"和"愁"态，后半段张继写声，张祜则写景，只见远方星星点点的火光，怀疑是瓜洲附近的渔火。

因为点明了"愁"字，所以张继诗更为含蓄，张祜诗则多了一些直白显露。而且首句只写地点，包容未免浅了一点，不似张继诗将地点放在第三句，紧接钟声，作为自然过度，结构更复杂也更巧妙一些。此诗的妙处，只在第三句"潮落夜江斜月里"，描摹景致非常清幽淡雅，而且因潮落、月照，才得见瓜洲的渔火，颇富理趣。

【扩展阅读】

泊船瓜洲

北宋·王安石

京口瓜洲一水间，钟山只隔数重山。春风又绿江南岸，明月何时照我还？

张祜诗泊京口以望瓜洲，上面这首宋代王安石的诗，则是从瓜洲以望京口——此正因王诗所言"京口瓜洲一水间"，两处隔江即可相望也。两首诗都为游子思乡而作，亦相对直露，但相较之下，张诗还是稍逊王诗一筹。

朱庆余

【作者介绍】

朱庆余，生卒年不详，名可久，以字行，越州（今浙江省绍兴市）人，晚唐诗人。他是唐敬宗宝历二年（826年）的进士，授秘书省校书郎，其诗深受张籍赏识，近体尤工，诗意清新，描写细致，内容则多描摹个人日常生活。南宋刘克庄《后村诗话后集》云："张洎序项斯诗云：'元和中，张水部（张籍）为律格，清丽浅切，而巧思动人，字意清远，惟朱庆余一人亲受其旨，沿流而下，则有任蕃、陈标、章孝标、司空图等，咸及门焉。'"

宫中词①

寂寂花时②闭院门，美人相并立琼轩③。
含情欲说宫中事，鹦鹉前头不敢言。

【注释】

①宫中词：题名别本作《宫词》。　②花时：花朵绽放的时节，指春季。　③琼轩：华美的长廊。

【语译】

春光明媚，百花盛开，当此际此处却寂寞地闭锁着院门，美人并肩站在华美的长廊上，深含情感想要诉说宫中之事，却因为鹦鹉在前面而不敢开口。

【赏析】

《全唐诗》四万余首，题材相近的作品很多，即以《宫词》、《宫中词》、《宫怨》之类为名的也浩如烟海，往往会形成一些固定的意象，一些常见的手法。一首好诗，全面出新不但很不现实，也不易为读者所理解，套用故调又难见新意，很容易就会泯然众人，所以往往有陈有新，既有旧套路，也有新手法。此诗便是如此，首句是俗套，以锁闭宫门来喻示深宫寂寞，再以春光烂漫、繁华似锦来反衬宫人的青春就在深宫中黯然消磨。但是随后，诗人却有新意涌现。

首先，所写的不再是一位宫人，而是两个或更多，以"相并"一词托出，可见这种"寂寂"之情并非偶然，而是宫中女性的共性，终究能够得到君王宠爱，能够不虚度青春的，只是极少数人而已。后半段新意更浓，宫人们想要畅诉自己的寂寞、惆怅，却又不敢开口。一般宫怨诗中，大抵会写不忍言，不欲言，而不会写"不敢言"，朱庆余独能写道。为什么"不敢言"呢？原来因为"鹦鹉前头"。古时怨怼君王乃是大罪，宫人们内心皆怨，乃欲共言，但正不知道这些言语会否被人传扬出去，从而惹出天大的祸事来啊——鹦鹉云云，只是借鸟而言人罢了，无知识的鹦鹉尚且可能饶舌，而况乎人呢？

内心有怨，不忍言已是可悯，不敢言则更可悲，诗人抓住了这一独特的切入点，从而将深宫中人寂寞、哀伤的生活描写得更加入木三分。

近试①上张水部②

洞房昨夜停红烛，待晓③堂前拜舅姑。
妆罢低声问夫婿，画眉深浅入时④无？

【注释】

①近试：临近考试。此题别本作《闺意献张水部》。　②张水部：即张籍，当时任水部员外郎，故称。　③待晓：等到天亮。　④入时：合乎时宜、合乎时尚。

【语译】

自从昨夜熄灭了洞房的红蜡烛以后，就一直等着天亮到堂前去拜见公婆。这位新嫁娘梳妆已毕，低声询问丈夫，我的眉毛描得是深是浅，究竟合不合乎时尚呢？

【赏析】

这首诗的手法其实并不独特，以夫妻关系或男女爱情来比拟君臣、朋友、师生等其他社会关系，乃是从《楚辞》便即开始出现的一种传统表现手法。唐人范摅《云溪友议》载："朱庆余遇水部郎中张籍知音，索庆余新旧篇什二十六章，置之怀袖而推赞之。时人以籍重名，皆缮录讽咏，遂登科第。庆余作《闺意》一篇以献。"也就是说，朱庆余是因为得到张籍对

唐诗常识

古今字音、字调不同，前人读来很协调的诗句，后人往往难以接受其音乐性。唐诗中最使后人难解的，就是朱庆余《宫中词》所押"平水韵"中上平声十三元部。即以今天普通话的音韵来读，"魂浑温孙"等字易与上平声十一真、十二文，以及下平声十二侵相混淆，"元烦言轩"等字又易和上平声十四寒、十五删，以及下平声一先、十三覃、十四盐、十五咸相混淆。清代人即已极痛恨此韵部，李慈铭《越缦堂日记》载："朝考以诗出韵，置四等归班，以己未会试中式，覆试诗亦出韵，置四等，停殿试一科。其出韵皆在十三元。湖南人王闿运嘲以诗云：'平生双四等，该死十三元。'京师人以为口实。"

他诗歌的赏识，从而名声远播，才得以科举中试的，这与此诗中几个人物形象的竖立，所应用的比喻，都具有相当紧密的联系。

　　朱庆余把自己比拟作新嫁为人妇的女子，这位新嫁娘不知道能否得到公婆的喜爱，所以内心是忐忑的，惶恐的，"待晓"一词明确地表现出了这种心态——夜烛才熄，便开始等待天亮，因为天亮就要去拜见公婆，不知道他们会怎样看待自己，会怎样对待自己呢？继而他把科举试的考官比拟作公婆，考官赏识，自己就能中举，正如新嫁娘得公婆喜爱，从此就可以在夫家幸福地生活下去一般。然而在此之前，自己和考官，正如新娘与公婆，双方是互不了解的，新娘正需逢迎公婆，正如自己需要了解考官的口味，从而写出能够得蒙赏识的文章来一般。

　　那么，去哪里了解考官的喜好呢？诗人把了解自己、赏识自己的张籍比作自己的丈夫，经过一夜缱绻，丈夫应该比较了解自己了，同时，丈夫也应当了解公婆（张籍时任朝官，对考官的喜好应当有所认识）。所以他便借女子梳妆后询问丈夫，自己的妆扮是否合乎时尚，是否能够入公婆的法眼，来代指询问张籍，自己文章的风格是否合乎时流，是否能够得到考官青睐呢？

　　王建诗云"未谙姑食性，先遣小姑尝"，与此诗用意相同，都是以诗文干谒官员，以求扬名，以求官员指点考试的诀窍。王建所作五言，比较简省，朱庆余此诗是七言，添加了很多细节描述，比如"待晓"、"低声问"、"画眉深浅"，把一种忐忑而又热切期盼的心理描摹得生动细腻，从而得以名留千古。

【扩展阅读】

酬朱庆余

唐·张籍

　　越女新妆出镜心，自知明艳更沉吟。齐纨未足时人贵，一曲菱歌敌万金。

　　这首诗，应该就是张籍对朱庆余《近试上张水部》的回答。朱庆余是越州人，故而张籍即将他的诗文比作美丽的越女，说你已经很认真地写诗作文了，正如越女细心地梳妆打扮，自己知道自己的文章很好，却又难免忐忑沉吟，其实大可不必。你的文章清丽脱俗，就如同越女的采菱歌一般，可"敌万金"，不怕考官不赏识啊。

杜 牧

将赴吴兴①登乐游原

清时②有味③是无能，闲爱孤云静爱僧。
欲把一麾④江海去，乐游原上望昭陵⑤。

【注释】

①吴兴：唐朝郡名，即湖州，今天浙江省吴兴县。 ②清时：指政治清明的时代。 ③有味：指有闲情逸志。 ④一麾：麾的原意为旗帜，因官吏出镇时朝廷会赐予旌旗，故这里"一麾"是指出任刺史的符信。南朝宋颜延之《五君咏》有"屡荐不入官，一麾乃出守"句。 ⑤昭陵：唐太宗的陵墓。

【语译】

在此政治清明的时节，我却有此闲情逸志，可见是无能啊。我闲来喜爱孤云，静时仰慕僧侣。想要带着符节去乐游江湖啊，却又在乐游原上远望着太宗皇帝的昭陵。

【赏析】

此诗当于唐宣宗大中四年（850年），杜牧由尚书司勋员外郎出任湖州刺史，辞别长安之时所作。开篇似有自嘲意味，说如今政治清明，我却偏偏"有味"，可知是无能了。何谓"有味"？次句便给出解释——"闲爱孤云静爱僧"，这分明是隐者之意趣了。《论语》中说："邦有道，则仕；邦无道，则可卷而怀之。"可见按照儒家的理念、理想，政治清明之际，士人正该出而为官，为国家效力，只有政治混浊之际，才会考虑退身归隐。杜牧这首诗前半段表面的意思是：邦有道，但我无能，故此求隐。然而很明显，他所处的中唐时代，外有藩镇割据、边患侵扰，内有宦官弄权、官僚党争，何来"清时"之谓？这分明是反话，是说邦无道，我虽有能，亦不得不求隐啊。

第三句诗便出颓然而去意，他想要带着刺史符节"江海去"。这里的"江海"，一说即指湖州，他就此离开朝廷中枢，到地方上去逍遥自在了。另一说，此"江海"即同于"江湖"，与朝廷相对，"江海去"即是打算辞官归隐了。然而第四句却又转折，似有不舍意，因而"乐游原上望昭陵"。昭陵为唐太宗的陵墓，太宗可谓有唐一代最著名之圣君，他的统治时期被称为"贞观之治"，垂范千古。固然，太宗的治政多承史家溢美之言，不可尽信，但比起杜牧所处的中唐，正不知要强了多少倍。因而杜牧于辞别长安之际，不望宫阙，不望街巷，却望太宗的陵墓，正说明他内心充满着强烈的愤懑和不舍——开篇"无能"本是反语，他自认是有济世安邦之能、之志的，很想为了国家施展自己的才能和抱负，但政治如此混浊，哪里又有他的用武之地呢？因而他怅望昭陵，大起生不逢时之感。全诗之眼，便在此结句，怅怨全出，使人扼腕。

赤　壁①

折戟沉沙铁未销，自将②磨洗认前朝。
东风不与周郎③便，铜雀④春深锁二乔⑤。

【注释】

①赤壁：地名，汉末孙权、刘备联军曾在此处大破曹操军。关于赤壁的具体位置，历来众说纷纭，较为可信的有《元和郡县图志》所称："赤壁山在蒲圻县西一百二十里，北临大江，其北岸即乌林，即周瑜用黄盖策，焚曹公舟船败走处。"此外还有《水经注》所载："赤壁山在百人山南，应在嘉鱼县东北，与江夏接界处，上去乌林二百里。"此诗所指赤壁，则是黄州（今湖北省黄冈市）西北的赤鼻矶，因山岩色赤，有如火烧，故亦名"赤壁"。　②将：拿起。　③周郎：指孙吴大将周瑜，字公瑾，《三国志·吴书·周瑜传》载："瑜时年二十四，吴中皆呼为周郎。"　④铜雀：即铜雀台，旧址在河北临漳县境内，曹操曾在此处掘地得一铜雀，以为吉兆，遂于建安十五年（210年）建铜雀台。　⑤二乔：应为二桥，指桥氏姐妹。《三国志·吴书·周瑜传》载："时得桥公两女，皆国色也。（孙）策自纳大桥，（周）瑜纳小桥。"

【语译】

这折断的铁戟啊，沉埋在泥沙之中，还没有彻底朽坏，我把它拿起来，磨清洗净，认出是前朝旧物。倘若那东风不给周瑜行方便的话，恐怕二乔都要被闭锁在春意浓浓的铜雀台中了吧。

【赏析】

此诗怀古，所咏的是历史上著名的赤壁之战。东汉建安十三年（208年），曹操基本统一北方，于是亲率大军南征荆州刘表、扬州孙权。刘表才殁，其子刘琮举州归降，客将刘备率残兵与孙吴联合，孙权派周瑜引三万军拒曹，在赤壁以寡击众，大破曹军。诗作于唐武宗会昌中（841年~845年）杜牧任黄州刺史时，黄州也有赤壁，本非周瑜破曹处，但杜牧误以为即此地，故有感而发。

诗的前半段，据说从水中得到一柄古戟的残枝，就此引出诗人喟叹。诗歌议论都在后半段，说倘若东风不肯给周瑜行方便的话，赤壁之战的结局或许又会不同。以当时的军事态势来看，曹操所部北军不惯水战，又因水土不服而多生疾疫，新降荆州水军则疑虑重重，这场仗本来就很难打赢。但小大之势太过明显，倘若周瑜不能及时抓住战机，等曹操经过一冬的训练、休整，来春再发动猛攻的话，孙吴势力是很难与其抗衡的。所以说，周瑜破曹，有其必然性，但赤壁一战便扭转态势，也存在着偶然性。

当时周瑜军在长江南岸，曹军在长江北岸，隔江对峙，周瑜利用曹操不熟悉江南气候特征的弱点，用黄盖之计，于冬季突刮东南风时，火攻曹军战船，这才赢得了胜利。倘若当时并没有东南风，则火攻自然不成，曹操安居北岸，在休整完成前坚持不与周瑜交锋，则最终胜负正未可知也。这就是杜牧"东风不与周郎便"一句的根由所在。

倘若此战孙吴战败，自然孙权、周瑜都会沦为曹操的俘虏，那么作为孙策（孙权亡兄）妻的大桥和作为周瑜妾的小桥，自然也难免会被贪爱女色的曹操揽入己怀。赤壁之战两年后，曹操在大本营邺城建铜雀台，多储文学之士和婢妾，这就是杜牧言及铜雀台的缘由。"春深锁"这三字，乃是向来闺怨诗、宫怨诗中常出的意象，杜牧将之借鉴过来，用以咏史，却也能出常人所难以料想的独特意境。宋朝人因此而评杜牧此诗"轻佻"，不言国祚，不言士人，不言百姓，而独以女子遭遇来论势力成败，却不知这正是诗家由小而及大，言轻而意深的境界所在，杜牧是在写诗，自然需要浪漫情怀，而不需要冷冰冰的史论、政论。

杜牧此诗，慨叹古事，为言周瑜赤壁得胜本是侥幸，是贪天之功，那么从来咏史是为讽事，怀古是为喻今，杜牧讽事、喻今之意究竟为何呢？或谓是怀才不遇之叹，则杜牧再自矜其能，却又如何与名将周瑜相比？况又为何要与以武夫面目存留史籍的周瑜相比呢？显然是说不通的。私以为，杜牧作此诗，正是相应当时藩镇割据、朝廷诏令不行地方的政治状况——孙吴在扬州本是割据，曹操挟天子以令诸侯代表中央，以中央而伐地方，若非东风作梗，岂有失败之理？可惜啊，历史上的周瑜侥幸成功，现实中虽无周瑜，朝廷却也没有曹操一般能战之将，可以平定割据的藩镇了。

曹操的形象在隋唐以后逐渐丑化，而作为他敌手的周瑜，形象则极为高大，杜牧不歌颂周瑜，反而加以讽刺，无疑是有独特的政治讽喻隐含其中的。有趣的是，杜牧此诗亦对后世产生极大影响，民间遂有曹操南征孙权，专为迎取二桥之说，直到元末明初成书的《三国演义》中，诸葛亮亦以此谣言来激怒周瑜，甚至篡改曹操之子曹植所写的《铜雀台赋》，将"连二桥于东西兮，若长空之蝦蝚"改成了"揽二乔于东南兮，乐朝夕之与共"。由此可见，杜牧此诗结句深为识者所喜，影响甚深，虽是凭空妄想，又哪有轻佻可言？

泊秦淮①

烟笼寒水月笼沙，夜泊秦淮近酒家。
商女②不知亡国恨，隔江犹唱后庭花。

【注释】

①秦淮：河名，发源于今江苏省南京市溧水县东北方，经南京流入长江，相传为秦始皇南巡会稽时开凿，用以疏通淮水，故称秦淮河。　②商女：商家之女，这里是指卖唱的乐伎。

【语译】

　　烟雾笼罩着寒冷的水面，月色笼罩着沙滩，我在晚间泊宿在秦淮河上，靠近酒家。酒家里的乐伎不懂得什么是亡国之恨啊，隔着长江，犹自歌唱着《玉树后庭花》。

【赏析】

　　《玉树后庭花》是南朝陈后主所作，据说其词浮艳，其调萎靡，简直是南陈腐败政治的重要象征，故而其后南陈为隋所灭，陈后主从帝王沦落为阶下囚，人们就都评论说，这《玉树后庭花》乃是亡国之音。《贞观政要》中就记载着杜淹对唐太宗所说的话："前代兴亡，实由于乐，陈将亡也，为《玉树后庭花》，齐将亡也，而为《伴侣曲》，行路闻之，莫不悲切……"

　　音乐真的能够亡国吗？那当然是不可能的事情，就连唐太宗听了杜淹的话，都不禁摇头说"不然"。但是一个时代所流行的音乐，确实能够反映时代的风貌，其实不是音乐亡国，而是亡国有乐，对于一个即将崩溃的时代、即将灭亡的国家来说，有识之士是可以从流行的音乐中得到警示的。

　　杜牧此诗，即本此意。诗的开篇先营造清冷、迷茫的寒夜景象，然后点名地点，是在秦淮河上，临近某座酒家。即以"酒家"二字自然过度到"商女"，说那些乐伎不懂得亡国的悲痛、愤懑啊，竟然还在唱《玉树后庭花》这种亡国之曲呢。如前所述，并非因商女唱此亡国之音，唐朝就会灭亡，但分明因为唐朝的政治每况愈下，世风也日渐颓靡，所以才会又有亡国之音出现。杜牧是将南陈与自己所处的时代相类比，暗示原本繁盛的唐朝也已然江河日下了。"不知"、"犹唱"的对比，正见普通民众之不悟，而诗人如众醉独醒，反而被迫沉浸到无穷无尽的痛苦之中去了。只有理解了这一层含义，再读此诗，才能真切地体味到作者的悲怆和无奈。

寄扬州韩绰判官①

青山隐隐水迢迢②，秋尽江南草未凋③。
二十四桥④明月夜，玉人何处教吹箫。

【注释】

　　①韩绰判官：韩绰为姓名，字与事迹皆不详，判官为观察使、节度使的僚属。唐文宗太和七年（833年）至九年（835年），杜牧曾任淮南节度使掌书记，疑韩绰即为淮南判官，与其同僚。　②水迢迢：别本作"水遥遥"。　③草未凋：别本作"草木凋"。　④二十四桥：扬州胜景，一说为二十四座桥梁，北宋沈括在《梦溪笔谈·补笔谈》中说，唐时扬州城内水道纵横，有茶园桥、大明桥、九曲桥、下马桥、作坊桥、洗马桥、南桥、阿师桥、周家桥、小市桥、广济桥、新桥、开明桥、顾家桥、通泗桥、太平桥、利园桥、万岁桥、青园桥、参佐桥、山光桥等二十四座桥，后水道逐渐淤没，宋代元佑时仅存小市、广济、开明、通泗、太平、万岁诸桥。今天则仅有开明、通泗桥的地名，桥已不存。另说为单独一座桥，清人李斗《扬州画舫录》载："廿四桥即吴家砖桥，一名红药桥，在熙春台后……扬州鼓吹词序云，是桥因古二十四美人吹箫于此，故名。"

【语译】

　　青山如此朦胧，江水如此迢遥，秋天已到尽头，但江南的绿草还未凋谢。想起那明月映照下的二十四桥之夜啊，如今美人是在哪里应命吹箫呢？

【赏析】

　　杜牧曾在淮南幕府中担任掌书记，在扬州居住了相当长一段时间。扬州在隋代名为江都，炀帝建龙舟至此游赏，可见风景、建筑都为江南之冠，到唐代仍然繁盛。杜牧喜好美景，元末明初陶宗仪《说郛》中说他在扬州"供职之外，唯以宴游为事"，故此诗即当为其离开扬州以后，回想昔日与同僚在扬州欢宴纵歌的往事，有感而作。

　　首句为怀思扬州山水，"青山隐隐水迢迢"，"隐隐"出朦胧之貌，"迢迢"状悠远之象，同时也说明了诗人此时距离扬州已远，往事在心中留下了浓厚而又恍惚的记忆。次句为写江南美景，秋天已尽，草木仍未凋，可见当地的气候是多么温暖宜人了。后半段当为追忆昔日与韩绰等同僚、友人挟伎夜饮之事，其中"玉人"、"教"这两个词汇都有歧义，特此说明。

　　首先，"玉人"乍看是指女子，但其实在古代也可以指代男子，《世说新语·容止》中便有"（裴楷）粗头乱服皆好，时人以为玉人"句。所以对于此诗中所言的"玉人"，一种说法是指歌伎，另一种说法是指韩绰，私以为，还当以指女子为佳。其次，"教"有教授意，有使动意，一般将"教吹箫"解释为教人吹箫，私以为不妥。挟伎而游，伎人吹箫助酒，本是寻常事，但为什么会出现教授吹箫的说法呢？倘"玉人"是指韩绰，则韩绰是否会吹箫，为何要教伎女吹箫，并没有明确的背景资料，难以确证。倘"玉人"是指伎女，则伎女又教谁吹箫呢？教杜牧，教韩绰？都有些岂有此理。故此，私以为此处的"教"是使动意，也即受命吹箫助酒。杜牧是在怀想昔日宴游，同时联想到今天，不知道当日吹箫助酒的乐伎，如今又在哪里，奉了谁的命令，在为谁人吹箫？是仍然留在扬州的韩绰你吗？

　　至于将"教吹箫"牵引到箫史、弄玉传说，出好逑之意，那就更不知所谓了。

遣　怀

落魄江湖载酒行，楚腰纤细①掌中轻②。
十年一觉扬州梦，赢得青楼薄倖③名。

【注释】

　　①楚腰纤细：语出《韩非子·二柄》，载："楚灵王好细腰，而国中多饿人。"　②掌中轻：语出《飞燕外传》，载："赵飞燕体轻，能为掌上舞。"　③薄倖（xìng）：负心，薄情，别本作"薄幸"。

【语译】

　　我在江河湖海之间，带着酒落魄而行，最喜那歌女轻柔的体态，腰肢纤细，仿佛真能在掌上舞蹈一般。扬州十年，醒来后才知道不过一场荒梦而已，所得到的，只有那秦楼楚馆间的负心薄幸之名。

【赏析】

杜牧曾为淮南幕府掌书记，常在扬州，"供职之外，唯以宴游为事"。当离开扬州以后，他回想起自己这段生涯，日夕纵酒，流连于秦楼楚馆之间，不禁恍然若梦，因而写下此诗。

从表面上看，这首诗是对自己浪费了大好光阴而懊悔，扬州十年，恍惚一梦，梦中有"青楼"美女，"楚腰纤细掌中轻"，梦醒以后，才发觉次次冶游，完全毫无意义，除了在秦楼楚馆留下自己"薄倖名"外，一无所得。所谓"薄倖名"，也就是说扬州妓女们都知道了他杜牧的名字，知道他是冶游的常客，也知道他从来逢场作戏，不会投入自己真正的情感。

但是更往深一层读，此诗中所蕴含的，却并不仅仅是懊悔，甚至可以说，根本就不是懊悔。开篇即言自己"落魄江湖载酒行"，因为宦途坎坷，所以离开京城，在江海之间遨游，寄人篱下，载酒而行，但求一醉，不想其他，也无从去施展自己的抱负，所以他才被迫流连于秦楼楚馆之间。十年扬州，固然是恍惚一梦，但这梦不是他希望去做的，他希望能够一展长才，但却报国无门，所以才只能以美酒和美色来麻醉自己。刘永济在《唐人绝句精华》中所评深得此诗精髓："才人不得见重于时之意，发为此诗，读来但见其兀傲不平之态。世称杜牧诗情豪迈，又谓其不为龊龊小谨，即此等诗可见其概。"

因此，此诗所要抒发的其实并不是懊悔，而是无边的愤懑和惆怅。

秋　夕

银烛秋光冷画屏，轻罗小扇扑流萤。
天阶①夜色凉如水，卧看②牵牛织女星。

【注释】

①天阶：宫殿的台阶，别本作"天街"。　②卧看：别本作"坐看"。

【语译】

银白的蜡烛啊，秋天的光芒啊，在它们的映照下，绘了画的屏风显得如此冰冷，她用那轻巧的纨扇扑打飞舞的萤火虫。宫殿台阶上的夜色清凉如水啊，她躺下来远望着天上的牵牛、织女星。

【赏析】

旧谓这首诗是写宫怨，第三句"天阶"两字即说明地点。或谓"天阶"是指天宫的阶梯，指代天空，与下句"牵牛织女星"相呼应，亦可通，则所写为普通的闺怨了。历代注解都将女主人公指定为宫女，但为何不是宫妃或宫外普通女子呢？都无解释，想来是陈陈相因，所造成的想当然尔。

还是暂且抛开女主人公的身份，单见其怨吧。首句和第三句都写景，次句和第四句都写女子的动作、形态，穿插相杂，结构非常精巧。写景的用意，不外乎出一"凉"字——画屏多为木制或嵌玉，则凉夜觉"冷"，并不稀奇，前用"冷"而后用"凉"，也可避免重复。要在总体环境是"凉"而非"冷"、"寒"，以衬女主人公的哀怨并不甚深，如有凉意袭来心头，却并不感觉彻骨的内心凄寒。

首句即点明季节是在"秋"时，三句再点明时辰是在"夜"间，初秋之际，纨扇仍可用，流萤仍在飞，夜间却已见凉意。或谓"轻罗小扇"有弃妇之喻，为秋季已不用扇，而此女独自用之——传说班婕妤有《怨歌行》咏扇，说："新裂齐纨素，皎洁如霜雪。裁为合欢扇，团团似明月。出入君怀袖，动摇微风发。常恐秋节至，凉飙夺炎热。弃捐箧笥中，恩情中道绝。"此后秋冬之扇即有弃妇之喻。然而若天气真已寒凉，扇不当用，又为何会有夏季的流萤飞舞呢？可见诗人虽用此意象，但并无这一层意，只是论季节而提当季之物，不必罗织。

前半段写女主人公夜间无聊，乃以扇扑萤，但这无聊并不能直接指向孤居无偶之象。就诗意看来，前半段的描写还是比较轻松的，甚至有一些活泼的愉悦。具体的怨情出自后半段，既已扑过流萤，于是乃卧，卧而不得眠，为见牵牛织女星，从而联想到自己孤清无偶的生活。主人公的怨情，可以说是卧而看星时偶然触发的，正如王昌龄《闺怨》中"忽见陌头杨柳色"，从而将情感突兀一转，道出主旨一般。如此读诗，则更见诗人笔法之灵动，意韵之绵长。

【扩展阅读】

古诗十九首·迢迢牵牛星

迢迢牵牛星，皎皎河汉女。纤纤擢素手，札札弄机杼。终日不成章，泣涕零如雨。河汉清且浅，相去复几许？盈盈一水间，脉脉不得语。

牛郎织女的传说来源很早，南朝萧统所编《文选》收录的《古诗十九首》中即有如上诗篇，言牵牛、织女相隔银河，虽然"清且浅"，却不知"相去复几许"，从而使得"盈盈一水间（阻隔），脉脉不得语"，夫妻难以相聚。由此可见，杜牧《秋夕》的结句，便正是以此典故以出哀怨之情。

赠别二首

⊙ 其一

娉娉袅袅①十三余，豆蔻②梢头二月初。

春风十里扬州路，卷上珠帘总不如。

【注释】

①娉娉袅袅：娉娉指美好的容貌，袅袅指轻盈的体态。 ②豆蔻：多年生草本植物，产于南方，其花成穗时，嫩叶卷之而生，穗头深红，叶渐展开，花渐放出，颜色稍淡。南方人摘其含苞待放者，美其名曰"含胎花"，常用来比喻处女。

【语译】

她年方十三岁啊，容貌娇美，体态轻盈，那好像那二月初含苞待放的豆蔻花，独立在梢头。春风吹遍了扬州城内的十里长街，那些卷起珍珠帘栊的群芳啊，没有人比得上她。

【赏析】

关于此诗所赠，历来有两种说法。一说是留赠扬州某妓女的，杜牧在离开扬州时作下此诗；另一说是赠别南昌歌女张好好的——杜牧在《张好好诗》序中曾说："牧大（大通太字）和三年，佐故吏部沈公江西幕，好好年十三，始以善歌来乐籍中……"因此诗开篇即言"娉娉袅袅十三余"，故有此疑。但诗的第三句写"春风十里扬州路"，明是写扬州妓女无疑。或谓只是以名闻天下的扬州妓女为比，则身在扬州，怀思好好，或可出此诗，但本诗是赠别诗，如是在南昌赠别张好好，却突兀言及扬州，则未必恰当。

总之，本诗写一少女，状其青春靓丽，首句正面写其形貌体态，却不提及于人，次句则以"含胎花"为比，更突出她的青春年少，活泼可爱。后半段以所有扬州名妓为比，说"卷上珠帘总不如"，没有人能够比得上她。"总不如"谁人？"总不如"哪些方面？都没有明说，但读者自可体会。此诗的特点就在于全篇只有一句出形貌，且不明确指代，但一个正当青春、活泼俏丽、艳压群芳的少女形象自然跃出纸面，令人心醉。从此"豆蔻梢头二月初"就作为吟咏少女的名句，而流芳千古。

⊙其二

多情却似总无情，唯觉樽前笑不成。
蜡烛有心还惜别，替人垂泪到天明。

【语译】

多情的人也总要离别，反倒像是无情一般，面对饯别的酒杯，我只觉得无心欢笑。蜡烛倒似有心人一般，伤此离别，而替别人垂泪，直到天亮。

【赏析】

此诗直接"娉娉袅袅十三余"，写惜别之情。两首诗为一组，当联系来看，第一首写对方之好，自身之爱，第二首则写别离之伤。首句最令人击节赞叹，我本多情，但亦难免别离，就此离去，倒像是无情一般。一个"似"字，种种无奈、自责便凝聚成泪。次句是写饯别之宴，想要强颜欢笑，却终究"笑不成"。

后半段以蜡烛为喻，不言自己落泪难收，却写蜡烛似乎也通人性一般，"替人垂泪到天明"。唐人水路之别，往往夜间即上舟船，设宴待友，饮至黎明，始依依而别，扬帆启程。想必这蜡烛也通照着整晚的别宴吧，乃有"垂泪到天明"语，以物喻人，更见悲怆。

【扩展阅读】

张好好诗

唐·杜牧

牧大和三年，佐故吏部沈公江西幕，好好年十三，始以善歌来乐籍中。后一岁，公移镇宣城，复置好好于宣城籍中。后二岁，为沈著作以双鬟纳之。后二岁，于洛阳东城重睹好好，感旧伤怀，故题诗赠之。

君为豫章姝，十三才有余。翠苗凤生尾，丹叶莲含跗。高阁倚天半，章江联碧虚。此地试君唱，特使华筵铺。主公顾四座，始讶来踟蹰。吴娃起引赞，低回映长裾。双鬟可高下，才过青罗襦。盼盼乍垂袖，一声雏凤呼。繁弦迸关纽，塞管裂圆芦。众音不能逐，袅袅穿云衢。主公再三叹，谓言天下殊。赠之天马锦，副以水犀梳。龙沙看秋浪，明月游东湖。自此每相见，三日已为疏。玉质随月满，艳态逐春舒。绛唇渐轻巧，云步转虚徐。旌旆忽东下，笙歌随舳舻。霜凋谢楼树，沙暖句溪蒲。身外任尘土，樽前极欢娱。飘然集仙客，讽赋欺相如。聘之碧瑶佩，载以紫云车。洞闭水声远，月高蟾影孤。尔来未几岁，散尽高阳徒。洛城重相见，婥婥为当垆。怪我苦何事，少年垂白须。朋游今在否，落拓更能无？门馆恸哭后，水云秋景初。斜日挂衰柳，凉风生座隅。洒尽满襟泪，短歌聊一书。

杜牧曾为乐伎张好好之沦为"当垆"婢而哀惋，作此长篇。虽言初见张好好时，"好好年十三"，但观诗意，他主要欣赏张好好的不是她的容貌，她的仪态，而是她超凡脱俗的歌舞才能。《赠别》二首也言及一名十三岁的少女，但只写其容貌、仪态，而不及歌舞之类专长，由此可见，所咏非张好好无疑矣。

金谷园①

繁华事散逐香尘②，流水无情草自春。
日暮东风怨啼鸟，落花犹似坠楼人③。

【注释】

①金谷园：晋代石崇的别墅，遗址在今洛阳老城东北七里处的金谷洞内。石崇（249 年～300 年），字季伦，西晋文学家、大官僚、大富豪。　②香尘：指沉香木制成的碎屑。典出东晋王嘉《拾遗记》，载："石季伦屑沉水之香如尘末，布象牙床上，使所爱者践之，无迹者赐以真珠。"　③坠楼人：指绿珠。《晋书·石崇传》载："崇有妓曰绿珠，美而艳，善吹笛。孙秀使人求之。崇时在金谷别馆，方登凉台，临清流，妇人侍侧。使者以告。崇尽出其婢妾数十人以示之，皆蕴兰麝，被罗縠，曰：'在所择。'使者曰：'君侯服御丽则丽矣，然本受命指索绿珠，不识孰是？'崇勃然曰：'绿珠吾所爱，不可得也。'使者曰：'君侯博古通今，察远照迩，愿加三思。'崇曰：'不然。'使者出而又反，崇竟不许。秀怒，乃劝（司马）伦诛崇、（欧阳）建。崇、建亦潜知其计，乃与黄门郎潘岳阴劝淮南王（司马）允、齐王（司马）同以图伦、秀。秀觉之，遂矫诏收崇及潘岳、欧阳建等。崇正宴于楼上，介士到门。崇谓绿珠曰：'我今为尔得罪。'绿珠泣曰：'当效死于官前。'因自投于楼下而死……"

【语译】

多少繁华往事，都遂着沉香屑消散了，如今只剩下无情的流水，还有自在成春的碧草。黄昏以后，鸟儿的啼鸣也似乎在怨恨东风，吹落了片片花朵，仿佛当年那坠楼之人。

【赏析】

杜牧这首诗览胜怀古，颇有李商隐《无题》的风范，其景自明，其情自生，但其真实用意却虚无缥缈，似是而非。他是在慨叹繁华逝去，就如同春之逝去一般吗？还是在用流水落花来哀悯美人之坠楼呢？他究竟是在伤景，还是在伤春？

前半段写景物，物是而人非。流水依旧，似本无情，不管岁月流逝，而自在淌去；草也依旧，自顾生春。然而昔日的繁华何在？石崇豪富一时，终究化为尘土，金谷园豪华奢丽，终究成为遗迹。

后半段借物以抒情。"日暮东风怨啼鸟"是倒装，正常语序应当是"日暮鸟啼怨东风"，黄昏之际，暮鸟啼鸣，在诗人听来，却似声声唱怨。所怨者何？所怨的是春风啊。可是春风又有何可怨呢？直接下句，因为春风吹落花朵，那花朵却似当年坠楼的美人绿珠。这里怨东风，实为怨东风之无情，就和前面所言的流水、草一般，是并没有情感，不懂得人间悲喜的自然之物。其实落花又何尝不是如此？但诗人独能从鸟儿的啼鸣声中生出怨意，独能于落花飘零之际联想到绿珠，就此营构出一种苍凉凄迷的非凡情境来。诗以"香尘"起，而以"坠楼"终，呼应自如，紧扣题意，浑然一体，笔力非凡。

李商隐

夜雨寄北①

君问归期未有期，巴山②夜雨涨秋池。
何当共剪西窗烛，却话巴山夜雨时。

【注释】

①寄北：别本作"寄内"，误。此诗作于唐武宗大中五年（851 年）冬至九年（855 年）冬之间，当时李商隐留滞巴蜀，而其"内人"（妻子）王氏则卒于其赴蜀前，且此后他未曾续弦。 ②巴山：泛指巴蜀境内的山峦。

【语译】

你问我何时归去啊，我却还没有定下归期，此刻身在巴蜀，夜雨绵绵，秋天的塘水高高涨起。不知道什么时候咱们才能一起在西窗下剪烛共语啊，那时候再回过头来，回想今日这巴蜀夜雨的情境。

【赏析】

客居异乡，思念亲友，感伤离别，一般正当此际，都会回想当初会聚时的情景，然而李商隐此诗却独辟蹊径，不思过往，反想日后。诗的次句营构出一幅山峦重叠，夜雨濛濛，秋水高涨的情境，其中每一点都可寄予愁思——巴山险僻，又非故乡，一愁；夜雨迷离，使人难眠，再愁；秋池高涨，岁已过半，三愁。以此三愁，紧接前面"归期未有期"的慨叹，便将异乡游子思家、思亲、思友的情绪全方位烘托出来。

但倘若仅仅如此，此诗亦未必见得上乘。诗人随即将笔锋一转，想及日后，当他终于归还乡梓，与亲友剪烛夜话之际，此时此刻的惆怅心境，是不是值得再回味一番，长作唏嘘呢？诗人言外之意：这一日正不知何日才能到来，使人憧憬，同时也更添此刻之惆怅。"何当"二字呼应"未有期"，最见精妙。

诗避重复，然而李商隐却连用两处"巴山夜雨"（其实是重复"巴山夜雨涨秋池"，结句省略了"涨秋池"三字），以未来虚拟的回忆，与眼前实景相重合，形成了独特的回环往复的章法，从而凸显缠绵悱恻的情思。重复当避而不避，不避而更胜避之，这才是大家手笔，可化腐朽为神奇。

【扩展阅读】

渡桑干

唐·刘皂

客舍并州已十霜，归心日夜忆咸阳。无端又渡桑干水，却望并州是故乡。

俞陛云在《诗境浅说》中评李商隐《夜雨寄北》，说："此与'客舍并州已十霜'皆首尾相应，同一机轴。"两首诗同样重复用词，却不仅不给读者以繁冗之感，反而使得诗之前半与后半衔接呼应，浑然一体，更显得情思绵长。

寄令狐郎中①

嵩云秦树②久离居，双鲤③迢迢一纸书。
休问梁园④旧宾客，茂陵⑤秋雨病相如⑥。

【注释】

①令狐郎中：指令狐绹（795年~872年），字子直，京兆华原（在今天陕西省耀县东南）人，唐朝大臣。当时令狐绹担任考功郎中一职，故称令狐郎中。　②嵩云秦树：嵩指嵩山，当时李商隐身在洛阳，故以"嵩云"指代自己的位置，秦是秦地，当时令狐绹身在都城长安，故以"秦树"指代对方的位置。　③双鲤：指书信，典出汉乐府诗《饮马长城窟行》，诗云："客从远方来，遗我双鲤鱼。呼儿烹鲤鱼，中有尺素书。长跪读素书，书中竟何如？上言加餐食，下言长相忆。"④梁园：故址在今天河南省商丘县，西汉梁孝王曾在此处大兴土木，建成园林，也称东苑或菟园。　⑤茂陵：汉武帝的陵墓，位于今天陕西省兴平县境内。　⑥相如：指西汉辞赋家司马相如（约公元前179年~前127年），字长卿，巴郡安汉县（今四川省南充市蓬安县）人，曾因病避居茂陵。

【语译】

嵩山的云啊，和秦地的树啊，已经分开很长时间了，如今你寄来了一纸书信。不必问我这梁园旧宾客的情况，我就像那司马相如病居秋雨中的茂陵一般啊。

【赏析】

李商隐曾为令狐绹之父令狐楚门下客，与令狐绹相交莫逆。唐文宗开成二年（837年）末，令狐楚病逝，其后不久，李商隐即应泾原节度使王茂元的聘请，去泾州（今甘肃省泾县北部）做了王茂元的幕僚，王茂元并以女妻之。然而令狐父子属于牛党，王茂元却属李党，李商隐应聘、应婚时并未细思，谁料从此便卷入了党争的旋涡。令狐绹认为李商隐辜恩，从此对他百般打压，使其一直沉沦下僚，郁郁而不得志。此诗作于李商隐晚年，从诗中推断，令狐绹写信询问他的近况，言辞应当是比较诚恳的，或许对自己昔日所为也有所悔悟，或许对李商隐的无奈也有所理解。故此李商隐即以此诗还赠。

诗的首句写自己和令狐绹一在洛阳，一在长安，"久离居"三字，既可看作字面意义上的分别已久，也可以认为是指两人间的友情已断裂很长时间了。次句写令狐楚有信前来，其中"迢迢"一词，既显相隔遥远，也体现出诗人对来信的重视甚至是惊喜——想不到距离相隔如此遥远，更想不到你我绝交已久，你竟然还会有信前来啊。

第三句云"休问"，可见令狐绹在信中询问李商隐的近况。但是李商隐却回答说："不必问吧，不必问吧，我的境况你应该能够料到啊。"诗人以西汉辞赋家司马相如自况，司马相如曾经为梁孝王宾客，恰好梁孝王的封地也在河南，距李商隐所居之地不远，因此他便以"梁园旧宾客"来指称自己。这里"梁园"指梁孝王，以喻令狐绹之父令狐楚，意思是我本令尊门下旧客。虽言"休问"，结句还是托出了自己的近况，说自己就像病居茂陵的司马相如一般，"秋雨"一词，正见境况之凄凉。

诗以"一纸书"引出"休问"，以梁园而引出司马相如，又呼应开篇的"嵩云"，以"秋雨"和"病"来说明自己境况之不如意，全诗结构非常谨严。

【扩展阅读】

春日忆李白

唐·杜甫

白也诗无敌，飘然思不群。清新庾开府，俊逸鲍参军。渭北春天树，江东日暮云。何时一樽酒，重与细论文。

杜甫此诗思念李白，中有"渭北春天树，江东日暮云"句，为当时杜甫身居渭北，而李白正在江东，乃以树、云以指双方之所见，指代双方之所居。李商隐《寄令狐郎中》中"嵩云秦树"一语，或即从此诗化出。

为 有

为有云屏①无限娇，凤城寒尽怕春宵。
无端②嫁得金龟③婿，辜负香衾事早朝。

【注释】

①云屏：雕饰着云母图案的屏风，古代皇家或富贵人家所用。　②无端：没来由。　③金龟：古

代官宦代表身份的饰品，原为金鱼，《新唐书·舆服志》载："（武则天）天授二年，改佩鱼皆为龟，其后三品以上龟袋饰以金。"

【语译】

因为有云母屏风的遮蔽，更显出她的无限娇媚，京城寒意已尽，她却反怕那春日良宵。没来由地嫁给一个佩金龟袋做高官的丈夫啊，他辜负了芳香的锦被，而要起身去早朝。

【赏析】

这首诗以前两字为题，其实就等于"无题"，表面上是写长安（凤城）少妇春日的闺怨，其实细细品味，诗中所洋溢的隐约倒有炫耀之意。开篇即言富贵之家方能配置的"云屏"，其后又言"金龟婿"、"事早朝"，则此对夫妻富贵自不必论，"怕春宵"正因春宵良且美，故畏其短，可见双方情感也是非常深厚的。既然如此，又何怨之有呢？参看王昌龄《闺怨》中说"悔教夫婿觅封侯"，则或为从征，或为应试，夫婿不在身旁，因此而怨，可以理解，夫婿就在身旁，不过每日早起入朝而已，与其说是怨，还不如说是喜。

清人屈复在《玉溪生诗意》中分析道："玉溪（即李商隐，他号玉溪生，后人也有以玉溪称之的）以绝世香艳之才，终老幕职，晨入暮出，簿书无暇，与嫁贵婿、负香衾何异？其怨也宜。"此语论李商隐有一定道理，论及此诗则未必，难道李商隐作此诗意是"我虽有负香衾，官位居高者亦然"吗？这种阿Q精神岂能入玉溪生之诗呢？故此私以为，此诗即写妇人假怨语以炫耀，别无他意。

而与传统的闺怨诗相比，此诗又颇香艳，"云屏"、"无限娇"、"春宵"等语，此前闺中诗所无，可见中晚唐诗风之变。有趣的是，"金龟婿"因此诗而流传成一俗语，原本指贵婿（唐官三品以上得才服金龟），随着时代的转变，如今已经变成富婿的代名词了，后人往往只见其"金"，已不知"金龟"二字真正的来源了。

隋 宫

乘兴南游不戒严①，九重②谁省③谏书函。
春风举国裁宫锦④，半作障泥⑤半作帆。

【注释】

①戒严：据《晋书·舆服志》载："凡车驾亲戎，中外戒严。" ②九重：原形容宫禁之深，《楚辞·九辩》有"岂不郁陶而思君兮，君之门以九重"句，这里是指代帝王。 ③省（xǐng）：明察，懂得。 ④宫锦：供皇家使用的高级锦缎。 ⑤障泥：即马鞯，垫在马鞍的下面，两边下垂至马蹬，用来遮挡泥土。

【语译】

想当年隋炀帝乘兴南游，毫无戒备，这深居九重之人啊，哪里懂得明察谏书呢？春风起处，全国都在为他裁剪御用锦缎，一半用来垫马鞍防泥，一半用来织成船帆。

【赏析】

　　张采田《玉溪生年谱会笺》考定此诗作于唐宣宗大中十一年（857年），当时李商隐因柳仲郢的推荐，担任盐铁推官，遂游江东。此诗与同名七律"紫泉宫殿锁烟霞"应作于同一时期，用意也皆相同，乃是咏史寄兴，名为《隋宫》，实应为"隋帝"，嘲讽隋炀帝之逸游亡国。

　　首句即言鞭笞之重点，为炀帝造龙船以下江都。"不戒严"三字，表面上是帝王出游，均应戒严，而炀帝独不戒严。但龙舟南下，有军士护卫，史上并无不戒严之说，因而此处当指炀帝毫不戒备于身周的防务。按，炀帝出游、东征，先有杨玄感之乱，后有瓦岗等烟尘起反，继而宇文化及祸起萧墙，太原李氏袭取长安。因此这里的"不戒严"是指炀帝只逞一时之快，毫无戒备之心，于是天下大乱。

　　"谁省谏书函"，是指对于炀帝多次出巡，群臣多有进谏，但他完全听不进去。大业十二年（616年），当他第三次准备南巡时，奉信郎崔民象、王爱仁等上表谏阻，反而被杀。诗的前半段，是写臣下之离心，后半段则写百姓之灾难。"春风"起时，正当春播季节，却被迫"举国裁宫锦"，而且这些宫锦不是用来穿着的，而是一半垫了马鞍，一半做了船帆，而马鞍和船帆全都是为炀帝逸乐巡游而实施，在这种情况下，百姓又焉得不反？这后半段似仅言事，其实议论全在其中，使人不禁殷鉴古事而叹息兴亡。

瑶　池①

瑶池阿母②绮窗开，黄竹歌声③动地哀。

八骏④日行三万里，穆王何事不重来？

【注释】

　　①瑶池：古代神话传说中昆仑山上的池名，西王母所居。《史记·大宛列传》有"昆仑其高二千五百余里，日月所相避隐为光明也。其上有醴泉、瑶池。"　②瑶池阿母：即西王母，神话传说中西方的女仙，《武帝内传》称之为"玄都阿母"。　③黄竹歌声：传说周穆王在前往黄竹的路上，"日中大寒，北风雨雪，有冻人，天子作诗三章以哀民"。　④八骏：传说中周穆王拥有的八匹骏马，均可日行三万里。《穆天子传》记八骏为赤骥、盗骊、白义、逾轮、山子、渠黄、华骝、绿耳；《拾遗记》记八骏为绝地、翻羽、奔宵、超影、逾辉、超光、腾雾、扶翼。

【语译】

　　瑶池的西王母打开了她雕花的窗户，只听得黄竹的歌声哀恸天地。八骏一个白昼就可以奔跑八万里远，穆王为什么不肯再来呢？

【赏析】

　　此诗记奇异故事，典出《穆天子传》。《穆天子传》又名《周王游行》，作者不详，约成书于战国时期，记周穆王巡游事，其卷三有载："天子宾于西王母，天子觞西王母于瑶池之上。西王母为天子谣曰：'白云在天，山陵自出。道里悠远，山川间之。将子无死，尚能复来.' 天子答之曰: '予归东土,和治诸夏,万民平均,吾顾见汝。比及三年,将复而野.'"诗人就因此而展开想象,周穆王说: "比及三年,将复而野。"但书中记载他从瑶池归来后不久便驾崩了,终于没有兑现自己的承诺,那么,西王母在千里之外期待穆王如约,她的境况,她的心情又会是怎样的呢?

诗的首句,即写西王母打开窗户,似有所待状,但次句突然插入"黄竹歌声",作一隔断。后两句是想象西王母的内心活动,穆王有八骏驾车,一日可行三万里,从镐京来到瑶池,也并非烦难之事,为什么三年已经过去了,他却并不肯如约到来呢?

一般认为,第二句"黄竹歌声动地哀"是喻穆王已死,既死自然无法如约。诗人化用神话故事,作如此奇诡之联想,其用意便是讽刺求仙之愚妄,表面上写周穆王,其实是暗刺唐武宗。《李义山诗集笺注》引清人程梦星所言: "此追叹武宗之崩也。武宗好仙,又好游猎,又宠王才人。此诗熔铸其事而出之,只用穆王一事,足概武宗三端。用思最深,措辞最巧。"周穆王有八骏可往瑶池,可通神仙,他与西王母后又后约,即便如此,亦不能免于一死,而况于今日之君耶? 王母为西方之大神,竟不能知穆王已死,仍翘首以盼,并疑其何不重来,则神仙之虚妄,亦可知矣。

或以为"黄竹"一句是指周穆王关注民生,他想要"和治诸夏,万民平均",但见"有冻人"乃歌《黄竹》,可见是志向未达,故难如约。以此哀悼唐武宗虽佞神仙,于治世上亦有所长,乃有所谓"会昌中兴",此非讽刺诗,而是哀悼诗。私以为不妥,"黄竹"一句,确指穆王已殁,而民哀悼之,诗人或有悲悯武宗之死意,但主旨仍在讽刺神仙之虚谬上。因西王母期盼穆王重来之形象甚为可笑,如非笑神仙之妄,求仙之愚,还可能是什么呢?

嫦 娥

云母屏风烛影深,长河渐落晓星沉。
嫦娥应悔偷灵药[①],碧海青天夜夜心。

【注释】

①偷灵药: 典出。《淮南子·览冥训》,载: "羿请不死之药于西王母,姮娥(即嫦娥)窃以奔月。"

【语译】

镶嵌云母的屏风上,映照着深深的烛影,银河逐渐斜落,晨星开始西沉。嫦娥应该懊悔当年偷窃了后羿的灵药吧,如今只能在月中俯瞰着碧海,眺望着青天,夜夜寂寞。

【赏析】

嫦娥又写作姮娥,考其前身,当为远古传说中帝夋之妻常仪。帝夋另有妻羲和,为太阳之神,而常仪则是月亮之神,都是远古东夷所崇拜的神灵。嫦娥形象逮周代已有所转化,演变成大神后羿之妻。传说帝尧时十日并出，后羿受天命携妻下凡解决，结果他射杀九日，蒙受天罚，从此无法返回天界。于是后羿往求西王母，得不死之药，准备与嫦娥分食后共享长生，谁料嫦娥因闻如果全服此药，就能返回天上，于是窃而食之，遂飞升入月。

此诗即便因此传说而写就。前半段写景，"云母屏风烛影深"当指嫦娥在天上的居处，已露凄寒寂寞之意，"长河渐落晓星沉"则是天色将明，月将隐去，以示其欲俯瞰人间而不可得也。后半段出议论，当嫦娥度过了一段这般孤清寂寞的日子以后，她终于应该懊悔不该窃取灵药了吧，否则她便可以和丈夫后羿美满地、永远地生活在人间，而不至于每夜仅见"碧海青天"。所谓"夜夜心"，其每夜的心境究竟如何呢？诗人并未明言，而自然意在言外，想必寂寞寡欢会一直填塞着她的心胸吧。

此诗想象奇特，议论也甚精当，但诗人当然不会仅仅复述和评论一段上古传说，他写下此诗，究竟有何用意呢？一般认为，这是喻写闺中弃妇，其寂寞无助一如月中嫦娥。或谓所指为女尼，"应悔偷灵药"是她懊悔不该遁入空门，私未见其可也。倘若这般解释，那么人间一切悔恨都可暗附于此诗了。

我亦疑此诗为李商隐之自悔，悔他当初不该贸然投入王茂元幕中。正如嫦娥窃取灵药一般，原本是为自己寻求进身之阶，如嫦娥之为回归天上，谁料其后却陷入党争的旋涡，且为牛、李双方不喜，就此沉沦下僚，孤独寂寞，大违本愿。如今回想前尘往事，李商隐也定有"夜夜心"之哀叹吧。

贾 生①

宣室②求贤访逐臣③，贾生才调④更无伦⑤。
可怜夜半虚前席⑥，不问苍生问鬼神。

【注释】

①贾生：即贾谊（前200年～前168年），洛阳人，西汉初年著名的政论家和文学家。他年仅十八即有才名，弱冠为汉文帝召为博士，不足一年便拔擢为太中大夫。旋遭群臣谗毁，被贬为长沙王太傅。后被召回长安，为梁怀王太傅，梁怀王坠马而死，贾谊深自歉疚，忧伤而卒，年仅三十三岁。 ②宣室：汉代未央宫的前殿正室名。 ③逐臣：被放逐、贬谪的臣子，这里是指从长沙归来的贾谊。 ④才调：才能、才气。 ⑤无伦：无与伦比。 ⑥前席：向前移动座位。明人周祁《名义考》载："坐则居中，避逊不敢当，则却就后座，喜悦不自觉，则促进前席。"《汉书·贾谊传》中颜师古注道："渐迫近（贾）谊，听说其言。"

【语译】

汉文帝在宣室为求贤良，所以访来被贬谪的贾谊，想那贾谊，他的才能气魄真是无与伦比啊。只可惜夜半相谈，文帝就算欣喜地把座位移向贾谊，又有什么用呢？他只是在询问如何敬奉鬼神，而不知道询问如何治理苍生！

【赏析】

此诗所写故事，《史记·屈原贾生列传》中是这样记载的："后岁余，贾生征见。孝文帝方受釐（祭肉），坐宣室。上因感鬼神事，而问鬼神之本，贾生因具道所以然之状。至夜半，文帝前席，既罢，曰：'吾久不见贾生，自以为过之，今不及也。'"此诗当写贾谊被贬长沙王太傅之后，在召回为梁怀王太傅之前。

此诗前三句即写此事，首句写汉文帝"求贤访逐臣"，次句盛赞贾谊之能，三句写君臣夜半相谈，文帝乃"前席"，似乎非常投契。仅观此三句，便见君主英明而臣下贤能，圣君良臣，难道不正应该做出一番伟大事业来吗？《史记·商君列传》中也曾描写过类似的桥段："卫鞅（即商鞅）复见（秦）孝公，公与语，不自知跽之前于席也。"其后秦孝公遂用商鞅，变法图新，终于造就了强秦的霸业。

然而诗的最后一句，却将一切虚幻泡影都打得稀烂，读者至此方知，为什么第三句"前席"上要加一个"虚"字，更加"可怜"二字。"不问苍生问鬼神"，原来文帝这次召见贾谊，所询问的都是些鬼神虚诞之事，而并未及于民生。圣君形象至此破灭无遗。如此转折，便似引满强弓，突兀而发，直中其的。

咏古喻今，李商隐作此诗之意有二，一是讽刺当时李唐的君主们大多佞于佛道，重视鬼神而轻忽人事，二是以贾谊自喻，慨叹自己空有才华却不得重用。此番议论，在意料之外，又在情理之中，以之喻今，则更见诗人的眼光独到，诗人对君主无德、民生凋敝的深切喟叹。

【扩展阅读】

贾 生

北宋·王安石

一时谋议略施行，谁道君王薄贾生？爵位自高言尽废，古来何啻万公卿！

王安石这首诗同样咏汉文帝与贾谊，但与李商隐诗的着眼点不同，议论更大相径庭。李诗以小事而见大节，王诗则因大事而忽小节。王安石认为贾谊的政略，文帝基本都有采用，在这种情况下，个人官职的高低，是否得到重用，又有什么关系呢？李商隐抱负难申，乃为贾谊悲，王安石得宋神宗宠遇，乃为贾谊喜，正是不同的遭际，才产生出不同的议论来。但就诗歌艺术而言，王诗纯是议论，其曲折浑厚，韵味悠长，便不及李诗多矣。

温庭筠

瑶瑟怨

冰簟银床①梦不成，碧天如水夜云轻。
雁声远过②潇湘去，十二楼中月自明。

【注释】

　　①冰簟（diàn）银床：簟为竹席，冰簟是指竹席清凉，银床则是床上洒满银色的月光。　②远过：别本作"还过"或"远向"。

【语译】

　　竹席清凉，月光映在床上，但她却难以入眠，只是望着碧空如水，夜间的浮云轻轻飘过。大雁的鸣叫声已经远远地向那潇湘之地去了啊，只剩下十二楼中，月色无意而明。

【赏析】

　　此诗描摹闺怨。瑟音沉郁，似有怨焉，故而以"瑶瑟怨"为名。孙洙辑此选本，评此诗云："通首布景，只'梦不成'三字露怨意。"其实不确，怨意实自题目而至结句，贯通始终。

　　夏日席凉，正好高卧，却"梦不成"，此即怨也。不眠而观夜空，"碧天如水"，清冷澄澈，亦微含怨意。鸿雁本有传书意象，却闻其声远去，则不得传书明矣，也是说怨。最后以天宫"十二楼"以喻怨妇所居，所余唯有清冷之月，则怨更深矣。

　　我们需要注意到"月自明"的"自"字，正如杜甫《蜀相》诗中"映阶碧草自春色"之"自"一般，古诗中常用此字，所代表的含义是白白的、无意义的，喻自然之物不识人间之情，人本悲怆，物却繁茂，以作反衬，从而更添悲情的浓郁。此处亦有此意，孤寂怨妇，与爱人分离，正不欲得见代表团圆之明月，但月却偏偏来照，偏偏甚明。自然之月，自不顾人世之悲欢，而人世之悲欢，却可因自然之无情而更添无尽含蓄。

郑 畋

【作者介绍】

郑畋（823年～882年），字台文，河南荥阳人，唐末宰相。他于唐武宗会昌二年（842年）中进士，刘瞻镇北门，辟为从事，后刘瞻为宰相，荐其为翰林学士，迁中书舍人。唐僖宗乾符中，他以兵部侍郎同平章事，寻出为凤翔节度使，因抵御黄巢军有功，授检校尚书左仆射。郑畋性宽厚，能诗文，《全唐诗》录存其诗十六首。

马嵬坡

玄宗回马杨妃死，云雨难忘日月新。
终是圣明天子事，景阳宫井①又何人？

【注释】

①景阳宫井：故址在今江苏省南京市玄武湖边。《陈书·后主本纪》载："（陈）后主闻兵至，从宫人十余出后堂景阳殿，将自投于井。袁宪侍侧，苦谏不从，后阁舍人夏侯公韵又以身蔽井，后主与争久之，方得入焉。及夜，为隋军所执。"

【语译】

玄宗返回长安的时候，杨贵妃已经死了，旧日的云雨恩情虽然难忘，国势却已更新。这终究是圣明天子才能做出来的事情啊，你看那景阳宫前的水井内，里面又是谁呢？

【赏析】

唐风多浪漫，是以在唐代就产生了很多相关李隆基和杨玉环爱情故事的诗篇，或哀其不幸，或讽其骄堕，或鞭笞玄宗之无情，比如最著名的白居易的《长恨歌》。直言不讳地戏说本朝前代帝王风流韵事，这在唐朝以后恐怕是非常罕见的吧。此诗亦同一类，但与《长恨歌》却并不相似，虽然言及情爱，但主要议论，还在于政治上。

前半段做了两重对比，第一重是"玄宗回马"，返回长安，而同时"杨妃死"，后一重是"云雨难忘"，昔日情愫仍在，但"日月新"，也即危机终于度过，朝政得以刷新。于是即以此两重对比来引出议论，诗人认为玄宗于马嵬坡赐死杨贵妃，虽是惨事，却也是不得不为之事，从中足见玄宗之"圣明"。倘非如此，恐怕玄宗会落得陈叔宝一般的下场，成为亡国之君吧。

粗看来，此诗是颂扬玄宗杀杨妃杀得好、杀得对，认为国事本就应当高过儿女私情。据说当年陈叔宝并非一人投井，而是与宠妃张丽华、孔贵嫔等一同躲入，从诗意来看，诗人认为这便是将儿女私情凌驾于国事之上，乃至败亡。玄宗杀杨妃得脱，陈叔宝携宠妃而被俘，对比不是很鲜明吗？

然而识者皆以为，将玄宗比之于陈叔宝，就算略有所长，又能"圣明"到哪里去？此诗并非在颂扬玄宗，实是对玄宗加以淡淡的讽刺并寄予深厚的同情，知其非欲舍弃至爱，乃不得不为尔。故时人有称此诗议论正大，有宰辅之气者。可是第一流的诗篇，往往不出于宰辅之手，更不显宰辅之气，所谓宰辅之气，放诸文字上，不过四平八稳，故示宽厚公允而已，实在算不得是佳作。私以为喻称人诗，赞其有江湖气，都要比有宰辅气光彩得多。

其实此诗对比鲜明，笔法老练，也勉强可算是佳构，但议论正说不上有多精深。唐玄宗、陈后主之误国，都有宠爱女色的一面，但其罪自在其身，而并不在那些宠妃身上，玄宗不杀杨妃，国势不会更糟，后主杀了张氏、孔氏，还会有他女争宠，杀戮根本不是解决问题的办法。马嵬驿前，六军不发，形格势禁，玄宗故不得不杀杨妃，但即便不杀，唐朝也不见得立时便亡。景阳殿上，隋军已入建康，后主即便不携妃同匿，一样迟早会被逮将出来。况且，自肃宗灵武即位，玄宗退为上皇后，叛乱平定，玄宗便无尺寸之功，而即便他返回长安，政局也只是勉强稳定下来而已，正说不上什么"日月新"，将"日月新"归功于其杀杨妃，不嫌太偏颇了些吗？

韩 偓

【作者介绍】

韩偓（842年~923年），字致光，号致尧，晚年又号玉山樵人，京兆万年（今陕西省西安市城南樊川）人，唐末诗人。他自幼聪明好学，十岁时曾即席赋诗赠其姨夫李商隐，满座皆惊，李商隐赞其诗是"雏凤清于老凤声"。唐昭宗龙纪元年（889年）中进士，初在河中镇节度使幕府，后入朝历任左拾遗、左谏议大夫、度支副使、翰林学士等职。昭宗屡欲拜其为相，不受，后为朱温陷害，贬濮州司马，昭宣帝天祐年间举家避乱蜀地。

韩偓才华横溢，被尊为"一代诗宗"，他的作品一定程度上反应了社会现实，但浮艳轻巧之作也为数不少，后人称其为"香奁体"的创始人。

已 凉

碧阑干外绣帘垂，猩色①屏风画折枝②。

八尺龙须③方锦褥，已凉天气未寒时。

【注释】

①猩色：猩红色。 ②折枝：国画术语，谓一种不带根、断如折枝的花卉画。 ③龙须：即灯芯草，可编织名贵的草席，此处即以"龙须"来指代草席。

【语译】

碧玉栏杆外，垂着锦绣帘栊，大红色的屏风上，画着一幅折枝花卉。八尺长的龙须草席上，加上了方形的锦褥，天气已经开始凉了啊，还没到寒冷的时候。

【赏析】

此为韩偓《香奁集》中的名篇，严羽在《沧浪诗话·诗体》中解释说："韩偓之诗，皆裙裾脂粉之语，有《香奁集》。"后人名之为香奁体。香奁体多浮艳，这首诗却是例外，虽然所写仍为妇人身边绮罗脂粉，但构思精巧，格调清新。通篇不出人而其人自在，不言事而其事略明。

诗的前三句是描写室内景物，由外而内，首句写帘栊已下，次句写屏风上画有折枝，言外之意是百花凋谢，所剩下的唯有画而已，第三句写草席仍在，却已加上了褥垫，从而引出结句——这是已经到了夏末秋初的季节啊，天气已有凉意，却还未到寒冷之时。

通篇不出人，但从所言事物可知，此处应为女子闺房，则主人公当为闺中女子。这闺中女子是何境况呢？她在想些什么，做些什么呢？文字都付诸阙如，其意却隐隐透出。重要在第二句——"猩色屏风画折枝"，以画喻花，百花凋零，天气渐凉，闺中清冷，岂能不愁？则此女子或即见画而生情，感叹自己的青春也如室外繁花一般悄然消逝了吧。虽然天气还不甚寒，正如青春尚有余韵，但岁月的脚步终究是在无声前行，闺中之怨，以是全出。

【扩展阅读】

韩冬郎即席为诗相送因成二绝其一

唐·李商隐

十岁裁诗走马成，冷灰残烛动离情。桐花万里丹山路，雏凤清于老凤声。

韩偓小名冬郎，是李商隐的妻甥，他十岁就能作诗，即席书赠李商隐，李商隐非常惊喜，于是写下两首绝句赠答，上面这是第一首。这首诗最有名的地方，就是结句"雏凤清于老凤声"，他自命老凤，而把韩偓比作雏凤，雏凤的鸣叫更为清越，寓意韩偓少年的诗歌更为清新感人。如此高的评价，又出自李商隐之口，韩偓因此而名扬天下。

韦　庄

金陵图①

江雨霏霏江草齐，六朝如梦鸟空啼。
无情最是台城②柳，依旧烟笼十里堤。

【注释】

①金陵图：全唐诗记此诗题为《台城》，观诗意比较准确。　②台城：也称苑城，故址在今天江苏省南京市玄武湖边，为六朝时宫殿所在地。

【语译】

江面上细雨霏霏，江岸上野草滋生，往昔的六朝繁华恍如一梦啊，只留下鸟儿空自啼鸣。最无情的是那台城上的柳树，依然如烟一般笼罩着十里长堤。

【赏析】

唐人常忆六朝繁华，为江南风物俏丽，比北地不同，而六朝实承汉魏，又南渡中原衣冠，士族奢靡，一时繁华无两。但这种繁华是虚幻的，贵族对内钩心斗角，对外则由军事上一系列的失败所笼罩，则其覆灭，也是题中应有之意。此诗亦慨叹六朝，过往的繁华不再，首句写细雨菲菲，野草丛生，正出荒凉颓败情境，次句点题，往事如梦，六朝已亡，鸟儿也只能"空啼"。诗眼在后半段，言昔日宫殿之前的柳林依稀仍在，却已不覆宫苑，而笼长堤。说"无情最是"，也是以自然之物之无情来反衬人之有情，自然之物可自生自灭，无所思虑，人则不可，见此情景，怎能不悲呢？

韦庄是晚唐的大诗人，他应该已经察觉到曾经繁盛一时的唐朝之江河日下，与六朝相同，走向覆灭只是时间问题罢了。由此可见，诗叹六朝，其实是影射当时，正如杜牧在《阿房宫赋》中所言："秦人不暇自哀而后人哀之，后人哀之而不鉴之，亦使后人复哀后人也！"

陈 陶

【作者介绍】

陈陶（约812年~约885年），字嵩伯，岭南（一云鄱阳，一云剑浦）人，自号三教布衣，唐末诗人。他早年游学长安，善天文历象，尤工诗，举进士不第，遂恣游名山。唐宣宗大中年间，隐居洪州西山（在今天江西省新建县西），卖柑自给，后不知所终。《全唐诗》存录其诗二卷。

陇西行

誓扫匈奴不顾身，五千貂锦①丧胡尘。
可怜无定河②边骨，犹是春闺梦里人！

【注释】

①貂锦：指貂裘锦衣，本为汉代羽林军士的穿着，这里指代精锐士兵。 ②无定河：黄河支流，大体位于陕西省北部，上源红柳河，东南流沿途纳榆溪河、芦河、大理河、淮宁河等支流，在清涧县河口注入黄河，全长490多千米。

【语译】

将士们奋不顾身地发誓要扫平匈奴，然而五千精锐却最终败亡于胡人之手。可怜啊，那无定河边战死之人的尸骨，都是春闺少妇梦中思念之人哪！

【赏析】

此诗跌宕起伏，如黄河九曲。首句豪壮，次句忽一转为可哀，继而以"可怜"二字接续下半段，更使人痛彻肝肠。将士豪情万丈，欲扫胡尘，但功业未就已先殒身，此意已极悲怆，但诗人尤嫌不足，却说他们的妻子仍在梦中相忆，但丈夫却已无法返回了。"河边骨"、"梦中人"相对，以见失败的战争不仅仅使士卒伤亡，还会造成无数家庭的悲剧，影响到更多的人。

诗人作此诗，基本用意究竟为何呢？倘无第一句，则或许是反战吧，但有了第一句，出将士豪壮之语，可见诗人并不反对抵御胡虏的正义之战，他所反对的是朝廷昏聩，将领无能，反使英勇士卒丧败。正所谓"一将功成万骨枯"，岂不令人哀恸之外，更添愤懑？

【扩展阅读】

陇西行其一

唐·陈陶

汉主东封报太平，无人金阙议边兵。纵饶夺得林胡塞，碛地桑麻种不生。

　　《陇西行》本为乐府旧题，属《相和歌·瑟调曲》，其意悲凉，陈陶用来题写七绝。他这一组诗共有四首，"誓扫匈奴不顾身"是第二首，上面所引则是第一首。这第一首诗讽刺中原君主毫无战略眼光，仓促用兵北边，夺取了敌人的土地却于己无益，只平白损伤士卒性命。组诗皆以"汉主"、"匈奴"、"貂锦"等汉代之语托出，其实是借古讽今，所言唐事也。

张　泌

【作者介绍】

张泌，字子澄，生卒年约与韩偓相当，唐末文学家、诗人。其事迹不详，籍贯可能为南阳郡泌阳县，唐末曾登进士第，唐亡前后主要在武安军节度使马殷统治的湖湘桂一带活动，唐亡后可能事马楚为舍人，亦可能入蜀。后人常将其与南唐文臣张佖相混淆，故《全宋诗》误收其部分诗作，而《唐诗三百首》录其作品则反遭诟病。

张泌能诗，擅作曲子词，还创作过小说《韦安道传》(又名《后土夫人传》) 等，在唐末五代流传甚广。

寄　人

别梦依依到谢家①，小廊回合②曲阑斜。

多情只有春庭月，犹为离人照落花。

【注释】

①谢家：唐人常以谢女、谢娘指称意中人，疑因晋谢奕之女谢道韫、唐李德裕之妾谢秋娘等皆有文才，富盛名，故有此谓。　②回合：即回环，回绕。

【语译】

别来依依，梦中我来到了她家，只见小巧的走廊回绕着，曲折的栏杆横斜。春天庭院中的月色是如此多情啊，还在为我这离别之人映照着落花。

【赏析】

清人李良年在《词坛纪事》中记载道："张泌仕南唐为内史舍人，初与邻女浣衣相善，作《江城子》词……后经年不复相见，张夜梦之，写寄绝句云：'别梦依依到谢家……'"似为此诗背景。可是这种时隔数百年后突然冒出来的文坛逸话，所在多矣，绝大多数都不可信。或许即因李良年此说，导致了张泌和张佖的混淆——张佖为南唐文学侍臣，唐亡后才出生，而唐人张泌则未闻曾仕南唐，《江城子》词与这首《寄人》诗皆张泌所作，与张佖无涉。

不过李良年所谓因思旧时恋人而作此诗，这一判断还是基本准确的。不过说"夜梦之"的"之"，明显是指人，而诗中却并未出现所思之人的形象，而只梦见了"小廊回合曲阑斜"，走廊和栏杆全都曲折回绕，颇有"曲径通幽"的意味，恍惚之间，路径往复盘旋，似乎永无尽头，则也可以看出，所思之人并未于梦中得见。

诗的前半段写梦境，后半段则写醒来后因梦而伤情。但诗人并没有直言哀伤，却说"春庭月"多情，犹照落花。这落花当是凄凉哀惋的象征，则月照落花，正用以反映人之内心的惆怅。月本无情，若写无情便可反衬人之有情，诗人却言月有情，不但有情，而且"多情只有春庭月"，则是从另一个角度，用另一种方式来正面衬托人之更为多情。"多情自古伤离别"，别后便梦中也只见路径，不得见人，则内心之忧伤，恋情依依，就此全盘托出，感染力非常强烈。

【扩展阅读】

寄人其二

唐·张泌

酷怜风月为多情，还到春时别恨生。倚柱寻思倍惆怅，一场春梦不分明。

张泌怀思旧时恋人的《寄人》诗共有两首，"别梦依依到谢家"为其一，上面这首是其二。虽然各为绝句，押韵也不相同，但其实两首诗可以并合起来读。两诗都写物之"多情"，都是当春而"别恨生"，亦均提到那一场"春梦"。梦境恍惚，不见其人，故而醒来便云"不分明"，从而"倚柱寻思倍惆怅"。

无名氏

杂 诗

近寒食雨草萋萋，著麦苗风柳映堤。
等是①有家归未得，杜鹃休向耳边啼。

【注释】

①等是：即底事，犹言为何。

【语译】

接近寒食节的雨水啊，滋润得野草繁茂生长，附着在麦苗上的风啊，吹拂着杨柳映照堤岸。为什么我有家却回不去呢？杜鹃鸟啊，不要来我耳边啼鸣吧！

【赏析】

这首诗述游子思乡，思乡却又难归，哀惋凄怆，使人垂泪。前半段两句的声调节奏非常奇特，一般七言诗大多作四三句式，细分起来则是二二一二或二二二一，此诗前四字却不作二二，而为三一或者说一二一。这无关平仄，我们可以注意到，倘改为"寒食近雨草萋萋，麦苗著风柳映堤"，可视为对句拗救，也是勉强合式的。可是这位无名诗人偏要如此写，为什么呢？两句本为倒装，应为"雨近寒食"和"著风麦苗"，可是同时雨还和下面"草萋萋"相联系，风还和下面"柳映堤"相关联，故而必须将"雨"和"风"置于最关键的中间位置，才能前后贯通。诗句之意，是雨本寒食前来，而又滋润草生，风从麦苗中来，而又拂动柳枝，风雨出凄迷惋侧意象，但它们最主要是作关联词使用，因为最关乎主题的还是"寒食"、"草"、"麦苗"和"柳"这四种事物。

寒食佳节将至，诗人故而思念家乡亲人；野草蔓生，正如愁绪之绵绵不绝；麦苗青青，使他想起故乡的田地；杨柳映堤，更相关离别之意象。如此一来，思乡之情绪也便全盘托出了。

可是异乡为客还则罢了，思乡还则罢了，却因为种种羁绊而无法归去，这才是最使人惆怅的。诗人并未直言，却以反问道出：为什么我有家不能归呢？可见这无法归去纯出外力强迫，并非主观意愿。最后更以杜鹃啼鸣为喻，恰如韩愈诗中有"客泪数行先自落，鹧鸪休傍耳边啼"一句。民间谓鹧鸪叫声仿佛"行不得也哥哥"，韩愈乃有此言；民间还谓杜鹃鸣叫类似"不如归去"，则诗人正用此意。诗人说杜鹃你不要再催促我归去了，我难道不想归去吗？可是虽然有家，我却根本无法归去啊！《唐诗选脉会通评林》中引明人周珽的评论，说："真情，真趣，真话，写得出，惟有痴情者能知之。""痴情"二字，最中此诗肯綮。

乐府

王　维

渭城曲①

渭城朝雨浥②轻尘，客舍青青柳色新③。
劝君更尽④一杯酒，西出阳关⑤无故人。

【注释】

①渭城曲：渭城即秦都咸阳，汉代改称渭城，在今天陕西省西安市西北，渭水北岸。《渭城曲》为唐代新曲，此题别本也作《送元二使安西》或《赠别》，元二其人不详，安西即唐代安西都护府所在，治所在今天的新疆维吾尔自治区库车县境内。后人亦因结句而称此诗为《阳关曲》，因歌唱时除首句外，余三句都要唱两次，又名《阳关三叠》。　②浥（yì）：润湿。　③青青柳色新：别本作"依依杨柳春"。　④尽：别本作"进"。尽酒即干杯，进酒即饮酒。　⑤阳关：在今天甘肃省敦煌市西南，自古与玉门关同为通往西北边塞的必经要隘。

【语译】

渭城这清晨的雨啊，润湿了道路上的轻尘，旅舍外新生的柳芽是如此青葱。我劝你再喝干一杯酒吧，此次西出阳关，关外就没有老朋友了。

【赏析】

这首诗不是以乐府题名而谱新声，恰恰相反，是王维此诗一出，四方传唱，于是新配曲而成唐乐府，由此也可见此诗的艺术感染力有多么强，影响有多么深远了。如今再提《渭城曲》，恐怕知道的人不多，但说《阳关三叠》，则是大名鼎鼎。

此诗创作于王维晚年，为赠别友人之作。渭城饯别，友人将西出阳关，此时细雨霏霏，杨柳依依，别情使人黯然，更何况"西出阳关无故人"呢？然而诗人却偏用明朗的语调，轻松的笔法来描摹景物，使得全诗的意境超凡脱俗，别有一巧。首先，清晨下雨，雨又不大，仅仅"浥轻尘"而已，不但不会给行路之人带来烦恼，反而使尘土润湿，似乎上天也在为远行之人壮其行色。其次，杨柳依依，却着"青青"和一个"新"字，照眼明快，似乎使人心胸为之一畅。就在这种环境下，诗人咏出了流传千古的名句——"劝君更尽一杯酒，西出阳关无故人",则离别的哀伤被景物所冲淡,所透露出的倒反是离人远大前程,值得祝祷。

盛唐国力鼎盛,自汉魏以后重新确定了西域地区的控制权,唐代士人多携书带剑,奔赴边疆,为图建功立业,这种蓬勃向上的朝气,在其他时代是很难找得到的。虽然此诗可能作于"安史之乱"后,唐的国力已大为萎缩,但盛世余韵仍在,士人豪情犹存,故而王维此诗才能出盛唐气象,后世再作类似篇章,恐难出如此清新、明快的送别之语。

所以明人李东阳在《麓堂诗话》中评道:"作诗不可以意徇辞,而须以辞达意。辞能达意,可歌可咏,则可以传。王摩诘'阳关无故人'之句,盛唐以前所未道,此辞一出,一时传诵不足,至为三叠歌之。后之咏别者,千言万语,殆不能出其意之外。必如是方可谓之达耳。"

秋夜曲①

桂魄②初生秋露微,轻罗已薄未更衣。
银筝夜久殷勤弄,心怯空房不忍归。

【注释】

①秋夜曲:属乐府《杂曲歌辞》,此诗《万首唐人绝句》和《全唐诗》都署为王涯作。王涯(764年～835年),字广津,太原人,唐德宗贞元八年(792年)擢进士,又举宏辞,调蓝田尉,久之,以左拾遗为翰林学士,进起居舍人,元和时累官至中书侍郎,同中书门下平章事。②桂魄:即秋月,因相传桂中有月,故此作为月的别称,骆宾王《伤祝阿王明府》中即有"嗟乎,轮销桂魄,骊珠毁贝阙之前,斗散紫氛,龙剑没延平之水"句。

【语译】

明月初升,秋露尚稀,轻薄的衣服已显单薄,但还没有更换。长夜漫漫,于是我久久地弹弄筝弦,因为害怕独守空房而不忍心归去。

【赏析】

诗写闺怨。女主人公明明不禁夜寒,却又伥望明月,调弄筝弦,不肯归回室内安睡,这是为什么呢?前三句都为第四句造势,第四句才点明主旨,是因为"心怯空房"所以才"不忍归"。"心怯空房",当然是指丈夫远离,自己因而独守空闺,这般寂寞清冷的日子可怎么度过呀,如此漫漫长夜又如何得眠呢?于是只好找一些别的事情来做,比如弹筝,以排遣此难眠的时光。

首句写月升,明月有团圆之意,因此见月而思人,自然生发。继而再写露水尚微,则寒意不深,但正当夜间,"轻罗已薄",是该到更换秋衣的时候了。很明显这是夏秋交替之际,因为节候的变迁,使人恍然悟到时光流逝的飞速,因而更思亲人。既然"轻罗已薄",为什么不肯"更衣"呢?想必女主人公是在担忧丈夫的近况吧,不知道他是否注意自己的身体健康，有因季节更换而添衣吗？他身在外乡，想要按时换衣恐怕并不容易吧，那自己又有何心绪去"更衣"呢？以此托出思念之情更深更浓。

　　第三句"夜久"二字最堪玩味，长夜漫漫，都为难眠才于庭中弄筝，弄筝本为打发无聊寂寞的时光，但筝声本就凄惋，以情寄之，想必越弹越感悲哀吧。"殷勤"二字，指频繁、反复，如《后汉书·陈蕃传》中有"天之于汉，恨之无已，故殷勤示变，以悟陛下"句，虽然哀伤，却忍不住不去弹弄，因为筝声正可抒发她内心的惆怅无奈也。如此则怨妇之情，所处之境，备悉道出，再以第四句点明主旨，则全诗通体圆融，使读者见之而不禁心醉、心伤。

王昌龄

长信怨①

奉帚②平明金殿开，暂将团扇共徘徊。

玉颜不及寒鸦色，犹带昭阳③日影来。

【注释】

①长信怨：诗题一作《长信秋词》，属乐府《相和歌辞·楚调曲》。长信为汉代宫名，多为太后所居，《汉书·外戚传》载："赵氏姊妹骄妒，（班）婕妤恐久见危，求共（供）养太后长信宫，上（汉成帝）许焉。"诗即因此而咏。　②奉帚：供奉箕帚打扫的劳役，一解"奉"为通"捧"，"奉帚"就是捧着扫帚。　③昭阳：即昭阳殿，汉代宫殿名，为汉成帝宠妃赵飞燕的寝宫。

【语译】

天一亮，金殿大门才开，她就开始打扫，无聊之际，暂且带着团扇惆怅徘徊。原本如玉的容颜如今还不如寒鸦的毛色，因为寒鸦还能带着昭阳殿上的阳光而来啊。

【赏析】

诗写宫怨，用了班婕妤退避长信宫的典故，但诗中的女主人公却未必是班婕妤，这终究是一首宫怨诗，而不是怀古诗。

班婕妤（公元前48年～公元2年），是西汉罕见的女性文学家，也是汉成帝的妃子——婕妤非其名，而是妃嫔的等级名号。据《汉书》所载，班婕妤一度受到成帝的宠爱，但她并不恃宠而骄，行止合乎礼仪，因此受到太后的称赞。后来赵飞燕、赵合德姐妹得宠，"谮告许皇后、班婕妤挟媚道，祝诅后宫，詈及主上"，导致许后被废，班婕妤虽然勉强得脱大难，却"恐久见危，求共养太后长信宫"。此即诗题的由来。

首句写天亮即开始打扫，从中可见两点：一，无聊因而早起，二，受冷落因而亲执箕帚。次句说带着团扇徘徊，典出班婕妤所作《团扇诗》，以团扇自喻，说"常恐秋节至，凉飚夺炎热，弃捐箧笥中，恩情中道绝"，意即因为季节的改换，原本受主人喜爱的团扇也被抛弃了，正如夫妻恩情中道而绝一般。因而此诗的女人公携团扇徘徊，正见失宠遭弃。

后半段其意更明，将"玉颜"与"寒鸦"相比，说美人的容颜憔悴，都还比不上乌鸦，因为乌鸦还带着昭阳殿的阳光而来呢。昭阳殿为赵飞燕寝宫，汉成帝常往临幸，昭阳殿的阳光，其实是指君王的宠爱、恩泽，因为有君王看顾，昭阳殿就连乌鸦都容光焕发，冷宫中的弃妇又哪里比得上呢？怨意至此而深。是故沈德潜在《唐诗别裁》中即评道："寒鸦带东方日影而来，见己之不如鸦也。优柔婉丽，含蕴无穷，使人一唱而三叹。"

出　塞

秦时明月汉时关，万里长征人未还。
但使龙城飞将①在，不教胡马度阴山②。

【注释】

①龙城飞将：别本作"卢城飞将"，无论"龙城"还是"卢城"，皆指卢龙城，故址在今天河北省卢龙县，汉代为右北平郡的治所。"飞将"指李广，李广曾为右北平太守，《史记·李将军列传》载："广居右北平，匈奴闻之，号曰'汉之飞将军'，避之数岁，不敢入右北平。"②阴山：山名，在今天内蒙古自治区南部，是汉代防御匈奴的天然屏障。

【语译】

秦汉时的明月啊，秦汉时的关隘，万里远征啊，将士们没有回来。倘若那右北平的"飞将军"李广还在的话，就不会让胡人的骑兵度过阴山南侵了。

【赏析】

明代李攀龙曾推奖此诗为唐代七绝压卷之作，为其意感苍凉，悲歌如泣，使人扼腕。诗歌表现了对古代名将的思慕，同时反衬当时将领之无能，不能抵御胡骑的侵扰。首句"秦"、"汉"为互文，实指明月、关隘自秦汉以来便似亘古不变，喻示北方边境的战争从未停止过，历史的沧桑感由此扑面而来。随即接续"万里长征"四字，便见路途之遥远、战况之惨烈，而"人未还"，当指覆军亡将，前线遭逢了惨败。

面对这种情况，诗人不禁怀念起曾经镇守过右北平郡的汉代名将李广来了。想当年李广镇守边塞，胡人不敢南下牧马，避之唯恐不及，倘若今天还有这般名将，则前方战事必不会如此惨况。所谓"善战者无赫赫之功"，李广屡次领兵出塞，也皆铩羽而归，导致不得封侯，但胡人依旧畏其声名，其守御之处，一如金池汤城。而唐代自李靖、李世勣之后，将领们多贪功冒进，遂致蹉跌，历史教训难道不应当汲取吗？悲剧为何又重现于今日？诗人做了严肃的思考，并因此而感慕李广，吟出这千古名篇来。

李 白

清平调三首

⊙ 其一

云想衣裳花想容，春风拂槛露华①浓。
若非群玉②山头见，会③向瑶台月下逢。

【注释】

①露华：露水的光华。 ②群玉：仙山名，传说为西王母所居处。《穆天子传》载："天子北征，东还，乃循黑水，癸巳，至于群玉之山。"《山海经·西山经》也有"玉山，是西王母所居也"句，郭璞注："此山多玉石，因以名云。《穆天子传》谓之'群玉之山'。" ③会：这里是应当的意思。

【语译】

云也羡慕她的衣裳，花也羡慕她的容貌，她就在那春风吹拂过、露水光华正浓的栏杆旁。要不是群玉山上曾经见过这般美貌，一定是在月下的瑶台遇到过吧。

【赏析】

此诗作于唐玄宗天宝二年（743年）或三载（744年）春季。根据唐人李浚《松窗杂录》记载，当时李白应召来到长安，供奉翰林。某日，唐玄宗和杨贵妃于宫中在沉香亭畔观赏牡丹花，伶人们正准备表演歌舞助兴，玄宗却说："赏名花，对妃子，岂可用旧日乐词？"因而急召李白进宫谱写全新乐章。李白进宫后，即在金花笺上作了三首《清平调》。

三首诗都属于歌咏宫廷帝妃生活的艳体诗，没有什么真情实感，也没有什么社会意义，唯其艺术手法之高明，才能流传千古。这是第一首诗，首句连用两个"想"字，以云比衣裳，花比容貌，用来赞美杨贵妃的艳丽。或将"想"字解作"象"，则诗意全无，又或解为"看到云彩便想到她的衣裳，看到花朵便想到她的容貌"，也未见高明。应将"想"理解为歆羡、恋慕，是用拟人手法，以示云彩也自愧不如贵妃之衣，花朵也自愧不如贵妃之貌，如此才是新颖独到，才配衬得起李白的绝世才华。

第一句虚写容貌，第二句实写位置，并营构春日浮艳慵懒气象。诗的后半段则是将杨贵妃比作仙子，以"群玉"、"瑶台"互文，说她大概是西王母驾前的侍女吧，或即王母本人下凡也说不定。状女子容貌之美，多称为仙子、天人，并不出奇。故而全诗之眼，还在于第一句的两个"想"字上，是非常人所能企及也。

⊙ 其二

一枝秾艳①露凝香，云雨巫山枉断肠。
借问汉宫谁得似，可怜飞燕②倚新妆。

【注释】

①秾（nóng）艳：秾是指花木茂盛，秾艳即花木茂盛而鲜艳。别本作"红艳"。　②飞燕：指赵飞燕（前45年~前1年），本阳阿公主家舞伎，后为汉成帝召入宫中，深受宠爱，与其妹赵合德并被封为婕妤。许皇后被废后，合德成为昭仪，她则进位皇后。逮成帝崩于合德宫中，合德自杀，哀帝立，尊飞燕为皇太后，但有司劾其应受合德罪连坐。哀帝崩，平帝立，大司马王莽遂以杀害皇子罪废飞燕为庶人。

【语译】

这一支繁茂艳丽的牡丹花啊，花瓣上的露水都凝结着芬芳，楚襄王巫山云雨的幻梦，在她面前显得黯淡无光。试问汉朝时候谁能比拟呢？大概那赵飞燕才刚梳妆时才勉强相似吧。

【赏析】

首句"一枝秾艳露凝香"，即将牡丹之艳丽描摹备至，接着再说楚襄王遇巫山神女不过幻梦，就连那神女也没有眼前的牡丹艳丽啊，故云"枉断肠"——白白地思断肝肠，所为不过不及花艳之女，以此来哄抬牡丹之丽色。后半段再以历史上著名的美人赵飞燕为比，说就连飞燕也要靠着新近梳妆，才能勉强与牡丹相似。

全诗似写牡丹娇若美人，又似写杨妃如花之貌，要在似与不似之间，从而将杨妃与牡丹相关联起来。有关此诗，《松窗杂录》中更记相关轶事："异日，太真妃（即杨贵妃）重吟前词。（高）力士曰：'始以妃子怨李白深入骨髓，何反拳拳如是耶？'太真妃因惊曰：'何翰林学士能辱人如斯？'力士曰：'以飞燕指妃子，贱之甚矣。'太真妃颇深然之。上尝三欲命李白官，卒为宫中所捍而止。"而之所以高力士怨怼李白，在杨贵妃面前进其谗言，是因为李白曾醉后奉召作诗，狂态可掬，"对御引足令高力士脱靴"，故力士引以为耻也。

当然，这只是传说而已，玄宗始终只把李白当作文学侍从，不欲其干预国事，李白因而愤懑请辞，不太可能是因为杨贵妃受高力士蒙蔽后说了他的坏话。古代有所谓"四大美人"的说法，根据说法不同，所包括的美人包括西施、王昭君、赵飞燕、班婕妤、貂蝉、绿珠、杨玉环等，文学人物貂蝉暂且不论，其他美人中，西施传为越王后沉江而死、昭君客死塞外、飞燕被废、婕妤幽居、绿珠堕楼，能够在史书上留下艳名的女子，大多不得善终，若因此而废言，则文学家颂扬美女时将无可比类。虽然世传赵飞燕有淫行，但古代美女中论及身份地位，也只有她堪与杨贵妃比类，倘以绿珠等为比，恐又有异言矣。总之，这种所谓谗言幼稚可笑，纯出民间想象，而非宫廷侍从所为。

⊙ 其三

名花倾国①两相欢，长得君王带笑看。
解释②春风无限恨，沉香亭③北倚栏杆。

【注释】

①倾国：指美人，典出西汉李延年《佳人歌》，有"一顾倾人城，再顾倾人国"句。　②解释：解散消释。　③沉香亭：以沉香木构建的亭子。

【语译】

名贵的花朵和倾国的美人，两相对望更为欢喜，常使得君王含笑前来观赏。她正在沉香亭北倚靠着栏杆，使君王能够消解春风无限的怅恨。

【赏析】

历代对李白这三首《清平调》多加赞誉，《唐诗选脉会通评林》中引周珽语，谓"语语浓艳，字字葩流"，沈德潜在《唐诗别裁》中也说："三章合花与人言之，风流旖旎，绝世丰神。"可见李白这三首诗最大的特色，就是将名花与美人并合言之，似言花又似言人，而言花又并为言人，人即是花，花即是人，不可强自拆解，拆解开来便无意味。

就如同这第三首，前半段说君王爱牡丹，也爱美人。后半段似为言花，说花朵能够消散春风的怅恨，说花朵正在沉香亭北倚靠着栏杆，但细细想来，难道不同样是在说杨妃吗？若说杨妃，则"春风"实指玄宗，说杨妃可以排解玄宗的忧烦，从而使玄宗"带笑看"。杨妃、玄宗并在沉香亭畔观赏牡丹，则亭畔有花而复有人，结句言"倚栏杆"者，你知是花是人？知君王在看花在看人？三首诗，都可分为两解，又必须将此两解并合为一，才见精致。

王之涣

出　塞①

黄河远上白云间，一片孤城万仞②山。

羌笛何须怨杨柳③，春风不度玉门关。

【注释】

①出塞：别本题为《凉州词》。　②仞（rèn）：古代计量单位，多用以指高度或深度，一仞等于周尺八尺或汉尺七尺。《列子·汤问》中即有"太行、王屋二山，方七百里，高万仞"句。　③杨柳：这里是指乐府横吹曲《折杨柳》，曲调哀怨。

【语译】

黄河远远地直接白云，万仞高山之间，但见一座小小的孤城。羌笛又何必吹奏《折杨柳》这种怨曲呢？从来春风就不会吹到玉门关以西去呀。

【赏析】

此诗以《凉州词》之名行世，为唐代边塞诗中的绝品。《唐诗别裁集》说此诗"故作豪放之词，然悲感已极"，所论甚当。

这首诗所抒发的，乃是远征将士于塞外思乡的缠绵悲情。开篇语极豪壮，言黄河曲折，仿佛直上高天，与白云相接。黄河接云，而用一"上"字，可见是由东南向西北而望，则黄河源出高原，似蜿蜒登天。次句"一片孤城"与"万仞山"相比，这"一片"不是指一些、满布，否则何来"孤城"之说，这"一片"是指如翎羽般小，在群山掩映下更显孤寂、微渺。于是情感瞬间跌落，由天地极大缩至人事极微。

后半段即言在此孤城戍守的将士，他们因为思乡而吹奏《折杨柳》的曲调。诗人用"何须"来托出此情，言春风向来不度玉门关以吹边地，则西北本无杨柳可折，言下之意，即便悲怆，又有何益？再思乡，也难以返回。如此，则不是简单的思乡之情，情绪更近乎于绝望的无奈。

明人杨慎在《升庵诗话》中认为此诗另有深意，他说："此诗言恩泽不及于边塞，所谓君门远于万里也。"是道君王自在逍遥，其恩德不施于边地将士，遂使将士困守孤城，归乡无望，乃讽刺诗也。此言或有罗织之嫌，但若以为诗人绝无此意，却又未必确切。终究，若君恩能够普施，守边又何至如此辛苦乃至于绝望呢？

【扩展阅读】

凉州词其二

唐·王之涣

单于北望拂云堆，杀马登坛祭几回。汉家天子今神武，不肯和亲归去来。

《全唐诗》录王之涣《凉州词》有两首，著名的"黄河远上白云间"为其一，而上面这首则相对不大为人所知。诗歌赞颂天子之志，不肯与敌和亲，遂使胡骑勒逼不成，被迫归去。此诗与第一首的悲怆情调绝然不同，正为盛唐开边拓地雄风所注，不过也或许因为如此，它保持了共性却缺乏个性，不如"春风不度玉门关"更能触动读者的心弦吧。

杜秋娘

【作者介绍】

杜秋娘，生卒年不详，或为润州（今江苏省镇江市）人，本金陵歌女，年十五为镇海军节度使李锜侍妾，擅歌舞，有才情。后李锜谋叛被杀，杜秋娘籍没入宫，唐穆宗继位后，命其为漳王傅姆。后漳王因罪被废，杜秋娘赐归故里。

金缕衣①

劝君莫惜金缕衣，劝君惜取少年时。
花开堪折直须②折，莫待无花空折枝。

【注释】

①金缕衣：指金线织成的华贵衣物。 ②直须：尽管。

【语译】

劝您不要爱惜华贵衣物啊，劝您要爱惜青春时光。花朵盛开之时，可以折取的时候就尽情折取吧，不要等到没有花了再白白地折取秃枝。

【赏析】

因传说中杜秋娘曾为李锜歌唱此诗，故选本将其归于杜秋娘名下，其实未必，《全唐诗》即记为无名氏作。此诗以花自喻，有挑逗意味，正为青楼中女子量身定做，孙洙辑选《唐诗三百首》时评为"即圣贤惜阴之意，言近旨远"，钟惺在《名媛诗归》中则评为"风情甚豪，仍有悯世之意"，都解为教人珍惜光阴，虽今人也可如此用，但对于作者原旨来论，恐怕离题万里。

诗的前半段，分明叫前来光顾的浮浪子弟不要看重自己的妆扮、穿着，而要看重自己的青春美貌，趁着少年时光及时行乐。后半段以花自喻，谓面对如花娇娘，正应恣意怜爱，休等人老珠黄后再悔之不及。敦煌曲子词有"我是曲江临池柳，这人折了那人攀"句，可见折枝正有撷取美色意味，此诗即用此意。

全诗清丽明快，纯出口语，善用对比和隐喻手法，虽为青楼挑逗之辞，在艺术上也是有其长处的。正如陆昶在《历代名媛诗词》中评道："词气明爽，手口相应。其'莫惜'、'须惜'、'堪折'、'须折'、'空折'，层层宕跌，读之不厌，可称能事。"此言甚确。